La Societe Asiatique

Journal Asiatique; Ou Recueil De Memoires

Tome 15

Anatiposi

La Societe Asiatique

Journal Asiatique; Ou Recueil De Memoires

Tome 15

Réimpression inchangée de l'édition originale de 1860.

1ère édition 2023 | ISBN: 978-3-38270-001-0

Anatiposi Verlag est une marque de Outlook Verlagsgesellschaft mbH.

Verlag (Éditeur): Outlook Verlag GmbH, Zeilweg 44, 60439 Frankfurt, Deutschland
Vertretungsberechtigt (Représentant autorisé): E. Roepke, Zeilweg 44, 60439 Frankfurt, Deutschland
Druck (Imprimerie): Books on Demand GmbH, In de Tarpen 42, 22848 Norderstedt, Deutschland

JOURNAL ASIATIQUE

CINQUIÈME SÉRIE

TOME XV

JOURNAL ASIATIQUE

OU

RECUEIL DE MÉMOIRES

D'EXTRAITS ET DE NOTICES

RELATIFS A L'HISTOIRE, A LA PHILOSOPHIE, AUX LANGUES
ET A LA LITTÉRATURE DES PEUPLES ORIENTAUX

RÉDIGÉ

PAR MM. BAZIN, BIANCHI, BOTTA, CAUSSIN DE PERCEVAL, CHERBONNEAU, D'ECKSTEIN
C. DEFRÉMERY, L. DUBEUX, DUGAT, DULAURIER
GARCIN DE TASSY, STAN. JULIEN
MIRZA A. KASEM-BEG, J. MOHL, S. MUNK, REINAUD
J.-AM. SÉDILLOT, DE SLANE, ET AUTRES SAVANTS FRANÇAIS
ET ÉTRANGERS

ET PUBLIÉ PAR LA SOCIÉTÉ ASIATIQUE

CINQUIÈME SÉRIE.

TOME XV

PARIS

IMPRIMÉ PAR AUTORISATION DU GOUVERNEMENT

A L'IMPRIMERIE IMPÉRIALE

M DCCC LX

JOURNAL ASIATIQUE.

JANVIER 1860.

احكام العتيقة

OU LES PRÉCEPTES DE L'ANCIEN TESTAMENT,

TEXTE ARABE, PUBLIÉ ET TRADUIT

PAR M. LE Dr B. R. SANGUINETTI.

(SUITE.)

TRADUCTION.

DES ESCLAVES (EN FUITE).

Si tu rencontres un esclave qui s'est enfui de chez son maître par suite de l'excès du travail et des tourments auxquels il était soumis, ne le rends pas à son propriétaire, et ne le lui fais pas retrouver. Au contraire, donne à cet esclave l'hospitalité dans ta maison, fais-lui du bien, et souffre qu'il demeure chez toi jusqu'à ce qu'il choisisse spontanément, soit de s'en aller, soit de retourner comme esclave près de son maître[1].

DE LA DÉBAUCHE DES FEMMES.

Lorsque tu connaîtras d'une femme qu'elle est

[1] Cf. *Deutéronome*, XXIII, 15, 16.

une prostituée, tu sauras que nulle offrande ne doit être acceptée de sa part, ni aucune bénédiction ou faveur pour l'église, tant qu'elle persistera dans son état de libertinage. Il n'en sera pas ainsi dans le cas où elle viendra à résipiscence, qu'elle abandonnera ses pratiques de débauche, que son repentir sera évident, que le *besmoûn*[1] aura eu de l'effet sur elle, et que ses péchés auront été pardonnés. Alors elle devra pleurer, ensuite déplorer et regretter sa conduite passée. Le motif dudit précepte vient de cela, que tout ce que cette femme offrait était le produit ou le salaire de la débauche[2].

DES COUVENTS.

Si un monastère se trouve avoir des chiens se tenant à sa porte, comme étant offerts aux personnes qui s'y rendent, on ne doit pas vendre ces animaux, ni employer la moindre partie de leur prix dans les dépenses du sanctuaire, ni en faire absolument aucun cas pour ce qui appartient aux choses saintes; car ceci est un péché que Dieu a puni dans le livre de la loi ancienne[3].

DES VIGNES (ET DES JARDINS).

Quand l'un de vous entrera dans les vignes de son compagnon ou dans son jardin, dans le but de s'y

[1] C'est-à-dire probablement le psaume pénitentiel, ou la prière pour le pardon des péchés commis. (Cf. le cahier précédent, p. 467, note 1.)

[2] Cf. *Deutéronome*, XXIII, 17, 18.

[3] Cf. *ibid.* 18.

promener et de s'y divertir, il lui sera permis de goûter tout ce qu'il voudra en fait de fruits qui sont sur les arbres, ou de raisins qui se trouvent dans les vignobles. Qu'il mange donc tant qu'il peut; mais qu'il n'emporte, ni ne gâte, ni ne jette rien; car cela lui est expressément défendu[1].

DES CHAMPS ENSEMENCÉS.

Il en sera de même lorsque quelqu'un de vous entrera dans le champ de céréales de son compagnon. Il pourra manger de ses épis mûrs, et qui laissent sortir les grains quand on les froisse avec la main, tout ce qu'il voudra, lui et ceux qui seront avec lui; mais il n'en pourra rien prendre pour emporter; car cette chose n'est ni licite, ni permise[2].

DU DIVORCE.

Si l'un de vous a épousé une femme sans qu' ensuite elle puisse parvenir à gagner son amour, sans qu'aucune affection pour elle se fasse sentir dans le cœur de son mari, et si, au contraire, celui-ci découvre en elle des fautes, ou du libertinage, ou de la méchanceté; dans ce cas il doit la laisser partir de chez lui, mais d'une manière convenable. Il lui écrira une lettre d'arrangement entre eux deux, il lui remettra son dernier don nuptial, et la laissera en pleine liberté, afin qu'elle puisse aller où elle voudra; car cette réunion qui a eu lieu pendant un

[1] Cf. *Deutéronome*, XXIII, 24.
[2] Cf. *ibid.* 25.

temps entre eux ne doit pas être la cause de leur perte. Le chef ou le gouverneur traitera avec bienveillance leur affaire, il gardera le secret jusqu'à ce qu'ils se soient séparés de bon accord, éloignés l'un de l'autre; et cela pour qu'ils ne se perdent point.

Lorsque dans de telles circonstances un homme a laissé partir sa femme, et que cette dernière se sera mariée avec un autre individu, le mari n'aura plus aucun droit d'aller vers elle, ni de la forcer à retourner chez lui. En effet, elle s'est attachée à une autre personne, elle appartient alors à un autre homme, qui éprouve de l'affection pour elle, et du penchant, comme elle le désirait. Le premier mari peut aussi, de son côté, épouser une nouvelle femme, s'il le veut. Mais s'il préfère rester seul, sans nul autre mariage, ceci lui est encore permis et licite[1].

DES JEUNES FILLES VIERGES QUE L'ON ÉPOUSE.

Quand un homme épouse une jeune fille vierge, il doit consommer le mariage promptement. Cela doit se faire dans un terme convenable, que l'on fixe du consentement des parties, ou par suite d'une raison péremptoire. Le mari ne pourra point alors s'éloigner de sa femme et entreprendre un long voyage, à moins qu'elle n'y consente. C'est un mérite pour l'épouse de permettre ce voyage; mais, si elle ne le veut pas, le mari sera forcé de s'en abstenir. Il devra d'abord avoir commerce avec sa femme et cohabiter avec elle une année entière, afin de

[1] Cf. *Deutéronome*, XXIV, 1-4.

jouir ensemble de leur union. Or il se peut qu'il en naisse un fils, ou que la femme devienne enceinte, ce qui serait le comble de leur joie et cimenterait leur intimité réciproque. Après cela l'époux est parfaitement libre de voyager où il veut, soit dans un lieu rapproché ou éloigné, en laissant toutefois à sa femme les moyens nécessaires pour la dépense journalière, suivant la durée de son voyage et dans une large proportion [1].

(PRÉCEPTE D'HUMANITÉ.)

N'accepte pas en gage, du malheureux ou du pauvre, la meule qui lui sert à moudre son blé. N'accepte pas non plus de lui ses deux sacs de grains à la fois. S'il n'a rien autre chose que ceci à engager, prends une seule de ses deux mesures, et laisse-lui l'autre, afin qu'il dispose à son gré de cette ressource. Cherche à le consoler et non à lui créer des obstacles, si tu veux que Dieu te voie et te donne une généreuse récompense dans l'autre vie, où tu seras au nombre de la troupe de ses élus [2].

DU GAGE.

Lorque l'un de vous fera un prêt à son frère ou à son ami, à la condition d'un gage à garder par devers soi, il ne devra pas être introduit dans la maison de l'emprunteur pour choisir lui-même ce gage, mais il restera à la porte, et attendra que ce dernier

[1] Cf. *Deutéronome*, XXIV, 5.

[2] Cf. *ibid.* 6.

lui prépare le gage qu'il préfère, pourvu qu'il soit de la valeur de la dette qu'il a contractée. Le prêteur ne doit pas être injuste, ni avoir la prétention d'exiger tel gage plutôt que tel autre; car cette conduite attristerait son camarade, lequel élèverait sans doute sa voix vers Dieu, qui exaucerait son invocation, et priverait le prêteur de toute récompense. Prends donc de l'emprunteur le gage qu'il voudra te donner; ainsi tu le consoleras et dissiperas ses soucis.

Une fois que tu auras accepté le gage, consistant en habillements, etc. tu ne devras pas l'employer, mais bien le conserver soigneusement, le mettre de côté, et non point le changer, jusqu'à ce que ton débiteur te paye ce qu'il te doit, et retire son gage. Si tu as affaire à une personne pauvre, de l'un ou de l'autre sexe, qui n'ait pour couvrir ses nudités que l'habit qu'elle t'offre en gage, ni d'autres couvertures pour dormir la nuit que celles qu'elle te présente, dans ce cas, si tu peux te passer de toute espèce de gage, ce sera un mérite pour toi près de Dieu. Mais si tu ne le peux pas, si ton âme est trop avare pour une telle action généreuse, et si tu prends l'habit du pauvre ou ses couvertures, au moins ne garde pas ces effets chez toi pendant la nuit; au contraire, rends-les-lui au soir, afin qu'il s'en recouvre et se garantisse du froid. Confie-les-lui donc, à la condition qu'il te les rapporte le lendemain. Le soleil couchant ne doit pas trouver près de toi ces objets; mais ils doivent couvrir le pauvre, qui fera de la sorte sa prière du soir et implorera de Dieu le pardon de tes péchés. Alors le Très-Haut préparera pour toi une grande récompense dans ce monde-ci et dans l'autre[1].

(DU SALAIRE.)

Ne retiens pas auprès de toi le salaire de l'ouvrier jusqu'au lendemain matin; mais paye-le-lui, jour par jour, et avant que sa sueur ait eu le temps de sécher. C'est ainsi que le mercenaire sera content, et qu'il priera Dieu de te pardonner tes péchés, au lieu de crier anathème contre toi, si tu te rends coupable d'une faute à son égard[2].

COMMENT LE CRIME DU FILS NE DOIT PAS ÊTRE PUNI DANS LE PÈRE, NI CELUI DU PÈRE DANS LE FILS.

Le père ne sera point responsable du péché du fils, ni de son crime, ni du tribut qu'il doit, ni de la réquisition ou de la plainte qu'il s'attire, ni du sang qui menace son cou. Au contraire, tout homme n'est tenu de répondre que de ce qu'il a fait, et ne doit être puni que de ses propres crimes. Le père ne doit point être blâmé à cause de la faute de son fils, ni le fils par suite de celle de son père. Le péché de l'un n'est pas inhérent à l'autre; mais chaque homme devra mourir pour les crimes qu'il a commis lui-même. C'est là le précepte nécessaire de Dieu, ainsi que l'enseignement de la loi nouvelle, la loi

[1] Cf. *Deutéronome*, XXIV, 10-13.
[2] Cf. *ibid.* 14, 15.

de Notre-Seigneur, le Messie. C'est là le fondement de la sentence de la vie future, de la récompense à donner au jour de la résurrection, et du verdict de la justice dans le tribunal terrible, le jour qu'il rétribuera les actions des hommes. Ce sera là aussi la règle de la sainte Église apostolique, lorsque le Messie t'aura préservé des erreurs du langage [1].

(PRÉCEPTES.)

Ne sois pas, dans la sentence, injuste envers les pauvres, ni envers l'étranger, ni envers l'orphelin. Ne sois point partial pour le riche, lors du jugement, et ne te laisse pas influencer par son autorité. Ne rends pas la justice pour des drachmes; mais aie égard à la vérité. Certes Dieu se réjouit de la vérité; car c'est par elle que les juges seront jugés à leur tour [2].

DU PRÊT.

Quand tu verras venir à toi une veuve pour t'emprunter quelque chose, et portant à son cou des orphelins, ne lui demande pas de gage; mais sois bienfaisant à son égard, et attends tranquillement qu'elle te rende ce que tu lui as prêté sans aucune sorte de caution, et jusqu'à ce que Dieu améliore son état. Or la loi dit : « Sois généreux, comme Dieu le sera pour toi, et observe les commandements du Très-Haut [3]. »

[1] Cf. *Deutéronome*, XXIV, 16.
[2] Cf. *ibid.* 17.
[3] Cf. *ibid.*

DE LA MOISSON.

Au moment où l'un de vous fera la moisson de ses champs, si quelque chose s'échappe de la poignée que doit couper la faucille, si quelques épis tombent de sa main ou restent debout dans les champs, il ne doit pas les moissonner ni les enlever en totalité, ni revenir sur ses pas pour les ramasser. Il doit les laisser pour les orphelins et les veuves, afin qu'ils en tirent leur subsistance, s'il veut que Dieu bénisse ses grains et que chaque mesure unique de ceux-ci se change en un grand nombre de mesures [1].

(AUTRES RECOMMANDATIONS DE CHARITÉ.)

Lorsque l'un de vous secouera ses oliviers, il ne devra pas recueillir ce qui tombe au loin, ni chercher à atteindre les olives qui sont restées sur l'arbre. Toutes celles-ci appartiendront aux orphelins, aux veuves et aux pauvres, pour qu'ils les utilisent, et que Dieu donne au propriétaire, par sa bénédiction, plusieurs fois la même quantité de ce qu'il a laissé aux nécessiteux.

Au temps où l'un de vous fera la vendange de ses vignobles, il ne devra pas se tourner en arrière pour chercher les raisins parmi les feuilles, ni cueillir toutes les grappes, ni empêcher les orphelins, les pauvres et les voyageurs de manger la quantité

[1] Cf. *Deutéronome*, XXIV, 18, 19.

de raisins qu'ils désirent. Car Dieu bénira le moût de ton raisin et le fera rendre abondamment[1].

DU BŒUF (QUI FOULE LES GRAINS).

On ne doit pas lier la bouche du bœuf dans l'aire à battre les grains; au contraire, on doit l'y laisser manger tout ce qu'il veut pendant son travail. Or il s'agit ici d'une bête, et si tu te montres bienfaisant à son égard, Dieu aura compassion de toi[2].

DE LA FEMME DU FRÈRE, OU DE LA BELLE-SŒUR.

Quand dans une maison il y a plusieurs frères mariés, si l'un d'eux vient à mourir en laissant femme et enfant, on ne doit pas faire sortir la veuve de la maison. Elle continuera à y vivre, à y être entretenue, et on ne la forcera pas à tomber dans le vice; car ce serait, de la part de ces frères, vouloir déshonorer leur propre frère après sa mort. Le fils de ce dernier devra rester également avec eux, puisqu'ils sont ses oncles paternels, et qu'il est (pour ainsi dire), de son côté, leur fils et leur héritier.

Dans le cas où la femme n'aura eu aucun enfant du frère décédé, elle devra encore rester dans la maison avec les autres frères. Ceux-ci la nourriront jusqu'à ce qu'elle fasse un choix pour sa personne. Si elle désire vivre avec eux, ils la garderont; si elle préfère se marier avec un homme croyant et probe,

[1] Cf. *Deutéronome*, XXIV, 20, 21.

[2] Cf. *ibid.* XXV, 4.

et qu'elle n'ait d'ailleurs aucun fils, elle le pourra faire légitimement[1].

DE LA DISPUTE.

S'il arrive que deux hommes d'entre vous, se disputant au sujet d'un certain droit, en viennent aux coups, et que la femme de l'un des deux accoure, se mêle au litige, porte sa main sur l'adversaire de son mari, saisisse ses deux testicules et les presse dans l'intention de lui donner la mort, alors, dis-je, assurez-vous bien de la vérité du fait. S'il est prouvé, ou si la femme elle-même le confesse, coupez à celle-ci les mains et n'ayez pour elle aucune miséricorde[2].

DES BALANCES.

Que nul d'entre vous ne prenne dans sa maison, ou dans sa fabrique, ou dans son magasin, deux balances différentes, de sorte qu'il reçoive avec la grande et qu'il donne avec la petite, c'est-à-dire qu'il vende avec le poids faible, et achète avec le poids fort. Or craignez Dieu, et n'assumez point l'injustice sur vos cous[3].

DES PRÉMICES DES PRODUITS DE LA TERRE (DES DÎMES, ETC.).

Ne manquez pas d'offrir aux maisons de Dieu les prémices des grains et des boissons que vous possé-

[1] Cf. *Deutéronome*, XXV, 5 et suiv.
[2] Cf. *ibid.* 11, 12.
[3] Cf. *ibid.* 13-16.

dez. Faites-en un présent à Dieu, afin que cela soit offert sur ses autels, et qu'on bénisse à cette occasion le nom de la sainte Trinité; savoir, les trois noms de Dieu qui sont écrits, et par lesquels on peut espérer dans la résurrection des morts. Quand tu apporteras cette offrande, fais savoir au prêtre chargé de l'administration de la maison de Dieu, que c'est là une aumône de la terre dont Dieu t'a fait possesseur, et les prémices de ses fruits; que tu les offres pour que Dieu te bénisse dans ce qu'il t'a accordé. Ouvre toi-même la bouche, rends grâce à Dieu au sujet de ton présent, et réjouis-toi de la bonté divine.

Donnez aux prêtres les dîmes de vos céréales et de vos fruits; aidez les orphelins, les nécessiteux et les veuves avec ce que Dieu vous a accordé, afin qu'ils mangent, se rassasient par vos biens, soient contents, et que Dieu vous bénisse dans vos revenus. Récitez cette prière : « O Seigneur! ce n'est pas avec tristesse que j'offre cette portion de mes biens; au contraire, je suis joyeux de ce que tu m'as accordé, par suite de ta grâce et de ta faveur. Or regarde toi-même, ô Seigneur! de la hauteur de ta sainteté, et donne-moi ta bénédiction dans les choses dont tu m'as gratifié[1]. »

[1] Cf. *Deutéronome*, XXVI, 2, 10, 12, 13 et suiv.

DU PÈLERINAGE ET DE LA PRIÈRE DANS JÉRUSALEM, LA VILLE DE DIEU, DANS LAQUELLE SE VOIENT SES VESTIGES.

Quiconque d'entre vous peut aller prier dans Jérulem, la ville de Dieu, qu'il ne néglige pas de le faire; car c'est là pour lui un devoir, dont l'accomplissement est de rigueur. Il ne pourra s'en dispenser, à moins d'une excuse péremptoire. Vous verrez ainsi les lieux des souffrances de Notre-Seigneur, vous contemplerez les endroits de son salut, vous saurez que chaque chose est ici d'une vérité confirmée, et que tous les préceptes de Dieu sont véritables.

Celui qui ne pourra pas se rendre à la susdite ville de Dieu, ni prier dans les lieux mentionnés, devra y envoyer des offrandes en rapport avec ses moyens, pour servir à l'entretien de la cité, à la subsistance de ses habitants, de ses prêtres et de ses moines. Or que tout homme envoie, suivant ses ressources, de l'or, de l'argent, de riches étoffes, du fer, du cuivre, des vases, des livres, etc. Quand un fidèle meurt et qu'il laisse de la fortune, il faut que la ville de Dieu ait une part de toutes les facultés qu'il laisse à ses héritiers. Ses fils, ses filles devront donner cette preuve d'amour pour la cité de Dieu, et il en sera de même lors de la succession entre proches parents. Certes, c'est ici un usage louable en présence de Dieu, un sacrifice que le Messie, le sincère et le pur, ne manque pas d'agréer, un bienfait qui réjouit l'Esprit Saint, la sainte Trinité.

Tout ce que nous vous avons ordonné, observezle et accomplissez-le, ô vous qui êtes le peuple de Dieu, le pur, le saint. Tout ce que nous vous avons prescrit, faites-le afin que vous soyez parfaits, et que tous les peuples étrangers qui vous voient bénissent le nom de Dieu à cause de vous. . . .

(EXCOMMUNICATION CONTRE LES TRANSGRESSEURS DE LA LOI, ET BÉNÉDICTION SUR LES FIDÈLES.)

Quant à ceux qui pratiquent les actes défendus, et qui n'obéissent point à nos préceptes, qu'ils soient excommuniés. Qu'il en soit de même pour tous ceux qui traitent de mensonge la loi de Dieu. Or seront excommuniés :

1° Les hérétiques qui adoreront les idoles sculptées, maudites, abominables, lesquelles sont les demeures et les temples des démons;

2° Les individus qui empêcheront les gens hétérodoxes ou les schismatiques qui veulent revenir à la foi du Messie, de le faire, et les détourneront du bon chemin: les schismatiques sont, en effet, comme des aveugles, et ils ne connaissent point la voie de Dieu;

3° Ceux qui pratiqueront l'injustice dans les jugements qui regardent les orphelins, les pauvres, les veuves; qui vendront les lois de Dieu pour des présents et des drachmes;

4° Quiconque couchera avec la femme de son père, ou celle de son fils; car c'est là une turpitude;

5° Quiconque couchera avec une bête; car Satan combat les hommes par ce moyen, et c'est là la conduite des gentils [1], et de ceux qui n'ont aucune religion ;

6° Celui qui couchera avec sa sœur, de père ou de mère, puisque ceci est une grande impureté en face de Dieu ;

7° Celui qui couchera avec la mère de sa femme, ou sa belle-mère ; car c'est un crime énorme devant Dieu, que l'homme ait commerce à la fois avec la femme et la fille ;

8° Tout fidèle qui calomniera son frère dans les choses qui concernent la croyance dans le Messie, et cela, soit auprès du sultan, soit auprès d'un étranger, mais dans le dessein de lui nuire et de le perdre ;

9° Quiconque trompera son frère, et le frappera en secret ;

10° Tout homme qui se laissera corrompre par un don, à l'occasion du meurtre de son frère, bon croyant, commis avec injustice ;

11° Tous ceux qui ne croiront pas dans la loi de Dieu et n'observeront point ses préceptes, lesquels nous ont été inspirés par l'Esprit-Saint, le Seigneur vivifiant, et que nous vous avons ordonné de suivre en entier.

Au contraire, quiconque montrera du zèle pour obéir aux commandements de Dieu verra la bénédiction divine descendre dans lui et sur lui, la main droite de Dieu le couvrira, et le Très-Haut ne le privera point des biens dans le monde passager ni

[1] Ou des musulmans, الحُنَفَاء.

dans le monde éternel. Il le mettra, dans l'autre vie, au nombre des fils de la lumière, les êtres élus.

Certes Dieu détruira tout homme qui a été injuste, et il fera peser sa colère ainsi que son châtiment sur celui qui aura été rebelle à sa loi. Il effacera le nom du méchant, du calomniateur, du superbe et de l'orgueilleux; mais Dieu bénira tout homme au cœur droit, et il l'élèvera sur les cous de ses ennemis. Amen [1].

Ici finit le livre, et rendons grâce à Dieu d'une manière durable, éternelle. O Seigneur! pardonne au pauvre copiste, accorde la paix et le repos à l'âme de son maître! Amen.

TEXTE.

بسم الاب والابن وروح القدس إلاهٍ واحدٍ

هذه احكام العتيقة الاولى اىّ رجل اشترى عبدا فليستخدمه سبع سنين ويحرّره بعد ذلك لانّه من واجب حقّه اذا نصح فى خدمته ان يحرّره فان كان غير متزوّج اشتراه فليخرج وحده وان كان مولاه زوجه عبدةً له فالعبدة واولادها لمولاها فان ابى العبد الّا يترك اولاده وامرأته واختار العبوديّة من اجل اولاده فليأخذه المولى الى منزله ، القانون الثانى اىّ رجل كان له بنون وبنات وكان فقيرًا واحتاج الى ثمن ولده من عبدته او

[1] Cf. *Deutéronome*, XXVII, 15-26; XXVIII, 1 et suiv.

غيرها فليبع واحدة من البنات ليس كبيع العبيد بل يعرّف المشترى انّها ولده وانّه انّما باعها من حاجة الى ثمنها ليشتريها المشترى ويعرف منزلتها ويحرّرها بعد سبع سنين فان احبّت اقامت فى منزله وان لم تحبّ وارادت الرجوع الى ابيها فلترجع اليه وهى حُرّة فان نكحها سيّدها هو او ولده فليفعل بها كما يُفعل بالحرآئر وليس يحلّ له بعد ذلك ان يبيعها لقوم غُرَباء بل تكون حرّة فى منزله فان فعل بها غير ذلك بان يغدر بها ولا يُعتقها ويتزوّج من مرأة اخرى غيرها حُرّة فلا يستعيرها (1) ولا يُنْقِص من طعامها ولا من شرابها ولا من مُضاجَعتها ولتكن عنده مقام الحرّة فان لم يفعل من هذه الخصال شيأً فليخرج (*sic*) مجّانًا بغير ثواب ولا رزق يكون له لانّه خالف ناموس الله، القانون الثالث مَنْ قتل رجلا متعمّدًا او غير متعمّد فالقتل جزآؤه فان هو هرب الى بيت الله والتجأ اليه مستغيثًا ببيته فليصيّر الى التوبة كما قد اوجبنا فان هو غرّمه (2) واخرجه خارجًا وقتله واحتال فى قتله بحيلة فالحكم ما قد اوجبنا بديًا، القانون الرابع كلّ من ضرب اباه او امّه او سبّهم او شتمهم فقد اباح (3)

1 Le ms. nº 83 porte يستعبدها.
2 La leçon du ms. nº 83 est غدر به.
3 Le ms. nº 83 porte أبيه.

دمه لهم ولغيرهم ولا عُقوبة على قاتله ومن سرق الناس ايضا فقد وجب عليه القتل، القانون الخامس ان اقتتل رجلان فضرب احدهم صاحبه بحجر او طلب توخّيه (1) ولم يمتْ ووقع مريضا زمانا فعليه ان يُنفق عليه حتّى يبرئ واجرة الطبيب ايضا فان هو قام بعد ذلك وخرج الى السوق يمشى على عصاه فلا يُقمقمه (2) على ذلك بعد وقد برئ من دينه (3) فان هو مات فى علّته تلك فعليه الغُرم لاهله مثل نصف دينه او ما يتراضون به، القانون السادس ان ضرب رجلٌ عبده او عبدته ومات تحت العصا فيُضربْ هو ايضا مثل ما ضرب العبد ويُخفّف عنه وان عاش ذلك المضروب يومًا واحدًا او يومين فقد برئ مولاه من الملآمة ولا ادبَ عليه فانّه انّما اراد صلاح عبده او عبدته ولا قضيّة عليه لانّه ماله، القانون السابع وان اقتتل رجلان وصدما امرأةً حاملًا واسقطت بولد حىّ فيجب عليهما غرم الذى يطلبه بعل المرأة منهما او ما يحكم به الحاكم وان هى اسقطت ميّتا فالنفس بالنفس والاشيآء كلّها قصاصٌ او يتسامحوا بينهم بالهبات فانّ

[1] Au lieu des trois derniers mots, le ms. nº 83 a وآلمه.

[2] La leçon du ms. nº 83 est نفقة.

[3] Le ms. nº 125 porte دينه; le ms. nº 83, دنبه, sans doute pour ديته.

ذلك حكم الحديثة فان ضرب رجلٌ عبده او عبدته
واخرج احدى (1) عينيها فليحرّرها مكان عينها. القانون
الثامن فان نطح ثورٌ لرجل او امرأة (2) فالحكم على الثور
نازلٌ يُرجم بالحجارة ولا يُؤكل لحمه وصاحب الثور بريءٌ من
اذيّته ومن ذنبه فان كان الثور نطّاحًا معروفًا بذلك ولم
يحفظه صاحبه وقتل امرأةً او رجلًا فليُقتل الثور وربّ
الثور فان طُلب منه غُرم فليغرّم ويبرأ وان نطح ثورٌ عبدًا
او أَمَةً ولم يموتا فليُعطِ صاحبُه غرمًا ثلاثين درهمًا (3) وثلث
ثمن الثور وان مات العبد او العبدة فالغرم ايضًا واجب
ولكن يُقتل الثور ولا يُؤكل لحمه بل يُجيَّف. القانون
التاسع وان احتفر رجل بئرا او أساسا او مطمورة او غير
ذلك ولم يُغطِّه ويستوثق من غطآئه ووقع فيه ثور او حمار
فليغرّم صاحب البئر الثور والحمار لاصحابه ولا يكن الواقع
له بل لصاحبه فان احبّ ذبحه واكله فليفعل ذلك.
القانون العاشر وان انتطح ثوران فقتل احدهما الآخر (4)
فليبع الحيّ ويقسم ثمنه بالسويّة ويُباع المذبوح ويقسمان

1 Tous les manuscrits portent احد, au masculin.

2 Le ms. nº 83 ajoute فماتا, et le ms. nº 125, فمات.

3 La leçon des manuscrits nºs 83 et 125 est او.

4 Au lieu des dix mots suivants, le ms. nº 83 porte : فيذبح الحيّ ويقسم ثمنه بالسويّة او لحمه.

بالسويّة لحمه وان كان الثور قبل ذلك نطّاحا ولم يحفظه صاحبه فيغرم صاحب الثور ثمنه لصاحب (1) المقتول وياخذ الغارم الثور المقتول وثمن الميّت ايضا يقسم بينهما وان استبان ان الثور كان قبل ذلك نطّاحًا ولم يحفظه صاحبه فعلى رب الثور ثمن الثور (2) وله هو جثّته، القانون الحادى عشر وان سرق رجل ثورا (3) او نعجة فذبحها او باعها فعليه غرم ثمنها خمس دفعات او بدل الثور ايضا او بدل النعجة خمس نعجات او غيرها لارباب السرقة فان كان السارق طرق مرعًى فى الليل فاكلته الكلاب وادركه (4) اربابُ القطيع فضُرب ضربة فقُتل فيها (5) فلا غرم عليه ولا دية وان ادرك نهارًا (6) وطلعت عليه الشمس فله ديته فان كان حيًّا فعليه ان يؤدّى الغرامة وان كان وجد فى يد السارق وعرف معه ثورًا (7) او حمارًا او نعجة سرقه

[1] Le ms. n° 83 ajoute ici الثور, et supprime les quatre mots qui suivent المقتول.

[2] A la place des trois mots suivants, le ms. n° 83 a : لصاحبه هو اعنى المقتول حمته (sic). Le dernier mot est sans doute pour جثّته.

[3] Le ms. n° 83 ajoute او حمارًا.

[4] La leçon du ms. n° 83 est وادركته.

[5] Le ms. n° 83 porte منها.

[6] Le ms. n° 83 porte او.

[7] Il serait plus correct d'écrire ici ثورٌ او حمارٌ, etc.

وهى (1) احيآءً فعليه غرم ضعفَى السرقة او مثل ثمنها مرّتين، القانون الثانى عشر ان احرق رجلٌ ارض شوك فاصاب النار ارض حَصاد لرجل آخر او عريشه او كرمه او اندره فليغرم الذى اشعل النار والحريق ثمنه وایّ رجل استودع صاحبه فضّة اوِ متاعا او غير ذلك فسُرق من بيته فان هو قدر على اللصوص فليردّ الواحد اثنين فان لم يقدر على اللصوص البتّةَ ولم يعرفهم فليتقدّم صاحب البيت الى المقاضى والهيكل ليحلف بالأَيْمان المُغلَّظة للذى استودعه انّى لم اسرق لك شيئًا وانّى لم اعيّنك ولم امسّس (2) الذى لك بيدى على جهة خيانة او سرقة ولم آمر به احدا من الناس لا قريبًا ولا بعيدًا وانّه أُتِى من مأْنه بلا تصنيع وقد برِئ من لآئمته وليس عليه غرم من ذلك فان هو ابى ان يحلف فعليه غرم ذلك سوآءً، القانون الثالث عشر ایّ رجل اعار صاحبَه ثورًا او حمارًا او بهيمة فانكسرتْ او سبيتْ وليس له بيّنة بادّعآئه على صاحبه فعلى المستعير ان يحلف بالله وبالأَيْمان المغلّظة من باب الحرم وغيره انّه ما اثقل عليه اكثر ممّا يجب ان يحمله او يستعمله وانّه ما بقّى حيلة فى طلبه ممّن سباه وانّ

[1] La leçon des mss. n°s 125, 127, 128 est وهُنَّ ; celle du ms. n° 83 est وهى حيّة.

[2] Le ms. n° 83 porte لم اغنابك ولم امسّ لم.

كلّ دعوى يدّعيه باطل ويبرأ من ذلك وان ابى ان
يحلف. له ايضا فعلى صاحب العاريّة غرم ثمنه فان كان
نكسر فعليه ان يُقيم البيّنة ولا يغرم وان كان سرقه سارق
منه فعليه غرمه وان استعار من صاحبه دابّة اعنى
حمارا او فرسا او جملا او غير ذلك فمات منه فى طريقه او
نكسر ولم يكن صاحبه معه فعليه ان يُسلّم لصاحبه
دابّته كما هى بالحياة او غرم ذلك فان كان صاحبه معه
فليس عليه شىء وان كان اجرها باجرة وحدث عليها
شىء من ذلك فليس عليه ضمانة ولا غرامة ، القانون
الرابع عشر واىّ رجل خدع جاريةً عَذْرآء لم تملك
لاحد وانضجع معها وفضحها فليتّخذها له امراة ان كان
وحيدًا وان كان مُتأهّلاً او ابَى والدُ الجارية ان يزوّجه
ايّاها فعليه حسن الادب كما قد اوجبناه فى كتابنا
المتضمّن للادب وليُؤدّ الى والديها مهرَ مثلِها وزيادةً
مثل مهر العذرآء [1] ، القانون الخامس عشر والرجل
الساحر فتهلك نفسه ومن يذبح للاوثان ايضا فتهلك
نفسه بل انّما الذبيحة لله فى مَذابح المُقدّسة [2]. القرابين
والنذور فمن انذر قرابين البهآئم مثل الكِباش والغنم

[1] Les mss. n°s 125 et 128 portent العدارا.

[2] Le ms. n° 83 donne بالقرابين.

والبقر فليأت بها الى الكاهن ليصلّى عليها ويذبحها خارج الهيكل والقِسّيس قآئم على ذلك ويصلّى ويبرك ويسئل قبول تلك التقدمة مِن صاحبها بابتهال وطلبة من الله ومن بعد ذلك فليقرّبه للكهنة بينهم وليطعم منه ايضا للمساكين ان احبّ ذلك صاحبُ التقدمة وإلّا فلتكن التقدمة خاصّة للكهنة وذلك لئلّا ينتهزوا اليتامَى والارامل ويتنهّدوا قُدّام اللّه فيسمع منهم ويكون ذلك على صاحب التقدمة ديُنونة ولكن ليكون (1) فى ذلك ايضا صلاح للمساكين جُزْء حتّى يفرح اللّه بذلك ،

القانون السادس عشر مَن اقرض فضّةً او ذهبًا فلا ياخذ لها رِبًا وبخاصّة من مساكين الشعب وضعفآئهم فان اخذ فى ذلك رهنًا ثوبًا او غيره وكان صاحبه عُرْيانًا وليس له ثوب فليردّ عليه قبل ان تغرب الشمس ليستر به عورته ويصلّى فيه ويسمع اللّه صلاته لا تسبّوا قُضاتكم ولا يكن مَن كان منكم قاضيًا يَحيف فى القضآء فيحوّج (2) الناسَ الى ذلك لا تسبّوا الكهنة ولا تلعنوا رُؤسآء الشعب ولا تقولوا لهم سُوْءً واسمعوا وصاياهم النذور لا تنسوها لبيوت اللّه ومن الغلّات قدّموا قرابينَ الى الكنآئس من كلّ شىء مثل

(1) Le ms. n° 125 donne فليكن.

(2) Le ms. n° 83 porte ويخرج, et le ms. n° 125, فيخرج.

الزيت والقمح والشراب (1) وغيره من رؤوس الغلّات اعطوا
ابكار اولادكم لله وللملوك الذين يذبّون عن دين الله
وقدّموا قرابينَ فى رضآء الله وكذلك فى بقركم وابكار
اولادها وابكار اولاد مواشيكم ايضا ودوابّكم وقدّموها لله
قُرْبانًا حتّى يُبارك اللّهُ عليكم ولكم فيما بقى العُشور ايضا
من اموالكم فلا تنسوها ليرضى اللّهُ عنكم ويُورّثكم بذلك
فرحَ الفردوس مع ملآئكته البَهِجين فى التسبيح الدآئم
واما ماذا اقول فى ابكار غنمكم فليُربَّ مع امّه سبعة ايّام
وقبل ذلك فلا يكون ولا يكون بعده باكثر من ذلك فى
الوقت الذى يحبّونه وانّما اوجبنا لهم مع أُمّهاتهم سبعة
ايّام للرّأْفة وتمام الشىء وبعد ذلك فافعل فيه بما تحبّه
ممّا قد امرناكم به المَيْتة والمخنوق وسآئر السباع
فلا تاكلوا شيئًا منه ولا اللحم الذى بدمه ايضا ولا
تُصدّقوا حديث الكذب ولا تَتّبعوه ولا تبسطوا ايديكم
مع الفاجر لتكونوا له شهودَ كذب ولا تعاون الظالم
فيردّ الله ظلمه عليك ولا تغتنش عن عثرة إنسان قد ستر
الله عليه ولا تظهر امره ولا تكشف عيب رجل مستور
ولا تصيّر له عيبًا وعثرة فيكشف الله سترك فى الدنيا وفى
الآخرة الديْنونة من الله لانّه ليس من رجل تامّ قُدّام

(1) La leçon du ms. n° 83 est والخمر.

الله ولو لم تكن حياته على الارض إلّا يومًا واحدًا لا تاخذوا الرشوة فى القضآء ولا تُرذلوا كلام الابرار الذين هم يحفظون وصايا الله وبوصاياه عاملون اعلموا انّ الله قال انّه كلّ ذكر فاتح رحمًا فهو له خاصّة من الماشية والبقر والغنم ومن الناس فهو لى فتكون تقدّموا لله قرابين كما أُوجب وان لم تفعلوا ذلك فى البهآئم فنقّذوا بدل الرأس البكر من الحمير والجمال او غير ذلك بدله ضأنًا بدل الرأس رأسًا مثله ،

فى تطهير الامرأة وما يلزمها من ذلك وايّ امرأة ولدت غلامًا فانّها تكون طمثة سبعة ايّام كايّام حيضها وتجلس بعد ذلك ثلاثة وثلاثين يومًا على الدم النقيّ وفى جملة هذه الايّام لا تدخل الى كنيسة الله حتّى تكمل ايّام طُهْرها وان هى ولدت جارية فتكون طمثة اربعة عشر يومًا وتجلس على الدم النقيّ ستّة وستّين يومًا فاذا اكملتْ ايّام تطهيرها فلتاتى (1) الى الكنيسة هى وولدها جميعا وهذه سُنّة فى الغلام والجارية جميعا ولا يقربها الرجل ايّام طمثها اعنى الايّام المحدودة لحيضها لانّها طمثة جدًّا وبعد ذلك على الدم الحلال فهو مُخيّر ان امسك نفسه فله اجر ذلك وان لم يقدر فلا جُناح عليه بعد إباحة المرأة

[1] Le ms. nº 83 porte فلتاتِ, et cela est un peu plus correct.

نفسها لرجلها لانّها لا تفعل ذلك إلّا ان تعلم من نفسها طهراً واحتمالاً ،

فى الاحتلام والجنابة مَن مِن الرجال اصابه الاحتلام بالليل فليغتسل بالمآء فى الموضع الذى اصابه فيه ذلك وينظف الثوب والغطآء الذى فيه ذلك اعنى تنقيته ويكون على ذلك الى الليل جُنبًا والامرأة ايضا اذا ضاجعها الرجل وامذى فيها فيغتسلا جميعا بالمآء فى الموضع الذى لابس بعضها بعضا ويكونان جميعا وَجِلان الى مسآء ليلتهما (1) والامرأة اذا حاضت فليجتنبها الكاهن مِنّ تمّاس او قِسّيس اذا كان هو زوجها وليخف من الله الطهر الطاهر ولا ياتها على حيضها او يدنو منها إلّا على طُهرٍ طاهرٍ لانه خادم الله تعالى ولغيرها نقول هذا من جميع المؤمنين فامّا الكهنة فخاصّة وكلّ من يدنو من المراة الحآئض اى يجامعها فهو طمث مثل ايّام حيضها ولا يطهّر الاّ بالسمون (2) والصلاة اى الاستغفار وبعد انقضآء سبعة ايّام الحيض المحدودة احفظوا وصاياى وقضاياى يقول الربّ فانّه مَن يحفظها ويعمل بسُنَنى فانّ نفسه تعيش الى الدهر

[1] Il aurait été plus correct d'écrire وجلَيْنِ. La leçon du ms. n° 83 est : ويكونان جميعان (*sic*) يصلّيان لله فى تلك الليله وغيرها.

[2] Le ms. n° 83 porte بالتيسيمون, et le ms. n° 125, بالتميون.

لا تنظر (1) عَوْرة مَن لا يحلّ لكم ولا تقربوا اليهم (2)
بالجُامعة لانى اطّلع واعرف كلّ شىء وارى تحت التحت
لا تحل عورة ابيك ولا تضحك عليها ولا عورة امّك.
ولا تنظر اليها ولا عورة امراة ابيك فانّها مثل عورة ابيك
ايضا ولا عورة اختك ابنة ابيك ولا عورة اختك بنت
امّك وابيك ولا بنت امّك التى ولدت من رجل آخر ولا
عورة ابنة ابنك أو بنت ابنتك من اجل انّها عورتك ولا
عورة عمّتك من اجل انّها ذات قرابة ابيك ولا عورة
خالتك من اجل انّها ذات قرابة امّك ولا عورة امرأة
عمّك من اجل انّها ذات قرابة ابيك ولا عورة امرأة
اخيك من اجل انّها عورة اخيك ولا عورة امرأة واختها
جميعًا فانّهما طمثنان ولا عورة امرأة وبنتها او ابنة (3)
بنتها لانّهنّ ذات قرابة وفجور ولا تنكح على امرأة واختها.
فتجتلى عورتها فى حياتها فتغيظها وتقتل نفسها ولا
تجامع امرأة وهى حآئض فى ايّام حيضها ولا حُبْلَى يوم
دمها ولا تجامع امرأة صاحبك ولا تُخالفه اليها ولا تُلقِ
زرعَك فيها فتخيب (4) ولا تُغفر لك تلك الخطيّة ايضا انّ

[1] Le ms. n° 125 porte لا تنظروا.

[2] La leçon du ms. n° 125 est اليها.

[3] Les mss. portent وبنتها.

[4] La leçon des mss. n°s 127 et 128 est un peu incertaine; ils semblent porter فتخيب; celle du ms. n° 125 paraît être فتخيب. La ré-

بالصوم والصلاة ولا تُلق زرعك ايضا في الغريبة لا يضطجع الرجلُ والغلام كمضجع المرأة من اجل انّ ذلك رِجْز ولا تلق زرعك في دابّة فتكون بها رجسًا ولا تعرض المرأة نفسها للدابّة ايضا فتكون بذلك رجسة ولا تضطجع المرأة للمرأة كمضجع الرجل فان ذلك وصاحبه رجس يا شعب الله ويا اولاد المعموديّة الامم الطاهرة لا تتنجّسوا بهاولآء فانّ بهاولآء هلكت الامم الاوآئل ايّما [1] رجل جامع امرأة وهى امة وله عبدة فى رزقه قد اشتراها ممّن باعها بماله واتاه منها ولد فهى وولدها عبيد لمولاها إن اشتهى حرّر ولدها الذى يدّعيه وان اشتهى استعبده وكان من الورثة الغريبة التى قد حدّدناها ايضا فان هو حرّرها قبل ان يجامعها وكتب لها كتاب حُرّيّتها وشهد عليه بذلك الشهود فى تحريرها قبل مجامعتها وكان

daction du ms. n° 83 diffère ici, et assez souvent ailleurs. Le même ms. n° 83 a, dans cet endroit, la singulière note marginale qui va suivre : وُجد فى نسخة بخطّ انبا مرقس ابن زرعة انّ مِنْ هاهنا بدو الكتاب الثالث من قوانين الملوك وذكر الشيخ الصفيّ ابن العسّال انّه الكتاب الرابع وعدّته خمسة وثلاثون فصلاً وان هذا الفصل هو السابع والثمانون ولم يجد شيًا غير ذلك وانّما كتبت هذا الكتاب بعد كتب الرُسُل لكون انّهم منسوبين للسادة الرسل ولم يثبت ذلك والسبح لله دآئمًا ابدًا ،

[1] Le ms. n° 125 porte ايّ.

بينهما ولد وذلك لازم له لانّه باختياره اعتقها وحرّرها فان كان ذلك وهى فى ملكه فلا جناح عليه ان احبّ امسكها وان احبّ خلّاها هى وولدها بعد ان يرزقها ما يقوتها هى وولدها الذى هو منه باقراره فلذلك قوته عليه كما قد حدّدنا ويختار لنفسه زيجةً من احبّ من الناس وبعد ان لا يجتمع معها على حاله ولا يجامعة بعد ذلك بالحروم القاطعة واللعنات الواجبة والاختيار فى هذا الى الاسقف يُدبّر ذلك بحسبما يراه وما يخلّص انفسهم لا يجور فى القضاء ولا يحيف واعدلوا فى الوزن والميزان والكيل بالقسط ومثاقيل القسط أستعملوا لانّ الله مُطّلع على كلّما تعملون قُم من قُدّام الشيخ وافسح له فى الكلام واكرم مَنْ هو اكبر منك واخش منه ،

فى الزناء والفِسْق اىّ رجل عُرف بالزنآء والفِسق والوقاحة والاستكثار من ذلك فليُؤَدَّب ادبًا وجيعًا كما قد حدّدنا آنفًا فان هو عاد الى ذلك بعد الادب مرّات فليُرجم وانا احلّ (1) رجزى (2) عليه يقول الربّ فان أُخذ بوجهه وحُوبَى (3) فى الحكم احللتُ رجزى على الحاكم الذى حاباه وهو ملعون يا اخوتى أولاد المعموديّة استعملوا الصالحات

[1] La leçon du ms. n° 128 est آجل.

[2] Le ms. n° 125 porte وجرى.

[3] Le ms. n° 128 donne وخونى.

واتركوا الطالحات لينظر الله اليكم بالرحمة اذا قبلتم وصاياه لا تسرقوا كما لا تشتهوا ان يُسرق لكم ولا تكذبوا كما لا تشتهوا ان يُكذب عليكم لا تحلفوا بالكذب ولا يحلف الرجل لصاحبه باسمى كاذبًا لانّى انا الرب لا تظلم صاحبك ولا تغصبه شيًا ولا تحزنه بالغرينة ولا تبيت اجرة الاجير عندك الى غدوة إلّا برضاه لا تغظ الاخرس ولا تجعل قُدّام الاعمى عثرة ولكن تكون تخشى الله ايّما رجل شتم اباه واُمّه فقد اوجب على نفسه القتل فان وُهب جرمه فليصرْ الى التوبة لانّه فعل خطيّة وشتم اباه وامّه اغاظهما فان هو قُتل فليكن دمه عليه فى وسط رأسه ومَن زنى بامرأة رجل او بامرأة صاحبه الذى كان يأنس اليه وكان معروفًا فليُرجما جميعًا او يُترحّم عليهما ويصيران الى التوبة ايّما رجل زنى بامرأة ابيه فليُقتل او يُلعن لانّه كشف عورة ابيه ودمه يكون على رأسه وليس على قاتله حُكم ايّما رجل جامع الذكر مجامعة المرأة وامرأة تجامع امرأة كفعل الرجل بها فليُقتلا جميعًا ودمهما على رؤوسهما وليس على قاتلهما حكم ايّما رجل جامع امرأة وامّها (1) فانّها خطيّة فليُحرق بالنار ايّما رجل جامع بهيمة او امرأة تأتى بهيمة ايضا لتغشاها فواجب على

[1] Ce mot manque dans le ms. n° 128; dans le ms. n° 127, il a été tracé par une autre main.

المرأة القتل وعلى البهيمة الرجم إلّا ان يُترحّم عليها وليس على قاتلها خطيّة ايّما رجل تزوّج باخته ابنة ابيه او ابنة عمّه او اخته ابنة امّه ورأى عورتها فانّها ذات عورته فهو محروم ملعون ويُبيده الله من شعبه من اجل كشف سَوْءة قرابته واخته ايّما رجل كشف سَوْءة خالته او عمّته او امرأة عمّه فليموتا جميعًا بخطيّتهما ،

فى سُنّة الكهنة ومالهم لا يتدنّس الكاهن بالميّت ولا يغسله إلّا ان يكون ذا قرابة له اعنى صلة الرحم مثل ابيه وامّه وابنته او اخته العَذْرآء التي لم تُلامس رجلًا قطّ لا يتدنس الكاهن بشريف قومه ولا يقربه (1) ولا يعلوهم بغسل او غيره لانّه متمرّغ فى قرابين الله وفى مذابحه وان مات للكاهن قرابة (2) فلا يحزن عليه لحزن الامم ولا يُخرّق ثيابه ولا يُشعّث شعره ولا ينتحب (3) بالبُكآء الشديد بل يشكر الله كثيرًا ويراه الشعب فيشكرون ذلك منه وليكن الكهنة فى مصآئبهم كلها شاكرين مثل ايّوب الصِدّيق ،

فى تزويج الكاهن لا يتزوّج الكاهن امرأة زانية ولا سحّاقة

[1] Le ms. nº 83 porte يقربهم.

[2] Le ms. nº 83 donne ذو قرابة.

[3] Telle est la leçon des deux mss. nºs 83 et 125; le ms. nº 128 fournit la forme énergique de l'aoriste, c'est-à-dire ينتحبن. La leçon du ms. nº 127 est un peu incertaine.

تأتى النسآء ولا مُذكَّرة ولا خبيثة وَقِحة سليطة شِرّيرة
ولا مَن طُلّقت من هذه الاشيآء القبيحة وان بدت ابنة
الكاهن تزنى او امرأته فانّها نجسة تُنجّسه فيتخلّ عنها
لانّه مُقدَّس الله فامّا الكاهن الكبير فلا يتدنّس لا بامة ولا
بابيه ولا بابنه ولا بابنته ولا باخته ولا بغير ذلك وليكن
فى الهيكل مُقيمًا لا يبرح ولا يخرج منه الى غيره وليتزوّج
ان تزوّج بجارية عذرآء ابنة والدين عفيفين ولا يتزوّج
بثَيِّب (1) ولا بأَمة ولا برانية ولا مُتبرّجة بل عذرآء
عفيفة ،

فى معرفة كيف يكون الكاهن لا يكون كاهنًا اعرج ولا اعور
ولا افطس سمج الخلقة ولا اخرم الاذن ولا مقطوع الشفه
ولا مكسور الرجل ولا مكسور اليد ولا اشلّ ولا زوآئدىّ
ولا مسخ مبدول (2) ولا اعمى ولا احدب ولا منحنيًا (3) ولا
اجذم ولا ابرص ولا مَن قد ندرت عيناه (4) ولا مقطوع
الانف ولا اخرم ولا أُطروش ولا مُقْعَد إلّا ما قد سمحتْ به

[1] Le ms. n° 128 porte بثيّبة. Dans cette même ligne, les mss. donnent متبرّحة.

[2] Les mss. n°s 127 et 128 portent مبذول.

[3] Le ms. n° 83 donne منحنى; la leçon مُنحنٍ serait plus régulière.

[4] Les mss. n°s 125, 127 et 128 donnent عينيه; le ms. n° 83 porte حدقته.

الآباء فى المجامع الاولى القديمة. ومن شدة (1) لانهم سمحوا فى هذا الباب وقالوا ما لا تنقصه التشمسة (2) هو جائز لان العيب ليس هو عيب الجسم وانما العيب عيب النفس لمن كان فيه مثل هذه الاشياء وكان عفيفا او عالما او مؤمنا حسن الامانة لا (3) شيئا ينقصه من الحديقة (4) فهو جائز له وقد اجازوه واجزناه ايضا مثل الاعور والاعرج والمنحني وغير ذلك وينبغي للكاهن ان يكون حسن الصورة نظيفا نقيا من الادناس فاذا لامس مرأته فليجتنب خدمة المذبح ذلك اليوم الى الليل ويغتسل ويدخل (5) واذا كان الكاهن مؤتمن على اقنومية (6) او مستغل (7) او غيره من مستغلات (8) الكنائس وكان قرابين الله فى يده فجائز له ان ياكل منها هو ومرأته

[1] Après le mot القديمة, les mss. n°s 83 et 125 ajoutent عن ضرورة او من شدة. Ensuite, la rédaction diffère dans ledit ms. n° 83.

[2] La leçon du ms. n° 125 est ما لا ينقصه فى التشمسة.

[3] Les mss. n°s 83 et 125 portent لا شيء.

[4] Les mss. n°s 83 et 125 donnent من الخدمة.

[5] Le ms. n° 125 ajoute الى خدمته.

[6] La leçon du ms. n° 83 est اذا كان كاهنا مؤتمنا الخ. Je pense que le mot اقنومية est le grec *οἰκονομία*, ou bien le terme latin *œconomia*.

[7] Les mss. n°s 83 et 125 donnent مشتغل.

[8] Le ms. n° 125 donne ici encore مشتغلات; mais, dans cet endroit, la rédaction du ms. 83 diffère de celle des autres manuscrits.

واولاده الصغار الذين لم يتكسّبوا فامّا مَن قد رزقه الله
رزقًا ومعيشةً يعيش منها فليس اكله له بجآئز من اولاده
فامّا ابنته البكر فلها جآئز ذلك فاذا زوّجها وصارت فى
بيت زوجها فاكل ذلك لها غير جآئز لا لها ولا لزوجها
ايضا فان حدث على زوجها الموت ورجعت الى بيت ابيها
او من فرقة تفترق منه وتصير الى بيت ابيها فاكلها
لذلك جآئز ما دامت فى منزله ولكن يكون ذلك بمقدار لا
يتبغذخ (1) ولا سرف (2) فان كان لبنت الكاهن اولاد من
الرجل الغريب او مات ابوهم او فارقها لعلّة او شرّ فلتكن
الاولاد فى عيلة (3) ابيهم ان كان ممكنًا لذلك وان كان
فقيرًا لا شيأً (4) له فالله اولى بالعذر وماله اجمل فان اكل
منه البيت (5) فى بعض الاحايين فعليه ان يردّ مثلما (6)
اكل خمسة اضعاف فلا تأثّموا ولا تخطوا فى قرابين الله بل
يكون الانسان محترزا خآئفا من الله الذى (7) لا يخفا
عليه خافيه ٭

1 Les mss. n°s 83 et 125 portent ببدخ, sans doute pour ببذخ.

2 Le ms. n° 125 donne شرف.

3 La leçon du ms. n° 83 est فى عيلى.

4 Les mss. n°s 83 et 125 portent لا شى ء.

5 Le ms. n° 83 donne البنت; le ms. n° 127 paraît aussi porter البنب.

6 La leçon du ms. n° 83 est ما تأكل الخ.

7 Au lieu de الذى, le ms. n° 127 porte لانّه; mais ce dernier mot est tracé par une autre main que le reste.

فى الغنم والبقر اذا كان مرعى فيه غنم وبقر فلا يذبح الثور وولده فى يوم واحد ولا النعجة وولدها فى يوم واحد ولا الجَدْى وامّه فى يوم واحد ايضا وان ذبحت جديًا من منزلك فلا تحلب لبنَ امّه وتطبخه به لانّ ذلك خطاء؛

فى المزارع إن افتقر اخوك او نسيبك او جارك وباعك شيئًا من ميراثه مثل دار او مزرعة فاشتره منه على انّه ان فرّج (1) اللّهُ عنه رددتَه اليه واخذت الثمن الذى اعطيتَه بلا زيادة ولا رِبًا وان كان له قرابةٌ قريبٍ اعنى وارثه فليشتر ذلكِ منه فهو احقّ به واردّ (2) عليه بافتكاكه (3) وان لم يكن مَن يفتكّه وليس له بقدر فكاكه فليحسب على المشترى سَنِي البيع وغَلّتها فياخذه من الثمن فان زاد الثمن اخذه منه فى الافتكاك وصار الميراث لصاحبه وان كان له فضل على الثمن ردّ المشترى الى البائع الثمن الباقى وترجع الدار والمزرعة الى صاحبها وان اشترى رجل من رجل مسكين قريةً او مسكنًا فتقم فى يده الى ان تتمّ سنةٌ من الحول الى الحول فان احضر البائع

[1] Les deux mots suivants manquent dans le ms. n° 127.

[2] Les mss. n°s 125, 127 et 128 portent واردد ; la leçon du ms. n° 83 est ويردّه.

[3] Les neuf mots suivants manquent dans le ms. n° 127.

المسكين الى تمام السنة او بعدها بقليل المالَ فليردّ اليه بلا ربح ولا ربا وان لم يكن معه الى تمام السنة وبعده بقليل الفكاك فقد وجبت القرية او المنزل لمن اشتراه حلالًا طيّبًا وليرثهما وارثه (1) بعده ،

ومنه ايضًا العِراص المُسطّحة التى ليس لها حائط يدور عليها فلتتبعْ حساب المزارع ولها فكاك. ايضا ان اشتريتَ من المساكين الى تمام الحول وكذلك الكروم وغيرها من المزارع السبيلُ فيها واحدٌ ،

وصيّة ان افتقر رجل ووضع يده معك فى العمل فلا تعدّه كالاجير بل أَحسِنْ اليه ورفّهه ليُحسن اللّهُ اليك ويُبارك لك فى عمل يديك لا تُعطِ ذهبك وفضّتك بربا ولا باجرة ولا طعامك بزيادة واخشَ اللّهَ فى كلّ اعمالك ،

فى الدَيْن فان تديّن اخوك فبيع هو او ولده فاشتره ولا تستعمله عمل العبيد فلكنّه يكون كالاجير فاذا شمْتَ وتركته فى مالك وفى عمل يديك فلا تاكل له ثمنًا واعتقه هو وولده بعد انقضاء السنين التى اوجبها اللّه لانّ اللّه احبّ تحريره ولذلك انزل اللّه البركة فى عمل يديه فاعلم ذلك فاذا انقضتْ هذه السنون السبعة واحببتَ ان يكون معك لعظم بركته فاكتبْ حُرّيّته بيدك (2)

[1] Les mss. n°s 83, 125 et 128 portent وراثه.

[2] Les mss. portent بيده.

واستعمله مثل الاجير واعطه اجرته واحسن اليه جدًّا
ليُديم الله لك البركات على يديه ،

فى نذور العبيد والإماء   ايّ رجل انذر لله ولكنائسه
عبدًا او عبدةً او صبيًّا او صبيّة فلتكن فِدْيَته او ثمنه
ان احبّ انقيّم بكنائس الله ان يبيعه واشتراه الذى
قرّبه حتّى لا يكون عليه خطيّة فانّه ربّما يقع الانسان
فى شدّة وينذر النذور ويخرج من فمه عهد الله ثمّ انه
يرجع فيندم على ذلك فثمن ذلك من ابن عشرين سنة
الى ستين سنة خمسون دينارًا مثاقيل تُؤْخَذ للقدس [1]
وان كانت أُنثى فثمنها ثلاثون مثقالًا ومَن كان ابن
خمسين [2] سنة الى عشرين سنة يكون ثمن الذَكَر
عشرين مثقالا وثمن الانثى ثلاثة مثاقيل ومن كان من
ابن شهرين الى خمس سنين فثمن الذكر خمسة دنانير
وثمن الانثى ثلاثة مثاقيل من الفضّة وزن القدس وهو
الاستار ومن كان ابن ستّ سنين وما فوق ذلك فثمنه

[1] Le ms. nº 83 offre ici la note marginale suivante : حاشية اختلفوا فى مثقال القدس قيل انّه اربعة دراهم وقيل انّه عشرون درهمًا وقيل انّه وزن الاستار والاستار ستّة دراهم ودانقى وسُبْع

[2] Telle est la leçon des manuscrits; mais il me semble qu'elle devrait être خمس سنين.

خمسة عشر مثقالا والانثى عشرة مثاقيل لانّها لم يعرف رجلًا ،

ومنه ومن كان مسكينًا لا يمكنه الثمن وانّما انذر ذلك على جهة الشدّة فليات الاسقف والقسّيس فليقطع ثمنه كما يعرف من ايسار الذى نذر النذر او فقره ويستعمل فيه حسن الطويّة وان كانت من الانعام والمواشى او غير ذلك من الدوابّ فالقيمة للكاهن يُقوّم ذلك بخيفة الله ولا يُحابِ (1) الكنيسة لان الله اغنى من الناس وله الفضّة والذهب والانعام والاراضى ولا يمل (2) على الانسان المُنذر ولا يَحِف (3) عليه بل يكون ذلك بحقّ الله الواجب ،

فى الزناء والفجور اىّ رجل زنتْ امرأته برجل غريب وفجرتْ سِرًّا ولم يعلم بها زوجها بل عرّفت الناس بالغمّ (4) ولا بالتحقيق وصابه عليها الغيرة وكان مُحبًّا لها ولعل ما قيل فيها حقّ او لا فيقدّم الرجلُ المرأة الى الحاكم فى كنيسة الله وليقم قدّام المذبح ولياخذ الكاهن إناءً فيه ماءً من كبريتى ويكون الاناء فخّارًا ويجعل فيه ترابًا من ركن المذبح

[1] Les mss. n°s 83 et 125 portent يُحابى

[2] Les mss. n°s 83 et 125 donnent يميل

[3] Le ms. n° 83 offre يحيف, et les mss. n°s 125 et 128 portent يحف.

[4] La leçon du ms. n° 83 est بل عرّفوه الناس بالغمز الخ. Quelques lignes plus bas, le ms. n° 125 porte ماء بئر كبريتى.

ويطرحه فى الاناء ويكشف عن رأس المرأة ويكون ماء المحنة بيد الكاهن ويحلف (1) المرأة بقوّة الهيكل وحلول روح القدس فيه فى خبر (2) ان كان زنا بك رجل غريب ولا فجرتِ بغير زوجك فتقول المرأة نعم او لا فيقول لها الكاهن ان كنتِ بريّةً ممّا قد اتّهمك به هذا الرجل (3) فانّ الماء لا يرزأكِ وان انتِ جهلتِ وحلفت كاذبة وقد زنيت واضطجع معك غير زوجك فحرم الله يحلّ بك ومشنوّةً (4) تكونين من اهل بيتك وهذا الماء تشربينه يفسد جسدك كلّه ويحلّ جميع اعضائك ولا يشتدّ ابدًا فتقول تلك المرأة امين امين وتشرب من ذلك الماء قدّام المذبح وزوجها يرى ذلك بعينيه وهى مكشوفة الرأس فان كانت المرأة كاذبةً وقد زنت وفجرت فانّ ذلك الماء الذى تشربه ينفخ جنبيها وتصير آيةً لمن يراها وان كانت بريّة لم تزنِ لم يضرّها ذلك الماء شيأً وهى تحبل بغلام تفرح به ويُذهب اللهُ الغيرة ايضا عن زوجها وهذا الامتحان لازم ايضًا ،

[1] Les mss. n°s 83 et 128 portent وتحلف.

[2] Le ms. n° 125 porte فى كلّ حين ; le ms. n° 127, فى حين ; le ms. n° 83 donne aussi فى كلّ حين , mais ensuite sa rédaction diffère.

[3] Le ms. n° 127 ajoute ici, à tort, الكاهن.

[4] Le ms. n° 128 ajoute ici, à tort, la conjonction وَ.

في نذور النسآء والرجال ايّما رجل ينذر لله نذرا او يقسم قسما او يعزم عزيمة على نفسه فلا يُبطّلنّ قولَه قدّام الله فتُصيبه عقوبة ذلك الى ان يقضى نذره ويوفى ما عليه من حقّ الله ،

في قتل المتعمّد وغيره ايّ رجل ضرب عدوَّهُ بحديد يُريد قتله ومات على ذلك فقد وجب على ذلك القاتل القتل وان كان رماه بحجر يُريد قتله ايضا ومات فيقتل القاتل ايضًا فان هرب منهم ولقيه ولىُّ المقتول فيقتله بحجر مثل قتله فان ضربه باناءٍ من خشب مُتعمّدًا فمات فليقتل فان كان لم يتعمّده بشىءٍ من هذه الضربات ولا كان بينهما عداوة قطّ فليحكم الحاكم بينه وبين ولىّ الدم بصلح وليخلّصوه (1) منه شآءَ أَمْ ابا لانّه لم يتعمّد القتل فان هو ظهر وتمرّد على اولياء المقتول وافتخر عليهم فيقتلوه (2) فلا دية له ولا عقوبة على قاتله من اجل انّه كان يجب عليه ان لا يظهر لهم حتّى تنقضى ايّام حزنهم ولا تجوز شهادة واحد على المقتول ولكن ثلاثة شهود عدول يُحِقّون ممّن لا ياخذون الرشوة ولا يبيعون الحكم وهم ابريآء من عند

---

1 Le ms. n° 83 porte ويخلصه.

2 Le ms. n° 83 porte فقتلوه ; les mss. n°s 125 et 128 donnent فليقتلوه.

الله (1) انتم ايضًا ايّها الحُكّام انصفوا بين اخوتكم بالحقّ وكلّ رجل واخيه (2) وقريبه ولا تاخذوا بالوجوه فى القضآء واسمعوا من الصغير كما تسمعون من الكبير ولا تحقروا الصغير ولا تحيفوا للكبير ولا للصغير قدّام الله فان القضآء هو لله الذى هو الحقّ وحده وهو الاله الحقّ الرحوم ربّ الارباب وهو الاله العظيم العليم الجبّار الذى لا ياخذ بالوجوه ولا يقبل الرُشا وهو يحكم لليتامى والارامل واعتصموا باسمه واحلفوا باسمه صادقين اخشوا منه فانّه ان قبلتم يُنجّيكم فى هذا طآئعين وإلّا فسوف تقبلونه مُكرهين بعقوبة رجزه فان انتم قبلتم وصيّة الله واحببتموه من كلّ قلوبكم (3) فانّى أُنزل المطر على ارضكم فى حينه ومتاخّره (4) فتحمل ثمرتكم (5) وكرمكم وطعامكم ودهنكم واجعل فى مزارعكم عشبًا لدوابّكم من حيث لا تتعبون فيه ولا تزرعونه بل من قطر سمآئى وحلاوة هوآئى فتاكل منه دوابّكم فتشبع ،

ومنه اىّ رجل خرج الى الشجر ليقطع حطبًا او خشبًا

[1] La leçon du ms. n° 83 est وهم ابرار من عند الله; celle des ms. n°s 125 et 128 est وهم ابريآء من الله.

[2] Le ms. n° 125 porte من اخيه.

[3] Au lieu de فانّى, le ms. n° 128 porte قال الله.

[4] La leçon du ms. n° 83 est مبكرًا ومؤخرًا; celle du ms. n° 125 est مبكرًا ومتأخرًا.

[5] Le ms. n° 125 porte ثمارکم.

ثمّ رفع يده فى الفأس ليقطع فنصل الفأس وصاب [1]
صاحبه ومات فليهرب ذلك الانسان مستغيثًا الى بيت
الله سبحانه انّه ما قتله عامدًا فنحيا نفسه بذلك الفعل
ولانّه لم يحلّ عليه الموت لانّه لم يقتله عامدًا ولا يجب
عليه حكم فى القضاء من اجل انّه لم يكن يبغضه قبل
ذلك ولا كان له عدوّا فامّا إن كان رجلا عدوّا لصاحبه
ومكر به وخرج الى الصحراء بحيلة منه ليقتله ثمّ قدم
عليه فضربه فمات ومرّ الى بيت الله مثل البرىّ مُتشبّهًا
به ليخلّص نفسه من الموت فلا يُقبل منه ذلك بل يُوجَب
عليه الحكم توبة نصوحة [2] دآئمة كما قد حدّدنا وهذا
اذا تخلّص من القتل ولموضع رجعته الى الله فليُرحَم بالتوبة
واحذروا ان تقبلوا شهادة واحد على شىء من هذه
الامور بل شهادة اثنين او ثلاثة يمضى الحكم فى هذا كلّه
وإن صحّ على رجل انّه شهد على انسان فى مثل هذه الامور
بكذب فليحلّ به مثلما يحلّ بالظالم لانّه شريكه فى الخطيّة
وقد قيل فى العتيقة النفس بالنفس والعين بالعين والسنّ
بالسنّ واليد باليد والرجل بالرجل إلّا ما وهبتمّ او سامحتمّ
مثلما هو مكتوب فى ناموس الحديثة المحيّية الناموس

[1] Les mss. n°s 83 et 125 offrent واصاب.

[2] Le ms. n° 125 donne نصحة.

المختار ناموس روح القدس وقد وضع الله بين ايديكم
المجازاة والهبات لما فعلتم كوفيتم[1] به ،

الخروج الى الحرب واذا عزم المؤمنون على حروب اعدآئهم
فليقيموا صليب المسيح بين ايديهم ويسجدوا قدامه
ويصيحوا قدام الله كيرياليصن مائة مرة وبعد ذلك
ينادى منادٍ فى الجماعة الا يخرج احد قهرًا اى رجل ابتنى
دارًا مشيدةً حسنةً ولم يسكنها فليمضِ وليسكن داره
لئلا يحدث عليه حادث الموت فيتمتع بها غيره واى رجل
غرس كرمًا ولم يعتصر من قطافه فليرجع ويتمتع بكرمه
لئلا يُقتل فيتمتع به غيره واى رجل املك بامرأة ولم
يدخل عليها فليرجع ويدخل على امرأته لئلا يقتل
وتصير الى غيره واى رجل كان فزع القلب من الحرب لقلة
حضوره فيها فليرجع ويجلس فى منزله فان الله العزيز
يُعطى القوة والنصر للمومنين باسمه والقليل يغلب الكثير
واذا ملكك الله مدن اعدآئك فادعهم بالسلام فان احبوا
فليكن سلطانك عليهم واعرض عليهم ديانتك فان هم
اجابوا الى ذلك بنية صادقة فهم اخوتك ونظيرك وان
هم لم يجيبوا الى الدخول فى ديانتك فاتخذهم عبيدًا لك
واطرح عليهم الخراج والضريبة فى وقتها فان لم يحبوا

[1] Le ms. n° 127 porte, à tort, كوفيكم.

السلام وسلّمهم الله فى يديك اقتل كلّ ذكرٍ(1) فيها بحدّ
السيف. واستعبد النسآء والاطفال والانعام والدوابّ
والمواشى وكلّما فى القرية فهو لك مُباحٌ ملّكك الله ايّاه وفى
ملكك ولا تعمل من اعمالهم النجسة الذى كانوا يعملونها
فاتّق اللهَ وخفه(2) وأَحسنْ الى الضعيف والمسكين وان
استجار بك احدٌ فأَجره فانّ الله يقول فى الانجيل المُقدَّس
طوبى للرحومين فانّ عليهم تكون الرحمة وما يلى ذلك
من الوصايا فى الحديثة واذا انت حاصرتَ قرية من قرى
اعدآئك وطال بك حصارها فلا تُفسدنّ شجرها فلا تقطع
زياتينها ولا تصرمنّ منه شيًّا بحديدة ولا تفسدها فانّها
انّما هى شجر الحرث جعلها الله لزينة الدنيا وهى شبيهة
بالناس وليس تقدر ان تفرّ كما يفرّ الناس من قدّامك عند
المشقّة ولكن انظر الشجرة التى ليس لها ثمرة تُؤكل فأَحرقها
بالنار واعمل بها كما تريد فذلك مُباحٌ لك ،

ومنه ايضًا وان وجدتَ قتيلا فى مزرعتك ولم تعلم مَن
الذى قتله واردتَ ان تبرأ من خطيّته فانظر القرية القريبة
منك ومن القتيل فليحلّفهم الكاهنُ انّهم ما عرفوا سبب
قتل هذا القتيل ولا تهم فى قتله شيئًا وليقرّبوا على (3)

[1] Les mss. nos 83, 127 et 128 portent ذكرًا.

[2] Tous les mss. donnent وخافه.

[3] Les mss. nos 83, 125 et 128 donnent عن.

انفسهم (1) ويستغفر لهم (2) فى ذلك قدّام الله ويبروا من الدم ،

فى المَسْبِيّينَ والمماليك واذا انت سبيتَ سبيًا ورأيت فيه امرأةً حَسْنَآءَ جميلةً غير عذرآء واشتهت نفسك ان تاخذها فأدْخِلها بيتك واكشف عن رأسها بالغسل النظيف والطيب وقصّ الاظفار وانزع عنها ثيابها التى سُبيتْ بها وأكسبها ثيابًا نظافًا وشكّلها (3) قبل ان تجامعها (4) فان اعجبتك ورأيتها حَسْنَآءَ فى عينك فاتّخذها لك امرأة بزيجة وصداق بعد ان تُملّكها نفسها فان غلبتك شهوة العدوّ وجامعتها على غير هذه الصفة واتّخذتها سُرّيّة فليس بجآئز لك فان بدا لك فيها من بعد مُجامعتها وكرهتْها نفسُك فخلِّ سبيلَها وأَحسن اليها وخَوِّلها ما كنتَ اعطيتها ايّاه وانت راغب فيها ولا تبعْها ولا تاخذ لها ثمنًا من بعد مجامعتك ايّاها وخَلِّها بسلام حُرّة مُحرَّرة وقد وهبت لها واحسنت اليها وان سبيتَها وهى بكر وليس

[1] Les mss. n°s 83 et 125 ajoutent قرابينَ.

[2] Le ms. n° 125 ajoute الكاهن.

[3] Le ms. n° 125 paraît porter وسكّها. La rédaction du ms. n° 83 diffère dans ce passage.

[4] Le ms. n° 125 ajoute : اى استبرئها ان لا تكون حاملًا وانظر الى ان تحيض عندك دفعاتٍ قبل ان تجامعها ،

لك امرأة فاتّخذها على مثل هذه الصفة التى وصفتُها لك بديًا بزيجة وصداق بعد عِتْقها والاحسان اليها ولا يكون لك امرأة غيرها وكذلك الذين يشترون العبيد ايضا فيجامعوهنّ على غير زيجة ولا عتق ولا صداق بل يجامعونهنّ وهم مُكرهون (1) على وجه العبوديّة فان نظرهم الحاكم وهم راغبون بعضهم فى بعض فلياخذهم بالزيجة وان كرهوا ذلك فليفرق بينهم وليُخرج الرجل العبدة التى جامعها ويُحسن اليها ويُخلِّ سبيلها ويتولَّ زيجتَها غيرُهُ على قدر ما تهوَى نفسُها فانّه قد يمكن ان تكون قد حبلتْ منه ومات الولد ولذلك اوجبنا عتقها فان كان لها ولدٌ باقٍ والاب مُقِرّ به انّه ولده وهى راضية به وهو راغب فيها فليوخذ بزيجتها برضآئه ورضآئها لا مُكرهين فى ذلك لانّ الولد الذى بينهما كان ولاده على غير استوآء وليفرقونهم حتّى يتّصلوا بزيجة وهما راضيان بذلك فان كان مولاها كارهًا لها فليُخلِّ سبيلَها مع ولدها وليُجر عليها نفقةً الى ان يحكم الله بينهم فى قلوبهم ويتراضون بذلك فان اتى ذلك رجلٌ وهو مُحصَّنٌ وله مرأة فامرُ الولد مردودٌ الى المرأة الحُرّة اعنى الولد الذى من الجارية المملوكة إن احبّت المرأةُ الحُرّة ان تُقرّه عندها وان احبّت اخذت

[1] Les mss. n°s 127 et 128 donnent وهم مكرهن ; le ms. n° 125 porte وهنّ مكرهين (*sic*).

الزوج بخروج امّه وابنها او بنتها المملوكين عن وجهها وهي مُخيَّرة في ذلك وان احبّت اقرّتهم عندها وان احبّت اخرجتهم لانّ ذلك الولد الذي من الجارية ولد الشهوة ليس ولد العهد مثل الحُرّة التي هي بزيجة وصداقٍ فامّا ميراثهم فقد عرّفناه في بدى كتابنا هذا فان مات الرجل المولى بغير وصيّة فيهم فالجارية وولدها عبيد المرأة الحرّة وولدها إلّا ان يوصّي الرجلُ بوصيّةٍ حُرّيّةَ الجارية وولده الذي منها وله ان يُورثه كما يحبّ مع ولده الذي من امرأته الحرّة فان اهل ميراثهم وحرّرهم بلا ميراث فالامرُ مردودٌ الى مرأته الحُرّة وولده منها ان احبّوا ورّثوهم وان لم يحبّوا فلا جناحَ عليهم في ذلك ،

فيمن تكون له مرأتانِ على غير سُنّة الكنيسة بل على جهة الصَبْوة اىّ رجل كانت له مرأة قبيحة سَمِجة وكان باغضًا لها والديانة لم تحبّ (1) تخليتَها لمضى سِرًّا وتزوّج اخرى حَسْناءَ جميلةً فليُؤخَذ بتخلية الثانية ومقامِهِ مع الاولى مجبورًا فان هو كره ذلك وابى ان يجلس مع القبيحة فليُؤخَذ بتخلية الجميع مُكرهًا غير راضٍ ويُصرف الى النوبة لما قد حكمنا فان حدث به الموت وكان له من القبيحة

[1] La leçon des mss. nos 125 et 128 est لم يجب ; celle du ms. n° 83 est فالناموس لم يَبِحْ له الخ.

اولاد وله ايضا من الحَسْنَآء اولاد فتُجعل (1) البَكُوريّة للاوّل من الذكور من السمجة ولا يحلّ له ان يُوصّى لولد مرأته الحسنآء اكثر من ولد مرأته القبيحة من اجل انّنا جعلنا البكوريّة لولده من مرأته السمجة ليكون البِكر من اجل (2) من القبيحة وهو احقّ بالبكوريّة وليكون (3) له نصيبان اثنان من كلّما يخلّفه (4) ابوه من اجل انّه قد صيّرت اليه البكوريّة وان كان للرجل ابنًا عاصيًا ماردًا عيّارًا لا يسمع لابيه ولا لامّه ولا يُطيعهما ولا يقبل وصيّتهما فلهما ان ينتفيا منه وان يُقرّا قدّام الحاكم والجماعة انّه ما هو لهما بولد وهما مُنْكران له من اجل عصيانه ولهما ان يمنعاه ميراثه منهما ولينفَ من الجماعة ويُطرد وقد حكم الله في العتيقة على مثل هذا ان يُرجم ويُقتل ولكن لرأفة روح القدس اوجبت عليه الطرد والنفي والبعد من الميراث وان وجدت لعدوّك شيئًا ضالًّا فاردده اليه وان كنتَ مارًّا في طريق بعيدة ووقع حمارُ عدوّك فقفْ معه وشِلْ (5) معه واعنْهُ على تحميله وخذْ بيده ولا تُكافِ الشرَّ بالشرِّ وكافِ الشرّ

[1] Les mss. n°s 83, 125 et 128 donnent فليجعل.

[2] Les deux mots من اجل manquent dans les mss. n°s 83, 125 et 128. Ils paraissent, en effet, superflus.

[3] Les mss. n°s 125 et 128 donnent وليكن; le ms. n° 83 porte ويكون.

[4] La leçon du ms. n° 125 est تخلفه; celle du ms. n° 128, خلفه.

[5] Tous les mss. portent وشيل.

بالخير ولا تنظر الى ثور اخيك ولا نعجته الضالّة ولا تتغافل عنها ولا عن غيرها ولكن ردّها اليه ودلّه عليهما. ولو كانا بعيدًا منك فامضِ بهما اليه وأَرشده اليهما لا يلبس الرجل لباس المرأة ولا تلبس المرأة ايضا لباس الرجل. من اجل ان ذلك ليس حسنًا قدّام الله وهو غير حلال لكم واذا مررتَ بمزرعة او شجر تريد الصيد فيها ووجدت عُشّ طائر على شجرة او فى كهف او غيره ووجدت فى العُشّ فراخًا او بيضًا والامّ حاضنة البيض او على الفراخ فلا تاخذ الامّ مع الفراخ ولكن خذ الفراخ واترك البيض للامّ تحضنها (1) فيرضى الله عنك ويُطيل حياتك اذا فعلت مشيّته واذا بنيت بيتًا جديدًا فاصنع له وثاقًا (2) لئلّا يسقط فيه احد فيكون دمه فى بيتك لا تزرع فى كرمك حنطةً او حبوبًا او غير ذلك من اجل انّه لا يخصب زرع يُزرع فى كرم وغَلّةُ الكرم ايضًا لا تنجب (3) لان كلّ ارض تعمل لشىء واحد إمّا زرع او كرم ولا تحرث بثور وحمار لئلا تشقّ على الحمار لانّ ذلك ليس من عمله ولا تلبس ثوب كتّان وصوف مرقّع رُقعة رقعة كما يعمل المُرائون ولكن

[1] Tous les mss. portent تحضنهم.

[2] La leçon des mss. n°s 83, 125 et 128 est وثاقة.

[3] Les mss. n°s 125 et 128 portent انتخب.

تكون عند الله صالحًا الذى يعرف السرآئر ويدرى مَن هو الجيّد ومن هو الردئ ،

فى تزويج العذارى وصحّة عُذْرتهنّ (1) اىّ رجل فتح امرأة عذرآء وتزوّج (2) بها ثمّ انّه دخل عليها (3) فليأخذ ابو الجارية العُذْرة فى السَبَنيّة او غيرها ويرفعوها عندهم الى ان تُولِد المرأةُ من الرجل فان ابغضها قبلُ واخرج عليها اسمَ سُوء وزعم انّها لم تكن عذرآء ولم يدخل عليها إلّا ثَيِّبًا وانّها قد عرفتْ رجلًا (4) آخرَ فليأخذ ابو الجارية وامّها عذرةَ الجارية ويُخرجانها الى وسط الشعب وشيوخ الكنيسة ويقدّموه الى الحاكم والرئيس ويقول ابو الجارية لمشآئخ الكنيسة قدّام الرئيس انّا زوّجنا ابنتنا لهذا الرجل وهى بكر بخاتم ربّها ودخلت عليه وابتنى بها وهذه عذرتها وانّه الآنَ قد ابغضها وافترى عليها وقرفها وشتمها شتيمة سمجة وزعم انّه لم يجد ابنتنا عذرآء وهذه عذرتها قدّامكم وقدّام الله سبحانه وليبسطوا الإزار الذى فيه العذرة والسبنيّة قدّام الرئيس ومشآئخة الكهنة

[1] La leçon du ms. n° 83 est بَنُولِيّتهنّ.

[2] Le même ms. n° 83 porte او تزوّج بها.

[3] Le ms. n° 83 ajoute ici وأبان عذرتها.

[4] Tous les mss. donnent رجل.

ويُبكَّت ذلك الرجل بكذبه ويُجزَّأ (1) بفعله ويُعاقَب
بخطيّتة ويجلس (2) فى الحبس مدّة حول ويغرّموه ايضا ماية
دينار او ماية درهمْ على قدر محلّ الجارية وحسنها ويدفع
ذلك الى أَبَوَى الجارية من اجل انّه كذب واخزاهما بعين
الناس ويُحكَم على الرجل اعنى زوجها ان تكون امرأته ما
بقى حياته الى ابدًا مُكرهًا فان كان قوله الذى قال عليها
حقّ ولم يجد للجارية عذرة ولا لها مع والديها عذرة
ولا بيّنة وكانت المقالة عليها قبيحة فتُخرج الجارية من
يديه وتُوقف على باب بيت ابيها ويبزق فى وجهها مارّ
الطريق ويرجموها بالعذرة وهى محرومة ملعونة ولا تكن
لرجل آخَر وتلزم بيت ابيها باكية حزينة من اجل
انّها قبّحت وزنت فى بيت ابيها وغرّت (3) لحيته وان أُصيب
رجل يزنى مع امرأة وهو مُضاجع لها فى بيت فقد
استوجبا جميعًا الموتَ لانّ الله قد اباحه الحلال وطلب
لنفسه الحرام واطاع الشيطان الذى هذا اخذته (4) للناس
وان وقع رجل بجارية عذرآء غير مملكة لغيره واقتض

[1] Les mss. n°s 125 et 128 portent ويخزا; le ms. n° 83 donne ويجارى, probablement pour ويجازى.

[2] La leçon des mss. n°s 83 et 128 est ويحبس الخ.

[3] Les mss. n°s 125 et 128 portent وعرت; la leçon du ms. n° 83 est واعرّت (*sic*), sans doute pour واعرتْ.

[4] La leçon du ms. n° 83 est الذى يطلب خزى البشر; celle du ms. n° 125 est الذى هو خزى للناس.

عذرتها فيُحكم عليه ان يعطى اباها رطلاً ذهبًا او وُقِيَّةً من ذهب او ما بين ذلك على قدر حسب الجارية ثمّ يُحكم عليه ان تكون له الجاريةُ امرأةً ابدًا ما عاشت وعاش لا يخلّى سبيلها ابدًا إلّا بالموت ولا يحلّ للرجل ان ينكح امرأة قد لامسها ابوه ولا سُرّيّة قد مسّها ابوه فان هذه الامور كلّها من الشيطان ويغضب الله على فاعلها ،

في العبيد اذا لقيت عبدًا فارًّا من سيّده من شدّة الكدّ والغربة التى عليه فلا تُرشده اليه ولا تدلّه عليه ولكن آوِه وأَحسن اليه واجلسه معك حتّى يختار هو وحده الذهاب او العبوديّة لمولاه ،

في زناء النساء اذا عرفتَ امرأةً انّها زانية فلا يُقْبَل منها قُربانٌ ولا بركة ايضا للكنيسة وهى بزناءها كما هى إلّا ان تتوب وتنزل عمّا هى عليه من الزناء وتظهر توبتها ويعمل عليها البسمون(1) وهى مغفرة الخطايا باكية نادمة على ما فعلت لانّ ذلك انّما هو من أُجرة زناءها ،

في الديارات اذا كان لدير من الديارات كلابٌ قيام على بابه تنذر(2) على من ياتى اليه فلا تُباع تلك الكلاب ولا

[1] La leçon du ms. n° 83 est البسيمون ; puis on lit les mots suivants : وهى صلاة لمغفرة الخطايا التى تجب عليها وهى نادمة باكية الخ ،

[2] Tous les mss. portent تنذر على ou تنذر على.

يؤخذ من ثمنها شيءٌ يجعل فى نفقات المُقدّس ولا يُدْخَل لها ثمن فى شيءٌ من الاشيآء المقدّسة (1) لانّ ذلك اثمٌ قد حدّه الله فى مصحف العتيقة ،

فى الكَرْم اذا دخل رجل منكم الى كرم صاحبه او بستانه ليتنزّهَ فيه ويتفرّج فمُباحٌ له ان ياْكل منه ما احبّ من الفاكهة التى فى اشجاره ومن عنبه ما احبّ من ذلك وياكل ما قدر ان ياكل فامّا ان يحمل منه او يُفسده او يتبذّخ فيه فليس ذلك بجآئز له ،

فى الزرع وكذلك ايضًا اذا دخل الرجل منكم الى زرع صاحبه فاكل من فريكه ما احبّ هو ومن معه ولا يحمل منه شيًّا فليس ذلك بجآئز له ولا مُباح ،

فى الطلاق وان نكح رجل منكم امرآةً ولم ترزق منه محبّة ولا كان لها فى قلبه ودٌّ ووجد عليها عثرة او زنآء او كانت فاسقة فليخلّ سبيلها بالمعروف ويكتب لها كتابَ مُناصَفَةٍ بينه وبينها ويسلّم اليها مهرها المُؤَخّر ويُسرّحها بنفسها تمضى حيث شآءتْ ولا يكون اجتماعهما ذلك سببًا لهلاكهما ايضا وليلطف الرئيس فى امورهم سِرًّا حتّى يتحاللا (2) ويفترقا لئلّا يهلكا فاذا خلّى سبيلها من كانت

[1] Les mss. n[os] 125 et 128 donnent فى شىء من القدس.

[2] Le ms. n° 83 porte يتجاوزا.

هذه صفته وتزوّجت برجل آخرَ فليس له اعنى الاوّل ان يُعاود اليها بعد ذلك ولا يُجبر على اخذها لانّها قد التزمت غيره وصارت من ذلك المحبّ لها والمائل اليها كما تشآء والامر ايضا مُباح للرجل ان يتزوّج غيرها فان احبّ اقام كما هو فذلك له مباح جائز.

فى الجوارى المملكات العذارى اذا املك الرجل بجارية عذرآء فيجدّ (1) لدخوله عليها جدًّا (2) وليكن ذلك محدودًا معروفا يُؤخذ به ولا يؤخذ إلّا بمرضاة الجميع او لعلّة قاطعة وليس له ان يُسافر عنها سفرًا بعيدًا إلّا باذنها فان لم تُجبه الى ذلك الذى يكون لها صلاح فيه وإلا فليُمنع من ذلك حتّى يدخل معها ويقيم حولاً تامًّا حتّى يتمتّع بعضهما ببعض (3) ولعلّ ان يجرى بينهما ولدٌ (4) او حمل فيكون بذلك تمام الفرح واتّصال بعضهما ببعض وبعد ذلك فامره مباح لنفسه ويسافر حيث شآء سفرًا قريبًا او بعيدًا ويخلّف لها النفقة بقدر ما يحدّ فى سفره او اكثر من ذلك ولا يرتهن من الضعيف والمسكين الرحا

[1] La leçon du ms. n° 125 est فليحدّ. Le ms. n° 83 porte فيُجدّ الى دخوله الى بيته عاجلًا. Après cela, la rédaction diffère beaucoup.

[2] Le ms. n° 125 donne حدًّا.

[3] Les quatorze mots qui suivent manquent dans le ms. n° 125.

[4] Les mss. n°s 127 et 128 portent ولدًا.

التى (1) تطحن طعامه ولا ياخذ (2) منه جميع الفردتين مرّةً واحدةً فان لم يكن له شئ يرهنه إلّا هى فخذ منه الفرد ودعْ له الفرد الآخر يحتال فى امره كما يشاء واحتلْ فى فرجه ولا تُعوّقْهُ ليرأك الله ويُحسن لك الثواب فى الآخرة وتكون من شعب الله المختار،

فى الرُهون واذا اقرض احدكم اخاه او صاحبه قرضًا برهن يرهنه عنده فلا يُدخله منزله يختار الرهن بل يقف عند باب بيته حتّى يُخرج اليه المقترض ائّ رهن احبّ يكون فيه قيمة ما هو مُقترض منه ولا يحيف عليه ولا يتخيّر عليه (3) رهنه فيحزنه فى ذلك ويتنهّد قدّام الله فتُجاب دعوته ويذهب ثوابك ولاكن تاخذ منه الرهن ما اعطاك وتُفرّح قلبه وتُفرّج عنه ايضًا واذا اخذت رهنه من ثوب او غيره فلا تستعمله وصُنْهُ وارفعه ولا تستبدله حتّى يُوفيك ما لك عنده وياخذه منك فان كان انسانا مسكينا من رجل او امرأة ولمْ يكن له ثوبٌ غيره الذى يستتر به عورته او كسآؤه الذى ينام فيه فان امكنك أنْ

[1] Les mss. n°s 127 et 128 portent الذى; la leçon du ms. n° 125 est الذى يطحن فيها طعامه الخ.

[2] Le ms. n° 125 porte يتّخذ.

[3] La leçon du ms. n° 125 est ولا يتجبّر عليه فى الخ; celle du ms. n° 127, ولا يتخبّر عليه فى الخ.

تدعه بغير رهن فانّه حسن قدّام الله وان لم يمكنك وكان شحّ. نفسك من ذلك واخذت ثوب المسكين (1) او كسآءه فلا تُبيّتنها عندك بل تعطيه ذلك فى الليل يستتر به من البرد وتُضمّنه ذلك ليردّه اليك من غد ولا تغيب الشمس وكسآؤه عندك ليلبسه ويصلّى فيه. صلاة المغرب ويدعو لك بالمغفرة فيعظّم الله الثواب لك والاجر فى ذلك ولا تمسك اجرة الاجير عندك الى الغداة بل وَفِّه (2) ايّاها قبل ان يجفّ عرقُه يوم بيوم لتطيب نفسه ويدعو لك بالمغفرة ولا يدعو عليك فيُصيبك منه خطيّة،

فى انّه لا يُؤخذ الاب بخطيّة ولده ولا الولد بابيه ايضًا

لا يؤخذ الابُ بخطيّة ابنه ولا بذنبه ولا بخراجه الذى عليه ولا مُطالبته ولا بالدم الذى يكتسبه فى عنقه ولكن يؤخذ كلّ انسان بما كسب وكلّ انسان بما يجنيه على نفسه ولا يُسبّ الاب بخطيّة ابنه ولا يسبّ الابن ايضا بخطيّة ابيه ولا يلزم خطيّة بعضهما بعضًا بل كلّ انسان يموت بخطيّة نفسه وهذا حكم الله الواجب. والناموس الجديد ناموس السيّد المسيح على هذا ديْنونة الآخِرة ومُجازاة القيامة وقضآء الحقّ فى المجلس المرهوب يوم المُجازاة على الاعمال وعلى هذا يكون حكم الكنيسة المقدّسة

[1] Les mss. n[os] 125 et 128 ajoutent او المسكينه.

[2] Les mss. n[os] 83 et 125 donnent أوفيه; le ms. 128 porte اوفه.

الرسوليّة ايضًا اذا ائتّمنك المسيحُ على خُرافة الناطقة فلا نَحِفْ فى القضآء على المساكين ولا على الغريب ولا على اليتيم ولا تُحابِ مع الغنىّ فى الحكم ولا تاخذ بوجهه ولا تبع الحكم بالدراهم بل خذ للحقّ فانّ الله يفرح بالحقّ اذا حكمْ به الحاكم الحُكّام،

فى القرض اذا جآءتْك ارملةٌ تقترض منك شيئًا وفى رَقَبتها ايتام فلا تاخذ منها رهنًا واحسن اليها واصبر عليها بالذى تُقرضه ايّاها بلا رهن الى ان يُسهّل الله عليها وقال واحسن كما يُحسن اللهُ اليك واتّبع الوَصايا،

فى الحَصاد اذا حصد الرجل منكم حَصادَ ارضه وخرج شىءٌ من قُبْضة المِنْجل او وقع من يده شىء من السنبل او بقى من زرعه شىء لم يحصده فلا يستقصِهِ ولا يرجعْ اليه ياخذه ولكنّه يدعْهُ لليتامَى والارامل ليعيشوا به ويُبارك الله فى زرعه ويتمّ بذلك بدل الكيل اكيالا واذا نفض الرجل منكم زيتونه فلا يتّبع ما قد استبعد منه ولا يطلب ما فاته ولكن يكون ايضا ذلك لليتامى والارامل والمساكين لينتفعُنَّ به ويُبارك الله مثل ما قد ترك اضعافًا واذا قطف الرجل منكم كَرمه فلا يلتفت الى خلفه يتفقّد الورق ولا يُفتّشه مستقصيًا ولا يردّ اليتامى والمساكين ولا

ابناء السبيل عن اكل الذى يشتهون فانّ الله يبارك لك في عصير كرمك وبثمرة (1)،

في الثور لا تسدّ فم الثور في الاندر ولكنّه فيما يعمل فيه ياكل ما اشتهى شيًا اكله فانّه بهيمة واذا احسنت اليه ذكرك الله بالرحمة،

في امرأة الاخ اذا كان اخوة عدادٌ في بيت متأهّلين ومات احدهم وخلّف مرأته وولده فلا يُخرجونها من بينهم ولكن تعيش بينهم ويرزقونها ولا يحوجونها الى ان (2) تعرّض نفسها للفساد لئلّا يكشفوا عورة اخيهم بعد موته وليعيش ولد اخيهم بينهم لانّهم عُمومته وهو ايضا ولدهم وموارثهم (3) وان كانت المرأة بغير ولد لاخيهم فلتحفظ ويقوموا بها الى ان تختار لنفسها الذى تشآءه فان اختارت المقام معهم فلا يُخرجوها من بينهم فان اختارت لنفسها الزيجة من انسان مُومن عفيف وكانت خالية من ولد فذلك (4) مباح لها،

في المُغالبة واذا تغالب رجلانِ منكم على حقٍّ بينهما وتواثبا فجرت امرأة أَحدهما ودخلت في وسط شرّهما ومدّت بيدها

[1] Le ms. n° 125 ajoute ici اضعافًا.

[2] La leçon des mss. n° 83 et 125 est ولا يُخرجوها إلّا ان الخ.

[3] Le ms. n° 83 porte وارثهم ; le ms. n° 125, مُوارثهم.

[4] Les mss. n° 125 et 128 ajoutent ici حلال.

الى خصم زوجها فاخذتْ مذاكيره (1) فعصرتهما تريد به القتل وتبيّن ذلك منها انه حقّ او باقرارها فاقطعوا يديها ولا ترحموها ،

فى المَوازين لا يتّخذ الرجل منكم فى بيته او معه او دُكّانه ميزانَيْن فياخذ بالكبير ويُعطى بالصغير اى يعطى بالباخس وياخذ بالراجح فاتّقوا اللّهَ ولا تكنْ فى رقابكم ظُلامةٌ ،

فى رُؤوس الغلّات رؤوس الغلّات والشراب الذى لكم لا تمنعوا ذلك من بيوت اللّه واجعلوه قربانا لله ليقرّب ذلك فى مذابحه وليُبارك بها اسم الثالوث المقدّس التى هى اسماء اللّه المكتوبة وهى بها رجا قيامة الموتى واذا اتيتَ بذلك فعَرِّف الكاهن المُوكّل ببيت اللّه ان ذلك زكاة ارضك التى ملّكك اللّه ايّاها ورؤوس ثمارها ايضا فتقدّمها قربانا منك حتّى يبارك اللّه لك فيما اعطاك وافتح انت فمك واشكر اللّه على قربانك وافرح بالشكر اعطوا العُشورَ من غلّاتكم للكهنة وثماركم وواسوا اليتامىَ والضُعَفآءَ والارامل ممّا قد حباكم به اللّه ولياكلوا ويشبعوا من مالكم ويفرحوا فيبارك اللّه لكم فى غلّاتكم وقولوا هذه الصلاة هكذا ما ربّ لم احضر هذه للخاصّة (2) وانا حزين عليها ولكنّى فَرِح بما

[1] Les mss. donnent مذاكره, sans ى, forme qui est peut-être un peu incorrecte.

[2] La leçon du ms. n° 125 est هذا الحصه (*sic*); probablement pour هذه الحصّة, ou cette portion.

اعطيتنى من نعمتك وفضلك فانظر انت يا ربّ من علوّ قدسك وبارك لى فيما اعطيتنى ٠

فى الحجّ والصلاة فى بيت المُقدّس مدينة الله التى فيها آثاره ومَنْ أمكنه منكم الصلاة فى بيت المقدّس التى هى مدينة الله فلا يتأخّر عن ذلك بل يُوجبه على نفسه حقًّا واجبًا ولا يتاخّر عنه إلّا بعذرٍ قاطعٍ لتروا مواضع آلام سيّدنا (1) وتنظروا الى مواضع خلاصه وتعلموا ان كلّ شىء حقّ مُحقّ وان وصايا الله حقّ كلّها ومَن لم يُمكنه الخروج الى مدينة الله المذكورة ولا الصلاة فى تلك المواضع فليُوَجّه بقرابين بقدر ما يمكنه اليها لتكون لعمارتها ومعونة اهلها وكهنتها ورهبانها وليُوجّه كلّ انسان على قدر طاقته من الذهب الفضّة والنفيس من الثياب والحديد والنحاس والاوانى والمصاحف وغير ذلك وليكن لها مِن مَوَاريث مَن هو ميّت من المؤمنين وله نعمة يكون لمدينة الله فى ذلك نصيب وحَنّة (2) مع اولاده وبناته ووراثة الاقرباء فانّ ذلك سُنّة حسنة قُدّام الله وقربان يقبله المسيح ذكيًّا طاهرًا واحسان يرضاه روح القدس الثالوث المُقدّس وكلّما اوصيناكم به فاقبلوه واعملوه انتم شعب الله الطاهر المقدّس

[1] Les mss. n[os] 125 et 128 ajoutent المسيح.

[2] Le ms. n° 125 porte وحَصّة (sic); probablement, et encore ici, pour وحِصّة.

وكلّما اوصيناكم به اعملوه لتكونوا تامّين حتّى انّه كلّ من يَراكم من الأُمَم الغُرباَء يُبارك اسمَ الله من اجلكم فامّا فاعِلو المحذورات والمُبْعِدون على ما قد حكمنا به فليكونوا محروسين والمُكَذِّبون لناموس الله ايضًا محرومًا يكونُ مِن الازاطيقيين (1) مَن يسجد للاوثان المنحوتة الملعونة المرجوسة ألتى هى مساكنُ الشياطين وهياكلهم محروما يكون من يمنع الآتين (2) من المُخالفين الى الإيمان بالمسيح ويضلّ بهم عن الطريق لانّهم مثل العُمْى لا يعرفون (3) طريق الله محرومًا يكون من يحيف فى قضاء اليتامى والمساكين والارامل ويبيع احكام الله بالرشوة والدراهم محرومًا يكون من يضاجع امرأة ابيه او يضاجع امرأة ابنه فان ذلك نجسٌ محرومًا يكون من يضاجع دابّة فان الشيطان يُقاتل الناس بذلك وهو من عمل الحُنفاَء ومَن لا دين له محرومًا يكون من يضاجع أُخْوَته (4) من ابيه او اخته لامّه ايضًا لان ذلك نجس قدّام الله محرومًا ايضا

[1] Les mss. n°s 125 et 128 portent الاراطقيين. Il est évident que ce mot est pris du grec *αἱρετικός*, ou bien du latin *hæreticus*.

[2] Ce mot est incertain dans les mss. La rédaction du ms. n° 83 diffère, mais on y lit, entre autres choses, ce qui suit : ويكلمن يمنع الذين يأتون من المُخالفين الى إيمان الخ ،

[3] Les mss. donnent يعرفوا.

[4] Le ms. n° 125 porte اخته.

كلّ من (1) يضاجع حَماتَهُ فانّها خطيّة عظيمة قدّام الله ان يأتى الرجلُ الى الأُمّ والبنت جميعًا محرومًا ايضًا كلُّ مُومن يحْل باخيه فى أَمانة المسيح الى السلطان او الى بَرّانىّ يطلب خسارته وهلاكه ايضًا محرومًا يكون كلّ من (2) يغتاب اخاه ويضربه سِرًّا محرومًا يكون كلّ من ياخذ رشوةً فى قتل اخيه المُومن ظُلْمًا محرومًا يكون كلّ من لا يصدّق بناموس الله ولا يتّبع وصاياه التى أَلْهَمَناها روحُ القدس الربُّ المُحيى وامرْناكم بها كلّها وكلّ من هو حريص على تمام وصايا الله فبركة الله تحلّ فيه وعليه (3) ويمينه تحفظه ولا يُعدمه الله الخيرات فى العاجِل والآجِل ويجعله فى الآخرة من اولاد النور المختارين انّ الله يُهلك العبد اذا طغا ويجعل غضبه ورِجْزه على من عصاه ويمحو اسمَ كلّ شرير وَقّاع مُتعظِّم مُفتخِر ويُبارك الله على كلّ من يكون سليم القلب ويجعله عاليًا على ارقاب (4) اعدآئه امين،

تمّتْ والشكر لله دآئمًا ابدًا يا ربّ ساعِ الناسخَ المسكين ونَجِّ روحَ مُعلّمه امين (5)،

[1] La leçon du ms. n° 125 est كلّ مومن; celle du ms. n° 128, كلّ من مومن.

[2] Les mss. n°s 125 et 128 donnent كلّ مومن.

[3] Les mss. n°s 83, 125 et 128 portent تحلّ عليه.

[4] La leçon du ms. n° 125 est رقاب.

[5] Le ms. n° 83 finit ainsi : كمل كتاب احكام آبآئنا الرسل

SUR LES SOURCES

DE

LA COSMOGONIE DE SANCHONIATHON,

PAR M. LE BARON D'ECKSTEIN.

(SUITE.)

7.

Arrivons maintenant au Trishiras, au dragon à trois têtes, qui est la figure du dragon maître des trois mondes. Suivant la Brĭhaddevatâ déjà citée, Tvachtar a un fils, le Trishiras, et une fille, la Saraṇyû; nous avons brièvement parlé de celle-ci, occupons-nous de l'autre à cette heure.

Burnouf, dans le Journal asiatique[1], et Roth, dans le Journal asiatique allemand[2], ont supérieurement traité de la légende du dragon, qui joue un si grand rôle chez les Bactro-Mèdes, les Bactro-Persans, les Bhrĭgus et les Angi-

الاطهار الذى وضعوه بنعمة ربّنا يسوع المسيح وهو هبة الروح القدس وهم (sic) احد وخمسون بابًا الخ .

Le ms. n° 125 finit par ces mots : تمّت الاحكام المخترعة من سفر كتاب احكام العتيقة الاولى ولله الشكر كثيرًا .

Le ms. n° 128 porte seulement : تمّت والسبح لله دآئما ابدًا امين .

[1] Décembre 1844, p. 493-504.

[2] *Die Sage von Feridun; Zeitschr. der deutsch. morg. Gesells.* vol. II, p. 216-230.

ras. J'oserai me séparer un peu de l'opinion solide de ces savants hommes, mais sur un seul point, important il est vrai. Je tombe d'accord avec eux sur tous les autres; mais il y a ici un point historique sur lequel il est indispensable de s'entendre avant de nous livrer à aucune recherche sur le monde antique.

8.

On connaît l'évhémérisme des Grecs sectateurs d'Épicure, après l'époque d'Alexandre, et l'on sait avec quel empressement quelques-uns des Pères de l'Église en ont profité pour ridiculiser le monde païen, en prenant les fables pour des histoires, en faisant, des dieux et des déesses, des hommes et des femmes, en expliquant avec platitude des légendes fabuleuses, qui avaient un sens allégorique évident, et dont on fit des infamies de la vie réelle; tout devenait ainsi monstrueux, impossible et souverainement absurde.

Les stoïciens suivaient la route opposée; ils ne voyaient dans l'ensemble des mythologies du monde antique que des allégories physiques et des allégories morales; ils y cherchaient un fondement pour leur spéculation mélangée, car ils avaient pris leur physique à Héraclite, leur dialectique aux Mégariciens, leur logique à Aristote, leur morale aux cyniques.

Les néo-platoniciens et les néo-pythagoriciens tentèrent l'essai de confondre et d'identifier les dieux d'Homère et d'Hésiode, qu'ils connaissaient littérairement parlant, avec les dieux de la Chaldée, de l'Égypte et de la Phénicie, qu'ils connaissaient peu ou point du tout. Ils mêlèrent ainsi un peu de mysticisme symbolique, un peu de théosophie, et un peu de magie à toute la rhapsodie stoïcienne. Quelques Pères de l'Église, surtout les Grecs, penchaient de ce côté, tandis que les Pères de l'Église latine, au contraire, inclinaient davantage du côté de l'évhémérisme.

Cette manière de concevoir l'antiquité reparut à l'époque de la Renaissance et au XVIIIe siècle, et, cette fois, avec un esprit anti-chrétien très-prononcé chez les Toland, les Boulanger, les Dupuis, les Volney, etc. Elle s'agrandit un peu plus tard, grâce à l'érudition prodigieuse et vraiment écrasante du savant Creuzer. Mais cette méthode, renouvelée des stoïciens, des néo-platoniciens, des néo-pythagoriciens, est tombée d'elle-même devant les investigations de la critique. En même temps ont disparu toutes les platitudes d'un évhémérisme auquel le savant Clavier croyait encore de bonne foi.

De puissants et solides esprits, comme MM. Roth et Burnouf, ne purent que se débarrasser, à leur tour, de ce poids d'une fausse érudition ; c'est un grand service qu'ils rendirent à la science.

9.

Plus on étudie la haute antiquité, plus on s'aperçoit d'une chose que j'ai indiquée plus haut, mais que j'ose rappeler à la mémoire. Le triple langage des hiéroglyphes, des tropes et des mythes, servait à exprimer une triple nature des choses : d'abord l'ordre du monde physique, qui se rapportait à un type cosmogonique et théogonique, mêlé d'une théocrasie, ou d'un mélange, d'un mariage des divinités cosmiques qui composent l'ensemble du monde ; ensuite l'ordre du monde social, qui se rapportait au type précédent, d'une part, et, de l'autre, à l'idée d'un holocauste de purification, d'où naissait le dieu de l'autel, Érôs, Héphestos ou Agnis, conjointement avec le dieu de la libation, Soma ou Dionysos, principes d'un foyer domestique et social ; enfin l'ordre d'un monde divin, qui reposait sur la conscience et sur la personnalité de l'homme, d'une part, sur la loi et la savante ordonnance du monde physique, de l'autre. C'est au milieu de cette triple combinaison, ou de ce triple reflet d'un monde physique, social et divin, que se développait le génie de l'homme. Cela n'eut lieu ni d'une façon théologique, ni d'une façon métaphysique, ni d'une façon scientifique, ni d'une façon poétique, ni d'une façon artistique ; mais bien par suite des nécessités humaines qui se fondent sur les différentes manières de vivre, sur les mœurs sociales; qui, reposant sur ces modes, s'étendent par voie de colonisation, par l'ambition des chefs et des pontifes, etc. d'où naissent à la longue de grands conflits dans l'espèce humaine.

10.

La tradition des peuples a conservé le souvenir d'un empire du dragon. Je ne veux pas ici fouiller les annales fabuleuses de la vieille Chine; mais chacun sait qu'elle est constituée sur le type ou le symbole du dragon, qui est la figure de l'empereur du ciel et de la terre, du collége des mandarins, car son image flotte sur la bannière.

Les compagnons d'Alexandre, les géographes grecs et les voyageurs chinois nous fournissent d'amples renseignements sur l'adoration du dragon dans le pays de Kachmir, dans la région du Taxila, dans un double Kampila ou Chavila, l'un dans l'Afganistan oriental, l'autre (la colonie) dans le Madhyadeshah, pays qui sont placés, l'un et l'autre, sous le parasol du dragon, d'où leur vient le nom de pays, de cité de l'Ahi-Thchatram. Je ne veux pas ici surcharger ma déduction de notices surabondantes, qui ne sauraient trouver leur place dans un si court espace. J'ajoute seulement ce fait, que les Bhrïgus du midi, race pontificale qui s'était brouillée avec les rois de son rang, s'adressèrent au pays de l'Ahi-Thchatram, pour opérer le transport d'une colonie de pontifes-dragons et son établissement dans le Malabar, où cette colonie organisa la gynécocratie des Naïrs, par haine des familles âryas guerrières. Tel est le fond historique de la légende anté-brâhmanique de Parashu-Râma (je parle du fond et non de la forme).

11.

Cela posé, faut-il s'étonner si les Bactro-Mèdes et les Bactro-Persans ont reconnu un certain fond *historique* à la légende du Trishiras, du Géryoneus de la région de l'Afghanistan et de la Médie? Faut-il s'étonner qu'ils n'y aient pas seulement vu un dieu du monde physique (il l'était sans contredit), mais qu'ils y aient vu également le dieu du peuple brun, du peuple de Kusch et de Chavilâ, de la région de Kapisha et de Kampila, le dieu céphène, le dieu des Éthiopiens orientaux, le dieu du Kachmir, du Taxila, d'un pays dont les pontifes portaient le nom de Takchakâh? C'est aussi le dieu de la Gédrosie, où ses pontifes portaient le nom de Kâdraveyas, c'est-à-dire toujours de dragons. La tyrannie des pontifes et des chefs de ce peuple, leur exploitation de la race des Âryas (des Bhrĭgus), l'enlèvement de leurs femmes, destinées aux temples des pays commerçants, ou aux harems des rois, l'enlèvement de leurs troupeaux, que le Paṇi, le dieu marchand, accaparait en les achetant aux brigands; tout cela était combiné avec le vieux type physique, avec la vieille hiérarchie, etc. et le tout s'était mutuellement pénétré. Il en résulte, ce semble, que, s'il n'y a pas en tout ceci de l'histoire telle que nous l'entendons, il y a partout cependant des éléments d'histoire. La nature humaine est ainsi faite, et les peuples ne s'y trompent pas.

12.

Tritah (M. Kuhn l'a admirablement prouvé), le premier des adversaires du dragon, est le nom d'un dieu. Il est quasi la contre-partie du Trishiras. Si le dragon a trois corps, s'il est triple, s'il est un Cabire, s'il représente les deux colonnes d'un foyer volcanique, et le chef du milieu qui les unit et les sépare; s'il est, pour la race des dragons, le pendant des trois frères chiens, du chien à trois têtes, le pendant des trois frères chevaux, des Shvanau-shabalau et des Bâdaveyau, des Dioscures et de celui qui les unit et les sépare; s'il est triple et un dans l'ordre des créatures; s'il garde le foyer au levant et au couchant, et dans la position intermédiaire de midi et de minuit, Trita, son adversaire, paraît aussi dans la trinité. Il est trahi par les deux frères, l'aîné et le cadet; asservis au dragon, ceux-ci plongent leur frère du milieu dans les ténèbres. C'est par la force du Soma, dont il est le pontife, qu'il sort du Kûpah, du puits de l'abîme où on l'avait précipité.

Le Kûpah, où Tritah est précipité dans l'hymne du Véda, a le sens d'un lac Kôpais dans la mythologie béotienne. Tritah sort du Kûpah, du puits de l'abîme, comme Kôpeus sort du lac qui porte ce nom, pour fonder la ville de Kôpai sur ses rives. Il est un Tritôn, et la Kôpais est une Tritônis; il triomphe par la Tritogénéia qui sort de son front, quand il s'élève du puits de l'abîme, où son ennemi l'avait précipité, quand il le combat dans le grand Océan atmosphérique. Elle se dégage aussitôt du lac Kôpais, où elle naît, sur les rives d'une rivière Tritôn, qui s'y jette[1]. Les Minyens, rencontrant une gynécocratie établie dans la Libye, ont imaginé une Tritogénéia libyenne, avec son cortége d'Amazones; ils ont ainsi localisé les souvenirs de leur patrie sur le sol africain.

Ce Tritah du Véda, qui est le pontife du Soma, triomphe par la vertu du Soma. Il célèbre l'holocauste du Soma, qu'il prépare, comme un torrent vivificateur, dans la Kûpa de l'abîme. S'élevant ainsi par la force du Soma, il achève son triomphe sur le dragon dans l'atmosphère, au moyen de cette *tavishî*, de cette gloire, de cette énergie, de la fille de sa pensée qui illumine son front. Certes il n'y a ici que deux éléments, l'un physique et l'autre religieux; mais on en conçoit l'application à la délivrance d'un peuple enchaîné, dont le dieu et le pontife triomphent à la fois dans les trois mondes. N'enlèvent-ils pas les Âryas à l'abîme?

13.

Voici ce qui est dit, dans l'hymne védique, au sujet du

[1] Pausanias. IX, chap. XXXIII.

rapport de Trita, le pontife, et de Soma le dieu, du Tritôn et du Dionysos en quelque sorte :

upa Tritasya pâchyo' (a)rabhakta yad guhâ padam
yadchnasya sapta dhâmibhir adha priyam[1].

Le dieu Soma, s'écoulant sous la pierre qui servit à Trita pour l'écraser, le purifier et le faire jaillir des tiges qui le retenaient dans un état d'impureté native, remplit le sanctuaire de la grotte à laquelle il imprimait son vestige; vestige chéri et sacré, siége de sa puissance qu'il occupa tout entier en s'étendant dans les sept demeures qui sont les stations des œuvres de l'holocauste.

Le soleil finit par se lever sur le Kûpa, ou puits dans lequel Trita accomplit mentalement son acte d'adoration, et s'est délivré par l'énergie de sa passion religieuse, devenue l'emblème d'une passion patriotique.

sa Tritasy-âdhi-sânavi pavamâno arotchayat
dchâmibhih sûryam saha[2].

Lui, le purificateur, illumina le soleil avec les sœurs (de l'astre du jour); il les illustra en s'élevant sur le haut plateau où Trita avait préparé l'holocauste.

Roth[3] cite un passage d'un hymne, dont il ne donne pas l'original. Il y est dit que Trita tue le Trishircha, le Géryoneus aux trois têtes et aux sept queues, le dragon, et qu'il arrache le troupeau des bœufs d'Hélios à ce fils de Tvachtar, à ce Tvâchtra, dans lequel Tritah combat l'ennemi de la race des Âryas, celui qui enlève leurs femmes et retient le cours des septs fleuves. Quand ces fleuves coulent de nouveau, le Kushadvîpa est vaincu, il est devenu Sindhudvîpa. Il est alors le Sapta Saindhava (en zend *hapta heandô*), nom qu'il porte dans sa partie supérieure, depuis Attok jusqu'à

[1] *Sâma*, uttara prap. III, ardha 2, hymne XVIII, shl. 2, p. 90.

[2] *Ibid.* V, ardha 2, hymne VII, shl. 4, p. 110.

[3] *Die Sage von Feridun, Zeitschr. der deutsch. morg. Gesells.* vol. II, p. 220; *Rig.* X, 1, 8, 8.

Multan. On l'appelle Rasâtalam dans sa partie inférieure, au delà des rives de la Râsâ (la Ranghâ du Zendavesta). C'est là que l'associé du Tvâchtar ou le Paṇi, le Kerdôọs, ou le Chien, ou Hermès marchand et voleur, fait la garde du troupeau d'Hélios, qu'il a volé, et remplace le dragon. Nous savons déjà que deux choses se personnifiaient dans ce troupeau : c'était, dans l'ordre physique, le déclin des jours de l'année solaire, qui se rendent au midi du côté de l'Inde, comme ils remontent au nord, vers les Hyperboréens, alors que le dieu les a reçouvrés pour le courant du printemps et de l'été. Nous savons aussi l'application de cette hiéroglyphique des Céphènes, que les Âryas leur ont empruntée, au fait de l'oppression des pasteurs âryas, rançonnés par les brigands du Nord (les peuples du Touran), qui vendaient aux marchands céphènes le produit de leurs razzias, soit en troupeaux, soit en esclaves.

On dirait qu'Hérodote suit la tradition d'un fait de ce genre quand il accuse les Phéniciens d'avoir été la cause de toutes les guerres de l'Occident, en volant des femmes et des troupeaux, comme objets de trafic et de marchandise. Ainsi faisaient leurs prédécesseurs les Kares, et c'était un trait particulier de la race chamitique des marchands ; cette accusation leur est faite par tout l'Orient.

On peut se convaincre, par les voyages de Masson surtout, que l'Afghanistan et tout le pays de Bamyan sont pleins encore de légendes sur le dragon volcanique des vieux jours du monde. Le souvenir des luttes de Trita et, plus tard, d'Indra, y percent à travers mille déguisements; mais des faits purement physiques n'expliquent pas à eux seuls cette inouïe vivacité locale de la tradition et des souvenirs. Il y a guerre évidente, et lutte de race : le théâtre de la lutte est partout où il s'agit de briser un empire céphène. Les Bactro-Persans et les Âryas brâhmaniques (Bhrĭgus et Angiras) y prennent part du côté de l'Orient; les Bactro-Mèdes donnent le même spectacle en abattant le dragon du côté de l'Occident.

14.

Le nom du dragon, Ahi-dahakah en sanscrit, le serpent qui brûle, Azidahak en zend, est devenu synonyme de toute race oppressive et hostile aux Âryas conquérants. Trita triomphe d'abord du dragon dans l'Afghanistan et dans la Médie; ce n'est que bien plus tard qu'Indra renouvelle le combat, cette fois dans l'Inde occidentale. Sous ce nom du dragon, de l'ennemi de la création, de l'ennemi de l'homme, on a compris bien des choses. En premier lieu, les souvenirs du plus vieux monde, l'action des volcans dans l'Asie centrale, le jeu des régions phlégréennes; en second lieu, les peuples du Kapisha et du Kampila (les Céphènes, les Éthiopiens orientaux, les Kapis, les Cercopes, les Shaunakâh), pontifes sous la figure de singes, pontifes sous la figure de chiens, et aussi les Ahayah, les Takchakâh, les pontifes sous figure de dragons, au nombre de deux ou trois frères, colonnes du foyer de la maison du dragon, représentant les dieux du foyer, les appuis et les colonnes du ciel et de la terre, qu'ils faisaient trembler à volonté. Enfin l'oppression de la race ârya par le roi des dragons, et par le marchand, le Paṇi son satellite.

Quand Nimrod ou Ninus partit de Kusch et Chavila, des rives du Gihon et du Pishon, dans une ère post-diluvienne, pour aller fonder une nouvelle période de puissance et de domination à Babel et à Ninus, les Céphènes du midi tentèrent d'absorber les contrées de leur origine, en s'emparant de la Perse et de la Médie jusqu'aux extrémités du Caucase indien. Ferdoucy appelle Zohak un chef des Mardes. Les Mardes sont Âryas, une partie des Âryas s'étant fait les satellites du dragon. Les Mardes, qui sont les Madras de la tradition brâhmanique, les Mares de la tradition persane, sont les Mèdes, relaps aux Âryas, et devenus, partiellement du moins, les alliés du dragon, après avoir été ses ennemis. De là ce nom d'une dynastie de dragons qui porte le nom d'*Astyage* chez les Grecs, d'*Ajtahag* chez les Arméniens, de *Zohak* chez les Persans, c'est-à-dire d'un Azi-dahak, du serpent brûlant du Zendavesta. La puissance du dragon ne fut brisée que sous Cyrus, qui renouvela en sa personne le vieux type du Trita ou Traitana brâhmanique, du Thrætôna (Feridun) bactro-mède et bactro-persan. Spiegel a fort bien saisi ce reflet de la légende de l'enfance de Feridoun dans celle de l'enfance de Cyrus chez Hérodote. Ce n'est pas de la poésie, mais une antique tradition provenant d'un vieux type conservé par le peuple, après être tombé depuis des siècles en oubli parmi les pontifes et les grands.

15.

Ainsi donc il n'y a rien de plus certain, et M. Roth a mille fois raison, le Trita ou Traïtana du Véda, le Thrætôna du Zendavesta, est la contre-partie âryenne d'un dieu céphène. Le dieu des Céphènes devient le démon des Âryas, et il est certain aussi que le dieu des Âryas est devenu le démon des Céphènes. L'antagonisme est un parallélisme, et réciproquement. Le dragon réside dans les eaux, les eaux sont ses nymphes, ses femmes dans la roche volcanique, souterraine; elles le sont aussi dans la nuée noire qui renferme les eaux, qui semble annoncer la pluie, mais ne tombe pas. Il faut que le dieu héroïque se lève du puits, qu'il gravisse la montagne; il faut qu'il s'élève du mont dans l'atmosphère, pour délivrer les nymphes, les femmes, les eaux, et pour monter au ciel, d'où il déloge le dragon installé au foyer solaire. Il délivre à la fois les nymphes, les femmes et les vaches, ici le troupeau des trois cent soixante jours de l'année solaire que le Paṇi retient captifs; là les nuées mugissantes que le cyclope travaille à coups de foudre. C'est un tableau des phénomènes naturels tracé dans les vieux jours d'un monde pastoral chez les Céphènes, aussi bien que chez les Âryas et les Touraniens.

Le Trita sort des eaux d'en bas et s'élève jusqu'aux ondes

de l'éther pur, dans les régions les plus lointaines du ciel, où le Véda indique sa présence, après qu'il a délogé son ennemi de toutes ses positions. Il est l'Âptyah du Véda et le Âthvyo du Zendavestâ, c'est-à-dire qu'il habite les eaux de l'abîme; il est le Âptya âptyânâm, c'est-à-dire celui qui s'élève du puits, de la racine des eaux, où il lutte contre le Ahir budhnyah, le dragon de la racine de l'arbre du monde, du fondement des êtres et des choses. Sa personnification comme homme et comme pontife du Soma (le Haoma du Zendavesta), son inspiration dionysiaque, etc. se relient à la légende de son enfance. Cette enfance d'un Trita persécuté se répète dans celle de l'Indra et se rattache d'une façon intime à celle de Zeus, fils de Rhéa (Aditi), dans la Phrygie et dans l'île de Crète. Elle se reproduit dans celle de tant de fils de miracles, de tant d'enfants persécutés de la légende héroïque des Âryas, dont le souvenir s'est perpétué, en Orient et en Occident, avec ces Sotères des Grecs, ces Trâtarah du Véda, avec ces deux ou trois frères, dont celui du milieu est le vrai héros, car il se dessine à part des autres.

16.

Le Shatapatha brâhmaṇam, publié par Weber[1], nous donne la légende de Géryonée, sous une forme des plus curieuses, qui se retrouve dans une foule de fables de l'Asie Mineure et d'autres parties de l'Occident. Tvachtar, le dieu ouvrier du monde, a un fils Trishîrchah, le dragon aux trois têtes, aux six yeux, aux trois bouches, et qui s'appelait Vishvarûpah, c'est-à-dire qu'il avait la figure du Grand Tout, qu'il était un microcosme, formé sur le type d'un macrocosme, qu'il embrassait les trois mondes, le Hadès (y compris la terre, issue du Hadès), l'atmosphère, le ciel. Le ciel et la terre sont eux-mêmes, au duel, en tant que dioscuriens, appelés Vishvarûpe.

[1] *Kaṇḍa* V, prap. IV, *Brâhmaṇa* 6, *Kaṇḍikâ* 2-12, etc.

eme dyâvâ-prithivî vishvarûpe[1].

Ces deux-là ciel et terre, les Vishvarûpe.

Ils ont des figures cosmiques, universelles; de couleur noire et blanche, ils sont illuminés et étoilés, verts et dorés, etc.

Le dragon buvait le Soma d'une de ses bouches, la Surâ (le vin), d'une autre; de la troisième, il dévorait les victimes. Or il n'y a que les pontifes qui boivent le Soma, qui leur donne la force virile; la Surâ, qui leur inspire l'ivresse de l'amour. Il n'y a qu'eux encore qui mangent la chair de la victime. En tuant le Trishiras, Indra commet le meurtre d'un pontife; les hymnes du Véda font d'incessantes allusions à l'effroi qui le saisit quand son crime lui apparaît sous l'aspect d'un fantôme. Obligé de fuir, de traverser les fleuves, il se cache dans la grotte des eaux, aux extrémités du monde. L'épopée nous apprend qu'on le détrôna de l'empire des cieux, qu'il y eut un autre Indra, un Nahucha (un homme-dragon), qui le remplaça, jusqu'à ce que les Âryas, fatigués de sa tyrannie, relevèrent Indra de sa déchéance, après qu'il se fut purifié du meurtre, précisément comme Héraclès ou comme Apollon. On le voit, ce long drame n'a pas manqué de péripéties.

Dans l'épopée, Indra force le Takchah, le pontife charpentier des bois, le Parashu-dhârah, le dieu porte-hache, dieu ouvrier, dieu pontife, dieu guerrier (car il défend son œuvre), il force, dis-je, le Takchah à couper les trois têtes du dragon qu'il a abattu. Le charpentier recule; le dragon est son fils; il est Tvâchtar, fils de Tvachtar; le Takchah ou Takchakah est lui-même un pontife-dragon du pays de Takchakah, des pontifes-dragons dans la région des Takchashilâh, des cités de Troglodytes, des roches du pays de Taxila, dont Taxila (Takcha-shilâ) était la capitale. L'hymne védique nous montre Tvachtar, le dieu, qui est devenu le

[1] *Vâdchasaneya-Sanhitâyâm*, adhyâya 1; Weber, *Vâdchasaneya-Sanhitæ*, specimen, fasc. I, p. 9.

serf d'Indra. Celui-ci le force de lui forger la foudre, l'ashman, le marteau avec lequel Indra frappe le dragon. Il y a servage d'une partie des Céphènes qui tombent sous le joug des Âryas.

17.

Ce serait un curieux travail que celui où l'on poursuivrait cette lutte à travers ses vicissitudes, dont il nous faut signaler les trois plus remarquables. Dans les légendes bactromèdes et bactro-persanes, le dragon est enchaîné au roc d'un pic de Bamyan, ou d'un pic du Damavand, pour y rester jusqu'à la consommation des siècles, et cela parce qu'il a privé les Âryas du feu et de l'eau. On sait pourquoi Prométhée fut attaché au Caucase. Ce Prométhée est le Mâtarishvâ des Âryas, celui-là même qui vole au Tvachtar le feu et l'eau (Agnis et Soma). Le Zeus qui le punit n'est autre que le Tvachtar même. Ici la fable est retournée. Héphestos, qui est, au fond, un Zeus Héphestios, un Tvachtar sous une autre forme, le père du dragon, forcé, dans le Véda, à forger la foudre qui abat son fils, forcé, dans l'épopée, à couper les trois têtes de son fils, Héphestos est forcé par Zeus à lier Prométhée sur le Caucase. Enfin Loki, le dieu du feu volcanique, est enchaîné au roc, au moyen des liens formés avec le corps du Serpent son fils, comme nous l'apprend la fable de l'Edda. Ce sont là les nœuds gordiens de la tradition; mais partout il y a moyen de les dénouer.

Puisque ce fils du Tvachtar, ce dragon est le Vishvarûpah, parlons du Vishvarûpah.

18.

Nous savons déjà qu'Indra absorbe Trita, un dieu qui le précède dans l'ordre des temps; entre autres tournures de la légende où se rencontre cette dépression, on fait de Trita le protégé d'Indra; on dit[1]:

[1] *Rig.* mandala 2, hymne XI, sbl. 19, p. 464, ed. Muller, vol. II.

asmabhyam tat tvâchtram Vishvarûpam arandhayah sâkhyasya tritâya.

Tu as fait pour nous ceci ; tu as extirpé Vishvarûpa, fils de Tvachtar, par amitié pour Trita, ton compagnon.

Il est dit de Tvachtar qu'il fit les rûpâṇi, les figures et les formes ; qu'il composa ainsi, comme peintre ou comme sculpteur, le tableau des formes de l'univers, les hiéroglyphes des choses. De là son nom de Vishvarûpah, c'est-à-dire de celui qui forma les figures du tout et fit également l'embryon dans le sein de la femme, où il le sculpta dans le fond d'une grotte. Il en sortit le Tvachtur garbhah, le dragon, son fils monogène, qui reçoit également le nom de Vishvarûpah.

tvachtâ rûpâṇi hi prabhuh pashûn vishvânt samânadche[1],

L'être par éminence, Tvachtar, a formé et joint ensemble, orné et régulièrement ordonné les figures et les formes des choses, ainsi que toutes les créatures vivantes.

J'emprunte à Kuhn[2] une citation analogue. Tvachtar y éclate dans son œuvre, en qualité de Vishvarûpah.

devas tvachtâ savitâ Vishvarûpah pupocha pradchâh parudhâ dchadchâna
imâ tcha vishvâ bhuvâny asya.

Tvachtar (l'ouvrier), générateur phallique (Savitar), lui qui revêt la forme et la figure de toutes les existences, parce qu'elles existent dans sa pensée, dans son monde interne (Vishvarûpah), Tvachtar a nourri toutes les créatures, il les a engendrées sous mille formes. C'est à lui qu'appartiennent tous ces mondes et toutes ces existences, car il est leur maître et leur seigneur.

Rien de plus curieux à étudier que le sort du Tvachtar : après avoir été combattu par les Bhrĭgus, par les Angiras,

[1] *Rig.* vol. II, ed. Müller, mandala I, hymne CLXXXIX, shl. 9, p. 397.
[2] *Saraṇyû-Erinnys*, loc. cit. p. 448 ; *Rig.* III, 3, 31, 1.

après avoir succombé d'abord à Varuṇa, puis à Trita, puis à Indra, il reparaît, avec le Vishvarûpah, comme Vaishvânarah sur l'autel des Kushikâh, et devient auteur du monde, comme Vishvakarman, dans la théologie naissante des Brâhmaṇes. On dirait que le Tvâchtar, le Dragon, célèbre, avec son père, une sorte de renaissance. Cela se voit déjà dans une portion des hymnes du Véda, mais éclate surtout dans les brâhmaṇas. Les Brâhmanes rejettent l'idée d'un dieu ouvrier du monde, d'un dieu architecte, idée qui a été avilie par les sectateurs de Varuṇa, de Trita et plus encore par l'orgueil des Kchatryas, qui ne comprennent, au fond, qu'un dieu guerrier qui s'empare des cieux et de la terre, et qui y fonde une sorte de monarchie républicaine ou féodale. Les Brâhmanes reprennent le dieu ouvrier, mais ils en font un Vaishvânara, le feu d'un autel central, où le dieu entre sous la figure du pontife et de la victime, afin que le monde brille de son reflet, se revête de son corps lumineux, tandis qu'il reste en soi, comme Ananga, comme incorporel. L'idée du Brahma, à laquelle se rattachent tant de spéculations dans le corps des lois de la théocratie, n'existait pas encore dans le Véda, telle que nous la lisons dans la cosmogonie de Manu. La théocratie n'était pas encore fondée; le système du Vaishvânara et du Vishvakarman, qui n'est autre que le Vishvarûpah sous nouvelle forme, devait y conduire.

19.

M. Pavie a donné une bonne traduction de cette portion du Mahâbhâratam qui nous offre une vue d'ensemble sur la religion du Dragon. C'est l'épopée des Takchakâh, du peuple de Taxila et de tout le nord-ouest de l'Inde. C'est le fond des croyances des régions de Kusch et de Chavila, qui se sont modifiées dans la suite des âges; et telles que nous les rencontrons sur les deux rives de l'Indus, dans l'Afghanistan méridional, y compris l'Arachosie et une portion du Kandahar, dans le Balutchistan, et la Kadrosia des anciens, la Gédrosie, le pays des Kâdraveyas à l'occident de l'Indus, dans le Kachmir, le Taxila, les Sapta Saindhavah et le Rasâtalam à son orient; telles enfin qu'elles se sont partiellement étendues dans le Madhyadesha (dans le Kampila ou Ahithchatram, colonie de celui de l'occident), chez les Matsyas, dans les péninsules de Katch, de Guzerate jusqu'au Concan et au Malabar. Les Âryas y ont partout pénétré les armes à la main; mais ils ont toujours trouvé un fond de résistance populaire. On peut dire que des portions importantes des religions de l'Inde sectaire, non-seulement chez les Shaivas, mais aussi chez les Vaichnâvas, reposent sur le mélange d'éléments céphènes et âryas qui se sont fusionnés parce qu'ils ne pouvaient s'anéantir. C'est là un sujet des plus importants.

20.

Je voudrais particulièrement appeler l'attention sur l'Astîka-parvam, une des parties les plus curieuses de l'Âdiparvam, ou du premier livre de la collection du Mahâbhâratam. On pourrait dire que le contenu s'en trouve entièrement résumé dans cette portion de la légende grecque de Kadmos et d'Harmonia qui a trait à l'Illyrie. Elle est entièrement étrangère au Kadmos et à l'Harmonia de Thèbes, à l'histoire des Pélasges cadméens. Parvenus à l'âge le plus avancé, le vieillard Kadmos et la vieille femme Harmonia se rendent dans le pays des dragons, des *Encheleis*, en Illyrie[1]; on y trouve le *Tymbos*, le monument sépulcral, la colline ou la pyramide de Kadmos et d'Harmonia. Elle y est proche du foyer, de l'Éphestios des dragons ou des hommes enchéléens[2]. Ces deux monuments voisins étaient donc les tombes monumentales des deux dragons, époux souverains de l'Orcus, siégeant dans un foyer souterrain. Les Encheleis ou les serpents du pays d'Enchelé furent pour l'Illyrie ce que

[1] Apollodore, III, chap. v, § 4.

[2] Apollonius de Rhod. IV, v. 517-518.

les Takchakâh du pays de Taxila et les Kâdraveyas de la Gédrosie ont été pour les contrées à l'orient et à l'occident de l'Indus.

Il existait une guerre meurtrière entre les Illyriens et les Enchéléens, quand les deux vieillards, dragons eux-mêmes, furent choisis pour chefs par les dragons, car ceux-ci étaient en danger de succomber; ils allaient périr corps et âme. Kadmos et Harmonia, vieux dragons, engendrèrent, dans leur vieillesse, un fils, qui reçut le nom d'Illyrios, qui sauva les Enchéléens et à la puissance duquel se soumirent les Illyriens. Puis les vieillards, devenus dragons, se retirèrent dans leur foyer souterrain, dans leur sépulture.

Géras est la vieillesse, la vieille peau dont les serpents se débarrassent pour se rajeunir; il est dit de Soma, ou de Dionysos, qu'il sort de sa peau, des tiges où le Trita le presse[1].

Ahir na dchûrṇâm sarpati tvatcham.

Comme le serpent il glisse par-dessus la vieille peau qui tombe.

Il se renouvelle, comme Kadmos et comme Harmonia, comme les deux Dcharat-Kâru, les deux vieux dragons, en glissant dans la tombe et se reproduisant sous la figure d'un jeune dragon, sauveur de ses frères.

21.

Le vieux Kadmos, le dragon, et la vieille Harmonia, la dragonne, se rencontrent dans le pays des Enchéléens, des dragons, tout à fait à l'occident de la Grèce; c'est-à-dire vers l'Illyrie, la région de l'Orcus pour ceux qui viennent par la voie de terre, en partant des extrémités de l'Orient. Ces vieillards dragons correspondent à Dcharat-Kâru, l'homme, et à son homonyme, Dcharat-Kâru, la femme, littéralement aux vieillards horribles. Ils offrent le type de l'extrême vieillesse et de l'extrême décrépitude; ils sont dra-

[1] *Sâma*, uttara prap. VIII, ardha 3, § 21, shl. 2; p. 138.

gons l'un et l'autre, homme et femme. La femme est leur déesse et leur reine; l'homme parcourt la terre de l'orient en occident, jusqu'à ce qu'il arrive chez le Sâyam-grĭhah [1], c'est-à-dire chez l'hôte de la demeure du soir des jours, qui est une personnification du Hadès.

tchatchâra prĭthivîm sarvam yatra Sâyam-grĭho.

Il parcourut la terre entière jusqu'à ce qu'il arrivât au lieu où habitait l'hôte de la maison du couchant.

Il y vit ses ancêtres, prêts à tomber dans l'abîme :

lambamânân mahâ-gartte pâdair ûrdhvair avang-mukhân.

Ils étaient suspendus dans une immense caverne, les pieds en haut et les têtes en bas.

Il leur demande pourquoi ils étaient dans cette position.

Vîraṇa-stambake lagnâh sarvatah paribhakchite
mûchikeṇa nigûḍhena gartte' asmin nitya-vâsinâ.

Pourquoi habitent-ils toujours cette caverne, attachés à un seul brin d'herbe, rongé de tout côté par une souris, cachée dans cette caverne?

Ils lui déclarent que c'est lui qui est la cause de leur désastre, qu'ils vont bientôt tomber dans l'abîme s'il ne vient à leur secours; s'il ne se marie pas, malgré son extrême vieillesse; car ils périront à tout jamais s'il ne leur vient un petit-fils, un pontife qui les vénère et qui les fasse monter aux cieux, en accomplissant les holocaustes dus aux mânes.

22.

Dcharat-Kâru veut faire droit à leur demande; mais il lui faut trouver une femme avec qui il soit en parfaite harmonie; elle s'appelle Dcharat-Kâru comme lui. Il faut qu'elle

[1] *Mahâbh.* âdiparvan, âstîke, 13 adhy, p. 38.

soit une Paliknî, une femme vieille et grise, comme il est un Palitah, un homme vieux et gris. Nous voici sur le terrain de la Paliké, de la déesse chienne, ou encore de la déesse dragonne du foyer de l'Etna, près de Hadranos, en Sicile. Le Hadranos, son époux, est un Palikos; les Dioscures de leur foyer souterrain sont des Palikoi. On voit, dans tous ces noms, la racine *pal*, dont le sens se révèle dans le *Palaios* des Grecs. Ce vieux Kadmos, cette vieille Harmonia, ce vieux Dcharat-Kâru, cette vieille Dcharat-Kâru, ce vieux dragon, cette vieille dragonne, ces amants d'un vieux foyer volcanique, qui changent de peau dans les abîmes, qui se rajeunissent dans la tombe, ce Palitah, cette Palitâ ou cette Paliknî, ce Palikos, cette Palikê, ces Palikoi, qui naissent dans les abîmes, tout cela n'a d'autre sens que celui de Palaioi, des vieux. Ils remontent au plus vieil âge du monde, à l'âge du Palaios et de la Palaia. C'est l'âge de l'antique Palès des pasteurs aborigènes du Latium, en l'honneur duquel on allumait la *Flamma Palilis*, un feu de foin et de paille, c'est-à-dire un feu *pâle*, et au moyen de branches ou de tiges sèches. C'est le feu de la mort, le feu purificateur, qui s'enflamme ainsi; ce feu que les troupeaux devaient traverser en toute hâte pour rester en vie, et se rajeunir.

Remarquons la puissance de ces vieux mots de l'idiome ârya. *Pal* a le sens radical de s'avancer vite, d'atteindre promptement un but extrême, la vieillesse, afin de s'en éloigner ensuite par le rajeunissement du feu de la tombe. Telle est cette religion du vieux serpent qui change de peau. De cette racine *pal* proviennent les mots *Palah*, *Pakâlah*, *Palâlam*, c'est-à-dire foin, paille. Toute chair devient à la longue comme de la paille, d'après l'expression biblique. Cette chair qui se dessèche avec le temps est Palam, Palalam, etc. Non-seulement elle est paille, mais boue, limon; elle est cette boue, ce limon dont fut façonné et pétri le corps de l'homme. Il vient de la terre, retourne dans la terre, se rajeunit dans la terre. La terre boueuse, la terre de brique, qui sert de fondement à un pavé, porte le même nom de *Palam*, *Palalam*, etc.

Tout cela n'a que la durée de la vie terrestre, la durée d'un palam, d'une minute, de la soixantième partie de l'heure indienne; tout cela n'a encore que la valeur d'un poids métallique léger, etc. Il y a toute une philosophie, toute une physique d'une conception des plus énergiques dans ces vieux mots du langage mythique. On voit avec quels formidables moyens de communication par la pensée il a distancé le langage tropique, d'ailleurs si grand, des Sémites, et le langage hiéroglyphique si ingénieux des Chamites. Mais il est évidemment parti du même point, quoique avec un mode de penser distinct. Ce point fut celui de la conception analogique des choses du monde, des choses de l'homme, des choses divines.

Encore un mot à ce sujet. La racine *pal* devient *pall*, avec une modification du sens; de même que *pal* forme des mots qui s'acheminent vers la vieillesse, *pall* en forme d'autres qui indiquent la renaissance du sein de la destruction même. Le feu se rallume dans la tombe, comme passion et sentiment, Pallavah, Pallavam, et comme tige, rejeton, comme toute pousse qui reverdit; il y a ici l'action d'un Érôs souterrain dont le feu généreux remonte en séve dans le royaume végétal et animal. Je m'arrête, car il me serait aisé de poursuivre ce thème à travers les embranchements de tout le système des langues européennes, sœurs, parentes ou cousines à divers degrés des langues de l'Asie âryenne.

23.

Dcharat-Kâruh se met en route pour trouver la vieille qui portera le même nom que lui, la Sa-nâmnî semblable à lui. Tandis qu'il la mendie pour ainsi dire, comme une grâce, qu'il la réclame à toutes les haies, à tous les buissons, il fait la rencontre du dragon Vâsukih. Vâsukeyah est le roi des dragons de l'abîme, issu d'un Vasukah, du dieu d'un foyer de richesses plutoniennes, souterraines, d'un monde de métaux, de cristaux. Il est aussi le souverain d'une forêt, de prairies, de champs de blés, croissant par l'action d'un feu généreux qui chauffe les abîmes. Il s'agit de l'Hestia des dieux dragons, du foyer gynécocratique de la race céphène Là règne, en ce foyer, la Vâsukeya-Svasrî, la sœur du dragon du foyer, originellement son amante, vieille comme lui. Dcharat-Kâru de nom comme le Dcharat-Kâru, qui la recherche. On le voit bien, Vâsukih et sa sœur, Dcharat-Kâru l'homme et Dcharat-Kâru la femme sont comme le vieux Kadmos et la vieille Harmonia, homme et femme, dragon et dragonne; errant comme les premiers, proscrits et caducs sur terre dans leur extrême vieillesse; se rajeunissant, comme les seconds, dans leur tombe, pour y pousser un nouveau rejeton. Ils doivent y engendrer ce Trâtar, ou ce Sotèr de la race des Takchakâh ou des Encheleis. C'est Âstîka dans l'Inde, Illyrios en Europe; l'un va empêcher l'accomplissement total d'un holocauste au moyen duquel les Âryas comptent anéantir la race des dragons dans le pays de Taxila; l'autre va se poser comme intermédiaire dans cette lutte d'extermination que les Illyriens ont entreprise contre les dragons de l'Enchelis, qui fait, du reste, parti de l'Illyrie.

24.

On donne au nom d'*Âstîkah* une étymologie plus que problématique, ou qui même est décidément fausse. Il est le fils de l'extrême vieillesse; il vient à un âge où ses parents ne pouvaient plus l'espérer, mais il naît et son père s'écrie : « Le voilà cependant, ou plutôt, il est vraiment *ast-îti*, » quand il voit sa femme grosse, et quand elle accouche de cet enfant.

Nous connaissons déjà les deux frères du royaume des serpents, qui appartiennent, du reste, tous deux à la race des bons serpents (des Séraphim), serpents de vie, distincts des mauvais serpents, serpents de mort (Nachash de la Genèse). Ces deux serpents sont Shechah, qui est l'aîné, et Vâsukih, qui est le cadet[1]; Takchakâh, le génie du pays de Taxila,

[1] *Mahâbh.* vol. I, âstîke parvani, adhyâyah 35, p. 57.

l'ennemi des Âryas, est, au contraire, à la tête des mauvais serpents; mais tous doivent périr, bons et mauvais, car les Âryas ont juré leur perte.

Shecha est l'Atlas du royaume des serpents, de même qu'il est leur Ouranos. A l'instar du Jörmungandur des Scandinaves, il embrasse les deux parties de l'horizon, le ciel et le contre-ciel, ou le Tartare. A l'instar d'Atlas il soulève l'enfer, le ciel et la terre. Il est astronome comme Atlas, etc. Le mot Shechah indique ce qui reste du feu sacré, d'une étincelle d'un foyer éteint, mais qui peut encore rallumer ce foyer; Vâsukih est le génie de l'autel, ou du foyer sacré en personne.

25.

Voici maintenant ce que Shechah réclame du dieu suprême, qui est au fond le Tvachtar, ou le Vishvakarman son auteur (le Brahmâ des âges postérieurs); il voudrait remplir les fonctions de porte-globe.

Tathâ mahîm dhârayitâ' asmi nishtchalâm prayathcha tâm me shirasi pradchâpate

Adho mahîm gathcha bhudchangamottama svayam tava ichâ vivaram pradâsyati[1].

Que je sois celui qui supporte cette terre; accorde-moi, ô seigneur des créatures, que je la soulève et la tienne droite sur ma tête!

Le dieu lui répond:

Descends au-dessous de la terre, ô toi, le meilleur des dieux dragons! Puisque tu le veux, il sera accordé à ton désir d'occuper une caverne qui sera pour toi seul.

Cette caverne est au milieu de l'Océan.

... vivaram pravishya sa prabhur bhuvo bhudchaga-var-âgradchâ sthitah

[1] *Mahâbh.* etc. adhyâyah 36, p. 58.

Vibhartti devîm shirasâ mahîm imâm samudra-nemim parigrihya sarvatah[1].

Entré dans la caverne, le dieu excellent, l'être céleste, l'aîné des bons serpents, porte, ferme et droite sur sa tête, cette déesse Terre; il embrasse l'Océan, partout et dans toute sa circonférence.

C'est pour cela qu'on l'appelle d'un autre nom, Ananta, le dragon infini, qui s'enroule dans les cieux et sous l'Océan.

Adho bhûmau vasaty evam nago Anantah...
Dhârayan vasudhâm ekah[2]...

On dirait qu'il habite sous terre comme le dragon Anantah (l'infini), supportant à lui seul cette terre, centre de toutes les richesses.

26.

Le Sarpasatram, le grand holocauste, dans lequel doivent périr tous les serpents, se prépare, sur l'ordre du roi des Âryas, qui combat le roi des dragons, le Takchakah, malade d'effroi dans son palais. Cet holocauste nous offre un tableau d'une grandeur et d'une sublimité infernales, et rappelle presque, trait pour trait, la religion de l'Orcus d'une vieille Italie anté-latine, renouvelée dans ses principes par l'arrivée des Étrusques d'origine lydo-carienne, et qui nous montre cette religion dans son apogée.

On sait que les Étrusques quittèrent le terrain volcanique de l'Asie Mineure pour occuper le terrain volcanique de l'Étrurie; qu'ils fondèrent de grandes et puissantes cités dans le voisinage d'un foyer souterrain, et que le culte de l'Orcus trouva ainsi son vrai centre dans tous leurs établissements, où domine l'idée du foyer de la tombe, d'un culte souterrain de la tombe, d'une renaissance ou revivification du sein de la tombe, d'un jeune sage sorti du vieil âge, d'une race gynécocratique qui s'enorgueillit du nom maternel, et qui place constamment, sur les monuments funé-

[1] *Mahâbh.* etc. *ibid.*
[2] *Ibid.*

raires des familles étrusques, les noms métronymiques avant les noms patronymiques. La femme, la reine, y joue un grand rôle en face de l'homme, du roi; elle guide ses actions, comme dans toute la race des Tarquins; la sœur paraît constamment à côté du frère; elle est prophétesse, inspiratrice, législatrice, oracle. Les jeunes filles étaient des Hétaires sacrées, esclaves d'un temple d'une déesse de la pyramide, d'un foyer de la tombe. C'est le pendant exact de ce qui est dit des filles des rois et des grands, dans cette race de princes nubiens qui envahit l'Égypte et éleva les pyramides. C'est absolument ce qui est rapporté des jeunes filles de souche lydo-carienne, qui contribuaient aussi à l'élévation des monuments funèbres des rois en se prostituant aux marchands, aux étrangers, dans le foyer du temple de la déesse. C'est ainsi que Plaute s'exprime, quand il affirme qu'une jeune fille étrusque reçevait sa dot et devenait épouse fidèle, après s'être rachetée de la servitude des voluptés, comme esclave de la déesse du foyer souterrain[1].

Ainsi, dans cette Étrurie, on voit régner des mœurs extrêmement libres parmi les grands et les puissants; les femmes étaient entièrement libres. La constitution domestique et religieuse, politique et sociale du pays, se rattachait, de plus d'un côté, au culte des vieux aborigènes, et s'éloignait d'autant du culte domestique, social et politique de la vraie race latine. Tout ceci mis de côté, les Étrusques ont exercé une influence réelle sur une portion des cultes du Latium, en ce qui concerne le rituel, la liturgie, la science, le calcul des temps, la technique de la vie. Cette influence rappelle, trait pour trait, l'action organisatrice et législatrice d'un sacerdoce céphène déchu, mais conservé, par alliance, dans quelques familles; action qui s'est exercée sur le code de la théocratie et l'ordonnance d'une technique scientifique, dans la caste des Mages comme dans celle des Brâhmanes.

Qu'il me suffise d'avoir esquissé les traits principaux de ce rapport de culte du peuple dragon de Taxila et des innom-

[1] Plaute, *Cistell.* II, III, 20.

brables rapprochements de ce culte avec celui des furies, des serpents ou des génies domestiques, des dragons souterrains dans les religions de la famille et de la tombe chez les vieux Étrusques, chez les aborigènes de la vieille Italie anté-latine, de la vieille Grèce anté-pélasgique, etc. C'est là ce qu'il était utile de savoir en cette matière.

27.

Nous avons vu que le volcan sous-marin porte la tête d'une cavale, Baḍavâ-mukha. La déesse du volcan sous-marin des côtes du Las et de la Gédrosie est une Baḍavî, une Sémiramis cavale; ses fils sont les Bâḍaveyau, les Dioscures infernaux, les chevaux de l'abîme, comme nous l'avons vu. Elle a exactement la valeur d'une Gorgo, d'une Méduse. C'est une Hécate de la demeure volcanique sous-marine; triple et une comme elle, double comme elle; triple et une comme son fils unique, double comme ses deux fils: telles sont les Grées, telles sont les Gorgones. Les unes sont les Sibylles des abîmes, vieilles et pâles comme la vieillesse; les autres dessèchent le sang humain dans les veines. Les Grées, comme les Gorgones, sont au nombre de deux ou de trois; Hésiode ne nomme que deux Grées, ainsi appelées parce qu'elles naissent vieilles, comme la Paliké du foyer volcanique. Le peuple des Graikoi, race pélasgique du voisinage des Enchéléens de l'Illyrie, sortait très-certainement de l'oracle d'une Hécate volcanique, voisine des rivages de la mer. Le nom de Graikos, qui est celui du vieil homme et de la vieille femme (donc comme Dcharat-Kâru), indique l'adoration du Graios (Geraios, le nom est identique à celui de Dcharat) et de la Graia (Geraia). On sait que les Latins ne connaissaient les Pélasges que sous le nom de Graikoi, et cela certainement parce qu'ils occupaient le lieu de l'adoration d'une Graia, de deux ou de trois Grées, dans lesquelles elle se divisait, conservant les lieux saints, tout en s'y installant avec un nouveau culte.

La sphère de la déesse d'un Baḍavâ-mukha, d'un volcan sous-marin est la sphère d'une Graia ou d'une Gorgo. Issus du Phorkys et de la Ketô, les Phorcydes, etc. réclamaient une pure vierge, une Baḍavî, une Hippa, une esclave de la déesse, comme bayadère ou Dâsî de l'abîme, afin qu'elle renaquît de l'abîme, après avoir été immolée sur terre.

Des prêtresses serves de la déesse occupaient son temple, visité par les marins et les marchands. Les Bâḍaveyau remplacèrent cet holocauste par celui de la cavale, de la Baḍavâ. De là l'hiéroglyphe du volcan marin, qui porte la tête de la cavale.

C'est sur ce point que repose toute la mythologie originelle de la légende de Persée, qui fut transportée, de l'océan Indien vers la mer Rouge, et par la migration des Barbaras (ou Kares) à travers l'Égypte jusqu'à Joppé, sur la Méditerranée. Les Grecs Danaens y ont joint le mythe du ciste, dont nous avons précédemment parlé. Le Persée des Danaens devient un héros solaire, complétement hellénisé. On lui doit la sûreté de la navigation; il triomphe des mœurs cruelles du Képheus, ou du représentant de la race brune, éthiopienne, céphène.

(La suite au numéro prochain.)

NOUVELLES ET MÉLANGES.

SOCIÉTÉ ASIATIQUE.

PROCÈS-VERBAL DE LA SÉANCE DU 12 JANVIER 1860.

Le procès-verbal de la dernière séance est lu; la rédaction en est adoptée.

M. le président donne lecture de deux lettres de S. Exc. le Ministre de l'instruction publique. Par la première, M. le Ministre annonce à la Société la continuation de la souscription de son département au Journal asiatique; par la seconde, il communique à la Société une ordonnance impériale, qui autorise la Société à accepter un legs de 200 francs de rentes 3 pour cent fait par feu M. de Lagrange à la Société asiatique. Des remercîments sont votés à M. le Ministre.

Sont proposés et reçus membres de la Société :

MM. Dalsème, à Paris;
L. A. Martin, à Paris.

M. Léon de Rosny donne des détails sur son *Manuel de la lecture japonaise*, et s'étend sur l'usage qu'on peut faire des ouvrages japonais pour fixer la prononciation du chinois dans trois différentes époques.

OUVRAGES OFFERTS À LA SOCIÉTÉ.

Par l'auteur. *Lettre à S. Exc. le conseiller d'État actuel Dorn, sur les médailles orientales inédites de la collection de M. Soret. Troisième lettre*, par M. F. Soret. Bruxelles, 1856.

Par l'Académie. *Actes de l'Académie de Bordeaux*, année 1859, cah. 2. Paris, 1859, in-8°.

Par la Société. *Journal of the Asiatic Society of Bengal*, n° 3. Calcutta, 1859, in-8°.

Par la Société. *Revue orientale et américaine*, n° 16. Paris, 1860.

Par l'auteur. *Hymne au Soleil*, traduit de l'égyptien par M. Parrat. Mulhouse, une feuille in-folio.

Par l'éditeur. *Le Réveil de l'Orient*. Premier numéro, accompagné d'un prospectus. Paris, 1859. (Journal in-4°.)

Par M. de Lazareff. *Le Grapilleur*, revue mensuelle, par M. Mserian, numéro de novembre. Moscou, 1859, in-8° (en arménien).

Par l'auteur. *Manuel de la lecture japonaise, à l'usage des voyageurs et des personnes qui veulent s'occuper de l'étude du japonais*, par M. Léon de Rosny. Amsterdam, 1859, in-12.

Correspondence relating to the Earl of Elgin's special missions to China and Japan, 1857-1859. Londres, 1859, in-fol. (488 pages.)

Cette publication contient des pièces officielles que le gouvernement anglais a soumises au Parlement. Elle est, selon l'habitude en pareil cas, loin d'être complète; on s'est contenté d'imprimer ce qui est nécessaire pour suivre la marche des événements et les motifs qui ont fait adopter les différentes clauses du traité, résultat de la mission; mais on a omis la plus grande partie des documents qui se rapportaient aux difficultés qu'avait rencontrées lord Elgin, plutôt de la part des Européens en Chine que des Chinois eux-mêmes. Lord Elgin était envoyé en Chine pour terminer, de la meilleure manière qu'il pourrait, une guerre essentiellement injuste, et il a fait preuve, pendant cette mission difficile, de beaucoup de modération et d'humanité. Il se vit obligé de s'emparer de Canton; mais il refusa constamment d'attaquer les autres villes sur la côte, malgré toutes les instances d'une partie des Européens établis en Chine, qui auraient voulu « donner une leçon aux Chinois, » selon l'expression consacrée parmi les civilisés quand ils sont en face de barbares. Il était convaincu que ce serait une cruauté inutile de s'attaquer à des villes secondaires et se détermina à forcer l'entrée du Peï-ho pour pouvoir traiter directement avec le gouvernement de Pékin. Le traité de Tien-tsing a été le résultat de cette politique ; il fut jugé par les Européens en Chine comme à peine suffisant, mais l'événement a prouvé qu'il contenait encore des stipulations que les Chinois trouvaient insupportables. Il y aurait beaucoup à dire sur ce sujet et sur les conditions sous lesquelles seules le contact de l'Europe avec la Chine pourrait n'être pas désastreux à celle-ci ; mais une pareille discussion ne serait pas à sa place ici, et tout ce que je voulais, c'était d'appeler l'attention des lecteurs sur les pièces que contient la publication que j'annonce et qui renferme un certain nombre de lettres chinoises, privées et officielles fort curieuses, des rapports des consuls anglais dans les ports chinois, le récit de lord Elgin sur son exploration du fleuve Bleu, et des exposés fort intéressants de l'état du commerce européen en Chine et des obstacles qu'il rencontre, de l'état de l'administration chinoise et de la faiblesse dans laquelle elle est tombée. M. Oliphant, secrétaire de lord Elgin vient de publier à Londres un ouvrage sur cette mission, ouvrage que je n'ai pas encore pu voir, mais qui contient, sans aucun doute, bien des faits et des observations qui n'ont pu trouver place dans la publication officielle.

China ; being the Times special correspondence from China in the years 1857-1858, by Wingrove Cooke. Londres, 1858, in-8°. (487 p. et une carte.)

Ce volume renferme la collection (corrigée et augmentée)

des lettres écrites au journal le *Times* par son correspondant, qui accompagnait la mission de lord Elgin. M. Cooke est un homme de beaucoup d'esprit qui, n'ayant aucune mission officielle, pouvait dire toute son opinion sur ce qu'il voyait et entendait en Chine ; il y allait sans connaissances préalables du pays, sans parti pris, les yeux ouverts et jugeait selon ses impressions. Un livre, écrit sincèrement dans de pareilles conditions, a toujours de la valeur, mais il faut y distinguer ce que, selon la nature des choses, un étranger peut bien observer et ce qui lui échappe nécessairement dans les motifs d'hommes qui agissent selon de longues habitudes d'esprit national, comme les Chinois. L'impression que ceux-ci lui ont faite n'est pas très-favorable, et il repousse avec beaucoup de dédain l'opinion des hommes qui ont étudié la langue et la littérature du pays, et qu'il accuse d'avoir cédé à l'espèce d'hypocrisie officielle dont les Chinois entourent leurs actes publics. Il juge les Chinois uniquement d'après les motifs qui agissent sur toute créature humaine, et fait abstraction de toutes les modifications que la nature commune subit par les influences historiques qui ont agi sur elle. Si ceux qu'il appelle les sinologues sont peut-être trop enclins à s'exagérer l'importance et l'immutabilité des formes et des principes officiels du pays, ils ont néanmoins des moyens de juger qui lui ont manqué, et il est dans l'intérêt de la vérité que les deux manières de voir se produisent. Au reste, personne ne lira sans intérêt ce livre, écrit avec beaucoup de sens et une bonne foi évidente ; on y trouvera bien des faits que l'on chercherait en vain ailleurs, tant sur les événements de la dernière guerre que sur les mœurs, le commerce et l'état politique et social de la Chine. — J. M.

JOURNAL ASIATIQUE.

FÉVRIER-MARS 1860.

ÉTUDES ASSYRIENNES.

SECONDE PARTIE.

Après avoir exposé dans le second volume de l'Expédition de Mésopotamie les principes du déchiffrement de l'écriture cunéiforme anarienne, après l'interprétation analytique des inscriptions assyriennes, munies d'une traduction, ainsi que des textes babyloniens et ninivites qui se trouvent dans l'ouvrage cité et dans la première partie des Études assyriennes, je crois devoir consacrer la seconde partie de ce travail à un exposé succinct de la grammaire des Assyriens.

J'ai l'espoir que cet essai convaincra les hommes versés dans les langues sémitiques de l'exactitude irréfragable du déchiffrement, comme il leur fera entrevoir la méthode rigoureuse appliquée dans l'analyse des formes assyriennes. Désormais la langue de Babylone et de Ninive pourra prendre une place régulière, à côté des autres idiomes de la même famille.

FÉVRIER-MARS 186

ÉLÉMENTS

DE LA GRAMMAIRE ASSYRIENNE.

CHAPITRE PREMIER.

REMARQUES PRÉLIMINAIRES.

1. La langue assyrienne est l'idiome dans lequel sont rédigées les inscriptions de Ninive et de Babylone, comme les traductions de la troisième espèce faites sur les textes des rois de Perse.

2. La langue assyrienne est sémitique; elle est unie par les liens d'une proche parenté aux langues arabe, hébraïque, éthiopienne, syriaque, chaldaïque, lydienne, élymaïque, tout en conservant des différences aussi marquées que celles qui séparent les idiomes mentionnés les uns des autres.

Nous avons choisi les lettres hébraiques pour transcrire l'idiome de Ninive, écrit par les Assyriens avec les caractères anariens.

3. La langue assyrienne fut parlée du xxiiie au i^{er} siècle avant l'ère vulgaire. A partir du ve siècle, elle eut à lutter contre les progrès de la langue araméenne, qui l'emporta dès le i^{er} siècle avant l'ère vulgaire, mais qui, à son tour, fut supplantée peu à peu par la langue arabe.

4. La langue et la littérature assyriennes sont désignées par les Arabes sous le nom de langue et de littérature *nabatéennes*.

5. L'opinion qui attribuait aux Assyriens la langue araméenne est insoutenable, et ne devait son existence qu'à une interprétation erronée de quelques versets de la Bible. Les Saintes Écritures, au contraire, distinguent nettement la langue araméenne de l'idiome des Chaldéens. En effet, les échantillons qu'elles nous ont conservés de l'araméen, nommé vulgairement le *chaldaïque* de Daniel et d'Esdras, démontrent sa diversité complète de la langue des Sennachérib et des Nabuchodonosor.

6. Le chaldaïque de la Bible n'a nullement été le langage des astrologues de Babylone, comme on l'a cru en s'appuyant sur le fait que les Chaldéens parlent araméen[1] dans le second chapitre de Daniel. On objecte que, dans cette supposition, la rédaction araméenne aurait dû s'arrêter avec le discours des astrologues, tandis qu'elle continue encore pendant plusieurs chapitres traitant de matières toutes différentes.

Ce n'est, du reste, que par déférence pour quelques savants, respectables même dans leurs erreurs, que nous nous sommes décidé à combattre une opinion qui, aujourd'hui, ne supporte plus la discussion.

[1] Le mot ארמית, qui précède les passages araméens (Dan. II, 4, et Esd. IV, 7), n'est qu'une sorte de titre. Le passage d'Esdras a été traduit jusqu'ici par « une lettre écrite en araméen et traduite en araméen, » ce qui est un non-sens. Il faut traduire : « écrite en araméen et traduite. Araméen. » (C'est-à-dire, ce qui suit est de l'araméen.) Aussi les Septante rayent le mot à la fin.

LOIS PHONÉTIQUES DE L'ASSYRIEN.

7. L'assyrien a les articulations de la langue hébraïque et syriaque; il se rapproche, dans ses lois phonétiques à l'égard des consonnes, de l'hébreu et de l'arabe, et s'écarte des langues araméennes.

8. La langue de Babylone et de Ninive conserve dans les racines les sifflantes hébraïques, et ne les altère pas comme le font les idiomes araméens. Le tableau suivant rendra notre assertion plus évidente :

Assyrien.	Hébreu.	Arabe.	Araméen.
ש	ש	ث, س	ת, ש
ס	ס, ש	ش, س	ס
צ	צ	ظ, ض, ص	ע, ט, צ
ז	ז	ذ, ز	ד, ז

Ainsi l'hébreu שָׁלשׁ «trois», se dit en assyrien שְׁלַשׁ[1], qui s'écarte de l'arabe ثلث et de l'araméen תלת. L'assyrien שַׁנֵי est identique à l'hébreu שְׁנֵי, à l'arabe اثنين, à l'araméen תרין; l'assyrien אשר, à l'hébreu אשר, à l'arabe اثر, à l'araméen אתר, comme :

Assyrien.	Hébreu.	Arabe.	Araméen
עץ	עץ	.....	אע
צלע	צלע	ضلع	עלע
זכר	זכר	ذكر	דכר
צפר	צפר	ظفر	טפר

[1] L'hébreu פָּעַל répond souvent à l'assyrien פְּעַל. Par exemple : hébreu לָשׁוֹן, assyrien לִשָׁן.

9. Les transitions de צ à ט et à ז, que l'on observe en hébreu[1], se voient aussi en assyrien.

10. L'assyrien change souvent une sifflante devant une dentale en *l*, ainsi on dit indifféremment :

כַּסְדִּי et כַּלְדִּי « la Chaldée ».

חַמִשְׁתָּא et חַמִלְתָּא « cinq ». (Syllabaires.)

אַשְׁצַדַּר et אַשְׁלְדַּר « je traînai ». (Inscriptions de Sennachérib, chez Layard.)

אִשְׁתְּ et אִלְתְּ « à partir de ». (Inscriptions trilingues.)

אַשְׁטֻר et אַלְטֻר « j'écrivis ». (Prisme de Tiglatpileser I.)

אַשְׁתַכַּן et אַלְתַכַּן « je fis, etc. » (Inscriptions trilingues.)

Les formes de l'*istaphal* changent ainsi en celles d'un *iltaphal*.

11. Le ת servile, interposé entre les première et seconde radicales, s'assimile aux צ, ז, ד et ט précédents. Par exemple, on dit יִצַּבַּת pour יִצְתַבַּת, יִזַּכַּר pour יִזְתַכַּר, יִדַּנּוּ pour יִדְתַנּוּ, יִטַּבַּח pour יִטְתַבַּח.

12. Un *m*, placé immédiatement devant une gutturale ou une dentale, s'altère souvent en *n* dans la transcription anarienne. Ainsi l'on écrit quelquefois, contrairement à l'étymologie :

חַנְשָׁא pour חַמְשָׁא « cinquante ». (Syllabaires.)

[1] Ainsi l'on écrit *taḥaṣi* et *taḥazi* « le combat », *arzip*, pour *arṣip*, etc. mais on fera bien, dans l'interprétation, de n'admettre ce changement que dans les cas très-sûrs. Quelquefois un ז remplace même un ס. Ainsi les inscriptions de Babylone écrivent *Barzipa*, au lieu de *Barsip*.

דַּנְקָא pour דַּמְקָא «supériorité». (*Expéd. en Mésopot.* II, p. 129.)

מַנְתַּחִץ pour מַמְתַּחִץ «combattant». (Inscript. des Taur.)

צַנְדַן pour צַמְדַן «Sandan». (Hercule.)

חַנְדִשׁ pour חַמְדִשׁ «avec louange». (Inscr. de Tiglâtp. I.)

מַשְׁנְדִל pour מַשְׁמְדִל «conservant,» etc. (*passim.*)

13. Ainsi qu'en hébreu, le *n* radical s'assimile souvent à la radicale suivante; c'est la règle pour les verbes פ״נ. Mais, contrairement à l'usage de la Bible, le נ, formant la troisième radicale, s'assimile en assyrien au ת et au ש servilés. Nous trouvons donc לִבְתָּא pour לִבְנְתָּא «brique crue», מַדְּתָא pour מַנְדַּנְתָא «tribut», de נדן «donner», תְּמַסְשְׁנָת pour תְּמַסְנְשְׁנָת «tu les reconnaîtras». (N. R. l. 27[1].)

14. Dans tous les cas, le ר et le ח peuvent être redoublés, comme en arabe.

15. Les lettres ה, ע, א, י, et généralement ו, ne sont pas susceptibles de redoublement.

16. Les racines פ״י de l'hébreu deviennent, en assyrien, פ״א, si le י hébreu correspond à un و en arabe; mais si l'arabe conserve le י de l'hébreu, l'assyrien le donne également[2]. Par exemple :

Assyrien.	Hébreu.	Araméen.	Arabe.
אלד	ילד	ולד	ولد
אקף	יקף	יקף	وقف

[1] Comparez *Expéd. en Mésopotamie*, II, p. 172, 183.
[2] *Ibid.* II, p. 125.

	Assyrien.	Hébreu.	Araméen.	Arabe.
	אשב	ישב	יתב	وثب
	אצא	יצא	—	وضى
	אחי	—	—	وى
	ארד	ירד	ירד	ورد
Mais	ישר	ישר	ישר	يسر
	יד	יד	יד	يد
	יקץ	יקץ	יקט	يقظ
	ימן	ימן	ימן	يمن

17. L'écriture anarienne ne possédant pas les combinaisons *yu* et *uy*, les Assyriens ont choisi les lettres  et , *u* et *ua*, pour rendre, le cas échéant, les articulations *yu* et *uya*.

Ainsi le mot *um* « jour » devra se transcrire יוּם, *unakkar*, à la 3ᵉ personne, יֻנַכַּר, pour le distinguer de la 1ʳᵉ אֻנַכַּר. De même, *abûa* « mon père », *attûa* « mien », *katûa* « ma main », sont à rendre en lettres hébraïques par אַבוּיִ, אַתּוּיִ, קָתוּיִ.

18. L'assyrien ne fait pas subir aux lettres בגדכפת les altérations connues à la grammaire hébraïque et au langage chaldaïque moderne. Il n'y a donc pas de *dagesh lene*, et le point dans la transcription indique un redoublement véritable de la consonne.

19. Si la prononciation uniforme des lettres moyennes rapproche l'assyrien de l'arabe, il s'en écarte à l'endroit des autres nuances introduites dans l'idiome de la péninsule. Ainsi l'assyrien ne connaît pas les nuances du ح et du خ, du ع et du غ, du ص et du ض, du س et du ث, du ز et du ذ.

20. Ainsi que le chaldaïque moderne, l'assyrien semble n'avoir pas connu le *f*. Les articulations du *ź* (*j* français), du *ǵ* (*dj* français) et du *k'* (*tch* français) lui sont également étrangères.

21. L'écriture anarienne n'ayant qu'une seule expression pour figurer les articulations voisines l'une de l'autre, de *m* et de *v*, ce fait a rendu la suppression du *m* fréquente en assyrien.

22. La prononciation, du reste, semble n'avoir pas toujours été la même à Babylone et à Ninive. Les lettres qui contiennent un ש paraissent avoir été prononcées par un *s* dans le nord, et par un *sh* (*ch* français) dans le midi; juste le contraire eut lieu pour la lettre ס[1]. Le ק organique s'altérait, à Babylone, souvent en כ et ג.

23. Dans les vingt siècles pendant lesquels nous pouvons poursuivre la langue assyrienne, la prononciation a varié, comme dans toutes les langues. Nous avons des preuves certaines que l'écriture resta la même malgré l'altération de la prononciation, comme pareille chose est arrivée dans les langues modernes de l'Europe.

Ainsi les syllabaires de Sardanapale (V) nous enjoignent d'écrire le nom du dieu Nebo נַבְאֹו, mais de le prononcer נַבו; ainsi on lit מַמַן le mot qu'on écrit מַנְמָא *ullus*. Le nom מַרדך fut postérieurement prononcé מַרודַך, sans que l'on en changeât l'écriture.

24. Quelquefois la prononciation viciée se fit

[1] Nous pouvons conclure ce fait de la transcription en assyrien des noms bibliques. (Comparez *Expéd. de Mésop.* t. II, p. 12.)

aussi représenter par l'écriture, concurremment avec la véritable expression étymologique. Ainsi, à côté de חַנְשָׁא, on écrivait encore חַמְשָׁא « cinquante », à côte de בַּל et פַּל, encore הבל « fils », etc. quoiqu'on ne prononçât plus que חַנְשָׁא et פַּל, même פְּל.

CHAPITRE II.

DES SUBSTANTIFS.

25. L'assyrien, comme les idiomes araméens, ne connaît pas d'*article prépositif*.

26. L'article, tel qu'on le rencontre dans les langues d'Arphaxad (l'hébreu et l'arabe), n'y a été introduit qu'après la séparation de la branche d'Arphaxad de celle d'Assour et d'Aram.

27. Le langage primitif des Sémites fléchissait les mots déclinables par de certaines désinences qui y ajoutaient une signification déterminée. Ces désinences étaient *um* pour le nominatif, *am* et *im* pour les cas obliques. Nous appelons ce fait la *mimmation*. C'est d'elle qu'est dérivé *l'état emphatique*.

28. L'arabe a conservé en entier cette sorte de déclinaison; seulement le nasal qui la termine y est devenu, depuis quinze cents ans au moins, un *n*, et les désinences arabes sont *un* pour le nominatif, *an* et *in* pour les cas obliques. Ce fait grammatical est connu sous le nom de la *nounnation* (تنوين). Il est nécessaire de remarquer que l'écriture qui exprime le nasal par le redoublement des signes vocaliques, indique par cela même que ce nasal ne faisait que

se rapprocher du *n*, sans lui être identique dans le principe.

29. L'hébreu a conservé les formes en *am*, l'ancien accusatif, pour former des adverbes, et de même l'arabe vulgaire a respecté, dans le même but, la syllabe *an*. Nous verrons que l'assyrien tire également profit de ces formes en *am* pour employer des substantifs dans le sens adverbial.

Nous citons, par exemple : en hébreu יוֹמָם « pendant le jour », חִנָּם « gratis (en vain) » de חֵן « *gratia* », אָמְנָם « véritablement »; en arabe, يوماً « le jour », دائماً « toujours », حالاً « de suite », ابداً « jamais »; en assyrien כְּסֻם « couvert », נַמְרַם « pur », כַּהְנַם « en prêtre », et d'autres.

30. L'assyrien nous donne, surtout pour les féminins en général et les masculins en *t* et *n*, la mimmation entière; par exemple, de קֶרֶן « la corne », יום « le jour », אִרְצִת « la terre », on forme :

Cas droit :	קַרְנֻם	יוּמֻם	אִרְצִתֻם
Cas obliques :	קַרְנַם	יוּמַם	אִרְצִתַם
	קַרְנִם	יוּמִם	אִרְצִתִם
En arabe :	قَرْنٌ	يَوْمٌ	أَرْضٌ
	قَرْنًا	يَوْمًا	أَرْضًا
	قَرْنٍ	يَوْمٍ	أَرْضٍ

31. D'après une loi commune aux langues indo-européennes et sémitiques, la terminaison raccour-

cit souvent le mot lui-même, surtout les mots פַּעַל, פְּעָל, פִּעְל, deviennent (au cas oblique en *am*, qui est le plus souvent employé) פַּעְלַם, פִּעְלַם, פְּעָלַם, et les feminins פַּעַלְת, פִּעְלְת, פְּעָלְת forment פַּעַלְתַם, פִּעְלְתַם, פְּעָלְתַם, etc.

Ainsi, par exemple, on a :

שַׁלַט	חִצִב	כְּפָר	צִפִר	בִּעְלְת	בִּלַת	אַלַדַת
שַׁלְטַם	חִצְבַם	כְּפְרַם	צִפְּרַם	בִּעְלְתַם	בִּלְתַם	אַלַדְתַם
domination,	pierre à fard,	bitume,	cuivre,	souveraine,	tribut,	mère,
					(de יבל)	(de אלד)

32. Cette contraction n'a pas lieu pour les substantifs masculins dont les deux premières consonnes sont mues par des voyelles différentes, à moins que la racine ne soit *sourde* [1].

Par exemple, on forme de :

זְכַר	אַלִד	קָרַד	קַמָר	כִּרָב	שְׁמִל
זְכַרַם	אַלִדַם	קָרַדַם	קַמָרַם	כִּרָבַם	שְׁמִלַם

mais on fera דַּנַם de דַּנִן et צַרַם de צַרִר.

33. Mais cette exception n'est pas absolue, et l'usage, plus fort que les règles, exerce ses droits aussi en assyrien.

34. D'autre part, les substantifs dérivés de racines sourdes, mais qui, dans le cas simple, font dis-

[1] Dans le langage des grammairiens arabes, une racine dont une même lettre forme le second et le troisième radical, comme לבב, סרר, כלל, דנן.

paraître le redoublement, le rétablissent dans la mimmation, et, comme nous le verrons tout à l'heure, à l'état emphatique ; ainsi nous avons, par exemple :

סַר	לֵב	זַן	עֵת	אֵם	
סַרַם	לֵבַם	זַנַּם	עִתַּם	אִמַּם	etc
roi,	cœur,	tremblement,	temps,	mère.	

35. Les substantifs dérivés, formés dans le principe par le redoublement de la dernière radicale (de formes פַעַּל, נפעל), ou ceux formés par la désinence ־ָן, rétablissent, dans l'état emphatique, la consonne redoublée ; ainsi, on fera de :

כתר	כְּטֵר	שלְטַן	צַמרַן	נַלְבַן	נרגל
כתַרַם	כְּטֵרַם	שלְטַנַם	צַמרַנַם	נַלְבַנַם	
frise,	district,	empereur,	fort (Hercule),	œuvre de briques,	

36. Les formes déclinables, dérivées des différentes voix verbales, ne changent généralement pas. Par exemple, שַׁטַר « l'action d'écrire » ne forme pas שְׁטַרַם, mais שַׁטַּרַם.

DE L'ÉTAT EMPHATIQUE

37. Les trois nuances de la mimmation s'altérèrent bientôt, à cause de la proximité du *m* et du *n*. Nous avons dit, à plusieurs reprises, que l'assyrien n'a qu'une seule série de signes pour exprimer ces articulations voisines. C'est ainsi que ־ֻם, ־ִם, ־ַם, devinrent ־ֻן, ־ִן, ־ַן.

38. On comprend que le ו devait bientôt disparaître dans la prononciation, et se changer en ־ֻ, ־ָא, ־ִי, ou, comme nous exprimons ces sons, pour rapprocher notre transcription de celle acceptée pour le chaldaïque de la Bible et le syriaque, en ־ֻא, ־ָא, ־ִא.

39. La mimmation fut, en hebreu, complétement remplacée par l'article. Dans les idiomes araméens, elle produisit l'*état emphatique*, en supprimant la partie du discours que nous venons de citer : en arabe littéral, elle se maintint sous la forme de la nounnation, concurremment avec l'article suivi de la désinence emphatique; en arabe vulgaire, elle disparut avec l'état emphatique, pour laisser le champ libre à l'article, en sorte que cet idiome observe, à cet égard, strictement les règles de la langue hébraïque.

40. Nous n'avons pas besoin de diriger l'attention du lecteur sur l'identité absolue des formes assyriennes se terminant par ־ֻא, ־ָא, ־ִא, avec les désinences arabes en *dhamma*, *fatha* et *kesra*, comme avec l'état emphatique des Araméens.

Dans la conviction que l'état emphatique avec la terminaison en א avait remplacé la mimmation dès le XIIIe siècle avant l'ère chrétienne, nous employons dans la transcription cette forme א, à l'exclusion de la mimmation. A moins qu'il ne s'agisse d'une forme adverbiale en ־ָם, nous écrivons donc partout ־ָא, au lieu de ־ָם; par exemple, סַרְא, au lieu de סַרְם.

41. Les remarques sur la mimmation contenues

dans les paragraphes 30-36 sont donc strictement applicables à l'état emphatique.

DU GENRE ET DU NOMBRE.

42. L'assyrien a, comme les autres langues sémitiques, deux genres, le *masculin* et le *féminin*. Le féminin se termine ordinairement en *at* ou *it* [1].

43. Il a trois nombres, le *singulier*, le *pluriel* et le *duel*.

Toutefois, l'emploi de ce dernier n'est restreint qu'aux objets qui forment une paire, comme les parties du corps appartenant à cette catégorie. Les autres formes dans les textes ne sont pas sûres.

44. La forme du pluriel est très-difficile à connaître dans les cas spéciaux, parce qu'elle est généralement exprimée dans l'écriture anarienne par le signe 𒌍, qui indique que le caractère précédent est employé au pluriel. Rarement la forme est rendue par des lettres syllabiques.

45. Il y a deux sortes de pluriel, le *pluriel simple* et le *pluriel emphatique*. Ce dernier est pourtant peu employé. Voici les différentes formes du pluriel en assyrien :

	MASCULIN.		FÉMININ.	
	I.	II	I	II.
État simple.	־ִי (־ִין)	־וּת	־ָת	־ִית
État emphatique.	־ָנָא	־וּתָא	־ָתָא	־ִיתָא

[1] Voir *Expédition en Mésopotamie*, t. II, p. 122, 138. Nous indiquons cet ouvrage par *E. M.*; les *Études assyriennes*, par *É. A.*; les planches de M. Layard, par Lay.

MASCULIN.		FÉMININ.	
I.	II.	I.	II.
־ָנָא	־וּתָא	־ָתָא	־ֵיתָא
־ָנְא	־וּתְא	־ָתְא	־ֵיתְא

46. Généralement les pluriels féminins en ־ֵית correspondent aux masculins en ־וּת, et ceux en ־ָת aux masculins en ־ֵי ou ־ִי [1]. Pourtant cette correspondance n'est pas constante. Par exemple :

	MASCULIN.		FÉMININ.	
État simple.	סַרִי	מַלְכִי	סַרַת	מַלְכַת
État emphatique.	סַרָנָא	מַלְכָנָא	סַרָתָא	מַלְכָתָא
	סַרָנָא	מַלְכָנָא	סַרָתָא	מַלְכָתָא
	סַרָנְא	מַלְכָנְא	סַרָתְא	מַלְכָתְא
	les rois,		les reines.	

Quelquefois l'état emphatique se réduit à la syllabe ־ָן.

47. La grande majorité des masculins forme ses pluriels par la terminaison ־ֵי (־ִי), comme les féminins adoptent généralement la désinence ־ָת.

48. La terminaison ־וּת s'emploie surtout pour former les pluriels de participes. La syllabe s'attache au mot, ou simplement, ou après le changement de la vocalisation. Ainsi, de נַכַר, on forme נַכְרִי ou נִכְרוּת ; de אַשַׁב, au contraire, אַשְׁבוּת ; de הַלַךְ, הַלְכוּת.

[1] Ainsi סַר «le roi», סַרַת «la reine» (Lay. LXXIII, 16; LXVII, 2, de *Zabibi*, reine des Arabes), on dit מַרַבְשׁ des dieux, מַרַבְשַׁת des déesses, etc.

(Inscription de Bisoutoun *passim*; inscriptions de Khorsabad[1]).

49. Les féminins qui se terminent au singulier en תְ ont généralement יֵת[2] au pluriel, tandis que ceux qui ont au singulier תַ, ont תָ au féminin. Par exemple :

Singulier.	Pluriel.	Singulier	Pluriel.
בְעֻלַת	בְעֻלֵית	בְלַת	בְלָת
עִלַת	עִלֵית	כַמַת	כַמָת
רִשְׁעַת	רִשְׁעֵית	נַכְרַת	נַכְרַת

50. Le pluriel des féminins est toujours formé de la forme simple du singulier. Ainsi le pluriel רַפְשָׁת ne provient pas de רַפַשְׁתָּא, mais de רַפַשְׁת; תְכלָת, non de תְכְלְתָא, mais de תְכְלַת. Ainsi « les mères » se dit אַלְדָת, de אַלְדַת, ét. emph. אַלְדְתָא; « les tributs » בְלָת de בלַת, ét. emph. בְלְתָא; « les jalons » צִפָּת de צִפַת; « les légions » קְשָׁת de קְשַׁת.

51. Le pluriel des masculins, au contraire, est généralement formé de l'état emphatique. Par exemple : גְמְרִי « les familles », de גמְר, ét. emph. גמְרא; לִבִי « les cœurs », de לִב, ét. emph. לִבא; מַלְכִי « les rois », de מלַך, ét. emph. מַלְכָא; צַלְמָנא « les images », de צַלִם (*E. M.* II, p. 235); חרשְׁנא « les champs », de חַרַש, etc.

[1] *E. M.* II, p. 126, 127.

[2] Le son de ‾ est incertain; mais l'orthographe assyrienne nous fait entrevoir, par l'emploi du , qu'il n'y a pas un i ordinaire.

52. Quelques mots forment les pluriels dans les deux genres. Par exemple, בָּב «porte» a בָּבֵי et בָּבָת. Des exceptions aux règles grammaticales s'observent aussi en assyrien; il y a quelques substantifs féminins qui prennent le pluriel en ־ָן. Par exemple, le עֵמֶק «le conseil profond», on forme le pluriel עֵמְקָא, dans la phrase אַן עֵמְקָא צִירָתָא «d'après les décrets suprêmes (des dieux)».

53. Le duel ajoute ־ָא, ou ־ֵי, ־ַי, probablement venant de ־ָיִן, ־ַיִן; mais il est, pour la plupart, indiqué par le signe idéographique 𒈫. (*E. M.* II, p. 119.)

DES ADJECTIFS.

54. Les adjectifs ont les deux genres. Le féminin des masculins se terminant en consonne se forme généralement en ־ַת. Par exemple, זִכְר, féminin זִכְרַת «se rattachant à la mémoire», זָכִר «se souvenant», féminin זָכִרַת; טָב «bon», féminin טָבַת. Tous les participes des verbes *entiers* appartiennent à cette catégorie. Par exemple, נָצִר «qui protége», féminin נָצִרַה. Ainsi מָשִׁם «écrasant», מָשִׁר «excitant», מָרִש «triturant», forment מָשִׁמַת, מָשִׁרַת, מָרִשַׁת (écrit aussi מָרִשַׁת), etc.

55. Les adjectifs qui changent leur vocalisation pour former l'état emphatique font dériver de ce dernier leurs formes féminines. Par exemple, רַפַּשׁ «ample», ét. emph. רַפְשָׁא, fém. רַפְשַׁת.

56. La formation des adjectifs féminins dérivant d'une racine défectueuse est généralement ־ת, sur-

tout quand cette racine est לה, ou que le masculin se termine en voyelle. Par exemple :

רַבו « grand »	forme au fémin.	רַבת	(*E. M.* II, p. 138, etc.).
עלו « haut »	—	עְלַת	
רמנו « élevé »	—	רַמְנת	(*ibid.* p. 296, 300).
בַשו « mauvais »	—	בַשת	
בַנו « engendrant »	—	בַנַת	(Inscr de Londres, col. IV).

' Ces mots changent souvent le ו en ה ou א à l'état emphatique.

57. L'état emphatique des féminins se forme d'après les règles observées pour les substantifs. Par exemple, on dira :

מְשמחתָא, נצרְתָא, זַכרְתָא, זכרתא, מַבְתָא, mais רַפְשְתָא, de רפשת, רמנתָא, de רמנת.

58. Le pluriel suit la formation de l'état emphatique. Les masculins peuvent généralement avoir les deux terminaisons ין et ת ; les féminins qui ont le singulier en ית forment le pluriel en ת, et ceux qui ont ת au singulier ont ית au pluriel.

Nous donnons pour exemples רַפש et רבו.

	MASCULIN	FÉMININ
	Singulier	
État simple.	רַפש	רַפְשת.
État emphatique	רַפשא	רַפשתא

		Masculin.		Féminin
		Singulier.		
État simple.		רַפְשָׁא	……	רַפְשְׁתָא
État emphatique.		רַפְשָׁא	……	רַפְשְׁתָא
		Pluriel.		
État simple.	רַפְשִׁי	רַפְשֵׁת	……	רַפְשָׁת
État emphatique.	רַפְשָׁנָא	רַפִּשְׁתָא	……	רַפְשָׁתָא
	רַפְשָׁנָא	רַפְשָׁתָא	……	רַפְשָׁתָא
	רַפְשָׁנָא	רַפְשְׁתָא	……	רַפְשָׁתָא

Masculin		Féminin
Singulier.		
רַבּוֹ	……	רַבַּת
רַבְהָא[1]	……	רַבְתָא
רַבהָא	……	רַבְתָא
רַבְהָא	……	רַבְתָא
Pluriel		
רַבִּי רַבְהָן	……	רַבִית
רַבהָנָא	……	רַבִיתָא
רַבהָנָא	……	רַבִיתָא
רבהָנא	……	רַבִיתָא

59. Nous ne devons pas passer sous silence une contraction que subissent souvent les adjectifs participes à l'état emphatique et conséquemment au pluriel. Les participes du paël et de l'iphtaal contractent les formes, et suppriment la voyelle du ע et son redoublement. Ainsi,

[1] Ce changement rappelle celui de ابو en ابهان.

au lieu de מְסַפְּרְכִי · מְסַפַּרְכָא, on dit מְסַפְּרְכִי · מְסַפַּרְכָא

מְשַׁתַּרְחָא .... מְשַׁתַּרְחָא.

מְמַתַּחְצִי .... מְמַתַּחְצִי [1]

Cette contraction semble rarement s'effectuer dans le niphal. Pourtant on dit מַסְכֵי «les captifs», pour מַסְכְּבֵי; מַצְבְתִי «les prisonniers», pour מַצַּבְתִי (Voir *É. A.* p. 33.)

60. Les formes se terminant en ת paraissent antipathiques à la contraction. Ainsi nous ne lisons pas מַתַּבְלְת, mais מַתַּבַלְת, non מַקְתַּבַלְת, mais מַקְתַּבַלְת. De même, les féminins ne se forment ordinairement pas מַרְפְּשַׁת · מַשְׁרַחַת, mais מַרְפַּשַׁת · מַשְׁרַחַת.

Les féminins contractés sont très-rares.

61. Il y a un autre pluriel des participes en ןָ; nous lisons ainsi מַצְּבְתוּן «les prisonniers [2]», et nous avons choisi cette forme pour finir le chapitre des déclinaisons proprement dites par la remarque que probablement l'antique conjugaison connaissait trois formes de pluriels analogues aux terminaisons ـِين, ـُون, ـَان, en arabe. Elles étaient très-vraisemblablement :

־וּן (־וּנָא · ־וּנָא · ־וּנָא)

־אָן (־אָנָא · ־אָנָא · ־אָנָא)

־ין (־ינָא · ־ינָא · ־ינָא)

La forme אָן seule s'est conservée dans l'usage ordinaire.

[1] *Muntaḥṣi*, selon § 12.

[2] Dans l'inscription de Bisoutoun.

62. L'assyrien n'ayant pas de formes spéciales pour exprimer les degrés de comparaison, cette matière appartient à la syntaxe.

CHAPITRE III.

DES PRONOMS POSSESSIFS SUFFIXES.

63. L'assyrien, comme toutes les langues sémitiques, exprime les pronoms possessifs par des terminaisons ajoutées au substantif, et que voici :

	MASCULIN.		FÉMININ.
		Singulier	
1re personne.		־ִי	
2e	־ךָ		־כִי
3e	־שׁוּ		־שָׁא
		Pluriel	
1re pers		־ן	
2e	־ֻכֻן		־כִן [1]
3e	־שֻׁן		־שִׁן

(Voir *E. M.* II, p. 146, 297; Lay. pl. LXXXVI, lig. 17, 18, et toutes les inscriptions adressées aux déesses.)

64. Ces suffixes s'ajoutent au nom ou à l'état simple, surtout quand celui-ci se termine en voyelle, ou en intercalant une des trois voyelles ֻ, ִ, ַ.

65. Toutefois quand le mot est terminé en con-

[1] Le suffixe de la seconde personne du féminin ne s'est pas encore présenté dans un exemple, mais l'analogie nous fait supposer avec une certaine sûreté, qu'en effet il fut ־כִן.

sonne, il est rare d'y voir affixée la syllabe possessive sans voyelle, à l'exception de celles de la troisième personne.

On trouvera ainsi rarement שְׁמִי «mon nom», שְׁמָךְ «ton nom», et presque toujours שְׁמִי, שְׁמָךְ, mais assez généralement שְׁמְשׁוּ «son nom à lui», שְׁמְשָׁא «son nom à elle», שְׁמְשָׁן «leur nom à eux», שְׁמְשִׁן «leur nom à elles». Quelquefois la suppression de la voyelle intermédiaire est motivée par l'euphonie; on dira ainsi קְבִרְךָ, aussi souvent que קברךָ.

66. Il est bien entendu que la suppression de la voyelle dans les noms finissant en consonne ne peut avoir lieu devant le suffixe de la première personne du pluriel.

67. Quand la voyelle s'intercale entre le suffixe et le nom, ce dernier prend la vocalisation de l'état emphatique.

68. Les quatre formes employées קברךָ, קְבִרְךָ, קְבָרַךְ, קְבִרְךָ, rappellent les quatre formes de l'arabe, et vulgaire et littéral, قربَكْ, قربُكَ, قربَك, قربِك.

Dans le principe, les différentes voyelles étaient en assyrien, comme en arabe, les signes de la déclinaison.

69. Le ש des suffixes des troisièmes personnes, appliqué immédiatement et sans voyelles intermédiaires aux mots se terminant en ס, ת, ד, ט, se change en ס. (Cf. *É. A.* p. 49.) Dans ce cas, les terminaisons sont:

־סוּ « à lui », ־סָא « à elle », ־סֶן « à eux », ־סֵן « à elles ».

P. ex. au lieu de רִכְשְׁשָׁן, שִׁבְטְשָׁן, פַּקְדְשָׁא, בִּיתְשׁוּ.

on dit: רִכְסָן, שִׁבְטְסָן, פַּקְדְסָא, ביתסו.

ou רִכְּסְשָׁן, שִׁבְטְשָׁן, פַּקְדְשָׁא, בִּיתְשׁוּ.

70. Très-souvent le ס s'assimile la lettre précédente, et quelquefois on n'exprime pas même le redoublement dans l'écriture cunéiforme. Ainsi l'on peut écrire :

רִכְּסָן, שִׁבְּסָן, פַּקְּסָא, בִּיסּוּ.

ou même רִכְסָן, שִׁבְסָן, פַּקְסָא, בִּיסוּ.

Cette dernière manière pourtant est fautive, quoiqu'elle ne manque pas d'exemples.

71. Le suffixe, avec voyelles intermédiaires, est toujours ajouté à la forme de l'état emphatique; et cette circonstance le rend quelquefois très-dissemblable de la forme qui contient le suffixe directement attaché au substantif.

Ainsi, par exemple, לִבְנַת « argile » a, à l'état emphatique, לִבְנְתָא, ou contracté לִבְתָא. Pour dire « son argile », on a donc

ou לִבְנְסּוּ, לִבְנַסּוּ, לִבְנַתְסוּ.

ou לִבְנְתָשׁוּ, לִבְנְתָשׁוּ, לִבְנַתְשׁוּ.

ou לִבְתָשׁוּ, etc.

72. Les suffixes s'ajoutent de la même manière

aux pluriels. Ainsi l'on dira : לִבְנָתְשׁוּ et לִבְנָתְסוּ, לִבְנָסוּ, לִבְנָסוּ, לִבְנָתְשׁוּ כִּתְנָתְשׁוּ et כִּתְנָתְסוּ, כִּתְנָסוּ, כִּתְנָסוּ.

73. Quant aux mots se terminant en ז et en צ, ils ajoutent les suffixes de la 3e personne régulièrement moyennant la voyelle intermédiaire, ou ils changent le dernier radical en ס. On dira alors, ou רַחְצְשׁוּ, ou רַחַסוּ.

74. Le pluriel des masculins en ־ֵי (־ַי) ajoute les suffixes à cette terminaison, rarement à la syllabe ־ָנ; pourtant il semble (mais c'est un point qui a besoin d'être éclairci davantage) qu'on puisse dire צַמְלִישׁוּ et צַלְמָנְשׁוּ, סַרִיךְ et סַרָנְךְ.

C'est de cette dernière forme que semblent être contractées les expressions comme גַּבְרָשׁוּ « ses ennemis », אֻשְׁטָשׁוּ « ses fondations », רָאשְׁשׁוּ « ses têtes » (d'un édifice, pour « sa tête »), et d'autres.

75. Nous allons donner pour exemples les mots מַלְךְ « roi », et מַלְכַּת « reine », avec leurs différents suffixes. Nous devons faire observer que nous noterons seulement des formes dérivées par la voyelle intermédiaire *i*, quoique les autres, dans lesquelles se trouvent *a* et *u*, soient également autorisées. Voici les formes :

מַלְכִי	« mon roi »	מַלְכָּתִי	« ma reine »
מַלְכָךְ	« ton roi » (m.).	מַלְכָּתָךְ	« ta reine » (m.).
מַלְכִּי	« ton roi » (f.).	מַלְכָּתְכִּי	« ta reine » (f.).
מַלְכְּשׁוּ מַלְכְּשׁוּ	« son roi » (m.).	מַלְכָּתְשׁוּ מַלְכָּתְסוּ	etc. « sa reine » (m.)

מַלְכְּשָׁא מַלְכְּשָׂא	« son roi » (f.).	מַלְכְּתְשָׁא מַלְכַּתְסָא	etc. « sa reine » (f.).
מַלְכְּן מַלְכֵּן	« notre roi ».	מַלְכְּתִן מַלְכְּתָן	« notre reine ».
מַלְכְּכֶן	« votre roi » (m.).	מַלְכְּתִכֶן	« votre reine » (m.).
מַלְכְּכֶן	« votre roi » (f.).	מַלְכְּתִכֶן	« votre reine » (f.).
מַלְכְּשֻׁן מַלְכְּשֻׁן	« leur roi » (m.).	מַלְכַּתְשֻׁן מַלְכַּתְסֻן	etc. « leur reine » (m.).
מַלְכְּשִׁן מַלְכְּשִׁן	leur roi » (f.).	מַלְכַּתְשִׁן מַלְכַּתְסִן	etc. « leur reine » (f.).

La seule difficulté à résoudre, c'est la voyelle qui précède le ן du suffixe de la première personne du pluriel. Dans les inscriptions des Achéménides, la voyelle *u* précède toujours, tandis que, dans les textes de Ninive, on lit généralement *i*. Nous n'avons pas rencontré, que nous sachions, la syllabe araméenne ןָ pour former ce suffixe, au moins dans les noms au singulier.

76. Les pluriels, avec leurs suffixes, seraient :

מַלְכְּנִי	(מַלְכַּי)	מַלְכָּי	« mes rois ».
מַלְכָּנֶךְ	מַלְכִּיךְ [1]	מַלְכָּךְ	« tes rois » (m.).
מַלְכָּנְכִי	מַלְכִּיכִי	מַלְכָּכִי	« tes rois » (f.).
מַלְכָּנְשׁוּ	מַלְכִּישׁוּ	מַלְכָּשׁוּ	« ses rois » (m.)
מַלְכָּנְשָׁא	מַלְכִּישָׁא	מַלְכָּשָׁא	« ses rois » (f.).

[1] Nous écrivons partout ici כִי, au lieu de כִּי.

מַלְכָּהַן מַלְכַּיַן מַלְכַּגַן « nos rois ».

מַלְכָכְן מַלְכַיכְן מַלְכַּגַּכְן « vos rois » (m.).

מַלְכָבְן מַלְכִיבְן מַלְכָגְבְן « vos rois » (f.).

מַלְכָשְׁן מַלְכִישְׁן מַלְכָגְשְׁן « leurs rois » (m.)

מַלְכָשְׁן מַלְכִישְׁן מַלְכָגְשְׁן « leurs rois » (f.).

Et de מַלְכַת « reine », on fera :

מַלְכָתִי « mes reines ».

מַלְכְתָךְ « tes reines » (m.).

מַלְכָתכִי « tes reines » (f.).

מַלְכָסוּ מַלְכָסוּ מַלְכָתְסוּ מַלְכָתְשׁוּ « ses reines » (m.)

מַלְכָסָא מַלְכָסָא מַלְכָתסָא מַלְכָתשְׁא « ses reines » (f.)

מַלְכָתוּן מַלְכָתַן « nos reines ».

מַלְכָתְכְן « vos reines » (m.).

מַלְכָתְכן « vos reines » (f.).

מַלְכָסְן מָלְכָסְן מַלְכָתסְן מַלְכָתשְׁן « leurs reines » (m.).

מַלְכָסְן מַלְכָסְן מַלְכָתְסְן מַלְכָתְשן « leurs reines » (f.).

77. Les terminaisons sont exactement les mêmes pour les mots qui finissent en voyelle ; seulement il n'y a pas de voyelles intermédiaires.

Ainsi on dira בְּנוּיְ « mon créateur », רְבוּיְ ou רְבהוּיְ « mon maître », אֲבוּיְ « mon père ». Ce mot, comme אַחו « frère » (et probablement חַמו « beau-père »), s'altère, dans les cas obliques, en אַבְאַיְ et אַבִיְ, etc.

78. Le mot קַת prolonge également la voyelle intermédiaire. Ainsi on dit קַתוּיְ. Souvent le כ et le ש de la seconde et de la troisième personne sont redou-

blés, et on formera ainsi קָתָךְ, קָתָשׁוּ; mais on dira קָתוּן «notre main».

79. La même règle est suivie par les substantifs employés comme des prépositions, קְרֵב «dans», לְב «comme», נֵר «à côté», צִיר «au-dessus», בית, שַׁבְח, qui, eux aussi, doublent souvent les כ et les שׁ des seconde et troisième personnes.

On dit aussi לְבוּיְ, קִרְבוּיְ, קִרְבוּךְ ou קִרְבְּךָ, קִרְבְשׁוּ «comme moi, comme si moi», נְרְשׁוּ «à côté de lui,» צִירְשׁוּ «au-dessus de lui». בִּיתָךְ, שַׁבְתְּכִי, שַׁבְתָךְ.

80. Le mot אַת «appartenant à» se met, avec les suffixes (surtout de la 1re personne), pour renforcer l'idée de la propriété exprimée dans un mot précédent, par exemple, אֲבוּיְ «mon père», אֲבוּיְ אַתוּיְ «mon père à moi»; זֵרְעוּן «notre race», זֵרְעוּן אַתוּן «notre race à nous». Quoique nous n'ayons pas rencontré jusqu'ici ce mot את avec les suffixes des 2es et 3es personnes, nous n'hésitons pas à en reconstituer ainsi les formes :

אַתוּיְ «à moi», אַתָךְ «à toi» (homme), אַתְכִי «à toi» (femme), אַתְשׁוּ «à lui», אַתְשָׁא «à elle», אַתוּן «à nous», אַתְכֻן «à vous» (hommes), אַתְכֵן «à vous» (femmes), אַתְשֻׁן «à eux», אַתְשֵׁן «à elles». (Voir les formes des inscriptions trilingues.)

Ce mot nous conduit aux pronoms personnels.

CHAPITRE IV.

DES PRONOMS PERSONNELS.

81. Voici les pronoms personnels en assyrien.

אֲנָכוּ « je, moi ».

אַתָּ « tu, toi » (homme). אַתִּי « tu, toi » (femme)[1].

שׁוּא « il, lui »......... שִׁיא « elle ».

אנחן « nous ».

אַתֻּן « vous » (hommes). אַתִּן « vous » (femmes).

שֻׁן, שֻׁנֻת « ils, eux »........ שִׁן, שִׁנַת « elles ».

Le pronom de la 1re personne au pluriel n'est pas encore sûrement constaté[2].

Les formes doubles de la 3e personne au pluriel peuvent être comparées aux mêmes faits connus dans les autres langues sémitiques.

DES AUTRES PRONOMS

82. *Pronoms démonstratifs.* Les pronoms démonstratifs ne représentent que l'idée de la 3e personne plus fortement exprimée. Ainsi la pronom *celui-ci* est exprimé par les formes suivantes :

[1] אַתִּי, אַתֻּן, אַתִּן, n'ont été formés que par analogie, très-probable, du reste.

[2] Malheureusement le seul passage où se trouve ce pronom (Bisoutoun, l. 3) est mutilé. M. Rawlinson a copié 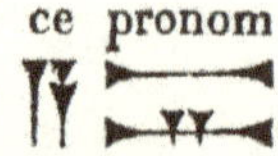 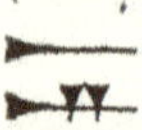 *a-ga-ni*, en mettant des points de doute. Si on lit  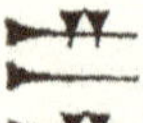, avec un changement très-léger, on obtient *a-nah-ni*, et cette forme semble se recommander beaucoup par son analogie avec l'hébreu. (Comparez *E. M* II, p. 200.)

	MASCULIN.		FÉMININ.
Sing.	שְׁאָתְא	....	שָׁאתְא
	שְׁאָתָא	....	שָׁאתָא
	שְׁאָתִא	....	שָׁאתִא
Plur.	שְׁאָתָן	....	שאתִן
	etc.		etc.

83. Une autre forme est :

	MASCULIN.		FÉMININ.
Sing.	שאשְׁא	....	שָׁאשְׁא
Plur.	שְׁאשְׁן	....	שָׁאשְׁן

84. Un pronom démonstratif, très-commun dans les inscriptions de Babylone et les textes des Perses, est' :

	MASCULIN.		FÉMININ.
Sing.	חַגָא	....	חַגָת
Plur.	חַגַנְת ، חַגַגְת	....	חַגַנִית ، חַגַנִית

Dans les inscriptions des Achéménides, ce pronom s'emploie presque comme un article. (*E. M.* II, p. 142.)

Pour renforcer l'idée déterminative, on dit חַגשוא « celui-ci », et probablement au féminin חַגְשִׁיא.

85. Pour pouvoir distinguer entre les *déterminatifs rapproché* et *éloigné*, l'assyrien connaît, comme les langues araméennes, les deux pronoms אן « celui-ci », et אל « celui-là ».

	MASCULIN.		FÉMININ.	
Sing.	אַנָא	« celui-ci ». . . .	אַנַת	« celle-ci ».
	אַנָא			
	אַנָא			
Plur.	אַנַת	« ceux-ci ».	אַנִית	« celles-ci ».
Sing.	אַלָא	« celui-là	אַלַת	« celle-là ».
	אַלָא			
	אַלָא			
Plur.	אַלַת	« ceux-là » . . .	אַלִית	« celles-là ».

(Voir *E. M.* II, p. 156.)

86. *Pronoms relatifs.* Le seul pronom relatif de la langue assyrienne est la lettre שׁ, qui s'applique, comme l'araméen דְ et le rabbinique שֶׁ, à tous les genres et à tous les nombres.

87. Avec la négation, on emploie, au lieu de שַׁלָא la forme מַלָא, contractée מַל « qui-ne pas ».

88. *Pronoms interrogatifs.* Les formes de cette catégorie sont מַן « qui? », מָא « quoi? »

89. *Pronoms indéfinis.* Nous connaissons מַנְמָא, expliqué dans un syllabaire par מַמַן; tous les deux ont la signification de *quiconque, quelconque, ullus, aliquis.* מַנְמָא-לָא et מַמַן-לָא veulent dire *personne, aucun.* (*E. M.* II, p. 205.)

Les deux termes sont composés de מַן et de מָא, et rappellent, dans leur formation, *quisquam*, ὅστις, et les pronoms indéfinis des langues indo-européennes. La forme ממן, spécialement ninivite, a mis

מַן à la fin, tandis que מַנְמָא, forme babylonienne, l'a placé au commencement.

90. L'idée de *quelconque, quoi que ce soit,* est rendue par l'assyrien מַמָא. (*E. M.* II, p. 190.)

CHAPITRE V.

DES NOMS DE NOMBRE.

91. Les nombres étant ordinairement écrits en chiffres dans les inscriptions, tous les nombres cardinaux de l'assyrien ne se trouvent pas exprimés en caractères phonétiques. Néanmoins nous pouvons, avec une très-grande chance de certitude, restituer ceux dont il nous manque l'expression en lettres.

92. Les numéraux assyriens ont deux formes, comme l'hébreu, l'arabe et les autres langues sémitiques : l'une masculine et pleine, l'autre féminine et raccourcie. Chacune de ces formes se met ou à l'état simple, ou à l'état emphatique.

93. Le chiffre *un* עשתן est d'une grande importance pour l'explication du chiffre hébreu *onze* עשתי־עשר, dont personne n'avait encore pu rendre compte. Nous voyons que cette forme est le seul reste, en hébreu, d'un ancien nom de nombre sémitique qui a disparu partout ailleurs qu'en assyrien.

94. Voici les chiffres :

	MASCULIN.		FÉMININ.	
	État simple.	État emphatique.	État simple	État emphatique.
1	עשת.(?)	עשתן	אחת	אחתא [1]

[1] Cette forme résulte d'un syllabaire K. 46, *E. M.* II, p. 205

	MASCULIN.		FÉMININ.	
	État simple.	État emphatique.	État simple.	État emphatique.
2	שַׁנֵי	שַׁנֵין	שַׁנְתַי	שַׁנתַין
3.	שַׁלְשַׁת	שַׁלַשְׁתָא	שְׁלַשׁ	שַׁלְשָׁא
4	ארְבַעַת	אַרְבַעְתָא	אַרְבַע	אַרבַעָא
5.	חמשַׁת	חַמשְׁתָא	חַמִשׁ	חַמשָׁא
6	שֵׁשַׁת	שַׁשְׁתָא	שַׁשַׁשׁ	שַׁשָׁא
7	שבעת	שבעְתָא	שבע	שְׁבְעָא
8.	שמנת	שמנתא	שמן	שמנא[1]
9.	תשְׁעת	תשעְתָא	תשע	תשעָא[1]
10.	עשרת	עשרתָא	עשר	עשְׂרָא

95. Dans la seconde décade, l'unite est mise devant le chiffre עשרת; il paraît pourtant que dans la prononciation ordinaire on contractait les nombres comme en arabe vulgaire. Nous n'avons que le chiffre *quinze*, écrit *ḥamissérit*, ce qui semble être défiguré de *ḥamisisrit*.

96. Les nombres cardinaux, depuis 20 jusqu'à 100, sont tels qu'ils suivent :

20	עשְׂרי	70	שבעי
30.	שלשי	80.	שמני
40	ארבעי (sic)	90.	תשעי
50.	חמשי	100.	מאי
60.	ששי		

[1] Nous n'avons pas d'épreuves pour les chiffres *huit* et *neuf*

Dans l'écriture cunéiforme de Ninive, la syllabe *ai* est toujours rendue par *â* long. (Cf. *É. A.* p. 197.)

97. Nous ne connaissons pas la prononciation exacte des nombres cardinaux de 100 jusqu'à 1,000; il est presque certain que 1,000 se disait, en assyrien, comme dans toutes les autres langues sémitiques, אלף.

98. La forme des nombres ordinaux nous est inconnue, sauf celle de premier רשתן.

99. Nous connaissons, en revanche, celle des fractions, qui se forment, comme en arabe, de la forme פְּעָל ou פֻּעְל; à l'exception de la moitié, qui s'exprimait probablement par le mot חֵצו (syllabaires):

$\frac{1}{3}$	שְׁלֻשְׁא	$\frac{1}{7}$	שְׁבִעְא
$\frac{1}{4}$	רְבִעְא	$\frac{1}{8}$	שְׁמְנְא
$\frac{1}{5}$	חֻמְשְׁא	$\frac{1}{9}$	תֻשְׁעא
$\frac{1}{6}$	שֻׁשְׁא	$\frac{1}{10}$	עשְׂרְא

Le mot שֻׁשְׁא s'emploie aussi pour *soixantième*, et c'est dans cette acception qu'il paraît ordinairement. C'est ainsi que *sussu*, impliquant le sens de *minute*, est devenu le prototype du *sossos* des Grecs.

Dans la notation des Babyloniens, les fractions s'exprimaient en *soixantièmes*, on ajoutait dans les nombres mixtes du nombre entier un autre chiffre qui était le numérateur d'une fraction avec le dénominateur 60. Ainsi 12 40 veut dire $12 \frac{40}{60} = 12 \frac{2}{3}$, 10 30 signifie $10 \frac{30}{60} = 10 \frac{1}{2}$, etc.

Nous ne savons pas si les expressions autres que

שְׁשָׂא représentaient également les fractions au dénominateur dix fois plus grand.

100. Parmi les numéraux indéfinis, nous distinguerons מְאֹרֹת et מְחֹרֹת « beaucoup, peu », נְבִי « tout ».

La répétition « fois » est exprimée par les mots שְׁנוּת et רְבָּא.

(La fin dans le prochain cahier.)

DOCUMENTS

SUR

L'HISTOIRE DES ISMAÉLIENS OU BATINIENS

DE LA PERSE,

PLUS CONNUS SOUS LE NOM D'ASSASSINS,

PAR M. C. DEFREMERY

(Suite. Voyez le cahier de septembre-octobre 1856[1].)

« Au milieu des troubles causés par les Karmathes, un des Daïs ismaéliens, fils d'Abd Allah, fils de Meimoûn Kaddah, vint dans le pays de Coufah et dans l'Irak, ayant avec lui son fils. Il dit « Je suis le « Daï de l'imâm; l'apparition de l'imâm est proche. » Il envoya dans le Yémen un homme appelé *Belkâ-*

[1] Nous reprenons ici la traduction du texte du vizir Ala-Eddin Djoueiny au point où nous l'avons laissée dans notre premier article (*ibid.* p. 369).

cim Haucheb[1], afin qu'il y exerçât les fonctions de Daï, et lui ordonna d'expédier des Daïs de différents côtés. Ce Belkâcim obtint dans le Yémen des succès signalés, et une troupe nombreuse accueillit ses prédications. Il fit partir pour le Maghreb un individu nommé *Abou-Abd-Allah Soufi Mohtécib*, de la tribu de Kétâmah, laquelle habite le Maghreb. Cet Abou-Abd-Allah, qui avait accueilli les exhortations de Belkâcim, exerça dans le Maghreb les fonctions de prédicateur. Beaucoup de personnes reçurent ses conseils. Il se montra le fidèle agent de cet individu de la famille d'Abd Allah, fils de Meimoun, dont il a été question ci-dessus, et lui envoya des lettres, par la raison qu'il était plus proche de l'imâm que Belkâcim Haucheb[2] Cet individu l'excitait à s'occuper des affaires de la mission. Enfin, quand la puissance d'Abou-Abd-Allah fut devenue plus considérable et qu'il eut conquis une partie du

[1] Abou'l Kâçim Hoçain ibn Ferroukh Ibn Haucheb (Ibn-Khaldoun, *Hist des Berbères*, trad. française, II, 505, cf de Sacy, *Exposé de la religion des Druzes*, I, CCLV, Quatremère, *Journal asiatique*, août 1836, p 123) D'après une version rapportée par Ibn-Khaldoun, Mohammed al Habib, le troisième et dernier des imâms cachés, fut le père d'Obaïd Allah Almahdy, qui fonda en Afrique la dynastie des califes fatimites. Un des *daïs* ou missionnaires ismaéliens, nommé *Abou'l Kâçim Hoçain ibn Haucheb*, travailla dans le Yémen en faveur d'al Habib, puis en faveur de son fils. Il avait d'abord été au nombre des duodécimains, mais, ayant reconnu l'impuissance de ce parti, il adopta les opinions des Ismaéliens

[2] Ms. Ducaurroy : بسبب آنكه اورا (je lis او از) تعليم حوشب بامام نزديك ترست ،

Maghreb et Sidjilmâçah[1], le descendant d'Abd-Allah, fils de Meïmoûn, se dirigea de ce côté avec son fils. Lorsqu'il arriva près de Sidjilmâçah, Abou-Abd-Allah Ketâmy vint à sa rencontre, lui rendit hommage et lui dit : « Je gouvernais ces contrées au nom « de ton *naïb* (lieutenant). Maintenant que te voilà « arrivé, tu vaux mieux que moi pour cette charge. » Cet individu lui répondit : « Auparavant je disais « que j'étais le Daï de l'imâm, parce que je jugeais à « propos de tenir ce langage, et que le temps de « l'apparition de l'imâm n'était pas encore arrivé. « Maintenant que le moment de cette apparition est « arrivé, je dis que je suis l'imâm et l'un des enfants « d'Ismaïl, fils de Djâfer. » Il prit les noms d'Obaid-Allah, fils d'al-Mahdi, donna à son fils ceux d'al-Kaïm biamr Illah Mohammed, et s'assit sur le trône en la double qualité d'imâm et de calife. Les Maghrébins s'accordèrent à le reconnaître, et en particulier les Kétâmis. Obaid-Allah construisit la ville de Mahdiyah, dans le territoire de Kaïroan, en l'année 258 (lisez 308 = 920-921 de J. C.)[2].

« Lorsque sa puissance fut devenue considérable, il voulut renverser l'édifice de la loi religieuse. En conséquence, il mettait de la négligence à en faire observer les prescriptions. Abou-Abd-Allah Soufi

[1] Ici, comme dans plusieurs passages subséquents, nos trois manuscrits portent سلجمانيه ; le manuscrit de Leyde porte حدود قيروان وسلجمانيه.

[2] Cf. la *Description de l'Afrique*, par Ibn-Haucal, dans le *Journal asiatique*, février 1842, p. 172; et encore Ibn Khaldoun, *Hist. des Berbères*, II, 525, et le *Béyan almoghrib*, t. I, p. 176, 187 et 188.

Mohtécib conçut des doutes touchant l'origine de cet individu, et son zèle pour lui en fut refroidi. Le frère d'Abou-Abd-Allah, Yousouf, voulut se révolter contre le Mahdi Obaïd Allah. Pour ce motif, Mahdi fit mettre à mort Abou-Abd-Allah et son frère Yousouf. L'apparition de Mahdi à Sidjilmâçah, qui fait partie du Maghreb, et son succès eurent lieu dans l'année 296 (908-909 de J. C.). Dans l'année 302 (914-915) il vainquit et détruisit les rois du Maghreb, les Benou'l-Aghlab, qui commandaient au nom des califes abbassides[1], et s'empara de toutes les provinces du Maghreb, de l'Ifrikiyah et de la Sicile. Ces gens-là rapportent, comme une parole du Prophète, ce *hadits* : « Au commencement du IVe siècle, « le soleil se lèvera dans le lieu où il se couche ordinairement[2]; » et ils disent que cette parole trouve son explication dans l'apparition de Mahdi. On dit qu'entre Mohammed, fils d'Ismaïl et Mahdi, il y a eu trois imâms cachés, savoir : Mohammed, fils d'Ahmed, fils de Leïts, surnommés *Radhi*, *Naki* et *Taki*, et que Mahdi était fils de Taki. Des musulmans du Maghreb disent que Mahdi est un des enfants d'Abd-Allah, fils de Salem al-Basri, et un des Daïs de cette secte. Les habitants de Bagdad et de l'Irak disent que c'est un des enfants d'Abd-Allah, fils de Meïmoûn Kaddâh. En somme, on a argué de mensonge sa prétention de descendre d'Ismâïl, fils de

[1] La date donnée ici par le vizir Djoueïny n'est pas exacte. (Cf. *Hist. des Berbères*, t. II, p. 5 9 et suiv.)

[2] على راس الثلثمايه تطلع الشمس من مغربها.

Djâfer, et on ne l'a pas regardée comme sincère. Sous le règne d'Al-Kâdir-billah, à Bagdad, on rédigea un écrit auquel les hommes considérables, les seïds, les cadhis, les ouléma apposèrent leurs signatures, et qui portait que la doctrine des enfants de Mahdi est blâmable, et qu'ils mentent quand ils prétendent descendre de Djâfer Sadik. Le contenu de cet écrit sera rapporté tout au long dans l'histoire de Hâkim, qui fut le cinquième des descendants de Mahdi. »

Mahdi régna pendant vingt-six ans. Sa mort eut lieu dans l'année 322 (934 de J. C.). Son fils Kâïm lui succéda. Sous le règne de celui-ci, un individu nommé *Abou Yézid*[1], et originaire du Maghreb, se révolta. C'était un bon musulman, un homme pieux, attaché à la doctrine des Sonnites, et de mœurs pures وسنّى مذهب وپارسا بود. Il énumérait publiquement les innovations de Mahdi et de son successeur; une nombreuse troupe d'hommes lui obéit. Il livra bataille à Kâïm, mit son armée en déroute et l'assiégea dans Mahdiyah. Les partisans de Kâïm lui donnèrent le nom de *Dedjjal*[2], à cause de ce qui a été dit dans les prédictions[3] « Le Dedjjal se révoltera

[1] L'histoire de ce célèbre hérésiarque a été racontée fort au long par les chroniqueurs arabes de l'Afrique (Voyez, entre autres, Ibn-Khaldoun, *Hist. des Berbères*, trad. française, t. II, p. 530-539, le *Béyan almoghrib*, t. I, p. 296, et un extrait de la Chronique d'Ibn-Hammad, traduit par M. Cherbonneau, dans le *Journal asiatique*, numéro de décembre 1851, p. 470-510.)

[2] Nom par lequel les musulmans désignent l'antechrist. (Voy. d'Herbelot, *Bibliothèque orientale*, verb. *Daggial*.)

[3] ملاحم (au singulier ملحمة). Sur le sens de ce mot, on peut

contre Mahdi ou contre Kaïm. » Celui-ci mourut au milieu de cette lutte, au mois de chevval 334 (mai 946). On tint sa mort cachée; son fils Mançour lui succéda, et prit des mesures pour résister à Abou-Yézid. C'était un prince prudent et brave; il vainquit Abou-Yézid et le mit en fuite. Il le poursuivit longtemps et lui livra plusieurs combats, jusqu'à ce que, enfin, il réussit à le prendre, le fit périr et fit promener son cadavre dans tout le Maghreb. Alors il monta sur le trône de son père, et rendit publique la mort de celui-ci. Dans l'année 341 (952-953), il mourut, et son fils Al-Mo'izz-Abou-Temim Maadd lui succéda. C'était un prince prudent, brave, heureux, et qui observait convenablement les règles d'une bonne administration. Son royaume fut plus étendu que celui de ses pères; tous ses soins étaient consacrés à la conquête de l'Égypte. Cette contrée se trouvait alors entre les mains de Câfour Ikhchidy. Mo'izz envoya en Égypte, dans l'année 358 (969 de J. C.), son esclave Abou-Haçan Djauher, qui fit les fonctions de Daï en faveur de Mo'izz[1]. Beaucoup de monde accueillit ses prédications. Alors il chercha aussi à gagner Câfour[2], et le prêcha. Câfour accepta

voir un passage d'Ibn-Khaldoun, publié et traduit par M. de Sacy, *Chrest. arabe*, II, 301-302. (Cf. Taco Roorda, *Specimen historico-criticum exhibens vitam Amedis Tulonidis*, p. 54; Fleischer, *De Glossis habichtianis*, p. 70, et *Journal des Savants*, janvier 1826, p. 31 et 32.)

[1] تا با معز دعوت كرد.

[2] Ceci est un anachronisme palpable, Cafour étant mort depuis environ quinze mois quand le général fatimite s'empara de la capitale de l'Égypte. (Voy. Makrizy, *apud* de Sacy, *Chrestom. arabe*, t. II,

ses exhortations, et les califes (lisez les *khatibs*, c'est-à-dire les prédicateurs) abbassides dirent dans l'Égypte la khotbah (le prône) au nom de Mo'izz. Dans la même année 358, Câfour vint à mourir, et Djauher devint seul maître de l'Égypte, au nom de Mo'izz[1], et toujours dans cette même année il jeta les fondements de la ville du Caire, contiguë à Fostat, et qui fut terminée dans l'année 362 (972-973 de J. C.). Il la nomma la victorieuse Mo'izzienne (*Mo'izziyah*).

Mo'izz arriva en Égypte au mois de ramadhan 362 (juin 973) avec des troupes innombrables, des richesses et une pompe infinies, et fit du Caire la capitale de son royaume. L'Égypte et le Hidjâz sortirent du pouvoir des Benou-Abbas, et tombèrent entre les mains de Mo'izz. Il pratiqua dans ces provinces la justice et l'équité, si bien que l'on raconte des histoires surprenantes touchant les marques de son équité et les témoignages de sa justice. Il mourut dans le mois de rébi second 365 (décembre 975), et son fils Al-Aziz-Abou-Mançour Nizâr monta sur le trône à sa place, et réduisit sous sa puissance les

p. 138 et 146, et Ibn-Khaldoun, *Hist. des Berbères*, t. II, p. 546.) Mais, si l'on peut s'en rapporter au récit du premier de ces auteurs, il paraîtrait que Câfour avait accueilli avec beaucoup d'égards les Daïs de Mo'izz, qui étaient venus l'inviter à reconnaître l'autorité du calife fatimite. Makrizy ajoute même que la plus grande partie des serviteurs d'Ikhchid et de Câfour, tous les hommes qui faisaient profession de piété et les catibs (secrétaires) avaient prêté hommage à Mo'izz entre les mains des Daïs.

[1] Je lis مستقل, au lieu de مشتغل et مستقبل, que portent les manuscrits.

royaumes du Maghreb, de l'Égypte et du Hidjâz. Le récit de ses combats, de ses guerres et des succès qu'il remporta sur Alptéguin Moïzzy[1], qui commandait en Syrie au nom d'At-Thaï'-Lillah, et sur Haçan, fils d'Ahmed le Karmathe, qui vint au secours d'Alptéguin, est consigné dans l'Histoire des Maghrébins[2]. Il mourut dans le mois de ramadhan de l'année 386 (septembre-octobre 996). Sa conduite était bonne et son caractère tellement doux, que Haçan, fils de Bichr ad-Dimichki, se permit de l'attaquer, ainsi que son vizir Ibn-Kels et son secrétaire Abou-Nasr Abd-Allah Kaïroani[3], dans le quatrain suivant :

[1] Ce personnage était ainsi surnommé parce qu'il avait été au service du prince boueïhide Mo'izz Eddaulah. On le surnommait encore *Ascheraby* الشرابی «l'échanson». Ce dernier surnom a été défiguré dans les *Annales* d'Abou'l Mehacin, où on le trouve écrit الرّامی, Arrâmy (éd. Juynboll, t. II, p. 488, l. 16). (Cf. de Sacy, *Chrestomathie*, II, p. 103 et 118, n° 3; Abou'l Mehâçin, *ibid.* p. 417, l. 3, et Ibn Khallicân, édit. Wustenfeld, VI, p. 31; IX, p. 59.)

[2] در تاریخ مغاربه مسطورست. On peut voir, sur ces événements, ce que nous avons dit dans le précis de l'histoire des Karmathes (numéro de septembre-octobre 1856, p. 379-380). (Cf. Makrizy, *apud* de Sacy, *Chrestomathie arabe*, t. II, p. 108, 109; Elmakin, *Historia saracenica*, p. 237, et Ibn Adhary, *Béyan al-moghrib*, I, 239.)

[3] Nos trois manuscrits et celui de Leyde portent أبو منصور, et les manuscrits Asselin et Ducaurroy, دروانی. J'ai suivi l'autorité d'Ibn-Alathir, qui, dans le récit qu'il donne de la même anecdote, écrit أبو نصر عبد الله الحسين القيروانی (Ms. de C. P. t. V, fol. 33 v°). On peut voir, sur le vizir Yakoub, fils de Yousouf, fils de Kels, une notice extraite de Makrizy par S. de Sacy (*Chrest. arabe*, ib. p. 128-130), et un court article nécrologique d'Ibn-Alathir (sub anno 380 =

Dis à Abou-Nasr, *catib* (secrétaire) du palais, et celui-là même qui a toutes les qualités requises pour le détriment de cet empire : « Détache les boutons de la dignité dont le vizir est revêtu, et tu obtiendras de lui des compliments et des éloges (c'est-à-dire, dans sa bêtise il te remerciera encore). Donne et refuse (fais tout ce que tu voudras), et ne crains personne, car le *véritable* maître du palais n'est pas dans le palais. Il ne sait pas ce qu'on veut de lui; et, supposé qu'il le sache, à quoi cela lui servirait-il? (littér. quelle chose sait-il[1]?). »

Lorsque Ibn Kels se plaignit à Aziz de l'insolence du poëte, et qu'il lui récita le quatrain, Aziz répondit : « Nous sommes de moitié dans l'offense, sois de moitié avec moi dans le pardon. » Le même poëte composa une autre satire, où il comprit Fadhl, général de l'armée du calife.

Vers. — Fais-toi chrétien; car le christianisme est une religion de vérité, ainsi que le démontre notre temps. Ne crois plus qu'en trois êtres (qu'ils soient exaltés et glorifiés!) et renonce à tout le reste, car il est inutile. Le vizir

990-991, t. V, fol. 29 r°). (Cf. Elmakin, *Hist. saracenica*, p. 247 et 253; Renaudot, *Hist. patriarcharum Alexandrinorum*, p. 372, où la mort de Yakoub est mise en l'année 386, sans doute par une faute d'impression, qui se trouve aussi dans la traduction d'Elmakin; le *Journal asiat.* novembre 1836, p. 428, 429; le *Béyân*, I, 247; et Reiske, *Abulfedæ annales*, II, 768.)

[1] قل لابى نصر كاتب القصر والمتأتى لنقص ذا الأمر
انقض عُرى الملك للوزير تفز منه بحسن الثناء والذكر
وأعطِ وامنع ولا تخف احدًا فصاحب القصر ليس فى القصر
وليس يدرى ما ذا يُراد به وهو اذا ما درى فما يدرى

Ces vers sont rapportés, avec deux variantes dans le premier, par Abou'l Faradj (*Hist. compendiosa dynastiarum*, p. 333).

Yakoub est le Père, cet Aziz est le Fils et Fadhl est le Saint-Esprit [1].

Lorsque le vizir eut rapporté ces mots à Aziz, quoique ce prince fût fort irrité de cette insolence, il se contenta de dire : « Je lui pardonne. » Et, en effet, il lui pardonna. Mais le vizir vint trouver Aziz pour la troisième fois, et lui dit : « Il n'est plus possible de pardonner, car ce serait amoindrir le respect dû à la royauté. Cette fois il nous a traités ignominieusement dans ses vers, toi, Aziz, moi, qui suis le vizir, et ton commensal Ibn-Zébâredj :

> Zébâredjy est compagnon de table et Kelsy est vizir du calife. A merveille! Le collier est digne du chien [2].

Aziz fut irrité, et permit au vizir de faire arrêter le poëte; mais ensuite il se repentit de cette permission, et ordonna de relâcher le captif. Le vizir, ayant eu connaissance de cet ordre پروانه avant qu'il lui fût parvenu, s'empressa de faire mettre à mort le poëte. Aziz fut très-fâché de cette exécution.

Le calife avait confié le gouvernement de la Syrie à un juif nommé *Manassé* منشا, et celui de l'Égypte

[1] تنصّر فالتنصّر دين حقّ … عليه زماننا هذا بدلّ
وقلْ بثلثة عزّوا وجلّوا … وعطّل ما سواهم فهو عطل
فيعقوب الوزير ابٌ وهذا الـ … عزيز ابنٌ وروح القدس فضل

[2] زبارجيّ نديم … وكلبيّ وزيرٌ
نعم على قدر الكلـ … ـب يصلح الساجور

à un chrétien appelé *Içа*, fils de Nestourès[1]. Ces deux hommes, mus par leur fanatisme religieux, tyrannisaient et traitaient injustement les musulmans. Une femme envoya au calife un placet contenant ces mots[2] : « Ô prince des croyants! par celui qui a exalté les juifs au moyen de Manassé, fils de اسسام[3], et les chrétiens par le moyen d'Iça, fils de Nestourès, et qui a abaissé les musulmans par ton entremise, est-ce que tu ne daigneras pas considérer ma triste position? » Aziz fut chagrin à cause de ce placet; il destitua les deux fonctionnaires, confisqua sur le chrétien 300,000 dinars *mo'izzi*, redressa les torts qu'il avait commis, et fit supporter pendant quelque temps, par les juifs et les chrétiens, les charges مؤن des musulmans.

Après la mort d'Aziz, son fils Hâkim Abou-Ali Mançour, âgé de onze ans, lui succéda. Autant son père avait de douceur, autant il avait de légèreté d'esprit et de folie. Il poussa à leurs dernières li-

[1] Iça, fils de Nestourès, fut le second successeur de Yacoub Ibn-Kels. (Voy. Ibn-Alathir, fol. 29 r° et fol. 33 r°, lignes avant-dernière et dernière; cf. Makrizy, *apud* de Sacy, *Chrestomathie arabe*, I, 94, 137, 185, note 68, et 187, note 71).

[2] D'après Ibn-Alathir (dans le dernier des passages cités ci-dessus), la requête fut placée dans la main d'une figure faite de papier. كتبوا قصّة وجعلوها فى يد صورة عملوها من قراطيس

[3] Dans un passage de Kémâl-Eddin (*Hist. d'Alep*, fol. 49 v°, sub anno 383), où il est question de Monaccha, منشا, en qualité d'intendant de l'armée égyptienne de Damas, ce personnage est appelé fils d'Ibrahim le Juif, le fabricant de soie. Ibn Alathir (*ibid.*) et Abou'lféda (II, 590) écrivent مسا.

mites l'injustice et la violence envers les habitants de l'Égypte. Il avait coutume, lorsqu'il montait à cheval, de recevoir les plaintes qu'on lui présentait, et de les écouter. Il ne faisait aucun reproche touchant la teneur de ces plaintes. Lorsqu'on lui remettait des placets, il arrivait souvent qu'ils renfermaient des injures contre lui et contre ses ancêtres, et le récit de ses mauvaises actions. L'affaire alla si loin, qu'on fabriqua un jour une figure de femme en papier, que l'on recouvrit d'un grand voile, et que, après lui avoir mis dans les mains un placet, on la dressa sur le passage de Hâkim[1]. Lorsque ce prince injuste eut pris le papier des mains de la figure, il se trouva qu'il contenait des reproches honteux, des injures grossières et des accusations ignominieuses contre lui et ses ancêtres. Hâkim se mit en colère, et ordonna qu'on lui amenât cette femme. Lorsqu'on se fut rendu auprès d'elle, on trouva que ce n'était pas autre chose qu'un mannequin. Hâkim, entraîné par la colère et l'indignation, ordonna à ses nègres عبيد et à ses soldats de mettre le feu à Misr (le vieux Caire), et d'en exterminer les habitants. Ceux-ci se soulevèrent, afin de s'opposer à ces violences, et de prévenir le déshonneur de leurs femmes. Mais les satellites de Hâkim mirent le feu dans tous les quartiers dont les habitants ne purent les repousser; en même temps ils se livraient au meurtre et au pillage. Le calife allait chaque jour

[1] La même particularité se rencontre dans Elmakin (*Historia saracenica*, p. 259)

considérer ce spectacle, et prétendait que ces actions avaient lieu sans son consentement. Enfin le troisième jour depuis le commencement de cet incendie, les cheikhs et les habitants de Misr se réfugièrent dans la mosquée principale, portant des Corans attachés à des bâtons, et présentèrent leurs plaintes au calife. « Si, lui dirent-ils, ces désordres ont lieu sans ta permission, daigne nous autoriser, nous qui sommes tes esclaves et tes sujets, à repousser et à combattre les malfaiteurs. » Il répondit : « Je n'ai point commandé ces méfaits; réprimez-en les auteurs. » D'un autre côté, il dit aux soldats : « Persévérez dans votre conduite. » Lorsque le combat fut engagé, la population de la ville mit en fuite les soldats, et les poursuivit jusqu'à la porte du Caire, où résidaient les satellites de Hâkim. Le calife eut peur et fit signe aux soldats de cesser le combat. En somme, un quart du vieux Caire fut brûlé dans cette circonstance, et une moitié fut mise au pillage. Les esclaves de Hâkim se livrèrent à de si nombreux excès envers les femmes des habitants du vieux Caire, que des femmes pleines de courage se tuèrent, de peur d'être déshonorées.

Hâkim se promenait pendant la nuit dans les marchés, et se croyait obligé de s'informer de ce qui regardait ses sujets. Il avait aposté de vieilles femmes pour examiner et espionner la conduite des femmes du Caire, de sorte que ces vieilles s'introduisaient dans les maisons, et lui faisaient de vrais et de faux rapports touchant les femmes. Pour ce motif, il fit périr un grand nombre de femmes, et fit proclamer qu'elles ne sortissent pas de leurs demeures; qu'elles ne montassent pas sur les terrasses et que les cordonniers ne leur fabriquassent pas de chaussures. Comme on ne pouvait empêcher les hommes de boire leur vin, il ordonna d'arracher la majeure partie des vignes. Une autre de ses coutumes consistait à écrire des cédules, dont les unes portaient ceci : « Que l'on donne au porteur de ce papier tant de mille dinars, ou bien telle ville, ou bien un habit d'honneur de tel prix, » tandis que les autres portaient cet ordre : « Que l'on tue le porteur de ce papier, ou qu'on lui fasse payer telle somme, ou qu'on lui coupe tel membre et qu'on en fasse un exemple. » Il scellait ces lettres avec de la cire, de l'ambre et de la terre sigillée (طين), et les jetait en l'air les jours d'audience publique. Chacun, par excès d'avidité et conformément à son étoile, ramassait un de ces billets et le portait au receveur des contributions. Le contenu du billet recevait sur l'heure son accomplissement. Hâkim ordonna qu'on empêchât les chrétiens et les juifs de monter des chevaux et des mulets, et d'avoir des étriers en fer. A chacune des deux religions, chrétienne ou juive, était affecté un collier d'une couleur différente, de sorte que l'on distinguait leurs sectateurs des musulmans.

A cause de ces actes blâmables, la totalité des habitants de la ville, musulmans ou *dzimmi* « tributaires, » furent las de ses actions honteuses et de ses ordres indignes d'être approuvés; ses femmes, sa famille et ses courtisans le prirent en dégoût. Sur ces entrefaites il soupçonna sa sœur, Sitt al-Mulc, d'avoir commerce avec Ibn-Dawâs, un de ses émirs, qui était le général de ses armées et l'administrateur des affaires du royaume[1]. La princesse instruisit de ce propos Ibn-Dawâs; elle et lui convinrent, sous la foi du serment, de tuer Hâkim, et de faire asseoir sur son trône son fils Ali. Ils donnèrent mille dinars à deux esclaves d'Ibn-Dawâs, afin qu'ils se missent en embuscade sur le mont Mokattam, qui est situé près du Caire, et que, quand Hâkim irait en cet endroit, avec un jeune écuyer, selon sa coutume, ils les tuassent tous deux[2]. Hâkim prétendait être versé dans l'astrologie[3]. Il avait prédit que dans cette même nuit il courrait un grand danger; mais que, s'il y échappait, sa vie dépasserait quatre-vingts ans. Il révéla cette circonstance à sa mère. Celle-ci le supplia très humblement de ne pas bouger cette nuit-là. Il s'engagea à suivre son conseil, mais lorsque

[1] Ce personnage, dont le vrai nom était Seif Eddaulah Yousouf, fils de Dawâs, était un des principaux chefs des troupes ketamiennes ou berbères. (Cf. de Sacy, *Druzes*, I, CCCCVI. Dans le *Béyan almoghrib*, I, 282, son nom est écrit Seif-Eddaulah Dhou l Medjdein Houçain, fils d'Aly, fils de Dawâs Elkinâny, الكنانى, lisez الكتامى)

[2] Le meurtre de Hâkim et sa cause ont été racontés d'une manière presque identique par Elmakin (*Hist saracenica*, p. 258); mais cet historien s'éloigne de notre auteur dans le récit du meurtre d'Ibn Dawâs. (Cf. Ibn Alathir, ms. de C. P. t. V, fol 55 v°, 56 r°; Renaudot, p. 397.)

[3] Ce qui ne l'empêcha pas de persécuter les astrologues. (Cf. de Sacy, *Exposé de la religion des Druzes*, I, CCCLXIX; Ibn-Khallican, édition Wustenfeld, IX, 12, 13.)

l'aurore fut arrivée, son impatience l'emporta; il n'avait plus la force de rester en repos et ne pouvait prendre de sommeil. C'était en vain que sa mère versait des larmes et qu'elle le retenait par le pan de sa robe. Il lui dit : « Si je ne sors pas à présent, mon âme s'envolera de mon corps. » En conséquence il se dirigea, selon sa coutume, vers le Mokattam, avec le jeune écuyer. Les esclaves sortirent de leur embuscade, le tuèrent ainsi que son écuyer, et portèrent en secret son corps près de sa sœur, qui l'ensevelit dans son palais [1]. Personne n'eut connaissance de ce secret, excepté le vizir, que l'on en informa, après lui avoir fait prêter des serments redoutables. Lorsque le vizir fut instruit de cet événement, il convint avec les conjurés des mesures à prendre et des moyens à employer pour maintenir la tranquillité parmi le peuple. Ils assignaient, pour motif et pour cause de son absence, un voyage de sept jours, et chaque jour ils faisaient paraître un indi-

[1] Je dois faire observer que tous les historiens ne sont pas d'accord sur le récit de la mort de Hakim. Makrizy va jusqu'à nier que Sitt al-Mulc ait eu la moindre part à ce meurtre. (Voy. la *Chrestom. arabe* de S. de Sacy, t. I, p. 110-111.) Il raconte même, à l'appui de son opinion, un fait emprunté au chroniqueur Moçabbihy (et non Mésihi, comme ont lu S. de Sacy et Hamaker, *Specimen catalogi codicum orient. bibl. acad. Lugduno Batavæ*, p. 60, 6., note). Quoi qu'il en soit, il paraît que l'on n'eut alors que des soupçons sur le genre de mort de Hâkim et sur les auteurs de sa mort. En effet, il fallait qu'il fût resté de l'incertitude sur cet événement, et que tout le monde ne fût pas également persuadé de la mort de Hâkim, pour que quelques imposteurs aient pu songer à se faire passer pour ce prince. (Cf. de Sacy, *Druzes*, I, CCCCXVI à CCCCXXI; *Chrestomathie*, I, 204, 205; Renaudot, *Hist. patriarcharum*, p. 400.)

vidu qui donnait le signalement de Hâkim, en disant qu'il se trouvait en tel endroit. Enfin ils instruisirent de la vérité tous les grands de l'État, et après qu'on eut rédigé des engagements et distribué des gratifications, on prêta serment au fils de Hâkim, Haçan Alî; on le surnomma *Dhahir-li-Izaz-din-Illah* « celui qui apparaît pour glorifier la religion de Dieu, » et on le plaça sur le trône.

Ce prince publia la mort de Hâkim, donna de précieux habits d'honneur à Ibn-ad-Dawâs, et lui accorda une autorité pleine et entière en tout ce qui concerne l'administration de l'État; puis il manda l'eunuque Nécim, qui était l'intendant du palais et le principal des esclaves, et que cent autres esclaves, armés de sabres, accompagnaient continuellement, pour veiller avec lui à la garde du calife. Il convint avec lui de faire périr Ibn-ad-Dawâs, et, par ruse, il attacha les cent esclaves au service de celui-ci. Un jour que ce ministre était entré dans le palais, Dhahir ordonna que Nécim en fermât les portes et qu'il s'en rendît maître. Alors Nécim dit aux esclaves : « Notre maître Dhahir vous fait dire ceci : Ibn-ad-Dawâs est le meurtrier de mon père Hâkim, tuez-le. » Ils tirèrent leurs épées contre le ministre et le mirent à mort. Après ce meurtre, et à peu près dans le même temps, Dhahir fit périr Sitt al-Mulc[1], ainsi que quel-

[1] Djoueïny est ici en désaccord avec les historiens arabes, d'après lesquels Sitt al-Mulc survécut quatre ans à son frère et mourut de maladie. (Voy. Ibn Alathir, t. V, fol. 56 r°, et de Sacy, *Druzes*, I, CCCCXXI, et cf. Ibn Adhari, *Béyân*, I, 282, 283; Renaudot, 399, 408.)

ques personnes qui avaient pris part avec elle à l'assassinat de Hâkim ou en avaient eu connaissance. Il devint seul maître de l'autorité et disposa du pouvoir souverain; la crainte qu'il inspirait jeta de profondes racines dans le cœur des ministres et des grands de l'État. Le meurtre de Hâkim, par lequel Dieu délivra les habitants de l'Égypte de sa tyrannie, de son injustice, de ses actes blâmables et de son caractère vil, eut lieu dans l'année 411 (1020-1021). Dhahir exerça le pouvoir califal pendant quinze ans, et sa mort arriva dans l'année 427 (1035-1036).

D'UN EXPOSÉ QUE L'ON A RÉDIGÉ TOUCHANT LA FAUSSETÉ DE LA GÉNÉALOGIE DE CES PRINCES.

Dans l'année 409[1] (1018-1019), époque où le prince de Mouçoul, au nom des califes abbassides, était Mo'tamid-Eddaulah Abou-Meni' Kirwâch (fils de) al-Mokalled, l'Okaïlide, contemporain d'Al-Kâdir-Billah, Hâkim entra en correspondance avec lui, et lui envoya d'Égypte, à plusieurs reprises, des dons et des présents, en l'invitant à lui prêter serment d'obéissance. Mo'tamid-Eddaulah y consentit, et excita les habitants de Mouçoul à se soumettre à Hâkim et à se révolter contre Al-Kâdir-Billah. Il fit prononcer la khotbah au nom de Hâkim. Dans ce

[1] On voit par les récits d'Abou'lfaradj (*Hist. dynast.* p. 333, 334) et d'Elmakin (p. 257), qu'à cette date il faut substituer celle de l'année 402 = 1010-1011. (Cf. Abou'lféda, t. III, p. 4 et 6; Ibn-Alathir, fol. 45 r°, et de Sacy, *Religion des Druzes*, I, CCCLIV.)

moment Béha-Eddaulah, fils d'Adhed-Eddaulah, se trouvait dans le Fâris. Lorsqu'il fut informé de cette circonstance, il envoya un émissaire à Mo'tamid-Eddaulah, et lui fit des menaces. Mo'tamid-Eddaulah se repentit de sa conduite et secoua le joug de Hâkim. On récita de nouveau, dans ce pays, la khotbah au nom d'Al-Kadîr-Billah, et Mo'tamid-Eddaulah reçut de Bagdad de riches habits d'honneur. Les détails de cet événement sont consignés dans les ouvrages historiques, et nous ne les donnons ici qu'en abrégé. Le motif qui nous a porté à faire ce récit est un exposé que l'on a rédigé touchant la généalogie des Fatimites, et dont voici la teneur :

« Ceci est attesté par les témoins soussignés[1] : Maadd (Mo'izz Lidin-Illah), qui s'est rendu maître de l'Égypte, n'est autre que Maadd, fils d'Ismâïl, fils d'Abd er-Rahmân, fils de Saïd; ces individus tirent leur origine de Daïssan, fils de Saïd, duquel la secte des Daïssanis a pris son nom. Saïd (père d'Abd er-Rahmân) s'est rendu dans le Maghreb; il a pris le titre d'Obaïd-Allah et le surnom d'Al-Mahdi; cet hérétique, qui règne actuellement en Égypte, est Man-

[1] Cette pièce a été transcrite, sauf quelques suppressions, par Abou'lféda (*Ann. Moslemici*, t. III, p. 14, 16), et, d'une manière plus complète, par Abou'lméhâcin (*Annodjoûm azzahirat*, mss. arabes de la Bibl. impériale, n° 660, fol. 113 r°, 671, fol. 179 v°). La comparaison du texte de ces deux auteurs nous a été fort utile pour corriger celui du vizir Ala-Eddin, extrêmement altéré par les copistes, ainsi que cela a lieu toutes les fois qu'il s'y rencontre des phrases arabes. La pièce dont il s'agit a été analysée brièvement par Elmakin, p. 257. (Voyez encore l'*Histoire généalogique des Alides*, par Abou'l-fodhaïl Mohammed, ms. ar. de la Bibl. imp. n° 853, fol. 22 r° et v°.)

soûr, surnommé Al-Hâkim (que Dieu le condamne à la perdition et à l'anéantissement!), fils de Nizâr, fils de Maadd, fils d'Ismâîl, etc. Les ancêtres qui l'ont précédé, hommes vils et impurs (qu'ils soient maudits de Dieu et des anges qui prononcent les malédictions [1]!), sont des imposteurs, des rebelles, qui n'ont aucune parenté avec la famille d'Ali, fils d'Abou-Thâlib, et qui ne sont attachés à celui-ci par aucun lien d'affinité; la généalogie qu'ils ont inventée est un tissu d'impostures. Aucun membre des diverses branches de la famille d'Abou-Thâlib ne s'est abstenu de proclamer que ces gens-là sont des rebelles et des imposteurs. Cette réprobation de leurs mensonges a été rendue publique dans les deux villes saintes (la Mecque et Médine) dès le commencement de leur autorité en Occident, et a été répandue au loin. Certes ce despote de l'Égypte et ses ancêtres sont des infidèles, des pervers, des manichéens (زنادقة), des hérétiques, des athées, qui renient l'islamisme, qui croient aux doctrines des Dualistes et des Mages, qui ont abrogé les lois, permis les com

[1] Il y a ici une allusion à un passage du Coran (ch. II, v. 154) ainsi conçu : « Certes, ceux qui cachent les preuves évidentes et les directions que nous avons révélées, et cela après que nous les avons expliquées clairement aux hommes dans le livre, ceux-là seront maudits de Dieu et de ceux qui savent maudire. » أولائك يلعنهم الله ويلعنهم اللاعنون

Beïdhawi dit que le mot *allâ'inoun* comprend tous ceux qui ont le pouvoir de maudire, anges, génies et hommes (éd. Fleischer, t. I, p. 94, l. 1 et 2).

merces charnels illégitimes, déclaré licite l'usage du vin, versé le sang, anathématisé les saints personnages الاتقياء et prétendu à la divinité. Cet acte a été écrit dans le mois de rébi second 402 (novembre 1011); l'ont signé, parmi les Alides, les chérifs Mortadha et Ridha[1], de la famille de Mouça, et plusieurs autres; et parmi les jurisconsultes considérés, le cheikh Abou-Hàmid al-Isféraïni[2], Abou'l Haçan al-Kodoûri, le cadhi des cadhis Abou-Mohammed, et Abou-Abd-Allah al-Beïdhâwi[3]. » On lut cet écrit du haut des minbers (chaires), tant à Bagdad que dans les autres villes.

Lorsque Dhahir mourut, son fils Abou-Témim Maadd n'avait que sept ans. On le fit asseoir sur le trône califal, et on lui donna le surnom de *Mostansir Billah* « celui qui implore le secours de Dieu. » Il fut célèbre par sa folie et son peu d'intelligence. A cause des contradictions de sa conduite, et parce qu'il prodiguait l'argent hors de propos et le refusait quand il fallait en donner, il fut connu sous le nom de *Mostansir le Fou*. Les actions étonnantes et contraires aux règles ordinaires qui furent commises par ces califes et ces sultans sont consignées dans

[1] Sur ces deux frères on peut voir S. de Sacy, *Chrestomathie arabe*, t. II, p. 99, 100; et sur le second, R. Dozy, *Catalogus codicum orientalium bibl. academiæ Lugduno-Batavæ*, I, 339, et Ibn-Khallicân, édit. Wustenfeld, VII, 84.

[2] Sur ce personnage, mort en 407 = 1016-1017, voy. de Sacy, *ibid.* p. 100, note 14. Le même savant a parlé également du célèbre jurisconsulte Kodoûri, *ibid.* note 15.

[3] Ibn-Alathir (t. IV, fol. 287 r°, et t. V, fol. 46 v°) mentionne plusieurs autres signataires de cet écrit.

divers ouvrages et racontées dans les chroniques. Je me contenterai donc de rapporter un ou deux traits par lesquels on peut se faire une idée des autres. Un des actes de prodigalité de Mostansir consistait à se faire apporter de son trésor des perles d'une belle eau, à les broyer comme du collyre (*surmeh*) et à les répandre dans le Nil. Sa parcimonie était telle, qu'il réduisit ses soldats à la dernière extrémité en leur retenant leur solde et en leur refusant leurs gratifications accoutumées, de sorte qu'ils excitèrent des troubles et des soulèvements, qu'ils l'assiégèrent dans son palais et lui réclamèrent leur solde. Il écrivit de sa propre main ce billet pour s'excuser de sa faute et de sa parcimonie, et l'envoya à ses troupes :

« Je n'espère qu'en Dieu et je ne crains que lui, car c'est l'être bon par excellence; mon prophète est mon aïeul; mon père est mon imâm; ma doctrine est l'unité de Dieu et la justice.

« L'argent est l'argent de Dieu; les esclaves sont les esclaves de Dieu, et la générosité est préférable au refus. Ceux qui ont été injustes verront comment ils seront renversés[1]. »

[1] اصبحت لا ارجو ولا أتّقي، غير إلهي وله الفضل،
جدّي نبيي وامامي ابي، وقولي التوحيد والعدل،
المال مال الله والعبيد عبيد الله والعطاء خير من المنع وسيعلم
الذين ظلموا ايّ منقلب ينقلبون

La dernière phrase de ce billet est empruntée au Coran (chapitre XXVI, v. 228). Quant au billet lui-même, il a été rapporté avec

Le reste des actions de Mostansir est conforme aux deux que nous venons de raconter, et d'après cela on peut s'imaginer les autres. C'étaient là des effets des obsessions du démon; Mostansir donnait ou refusait d'après les suggestions de celui-ci et non par avarice ou par générosité. Il passait ainsi le temps de son règne, qui dura soixante ans. Dieu a dit : « Nous n'avons usé de patience envers eux qu'afin qu'ils crussent en iniquité [1]. »

Mostansir avait deux fils, dont l'aîné s'appelait *Mansoûr Nizâr*. Il le déclara d'abord son successeur, et lui donna le surnom d'*Al-Moustafa lidîn Illah*;

de légères différences par Makrîzy, qui l'attribue au calife Hâkim, aïeul de Mostansir. (Voy. la *Chrestomathie* de S. de Sacy, t. I, p. 65 du texte.) L'opinion de l'annaliste égyptien nous paraît préférable à celle du vizir Ala-Eddin, que l'on trouve cependant aussi dans Elmakin (*Historia saracenica*, p. 276-277). Ce que dit Djouciny de la parcimonie de Mostancir envers ses soldats n'est pas d'accord avec le récit des historiens arabes. On lit chez ceux-ci que les soldats turcs du calife assiégeaient sans cesse la porte du palais, réclamant à grands cris des augmentations de solde. Ils observaient si peu de mesure dans leurs prétentions, que leurs traitements, qui auparavant montaient à vingt-huit mille dinars par mois, furent portés à quatre cent mille. De cette manière, le trésor se trouva bientôt épuisé. Alors ils contraignirent Mostansir à vendre les objets précieux qui se trouvaient accumulés dans son palais. Durant plusieurs années ces esclaves insolents se partagèrent les dépouilles du calife, qu'ils achetaient au dixième de leur valeur, et qu'ils prenaient en payement des sommes qui leur étaient dues. Il faut lire, dans un ouvrage de M. Quatremère (*Mém. sur l'Égypte*, t. II, p. 364-386; cf. Renaudot, p. 435), les détails de cette indécente et odieuse spoliation. Tout en faisant la part de l'exagération si habituelle aux écrivains arabes, on ne peut s'empêcher d'admirer cette opulence féerique des califes fatimites.

[1] إنما نملى لهم ليزدادوا إثما, *Coran*, ch. III, v. 172.

mais dans la suite il se repentit de ce choix, déposa Nizâr, et désigna pour son successeur son autre fils Abou'l Kâcim Ahmed, à qui il donna le surnom d'*Al-Mosta'ly Billah*. Après la mort de Mostansir, les Daïs des imâms de la secte se divisèrent en deux fractions. L'une soutint le droit de Nizâr à l'imâmat, sous prétexte que respect était dû à la première désignation. Les Ismaéliens, c'est-à-dire les Mélahidés de l'Irâk, de la Syrie, du Koumès et du Khorâçan étaient au nombre de ceux-là, et on les appelle *Nizâris*. Une autre fraction affirme que l'imâmat appartient à Mosta'ly; ce sont les Ismaéliens de l'Égypte et dépendances, et on leur donne le nom de *Mosta'léwy*. Sous le règne de Mostansir, Haçan ben Sabbah prêcha ouvertement dans le Deïlem, ainsi qu'il sera raconté ci-après. Le nom *Molhid* « hérétique » a été attribué à ces premiers sectaires, par la raison que, d'après la doctrine de Haçan ben Sabbah, ils ont abrogé les préceptes légaux de Mohammed, et ont regardé comme permises des actions illicites. Dieu a dit : « Tous ceux qui ne jugent pas d'après les révélations de Dieu sont des pervers [1]. » Quant à la secte des Mosta'léwys, elle ne s'est pas révoltée contre le sens externe de la loi, et elle s'est conformée aux traditions des pères et des ancêtres.

Les soldats et les habitants de l'Égypte se soumirent à Mosta'ly, et le placèrent sur le siége califal. Nizâr s'enfuit devant Mosta'ly, ainsi que ses deux fils, et se rendit à Alexandrie, dont les habitants

[1] *Coran*, ch. v, v. 51.

consentirent à le reconnaître. Mosta'ly envoya des troupes, qui l'assiégèrent dans Alexandrie pendant quelque temps, prirent à la fin cette ville par capitulation, et emmenèrent Nizâr, avec ses deux fils, à Misr. Ils furent retenus tous trois en prison au Caire jusqu'à leur mort[1]. Mais la secte des Nizâris prétend qu'un fils de Nizâr, qui avait le titre d'imâm, conformément à leur fausse doctrine, laissa lui-même à Alexandrie un fils, dont personne ne put s'emparer, et n'eut même connaissance. Or maintenant on fait remonter à cet homme la généalogie du chef des Molhids d'Alamoût, ainsi qu'il sera rapporté dans l'histoire des nouveaux Molhids.

Mosta'ly resta jusqu'à sa mort en possession du califat. Abou Aly Mansour, qui était son fils, lui suc-

[1] Il faut consulter, sur la révolte et la mort de Nizâr, un long extrait de Noweïry, traduit par M. de Slane, Ibn-Khallikan's *Biographical dictionary*, t. I, p. 160-161, note 7. Cf. C. d'Ohsson, *Hist. des Mongols*, t. III, p. 167-168, note; Ibn-Khallican, *ibid.* p. 613, et surtout Ibn-Moyassar, ms. arabe de la Bibliothèque impériale, n° 801, fol. 31 v°, 32 r° et v°, 33 r°. On lit ce qui suit dans Ibn Alathir : « Mostansir avait légué le califat à son fils Nizâr; mais Afdhal (le généralissime) déposa celui-ci et fit prêter serment à Mosta'ly. Voici quel fut le motif de la déposition de Nizâr : un certain jour, du vivant de Mostansir, Afdhal étant monté à cheval, entra dans le vestibule du palais par la porte d'Or, باب الذهب, sans mettre pied à terre, et cela au moment même où Nizâr passait. Le passage étant obscur, Afdhal ne vit pas le prince, qui lui cria : « Descends « de cheval, ô esclave arménien ! Combien ta politesse est petite ما اقل ادبك ! » Afdhal conçut de la haine contre lui, à cause de cette parole حقدها عليه. Lorsque Mostansir fut mort, le généralissime déposa Nizâr, qui lui inspirait des craintes pour sa propre sûreté, et fit reconnaître comme calife Almosta'ly. » (Fol. 44, r°. Cf. Renaudot, p. 475.)

céda. Le 4 de dzou'lkadeh 524 (9 octobre 1130), une troupe de fanatiques (فداوية) de la secte nizârienne le tua à l'improviste[1]. Comme il n'avait pas de fils, il avait déclaré pour son héritier son cousin germain Abou'l Meïmoûn Abd al-Médjid, fils de Mohammed. Ce prince fut calife à sa place, et on le surnomma *Alhâfidh lidin Illah*[2]; il régna vingt ans. Abou-Mançour Isma'ïl lui succéda sous le nom d'*Addhâfir-Billah*. Abbas, fils de Témîm, qui était son vizir, le tua[3], et plaça sur le trône son fils Abou'l Câcim Içа, qui était dans sa cinquième année, et que l'on surnomma *Alfâïz-Billah*. Ce jeune prince resta en possession du califat pendant six ans, au bout desquels il mourut.

Après sa mort on plaça sur le trône califal son cousin germain, Abou-Mohammed Abd-Allah, fils de Yousouf, fils de Hâfidh, et on lui donna le titre honorifique d'*Aladhid lidin Illah* «l'auxiliaire de la re-

[1] On peut voir, sur le meurtre du calife Amir biahcam-illah, les détails circonstanciés que j'ai donnés ailleurs (*Nouvelles recherches sur les Ismaéliens ou Bathiniens de Syrie*, p. 43, 44. Cf. le *Bayâno'l Moghrib*, t. I, p. 320, 321.)

[2] Sur ce qui concerne l'avénement de Hafidh lidin Illah, on fera bien de consulter un mémoire de S. de Sacy, publié dans le tome IX du nouveau recueil de l'Académie des Inscriptions et belles-lettres, et reproduit dans le volume intitulé : *Mémoires d'histoire et de littérature orientale*, in-4°, Paris, 1832, p. 92 et suiv. et surtout p. 98, 102, 103, 104, 107-114. (Cf. le *Journal asiatique*, t. VII, année 1825. Ibn-Alathir, t. V, fol. 161 r°, et Ibn Khallikan's *Biographical dictionary*, t. II, p. 179-181.)

[3] Cf. Ibn Khallikan's *Biographical dictionary*, I, 222, II, 425, 426; M. Reinaud, *Chroniques arabes des croisades*, p. 103, note.

ligion de Dieu. » Il posséda le califat jusqu'à l'époque où la famille d'Ayoûb s'empara du Caire et de l'Égypte.

Au commencement de l'année 554 (1159[1]), une nombreuse armée de Francs entra en Égypte, et s'y livra au meurtre et au pillage. Lorsque l'armée des Francs eut mis le siége devant le Caire, que le calife, Châboûr (lisez Châwer), qui était son vizir, et entre les mains duquel résidait l'autorité suprême, et tous les habitants de Misr (Fosthath) et du Caire, perdirent tout espoir, alors, dis-je, Châwer fit la paix avec leur chef, moyennant un million de dinars, monnaie d'Égypte, dont partie payée comptant, et le reste en plusieurs termes (بعضى مؤجل وبعضى نقد). Les Francs levèrent le siége; mais ils demeurèrent en Égypte, afin d'attendre le payement du reste de la somme convenue. A la même époque Noûr-eddîn Mahmoud, fils de Zengui, fils d'Aksonkor, était prince de Syrie. Adhid, le vizir et les habitants d'Égypte lui demandèrent du secours contre les Francs, et recherchèrent son aide avec tant d'insistance, qu'ils lui envoyèrent les cheveux de leurs

[1] Le texte du vizir Alâ-Eddîn présente ici un anachronisme de cinq ans, la première expédition des Francs de Syrie en Égypte n'ayant eu lieu qu'en l'année 559 (1164). On sait, de plus, qu'ils avaient été appelés dans cette contrée par le vizir Châwer, qui voulait s'en faire un appui contre ses anciens alliés musulmans, les soldats de Nour-Eddîn et leur chef Açad-Eddîn Chircouh. (Voy. M. Reinaud, *Chroniques arabes*, dans la *Bibliothèque des croisades* de Michaud, t. IV, p. 116 et suiv. et Ibn Khallikan's *Biographical dictionary*, I, 609, 610.)

femmes[1]. Nour-eddin fit partir Chîrcoûh, prince d'Émèse, pour défendre l'Égypte, avec une armée redoutable. Salâh-eddîn Yousouf, fils d'Ayoûb, qui était le neveu de Chîrcoûh, accompagna son oncle. Lorsque les Francs eurent reçu l'avis de l'approche de l'armée syrienne, ils reprirent la route de leur pays. Chîrcoûh se dirigea vers le Caire, où il arriva le 7 de rébi second 564 (8 janvier 1169). Adhid et Châwer allèrent à sa rencontre, afin de lui témoigner leur considération: Chîrcoûh demanda à Châwer une somme d'argent pour son armée. Châwer lui ayant opposé des délais et des lenteurs, leur amitié et leur bon accord se changea en haine et en inimitié. Châwer médita de faire périr Chîrcoûh à la faveur d'un festin (بعملت ضيافت). Mais comme Adhid se trouvait avili et sans pouvoir entre les mains de Châwer, il donna avis à Chîrcoûh des projets perfides de ce ministre, et l'excita à le prévenir.

Un jour Châwer se rendit auprès de Chîrcoûh,

[1] Cf. sur ce fait, M. Reinaud, *op. supra laudat.* p. 130 : «C'était, comme l'observe ce savant, la plus grande marque de douleur que pussent donner les femmes du calife. En Orient la chevelure des femmes et la barbe des hommes passent pour sacrées.» Quelques années avant (549 = 1154), on avait vu les femmes du palais, après le meurtre du calife Dhâfir, envoyer leurs cheveux à Thalaï, fils de Rozzic, alors gouverneur de Moniet ibn-Khassîb, en implorant son secours contre l'assassin du calife. (Ibn Alathir, éd. Tornberg, t. XI, p. 127. Cf. Ibn-Khallikan's *Biographical dictionary*, t. II, p. 426. Voy. encore Abulfedæ *Annales Moslemici*, t. III, p. 759, et Quatremère, *Mémoire sur les asiles chez les Arabes*, Paris, 1845, in-4°, p. 36, 37.)

sous ombre d'amitié et d'affection. Le neveu de Chîrcoûh, Salâh-eddîn Yousouf, selon la coutume et sous prétexte d'accueillir Châwer, alla au-devant de lui avec une troupe d'hommes armés, s'empara de sa personne, et fit porter sa tête à Adhid, ainsi qu'il en avait reçu l'ordre du calife. Cet événement arriva le 7 de rébi second 564 [1]. Adhid confia la dignité de vizir à Chîrcoûh, et lui donna le surnom de *Mélic Mançour*. Trois mois ne s'étaient pas encore écoulés que Chîrcoûh mourut. Adhid donna le vizirat à son neveu Salah-eddîn Yousouf. Celui-ci administra l'autorité et se rendit maître de l'Égypte et de son souverain, de sorte qu'Adhid fut soumis à son pouvoir. Le prince de la Syrie, Noûr-eddîn Mahmoud, écrivit à Sâlah-eddîn : « Puisque une autorité absolue sur ce pays t'est dévolue, il faut que tu regardes comme une obligation de secourir la vérité contre l'erreur, d'affermir la première dans ses propres domaines, et de faire prononcer les prières de l'islamisme au nom des califes abbassides. » Salah-eddîn consentit à cette demande. Le premier vendredi de moharrem de l'année 566 (septembre 1170 [2]) il fit faire le prône sur les chaires de l'Égypte, et frappa la monnaie au nom d'Annacîr lidin Illah [3].

[1] La date exacte, telle que l'indique Ibn Alathir, est le 17 de rébi second (18 janvier 1169). (Voy. l'édition Tornberg, *ibid.* p. 224. Cf. Ibn Khallikan's *Biographical dictionary*, I, 609 et 627.)

[2] D'après le récit d'Ibn Alathir (éd. Tornberg, p. 241), cet événement eut lieu le second vendredi de moharrem de l'année 567 (17 septembre 1171).

[3] Tel est le nom que portent nos manuscrits; mais c'est un ana-

Adhid mourut le 10 du même mois. Salâh-eddîn fit emprisonner ses enfants et ses parents, et finit par les mettre à mort et par exterminer leur race. Salâh-eddîn Yousouf devint indépendant et seul maître du pouvoir; il a laissé de glorieux souvenirs.

HISTOIRE DE HAÇAN (IBN) SABBÂH ET DU RENOUVELLEMENT DE LA DOCTRINE DES MÉLÂHIDÉS, QUE L'ON APPELLE LA NOUVELLE SECTE.

Lorsque Dieu, par les efforts du prince royal Holâgou, eut renversé les châteaux et les domaines de ces maudits, et mis fin aux maux qu'ils causaient, à l'époque de la prise d'Alamoût, il fut publié un ordre enjoignant à l'auteur de ce livre d'examiner les richesses du trésor et les collections de la bibliothèque de cette forteresse, afin d'en tirer ce qui serait digne d'appartenir au monarque. En un mot, quand l'auteur de cette histoire procédait à l'examen de la bibliothèque que l'on avait rassemblée depuis longues années, à cause de la multitude d'écrits mensongers et de traités erronés touchant leur doctrine et leur croyance, que ces sectaires avaient mélangés avec des Corans et toute espèce de livres précieux, accouplant ainsi le bien et le mal; ce qui consistait en Corans et en ouvrages de prix était tiré de cette

chronisme évident, et, au nom de Nâcir, il faut substituer celui de son père, Almostadhi biemr-illah. (Cf. Abou'lméhâcin, *Annales*, éd. Juynboll, t. II, p. 408, 409; Makrizy, *apud* Arnold, *Chrestomathia arabica*, I, 167, et le *Fakhri*, édition Ahlwardt. Gotha, 1860, p. 310, 311, 364, 366.)

bibliothèque, d'après cette parole du Coran (VI, 95; X, 32; XXX, 18) : «(Dieu) fait sortir (ou tire) le vivant du mort.»

L'auteur trouva un ouvrage, en un seul volume, contenant les événements de la vie de Haçan (ibn) Sabbâh, et que les Ismaéliens appellent *Aventures de notre seigneur* سرگذشت سيدنا. Nous en avons transcrit ce que nous avions en vue, et ce qui convenait à l'ordre de notre histoire, et nous avons rapporté ce qui a été vérifié et trouvé exact.

On rattache la généalogie de Haçan à la tribu d'Himyar. Son père se rendit du Yémen à Coufah, de Coufah à Kom et de Kom à Reï; il fixa enfin son habitation dans ce dernier endroit, et Haçan (ibn) Sabbâh y vint au monde. Il s'appelait Haçan, fils d'Aly, fils de Mohammed, fils de Djafar, fils de Hoçaïn, fils de Mohammed Assabbâh Alhimiary (qu'il soit maudit de Dieu, des anges et de tous les hommes!). Il est rapporté dans ses Aventures qu'un jour plusieurs de ses sectateurs mirent par écrit l'histoire de ses pères, et la lui apportèrent. Il lui refusa son approbation à cause de l'art et de la recherche avec lesquels elle était écrite, et la jeta dans l'eau[1]. Le maudit Haçan a fait le récit suivant : «J'ai suivi la doctrine de mes pères, c'est-à-dire la doctrine des chiites, partisans des douze imâms. Il

[1] Ahmed, fils de Mohammed albokhâry, raconte la même chose dans son *Kitâb téwârikh âli âlem*; puis il met ces paroles dans la bouche de Haçan : «J'aime mieux être l'esclave particulier de l'imâm que son fils illégitime.» من بندهٔ خاصّ امام باشم دوست تر از آن

y avait à Reï un homme appelé *Emireh Dharrâb*, qui professait la doctrine des Bathiniens d'Égypte. Nous avions continuellement des contestations l'un avec l'autre; il réfutait les dogmes auxquels je croyais, mais je ne lui accordais pas gain de cause. Cependant ses discours firent impression sur mon cœur. Sur ces entrefaites il me survint une maladie très-dangereuse et très-pénible. Je réfléchis en moi-même et je me dis : « La doctrine de cet homme est la véritable; mais, par suite de mon fanatisme, je ne l'ai pas reconnue comme vraie. Si donc, ce qu'à Dieu ne plaise, le terme fatal arrive pour moi en ce moment, je mourrai sans être parvenu à la connaissance de la vérité. » Je guéris de cette maladie. Il y avait parmi les Bathiniens un autre individu que l'on appelait *Bou-Nedjm Serrâdj* (le sellier); je l'interrogeai touchant les dogmes de sa secte. Il me les exposa avec détail, de sorte que j'obtins la connaissance des mystères les plus cachés de cette doctrine. Enfin il y avait un troisième personnage appelé *Moumin*, à qui Abd-Almélic Attâch avait conféré le diplôme de prédicateur. Je lui demandai de recevoir ma profession de foi. Il me répondit : « Ton rang, à toi, qui es Haçan, est plus élevé que le mien, à moi, qui suis Moumin; comment donc recevrais-je ton engagement, c'est-à-dire comment prendrais-je de toi un serment de fidélité envers

دارم كه فرزند نا خلف امام باشم. (Cf. Mirkhond, *Notices des manuscrits*, t. IX, p. 202, 203.)

l'imâm?» Mais quand je l'en eus vivement pressé, il reçut mon engagement.

«Lorsqu'en l'année 464 (1071-1072), Abd-Almélic Attâch, qui remplissait à cette époque les fonctions de Daï dans l'Irâk, fut arrivé à Reï, il daigna me prendre en affection, et me confia le rang de son suppléant. «Il te faut, me dit-il, aller dans la capi-«tale de l'Égypte.» A cette époque Mostansir était sur le trône. Dans l'année 469 (1076-1077) je me rendis à Ispahan, dans le dessein de passer ensuite en Égypte. Je partis de cette ville par le chemin de l'Azerbéidjân.» Après avoir couru des dangers qui ont été retracés en détail dans l'histoire déjà citée, Haçan alla en Syrie. «Enfin, reprit-il, j'arrivai en Égypte dans l'annnée 471 (1078-1079). J'y séjournai environ un an et demi. Quoique, durant tout le temps de mon séjour, je n'aie pu parvenir jusqu'à Mostansir, néanmoins ce prince était instruit de ce qui me regardait, et à plusieurs reprises il fit mon éloge. L'émir Aldjoïoûch[1], ou chef des armées,

[1] On désignait par ce titre le puissant ministre Bedr-aldjemâly. C'était un Arménien qui avait commencé par être l'esclave de Djémâl-Eddaulah ibn Ammâr, d'où lui vint le surnom de *Djémaly*. Il fut ensuite gouverneur de Damas à plusieurs reprises, et passa en Égypte sur la demande de Mostansir, qui était las de l'état d'abjection où le tenaient ses émirs. Bedr fit périr ceux-ci à l'issue d'un festin, rétablit la tranquillité en Égypte, et mourut vers la fin de l'année 487 (fin de 1094), quelques jours seulement avant Mostansir, sous le nom duquel il avait régné plus de vingt ans. (Voy. Quatremère, *Mémoires sur l'Égypte*, t. II, p. 339, 340, 380 et suiv. jusqu'à la page 451; Ibn Khallican's *Biographical dictionary*, t. I. p. 612, 613; Silvestre de Sacy, *Traité des monnaies musulmanes*, trad.

qui l'avait asservi à son pouvoir et qui exerçait sur lui une autorité absolue, était beau-père de son fils cadet, Mosta'ly, que le calife avait déclaré son successeur par un second acte de sa volonté[1]. Mais moi, conformément aux principes fondamentaux de la doctrine que je professais, je prêchais en faveur de Nizâr. (Le récit de ces faits a été exposé ci-dessus.) Pour ce motif l'émir Aldjoïoùch me fut contraire, et se disposa à me faire un mauvais parti. Son inimitié alla si loin, qu'il exigea qu'on me fît embarquer pour le Maghreb sur un vaisseau où se trouvait une troupe de Francs. Comme la mer était agitée, elle jeta le vaisseau sur la côte de Syrie. Je me rendis ensuite à Alep et de là, par la route de Bagdâd et du Khouzistan, à Ispahan, où j'arrivai dans le mois de dhou'l-hiddjeh 473 (mai-juin 1081). D'Ispahan je partis pour la frontière du Kermân et pour Yezd, et j'y exerçai pendant quelque temps les fonctions de missionnaire. Après quoi je retournai à Ispahan, puis dans le Khouzistân, d'où je me rendis, par le chemin du désert, à Firim[2] et à Chehriâr-Coûh.

« Je séjournai à Daméghân durant trois ans, et

de Makrizi, Paris, 1797, in-8°, p. 50, note; Ibn Alathir, t. V, fol. 113 v°; Renaudot, p. 442, 443, 474.)

[1] صهر پسر خردتر مستعلی بود که مستنصر اورا در نصّ دوم ولی عهد کرده بود.

[2] C'est ainsi que j'ai cru devoir lire, au lieu de قرم، قرمم et بهرم, que portent les quatre manuscrits.

de cet endroit j'envoyai à Andkhéroûd et en d'autres contrées du pays d'Alamoût une troupe de missionnaires, qui en convertirent les habitants à la doctrine ismaélienne. Je m'avançai jusqu'à Djordjân, à Tharz et à la limite de Djénachec[1], et je revins de ce voyage. Par la raison que Nizhâm Elmulc avait pressé vivement Abou-Moslim Râzy de s'emparer de ma personne, et que celui-ci me cherchait avec le plus grand soin, je ne pus aller à Reï. Je voulus me rendre à Deïlémân, car j'avais envoyé en cet endroit des missionnaires. J'allai à Sâry et je suivis ensuite le chemin de Dunbâvend et de Khâri-Reï خوار ری, jusqu'à ce que j'arrivasse à Kazouîn, m'abstenant de passer par Reï. De Kazouîn j'envoyai pour la seconde fois un missionnaire au château d'Alamoût, qu'un Alide, nommé Mahdy, occupait par une concession de Mélic-Châh. » Alamoût représente les deux mots *Alah-Amoût* اله اموت, c'est-à-dire *le nid de l'aigle*, car des aigles faisaient leur nid en cet endroit.

Plusieurs habitants d'Alamoût accueillirent la doctrine de Haçan et la prêchèrent ensuite à l'Alide. Celui-ci répondit : « Je crois à cette doctrine. » Mais dans la suite il fit descendre du château, par ruse

[1] C'est encore par conjecture que j'ai lu ainsi (جناشك), au lieu de حاسك, حاشكه et خاسك, que portent nos manuscrits et le *Tewârikh al-'alem*. On peut voir, sur la forteresse de Djénâchec ou Djenâche, ce que j'ai dit ailleurs (*Hist. des Samanides*, p. 287, n. 198). Il faut sans doute reconnaître cette localité dans un endroit nommé *Kenashah*, et situé à vingt et un parasanges (environ vingt-huit lieues) d'Asterabad. (Macdonald Kinneir, *A geographical memoir of the Persian empire*, p. 408.)

tous ceux qui avaient embrassé la croyance ismaélienne; puis il leur ferma la porte d'Alamoût et dit : « La forteresse appartient au sultan. » Après de nombreux pourparlers, il les laissa rentrer dans le château. Désormais ils ne sortirent plus d'Alamoût, malgré les ordres de Mahdy. Ce fut alors que Haçan se rendit de Kâzouîn à Deïlémân, et de là dans le canton d'Achcoûr, puis à Andkhéroûd, qui est contigu à Alamoût. Il y séjourna quelque temps. Beaucoup de personnes avaient été séduites par le spectacle de la vie religieuse qu'elles lui voyaient mener, et avaient accueilli ses prédications. Enfin, la nuit du mercredi 6 de redjeb 483 = 4 septembre 1090 (parmi les rencontres merveilleuses, il faut remarquer que les lettres composant le mot Alah-Amoût, prises numériquement, donnent l'année de l'entrée de Haçan dans Alamoût), on l'introduisit à la dérobée dans le château. Il y habita secrètement pendant quelque temps, se faisant appeler du nom de *Dih-Khodâ* ou chef du village.

Lorsque l'Alide eut connaissance de cela, comme il n'avait plus aucun pouvoir, on lui permit de se retirer. En échange du château, Haçan lui donna une assignation de trois mille dinârs sur le gouverneur de Kerdcoûh et de Dâmeghân, le reïs Mozhaffer Mustaufy, qui avait embrassé secrètement sa doctrine. Par suite de son excessive dévotion, Haçan n'écrivait que des billets fort courts, de sorte que la teneur de cette assignation était ainsi conçue : « Le reïs Mozhaffer (que Dieu le garde!) payera trois mille dinârs, comme prix d'Alamoût, à l'Alide Mahdy. Que la prière et le salut soient sur le Prophète élu de Dieu et sur sa famille ! Dieu nous suffit, et c'est un excellent *wékîl* « fondé de pouvoir, administrateur[1]. »

Cependant l'Alide prit l'assignation (برآت); mais il réfléchit en lui-même, et se dit : « Le reïs Mozhaffer est un homme considérable, et il est le lieutenant de l'émir Dad Habech[2], fils d'Altoûntâk; comment donc payerait-il quelque chose sur le billet de cet individu? » Au bout d'un certain temps il arriva à Dâméghân, et comme il se trouvait alors dans l'indigence مختل حال گشته بود, par manière d'épreuve il présenta au reïs Mozhaffer l'écrit dont il était porteur. Aussitôt le reïs baisa l'écrit et paya la somme.

Lorsque Haçan ben Sabbâh se vit affermi dans la possession d'Alamoût, il envoya des missionnaires dans différentes provinces, et borna tous ses efforts à répandre sa doctrine et à séduire les gens peu éclairés. Voici de quelle manière il motivait cette hérésie, qu'après lui les Ismaéliens ont appelée *la nouvelle prédication* (دعوت جديده) : les anciens docteurs de cette secte avaient établi les fondements de

[1] Cette dernière phrase est une citation du Coran, ch. III, v. 167.

[2] Au lieu de حبش, *Habech*, il est plus exact de lire حبشى, *Habéchy* « l'Abyssin », ainsi que je l'ai fait observer naguère (*Hist. des Seldjoukides*, etc. p. 116, note 1). J'ai parlé ailleurs d'une manière circonstanciée de l'émir Dâd, ou, comme l'appellent Ibn-Alathir et Abou'lféda, Dâdz l'Abyssin. (*Recherches sur le règne de Barkiarok*, p. 55, 56, 74, 75 et 76.)

leurs dogmes sur l'interprétation du Coran, et particulièrement des versets obscurs, et en tirant, des divers sens des traditions et des récits historiques, des conséquences extraordinaires. « Toute révélation, disaient-ils, a son interprétation particulière, et tout sens externe a son sens caché. » Haçan Sabbâh ferma entièrement la porte de l'enseignement et de la science, et dit : « La connaissance de Dieu ne s'obtient pas par la sagesse ou par une étude attentive, mais par les leçons (ou l'initiation) de l'imâm ; car la plupart des mortels sont sages, et chacun a son attention fixée sur la voie de la piété. Si, pour connaître Dieu, il suffisait de l'œil de l'esprit, les sectateurs d'aucune doctrine n'auraient de controverses avec ceux des autres sectes, et tous seraient égaux entre eux, car tous verraient avec l'œil de l'esprit. Lorsque la voie de la controverse et de la dispute est ouverte, et que les uns ont besoin de suivre les autres, c'est en cela que consiste la doctrine du *talim* [1], où la sagesse

[1] On trouvera quelques détails curieux sur les différentes dénominations des Ismaéliens dans le passage suivant d'Avicenne, dont je dois la communication à l'obligeance de M. Reinhart Dozy.

Ibn-Sina الدرّ النظيم فى احوال العلوم والتعليم, manuscrit de Leyde, 958 (42) :

ومنهم الاسماعيلية يوافقون الامامية فى جعفر الصادق ومن قبله ويخالفونهم فى موسى الكاظم ومن بعده ويقولون بامامة اسمعيل بن جعفر الصّادق رضهما واليه ينسبون ويلقبون بالسبعية لقولهم بسبعة ائمّة ويرون ان فى كل دَوْرٍ سبعة ائمّة إمّا ظاهرون وهو دَوْر الكشف وإمّا مخفيون وهو دور السّتر ولا بُدّ

ne suffit plus. Il faut un imâm, afin qu'en tout temps les hommes soient instruits, et qu'ils croient, grâce à son enseignement. Semblable à un oiseleur, Haçan fit de quelques sentences fort brèves la chanterelle

من امام امّا ظاهر وامّا مستور لقول امير المومنين على كرم الله
وجهه ورضه لن يخلو الارض عن قائم لله تعى (sic) بحجه ويلقّبون
ايضا بالباطنية لقولهم انّ لكل ظاهر باطنًا. وبالتعليمية لقولهم
انّ العلم بالتعلّم من الائمة خاصّة وربّما لقبوا بالملاحدة
لعدولهم عن ظواهر الكتاب والسنّة لانّهم يتاولون سائر النصوص
وعندهم من مات ولم يعرف امام زمانه او ليس فى عنقه بيعة
امام مات ميتة جاهلية

« Parmi eux se trouvent les Ismaéliens, qui s'accordent avec les Imâmiens en ce qui concerne Djafar Assâdik et ses ancêtres, mais les contredisent au sujet de Mouça Al-Cazim et de ses descendants. Ils croient à l'imâmat d'Ismaïl, fils de Djafar, du nom duquel ils ont emprunté leur nom. Ils sont surnommés *Sébayah* (adjectif dérivé du mot *seb'at*, sept), à cause de leur croyance à sept imâms. Ils s'imaginent en effet que dans chaque période de temps il y a sept imâms, soit manifestes, et c'est alors le temps de la manifestation, soit cachés, auquel cas ce temps est nommé l'époque du mystère. Il faut de toute nécessité qu'il y ait un imâm, soit apparent, soit caché, et cela conformément à ce mot du calife Aly : « La terre ne sera pas dépourvue d'un homme qui se consacrera à la cause de Dieu et fera valoir ses arguments. » Ils sont encore surnommés *Bathiniens*, parce qu'ils prétendent que chaque chose apparente a un sens caché, et *Atta'limy*, parce qu'ils disent que la science s'acquiert particulièrement par les leçons des imâms. Souvent aussi ils ont été surnommés *Melâhideh* (pluriel de *molhid*, hérétique), parce qu'ils abandonnent les sens manifestes du Coran et de la *Sounna*, et qu'ils expliquent allégoriquement tous les textes. Chez eux quiconque vient à mourir sans avoir connu l'imâm de son temps, ou sans porter suspendu à son cou l'acte d'un serment prêté à cet imâm, est considéré comme étant mort dans l'ignorance. »

de ses tromperies وكلمهٔ چند موجزرا ملواح حبابل خديعت خود ساخت, et leur donna le titre d'*ilzâm* « ce qui convainc. » Les ignorants et les gens du commun s'imaginèrent que sous ces courtes paroles il y avait beaucoup de sens. La plus subtile de ces sentences consistait à demander aux adversaires de sa doctrine : « L'intelligence suffit-elle ou ne suffit-elle pas ? Car si l'intelligence est suffisante pour connaître Dieu, quiconque a de l'intelligence ne peut être désapprouvé par aucun adversaire. » Si l'adversaire dit : « L'intelligence ne suffit pas, jointe à l'œil de l'esprit, en vérité il faut encore un précepteur. » Or telle est précisément la doctrine de Haçan. En conséquence cette question de Haçan, « L'intelligence suffit-elle ou ne suffit-elle pas, » constitue le fond de sa doctrine. Son but, en persistant à faire cette question, était de prouver que l'enseignement est nécessaire avec l'intelligence. La doctrine de son contradicteur était que l'enseignement n'est pas nécessaire en même temps que l'intelligence ; et puisqu'il n'est pas nécessaire, il se peut qu'il soit permis, et qu'il aide l'intelligence dans ses perceptions ; il se peut aussi qu'il ne soit pas permis, et qu'il faille se contenter de l'intelligence, faute de quoi on ne parviendrait pas à la connaissance de Dieu.

Cela a donné naissance à deux sectes. Haçan s'est occupé de détruire la seconde secte. « J'ai, dit-il, anéanti leur doctrine. » Mais il n'en est pas ainsi, car la croyance de tous les hommes est que l'existence de l'intelligence seule ne suffit pas. L'emploi de l'intelligence d'une certaine manière est obligatoire; mais l'enseignement et la direction d'autrui sont confiés à quelques hommes sages; d'autres, au contraire, n'en ont pas besoin, quoique, si ces secours existent, ils ne puissent empêcher le résultat désiré.

En conséquence il a été reconnu que Haçan n'a pas prouvé l'abrogation de la doctrine générale. D'ailleurs il faut une preuve pour confier l'enseignement à une personne déterminée. Le seul argument de Haçan consiste dans cette parole : « Puisque j'ai établi la nécessité de l'enseignement, et qu'il n'y a personne, excepté moi, qui soutienne cette nécessité, c'est donc à moi qu'il appartient de désigner le précepteur. » Mais cet homme a par là montré son iniquité, et sa prétention ressemble tout à fait à celle d'un individu qui dirait : « Je soutiens que l'imâm est un tel, et la preuve de cela, c'est que je le dis. » S'il dit : « Le consentement général (اجماع) est ce qui constitue la vérité; en conséquence, si mon sentiment est vrai, j'ai prouvé la fausseté du sentiment des autres. Donc le peuple aura professé unanimement une fausse croyance. » On peut lui répondre : « Le consentement général, aux yeux de tous, constitue la vérité, conformément au Coran et à la tradition; mais à tes yeux il n'en est pas de même. Ainsi donc, fonder la doctrine sur l'accord des fidèles entre eux, c'est l'établir sur l'opinion de tes adversaires, et cela ne t'est pas avantageux. » En dehors de cela il ne lui reste aucun autre argument en faveur de la désignation de l'imâm. Quant à ce qu'il prétend, à savoir que quand le Prophète disait, « J'ai reçu l'ordre de combattre les hommes jusqu'à ce qu'ils répètent, « Il n'y a d'autre dieu que Dieu, c'est-à-dire il faut recevoir de moi cette parole, « Il n'y a pas d'autre dieu que Dieu.», ces mots de Mahomet représentaient le *ta'lîm*, on répondra à Haçan : « Cela est en contradiction avec l'histoire de la vieille femme qui, lorsqu'on l'interrogea touchant la divinité, montra le ciel, sur quoi le Prophète dit, « Laissez-la, car c'est une « vraie croyante; » et il dit aussi : « Il faut que vous « pratiquiez la religion des vieilles femmes[1]. » Il n'a pas dit à la vieille : « Tu n'as pas reçu de moi la con« naissance de Dieu, tu n'es donc pas croyante. »

[1] عليكم بدين العجائز. Une tournure semblable se rencontre dans le discours que Hodjr, fils d'Ady, tint à ses filles au moment de se séparer d'elles: « Il faut que vous pratiquiez la crainte de Dieu, que vous l'adoriez, que vous soyez patientes, etc. » فعليكن بتقوى الله وعبادته والصبر. (Extrait du *Tohfet allébib*, par Hamaker, *apud* Dozy, *Catalogus codicum orientalium bibliot. acad. Lugduno-Batavæ*, t. I, p. 331, l. 1. Cf. encore cette phrase du même ouvrage : عليك بالامير...معن بن زائدة, « il faut que tu te rendes auprès de l'émir Man, fils de Zaydah. » *Ibid*, p. 335, note 4.) Je ferai remarquer que l'anecdote, qui m'a fourni ce dernier exemple se trouve rapportée avec moins de détails par Djâmi, dans son *Béhâristân* (éd. Schlechta Wssehrd, p. 44, 45.) Cf. enfin le *Fakhri*, édit. Ahlwardt, p. 164, ligne anté-pénultième; Almocaddessi, *Les Oiseaux et les Fleurs*, éd. Garcin de Tassy, p. 64, l. 8; et cette phrase placée dans la bouche de Annihly : إن اردتم فوائد كلما صنّف النّاس فعليكم بكتب ابي عبيد. « Si vous désirez profiter de tout ce que les hommes ont écrit, il vous faut lire les livres d'Abou Obaïd (Alkaçem, fils de Sélâm). » (*Historia chalifatus Almotacimi, e cod. arabico....edita a* C. Sandenberg Matthiessen, p. 60.)

De semblables paroles sont trop nombreuses pour que l'on puisse les compter. Comme ce livre-ci traite de la destruction des fausses doctrines et de l'affermissement de la véritable, il m'a paru préférable de me borner à ce qui précède.

Haçan rédigeait de pareilles fables, dont le sens apparent n'était qu'artifices, et le sens caché que réticences, et qui avaient pour but d'empêcher qu'on ne se servît de l'œil de l'esprit, et qu'on n'acquît la science véritable. « Dieu a apposé un bandeau sur leurs cœurs, sur leurs oreilles et sur leurs yeux, et un châtiment terrible leur est réservé. » (*Coran*, II, 6.)

Cependant Haçan faisait les plus grands efforts, afin de conquérir les cantons contigus à Alamoût et les localités voisines. Il se mettait en possession de chaque endroit dont il lui était possible de se rendre maître par les impostures de ses prédications. Quant à ceux qui n'étaient pas trompés par ses paroles, il en avait raison par le meurtre, la violence, les tortures, l'effusion du sang et la guerre. Il s'emparait de tous les châteaux forts dont la conquête lui était possible. Partout où il trouvait un rocher qui convenait pour y élever une construction, il y jetait les fondements d'une forteresse. Parmi les émirs du sultan Mélic-Châh, il y en avait un nommé *Bouzbâch*[1], qui tenait, à titre de fief, les environs d'Alamoût. Il faisait des incursions continuelles jusqu'au pied de cette forteresse, et mettait à feu et à sang

[1] Le *Kitâb téwârikh âli 'âlem* l'appelle *Émir Noûr-eddîn Ténâch*, تناش.

tous les endroits où l'on avait embrassé la doctrine de Haçan, ou bien qui s'étaient soumis à lui.

Comme on n'avait pas encore amassé de provisions dans Alamoût, les habitants de cet endroit se virent réduits aux dernières extrémités. En conséquence, ils résolurent de livrer le château à quelques hommes armés à la légère جريده, et de se retirer ailleurs; mais Haçan prétendit qu'il lui était arrivé de la part de son imâm, c'est-à-dire de Mostansir, un message ainsi conçu : «Qu'ils n'abandonnent pas ce lieu-là; car j'espère qu'il leur arrivera un grand bonheur par sa possession.» Grâce à ce moyen, il fit si bien que ses sujets se résignèrent à supporter tous les maux, et qu'ils restèrent à Alamoût. A cause du mot de Haçan qui vient d'être rapporté, ils donnèrent à Alamoût le nom de *ville du bonheur*.

Dans l'année 484 (1091-1092), Haçan envoya dans le Kouhistân Hoçaïn-Kâïny, qui était un de ses Daïs, afin qu'il y prêchât sa doctrine. Un certain nombre d'individus l'accueillirent; ils se cantonnèrent dans une portion du Kouhistân, et Kâïny fut désigné pour les gouverner, au nom de Haçan-Sabbâh. De même que Haçan l'avait entrepris dans Alamoût, ces individus s'occupèrent, dans le Kouhistân, à répandre sa doctrine, à conquérir les cantons environnants, selon la mesure de leurs forces, en employant les artifices et s'emparant des forteresses.

Lorsque le récit de la coupable hérésie de Haçan fut répandu au loin, et que le dommage causé par sa troupe eut atteint tous les musulmans qui se trouvaient dans son voisinage, le sultan Mélic-Chah, au commencement de l'année 485 (1092), chargea un émir, nommé *Arslân-Tâch*, de combattre et d'exterminer Haçan (Ibn) Sabbâh. Dans le mois de djomâda 1er de la même année (juin 1092), cet émir mit le siége devant Alamoût. En ce moment il ne s'y trouvait pas, avec Haçan-Sabbâh, plus de soixante et dix hommes, lesquels avaient peu de provisions; ils ne prenaient que la nourriture strictement nécessaire pour s'empêcher de mourir, et ils combattaient les assiégeants.

Un Daï de Haçan-Sabbâh, pour Zéwareh et Ardistân, qui s'appelait le *dihdâr*, ou chef de village, Abou-Aly, séjournait à Kazouïn, et une troupe d'habitants de cette ville avaient embrassé sa doctrine. De même, dans le pays de Thâlékân et à Coûh-Béreh, dans le territoire de Reï, beaucoup d'individus avaient accueilli la doctrine de Haçan, et ils étaient placés sous l'autorité de cet habitant de Kazouïn. Haçan-Sabbâh demanda du secours au dihdâr Abou-Aly. Cet homme excita à le secourir une troupe d'habitants de Coûh-Béreh et de Thâlékân, et lui envoya de Kazouïn des armes et des munitions de guerre. Trois cents hommes de ces deux localités marchèrent donc au secours de Haçan, et se jetèrent dans Alamoût; puis, avec l'aide des habitants et l'assistance d'un détachement de la population de Roudbâr qui s'était abouché avec eux et leur avait assigné un lieu de rendez-vous, pendant une certaine nuit, à la fin du mois de cha'bân (commencement d'octobre 1092), ils firent une attaque sur le camp d'Arslân-Tâch. Par la volonté divine, l'armée de cet émir fut mise en déroute, leva le siége et retourna près de Mélic-Châh. Le sultan fut fort affecté de cet échec, et médita l'extermination de la secte rebelle. Mais sa vie était alors arrivée à son terme, et, par suite de sa mort, les mesures nécessaires pour détruire les hérétiques se trouvèrent arrêtées, et leurs désordres augmentèrent.

Au commencement de la même année 485 (1092), Mélic-Châh avait chargé de punir les Mélahideh du Kouhistân un autre émir d'entre ses courtisans, nommé *Kizil Sâregh*, et avait ordonné aux troupes des frontières du Khorâçân de lui obéir et de lui prêter main forte. Kizil Sâregh assiégea ces sectaires dans la forteresse de Dérch, qui est contiguë au Seïstân et qui dépend de Moumin-Abâd, et il s'occupa de les combattre; mais avant qu'il se fût emparé de la place, il reçut l'avis de la mort de Mélic-Châh. En conséquence, il leva le siége et son armée se dispersa. Les habitants de Dérch, comme ceux d'Alamoût, étendirent leurs violences dans toutes les directions, et ne s'abstinrent d'aucun acte de tyrannie, de même que l'on dit :

Ô alouette! sur cette fertile plaine l'espace est libre pour toi; ponds donc et chante en paix [1].

[1] يا لكِ من قُنبرة بمعمر، خلا لكِ الجوّ فبيضي واصفري

D'après une version, ce vers a pour auteur le célèbre poëte Tharafa, qui le composa dans son enfance et en une occasion dont on

Dans les commencements de la révolte de Haçan, Nizhâm-Elmulc Haçan, fils d'Aly, fils d'Ishâk at-Thoûcy, était vizir de Mélic-Châh. Comme grâce à son coup d'œil pénétrant, il apercevait dans la conduite de Haçan Sabbâh et de ses sectateurs des signes précurseurs de discordes pour l'islamisme, et qu'il y voyait des indices de dommages, il faisait des efforts afin de couper la racine de ce désordre, et mettait tous ses soins à équiper et à expédier des troupes pour exterminer les hérétiques. Haçan Sabbâh étendit les rets de la perfidie, si bien qu'il attira tout d'abord dans les lacs d'une mort violente une proie aussi illustre que Nizhâm Elmulc; et, qu'à cause de cette action, sa renommée acquit un grand retentissement. Par les prestiges de la tromperie, les artifices du mensonge, par de fallacieuses accusations et de fausses paroles, il jeta les fondements du pouvoir des fidâïs. Il y avait un homme nommé *Dhâhir Arrâny*, qui *fut privé des biens de ce monde et de l'autre.* (*Coran*, XXII, 11.) Par ce même aveuglement avec lequel il recherchait la félicité de l'autre vie, la nuit du vendredi 12 de ramadhân 485 (16 octobre 1092),

peut lire le récit dans Meïdany (*Arabum proverbia....edidit* Freytag, t. I, p. 433). (Cf. M. Caussin de Perceval, *Essai sur l'hist. des Arabes*, t. II, p. 344; et pour l'application qu'Abd-Allah ibn Abbas en fit à la conduite d'Abd-Allah ibn Zobeïr, envers Hoçaïn, fils d'Aly, le *Mémoire sur la vie d'Abd Allah ben Zobaïr*, par M. Quatremère, p. 46 du tirage à part.) Un autre récit attribue le vers en question à un chef arabe, Coulayb Wâyl, si célèbre par son orgueil. (Voy. le *Commentaire hist.* d'Ibn Bedroun *sur le poëme* d'Ibn Abdoun, *publié* par R. P. A. Dozy, Leyde, 1846, p. 106; Vullers, *Tarafæ Moallaca, cum Zuzenii scholiis*, p. 2 et 3; et le *Hamâça*, édit. Freytag, p. 421.)

aux environs de Néhawend, dans une station que l'on appelle *Sahneh*[1], il se présenta, sous le costume d'un soufi, devant la litière de Nizhâm Elmulc, qui, après avoir rompu le jeûne, se faisait transporter de sa salle de réception à la tente de ses femmes. Il le frappa d'un coup de poignard, et Nizhâm Elmulc mourut de cette blessure. Il fut le premier que tuèrent les fidâïs (sicaires).

A l'époque de son retour d'Égypte, Haçan Sabbâh vint à Ispahan. Le bruit que faisaient ses doctrines, son affiliation à la secte des Bathiniens et les dogmes qu'il prêchait, étaient parvenus à la connaissance des habitants de cette ville. Quelques personnes, possédées d'une vive sollicitude pour l'islamisme, cherchaient Haçan. C'est pourquoi il se cachait. Il se retira à Ispahan dans la maison du reis Abou'l Fadhl, qui avait secrètement embrassé sa doctrine, et il y séjourna pendant quelque temps. Le reïs allait le trouver à chaque instant, et ils se communiquaient leurs chagrins. Un jour qu'ils se plaignaient ensemble de la fortune et du fanatisme religieux du sultan et des grands de son empire, Haçan poussa un soupir et dit : « Hélas ! si deux hommes tels qu'il me les faudrait étaient d'accord avec moi, je mettrais ce royaume sens dessus dessous ». Le reïs Abou'l Fadhl pensa qu'il était survenu à Haçan un accès d'hypocondrie, causé par l'excès de l'inquiétude et de la

[1] On peut voir, sur cette localité, des détails étendus dans une des notes de ma traduction de l'*Histoire des Seldjoukides et des Ismaéliens*, par Hamd-Allah Mustaufi, p. 42-44.

crainte, et par les périlleux voyages qu'il avait entrepris. « S'il en était autrement, se disait-il, comment pourrait-on (se flatter de) mettre sens dessus dessous, avec deux personnes unies par la même volonté, le royaume d'un souverain auquel sont soumises toutes les contrées comprises entre l'Égypte et Cachgar, et sur un signe duquel tant de milliers de fantassins et de cavaliers, réunis sous ses drapeaux, bouleverseraient un monde? » Le reïs était préoccupé de cette pensée درين فكرى پيچيد, et se disait en lui-même : « Haçan n'est pas un vantard ni un menteur; sans aucun doute, il est atteint d'une maladie mentale. » A cause de la bonne opinion qu'il avait de Haçan از روى اعتقاد, il entreprit de guérir son hypocondrie, sans le lui faire voir. En conséquence, il prépara des boissons parfumées (littéralement ambrées) et des aliments fortifiants pour le corps, rafraîchissants pour le cerveau, qui conviennent aux personnes atteintes d'une pareille maladie. Il les lui portait au temps où il avait coutume de prendre de la boisson et des aliments. Dès que Haçan Sabbâh vit cette espèce de potion et de mets, il découvrit la pensée du reïs Abou'l Fadhl, et prit à l'instant même la résolution de partir. Le reïs eut beau le supplier humblement de rester, il n'y consentit pas. On dit qu'il alla à Kermân.

Enfin, après son retour de cet endroit, il s'établit fortement dans Alamoût et tua Nizhâm-Elmulc par la main des fidâïs. Le sultan Mélic-Châh mourut quarante jours après Nizhâm-Elmulc; son royaume fut troublé et ébranlé, et le désordre se manifesta dans toutes les provinces. A la faveur de cette occasion propice, la puissance de Haçan Sabbâh se fortifia; quiconque éprouvait des craintes pour sa sûreté personnelle se réfugiait près de lui.

Le reïs Abou'l Fadhl, ayant cherché une occasion favorable, se rendit à Alamoût et se mit au nombre des partisans de Haçan. Celui-ci se tourna un jour vers lui et lui dit : « As-tu reconnu si la folie était de mon côté ou du tien? Tu as vu que, quand j'ai eu trouvé deux amis dévoués, j'ai mis mes paroles à exécution, et j'ai prouvé la vérité de mes prétentions. » Le reïs Abou'l Fadhl tomba à ses pieds et lui demanda pardon.

Quelque temps après la mort de Nizhâm-Elmulc, et dans deux circonstances différentes, les Ismaéliens frappèrent ses deux fils à coups de poignard. L'un d'eux, que l'on appelait *Ahmed*[1], fut atteint de para-

[1] Dhia Elmulc Abou Nasr-Ahmed, appelé aussi *Nizhâm-Eddîn*, était visir du sultan Mohammed. Au mois de moharrem 503 (août 1109), ce prince le fit marcher contre le château d'Alamoût. Ahmed en fit le siége; mais, l'hiver étant survenu, il dut s'en retourner sans avoir atteint son but. Puis, dans le mois de rébi second (novembre 1109), il accompagna son maître à Bagdad. Pendant son séjour en cette ville, il se dirigea, dans une barque في سمارية, vers une des principales mosquées; les Bathiniens fondirent sur lui et le frappèrent de leurs poignards. Il fut blessé au cou et resta malade quelque temps, après quoi il guérit. Le Bathinien qui l'avait blessé fut arrêté, et on lui fit boire du vin jusqu'à ce qu'il fût ivre. Alors on l'interrogea touchant ses compagnons. Il dénonça une troupe d'individus qui se trouvaient dans la mosquée de Mamoun. Ces gens furent pris et tués en même temps que l'assassin. (Voy. Ibn Alathir, ms. de C. P. V, fol. 139 v°, ou ms. de l'Institut, p. 216; Ibn Djouzy, ms. 641, fol. 264 r°; Bou-

lysie à Bagdad; quant à Fakhr-Elmulc, ils le poignardèrent à Nichâpoûr[1].

Par la suite, Haçan tua coup sur coup, au moyen des ruses des fidâïs, les généraux d'armée et les per-

dary, fol. 67 r°.) Ahmed devint dans la suite (chaba'n 516 = octobre 1122) visir du calife Moustarchid. (Ibn-Alathir, ms. de l'Institut, p. 355; Elfachri, p. 353.)

[1] Fakhr-Elmulc Abou'l Modhaffer Aly, fils aîné de Nizhâm-Elmulc, fut d'abord vizir du sultan Barkiarok, en l'année 488 = 1095 de J. C. puis du sultan Sindjar. D'après Ibn-Alathir (ms. de C. P. T. V, fol. 133 r°; ms. de la bibliothèque de l'Institut, p. 152), il fut tué le 10 de moharrem 500 (11 septembre 1106). Il avait jeûné ce jour-là en l'honneur de l'anniversaire de la mort de Houçaïn, fils d'Aly, et avait dit à ses officiers: «J'ai vu en songe, cette nuit, Houçaïn, qui me disait: «Empresse-toi de venir nous rejoindre, tu rompras le jeûne auprès de nous.» Ma pensée est tout occupée de cela; il n'y a pas de refuge contre la prédestination divine.» On lui dit: «Dieu te fera vivre. Il convient que tu ne sortes de ta maison ni aujourd'hui ni la nuit prochaine.» Il passa cette journée occupé à prier et à lire le Coran, et distribua en aumônes une somme considérable. Au moment de l'*asr* (de trois à quatre heures de l'après-midi), il sortit de la maison où il se trouvait, voulant passer dans celle de ses femmes. Il entendit les lamentations d'un homme qui se plaignait vivement. «Les vrais musulmans, disait-il, ont disparu; il n'est resté personne capable de faire cesser l'injustice ou de prendre la main de l'homme affligé.» Fakhr-Elmulc, touché de compassion, le fit approcher et lui dit: «Quelle est ta situation?» Cet homme lui remit un placet, et tandis que le vizir l'examinait, il le frappa d'un couteau et le tua. Le Bathinien fut conduit au sultan Sindjar, qui lui arracha des aveux. Ce misérable dénonça faussement plusieurs des officiers du sultan, et dit: «Ils m'ont aposté pour le tuer;» car il voulait assassiner par sa main et par ses dénonciations calomnieuses, وأراد ان يقتل بيده وسعايته. Ceux qu'il avait accusés à tort furent mis à mort, et le Bathinien fut tué après eux. Fakhr-Elmulc était âgé de trente-six ans.» (Cf. Bondari, *Hist. des Seldjoukides*, ms. arabe de la Bibl. imp. n° 767 A, fol. 181 v°, 182 r°; Abou'l Méhaçin, *Nodjoum*, ms. 640, fol. 183 r°.)

sonnages connus. Il faisait périr par adresse tous ceux qui montraient de la partialité contre lui. La transcription des noms de ses victimes serait une cause de prolixité. A raison de cette conduite de Haçan, les princes des diverses contrées, au loin comme dans son voisinage, souffraient également de son amitié et de sa haine, et tombaient dans le précipice de la mort; ses amis, parce que les souverains musulmans les punissaient et les exterminaient, et pratiquaient à leur égard la maxime. « Qu'il soit frustré des biens du monde et de ceux de l'autre vie. » Quant à ses adversaires, ils tournaient sans cesse dans la prison (littéralement la cage) de la vigilance et des précautions contre ses ruses et sa perfidie, et la plupart étaient tués.

Lorsque la guerre s'engagea entre Barkiarok et son frère Mohammed, tous deux fils du sultan Mélic-Châh, et que le trouble et le désordre se déclarèrent dans l'empire, le reïs Mozhaffer, qui était gouverneur de Daméghân, poussa son maître (littéralement celui qui l'avait nommé son lieutenant مُنَوِّب خويش), l'émir Dâd Habéchy, à demander au sultan Barkiarok le château fort de Kerdcoûh. Le sultan accueillit sa demande. Le reïs Mozhaffer se rendit à Kerdcoûh, en qualité de lieutenant de Habéchy, et dépensa des sommes considérables afin de réparer et de fortifier cette place, où il transporta la totalité des trésors de son maître. Lorsqu'il fut rempli de confiance dans ses trésors et ses approvisionnements, il dévoila le secret de sa croyance en accueillant les prédications du chef de l'hérésie et en embrassant les dogmes de l'impiété. Il passa quarante ans à Kerdcoûh, en qualité de lieutenant de Haçan Sabbâh. Il creusa un puits dans le rocher, au milieu du rempart extérieur de Kerdcoûh, et descendit jusqu'à une profondeur de trois cents mètres; mais, comme il ne rencontra pas l'eau, il abandonna ce travail. Plusieurs années après sa mort, il survint un tremblement de terre, et une source jaillit dans ce puits. Grâce au secours du reïs Mozhaffer, qui était *pour lui* une digue insurmontable et un mur élevé, la puissance et la doctrine de Haçan prirent de l'accroissement. Dans la suite, il envoya contre le château de Lemser[1], qui était également situé dans le Roûdbâr d'Alamoût, et dont les habitants n'accueillaient pas sa doctrine, un de ses *refiks* [2], que l'on appelait *Kia-Buzurg-Umîd*, en le faisant accompagner d'un corps de *molhids*. Buzurg-Umîd escalada le château par surprise, dans la nuit du mercredi 20 de dzou'l-ka'deh 495 (5 septembre 1102), et en tua les habitants. Il y séjourna pendant vingt années; et, jusqu'à l'époque où Haçan le manda près de lui, il n'en sortit pas une seule fois.

Haçan Sabbâh avait deux fils, dont l'un était appelé *Ostâd* (maître) Hoçaïn. Dans le château d'Ala-

[1] Sur l'orthographe de ce nom on peut voir une note de ma traduction de l'*Hist. des Seldjoukides*, par Hamd-Allah Mustaufi, p. 120, n. 1.

[2] Ce mot, qui signifie «compagnon,» était, selon Mirkhond, le nom générique de tous les Ismaéliens. (Cf. Quatremère, *Mémoires sur l'Égypte*, t. II, p. 503.)

moût habitait un Alide, que l'on nommait *Zeïd-Haçany*[1]. Cet homme avait secrètement prêché pour son propre compte, et peu s'en était fallu qu'il n'eût mis fin au pouvoir de Haçan. Dans le principe, Hoçaïn Kâïny, qui était le Daï du Kouhistân, périt de la main de Hoçaïn Dunbavendy. Comme on imputa le meurtre de Hoçaïn Kâïny au fils de Haçan Sabbâh, Ostâd-Hoçaïn, Haçan ordonna de mettre à mort son fils, ainsi que Hoçaïn Dunbavendy. Mais une année s'étant écoulée, et Haçan ayant eu connaissance de la vérité, il fit périr l'Alide, avec son fils unique.

Comme Haçan Sabbâh avait élevé les fondements de son pouvoir et de sa réputation sur la piété, l'abstinence, la mise à exécution des commandements et des défenses portées par la loi religieuse, pendant l'espace de trente-cinq ans qu'il habita Alamoût, personne, dans toute l'étendue de sa domination, ne but du vin, ni n'en conserva dans son cellier. Sa sévérité était si grande, qu'un individu ayant joué de la flûte dans le château, il l'expulsa de la place et ne l'y laissa pas rentrer. Haçan avait un second fils, nommé *Mohammed*. On soupçonna ce jeune homme de boire du vin, et son père ordonna de le mettre à mort. Haçan fit périr ses deux fils, afin qu'après sa mort personne ne s'imaginât qu'il avait travaillé dans leur intérêt, ni qu'il l'avait eu en vue.

Ce fut conformément au même principe qu'il pro-

[1] Au lieu de Haçany, les mss. 69 A. F. P. Asselin et celui de Leyde portent حسيني, Hoçaïny.

mulgua une autre loi. En effet, à l'époque du siége (d'Alamoût), il envoya sa femme et ses deux filles à Kerdcoûh, et écrivit ainsi au reïs Mozhaffer : « Comme ces femmes filent dans l'intérêt de la secte, le reïs leur donnera, en retour de leur travail, ce qui leur est strictement nécessaire. » Depuis cette époque, les chefs (*mohtéchim*) des Ismaéliens, pendant la durée de leur commandement, ne gardaient pas de femmes auprès d'eux.

Lorsque le pouvoir de Haçan se fut étendu au loin, le sultan Mohammed, fils de Mélic-Châh, réunit des troupes, afin de le combattre et de l'exterminer. Il envoya à leur tête Nizhâm-Elmulc[1] Ahmed, fils de Nizhâm-Elmulc (le Grand). Les troupes campèrent autour d'Alamoût, combattirent pendant longtemps les sectaires et anéantirent leurs grains. Lorsqu'il ne leur resta plus rien à détruire, elles sortirent du Roûdbâr, et une violente disette se déclara dans les châteaux des Ismaéliens, si bien que ceux-ci furent réduits à se nourrir d'herbes. Pour ce motif, ils envoyaient en tous lieux leurs femmes et leurs enfants. Haçan lui-même envoya sa femme et ses filles à Kerdcoûh. Pendant huit années consécutives[2], les troupes venaient continuellement dans le Roûdbâr, et détruisaient les grains. On se combattait des deux côtés.

Lorsque, enfin, on sut qu'il ne restait plus aux

[1] Lisez Nizhâm-Eddîn, et voyez sur ce personnage une des notes précédentes, p. 179, n. 1.

[2] Sept ou huit années consécutives, هفت هشت سال متواتر, selon le ms. de Leyde.

Ismaéliens ni force, ni provisions, au commencement de l'année 511 (mai 1117), Mohammed nomma chef de ses troupes l'atabec Noûchtéguin Chirguir, et ordonna que l'on assiégeât les forteresses. Au commencement du mois de séfer (4 juin 1117), on forma le siége de Lemser, et le 1 de rébi 1er (13 juillet), celui d'Alamoût. On dressa des mangonneaux et l'on combattit courageusement. Mais dans le mois de dzou'lhiddjeh (avril 1118), au moment où l'on était sur le point de s'emparer des deux forteresses et de délivrer les hommes des dommages qu'elles leur causaient, la nouvelle arriva que le sultan Mohammed venait de mourir à Ispahan. A cause de cet événement, l'armée se dispersa, les Ismaéliens conservèrent leur vie et transportèrent dans leurs châteaux les provisions, les machines de guerre et les armes que les troupes avaient amassées.

Comme toute puissance a son terme et que chaque chose a une fin, dont Dieu, par la perfection de sa science et de son pouvoir, a déterminé de toute éternité le point précis et le moment, tant qu'ils ne sont pas arrivés, par ce seul motif, ils ne peuvent être amenés par la force, les instruments de guerre et les préparatifs. La preuve en est que la conquête des forteresses des Ismaéliens et la destruction de leurs demeures étaient subordonnées à la manifestation de la puissance du souverain du monde, Mangou-Kaân, et confiées à la force et à l'activité de son frère, le roi de l'univers, Holâgou, qui, en réalité, mit sens dessus dessous, en une semaine, toutes leurs demeures et leurs possessions, et accomplit cette parole, « Nous avons fait de sa partie supérieure sa partie inférieure [1], » ainsi que le récit détaillé en sera fait ci-dessous.

L'inimitié du neveu du sultan Sindjar (le sultan *Mahmoud, contre son oncle*) n'était pas propre à remédier aux maux causés par les Mélâhideh, et ils reprirent des forces. Lorsque le pouvoir du sultan Sindjar fut bien établi, il envoya tout d'abord des troupes dans le Kouhistân, afin de réprimer cette secte; pendant des années l'hostilité fut complète. Haçan Sabbâh expédiait des ambassadeurs afin de conclure la paix; mais elle ne lui fut pas accordée. Alors il séduisit par toute espèce d'artifices plusieurs des courtisans du sultan, si bien qu'ils veillaient à ses intérêts auprès de celui-ci تا در پیش سلطان حفظ الغیبی ی کردند [2]. Parmi les serviteurs, il en gagna un au moyen d'une somme considérable, et lui envoya un poignard, que cet individu enfonça en terre devant le trône du sultan, une nuit que le prince s'était endormi ivre. Lorsque Sindjar se réveilla et qu'il vit le couteau, il fut effrayé de cet aspect; mais comme il n'avait de soupçons contre personne, il ordonna de tenir caché cet événement. Haçan Sab-

[1] *Coran*, ch. XI, v. 84; XV, 74.

[2] L'expression حفظ الغیب est ainsi traduite par un lexicographe persan : پاس خاطر غائب داشتن « veiller aux intérêts de l'absent, avoir égard à ses désirs; » ce que M. Vullers a rendu inexactement par : *Vigilantia animi latentis* (*Lexicon persico-latinum*, I, p. 601 A.)

bâh lui envoya un ambassadeur et lui fit dire : « Si mes intentions à l'égard du sultan n'étaient pas bonnes, on aurait enfoncé dans sa tendre poitrine ce poignard que l'on a fixé durant la nuit dans la terre durcie. »

Le sultan conçut de la crainte, et, pour ce motif, il fut disposé à faire la paix avec les Ismaéliens. Le résultat de cette ruse تمويه fut que le sultan s'abstint de les combattre, et leur remit la somme de 3000 dinârs sur le tribut des possessions qui leur appartenaient dans le canton de Kerdcoûh. Il leur fixa le montant du tribut qu'ils pourraient exiger, sous les murs de Kerdcoûh, à titre de droit d'escorte بدرقه, de sorte qu'ils percevaient un léger tribut sur les voyageurs. Ce droit est encore perçu maintenant pour la même raison وتا اكنون آن رسم از آنست. J'ai vu dans leur bibliothèque, parmi les diplômes de Sindjar, quelques diplômes qui avaient été conservés, et qui avaient pour objet de les flatter et de leur prodiguer des éloges. On peut juger, d'après cela, de la connivence du sultan avec eux, et du soin avec lequel il cherchait la tranquillité. En un mot, les Ismaéliens restèrent en repos sous le règne de ce sultan.

Sous le même règne, dans le mois de rébi second 518 (mai-juin 1124), Haçan tomba malade. Il envoya quelqu'un à Lemser, pour mander Buzurg-Umîd. Quand celui-ci fut arrivé, il le déclara son successeur, plaça à sa droite le *dihdâr* Abou-Aly Ardistâny, à qui il confia particulièrement les affaires de la religion et l'administration des finances; à sa gauche, Haçan Adem Kasrâny, et devant lui Kia-bou Djafer, qui était général de l'armée. Puis il leur adressa ses dernières recommandations, leur disant d'agir tous quatre d'un commun accord, jusqu'à l'époque où l'imâm viendrait prendre la conduite de son royaume. La nuit du vendredi 26 de rébi second 518 (12 juin 1124), Haçan partit pour l'enfer[1].

Depuis le jour où Haçan entra dans Alamoût, ainsi qu'il a été raconté plus haut, jusqu'à sa mort, arrivée trente-cinq ans après, il ne descendit jamais de cette forteresse, et ne sortit que deux fois de la maison qu'il habitait; il monta deux fois seulement sur la terrasse de sa maison. Le reste de son temps, il le passa en prières dans cette habitation, et s'occupa à lire, à rédiger l'exposé de sa doctrine et à administrer les affaires de son État. C'est ainsi qu'on raconte d'Assâby[2], qu'au temps où il composait son

[1] D'après Kazouïny, Haçan avait près de lui un enfant, qu'il prétendait être de la postérité de Mohammed, fils d'Ismaïl. « L'imâmat, disait-il, appartenait jadis à son père et maintenant il lui appartient. Les hommes ne peuvent se passer d'un instituteur, et le vôtre est cet enfant : il est obligatoire pour vous de lui obéir. Lorsqu'il sera satisfait de vous, vous serez heureux en ce monde et dans l'autre. Vous n'avez besoin de rien autre chose que d'obéir à l'instituteur. » (*Athâr albilâd*, éd. Wüstenfeld, p. 201.)

[2] Ce nom, qui signifie « le Sabéen, » désigne le célèbre secrétaire de plusieurs princes bouéïhides, Ibrahim, fils de Hilâl. Il était originaire de Harrân (*Charræ*), en Mésopotamie, et mourut dans l'année 384 (994), à l'âge de soixante et onze ans, laissant la réputation d'un habile poëte, d'un prosateur élégant et d'un savant très-versé dans les mathématiques et l'astronomie. (Voy. Abou'lfaradj, *Hist. dynastiarum*, p. 330; Ibn-Khallican, trad. anglaise, t. I, p. 31 et suiv.

livre intitulé *Târîkh-Tadjy*, il répondit à un de ses amis qui l'interrogeait touchant la nature de ses occupations : « Je suis occupé à mettre bout à bout des mensonges, à écrire des faussetés اكاذيبُ الفقها واباطيل الفقها, et à faire un récit de Khorafah, ô Omm Amr ! [1] »

Comme Buzurg-Umîd suivit de nouveau, dans Alamoût, durant l'espace de vingt ans, la même règle de conduite que Haçan Sabbâh, qu'il consolidait l'édifice dont il est question dans ces mots du Coran (ch. IX, v. 110), « sur le bord d'un terrain rongé par les eaux d'un torrent et qui s'éboule ; » et enfin que c'était alors le règne du sultan Sindjar, personne ne faisait d'efforts pour détruire les châteaux et ruiner les demeures des Ismaéliens. A la même époque une guerre éclata entre le prince des croyants Almostarchid-Billah et le sultan seldjoukide Maç'oûd, qui gouvernait l'Irâk, l'Arrân et l'Azerbéidjân, en qualité de lieutenant de son oncle, sultan Sindjar. A

d'Herbelot, *Bibl. orientale*, *verbo* Sabi ; Ibn-Alathir, t. V, fol. 2 r°, l. 3, 22 r°, l. 17 et 32 r°, l. 4 avant la fin ; Abou'lféda, II, 548, 550, 582, 584.) L'ouvrage dont il est question dans le texte du vizir Alâ-Eddin était une histoire de la dynastie des Bouïhides, que Saby composa sur la demande du sultan Adhad-Eddaulah, et à laquelle il donna le titre d'*At-Tarîkh attâdjy*, par allusion au surnom honorifique de *Tadj almillet* « la couronne de la religion, » que portait ce souverain. (Cf. Mirkhond, *Hist. des Bouïhides*, éd. Wilken, p. 30, l. 4 et 5.) Un autre ouvrage de Saby a été décrit par M. Dozy (*Catalogus Codicum orientalium bibl. academiæ Lugduno-Batavæ*, t. I, p. 144-148).

[1] حديث خُرافة يا امّ اعمرو. Ces derniers mots s'emploient proverbialement pour désigner un récit incroyable. (Voy. Meïdany, *Arabum proverbia*, éd. Freytag, t. I, p. 345 ; cf. *ibid.* t. II, p. 716-717.)

cause que dans ce temps-là, à Bagdâd, on mentionnait dans la *khotbah*, après le nom du calife, celui du sultan qui exerçait l'autorité suprême, ainsi que cela avait eu lieu du temps des Boueïhides, on ne faisait pas mention du sultan Maç'oûd sur les chaires des mosquées. En conséquence, le projet d'une expédition contre Bagdâd fut arrêté dans l'esprit de ce sultan. Almostarchid-Billah voulut le prévenir, à la tête d'une armée nombreuse. Lorsqu'il fut arrivé près d'Hamadân, le sultan Maç'oûd vint au-devant de lui, avec une armée. Un détachement des troupes de Bagdâd trahit son maître et se joignit à celles du sultan. Pour ce motif, l'armée du calife fut affaiblie et mise en déroute le jour du combat. Mostarchid-Billah tomba entre les mains du sultan, et on fit prisonniers le vizir et tous les grands de son empire. Mais le sultan Maç'oûd ordonna que son armée ne fît de mal à personne, et qu'elle se contentât de l'argent et du butin *pris sur l'ennemi*. Dans ce combat, il ne périt pas plus de cinq personnes des deux côtés.

Quoique le sultan Maç'oûd eût mis en prison dans un château fort les grands officiers du calife, il s'engagea à traiter ce prince avec respect et l'accompagna jusqu'à Mérâgha, où il envoya quelqu'un pour annoncer cette circonstance. Par hasard, dans ces jours-là, des tremblements de terre et des orages se succédèrent coup sur coup, et de grands vents jetèrent le monde dans le trouble. Tous les hommes attribuaient ces phénomènes à la captivité du calife.

Le sultan Sindjar envoya des ambassadeurs et écrivit à sultan Maç'oûd une lettre ainsi conçue : « Aussitôt que mon fils Ghiyâth-Eddîn Maç'oûd aura pris connaissance de ce rescrit, il se transportera près du prince des croyants, et après avoir baisé la poussière de la salle d'audience, asile du monde, il implorera son pardon pour les fautes et les péchés que son malheur lui a fait commettre. Il saura que je regarde les coups de tonnerre répétés et les grands vents, que personne de ce temps-ci n'avait encore vus, et qui ont eu lieu depuis vingt jours, comme amenés par cet événement. Je crains que les soldats et les autres individus ne soient troublés par ces phénomènes. Je prie Dieu que Maç'oûd regarde comme une obligation essentielle de remédier à cela الله الله تلافى اين كار واجب داند. » On peut conjecturer, d'après cela, jusqu'où allaient la crainte de Dieu et la pureté de la foi chez sultan Sindjar.

Le sultan Maç'oûd, afin de se conformer à l'ordre de son oncle, se rendit à la résidence du prince des croyants ; et, après lui avoir fait ses excuses, lui avoir demandé pardon, avoir confessé ses péchés, il implora l'absolution ; puis il porta la housse du cheval (*gâchiah*) du prince des croyants comme un signe de bonheur et de bénédiction, et il marcha à pied devant sa monture, jusqu'au pavillon qu'il lui avait fait dresser. Lorsque le calife fut assis sur son trône, le sultan se tint debout à la place des chambellans et des *naïbs* « lieutenants. » Sindjar lui envoya une seconde fois un ambassadeur, porteur de ce message :

« Vraisemblablement le prince des croyants pense à repartir pour Bagdâd; que Maç'oûd fasse pour ce voyage les préparatifs et les dispositions convenables pour un si grand prince. » L'ambassadeur du sultan Sindjar, qui était le plus puissant de tous ses favoris, députa un homme de confiance au sultan Maç'oûd pour le prévenir de cet ordre. Le sultan monta à cheval, afin d'aller au-devant de l'ambassadeur. Une troupe de maudits *fidâïs* « sicaires » et *molhids* remarquèrent l'occasion favorable que leur offrait l'absence de l'armée; ils s'introduisirent à l'improviste dans la salle d'audience, et poignardèrent le calife, le 17 dzo'ulka'deh 529 (29 août 1135). Le sultan Maç'oûd témoigna de l'affliction, et fit célébrer des funérailles magnifiques et dignes des deux parties. On ensevelit le calife dans la ville de Méragha.

Une troupe d'hommes peu clairvoyants et mal intentionnés pour le sultan Sindjar lui imputaient cet assassinat; mais *conformément à cette parole* [1], « Les astrologues en ont menti, j'en jure par le maître de la Ca'abah, » les bonnes intentions du sultan Sindjar et la fermeté de son esprit, lorsqu'il s'agissait de suivre et d'affermir la religion orthodoxe et la loi divine, et de respecter les ordres émanés de Bagdâd, selon ce qu'exigeaient la clémence et la miséricorde در ضمن شفقت ورافت, sont trop évidentes pour que l'on puisse accuser, par de semblables

[1] C'est un *hadis* ou dit prophétique attribué à Mahomet. (Cf. une note de ma traduction de l'*Histoire des Seldjoukides*, par Hamd-Allah Mustaufi, p. 104, n. 1.)

mensonges et de pareilles faussetés, ce prince, qui était la source de toute bonté. Mais nous voilà arrivés à la fin de cette digression motivée par la sentence « Les paroles s'entraînent les unes les autres. »
والكلام يجر بعضه بعضا

Buzurg-Umîd, plongé dans son erreur, resta assis sur le trône de l'ignorance, jusqu'à ce que, le 26 de djomâda premier de l'année 532 (11 mars 1138), il fût foulé aux pieds par la mort, et que son corps servît d'aliment au feu de l'enfer. ودوزخ از حطب جثّهٔ او گرم گشت. Son fils Mohammed, que trois jours avant de mourir il avait institué son successeur, suivit son exemple, conformément à cette phrase : « Nous avons trouvé nos pères professant une religion [1]. » De même que le règne malheureux de son père avait fini par le meurtre de Mostarchid, le sien débuta d'une manière non moins blâmable par l'assassinat du fils de Mostarchid, Arrâchid-Billah. Voici quel fut le motif de ce meurtre : lorsque Râchid monta sur le trône califal, quelques personnes furent disposées à le détrôner; d'autres, au contraire, persévérèrent dans le serment qu'elles lui avaient prêté. Après que le sultan Maç'oûd lui eut livré plusieurs combats, il partit de Bagdâd, dans l'intention de marcher contre les Ismaéliens et de venger la mort de son père. Il tomba malade en chemin, et arriva à Ispahan encore souffrant. De misérables fidâïs s'introduisirent inopinément dans sa salle d'au-

[1] *Coran*, c. XLIII, v. 21.

dience et le frappèrent de leurs poignards. On l'ensevelit dans le même endroit. A partir de cette époque, les califes abbassides se tinrent cachés, et se dérobèrent à la vue de leurs sujets.

Mohammed, fils de Buzurg-Umîd, faisait tous ses efforts afin de se conformer à la doctrine de Haçan Sabbâh et de son père, et d'en consolider les fondements; mais il suivait leur conduite apparente, en faisant exécuter les règles de l'islamisme, et en observant la loi religieuse. Enfin il mourut le 3 de rébi' premier 557 (20 février 1162) et fut réuni à ces hommes, très-malheureux dans leur conduite, dont les efforts ont été mal dirigés en ce monde, quoiqu'ils s'imaginassent qu'ils se conduisaient très-bien[1].

RÉCIT DE LA NAISSANCE DE HAÇAN, FILS DE MOHAMMED FILS DE BUZURG-UMÎD.

Sa naissance eut lieu dans l'année 520 (1125). Lorsqu'il approcha de l'âge de puberté, il conçut le désir d'acquérir de la science, et d'examiner les dogmes de la doctrine de Haçan Sabbâh et de ses propres ancêtres. Il rechercha avec soin les opinions religieuses de la secte de Haçan Sabbâh, ainsi que leurs preuves, et excella bientôt dans leur exposition. Comme il avait mêlé cette sorte de doctrine avec les sermons et les maximes نكت des soufis, qu'il avait répandu parmi les dogmes des Ismaéliens, ses propres

[1] *Coran*, c. XVII, v. 103, 104.

leçons, en ce qu'elles avaient de bon ou de mauvais بغثّ وسمين, il tenait continuellement, du vivant de son père Mohammed, des discours erronés, qu'à première vue les hommes du commun écoutaient avec admiration, et il prêchait avec succès cette doctrine. Il égarait davantage ce peuple par sa douceur et son éloquence. Comme son père était dépourvu de ces qualités, le jeune prince, au moyen de ces artifices et de ces fausses apparences, semblait à côté de lui un savant de premier ordre. Pour ce motif l'erreur des ignorants augmentait, et les gens du peuple étaient disposés à lui obéir. Comme ils n'avaient pas entendu tenir par son père de semblables discours, ils soupçonnaient que Haçan, fils de Mohammed, était l'imâm prédit par Haçan-ibn-Sabbâh, et leurs bonnes dispositions à son égard s'en trouvaient accrues. Aussi cherchaient-ils à se prévenir les uns les autres dans les soumissions qu'ils lui rendaient.

Lorsque son père Mohammed apprit cela, il comprit quelles étaient les opinions secrètes des hommes. Il fut affermi par là dans la pratique de l'exemple que lui avaient laissé son père et Haçan, de prêcher en faveur de l'imâm, et d'afficher les livrées de l'islamisme اظهار شعار اسلام, et il reconnut que la doctrine de son fils était contraire à l'observation de cette conduite. Aussi désapprouva-t-il énergiquement le jeune prince. Il rassembla ses sujets et leur dit : « Haçan, que voici, est mon fils, et je ne suis pas l'imâm, mais un de ses *daïs*. Quiconque n'écoutera pas et ne croira pas ce que je dis est un infidèle et un impie. » Pour ce motif, il châtiait par toutes sortes d'avanies et de tourments les individus qui avaient cru à l'imâmat de son fils. En une seule fois il en fit périr deux cent cinquante à Alamoût, et il chassa de la forteresse deux cent cinquante autres personnes qui étaient accusées de la même erreur. Les partisans du jeune prince furent contenus et intimidés par ces châtiments. Haçan lui-même redouta les suites[1] de sa conduite; il craignit son père et rédigea des écrits pour se justifier des imputations dont il était l'objet, et s'excuser de professer cette doctrine. Il maudit les gens qui avaient de pareilles opinions, et déploya tous ses efforts pour faire cesser ces discours, affermir et corroborer la doctrine de son père. Enfin, il rédigea des traités qui sont encore connus parmi ces sectaires. Mais il se livrait secrètement à la boisson. Son père eut quelque connaissance de ses excès, et fit les plus grands efforts pour en acquérir la certitude. Haçan employait les ruses les plus déliées pour se justifier de ces soupçons, et il y réussit au point qu'ils sortirent de l'esprit de son père. Leurs sectateurs impies et déshonnêtes, qui étaient sur le point d'abroger les signes distinctifs de la loi, regardaient les actions illicites et l'usage du vin comme un indice de l'apparition de l'imâm prédit. De sorte que quand Haçan fut devenu le successeur de son père, ses parti-

[1] ابن تبعة. Il faut aussi lire تبعت, au lieu de بيعت, dans Mirkhond. (*Notices et extraits des manuscrits*, p. 224, l. 3.)

sans et ses sectateurs lui témoignèrent un plus grand respect et lui montrèrent la vénération la plus excessive, à cause de la bonne opinion qu'ils avaient de lui, et parce qu'ils le regardaient comme un imâm.

De son côté, lorsqu'il se vit maître d'un pouvoir absolu, il n'employa ni réprimandes, ni châtiments contre ses sujets pour les punir de débiter ces mensonges. Bien plus, dans les premiers temps qui suivirent son avénement, il permettait constamment de détruire et d'abroger les prescriptions de la loi et les règles fondamentales de l'islamisme, auxquelles les Ismaéliens se conformaient depuis le temps de Haçan Sabbâh, ou bien il les altérait. Dans le mois de ramadhân 559 (juillet-août 1164), il ordonna de construire une chaire dans un hippodrome situé sous les murs d'Alamoût, mais de manière qu'elle fût placée vis-à-vis de la *Kiblah*, contrairement à la règle qu'observent les musulmans[1]. Lorsque le 17 de ramadhân fut arrivé (8 août 1164), Haçan ordonna aux habitants de ses États, que l'on avait mandés à Alamoût vers la même époque, de se rassembler dans cet hippodrome. On dressa aux quatre angles de la chaire quatre grands étendards, de quatre couleurs différentes, blanc, rouge, vert et jaune, que l'on avait préparés pour la circonstance.

[1] En effet, ainsi que nous l'apprend Mouradgea d'Ohsson, le *minber* (la chaire) est toujours placé à la gauche de l'autel ou *mihrâb*, qui est lui-même tourné du côté de la *kiblah*, ou direction de la Mecque. (*Tableau de l'empire ottoman*, éd. in-8°, t. III, p. 70; cf. *ibid.* p. 93, 94.)

Cela fait, Haçan monta en chaire et raconta à ces êtres égarés et misérables qui, par l'effet de ses suggestions et de ses tromperies, étaient entraînés vers leur perte, *il leur raconta, dis-je*, qu'il lui était arrivé secrètement un message de la part de son méprisable maître, c'est-à-dire l'imâm imaginaire, et qu'il lui avait apporté un sermon et un rescrit de celui-ci, dont l'objet était d'exposer les dogmes de leur détestable croyance. Du haut du *minber*, ainsi changé de place, il prononça un discours roulant sur sa doctrine fausse et injuste. Voici quel en était le sens : Leur imâm a ouvert sur leurs ancêtres et sur eux-mêmes les portes de sa miséricorde et de sa commisération, et leur a envoyé son pardon. Il les a nommés ses serviteurs, ses élus, les a dispensés des obligations pénibles de la loi et les a fait parvenir à la résurrection. Alors il lut un discours en langue arabe, lequel, outre qu'il se composait pour le fond de mensonges, de faussetés et d'un tissu de tromperies, était pour la plus grande partie, quant à la forme, un amas d'erreurs, de méprises, de bévues honteuses et de termes obscurs, en prétendant que c'était la doctrine ignorée de leur imâm perdu. Il avait posté sur les degrés de la chaire un des ignorants égarés, un de ses méprisables sectateurs, qui connaissait la langue arabe[1]. Cet homme traduisait aux assistants et leur expliquait, en langue persane, ces contes dignes de réprobation et ces paroles blâmables. Voici quel était le contenu de ce discours :

[1] كه بر عربيت وقوفى داشت.

« Haçan, fils de Mohammed, fils de Buzurg-Umîd, est notre calife, notre docteur (*hoddjet*) et notre missionnaire. Que nos partisans lui soient soumis et lui obéissent dans les choses spirituelles et dans celles qui concernent le monde; qu'ils considèrent ses ordres comme péremptoires, qu'ils regardent sa parole comme la nôtre. Qu'ils sachent donc que notre maître a eu pitié d'eux, qu'il les a mandés dans sa miséricorde et les a fait parvenir à Dieu. »

Il débita ainsi des mensonges, des tromperies, et les turpitudes de l'athéisme زندقة, qui étaient tout à la fois inconnues de la loi et désapprouvées par l'intelligence. Enfin, après avoir prononcé ce froid discours et débité ces choses sans réalité, il descendit de la chaire, et s'acquitta des deux génuflexions de la prière de la fête de la rupture du jeûne. Après quoi il fit dresser des tables, et convoqua son peuple, afin qu'il rompît le jeûne; ce qui fut fait, en présence des joueurs d'instruments, avec de grandes marques de joie et d'allégresse, ainsi que c'est la coutume dans les jours de fête. Haçan dit : « C'est aujourd'hui la fête de la rupture du jeûne. » Depuis cette époque, les *Mélahideh* appelaient le 17 de ramadhân la fête de la résurrection [1]; la plupart d'entre eux se livraient avidement en ce jour à la boisson et s'adonnaient publiquement au jeu et aux distrac-

[1] « Dans le style des Bathéniens et des Druzes, la résurrection signifie le jour de la manifestation de l'imâm et de sa doctrine, du triomphe de sa religion et de l'abolition de toute autre secte. » (S. de Sacy, *Notices et extraits des manuscrits*, t. IX, p. 166, n. 2; cf. le baron d'Ohsson, *Hist. des Mongols*, t. III, p. 167.)

tions. Par ces excès et ces turpitudes, la plupart de ces ignorants et de ces malheureux voulaient mortifier et contrarier les musulmans, qui étaient éprouvés parmi eux jusqu'à la mort.

Vers (arabe). — Nous ne sommes pas des leurs pour vivre parmi eux; mais ces gens-là sont une mine d'or et de sable[1].

Haçan, cet homme de mœurs honteuses, qui aurait égaré la prudence elle-même, au milieu de son discours déjà cité, a prétendu qu'il était un docteur (littéralement une preuve, un argument, *hoddjet*) et un missionnaire envoyé par l'imâm, c'est-à-dire son suppléant et son lieutenant unique; mais, en réalité, il était le fils de Mohammèd, fils de Buzurg-Umîd, car sur la porte de ses châteaux forts et de ses citadelles, dans les inscriptions murales et le protocole de ses lettres, il écrivait, en parlant de lui : « Haçan, fils de Mohammed, fils de Buzurg-Umîd. » Mais, par la suite, conformément aux autres discours et aux autres actions de ces ignorants égarés, qui étaient autant de prestiges et de faussetés, ainsi qu'il est dit dans un proverbe très-répandu : « il but secrètement (le lait) en paraissant ne boire que l'écume[2] »; par la suite, dis-je, dans les écrits sans fon-

وما انا منهم بالعيش فيهم
ولكنهم معدن الذهب والرغام

[2] يُسِرُّ حَسْوًا فى ارْتِغاء. Ce proverbe est rapporté par Meïdâny, éd. Freytag, II, 914.

dement qu'il composait et dans l'exposition de sa doctrine impure, tantôt d'une manière claire, et tantôt en usant d'allusions, il prétendait être en réalité imâm et fils d'imâm, descendant de Nizar, fils de Mostancir, quoique en apparence on le regardât comme le fils de Mohammed-ben-Buzurg-Umîd. C'est ainsi qu'il a fait ce récit sans aucun déguisement, à l'époque où il envoya dans le Kouhistân la copie du discours qu'il avait prononcé pour exposer ses prétentions à l'imâmat; discours que les Ismaéliens appellent le *sermon de la résurrection*, car il voulut ainsi publier dans ce pays cette turpitude.

Voici de quelle manière la chose se passa : il envoya, par l'entremise d'une personne nommée *Mohammed Khakâny*, au gouverneur du Kouhistân, qui était son vice-roi dans cette province, et que l'on appelait *le reïs Mozhaffer*, le sermon, le diplôme et l'écrit dont il a été fait mention ci-dessus, afin qu'il en donnât lecture aux habitants. Il leur fit débiter par cet individu un message qui s'accordait avec le contenu de ces mensonges. Le 28 de dzou'lka'deh 559 (17 octobre 1164), le reïs Mozhaffer fit dresser dans un château, qui était le berceau de leur impiété et de leur hérésie, et qu'ils appelaient *Moumin-Abâd* (le séjour du vrai croyant), un *minber* détourné de la direction du bonheur et dirigé du côté du mal, ainsi que son imâm, couvert de honte, en avait élevé un à Alamoût. Il y monta et lut le sermon, le rescrit et le discours qu'on lui avait envoyés. Mohammed Khakâny monta sur le second échelon de la chaire, et débita, au nom de Haçan اززبان حسن, un message ainsi conçu :

« Jadis Mostansir avait envoyé à Alamoût un message portant ceci : « Dieu a constamment un « lieutenant parmi les hommes, et ce lieutenant a « lui-même un lieutenant. Aujourd'hui c'est moi qui « suis le lieutenant de Dieu, et Haçan ibn Sabbâh est « mon lieutenant. Si l'on exécute ses ordres et qu'on « lui obéisse, on aura exécuté mes ordres, à moi qui « suis Mostansir. » Aujourd'hui, moi, Haçan, je dis que je suis le lieutenant de Dieu sur la terre, et mon lieutenant est ce reïs Mozhaffer. Il faut qu'on lui obéissse et qu'on regarde ce qu'il dira comme autant d'articles de foi. »

Ce même jour où la divulgation de ces tromperies et l'exposition de ces méfaits eut lieu dans le séjour d'impies de Moumin-Abâd, au pied de cette chaire et en face de cette assemblée, les musiciens jouèrent de leurs instruments, et l'on but du vin publiquement. Ces obscurs ignorants et ces misérables menteurs ont deux versions, ou plutôt deux contes étranges, touchant la naissance prétendue et la fausse descendance du maudit Haçan, d'un imâm prédestiné de Dieu même, et qu'ils ont prétendu, par un récit généralement rejeté, être au nombre des enfants de Nizar. Ce qui est fondé sur l'impossible est lui-même impossible.

La version la plus connue, qui jouit de la plus grande confiance, est celle d'après laquelle ils ne se sont fait aucun scrupule et n'ont pas craint de lui attribuer une naissance adultérine اطلاق ولد الزنا car ils disent unanimement qu'un Égyptien, que l'on appelait *le kâdhi Abou'lhaçan Sa'ïdy,* et qui avait été l'un des familiers et des affidés de Mostansir, vint trouver Haçan ibn-Sabbâh à Alamoût, dans l'année 488 (1095), c'est-à-dire un an après la mort de Mostansir, et séjourna six mois en cet endroit. Dans le mois de rédjeb de la même année (juillet 1095), il retourna en Égypte. Haçan ibn-Sabbâh avait fait les recommandations les plus expresses de traiter cet homme avec respect et considération, et lui-même s'était efforcé de son mieux d'agir ainsi. Cet Égyptien avait amené à Alamoût, sous un déguisement et en l'entourant des voiles du mystère, un petit-fils de ce Nizâr, qui était au nombre de leurs imâms, et il n'avait confié ce secret qu'à Haçan-ibn-Sabbâh. On avait fait habiter à cet enfant un village situé sur la lisière du mont d'Alamoût. Conformément à la décision de l'Éternel, d'après laquelle il fallait que le siége de l'imâmat fût transféré de l'Égypte dans le pays de Deïlem, et que la manifestation de cette turpitude, qu'ils appellent la *doctrine de la résurrection*, eût lieu dans Alamoût, ce même individu qui était arrivé d'Égypte, ou son fils, dont la naissance aurait eu lieu dans les environs d'Alamoût (car on n'est pas exactement instruit de la vérité), eut commerce avec la femme de Mohammed, fils de Buzurg-Umîd, de sorte que cette femme devint enceinte de Haçan, des œuvres de l'imâm. Lorsque la naissance maudite de Haçan eut lieu dans la maison de Mohammed ben Buzurg-Umîd, Mohammed, comme ses sectateurs, s'imagina que l'enfant était son fils. Mais Haçan était imâm et fils d'imâm. L'opinion célèbre à laquelle tous les Ismaéliens s'attachent, et qui est à leurs yeux la plus véritable et la meilleure, est celle-là, qui est fondée sur toute espèce de dommages et d'ignominies. La première consistait à dire qu'un enfant, qu'ils reconnaissaient pour leur imâm, était le produit de l'adultère, de sorte qu'un poëte a dit :

Vers (arabe). — Lorsque l'œil est réjoui par la vue d'un fils de l'adultère, et lorsque les qualités des esclaves sont bonnes[1].....

La seconde ignominie consiste en ce que l'état de sa méprisable généalogie, telle que ses sectateurs l'ont établie, est contraire à cette tradition du Prophète : « l'enfant doit provenir d'un mariage légitime, l'adultère doit périr par la lapidation[2]. » Le Prophète de Dieu a dit vrai. « Or certes que la vérité est ce qu'a dit Hadâm[3]. »

Enfin la troisième turpitude des Ismaéliens, qui

[1] فمتى تقرّ العين من ولد الزنا
ومتى يطيب شمايل الاوغاد

[2] الولد للفراش والعاهر للحجر. Cette parole de Mahomet est aussi rapportée dans le *Fakhri*, édit. Ahlwardt, p. 135, l. 1re.

[3] وانّ القول ما قالت حدام. Pour l'orthographe du mot Hadâm, j'ai suivi le ms. de Leyde. Au lieu de Hadâm, les autres portent خذام Khadâm. Dans un passage de Motharrizy, publié par S. de Sacy (*Anthologie grammaticale arabe*, p. 97, l. 6), et où ce proverbe se trouve

est leur condamnation suprême et la cause de leur châtiment et de leur infortune dans l'autre vie consiste en ce que, pour confirmer ce récit controuvé, ils ont allégué l'exemple des prophètes envoyés de Dieu et ont attribué ces fausses circonstances à de saints prophètes, en disant : « Cette origine est semblable à celle de la victime de Dieu ذبيح الله Ismaël, fils de l'ami de Dieu, Abraham, qui, en réalité, était fils du roi Melic-Esselâm, dont il est fait mention dans le Pentateuque sous le nom de *Melchisédec* ملخيزداق, ainsi que nous l'avons dit dans les préliminaires de cet écrit[1]. A en croire cette secte égarée, tous ces personnages auraient été leurs imâms; mais en apparence on regarda Ismaël comme le fils d'Abraham. Au moyen de cette prétention, Ismaël est à leurs yeux un imâm et Abraham n'en est pas un.

La seconde version, qui était adoptée par les enfants et les proches de Buzurg-Umîd, je veux dire ses familiers et les habitants des environs d'Alamoût,

cité, on lit جذام, *Djodhâm*. Meïdany, qui a rapporté incidemment cette locution proverbiale, a lu Hadhâm حذام (éd. Freytag, t. I, p. 321). Dans la préface de l'*Anwâri Soheïly* (éd. du lieutenant-colonel Ouseley, p. 8, l. 5), où cet hémistiche se trouve aussi transcrit, on lit également حذام. (Cf. les *Notices et extraits des manuscrits*, t. X, 1re partie, p. 97 et 99 note, où S. de Sacy a lu *Khadhâm*, et la traduction anglaise de l'*Anwari Soheïly*, par M. Eastwick (p. 8), où l'on trouve une note ainsi conçue : « I am ashamed to say I can throw no light on this dictum of Hazam. ») Au lieu de *Hadâm*, il serait plus régulier de prononcer *Hadami*. (Voy. *A grammar of the arabic language, translated of the german of Caspari*, by W. Wright, t. I, p. 199.)

[1] Cf. le numéro de septembre-octobre 1856, p. 365, 366.

est ainsi conçue. Il naquit un fils dans Alamoût à Mohammed, fils de Buzurg-Umîd; le même jour cet Haçan naquit, dans le village placé sous les murs d'Alamoût, de la femme de l'imâm ignoré, et dont on ne soupçonnait pas l'existence. Au bout de trois jours, une femme monta au château d'Alamoût et pénétra dans la maison de Mohammed, fils de Buzurg-Umîd. Plusieurs personnes virent que cette femme tenait quelque chose sous son voile, et qu'elle s'asseyait dans le même endroit où l'on avait fait coucher le fils de Mohammed-ben-Buzurg-Umîd. En ce moment, par un décret de la sagesse divine, il n'y avait personne en cet endroit. Elle mit en place du fils de Mohammed cet Haçan, qui était fils de l'imâm, prit sous son voile l'enfant de Mohammed et l'emporta. Cette version est en quelque sorte plus honteuse que la première, puisqu'elle consiste à prétendre qu'une femme étrangère s'introduit dans le palais d'un souverain pendant qu'il n'y a personne autour de l'enfant de ce souverain, si bien qu'elle met un enfant étranger en la place du petit prince, et qu'elle emporte celui-ci, sans que personne en ait connaissance. Dans la suite ni le père, ni la mère, ni les nourrices, ni les esclaves, ni les serviteurs, personne enfin ne remarque de différence extérieure entre l'enfant étranger et leur propre enfant. Sans aucun doute un pareil récit est une lutte contre le bon sens, une accusation de mensonge contre Haçan et une révolte contre la loi (*eurf*) et la coutume.

Afin de confirmer ce récit, on rapporte, d'après Mohammed, fils de ce Haçan, qu'il dit un jour : « Le récit d'après lequel l'imâmat passa de Mohammed, fils de Buzurg-Umîd, à Haçan, est comme le caractère prophétique qu'Ismaël tint d'Abraham. La différence consiste seulement en ce qu'Abraham savait qu'Ismaël était le fils de l'imâm et non le sien; car alors le changement des deux enfants eut lieu à la connaissance et avec le consentement d'Abraham, et ce secret ne lui fut point caché. Ici, au contraire, Mohammed, fils de Buzurg-Umîd, a ignoré ce mystère et a regardé comme son fils Haçan, qui était l'imâm. Les partisans de la première opinion et du récit précédent disent que Mohammed, fils de Buzurg-Umîd, après la naissance de l'enfant, fut instruit que cet enfant ne lui appartenait pas, پسر نیست او ازآن, et que cet individu, dont une troupe de gens égarés regardaient l'imâmat comme un article de foi, avait eu commerce avec sa femme. Mohammed fit périr secrètement cet individu. En conséquence, d'après cette opinion, Mohammed, fils de Buzurg-Umîd, tua l'imâm. Il faut ajouter ce que nous avons rapporté, à savoir, qu'il montra de le sévérité et de la vigueur pour faire observer les règles de l'islamisme et respecter les fondements de la loi, d'après la doctrine de Haçan-ibn-Sabbâh, laquelle n'est, en réalité, que le comble du déshonneur. Aussi la plupart des Ismaéliens le maudissent-ils, et ne croient pas permis de visiter le tombeau qu'il s'est élevé à côté de ceux de Haçan-ibn-Sabbâh de Buzurg-Umîd, et du dihdâr Abou-Aly-Ardistani. D'un autre côté, l'universalité des *Mélâhideh* s'est divisée en deux partis pour ce qui regarde le nombre des générations qui séparent ce Haçan de Nizâr. Une des deux troupes a prétendu qu'il y avait eu entre eux trois degrés, dont il faut désigner les représentants par le titre d'imâm; car, disent-ils, leur nom n'est pas connu. Mais en réalité, ainsi qu'on le dit proverbialement, chacun d'eux n'est qu'un nom, sans personne qui le porte هريك اسم بغير مسمّى. Voilà comment on rapporte leurs noms : Haçan, fils d'*Alkâhir-bikouvveti'llahi*, fils d'*Almohtady*, fils d'*Alhâdy*, fils d'*Almosthafa-Nizâr*, fils d'*Almostansir*. L'autre troupe prétend qu'ils n'étaient séparés que par deux générations, car Alkâhir Bikouvveti'llahi était le propre surnom de ce Haçan. Voici de quel[illegible] sorte ils exposent sa généalogie : Haçan, fils d'[illegible]mohtady, fils de Hâdy, fils de Nizâr. Parmi les [illegible]lâhideh, ce Haçan était connu par le nom d'*A[illegible]crihi 'sselâm*. La première origine de l'attribution de ce surnom à cette personne est un vœu que ses sectateurs prononçaient entre eux de son vivant. Par la suite ce vœu est devenu un surnom très-connu, si bien qu'on ne désigna plus Haçan autrement que par ce surnom.

En définitive, le résultat de cette doctrine inutile et le terme final de cette hérésie consistent à soutenir, conformément à l'opinion des philosophes, que le monde existe de toute éternité, que le temps n'a pas de bornes, que la résurrection est purement spirituelle. Ils ont interprété allégoriquement le paradis, l'enfer et ce qu'ils contiennent, prétendant que ces termes doivent s'expliquer dans un sens simplement spirituel. En conséquence, d'après ces prémisses, ils disent que la résurrection a lieu dès le moment où les créatures se réunissent à Dieu. Les mystères et les vérités, tels que les actes et les pratiques de dévotion, sont supprimés; car dans cette vie présente tout est pratique, et l'on n'y rend pas de comptes. L'autre vie, au contraire, consiste toute en reddition de comptes, et il n'y a aucun acte. Cette résurrection, qui est promise et attendue dans toutes les religions et toutes les sectes, consiste en ce que Haçan a révélé. D'après cela les exigences légales se sont éloignées des hommes; car tous, à cette époque de résurrection, doivent, par tous les moyens, tourner leur visage vers Dieu, et renoncer aux règles, aux lois et aux coutumes de dévotion dont le temps est déterminé. Il avait été ordonné par la loi d'adorer Dieu, à cinq reprises différentes, dans l'espace d'un jour et d'une nuit, et de s'abandonner à lui. D'après les Ismaéliens cela était une exigence de pure forme. Dans la *doctrine de la résurrection* il faut toujours être avec Dieu par le cœur et avoir son âme toujours tournée vers la Divinité, car c'est là la véritable prière. Ils expliquèrent de la même façon tous les dogmes fondamentaux de la loi et les règles de l'islamisme; ils les crurent abrogés par cela, et firent disparaître presque toute distinction entre ce qui était licite et ce qui était défendu. Haçan a dit en divers endroits, soit par voie d'allusion, soit manifestement, que, de même que dans le siècle de la loi, si quelqu'un ne montre pas de la piété et de la dévotion, et qu'il agisse d'après la doctrine de la résurrection, en regardant la piété et la dévotion comme des choses purement spirituelles, on le punira par des châtiments et par le dernier supplice, et on le lapidera; de même aussi, dans le cas où quelqu'un, dans le *temps de la résurrection*, agirait d'après les commandements de la loi et s'adonnerait aux actes de dévotion et aux pratiques matérielles du culte, son châtiment, sa mort, sa lapidation et sa mise à la torture, seraient obligatoires.

(La suite au prochain numéro.

SUR LES SOURCES

DE

LA COSMOGONIE DE SANCHONIATHON,

PAR M. LE BARON D'ECKSTEIN

(SUITE.)

28.

Un autre nom que la légende indienne donne au volcan sous-marin est celui du feu Aurva. Ce nom mérite de fixer toute notre attention.

Aurva est le feu des enfers sous-marins pour les ennemis

du culte de la déesse, pour les Âryas envahisseurs des contrées de la Pattalène, ou des bouches de l'Indus, du pays de Laš et de la Gédrosie, des péninsules de Katch et de Guzerat, où étaient les sanctuaires de la Badavâ, les colléges de pontifes mâles composant le bâdavam, l'écurie des chevaux marins, selon le langage hiéroglyphique, où se trouvaient, par conséquent, les pontifes Hippoi des Grecs, et les prêtresses de l'abîme, les esclaves de la déesse, ces Hippai, cavales à la fois cruelles et licencieuses, dont nous avons parlé.

La légende de l'Aurva le mêle à l'extension de la race des Bhrĭgus, de souche ârya, sur les côtes de l'océan Indien. Une portion des Bhrĭgus adopta, plus ou moins, les cultes céphènes. C'est dans ce sens qu'Aurva, le génie du volcan sous-marin, le dieu de son foyer, devint, par adoption, le fils d'un Bhrĭgu, un Bhârgavah. Telle fut l'infidélité d'une portion des Bhrĭgus, infidélité qui rappelle celle de leur parenté parmi les Bryges, Phlégyens et Phrygiens des regions volcaniques de l'Asie Mineure et de diverses localités de la Grèce.

29

On dérive le mot Aurvah de Ûrvah, et le mot Ûrvah de Urva; mais ce sont là de vaines paroles; le radical Urvah vient de *Var*[1], bassin de l'eau, lieu profond où les eaux sont, pour ainsi dire, emprisonnées, ou le dragon veille à la racine des êtres et des choses. Le sens de ce mot s'est perdu; voilà pourquoi, pour y suppléer, l'on a imaginé des légendes absurdes; mais ces legendes ne sauraient appartenir qu'aux époques tardives, ou le brâhmanisme des derniers temps personnifie les dieux et les forces de la nature, en les transformant en Brâhmanes. Ûrus signifie cuisse; la caste jaune, mélangée d'Âryas et de Céphènes, la caste mulâtre est appelée *Uravyah, Urudchah*, parce que, dans l'ordre des castes, elle naît de la cuisse de la victime universelle, selon l'hymne

[1] *Petersb. lexic* vol. I, p. 1030.

du Puruchamedha[1]. Les marchands et navigateurs de l'océan Indien, où les Banyans issus de la cuisse de la victime (les pontifes naissent de son front, les guerriers de ses bras, les serfs de ses pieds), adorent la déesse du Baḍavâ-mukhah, visitent ses temples, engendrent, avec les Hippai, les filles au service de la déesse (hiéroglyphiquement les cavales), une postérité qui demeure consacrée au service de ces temples. On a donc imaginé, pour toutes ces causes réunies, un conte stupide; on a dit que le Bhrĭgu, le pontife des Bhrĭgus, plaçant sur sa cuisse une Gandharvî, une nymphe voluptueuse, cette cuisse conçut, se fendit, devint grosse, et qu'il en sortit le génie du volcan, Aurva (le fils de la cuisse), qui menaça de consumer le monde au jour de sa naissance.

Une légende analogue, mais non pas identique, se lit dans le Harivansham[2]. Ûrvah est un Bhrĭgus et un pontife austère, qui brûle de la flamme intérieure, il s'écrie :

Vapur dîpt-ântarâtmânam echa kritvâ mano-mayam
dâra-yogam vin-âsrakchye putram atma-tanuruham

Je ferai sortir, des flammes qui brûlent en mon corps et qui enflamment mon âme, un être revêtu d'un corps, je ne me livrerai pas à l'union charnelle d'une femme, mais je créerai un fils qui sortira de mon corps.

Sa cuisse est le siége d'un autel, ou il allume le feu des sacrifices.

Ûrvas ta tapasa vichto nivechy-orum hutâshanu
mamantha ikena darbhena sutasya prabhau âranim
tasy-orum sahasâ bhitvâ dchvâlâ-mâli nirindhanah
dchagato dahanâ-kângkchi puttro' agnih samapadyata.

Pénétré du feu d'un zèle ardent, Urva plaça sa cuisse (Uru) sur l'autel du feu; il prit une simple tige de l'herbe sacrée, et frotta l'instrument qui sert à allumer le feu, pour donner naissance à un fils. Ce fils s'élança fendant la cuisse de son père avec violence, le front

[1] *Rig.* X, xc, shl. 12.
[2] *Mahâbh* vol. IV; *Harivansha*, adhyâyah 46, p. 531, 53.

couronné d'une guirlande de flammes ; c'est un feu qui consume ce qu'il embrase et qui réduit le monde en cendres, avide de le saisir pour le dévorer.

L'auteur du monde calme le feu de la cuisse de son fils et confine Aurvah dans le Badavâ-mukhah, au sein de l'Océan, sur les rives de l'Inde et de la Gédrosie.

Cet Aurvah flamboie, comme feu domestique, dans la famille des Bhrĭgus, établis dans toutes les parties méridionales de l'Inde. Ces Bhrĭgus étaient alliés à la famille des Kushikâh (des Céphènes) dans le Madhyadesha, comme du côté du Vindhya et du Guzerate. C'est là ce Bhârgu ou ce Bhrĭgu, ce Bhârgavah qui reçoit le nom de *Rĭtchîkah* dans une région du même nom. Rĭtchîkah est le pontife d'un Rĭtchîcham ou Rĭdchîcham, d'un brasier ardent.

Le fils de cet Aurva domestique s'appelle *Dchamadagnih*, le feu dévorant, sur lequel il est nécessaire de fixer notre attention. C'est de lui que sort le fameux Râma à la hache, le Parashu Râma. Renukâ, sa mere, était une impudique, qu'il décapita pour venger son père. Nous verrons qu'il joue, sur tous les points un rôle presque identique à celui du Lycien Bellerophontès : c'est ce qu'il importe de démontrer.

30.

C'est du point de vue éthique qu'il faut considérer la mère du Râma de la hache, du dieu de la guerre, du Scanda dans la famille des Bhârgavah; c'est la femme impudique de la gynécocratie, que le Dchamad-agnih, le feu du foyer, veut chasser de devant sa face. Quelle que soit la tournure de la légende, dont nous ne possédons plus la forme primitive, ni dans l'Inde ni parmi les Grecs, elle est une Anteia, une Stheneboia, aussi bien que Parashu Râma est un Bellerophontès. L'important ici n'est pas la légende de Renukâ ou de Stheneboia en elle-même, mais bien, de la Renukâ et de la Stheneboia, uniquement considérées comme la femme lascive, qui a l'empire sur son époux et qui perd cet empire; car si la Stheneboia d'Homère prend en haine Bellerophontès parce qu'elle n'a pu le séduire, et se venge de lui en l'accusant faussement, il est dit ailleurs aussi que Bellerophontès punit la Stheneboia, qu'il la fait monter sur Pégase, comme s'il allait lui complaire en l'élevant, et qu'il la précipite dans la mer. On sait que le cheval Pégase sort de la tête de Méduse; en d'autres termes, que la tête du cheval est la victime que l'on substitue à la tête de la femme. C'est ainsi qu'Aurva, le Badavâ-mukhah, le volcan marin, se contente de la tête de la cavale, au lieu de la tête de la femme.

31

Si altérée que soit la légende de Renukâ, le Mahâbharatam en fait toucher, néanmoins, le fond ethnique, qui est ici le fond réel. Renukâ est le nom du pollen des fleurs odorantes, la Renukâ est la femme voluptueuse qui se baigne et se parfume au lieu de rester au foyer du Dchamad-agni et de n'être occupée que de son epoux. Elle a le désir voluptueux de la Gandharvî, elle n'a pas le désir honnête et vertueux de la *mater familias*, de l'Arundhatî de la maison de l'Ârya. Elle envie le bonheur dont jouissent le Gandharva Tchitraratha et l'Apsarâ, nymphe des eaux, qui se baigne librement dans la rivière où Renukâ arrive toute parfumée, pour se baigner à son tour. La légende la considère comme souillée par la pensée seule; malgré ses ablutions, elle sort impure de la rivière. Dchamad-agni a lu dans l'âme de la coupable; il a cinq fils, quatre refusent de tuer leur mère sur l'ordre du père; le cinquième, Parashu Râma, n'hésite pas, il obéit au père offensé et abat sa mère, comme sacrificateur des bois, avec la hache des sacrifices [1]. Nous avons ici la clef du caractère mélancolique de Bellerophontès et de Parâshu Râma. Ils agissent constamment en qualité d'executeurs impitoyables de

[1] *Mahâbh.* vol. I, lib. III, Vana Parva, tîrthayatrâ parvani Dchamadagni-badhe, 116 adhy, p. 572, Wilson, *Vischnu pur.* p. 401.

la justice, de juges du sang, que rien n'arrête dans l'accomplissement des jugements. Tels sont le Parâshu Râma du Dekan de l'Inde; l'inflexible Bellerophontès de Corinthe et de la Lycie. Souillé du sang de ses proches et souillé du sang des coupables, il reste *seul* parmi les hommes.

Il se retire de Corinthe parce qu'il y est devenu odieux aux hommes pour avoir tué Belleros, roi de Corinthe : c'est de ce meurtre que lui est venu son nom de Bellerophontès[1]. C'est ainsi que Parâshu Râma devient odieux aux hommes pour avoir extermine les Kchatryas et s'être baigné dans leur sang, quelque juste que fût la cause de sa guerre. D'autres disent que le Corinthien avait tué son frère Deliadâs ou Peirèn, et que, couvert de sang, il fuyait Corinthe pour se faire purifier ailleurs. C'est le fond même des actions de Râma à la hache.

On connaît le tableau que trace l'Iliade des guerres sanglantes que Bellerophontès eut a soutenir en Lycie, contre les Amazones, les Solymes et contre l'ingratitude des Lyciens. Les proches de Parâshu Râma, pour lesquels il a versé tant de sang, le payent exactement de la même ingratitude. Parâshu Râma se retire dans le désert comme Bellerophontès; comme lui il est un objet de haine pour les dieux et pour les hommes; comme lui il est devore de chagrin; comme lui, il périt dans la solitude. Ce sont la des analogies si fondamentales qu'elles prennent presque tout le caractère d'une identité, et qu'elles réclament impérieusement une solution historique.

Je vais maintenant essayer de procéder graduellement à cette solution.

32.

Nous avons dit que le volcan maritime des côtes de la péninsule indienne, depuis la péninsule de Katch, immédiatement à l'Orient des embouchures de l'Indus, jusqu'aux côtes du Malabar, porte le nom d'*Aûrvah;* nous avons ajouté que

[1] *Schol. ad Iliad.* VI, v. 155

le même nom lui est donné au couchant des bouches de l'Indus, depuis le pays de Las jusqu'en Gédrosie. Le culte d'Aurvah fut adopté par une portion de la famille des Bhrĭgus, qui se mélangea par là intimement avec les Kushikâh, ou les Céphènes. Aurvah n'est autre que la Chimaira des côtes de la Lycie et de la Cilicie, du théâtre des exploits de Bellerophontès, comme les côtes de l'Inde méridionale furent le théâtre des exploits de Parâshu Râma, depuis Barigaza jusqu'au Malabar. Aurva est un dieu maritime pour les Bhrĭgus de cette région, pour les Bhrĭgus intimement unis aux Kushikâh, dont la capitale, d'un vaste commerce, était Kushasthalî, sur les côtes du Guzerate. On adorait, dans cette cité, le dieu serpent, le Shechah, le dragon qui supporte les cieux et la terre. C'était le symbole du dieu Okéanos, du Sagara, de la mer des Indes; il fut donc ce fleuve Okeanos de la tradition homérique, le plus ancien des dieux, l'origine de toute chose.

Tout ceci, en principe, s'applique exclusivement aux bouches de l'Indus; mais fut transporté, dans la suite des âges, aux bouches du Gange. Sagara fut, d'abord, le nom de la mer d'Occident, et devint, plus tard, le nom de la mer d'Orient. La splendide légende de la descente du Gange des cieux sur la terre appartient, en principe, au système de l'Indus et non pas au système du Gange. Celui-ci est ignoré du Véda, l'autre y est en pleine splendeur. Toute la mythologie du Gange n'est qu'un reflet de la mythologie de l'Indus. Il n'existe pas d'Aurvah, de volcan maritime sur les côtes orientales de la péninsule indienne; il n'y en a surtout pas dans le voisinage immédiat du Gange. Le fleuve céleste, l'Indus, et non le Gange, tombe des cieux sur la terre et s'écoule par sept bras différents, de la montagne à l'Océan. Il descend dans le volcan maritime, s'engouffre dans l'Aurvah, où il revivifie les cendres des morts, brûlés par le courroux du dieu du volcan (on l'appelle *Kapilah*, le feu brun, d'en bas, le feu du dieu céphène). Ces morts sont les guerriers âryas, brûlés par le dieu céphène. Le Sindhu les ranime, les remonte aux cieux pleins de vie, leur fait prendre place dans le paradis des Âryas. Ces victimes furent les Sagarides, guerriers-âryas qui voulurent exploiter l'océan Indien à la suite des marchands céphènes. De là cette tradition qu'Aurvah, le dieu adopté par une portion des Bhrigus, fut le pontife qui instruisit le roi Sâgara, issu du dieu Okéanos, le roi de la mer[1]: Il lui donna une arme qui lance des flammes, le fameux Agneyâstram, c'est à-dire qu'il lui communique sa force volcanique, cette force qui le protégera contre les brigands de la côte, les monstres marins, etc. Tel est le rapport primitif d'Aurvah, le Bhârgavah, l'ancêtre de Parâshu Râma ou du Bellerophontès des côtes de l'Inde. La Chimaira de la Cilicie est, comme chacun le sait, le volcan, en partie maritime, des côtes de la Lycie et de la Cilicie.

Plutarque[2], en parlant des femmes de la Lycie, du pays gynécocratique par excellence, cite Amisôdaros, roi de Lydie, celui dont Homère disait qu'il nourrissait la Chimaira, le monstre qui dévorait les hommes. Il le nourrissait en lui offrant des victimes humaines. Amischa-dârah est, en sanscrit, celui qui déchire (dârah) la chair (amischam); ce nom d'Amisô-daros remonte ainsi à la plus haute antiquité. Bellerophontès combat la Chimaira pour le bien du peuple lycien, et abolit la dîme du sang humain. Suivant la tradition dont Plutarque nous rend compte, Amisodôros, c'est ainsi qu'il l'appelle, était pirate, infestait la mer et avait confié la flottille au commandement du cruel Chimarros, c'est-à-dire de la Chimaira, protectrice des rois pirates, qui lui immolaient des victimes humaines. La Chimaira est sur les rives de la mer ce que le Ahi dahaka ou le Trishiras (le Geryoneus et le Typhaôn) est dans l'intérieur de la terre ferme. Elle domine, comme l'autre, les trois mondes; de là ses trois têtes, dont l'expression hiéroglyphique se rencontre chez Homère[3] et

[1] *Mahâbh.* vol. IV; *Harivansha*, adhyâyah 14, p. 471, 472.

[2] *De Virtute mulierum*, cap. IX.

[3] *Ilias*, XVI, 329, 330.

Hésiode[1]. La tête de la chèvre était celle du milieu, la tête du lion se trouvait de face, celle de derrière était la tête du dragon. Le dragon régnait dans le Hadès, comme le Ahir budhnyah ; le lion dominait les cieux, comme le Dakcha qui a la figure du Sinha (lion) dans un hymne du Véda ; enfin la chèvre du milieu est évidemment la déesse du volcan, l'Hécate terrestre, qui reçut une chèvre, ailleurs une cavale, ou encore une chienne, comme victime substituée à la tête de la femme (de la Gorgo, de la Méduse).

Chez Plutarque, le pirate Chimarros est monté sur un navire qui a la tête du lion à la proue, celle du dragon à la poupe, tandis qu'il se tient debout au milieu, réclamant la victime humaine.

33.

Parâshu Râma quitta l'Inde centrale après le massacre des Kchatryas, comme Bellerophontès se retira dans les champs aléens : Parâshu Râma, pour expier le Vîrahatya docham, le crime d'avoir égorgé tant de guerriers; Bellerophontès, haï des dieux et des hommes, à cause d'un même crime. L'un et l'autre s'adressèrent à l'Océan ou à la mer, à leur ancêtre, pour se faire purifier. La mer, tourmentée par les dragons de l'abîme, par le feu sous-marin, tremblait toujours, et l'Océan se soulevait dans ses ondes. Pour apaiser le courroux des dragons et calmer les agitations de la côte, Parâshu Râma se rendit dans le Madhyadesha, au pays de Kampila, dans l'Ahi-tchchatram, pays protégé par le parasol du dieu dragon, et formé d'une colonie kampila de l'Afghanistan oriental. Quand il eut ramené les pontifes dragons du pays placé sous le parasol du dragon, la mer se retira, la terre cessa de trembler et la Chimaira fut apaisée. Un seul coup d'œil suffit pour saisir toute l'abondance de ces rapports[2].

Ce Parâshu Râma est au moral, comme Bellerophontès, un volcan. On l'aperçoit comme tel dans sa mélancolique

[1] *Théogon.* 219-324.

[2] *Mahâbh.* vol. IV ; *Harivansha*, adhyâyah 96, p. 625.

solitude, dans la région volcanique des monts du Dekan, comme dans la région volcanique des champs aléens. Il est placé sous l'arbre des Banyans, le Nyagrodha.

Adhastât tasya vrïkchasya munim dîpta-tapodhanam
ansâva sakta parashum dchatâ-valkala-dhârinam,
gaûram agni-shikhâhâram tedchasâ bhâskar-opamam
kchattr-ânta-karam akchobhyam vapuchmuntam iv-ârnavam
nyastasang kutchit-âdhânam kâle huta-hut-âshanam[1].

Ils virent, au-dessous de cet arbre, un homme solitaire, brûlant de tous les feux d'une ardeur qui le dévorait à l'intérieur; sa hache pendait le long de son épaule, il portait sa sauvage chevelur roulée en nœuds sur le haut de sa tête; un vêtement d'écorce d'arbre couvrait son corps; il était terrible, le feu s'élevait en pyramide sur le haut de son front; son éclat était semblable à la splendeur du soleil. Il avait mis fin à la race des guerriers, il les avait tous égorgés; rien ne l'ébranle; comme la mer quand elle est calme à sa surface, et que ses ondes ne forment pas un pli, il restreint et contracte, au temps voulu, l'enceinte sacrée dans laquelle il éteint les feux de son sein en les couvrant de cendres, et, à un autre temps voulu, les rallume du même sein.

34.

La Chimaira qu'il combat n'est donc pas réellement l'Ahidahakah que combat Trita ou Indra, le Geryoneus que combat Héraklès, le Typhaôn que Zeus combat. Les trois corps y sont; il s'agit toujours d'un foyer infernal; mais la lutte de Trita et d'Indra a lieu dans l'atmosphère et aux cieux; elle ne descend pas spécialement dans le Hadès, et moins encore dans les abîmes de l'Océan. Il ne s'agit pas de délivrer les nymphes des eaux, le troupeau de Hélios; il s'agit de l'application historique d'un tout autre genre, d'une guerre intestine de guerriers et de pontifes âryas, après qu'ils ont contracté alliance avec les Céphènes et qu'ils ont adopté (sauf les changements) une partie de leur culte. Le Héra-

[1] *Mahâbh.* vol. IV; *Harwansha*, adhyâyah 96, p. 625.

klès qui combat Geryoneus, le Zeus qui combat Typhaôn, n'ont absolument rien à faire avec des Kchattryas ingrats comme ceux dans le sang desquels se baigne Parâshu Râma, parce qu'ils ont méconnu ses bienfaits, ni avec les Lyciens ingrats, comme ceux dans le sang desquels se baigne, pour la même raison, Bellerophontès.

La vraie Chimaira que Parâshu Râma extirpe des monts Vindhya est une race puissante de guerriers parents. Ils ont leur allégorie dans la personne typique d'un Kârttavîrya, géant aux mille bras, qui était un Yadu, de la race des Âryas conquérants du midi de l'Inde. Ce Sahasra-bâhu veut envahir les cieux, la terre et les abîmes; il écrase Dchamad-agnih, le père du Bhârgavah, le descendant d'Aurva, celui-là même qui avait ordonné au Parâshu Râma de le venger, par la mort de l'infidèle, de la mère du Râma. Il est évident que le combat de Bellerophontès contre la Chimaira a rapport à un fait qui remonte à la plus haute antiquité. Si nous en possédions les vrais documents, à part les changements de la tradition épique, qui l'ont peut-être defiguré, sans parler d'autres dommages, causés par une rédaction postérieure des âges de l'Inde sectaire, nous saisirions la trace de grands faits historiques qui ont causé de grandes catastrophes sociales dans les contrées que baigne la mer des Indes; catastrophes qui ont amené des migrations de Barbaras, âryanisés déjà, plus ou moins, par le mélange des Bhrigus et des Céphènes, ou Éthiopiens orientaux. Ces catastrophes ont réagi sur les destinées de l'Afrique, ont amené, dans l'Égypte, l'invasion des rois nubiens, fondateurs des pyramides, ont causé l'apparition des Cares sur les côtes de la Méditerranée, en Libye et à Joppé; ont ultérieurement amené l'occupation des îles de la Méditerranée, formé les premiers établissements sur les côtes de divers points d'une Grece anté-pélasgique et d'une Italie anté-latine, et ont fini par constituer une puissance maritime des Cares sur les côtes de la Cilicie et de la Lycie, aussi bien que du côté d'une Lydie et d'une Phrygie primitives.

35.

On peut suivre ces faits en détail et comme pas à pas. Mélancolique et colère à la fois, cruel et hypocondre, Parâshu Râma veut cependant créer un pays et un peuple à sa guise, où il sera aimé, adoré, et où l'ingratitude de ses proches ne viendra plus le poursuivre. Il s'adresse à Aurva où à Sagara, le dieu des côtes de l'Océan; il le supplie de retirer ses flots, de lui créer une plage pour y fonder un empire. Nous savons déjà qu'il y installe des pontifes-dragons, venus de l'Ahitchatram. De plus, il vivifie des cadavres (kunapas), d'où sortent les Kaunapas, qui rappellent les Kauniens, ou les Caucones, de souche care, comme je l'ai montré ailleurs. Il appelle des Dâsas, des pêcheurs, des serfs, des esclaves, et il en fait la caste noble. Il fonde la gynécocratie des Nairs, en haine des Âryas, qui l'ont trahi, et des pontifes âryas, qui l'ont abandonné, etc. [1]

Sagara, Okéanos, etc. lui accorde autant de territoire qu'il en peut atteindre à coups de flèche; vieille forme de prise de possession d'un territoire, qu'on retrouve chez les Âryas, chez leurs parents d'Europe, chez les peuples du Turan.

On lui dit :

Tvayâ sâyaka-vegena kchipto bhârgava sâgarah
ichu-pâtena nagaram kritam sûrparakam tvayâ [2].

L'Océan s'est retiré devant la force des flèches que tu lançais, ô Bhârgavah; c'est ainsi que la ville de Surparaka fut fondée par toi sur le pilotis des flèches.

Plutarque, dans le Traité de la vertu des femmes, où il parle des Lyciennes, nous entretient de l'ingratitude des Lyciens et des amers ressentiments de Bellerophontès. Il va trouver le dieu de la mer, dont il descendait; il élève les mains et supplie Glaukos de l'écouter, d'envahir les côtes de l'in-

[1] *Kerala utpatti*, l. c. p. 74-95. MacKenzie, *Collect.* vol. I. Introduction, XCVIII-C.

[2] *Harivamsha*, adhyâya 96, p. 625.

grate Lycie et de la Cilicie, de donner raison à la Chimaira, qu'il venait de combattre. Glaukos l'écoute, se soulève comme une muraille, suit les pas de Bellerophontès, qui se retire, et inonde le pays. Les Lyciens supplient en vain Bellerophontès de les ménager. Alors les Lyciennes s'avancent; elles soulèvent leurs vêtements et se présentent nues au-devant de Bellerophontès. « Honte! » s'écrie celui-ci, et il revient en arrière, et la mer se retire de nouveau devant lui. C'est la variante de l'histoire de la côte du Malabar, qui tremble d'abord quand l'Océan se soulève, jusqu'à ce que Parâshu Râma vienne l'apaiser en y installant des pontifes-dragons, autrement en suppliant l'Océan de lui accorder autant de terrain qu'il peut en conquérir à coups de flèche.

Or Bellerophontès fait comme Parâshu Râma. Pour récompenser les femmes des Lyciens et les élever au-dessus des hommes, il institue, en Lycie, la gynécocratie des Cares, (des Barbarophonoi), de même que Parâshu Râma institue la gynécocratie des Naïrs au Malabar, dont la région des Barbaras fait partie aussi bien que le Kongkan. C'est le pays où il rendit la vie à des cadavres, où ces morts ressuscités vivent comme Kaunapas, à l'instar des Kauniens, de souche care, dont Strabon dit, d'après un vieil auteur, que les cadavres y marchaient, que les morts y étaient vivants[1].

En veut-on savoir davantage? Le nom du Bhârgu ou du Bhârgavah, c'est-à-dire du Parâshu Râma, du dieu à la hache, se retrouve dans plusieurs localités de la Carie, comme Strabon nous l'apprend encore. De ce nombre est la cité de Bargylia, fondée par Bárgylos, comme dit Étienne de Byzance. Il existe aussi, en Carie, une cité de Bárgasa, fondée par Bárgasos, dont on fait un fils du Héraklès carien, de leur Zeus Labrandys, de leur porte-hache, de leur Bellerophontès, de leur Parâshu Râma. Mais c'est là un thème que j'expliquerai ultérieurement, dans la suite de mes recherches sur les cultes des Cares, dont j'ai inséré les commencements dans la Revue archéologique.

[1] Strabo, XIV, cap. II.

On le voit, si un monde antédiluvien peut ressusciter par la voie des géologues, des efforts semblables peuvent amener, sur d'autres points, la reconstruction d'une portion de la vieille humanité; mais il faut pour cela ne pas reculer devant les travaux ni les coups de pioche, et avoir le courage de quitter la voie de l'asservissement de l'esprit, c'est-à-dire celle de la routine.

36.

La Chine nous a conservé les monuments imposants d'une très-vieille civilisation technique et mécanique Elle nous montre également les principes d'un gouvernement de la terre, géométriquement ordonné sur le type des principes d'un gouvernement du ciel, astronomiquement composé. Le lien entre les deux ordres différents du ciel et de la terre repose sur la conception d'un système à la fois moral et musical. Il s'agit des rapports de nombre, du calcul des distances et des rapprochements des parties d'un Grand Tout terrestre et céleste, qui repose sur une échelle des sons ou des intonations dans l'ordre de la parole, et sur une échelle correspondante des pulsations du cœur, conforme aux pulsations de l'esprit, dans l'ordre des sentiments et de la pensée. De là la donnée d'une raison d'État et de gouvernement, comme expression du sentiment de l'État et du gouvernement, d'où résulte un système de politique, qui embrasse l'ensemble de l'administration et du gouvernement, et un système d'éthique ou de morale, qui embrasse la double pratique de la vie privée et de la vie publique. On le voit, l'astronomie et la géométrie, et de plus la musique, qui les unit et qui envahit les deux mondes, sont les fondements de l'État en général, et de chaque famille chinoise en particulier. Tout y est systématiquement réglé et minutieusement ordonné. L'État est un temple, et son gouvernement repose sur un fondement céleste. De là le système réglementaire de la grande machine administrative chinoise, qui possède la double forme d'un rituel et d'un cérémonial. Le principe de cet état de choses est inséparable du système de la langue chinoise. Il est à l'autre extrémité d'un principe analogue, mais essentiellement distinct, que nous rencontrons dans la vieille Égypte. Entre la Chine et l'Égypte se trouve la Babylonie, qui semble tenir un milieu proportionnel entre les deux formes de la raison antique et de la science antique, telles qu'elles se prononçaient dans un vieux monde qui précédait le monde des Sémites et celui des Âryas d'une série de siècles que nous ne saurions calculer.

Mais ici il est nécessaire de faire une distinction. La raison politique et sociale, éthique et scientifique des Chinois, des Égyptiens, des Babyloniens, ne fut jamais la raison des temps modernes. Elle se rattache au verbe, très-curieux, mais très-resserré dans les limites de l'ordre de la pensée et du sentiment, et au système hiéroglyphique sous les conditions duquel ce verbe s'exprimait chez les Chinois, les Égyptiens, les Babyloniens. Quelque technique, quelque rigide qu'elle fût, cette raison reposait sur un fondement entièrement mythologique, quoique dans un sens radicalement opposé au mythe des Âryas. Voilà ce qu'il importe de ne pas oublier.

Je laisse de côté la Chine et je ne dirai qu'un mot de la Babylonie. Bérose nous dit qu'il sortit, de cette portion du golfe Persique qui baigne les rives de la Babylonie, un *homme-poisson*, qui alla trouver les nombreux sauvages qui occupaient alors la Babylonie et s'exprimaient confusément en toutes sortes d'idiomes. Il lui donne le nom de *Ôannès;* cet Ôannès figure sur les monuments de la vieille Babylonie, et nous pouvons l'y reconnaître, en effet, encore aujourd'hui. Il enseigna aux sauvages les *grammata*, les *mathemata*, les *technai*. Les grammata sont évidemment les hiéroglyphes, et, suivant toute probabilité, les rudiments de la plus ancienne écriture cunéiforme, non pas telle qu'elle nous est aujourd'hui connue, mais telle qu'elle existait dans son ébauche première. C'est le pendant de l'état grossier et rudimentaire, où il est dit que le dragon-cheval (comparable au

Bâdavâ de l'Inde céphène) apporta le Ho-tou et ses caractères au premier empereur de la Chine, en sortant des eaux d'un fleuve où la tortue apporta de son côté le Lo-chu en sortant d'un autre fleuve. Il s'agit, dans le dernier cas, d'une science du genre de la science hermésienne, qui est attribuée à la Kathchapî, à la tortue femelle de la vieille Inde. le Cercops pontifical, le Kapivaktrah en forma une lyre; Hermès en fabriqua une autre, également avec les écailles de la tortue, pleines de notes, de signes, de figures. Il avait rencontré cet animal en sortant de son berceau, de la grotte sur les rives de la mer, dans la vieille Grèce.

Les mathemata sont les éléments de la science, spécialement des mathématiques; par conséquent aussi des rudiments de la vieille astronomie et de la vieille géométrie, peut-être même de la vieille musique. Nous les rencontrons encore en Chine et en Égypte. Tout cela était conçu dans un esprit non-seulement scientifique, mais aussi magique et mythologique; songeons-y bien. Les technai se rapportent, sans contredit, aux arts industriels, et aux travaux de l'écoulement des eaux, du desséchement des marais, indispensables pour les progrès d'une primitive agriculture. Elles forment l'ensemble d'une triple science que le monde ârya et le monde sémitique doivent tout entière aux races chamitiques, et notamment aux Céphènes, aux soi-disant Éthiopiens orientaux, qui les ont devancés dans l'ordre de la civilisation.

Il ne faut pas oublier non plus la *techné* ou l'art de la parole. Si les Âryas et les Sémites se servent de mots dans lesquels l'art de la parole s'exprime par des termes empruntés à l'art du charpentier, du forgeron, ou même du maçon; si parler veut dire créer dans leurs idiomes, mais créer dans le sens de forger, bâtir, maçonner, raboter, cela remonte, sans contredit, à un vieil enseignement de la parole. Il était provoqué chez eux par l'attention qu'ils portèrent au procédé d'une race d'hommes dont la parole reposait sur des accents et s'exprimait par hiéroglyphes.

37.

Le premier Oannès, le représentant d'une école et d'une confrérie sacrée, d'une école et d'une confrérie qui constituent une époque, et agissent dans le cours d'un cycle déterminé, compléta ce système d'instruction qui embrassait la fondation des cités et des temples, qui fut très-certainement en rapport avec la science des augures, et des auspices, avec une science ou l'art de l'*agrimensor* et la science de l'architecte se prêtaient un mutuel appui. Il réunit un code de lois sacrées pour l'ensemble de la vie domestique, civile et politique, dans le sens d'une donnée théocratique. De là, dans le courant des âges, sortirent de nouveaux codes. Cette origine est semblable à celle de tous les codes du vieil Orient, de ceux de la Chine, de l'Égypte, de la Phénicie, et plus tard des législations des Mages et des Brâhmanes. Moïse nous en offre le modèle renouvelé, mais dans le sens d'un monothéisme strict et absolu.

Ajoutons à ce principe d'une littérature sacrée des instructions sur l'économie privée et l'économie publique, sur la création de magasins alimentaires, sur l'art des semailles, etc. puis un rituel et un cérémonial qui règlent les mœurs et adoucissent la férocité native des hommes. Tel fut ce corps de lettres dont le plan exista partout, même sous diverses formes, en Chine, en Égypte, en Phénicie; les Mages et les Brâhmanes en copièrent les modèles quand ils se furent constitués en caste. Certes un corps d'ouvrages de ce genre n'a pu se clore qu'en se complétant dans le cours des siècles.

38.

Bérose ajoute qu'Oannès s'occupa aussi d'histoire, dans le sens symbolique naturellement; qu'il traita des généalogies mythologiques de l'espèce humaine, et des constitutions sociales; il nous donne ensuite une sorte de sommaire de la théogonie, de la cosmogonie, et des combinaisons et mélanges, c'est-à-dire de la théocrasie, qui est le résultat des révélations de son Oannès.

Le calcul mythique des âges mythiques; tout le système des Sares, Nères, Sosses; l'arrangement systématique des dix générations d'une ère primitive, leur répartition en quatre âges; les cycles de cinq ans et de soixante ans, tout cela n'est pas spécialement babylonien, ni originaire de Babylone; tout cela se retrouve dans la vieille Chine, dans une vieille Inde des Kushikâh et des Matsyâh; on en retrouve des débris, avec les mêmes cycles, le même calcul des temps, dans des fragments épars chez Hésiode et jusque dans le Grimnismâl de l'Edda. Tout cela vient, en effet, d'un centre commun, de la région des Gandharvâh de Kusch et de Chavila. Elle s'étendit dans une Inde qui reçut le nom de Kushadvîpa; les nombreuses métropoles de cette vieille Inde, ses cités commerçantes reçurent le nom de *Kushasthalas*. Elle eut ses pontifes, qui lui vinrent d'un pays de Matsyâh, d'hommes-poissons, que nous trouvons définitivement établis sur les rives de la Yamunâ.

On croirait lire la contre-épreuve des histoires de Bérose quand on scrute le vrai fond de toute cette science du pays des Matsyâh, de leur géométrie, de leur astronomie, de leur science technique d'un corps d'ouvrages sacrés, dans lesquels se trouve compris le Shilpa Shastram, qui se rapporte aux arts manuels. C'est cet ensemble d'un corps d'ouvrages qui embrassent la science du ciel et de la terre qui fut déposé dans une cité sainte, dans l'université de Kâsî (Bénarès), qui survécut au déluge comme la cité de Sippara. Ceci demande attention

39

L'Inde céphène est devenue l'Inde des Âryas. Sous les Âryas, il reste, partiellement du moins, une couche céphène; il en est de même de la Perse céphène, devenue la Perse des Âryas; de la Médie céphène, également devenue la Médie des Âryas. Et qu'on ne s'y trompe pas, cette histoire est des plus antiques, mais elle est aussi, comparativement parlant, beaucoup plus récente. Les derniers venus d'entre les Âryas de l'Inde sont les Madras, les Kurus, les Pandus; les Madras viennent de l'Uttara Madra, du pays hyperboréen des Madras, du nord-ouest; de la patrie de ces Madras, Mardes, Mares, qui sont la souche des Madaï de la Genèse, des Mèdes des Grecs. Nous les retrouvons également dans la vieille Inde. L'histoire de cette race n'a pas encore été sérieusement touchée. Elle est à la fois simple et compliquée; simple par l'uniformité des mœurs guerrières; compliquée parce que les Madras (Mardes, Mares, Mèdes) embrassèrent des portions de culte de la race céphène, entre autres le culte du Dragon; se rangèrent sous la bannière d'un dieu qu'ils avaient mis d'abord à néant; adoptèrent le Zohak (Azi-dahak) de l'Afghanistan et l'Astyage (Ajtahak) de la Médie. Il y a, dans ceci, une histoire interne qui trouve (cela est plus que probable) son explication dans une antique rivalité contre d'autres familles issues de la race des Âryas. Il s'agit notamment des Bactriens et, plus tard, des Kurus, qui sont identiques aux Perses, ou à leurs ancêtres.

Que des éléments touraniens (scythiques, finnois, turcs) se soient mêlés à ces guerriers âryas qui portent le nom de Mèdes, cela est possible; mais que les Mèdes soient, en dépit de tous leurs noms propres, en dépit du témoignage de toute l'antiquité, en dépit de la tradition médo-persane tout entière, en dépit de leurs mœurs et institutions, une race turque, ou une race finnoise; que l'idiome finnois, ou que la langue turque (que ceux qui l'emploient ne connaissent que par le dictionnaire) doive servir de clef pour déchiffrer un des nombreux systèmes de l'écriture dite cunéiforme, c'est ce que je ne saurais jamais admettre à la suite d'hommes très-savants, très-habiles, très-ingénieux, mais qui ont avancé cette conjecture avec précipitation. C'est là une méthode à faire reculer tout critique sérieux

Quoi qu'il en soit, l'école des Mages, qui appartint, du moins en principe, aux Mèdes seuls, ne reposa pas d'abord sur un fondement zoroastrien; elle s'éleva tout au contraire sur le fondement d'une science céphène. Le prétendu Zoroastre chaldéen est le pontife d'un Zerovanès, d'un vieux des jours, d'un dieu des cycles et des temps, du dieu des pontifes astronomes de Babylone. La fameuse Magophonie, le massacre des Mages par les Perses, porte en elle-même le double caractère d'une guerre politique et religieuse. Les Mages, vaincus, adoptèrent la religion des vainqueurs; mais la vieille science des anciens Mages, qui reposait sur un fondement céphène, ne s'en perpétua pas moins dans les universités des Mages, dans une portion de leur astronomie, de leur physique, de leur philosophie. C'est le même fait qui se reproduit du temps des Sassanides. En apparence convertis à l'islam, un reste de Mages en conspira la ruine en le mêlant à la vieille tradition de ses écoles. Il suffit, pour s'en convaincre, d'ouvrir les yeux et de méditer sur les enseignements du Sharastâni

40

Les Vaishyas, la caste des marchands de l'Inde, est mélangée d'Âryas et de Cephènes. Elle est mulâtre, c'est la caste des hommes jaunes, dont le dieu fut, dans le principe, un Paṇi, un Hermès Kerdôos Le nom métronymique du grammairien Pâṇini prouve qu'il fut, du côté maternel, le descendant d'une classe d'hommes qui portait le nom de ce Paṇi ou du dieu qu'elle adorait. Le Pingya, c'est-à-dire le pontife jaune, et les Paingyas, les mulâtres ses descendants; le Yâska Paingi, célèbre grammairien, et le Pingala, auteur d'une métrique[1], sont tous de la même souche jaune ou mulâtre, dont sont issus les Banyans ou marchands de l'Inde. Les nombreuses cités de la primitive Inde céphène,

[1] Weber, *Akademische Vorlesungen*, p 45

qui portent le nom de *Kushasthalah*, des cités des Kushâh, furent partout les *emporia* d'un grand commerce.

Il en fut ainsi du Kushasthalah de la péninsule du Guzerate, qui avait le commerce de la mer des Indes, et notamment du golfe Persique, où avait lieu la pêche des perles. Il en fut encore ainsi du Kushasthalah de l'Inde centrale, de la cité de Canoge. Les cités intermédiaires, qui portent des noms parents, se trouvaient dans le pays des Matsyâh, y compris le Magadha, ainsi que sur le penchant du Vindhya. La grande richesse de la cité d'Ozène se rapporte à ces établissements. L'originelle Kushasthalah, la cité de Canoge, fut fondée par une colonie venue du pays de Kampila (le Chavila de l'Afghanistan oriental).

Les Kushâh n'ont pas été reellement vaincus et subjugués, car ils se sont alliés aux familles âryas des Bhrigus et des Angiras, à une époque où les premiers n'apparaissaient pas en conquérants, et où les autres contractèrent une alliance avec les Kushikâh; ce fut par suite de cette alliance qu'Indra, leur dieu, devint, comme nous avons eu occasion de le dire, un Kaushikah, un fils d'adoption des Kushikâh. Dans la suite des âges, un Kushikah, de race guerrière et pontificale, fut assez puissant pour proteger une portion d'un peuple avili qui appartenait aux Céphenes, quoiqu'il se fût mélangé par union avec les aborigènes. Il lui servit de bouclier contre l'orgueil de nouvelles races âryas, qui entreprirent la conquête de l'Inde. J'en ai parlé au sujet des Shaunakâh, des pontifes chiens, qui sont issus de la caste opprimée des Shûdras, et qui, relevés de leur état d'abjection, sont devenus les auteurs de la grande école lettrée, dans laquelle nous découvrons l'origine de la philosophie brâhmanique

La caste des Brâhmanes de l'Inde et la caste des Mages de la Perse ne sont arrivées à la philosophie et à la science, n'ont conçu le système de leur langage (dont les Brâhmanes ont fait l'objet d'une double étude de grammaire védique et de grammaire sanskrite, etc), que par suite de leur alliance domestique avec une partie d'un vieux sacerdoce couschite, céphène, éthiopien, qui fut le pendant d'un sacerdoce mandarinique, babylonien, égyptien, phénicien, dont les racines se perdent dans les vieux âges d'un très-vieux monde.

41.

En parlant des Ôannès, issus du golfe Persique, qui apportent la science, les arts, la culture aux sauvages aborigènes, tribus au langage confus, qui pullulaient aux embouchures du Tigre et de l'Euphrate, ou dans le delta que forme leur confluent, j'ai appelé l'attention sur les Matsyâh de l'Inde. Nous y découvrons le même fond de traditions au sujet d'un monde anté-diluvien comme chez Bérose. Les Matsyâh sont des Ôannès. Le dieu poisson, le Matsyah, est leur guide sur les rives de la Yamunâ, comme dans les solitudes de l'océan Indien.

Issus de Kampila ou de Chavila, les Kushâh de l'Inde céphène du milieu, du Madhya-desha, s'installent sur le type d'un Kushah. Ils en font le Pradchâpatih, le dieu seigneur des créatures, qui rappelle le Kronos de Berose. Il a quatre fils, gardiens de son empire, ordonnés sur le type des gardiens des quatre points cardinaux, des genies qui se tiennent debout aux quatre coins de l'autel du ciel et de la terre. Tel est le fondement, le principe symbolique de l'établissement des Kushâh; tels ils se manifestent dans une Inde du milieu, qu'ils canalisèrent, comme les Ôannès canalisèrent le delta du Tigre et de l'Euphrate, qu'ils conquirent à l'agriculture. Ils exploitèrent les montagnes du nord, les chaînons les moins élevés du systeme de l'Himâlaya, qui montent, par degrés et comme par terrasses successives, au-dessus des plaines, par lesquelles les rivières sacrées, la Yamunâ et la Gangâ, font leur entrée dans l'Indoustan, avant d'arriver à leur confluent, dans la fameuse Mésopotamie indienne.

Kusha-putrâ babhûvar hi tchatvâro...
Kushikah Kushanâbhash tcha Kushâmbo Amurttimân tathâ[1].

Voilà donc les quatre fils du Kusha; le dernier, n'ayant pas de corps, est désigné comme céleste, c'est le Vasu par excellence, le canalisateur, le mineur, l'allié d'Indra, c'est celui dont va directement sortir la race des hommes-poissons, des Matsyâh.

42.

Je ne parle pas des innombrables petites variantes de tous ces textes, dans les généalogies des poëmes épiques et des Purânas. N'en est-il pas toujours ainsi de toutes ces généalogiès des races héroïques chez les Hellènes, les Germains, etc.? Nous avons là évidemment un vieux tableau d'une Inde céphène; un tableau plus récent d'une Inde ârya; puis le tableau des croisements et de l'altération des races. Il faut encore que nous fassions la part des falsifications des sectaires, de la négligence de ceux qui les ont reproduites, de l'invention des poëtes, etc. Je crois qu'il faut décomposer tous ces éléments, y reconnaître certains traits distincts, les isoler de tout ce qui reste; rejeter les inventions, signaler les falsifications, et ne pas avoir la prétention de faire sortir une chronologie quelconque de cet ensemble factice. Ce n'est qu'aux époques historiques ou quasi-historiques, ce n'est enfin que bien tard qu'il y a un contrôle possible, et que l'on peut essayer ces entreprises. Tous les efforts d'imagination qu'on a pu faire pour arriver à reconstruire des tables quasi historiques d'après tous ces fragments d'un passé compilatoire, n'ont décidément abouti à quoi que ce soit. Lassen y a mis le fruit d'une immense lecture et d'une grande science. Il serait aussi absurde de tout rejeter que de tout admettre Il n'en est pas moins certain que, çà et là, nous voyons apparaître au jour comme certaines masses de constructions appartenant à des temps anté-historiques, je dirais volontiers

[1] *Mahâbh.* vol. IV; *Harivansha*, Amavasu vansha-kîrttane, adhy 37, shl. 1425, p. 493

des débris d'une maçonnerie cyclopéenne. L'histoire ne s'y trouve pas; mais on y rencontre le solide noyau d'une conception d'un monde antique, et la pensée active d'une confrérie, d'une race ou d'une société d'hommes.

43.

Kushasthalah ou Canoge, qui est, avec Taxila, la plus vieille cité d'une Inde céphène, forme le point de départ d'une colonisation ancienne. Elle rayonne en diverses directions, poussant, avec le temps, jusqu'aux extrémités d'un Prâgdchyoticha, à la fois mythique et historique, d'un Kâmarûpah ou d'un lieu de plaisirs, du lieu du gouvernement des femmes, du point extrême où les Kushâh se sont établis dans l'Asam actuel, du côté du nord-est. Ce point correspond, dans leur géographie mythique, au point extrême d'autres pays où se sont établis d'autres Kushâh. Ceux-ci se sont emparés de l'Indus et de ses affluents, ils ont tout colonisé, en partant de Kampila, ils se sont étendus du côté du sud-ouest, c'est-à-dire vers la région de Las, où il y a également un royaume du Plaisir, un empire traditionnel des femmes, sur les rives de l'Océan, à l'ouest des embouchures de l'Indus. Tels sont, au point de vue d'une vieille Inde céphène et commerçante, les points extrêmes d'un empire du Kuvera de la montagne et d'un Naimit de l'Ocean; tel fut le théâtre d'une vieille activité commerciale qui rattachait l'extrême Orient à l'extrême Occident, qui établissait le lien entre le commerce des cités des Kushâh et des Matsyâh, au moyen de leurs établissements du Vindhya (Ozène, etc.) et par leur grand *emporium* du Kushasthala, dans le Guzurate.

44.

Les Kushikâh de Canoge s'étendirent encore vers le Magadha, toujours dans la primitive ère céphène, où n'avaient pas touché les Âryas, vers le Madhyadesha, région que les

Yâdavâh allaient envahir d'abord et les Kurus, plus tard, tout cela dans la suite des âges. Les Kushikâh du Magadha adorent le Vasu, le dieu et le roi des richesses. Il contracta une alliance avec Indra, le dieu des Angiras, et devint l'auteur du peuple des Matsyâh. Les nombreuses légendes qui concernent ce dieu, ce roi, le principal colonisateur des rives de la Yamunâ et de ses affluents, nous le présentent comme serviteur d'une nymphe, d'une Adrikâ, d'une Derketô, d'une déesse-poisson, qui fut à la fois voluptueuse et cruelle. On retrouve comme l'écho de ces vieilles légendes jusque dans les contes populaires de la parenté européenne des Âryas. Le culte de la déesse-poisson remonte ensuite de la Babylonie à Mabug, en partant d'un autre point de départ. Nous le rencontrons également à Askalon sur la côte des Philistins, où ce culte doit être identique à celui de la Ketô de Joppé. Il y a là un embranchement évident de cette religion des Hétaires royales, filles des rois, qui fondèrent les pyramides. Ces Hétaires avaient pour douaire le revenu de la pêche du lac Mœris; leur déesse fut très-certainement la nymphe de ce lac, dans les abîmes duquel elle résidait[1]. Le lac Mœris, ses pyramides, les Hétaires royales, qui possèdent le revenu de la pêche de ce lac (qui en sont les Apsaras), tout cela trouve son pendant chez les Cares et Lydo-Cares, dans le lac de Gygès, etc.

Vasu colonise le pays de Tchedi. La race pontificale des Matsyâh s'y établit; elle est issue de l'union du Kushah, qui porte le nom de Vasu, et de la nymphe-poisson des lieux qu'il canalise. Quand les Yâdavâh envahirent le Madhyadesha, quand ils s'y établirent en conquérants, ils occupèrent également, à la longue, le Kushasthala, sur les rives de l'océan Indien; nous en avons vu la preuve. Lorsqu'ils s'emparèrent de la région des Matsyâh du Doab et des Kushikâh (Matsyâh) du Guzerate, ils s'allièrent à eux chaque fois qu'ils ne purent pas les écraser; ils les asservirent partout où ils parvinrent à les vaincre, et mêlèrent leur

[1] Hérodote, II, 149; Diodore, I, 52.

culte et leurs mœurs à ceux des Matsyâh. Ainsi s'est développée, dans le progrès des âges, toute la religion des Vaishnâvas, qui, sous ce point spécial, est bien curieuse à étudier. Il s'y révèle un mélange intime de cultes hétérogènes, de mœurs, d'institutions céphènes et âryas, qui parcourent une longue suite d'âges et finissent par revivre dans une tradition tardive. Mais il n'y avait plus alors de Matsyâh ni de Yâdavâh; ils étaient depuis longtemps éteints, bien avant l'ère d'Alexandre; les Kourous et les Pândus avaient déjà fait leur apparition depuis des siècles; ils étaient les derniers venus de la race ârya dans cette nouvelle Inde, qui se rapprochait déjà d'une ère historique.

45.

La légende de l'origine des Matsyâh prouve qu'ils sont de souche mélangée, du moins pour ce qui est du peuple. Les Matsyâh appartiennent sans contredit, comme les Aushînarah, leurs voisins, et les Kâmpilyah, leurs autres voisins du Madhyadesha, aux pays de l'occident. Ils en sont les colonies, ils sortent tous du Chavila ou Kampilah sur le Pishon; ils s'étendent, du côté du sud, vers les bouches de l'Indus, du côté de l'est vers le Doab, entre la Yamunâ et la Gangâ. Le nom de leur pays, c'est-à-dire celui de la géographie mythique, est Kushadvîpa, qui disparaît aux époques historiques. Les Âryas y substituent le nom du Sindhudvîpa pour la partie inférieure, et des Sapta Saindhavâh (le Pandjab) pour la partie supérieure aux régions du cours de l'Indus, depuis Attok jusqu'à la mer. Le Bharata-Varcham remplace à l'orient de vieilles dénominations, car il comprend le Madhya-desha des primitifs Céphènes.

Les Matsyâh de l'orient sont partiellement issus d'un mélange de la race céphène avec la race des Kolâhalâh, montagnards tibétains, habitués aux mœurs de la gynécocratie et avec laquelle ils contractent alliance. La légende renferme certainement, à ce sujet, un élément historique, quand elle dit que les rois théocratiques des Matsyâh, les Vasus, les riches, les créateurs du royaume d'un haut, d'un bas et d'un moyen Tchedi, ont eu pour gardes du corps des montagnards issus des Kolâhalâh[1].

46.

Grosse du fait du Vasu, la nymphe de la Yamunâ (la Derketô), l'Adrikâ qui a figure de poisson, met au monde un couple de jumeaux, frère et sœur, issus d'une déesse de l'abîme, de la parenté d'une Thalath ou Mylitta babylonienne. Des pêcheurs prennent ce poisson dans leur filet, lui ouvrent le ventre et il en sort un couple dont l'origine rappelle celle qu'Arrien donne, comme nous l'avons vu, aux ichthyophages. C'est la même conception que celle de la renaissance du navigateur, ou du marchand, du sein de la mort, et de sa conservation dans le ventre du poisson qui l'engloutit.

udchdchahur udarât tasyâh strî-pumânsam tcha mânuscham,
âshtcharya-bhûtam tad gatvâ râdchne' atha pratyavedayan
kâye matsyá imau... sambhûtau mânuchâv iti,
tayoh pumânsam dchagrâha râdch-oparitcharas tadâ
sa Matsyo nâma râdch-âsîd dhârmikah satya-sansarah[2].

Ils tirèrent du sein de la nymphe-poisson un couple, homme et femme, grande merveille! et allèrent l'annoncer au roi. ces deux créatures humaines sont provenues du ventre de la femelle du poisson! Ainsi dirent-ils. Le roi (Vasu, le Kushah), celui qui monte dans le char des dieux, dit aussitôt : Il sera roi, et aura nom Matsyah (poisson); il sera juste et marchera dans la droiture.

Le Matsyah est, en principe, le roi des Dâsah, des pêcheurs et de l'île des pêcheurs. Il rappelle, en tout point, le

[1] *Mahâbh.* I, âdiparva, Vanshavatârane, adhyâyah 63, shl. 2370, p. 86.
[2] *Ibid.* shl. 2391-2393, p. 87.

roi pêcheur de l'île de Seriphos, qui accueille Danaé et qui sauve Persée; le pêcheur et le roi Glaukos, le père d'un Bellerophontès, etc. Ce sont des types qui remontent à un vieux monde, et qui se localisent dans la légende, par suite de la migration des peuples; qui s'ensablent pour ainsi dire les uns dans les autres, par suite d'un roulement des vagues que produisent les différents courants de peuples.

Sa sœur, la nymphe, reste au service du roi des pêcheurs; elle appartient au Tîrtha, au lieu saint de la traversée d'une rive de la Yamunâ. Les Tîrthas sont des institutions fondées par les Céphènes et les Chamites, à travers toute l'Asie et l'Afrique. C'est par elles qu'on initie les marchands et les marins aux mystères de leur route. La route terrestre et la route maritime servent de figure à celle de la vie. Le soleil voyageur va de l'orient au couchant, du couchant à l'orient, du royaume oriental d'un Kuverah des richesses métalliques et des gemmes précieuses, trésors de la montagne, pleines de vertus magiques et curatives, au royaume occidental d'un Nairrĭt possesseur des perles, des coraux, des conques précieuses, trésors de l'Océan. Les deux abîmes se correspondent ainsi, le gouffre du mont et le gouffre de la mer. Le marchand va aussi d'un bout du monde à l'autre sous la tutelle du dieu.

Le Tîrtha est, soit un port de mer, soit un lieu établi au confluent de diverses rivières, dans des localités significatives pour le commerce. Il y avait là des temples, des écoles, des marchés, des dévotions, des ablutions, des initiations, des épreuves; un échange d'idées et de connaissances; un échange d'intérêts et d'affaires. Toujours en route, ni le marchand ni le marin du vieux monde n'avaient de famille; on leur improvisait une famille dans les Tîrthas, ou encore dans les îles de l'Océan et les oasis du désert. De là les Dâsis, les filles et les sœurs des rois pêcheurs, des rois des îles, des rois des oasis, des pontifes rois des temples; de là les servantes, les esclaves de la nymphe des eaux, de la prêtresse du temple des abîmes.

47.

Tel fut le caractère de la Matsyâ, de la sœur du Matsyah. Nymphe de la traversée, conduisant la barque, abordant à l'autre rive de l'existence; dans la traversée qui sépare les deux crépuscules, elle était l'amante du passager, du marchand ou du marin, elle avait un caractère sacré. Ce ne fut donc pas reellement, dans son principe, une institution de libertinage; c'était une forme de la vie antique, répudiée, avec une juste énergie, par les mœurs patriarcales de la plus grande partie des Sémites et des Âryas. S'agissait-il de la traversée de la mer ou du confluent des fleuves, la déesse du temple était une Derketô. S'agissait-il d'une localité de la montagne et des abîmes de la montagne, la déesse du temple était une Hécate.

Il y avait des Matsyâh guerriers, des Matsyâh pontifes, des Matsyâh agriculteurs, des Matsyâh marchands, des Matsyâh pêcheurs. Le roi des Matsyâh pêcheurs était le roi pêcheur, le roi de la caste des Dâsas, celui dont la sœur (fille, servante ou amante) conduisait la barque du roi, son père. Le roi des Matsyâh guerriers, le successeur de Vasu dans l'empire de Tchedi, régnait à Upaplavyah. Un mot d'abord sur le nom de son peuple. Si l'on ecrit Tchedi avec un *d* cérébral, ce mot prend le sens d'esclave; c'est ainsi que Dâsa, *le pêcheur,* a aussi le sens d'esclave. Il est probable qu'une race tibetaine, issue des Kolâhalâh, fut autochthone dans le Tchedi, et que les rois céphenes, les Vasus et les Matsyâh se servirent de ce peuple, qu'ils l'employèrent aux travaux des mines, à la canalisation; qu'ils lui en imposèrent par la religion, comme les Ôannès le firent avec les aborigènes de la Babylonie.

La capitale du roi des Matsyâh du pays de Tchedi portait le nom significatif d'*Upaplavya,* c'est-à-dire de la cité qui périt soudainement par suite d'une grande catastrophe de la nature, soit comme la Babylone des Ôannès, par suite d'un déluge, soit par cet événement qui est signalé dans la haute Asie, c'est-à-dire par un concours de *portenta*, par l'apparition de comètes et d'éclipses durant les catastrophes phlégréennes d'un monde anté-diluvien; ce qui causa en grande partie la dispersion de la primitive espèce humaine.

Si nous devons rattacher la catastrophe de cette capitale des Matsyâh à un grand déluge, il se rapporte évidemment à la fable du Matsyah de la légende des Vaichnâvas. Ce poisson sauva les sages d'une Inde originellement céphène. Il est dit de Kâshî (la Kasidia de Ptolémée), la grande université du Magâdha, qu'elle avait survécu à la ruine d'Upaplavya. Elle appartenait au domaine du Vasu, du Kusha; elle fut toujours célèbre, par la science, avant et depuis le déluge; elle reçut le *corpus* tout entier de l'écriture ou de la science des Matsyâh (dont on a fait par apocryphes le *corpus* de la littérature védique). Le Matsyah qui guida le navire, qui amena les sages, les saints de la cité d'Upaplavya, transporta le trésor de cette sagesse dans la cité de Kâsî. C'est ainsi que tout fut préservé de la destruction universelle. De Kâsî, le dieu-poisson se dirigea vers le mont Vindhya, où il arrêta le navire. Ce n'est pas la tradition du Manu, qui se rattache au Naubandhanam du Kachmir, c'est une autre tradition.

On le voit, le dépôt d'un corps de littérature et de science sacrée émané des Matsyâh est identique à ce que Bérose nous raconte du dépôt du *corpus* de la littérature des Oannès, qui fut confié à la cité des Sipparéens, également dans une université, dans un lieu fameux par l'agrégation de toutes les lettres et de toutes les sciences babyloniennes qui échappèrent ainsi à la destruction. Voilà comment il arriva, dit-on, que la science d'un vieux monde put être transmise à un monde nouveau.

48

Arrivons maintenant au point essentiel. Quel fut, chez les Matsyâh, le porteur mythique, l'auteur symbolique d'un corps de science comparable à celui des Ôannès de la Babylonie? D'où prit-il naissance? On a travaillé la légende tout entière afin de rapporter à la littérature du Véda ce qui ne lui appartient pas. Les Brâhmanes, ayant reçu des pontifes bruns, dont les Matsyâh faisaient partie, le fond même de leur enseignement, ils amalgamèrent les deux choses. Ce ne fut pas l'œuvre d'une fraude, mais l'œuvre de la confusion des âges

Revenons, pour cela, à la fille du roi des pêcheurs, établie au Tîrtha, pour faire traverser les rives de la Yamunâ, où demeure le peuple dragon, qui réclame ses victimes (La légende de la purification de la Yamunâ par le Yadu Keshavah en fait foi) Elle reçut dans son navire un passager qui s'unit à elle pour donner le jour à un Vyâsah, à un compilateur auquel on attribue la réunion de tout le corps d'une littérature sacrée et profane, en y comprenant les Shilpa Shastras, les manuels qui s'occupent de la science technique, et forment l'enseignement héréditaire de la caste des Shûdras, les arts et métiers, la maçonnerie, l'architecture, la fondation des temples. Il y en avait pour la race céphène, il n'en existait pas pour le peuple védique, pas plus qu'il n'en existait pour les Bactriens, les Pélasges et les vieux Latins.

49.

Ce passager est le Parâsharah, ce qui veut dire littéralement *le plus sublime des dévorants*. Le feu dévorant, le feu sombre, le feu plutonien est Âsharah, Ashirah, car il dévore la chair et les os, l'impur, mais il ne dévore pas l'âme, l'immortelle. Le Parâsharah est l'expression du dieu des Cycles et des temps, du feu dévorant qui reproduit ce qu'il vient de dévorer. Il correspond ainsi exactement à un Zerovanes ou à un Zrûn (à un Chronos), adoré des mathématiciens et des astronomes, dans les rangs des Mages et des Chaldéens. Il est un Bal-Itan, un vieux Belos, un vieux des jours, etc dont le Parâsharah, le pontife est l'expression et le représentant. Il sort d'un foyer souterrain, et il traverse la Yamunâ, pour aborder à un foyer céleste, mais seulement après s'être uni à la nymphe, sa conductrice, dans une île ténébreuse, issue du sein de la Yamunâ.

C'est à ce Parâsharah que l'on rapporte tout le vieux calcul des temps, et ce système des quatre Yugas, qui est absolument identique au calcul des temps et au système des Sares, des Nères et des Sosses, œuvre des Oannès de la primitive Babylonie. Colebrooke nous apprend que le cycle de cinq ans est l'originel Yuga de Parâsharah, dont il est question dans un code de lois (compilation factice) qui porte son nom[1]. Le cycle de soixante ans, attribué au chef des Angiras, et connu également des Babyloniens, n'est qu'un développement ultérieur du cycle de Parâsharah, et remonte à lui comme à son vrai principe. L'âge du Kaliyuga correspond exactement à la somme du calcul des âges d'un monde anté-diluvien chez Bérose. Les débris de ce calcul des temps existent, comme je l'ai dit, dans des fragments plus d'une fois cités d'Hésiode, du Grimnismal de l'Edda, etc. Le cycle de soixante ans appartient au plus vieux calcul des temps chez les Chinois, les Égyptiens, et il y en a des traces parmi les Grecs. La donnée de ce calcul est autant mythique que scientifique; elle se rapporte certainement à un point central de la vieille Asie, qui ne saurait être autre que le berceau de la race céphène.

50.

Parâsharah enlève à la Matsya-gandhinî l'odeur du poisson et lui communique un parfum pareil au parfum que les Hétaires royales tiraient de la vente des poissons de leur domaine impérial du lac Mœris. Elles perdaient ainsi cette réputation de l'Hétaire, car celle-ci cessait dès que l'Hétaire s'était acquis une dot pour devenir mère de famille[2]. On sait

[1] *Misc. Ess.* vol. I, p. 107-108.
[2] Diodore, I, 52.

qu'Isis communiqua ce parfum aux nymphes, serves ou suivantes de la reine déesse de Byblos [1]. Elle changea ainsi très-certainement leur mauvaise renommée en une bonne renommée. C'est ainsi que fit Parâsharah, en purifiant la Matsya-gandhinî de son odeur de poisson, c'est ainsi qu'il la parfuma de bonne renommée, qu'il en fit une Gandhavatî, etc. dont le parfum d'honneur se répandait bien loin à la ronde. C'est à cette circonstance de la dispersion du parfum de sa renommée que s'applique, en effet, son nom de Yodchana-gandha.

âsît sâ Matsya-gandha iva kantchit kâlam shutchi-smitâ
shushrûch-ârtham Pitur nâvam vâhayantîm dchale tcha tâm
tîrtha-yâtrâm parikrâman apaşhyad vai Parâsharah
atîva-rûpa-sampannâm siddhânâm api kângkchitâm
drĭchtva iva sa tâm dhîmânsh tchakrame tchâru-hasinîm
divyâm tâm Vâsavîm kanyâm Rambh-orum muni-pungavah
samgamam mama kalyâṇi kuruschv-ety ubhyabhâchata
s-âbravît pashya bhagavan pârâvâre sthitân rĭchin
âvayor drĭchtayor ebhih katham tu syât samâgamah
evam tay-okto bhagavan nîhâram asrĭdchat prabhuh
yena deshah sa sarvas tu tamobhûta iv-âbhavat
drĭchtvâ srĭchtan tu nîhâram tatas tam paramarchinâ
vismitâ s-âbhavat kanyâ vrîḍitâ tcha tapasvini [2].

La jeune fille au beau sourire conserva pour un temps l'odeur du poisson (c'est-à-dire pour tout le temps qu'elle fut Dâsî, Hétaire au service de la déesse du Tîrtha, jusqu'à ce qu'elle se fût établie en se constituant la dot de son établissement, et en se rachetant ainsi de l'esclavage vis-à-vis la déesse sa mère, qui résidait dans les abîmes de la Yamunâ. Elle était au service du roi des pêcheurs, son père fictif). Obéissant aux ordres de son père, elle conduisait le navire à travers les ondes de la Yamunâ. Parâsharah vit cette fille d'une beauté inouïe, quand il se rendit au Tîrtha (lieu de marché et de pèlerinage). Elle eût été désirée par les bienheureux mêmes. Quand il la vit qui s'avançait en souriant d'une manière si agréable, cette fille divine du divin Vasu, le taureau des solitaires lui dit :

[1] Plutarch. *de Isid.* cap. xv.

[2] *Loc. cit.* shl. 2398-2402 2404, p. 88.

« Accordez-moi, ô femme bienheureuse, le lieu d'une réunion! » — « Regarde les hommes pieux qui se tiennent sur l'autre rive; comment pourrais-je t'accorder un entretien tandis qu'ils ont tous les yeux fixés sur moi? » Elle dit : il créa aussitôt un épais brouillard et cette contrée fut soudainement couverte d'épaisses ténèbres. Mais, quand elle vit le brouillard qui l'enveloppait de toutes parts, la jeune fille fut saisie d'une profonde terreur et toute couverte de honte.

Il la prie de lui demander la grâce qu'il pourrait lui accorder pour obtenir ses faveurs.

... varam vavre gâtra-saugandhyam uttamam...
tena Gandhavat-îty evam nâm-âsyâh prathitam bhuvi
tasyâs tu yodchanâd gandham âdchighranta narâ bhuvi
tasyâ Yodchana-gandhati tato nâm-âparam smritam[1].

Elle choisit le plus doux parfum du corps (comme emblème d'une belle renommée qui la relevât du servage, ou de son état d'abaissement).

La terre entière proclama alors sa renommée, en lui donnant le nom de la femme au beau parfum. Les hommes respirèrent ce parfum de bien loin à la ronde; c'est de là que lui vient son autre nom, de la femme dont le parfum est senti de bien loin à la ronde.

Cet établissement des Hétaires de la race des Matsyâh est ainsi un vrai rachat, et leur installation en dignité et renommée. Le fils qu'elle met au monde est le Pârâsharyh, le fils de la Parâsharî, non pas du Parâsharah. Il porta un nom métronymique. Cette nymphe ainsi parfumée est la Kâlî, la noire, l'Éthiopienne. On l'appelle *la Gandha-Kâlî*, la femme noire ou éthiopienne au doux parfum et à la bonne renommee. D'où le nom de Krischṇa, *noir*, qui est donné à son fils.

dchadchne tcha Yamuna-dvîpe Pârâshâryah sa vîryavân
sa mâtaram anudchnâpya tapasy-eva mano dadhe[2].

[1] *Loc. cit.* shl. 2409, 2411-2412.
[2] *Ibid.* shl. 2414.

Pârashâryah, doué de grandes forces, naquit ainsi dans une île de la Yamunâ. Célébrant partout le nom de sa mère, il livra son âme à la rigueur d'actes sacrés.

Il s'enorgueillit donc du nom de sa mère et non pas du nom de son père, qui n'en fut pas moins, pour lui, le principe de sa science. Né dans l'île (dvîpa), et dans les ténèbres de l'île de la nymphe à la peau noire, il eut le nom de *l'homme noir*, Krĭchṇa Dvaipâyanah. C'est ainsi que le corps tout entier d'une littérature sacrée, identique à la littérature de l'Ôannès de la Babylonie, du Thoth des Égyptiens, de l'Ophioneus des Phéniciens, se trouve rapporté, dans l'Inde céphène, à un génie né dans les ténèbres, à l'homme noir, qui accomplit un acte de dévotion, en s'adressant à sa mère, issue d'un poisson femelle, fécondé par le Kushah, le Vasu, le roi des richesses plutoniennes. Toute la science provient de la racine de l'arbre du monde. Là est le Ahir budhnyah, le dragon de l'abîme. Elle n'est pas communiquée par un dieu, elle ne vient pas d'en haut. Les Ôannès, le Parâsharah, le Pârâsharyah, le Thoth, l'Ophioneus, le Hermès jaillissent d'un foyer souterrain et montent de l'abîme aux cieux, pour l'instruction d'une vieille portion de l'espèce humaine.

51.

Il serait bien urgent de faire une monographie du dieu Thoth. Elle n'existe pas jusqu'ici; il est probable que le dépouillement du livre des morts, dont le texte a été publié par Lepsius, avancerait en partie la besogne, si l'on parvenait jamais à en posséder entièrement le contenu. Rien de plus curieux, sans contredit, que tout ce que les anciens nous disent de Thoth en général et en bloc, et les renseignements que nous devons spécialement à saint Clément d'Alexandrie, sur l'ensemble d'un corps de littérature sacrée, ramené à Thoth comme à sa source, et au même dieu comme au principe de l'hiéroglyphique; mais tout cela a besoin de la confrontation des monuments, de vérification et de triage.

Nous ne devons déjà que trop de confusion à la fausse littérature hermétique, surtout à ce que nous rapportent les néo-platoniciens, les néo-pythagoriciens, à ce que Plutarque même nous communique sur la vieille Égypte, dans son Traité d'Isis et d'Osiris. Ajoutons à ce désordre les fragments d'une discussion alexandrine sur la science des Égyptiens chez Damascius, etc. Tout cet ensemble de spéculations stoïciennes, néo-platoniciennes, néo-pythagoriciennes a été violemment introduit dans l'interprétation des antiquités égyptiennes, qui avaient péri depuis l'interruption de toute vie propre de la vieille Égypte. La déchéance, qui data de la domination persane, s'aggrava par le fait de la manie d'interprétation qui posséda les Grecs depuis le règne des Ptolémées. Le corps d'un sacerdoce égyptien resta debout, il est vrai, mais comme une momie dans son sarcophage. De fausses lumières ont trop souvent guidé et égaré, dans l'interprétation des monuments de la vieille Égypte, quelques-uns des grands égyptologues. Champollion, homme de génie, divinateur du premier ordre, était un critique des plus faibles par rapport à l'interprétation de toute cette littérature gréco-alexandrine, si confusément appliquée par lui aux interprétations des monuments de la vieille Égypte.

Bunsen nous a donné, du moins sous un point de vue général, et avec une critique relativement ingénieuse et toujours savante, le meilleur résumé de ce que nous pouvons savoir jusqu'ici sur le personnage hiéroglyphique de Thoth, qui sert d'expression aux rudiments d'un corps littéraire et scientifique de la plus vieille Égypte. Le mythique Thoth agissait comme le mythique Oannès, comme le mythique Pârâsharya, comme le mythique dragon de la primitive Chine. Il posait, comme eux, les fondements d'un ordre de civilisation au milieu de races sauvages, aborigènes de la vallée du Nil, du delta de l'Euphrate et du Tigre, du delta de l'Indus, du delta des confluents de la Gangâ et de la Yamunâ, et des contrées voisines des rives de la mer de Kokonor. Des étrangers sortaient, disaient-ils, d'un Hadès, d'un foyer souterrain, porteurs d'une science d'organisation qui reposait sur un principe de géométrie et d'astronomie, qui ordonnait un calendrier mythico-astronomique, qui canalisait le pays et faisait le cadastre de son territoire, fixait l'enceinte des villages et des cités, ordonnait celle des temples, des résidences pontificales et des résidences royales, qui ébauchait un code de lois, un corps d'ouvrages sur l'anatomie et la médecine, relevant d'un principe sacré. Elle apportait un système d'écriture hiéroglyphique pour exprimer toutes ces choses. Elle se révélait dans un ensemble qui ne permet pas d'y voir le développement d'une culture autochthone aux lieux où elle s'applique.

Tout cela se développe, il est vrai, dans le cours des âges, comme on peut le voir partout où se rencontre un principe d'organisation : en Chine ; dans la Mésopotamie de l'Inde centrale ; dans les régions de l'Indus et du Guzerate ; en Babylonie ; dans l'Arabie méridionale ; dans l'Éthiopie, y compris Méroë ; dans l'Égypte, et finalement dans la Phénicie. Mais l'identité du principe se rapporte à un ordre de civilisation complétement importé d'ailleurs. C'est ce qui force l'esprit de critique à attribuer ces rayons de lumière au centre d'une vieille culture que tout concourt à placer dans les régions du Gihon et du Pishon. La genèse biblique les place immédiatement dans le voisinage du berceau de l'espèce humaine. Ce n'est que dans ces régions de Kusch et de Chavila que la culture a pu parcourir la longue période de ses commencements ; ce n'est que là qu'elle a pu avoir son histoire et sa genèse. Son développement ultérieur émane partout ailleurs dans l'ensemble primitif d'un tout complétement formé. Il va de soi qu'un tel ensemble s'élabore, se subdivise, se fractionne de nouveau et se développe comme un arbre de culture nouvelle, conformément aux accidents du sol, des contrées, des climats et des populations autochthones ; il est d'origine tibétaine dans l'Inde, ou encore d'origine malaisienne, nègre, quel que soit le mélange d'éléments auquel tout cela ait primitivement appartenu.

52.

Les *stelai* d'un Hêraklès susien, babylonien et phénicien appartiennent à la vieille Asie céphène, qui précède de loin l'Asie sidonienne, tyrienne et carthaginoise. Il est vrai que les dieux de Sidon reposent, comme les dieux de Tyr et de Carthage, sur le même fondement. Les *Herakleous stelai* du Périple de Marcien, l'*Herakleous bômos* de Ptolémée, ces colonnes et cet autel d'un prétendu Hêraklès, d'un dieu des navigateurs céphènes, issus, comme les Ôannès, de la mer des Indes, ou encore du golfe Persique; ces stèles, cet autel se trouvent, les stèles au nord-ouest de la Susiane, l'autel au sud de la Mésopotamie; ces lieux offrent une analogie évidente avec les Tîrthas, lieux de marché et grands sanctuaires. Rawlinson a essayé de déterminer leur position géographique[1].

Movers[2], qui se laisse trop exclusivement guider par l'analogie des kiones (ou *stelai*), des colonnes dont parlent les Grecs, avec le mot sémitique *Chijun*, porte son attention sur le passage du prophète Amos[3] où il est question de ce Chijun, qu'il compare à la colonne d'un Hêraklès syro-babylonien. Cette colonne est celle de l'autel du dieu du feu, qui est lui-même *colonne aspirante*, soit obélisque, soit pyramide. Il a, très-certainement, son origine dans le souterrain, au lieu de la caverne, de la tombe, du vieux dragon, de l'Ahir budhnyah, que nous savons être enroulé autour de la racine de l'arbre du monde, couché dans le fondement humide de toutes les existences. Nous savons qu'il soulève, comme Sheshâ, les colonnes du ciel et de la terre, ici du nombril de l'Océan, là de l'intérieur de la montagne centrale. Les conceptions d'un Atlas et d'un Hêraklès d'origine céphène s'unissent ici nécessairement. Elles se divisent ultérieurement :

[1] *The History of Herodotus*, vol. I, p. 624-625.
[2] *Die Phönizier*, vol. I, p. 289-292.
[3] *Amos*, V, 26.

Héraklès figure l'action, le principe mobile, le guide de la colonie terrestre et de la colonie maritime; Atlas est le principe cosmique de la fondation, de l'établissement même.

53.

En sortant d'Égypte, Jéhovah marche en avant des Israélites sous la figure d'une colonne de nuée et d'une colonne de feu. Ici éclate, comme partout, la distinction radicale du monde monothéiste des Sémites et du monde polythéiste des Chamites; elle se manifeste dans l'analogie de la typique, ou de l'hiéroglyphique même. Jéhovah est une colonne et un fondement, car il pose les fondements du ciel et de la terre. Il fonde, de ses bras puissants, les colonnes qui les séparent. Il les fonde à lui seul[1], et non pas avec le dragon d'un feu volcanique qui les ébranle; il secoue ces colonnes des cieux qu'il a placées sur leurs fondements[2]. Ce n'est ni un Ophioneus, ni un Shecha, ni un Kapila qui s'agite dans les abîmes; ce n'est pas un Atlas dont la tête se fatigue, qu'Héraklès soulage un moment de son poids, pour le lui replacer ensuite sur les deux épaules. Il a posé la pierre angulaire[3] qui sert de fondement à la terre, cette pierre d'un édifice, qui n'est pas une Hestia hécatéenne et héphestienne. Lui, le rocher, l'appui de l'homme fort[4], est plus que ce mont de Dieu, que ce mont du nord, dont parle Isaïe, que ce Vrïhat, ce Berezat, ce Merou, ce haut plateau qui renferme les sources des quatre fleuves de la cosmographie arienne et céphène : de l'Oxus (Gihon), de l'Indus (Pishon), du Iaxartes et du fleuve de la Sérique, qui compose les vastes embranchements du système du Tarim, dont l'embouchure est dans la mer intérieure du lac de Lop.

L'Éternel marche devant les Israélites, à leur sortie d'É-

[1] *Job*, IX, 6.
[2] *Ibid.* XXVI, 11.
[3] *Ibid.* XXXVIII, 4, 6.
[4] *Psaum.* XVIII, 3, 32.

gypte, en deux colonnes; le jour dans la colonne d'une nuée humide, qui récèle la foudre et l'orage; la nuit, dans une colonne de feu. Nous retrouvons ici encore une analogie et une distinction tout ensemble avec les colonnes d'Agnis et de Soma. Ces deux principes nous sont connus déjà comme les soutiens du monde chimique, par le mélange du principe igné et du principe humide. Nous y avons reconnu les fondements d'un quadruple autel : solaire et éthéré, atmosphérique, terrestre et volcanique; nous avons vu que leur principe fut un autel cosmique et central.

On comprend ainsi l'hiéroglyphe de cette double colonne : de la colonne de la nuée, celle du jour; de la colonne du feu, celle de la nuit, guides des Hébreux dans leur marche à travers le désert, depuis leur sortie d'Égypte [1], avant qu'ils parvinssent à la terre promise, sous la conduite de Dieu. Moïse et Aaron étaient leurs guides; Aaron, dont la verge eut la puissance du serpent de vie, renaissant de la tombe, du Séraph, qui détruisit l'empire du serpent de mort (du Nachash) dans la lutte qui s'établit entre lui et les pontifes de l'Égypte [2]. Les deux colonnes se placent entre les Israélites, qui sortent de la terre de l'exil, et les Égyptiens, qui veulent les empêcher de partir [3]. Ces colonnes, fondements de l'autel et du tabernacle, après avoir guidé Israël, reparaissent encadrées, au temps de Salomon, dans le temple de Jérusalem. Ils forment les soutiens, ils sont les appuis des *sacra* ou du culte de la race monothéiste, dont le dieu triomphe des appuis des *sacra* ou du culte de la race polythéiste par essence.

54.

En laissant à Movers la responsabilité de ses étymologies, j'insiste sur ce qu'il dit de sensé et d'intéressant au sujet des colonnes qui portent le nom de *Jachim* et de *Bouz*, et qui

[1] *Exod.* XIII, 21, 22.
[2] *Ibid.* VII, 9, 12.
[3] *Ibid.* XIV, 19, 20, 24.

figurent dans le temple de Salomon [1]. L'une de ces colonnes représente l'élément stable et l'autre l'élément mobile. Un dieu autocrate, une providence divine fonde l'univers sur le type d'un temple; il en est l'architecte, et deux de ses anges marchent dans la colonne de la nuée et dans la colonne du feu. Il est celui qui fonde le tabernacle; il est celui qui inspire la sagesse de Salomon. De même que Moïse possédait toute la science des Égyptiens, sans être touché de leur idolâtrie, Salomon consultait la sagesse des Tyriens. L'architecte du Temple, Hiram, était un Tyrien. Le dieu fondateur du ciel et de la terre, vient-il à manquer? tout s'écroule; tout se maintient par le même dieu. Il en fut de la sagesse de Salomon, comme il en devait être du temple de Jérusalem; la sagesse de l'un s'évanouit, et le temple fut à jamais renversé sur ses fondements; mais un nouveau temple, dont les assises de l'autel se trouvaient dans le cœur de l'homme, s'éleva sur les ruines de l'ancien, dressé dans un asile divin, ferme et à jamais inébranlable.

55.

Sanchoniathon rattache l'érection des deux stèles ou colonnes du temple de Tyr au fait suivant. Quelque chétif que soit le fragment de cosmogonie dont il fait sortir sa primitive généalogie de l'espèce humaine, qu'il localise dans la Phénicie, elle offre les points de comparaison les plus inattendus avec des généalogies du même genre que l'on rencontre dans les récits des Pourâṇas. Il en sera question dans mon second mémoire. Il est impossible de trouver une solution à certaines identités des mieux caractérisées et des plus rigoureuses, si l'on n'admet pas la communauté d'origine, dont la source, comme nous l'avons déjà prouvé, s'écoule dans la région des Gandharvâh.

Laissant provisoirement de côté les antécédents cosmiques du vent Kolpias, dont il fait un homme, et du chaos, de la masse

[1] *Die Phönizier*, vol. I, p. 292-296. I *Rois* VII, 15-22.

ténébreuse, Baau, dont il fait une femme, Sanchoniathon donne, comme le produit de leur union conjugale, deux fils, Aiôn (l'Âyus du Véda) et Prôtogonos (le Prathamadebah védique). L'un, Aiôn, peut rappeler le premier-né de l'arbre ou de la roche, l'étincelle du feu, caché sous leur enveloppe, qui est porté sur l'autel, qui inspire le pontife, qui inspire la prêtresse, et qui leur sert de modèle. Les Âyavah, les Aiônes, les hommes, les vivants, qui vivent d'une existence séculaire, d'un cycle déterminé d'années, sortent de leur union et de leur embrassement. Le Prôtogonos, le premier-né, est l'homme réel; la Prôtogenia, la première-née, est la femme réelle; or Aiôn et Prôtogonos réclament des compagnes; mais il n'en est rien dit. Il rappelle le Verbe, le Kavi, l'hymnode du Véda; elle serait la Vâk, la parole, le chant. Ils personnifient les ancêtres d'une race ârya. L'homme Gandharva et la femme Gandharvî se sont très certainement rapprochés davantage de l'original où Sanchoniathon a puisé sa tradition. Inutile de vouloir deviner aujourd'hui ce qui est à tout jamais perdu.

56.

Je ne crois pas que M. Renan ait eu raison de voir, dans ce petit fragment, un plagiat fait à la Genèse. Les noms de Kolpia et de Baau, dont relèvent cet Aiôn et ce Prôtogonos (deux noms helléniques), me sont un garant presque certain de leur authenticité. Il me semble tout d'abord que cette conjecture est inadmissible, si nous faisons attention qu'il est dit du fils de cet Aiôn tout ce que le Véda nous affirme de la Gandharvî, qui siége dans l'arbre de mort (la Shamî), et du Gandharva, qui occupe l'arbre de vie (l'Ashvattha). La légende l'appelle Urvashî, la femme aux vastes désirs; Purûravas, son amant, est l'homme qui crie beaucoup, qui appelle beaucoup, qui voudrait se joindre à la femme. Le Seilénos des bois se joint ainsi à la Dryade, à la nymphe de l'arbre; le Faunus, l'oracle de l'arbre des bois, se joint ainsi à la

Fauna qui est aussi un oracle de l'arbre des bois. MM. Roth et Max Müller ont traité ce sujet à deux points de vue opposés. Il me semble cependant que M. Roth relève mieux le point de départ; il n'en est pas moins vrai que la Gandharvî et le Gandharva ont aussi entre eux les mêmes rapports que la nymphe Aurore et le dieu du jour. Mais il y a là un élément humain très-positif, auquel il est fait allusion dans le rituel des noces de la gynécocratie, des noces pratiquées sous la forme gandharva, ce à quoi M. Müller n'a peut-être pas suffisamment fait attention. Toute cette légende entre, avec des modifications absolues, dans le rituel des noces de la famille ârya, ce qui est également à considérer. Le fragment de Sanchoniathon acquiert ainsi de la valeur. Le rituel des noces, dans le Grĭhya-sûtra; l'hymne védique qui célèbre les noces des dieux comme prototype des noces des hommes; la naissance d'Âyus et des Âyavah, à la suite de ces noces; tout cela se lie à un vieil ensemble. Sanchoniathon l'a eu devant les yeux sous forme d'une rédaction phénicienne; mais son traducteur Philon a eu le grand tort de l'helléniser.

57.

Il est dit qu'Aiôn découvrit le premier, parmi les Phéniciens, l'art de manger le fruit des arbres, et cela a bien réellement l'air d'un emprunt fait au récit biblique; il se peut; mais encore ce fond d'appétit revient-il dans une foule de traditions. Âyus est Dchamad-Agnis, le feu qui mange; il est l'Âyus (ou l'Aiôn) mangeant; il dévore l'arbre qui contient le germe du feu; il se nourrit de bois et de broussailles. Âyus et Âyavî, Aiôn et sa compagne, Agnis et Agneyî sont Dcham-patî au duel. Pourquoi cela? Parce qu'ils mangent ensemble le fruit de l'arbre, comme le reste. La femme surtout est Dcham, c'est-à-dire celle qui mange. La patrie des Âryas s'appelait Dchambu, car les primitifs époux, les Jumeaux, les Yamau, le frère et la sœur s'y partageaient le fruit de l'arbre Dchambu. Dans le rituel des noces on y fait allusion, dans maintes plaisanteries. Cela s'appelle *Dchambûlah* quand cela vient des paranymphes du frère ou de l'époux; cela s'appelle *Dchambû-mâlikâ* quand cela vient des paranymphes de la sœur ou de l'épouse. Ce sont là de très-vieilles coutumes des *paraphernalia;* et, si je voulais fouiller plus loin, je leur trouverais, jusque chez les peuples sauvages, des analogies.

58.

Un second fragment se rattache immédiatement au premier. Kolpias et Baau, Aiôn et Prôtogonos appartiennent au berceau de l'espèce humaine; ils ne sont localisés nulle part; nous allons les voir, maintenant, localisés dans la Phénicie, car Sanchoniathon ajoute que Genos et Genea furent les descendants de cet Aiôn et de ce Prôtogonos, et qu'ils habitèrent la Phénicie. Qu'est-ce à dire?

Cela ne peut signifier, selon moi, que ce qui suit :

Quand les ancêtres des Phéniciens sortirent de leur berceau, ils emportèrent avec eux un souvenir des lieux de leurs origines, et ils localisèrent ce souvenir dans la Phénicie. Ils s'y montrent à nous comme une génération entièrement dépaysée, habitant un séjour désolé, qui n'était plus le vieux paradis des arbres, paradis de leur berceau. Si nous voulions, à toute force, y voir un souvenir biblique (mais nous nous y refusons), nous y verrions une allusion au pays de Nod, où encore à la terre frappée de stérilité par la perte du paradis. Que le lecteur en soit juge. Ils élevèrent leurs mains suppliantes vers le soleil, au temps des grandes sécheresses; ils l'invoquèrent sous le nom de *Beelsamên*, seigneur des cieux; mais nous n'avons pas à considérer ceci pour le moment.

Genos et Genea sont fils et fille d'Aiôn et de Prôtogonos; erreur manifeste, car Aiôn et Prôtogonos, l'homme vivant, l'Âyus, le pontife des dieux et le premier-né ne forment pas un couple. C'est donc une négligence de rédaction, si ce n'est pas une plus grosse erreur. M. Renan croit voir dans Genos et Genea, leur postérité, l'équivalent d'un pluriel *tholedeth* et *moledeth*, hommes et femmes[1], qu'il compare à Thaláth et Mylitta, chez les Babyloniens.

De Genos et Genea, fils et fille d'Aiôn (ou de Prôtogonos) sort une génération des trois feux, Phôs, Pyr, Phlóx. Ils nous ramènent, en droite ligne, dans la forêt des Gandharvâh, au milieu d'une race anté-ârya, qui joue, comme nous le savons, un si grand rôle dans les hymnes du Véda. La tradition des trois feux, quoique Philon ne nous donne que leur nom hellénique, est contrôlée par le rôle que jouent ces trois feux chez les Gandharvâh, et par suite chez les Âryas. Ils ont leur signification rituelle dans la maison gynécocratique des Gandharvâh et dans la maison patriarcale des Âryas. Ces Tret-Agnayah, ces trois grands feux, sont les feux domestiques du culte et de la loi, et ils sont maintenus par le Tret-Âgnis, leur pontife.

Ce qui suit dans le récit de Sanchoniathon rend leur identification et, par suite, leur vérification absolue.

Phôs, Pyr, Phlóx, ces trois petits-fils d'Aiôn, sont, en effet, comme les Tret-Âyavah (ou Agnayah) les descendants de Âyus (Aiôn) qui entrent dans les bois, où ils découvrent l'art de frotter ensemble des morceaux de bois, pour en faire jaillir le feu, art qu'ils communiquent aux hommes. Ce mode d'obtenir le feu est antérieur à celui qui fut enseigné par Prométhée, ou par le Mâtarishvâ du Véda. Il n'est pas le produit d'un rapt, comme le dernier. Il appartient au Gandharva et à la Gandharvî; au Gandharva Purûravas, à l'homme du désir, qui habite l'Ashvattha, l'arbre de vie; à la Gandharvî Urvashî, à la femme du désir, qui habite la Shamî, l'arbre de mort. Ils s'unissent dans l'union de leurs désirs. De cette union naît Âyus (Aiôn), l'être vivant, le principe des Éons dans l'ordre cyclique des générations humaines de l'époque primitive. La Gandharvî terrestre, la femme du désir, est ravie par le Gandharva céleste, le Tvachtar, qui en est jaloux. Le Gandharva terrestre parcourt les bois, ne

[1] *Mémoire*, p. 26.

la trouve pas, apprend par une voix, qui part de la Shamî, de l'arbre de mort, qu'elle est cachée sous son écorce. L'enlaçant alors de ses bras, et devenu Ashvattha, arbre de vie, il l'en extrait au moyen d'un instrument qu'on appelle l'*araṇi*. On y introduit une branche de l'arbre de vie, que l'on fait tourner dans l'araṇi, composé du bois de l'arbre de mort. La flamme bondit, et Purûravas la divise en trois feux, qu'il installe dans sa demeure. Voilà la contre-partie de Phôs, Pyr, Phlóx; rien de plus évident. L'Apsarâ, ayant souvenir de son amant terrestre, vient clandestinement le visiter du haut des cieux. Il en naît une génération cyclique de cinq Âyavah (les Pantch-âgnayah du Véda), qui se distribuent en cinq Dchanâh (*gentes*) ou Phyles, et dont sortent les dix générations de l'époque d'un monde ou d'une tradition primitive.

Les Âryas ont reçu cette tradition des Gandharvâh, ce qui est constaté par le Véda. On sait que les vieux Grecs, les vieux Latins, les vieux Celtes, les vieux Germains, à certaines époques de l'année, se rendaient solennellement dans les bois pour en extraire le feu du foyer domestique, par la même opération rituelle de l'araṇi. Cela remonte à une antiquité incalculable. On le retrouve également chez les races du Touran, et dans une très-grande partie de l'espèce humaine. Comme je l'ai dit, c'est une tout autre légende que celle de l'origine du feu prométhéen, volé au ciel des Gandharvâh par Mâtarishvâ, au temps de la querelle qui brouilla les Gandharvâh et les Âryas; les premiers ayant retiré aux derniers les *sacra* d'Agnis et de Soma, qu'ils leur avaient d'abord communiqués. Le rituel et la liturgie prouvent que la source de cette technique appartient au foyer de l'industrie d'un monde céphène.

59.

Nous avons à rendre compte d'une autre analogie bien saisissante entre le fragment cité de Sanchoniathon et les généalogies purâniques qui se rattachent à la personnification des trois feux dans une primitive famille de l'espèce humaine. Les Purâṇas font sortir de ces trois feux les races des géants personnifiés sous la figure de rangées de montagnes autour de la terre centrale des Gandharvâh, auteurs de ces feux, postérieurement remplacés par les Âryas, qui les délogent de leur territoire. Cela s'applique, d'une manière frappante, à cette Asie centrale, rangée autour du Kusch et du Chavila, comme autour du paradis de la Genèse, autour du Berezat ou du Vrĭhat des Âryas de la Perse et de l'Inde. Ceux-ci la désignent encore comme Merou, et ils y placent le Dchambû, le paradis du fruit de l'arbre dont se nourrissent les époux Dampatî, sur l'inspiration de la Dcham, de la mangeante, de la femme. Ritter et Alexandre de Humboldt ont parfaitement saisi la grandeur des traits d'une antique cosmographie céphène, que les auteurs des Pourâṇas ont pu défigurer sans lui ôter la vérité ni la majesté. Il s'agit du puissant tableau de cette rangée de hautes montagnes qui s'étendent au nord et au midi de l'Asie centrale. Ce sont les chaînes du Muztagh et du Tianchan au nord, les chaînes du Caucase indien et du Kuenlun au midi, et la chaîne du Belur ou de l'Imaüs, qui les sépare. C'est encore la gigantesque rangée de trois grandes chaînes himâlayennes, qui, traversant les trois Tibets et bordant l'Inde au nord, viennent se masser et se joindre, du côté du Caucase indien, aux groupes précédents.

Il est évident que d'énergiques races d'hommes, issues du point central, ont dû occuper ces chaînes dans la suite des âges. La Genèse les connaît sous le nom de *Nephilim* ou de *Géants;* la tradition brâhmanique en est remplie. Sanchoniathon a reçu le dépôt d'une tradition qui avait déjà localisé le Genos, issu d'Aiôn, et les trois feux, ses descendants, et qui les avait établis dans la Phénicie, où elle localisa ultérieurement ces génies et ces montagnes dans les monts Kasios, Libanos, Antilibanos, Brathy (le Thabor) [1].

[1] Renan, *l. c.* p. 22.

60.

Sanchoniathon nous présente un tableau très-grossier des mœurs de la primitive gynécocratie; cette grossièreté ne se rencontre pas dans la tradition védique des Gandharvâh, mais elle semble bien se rapprocher de la manière de voir des Hébreux lorsqu'ils parlent des Kadeschim. C'est le tableau d'une grossière dégénérescence et des derniers excès des mœurs de la gynécocratie.

La Genèse a évidemment en vue la tradition d'une gynécocratie d'un monde primitif, quand elle dit que les Nephilim, les Géants, les Puissants, les Glorieux, les Renommés, les Héros sur la terre étaient issus du commerce des Beni-Élohim, des fils de Dieu, avec les filles des hommes, et que ce fut là le principe d'une corruption universelle du monde primitif[1]. Ce sont là les mœurs des Gandharvâh. La Gandharvî, la femme séduisante par la parole, la Vâk, se laisse acheter par les Bhrĭgus et les Angiras, les fils d'une race pure et divine, des Âryas. Elle sert d'intermédiaire entre les Âryas et les Gandharvâh, selon les récits des livres liturgiques, des brâhmaṇas du Véda. Voici maintenant ce que Sanchoniathon nous enseigne, en localisant la même tradition dans la Phénicie.

Les Géants eurent commerce avec leurs propres mères, qui, au passage des hommes, s'asseyaient nues devant eux, certainement comme Kadeschim ou Déva-dâsîs, comme esclaves de la déesse des Tîrthâs, aux lieux où se rendaient les marchands et les pèlerins, ainsi que nous avons eu occasion de le dire. C'est du commerce avec les Géants (avec les marchands et les soldats) que naquit un couple de frères, Samêmroumos ou Hypsouranios (c'est la traduction grecque de l'autre nom) et Ousôos. Les divinités des stèles se rattachent à leur nom, comme nous en donnerons la preuve.

[1] VI, 4-6.

61.

Le texte prouve que les deux frères Samèmroumos (Hypsouranios) et Ousôos sont originellement des Cabires. Ils forment contraste et opposition de mœurs; l'un était, en principe, le Cabire du levant, l'autre le Cabire du couchant, que nous savons être les deux stèles ou les deux colonnes du foyer domestique. Vivifiés ou mobilisés dans la famille humaine, ce sont encore les deux frères ennemis; l'un des frères tue l'autre, comme Caïn tue Abel; le mort est remplacé par le troisième Cabire, comme Seth remplace Abel dans la généalogie de la famille d'Adam. Mais la constitution de la maison gynécocratique diffère de celle de la maison patriarcale. Double prototype des géants de Touran et des héros âryas, les Nephilim ont encore une troisième constitution domestique. Telle est la cause des oscillations de la légende des deux ou des trois Cabires; elle varie à l'infini dans la maison du Kosmos, comme dans la maison humaine; nous en avons déjà trouvé plus d'une preuve.

Mais Sanchoniathon, qui a localisé ceci dans la région de Tyr et les forêts du voisinage, y ajoute un nouvel élément. Ousôos, un des deux frères, est un chasseur, comme Ésaü; c'est le même mot, et M. Renan soupçonne que le récit de Sanchoniathon n'est qu'une grossière altération de l'épisode de Jacob et d'Ésaü, qui se battaient dès le ventre de leur mère. Tout en croyant qu'il y a de la vérité dans le rapprochement du chasseur Ousôos et du chasseur Ésaü, le reste diffère au point qu'il m'est impossible de me rendre complétement à cette raison même.

L'inimitié de Jacob et d'Ésaü, des jumeaux, se déclara ultérieurement dans l'inimitié des Iduméens et des Israélites. Il faut y ajouter ce fait, que les Phéniciens eurent un port à Éziongeber, dans le pays des Iduméens, port fameux d'où partit la flotte de Salomon, composée de vaisseaux tyriens. Il se peut donc que tout cela ait eu son retentissement dans la Phénicie; qu'il en soit résulté la légende de l'hostilité d'un Samèmroumos phénicien (qui n'a absolument rien de commun avec Jacob), et d'un Ousôos iduméen. Le peuple est comme une arachné qui suspend sa toile ouvrière dans tous les lieux de la tradition. Cela se peut; mais on ne peut rien assurer à ce sujet, et pourquoi?

Dans la légende brâhmanique, corroborée par le fait du costume sacré des pontifes de l'Égypte, etc. le pontife des bois, le charpentier abat non-seulement l'arbre, pour construire une demeure des bois, mais il abat aussi la bête fauve, l'animal du sacrifice. La peau de la bête fauve devient un costume hiératique; le Soma est purifié sur cette peau; la couche du Gandharva et de la Gandharvî est formée de deux peaux; l'une, qui représente la terre, la peau noire; l'autre, qui représente le ciel étoilé, la peau tachetée. Je ne saurais m'étendre sur ce sujet; mais il en résulte toujours que s'il existe une certaine parenté entre le chasseur Ousôos et le chasseur Ésaü, et entre leurs vêtements de peaux de bête fauve, il n'y a néanmoins en cela rien d'absolument concluant, et toutes ces traditions peuvent remonter à un type bien plus ancien; c'est ce que la suite de la tradition de Sanchoniathon me paraît prouver.

62.

D'abord, qu'est-ce que le Samèmroumos, que l'on traduit par Hypsouranios? Il est ce que son nom indique, le Dieu Très-Haut. Le dieu du monothéisme sémitique semble s'identifier et se confondre en lui avec le Baal-Samèn des Chamites, leur Chronos, le dieu des cycles et des temps; le dieu qui a pour organe un dieu qui réside dans le soleil, à qui est confiée la conduite des jours de l'année, sans qu'il faille le confondre avec ce dieu même. Évidemment le vrai Samèmroumos est le Baal-Itanos, le vieux des jours, le Zerovanès en personne.

Il paraît, dans Sanchoniathon, sous la figure de son pontifé, qui est en quelque sorte son fils. Sanchoniathon le considère au premier degré d'une humanité grossière; il sort des antécédents d'une gynécocratie, ce qui est tout le contraire d'un Israël, fils d'un Abraham serviteur de l'Élohim pur. Hypsouranios habite Tyr, c'est-à-dire les lieux où fut Tyr dans la suite des âges. Il enseigne aux hommes à bâtir des cabanes, qu'il construit au moyen de joncs et de bambous, de papyrus, etc. Les Purâṇas disent la même chose, en parlant des aborigènes des sources de l'Oxus, et des marais que traverse ce fleuve en entrant dans le Bâdakchan, sous l'empire d'un Manu Tchâkchoucha, fils du Tchakchus, de l'Oxus. Il épousa la nymphe de l'Oxus, la Naḍvalâ. Nous retrouvons dans l'idée de cette union celle de l'érection d'une Naḍvâbhû, d'une cabane construite en joncs, cannes, papyrus, d'un village de pêcheurs Nâḍvaleyâh, qui descendent de la Naḍvalâ, et qui habitent un Naḍvalam, une région abondante en joncs, la région d'une primitive culture. L'homme, le Tchâkchuschâh, issu du fleuve de l'Oxus, et d'origine fluviale, y invente une science, une industrie. Le jonc ou la canne sert d'hiéroglyphe, et pour la mesure du temps. L'heure de vingt-quatre minutes reçoit le nom d'une nâḍî, nâḍi, nâḍikâ; elle est indiquée sur la tige du jonc aquatique, elle y est gravée ou incrustée comme une mesure du temps. Le nâḍi-maṇḍalam est l'expression de l'équateur céleste; le nâḍi-nakchatram est l'étoile de la naissance de l'homme, etc. le nâḍî-taranga est l'astronome, l'astrologue qui calcule les ondes dans le mouvement des temps, etc.

On connaît les *argei* du Latium, ces hommes de paille, tressés avec du jonc et figurant des victimes humaines, que l'on précipitait du pont dans le fleuve. C'étaient des victimes expiatoires, probablement dans le sens d'un rituel des Gephyræi qui se retrouve dans la vieille Grèce et qui appartient, dans les deux régions, à l'époque des races anté-pélasgiques et anté-latines. L'art de fabriquer des hommes de jonc, qui représentent probablement la victime, a dû être connu dans les régions occupées par les Nâḍvaleyâh. Les artères du corps humain sont comparées aux tiges du jonc et appelées du même nom de Nâḍi, Nâḍî. Il en est ainsi de la principale artère, du pouls de la main et du pied, où l'on compte le temps observé dans le cours régulier et irrégulier du sang dans la pulsation. Le temps a, comme le corps humain, sa pulsation, son pouls scientifique, son tact et sa mesure.

Le jonc offrait, en outre, une matière dont on composait des instruments de tissage, un nâḍitchîram. Je ne parle pas ici des pipeaux, des flûtes et de toute une musique élémentaire; mais je dirai un mot des tubes de l'artisan qui travaillait l'or et se servait d'instruments de jonc. Toute une vie d'industrie et de science ou d'observation naissante se développait ainsi dans le delta des fleuves, et aux lacs qui s'étendaient à leurs sources. De là encore le nom d'une race particulière de sages, que l'on appelait des *Grues*, parce qu'ils se tenaient debout, en méditation, comme les grues, dont la jambe est comparée au jonc. De là les grues mythiques, les sages mythiques, les méditatifs des deltas, des marécages, les Nâḍidchanghâh, les Nâḍi-vigrahâh, etc. Ceci nous reporte aux grues de la vieille Asie et de la vieille Afrique, qui figurent dans la légende éthiopienne, ainsi que dans une sorte d'épopée homérique.

Cette primitive culture du delta, cette sphère d'aperceptions, de légendes, de mythes se reproduit aux embouchures de l'Indus, à celles du Tigre et de l'Euphrate chez Bérose; à celles du delta d'Égypte chez Hérodote, Diodore, etc. Voilà ce qui donne de la valeur au fragment de Sanchoniathon sur l'établissement de l'Hypsouranios.

Le Samèmroumos ou Hypsouranios de Tyr reparaît, mais à la tête d'une autre généalogie, comme Hypsistos, dans un autre fragment de Sanchoniathon. Il y est identifié à l'Élyoun des Sémites, et devient l'époux de la cité de Bérouth, représentée par une femme de ce nom. Les bêtes fauves le déchirent dans les bois, comme il est dit de Zagreus, ce qui nous ramène à l'état sauvage qui précède la découverte du feu de l'holocauste. Singulière manière, du reste, de représenter le dieu de Sem! Ce dieu, El Elyoun, comme je le prouverai dans l'autre mémoire que je me propose de publier, s'est introduit dans le Canaan à une époque antéabrahamique, dont font foi le personnage de Melchisédech et le dieu du Thabor; mais j'en ai dit assez ici au sujet de ce Samèmroumos. Nous allons le voir représenté maintenant dans une de ces deux stèles que va élever son frère Ousôos, tandis que lui-même réside dans l'autre stèle.

63.

J'ai raconté plus haut les grands incendies des forêts des embouchures de l'Indus; j'ai parlé des temps où les Pratchetasah, les dix générations issues de l'unique ou du onzième Pratchetas, s'étaient retirés au sein de l'Océan, dont ils occupaient le fond sur toutes les rives orientales et occidentales de l'océan Indien, jusqu'à l'époque où ils en sortirent avec violence. C'est que les forêts empêchaient l'espèce humaine de se développer. Celle-ci, dans sa rage, mit tout en feu; mais le Somanâtha, le dieu Lunus, dont le Tîrtha, le sanctuaire, fut au Prabhâsah, dans la péninsule du Guzerate, calma leur courroux; la nymphe des bois, formée de la rosée des arbres, fut unie à ces Pratchetasah. Elle mit au monde, toute tremblante, ce Dakchas, dont deux générations de fils allaient, comme nous l'avons vu, explorer l'océan Indien jusqu'à ses extrémités les plus reculées, sans revenir dans la patrie.

Or voici ce que nous lisons dans Sanchoniathon.

Tandis qu'Hypsouranios fondait des villages de pêcheurs aux lieux marécageux, aux embouchures des fleuves de la côte, dans les environs du golfe de Tyr; tandis qu'Ousôos, son frère le chasseur, tuait les bêtes fauves et se faisait des vêtements de leur peau, des tempêtes furieuses s'élevèrent du côté de la mer, et des nuées grosses d'orages étaient chassées du côté de la montagne. La forêt qui couvrait les côtes des environs de Tyr devint la proie des flammes. La tempête, fracassant les arbres les uns contre les autres, les mit en feu. C'est le même tableau, ce sont les mêmes circonstances que celles qui amenèrent les conflagrations des vastes forêts et des marécages des embouchures de l'Indus, de la Narmadâ, et des fleuves qui tombent dans le golfe de Katch.

Ousôos prit un arbre et forma un navire; le premier d'entre les hommes il se renferma dans le creux de cet arbre, et s'abandonna aux flots de la mer. On rapporte la même chose de ceux qui s'y aventurèrent les premiers sur les rives de l'océan Indien. Cela rappelle le Voelund de la mythologie scandinave, vrai Dédale qui le premier entra dans un canot dans de pareilles circonstances. Cela rappelle aussi tout ce qui est dit des incunables de la navigation dans la mythologie finnoise.

(La fin au prochain cahier.)

NOUVELLES ET MÉLANGES.

SOCIÉTÉ ASIATIQUE.

PROCÈS-VERBAL DE LA SÉANCE DU 10 FÉVRIER 1860.

Le procès-verbal de la dernière séance est lu et adopté.

Il est donné lecture de lettres de M. Casalis et de M. Bodenheimer, qui annoncent l'envoi d'ouvrages.

Est proposé et nommé membre

M. Abel Hureau de Villeneuve, secrétaire général de la Société orientale de France.

M. Mohl donne des détails sur la gravure d'un caractère chinois que l'Imprimerie impériale fait faire en Chine, par l'entremise de la Société asiatique.

M. Thonnelier entretient le Conseil sur sa publication de la glose pehlewie du Vendidad Sadé, qu'il publie.

M. Lancereau donne des détails sur la traduction du Pantcha tantra, qu'il prépare.

OUVRAGES OFFERTS À LA SOCIÉTÉ.

Par l'auteur. *Over inscription van Java en Sumatra*, voor het eerst ontcijferd door R. N. Friederich. Batavia, 1857, in-4°.

Par l'auteur. *Les Bassoutos*, ou vingt-trois années de séjour et d'observations au sud de l'Afrique, par M. E. Casalis. Paris, 1860, in-8°.

Par la Société. *Zeitschrift der deutschen morgenländischen Gesellschaft*. Vol. XIII, cah. iv. Leipzig, 1859, in-8°.

Par l'auteur. *Der Segen Mosis*, eine wissenschaftliche Vergleichung der auf diesem Pentateuch-Abschnitt in der Waltonschen Polyglotte enthaltenen Uebertragungen, von Bodenheimer. Crefeld, 1860, in-8°.

Par l'auteur. *Vendidad Sadé*, traduit en langue huzwaresch ou pehlewie. Texte autographié et publié par M. J. Thonnelier. Cinquième livraison. Paris, 1860, in-fol. (contenant les pages 81-100).

Buddhistische Triglotte, d. h. sanscrit-tibetisch-mongolisches Wörterverzeichniss, gedruckt mit den aus dem Nachlass des Barons Schilling von Canstadt stammenden Holztafeln, und mit einem kurzen Vorwort versehen von Ant. Schiefner. Saint-Pétersbourg, 1859.

(Triglotte bouddhique, c'est-à-dire vocabulaire sanscrit-tibétain-mongol, etc.)

Je ne saurais mieux annoncer l'importante publication dont je viens de transcrire le titre qu'en traduisant la préface du savant éditeur, à laquelle j'ajoute quelques notes bibliographiques. Voici la préface.

« On trouve, dans le Tandjour, le grand Dictionnaire sanscrit-tibétain *Mahâvyutpatti*[1], ouvrage de la plus haute importance pour la terminologie bouddhique, que j'ai fait connaître le premier en 1848 (t. V, n° 10, p. 147 du *Bulletin historico-philosophique*). C'est ce qu'a fait aussi plus tard, mais avec plus de développements, M. le professeur Wassilieff, dans son Mémoire sur les livres bouddhiques de la bibliothèque de l'Université de Kazan, dans le *Bulletin historico-philosophique* (tome XI, p. 362, sqq. et dans les *Mélanges asiatiques*, t. II, p. 382, sqq). Dans ce dernier endroit, il donne une notice spéciale sur un manuscrit appartenant aujourd'hui à la bibliothèque de l'université de Saint-Pétersbourg, qui, outre la traduction tibétaine, offre une version chinoise et mongole sur le caractère desquelles il s'exprime avec détail[2]. M. Stanislas Julien a déjà mis à profit ce ma-

[1] La Bibliothèque impériale de Paris en possède une copie exécutée avec une rare élégance, par M. Édouard Foucaux, d'après un manuscrit appartenant à l'Académie des sciences de Saint-Pétersbourg. — St. J.

[2] Ce manuscrit in-folio oblong, de 319 feuillets, a passé par les mains de plusieurs savants chinois et mongols, qui ont effacé, dans plus de la moitié de l'ouvrage, les versions chinoise et mongole, et les ont corrigées dans un genre d'écriture cursive et extrêmement négligée, qui, en général, ne saurait être déchiffrée que par une personne très-versée dans les deux langues. M. Stanislas Julien, ayant obtenu de Son Excellence M. de Norow, ministre de

nuscrit, et l'a cité en plusieurs endroits de sa traduction des *Mémoires de Hiouen-thsang sur les contrées occidentales.* (Voyez sa préface du premier volume, p. XXI.)

« Les expressions bouddhiques qui se présentent dans ce dictionnaire (toutes les fois du moins qu'on pourra répondre de leur correction) seront en grande partie notées dans le dictionnaire sanscrit publié par MM. Boethlingk et Roth.

« Avant que ce précieux ouvrage fût à notre disposition, on n'en connaissait qu'un maigre extrait, sur lequel Abel Rémusat a donné le premier une notice dans son *Mémoire sur un vocabulaire philosophique en cinq langues*, publié à Péking, lequel a été réimprimé dons ses *Mélanges asiatiques*, tome I, pages 153-183. Suivant la préface du *Foe-koue-ki*, p. XIX, il avait déjà achevé, en 1819, la traduction de ce vocabulaire, qui, d'après une communication de M. le professeur Wassilieff, a été composé à Péking par Tchangstcha Chutuktu, en vertu d'un ordre de l'empereur Khien-long, et doit porter aussi le titre de *'U-yu-ho-pie-tsi-yao*, « Recueil des principales expressions (bouddhiques) en cinq langues. »

« Abel Rémusat s'était proposé de publier plus tard, en commun avec le fondateur des recherches scientifiques sur le bouddhisme (Eug. Burnouf), un commentaire sur cet ouvrage; mais sa mort prématurée vint mettre obstacle à l'exécution de ce projet. Si l'on fait abstraction de tous les défauts que devait présenter le mémoire publié par A. Rémusat, tant à cause de l'incorrection des mots sanscrits, figurés en caractères tibétains, que de l'état où se trouvaient alors l'étude du bouddhisme et celle de la linguistique, nous ne pouvons disconvenir de l'intérêt historique qu'offre, sous plus d'un rapport, ce dictionnaire en cinq langues, qui, sous le nom de *Vocabulaire pentaglotte*, a été souvent cité, non-seulement dans le commentaire sur le *Foe-koue-ki*, mais encore par Eug. Burnouf dans l'*Introduction à l'Histoire du Boud*

l'instruction publique, la communication de ce précieux manuscrit, en a exécuté une magnifique copie, en se faisant aider, faute de temps, par M. Édouard Foucaux. — J. M.

disme indien (particulièrement p. 101, 603-608, 625), et plus souvent encore dans son ouvrage posthume, *Le Lotus de la bonne loi*, ainsi que par M. Stanislas Julien (*Mémoires de Hiouen-thsang sur les contrées occidentales*, t. I, p. 99 et 367).

« Le nombre d'exemplaires du Vocabulaire pentaglotte qui sont arrivés en Europe ne paraît pas être allé au delà de cinq[1]. Outre les trois exemplaires cités par Abel Rémusat, le Musée asiatique de notre Académie des sciences en possédait deux, dont l'un est passé en la possession de M. Stanislas Julien (*von denen das eine in den Besitz des Hern Stanislas Julien übergegangen ist*)[2].

« Avec le reste de l'héritage du baron Schilling de Canstadt, qui est échu à l'Académie des sciences, le Musée asiatique reçut aussi 72 planches en bois, sur lesquelles avaient été gravés les 71 chapitres du Vocabulaire en question, en sanscrit, avec les traductions tibétaine et mongole, à l'exception des versions mandchoue et chinoise. Il est très-vraisemblable que le baron Schilling de Canstadt avait fait exécuter ce travail par les Bouriates, très-versés dans ces sortes de matières, avec qui il était en relations. Il paraît même qu'il

[1] Outre les cinq exemplaires cités par M. Schiefner, la bibliothèque du département asiatique du ministère des affaires étrangères en possède un autre, placé sous le numéro 585 du Catalogue russe. Son titre est *Tsi-yao*, c'est-à-dire, « Recueil de ce qui est le plus nécessaire. »

[2] Cette assertion repose sur une erreur involontaire de mon savant ami M. Schiefner, et j'ai dû le prier de vouloir bien la réparer à la première occasion. Le 15 mars, j'ai eu la satisfaction de recevoir de lui l'extrait suivant du procès-verbal de la séance de l'Académie des sciences de Saint-Pétersbourg, $\frac{10}{22}$ février 1860 :

« M. Schiefner expose que, dans la préface écrite par lui pour la Triglotte bouddhique, publiée l'an passé par l'Académie, il avait dit que *l'un des deux exemplaires du Vocabulaire pentaglotte était passé dans la possession de M. Stanislas Julien*. Par suite d'une lettre de ce savant sinologue, M. Schiefner regarde comme un devoir de déclarer que la remarque dont il s'agit reposait sur une erreur, et que les deux exemplaires du Vocabulaire pentaglotte se trouvent aujourd'hui au Musée asiatique. »

St. J.

avait distribué quelques tirages de ces planches xylographiques, car autrement on ne saurait expliquer comment le professeur Kowalewski, de Kasan, a pu citer cet ouvrage parmi les matériaux qui ont servi à la composition de son Dictionnaire mongol (préface, p. XI).

« En cet endroit, il donne au Vocabulaire pentaglotte le titre de *San* (lisez *Fan*), *Si-fan-Man-Meng-tsi-yao*[1] « Recueil de mots sanscrits, tibétains et mongols, réimprimé par M. le baron Schilling de Canstadt. »

« Quelque temps après que MM. Boehtlingk et Schmidt eurent dressé le Catalogue des manuscrits tibétains et des imprimés xylographiques du Musée asiatique, on tira, dans l'imprimerie de l'Académie, un certain nombre d'exemplaires des planches en bois dont il s'agit, et, à cette époque, on se contenta d'en distribuer quelques-uns. J'en obtins un dont je pus faire usage dès l'année 1848, en rendant compte, dans le *Bulletin historico-philosophique* (t. V, n°s 10, 11) du texte du *Rgya tch'er rol pa*, publié par M. Éd. Foucaux. Dernièrement l'Académie a approuvé la proposition de livrer au commerce les exemplaires qu'elle avait encore en nombre, parce qu'il est permis de supposer que, malgré les fautes nombreuses que la Triglotte[2] partage avec la Pentaglotte, les personnes qui s'intéressent aux recherches bouddhiques ne seront pas fâchées de la posséder. La table du sujet général de chacun des chapitres tibétains que j'ai ajoutée, en l'accompagnant d'une traduction allemande correspondante,

[1] Le mot *Man* est de trop, car il désigne les mots mandchous qui, ainsi que les mots chinois, manquent dans la Triglotte du baron Schilling.

St. J.

[2] Je prends la liberté de faire observer ici que la partie sanscrite de la Triglotte est déparée par de nombreuses fautes, qui proviennent sans doute du Lama qui a transcrit les mots sanscrits en caractères tibétains. Il serait à désirer que M. Schiefner, qui est parfaitement en état de les corriger, et qui a à sa disposition le *Mahâvyutpatti*, publiât, dans le Bulletin historico-philosophique de l'Académie de Saint-Pétersbourg, un *errata* qui garantirait les personnes qui se servent de la Triglotte contre toute chance d'erreur.

St. J.

donnera le moyen de s'orienter plus facilement dans l'étude de cet ouvrage. »

ST. J.

EXTRAIT D'UNE LETTRE DE S. E. AL. KASEM BEG À M. GARCIN DE TASSY[1].

Saint-Pétersbourg, 13/25 décembre 1859.

Après avoir terminé ma concordance du Coran, j'ai entrepris deux grands ouvrages, une Histoire de l'islamisme, et la Biographie de tous les écrivains et hommes politiques de l'Orient. Ces deux ouvrages seront rédigés en russe, et le dernier aura au moins cent feuilles d'impression. Ils paraîtront d'abord dans le *Russcoe Slovo* « la parole russe », revue littéraire mensuelle, et publiée en russe aux frais du jeune comte Grégoire Causcheleff Bezborodko, qui protége généreusement et avec intelligence la littérature et les sciences en favorisant la publication d'ouvrages utiles écrits en russe. Plusieurs de nos académiciens et de nos professeurs fournissent des articles à cette Revue, et j'y ai inséré, dans le numéro de décembre, sur les *Murides* et *Schamyl*, un article que je vous enverrai. Ce sera donc dans ce Journal que seront publiés, par chapitres, les deux ouvrages dont je viens de vous parler, et dont on tirera à part trois cents exemplaires.

J'ai engagé ce même comte Bezborodko à établir à Saint-Pétersbourg un Journal asiatique. Il a accédé à ma proposition, et il s'occupera de cette affaire à son retour ici, en juin ou juillet. Il est, en effet, depuis longtemps question de publier un Journal asiatique à Saint-Pétersbourg, et la chose est fort désirée. Nous avons beaucoup de matériaux et nous possédons d'habiles orientalistes. Si le comte Bezborodko

[1] J'ai traduit cet extrait de la lettre originale de Kasem Beg, écrite en anglais, ce savant ayant l'habitude de correspondre avec moi dans cette langue, qui lui est très-familière. — G. T.

veut sacrifier à cet important objet une somme suffisante, tout ira bien : il honorera par là son nom, et cet honneur rejaillira sur l'empire russe. N'est-il pas réellement étonnant de voir partout des sociétés asiatiques, des journaux et d'utiles publications sur les choses de l'Orient, tandis qu'à Saint-Pétersbourg nous n'avons rien de tout cela?.....

Je ne vous ai jamais dit, je crois, que l'imâm Schamyl, شمويل[1], ce *schaikh uldjebel* du Daghistan, m'a honoré d'une visite. J'ai été étonné d'apprendre par lui-même qu'il me connaissait par ma publication du *Mukhteser ul-wiquayeh*, مختصر الوقايه, sur la doctrine des Hanéfites. Cinq jours après son arrivée à Saint-Pétersbourg, il s'informa de moi, et, bientôt après, il arriva chez moi avec son fils, le cazi Mohammed, et un de ses *murid*, accompagné de deux colonels. Je le reçus moitié à l'asiatique, moitié à l'européenne. Nous passâmes ensemble plus d'une heure et nous parlâmes beaucoup sur mes publications. Il compulsa mes manuscrits orientaux, au nombre d'environ trois cents, dont quelques-uns très-rares, et nous nous quittâmes bons amis. Je lui rendis sa visite le soir du même jour, et je restai chez lui près de trois heures, pendant lesquelles nous nous entretînmes presque toujours d'objets scientifiques. Schamyl sait l'arabe parfaitement, et il s'exprime couramment dans اللسان الفصيح, qu'on parlait du temps de Mahomet à la Mecque et à Médine; mais il ne connaît pas du tout l'arabe vulgaire. Il parle aussi le turc-calmouc[2], mais il s'exprime beaucoup mieux en arabe. Il m'adressa plusieurs questions sur les éclipses, sur la photographie, sur le télégraphe, toutes choses que je lui expliquai de mon mieux.

Schamyl est un personnage très-intéressant; il est à la fois un grand capitaine, un héros et un *imâm*. Il est fort instruit

[1] Telle est l'orthographe du nom de ce chef musulman célèbre, nom qui n'est autre que celui de Samuel. — G. T.

[2] La langue maternelle de Schamyl est la langue *awarienne*, idiome grossier, aux sons rudes et sauvages, qu'on ne peut rendre en orthographe européenne. (Note de Kasem Beg.)

dans la loi et la tradition musulmane, ainsi que dans toutes les branches des sciences arabes. Il est calme et posé, solennel et majestueux, et, cependant, il a beaucoup de simplicité et de bonté. Avant de quitter Saint-Pétersbourg, il m'adressa la lettre suivante[1] :

من العبد المبتلى الغريب شمويل الى العالم الماهر والفهيم الزكىّ المدقّق ميرزا كاظم بيك سلامًا سرمدًا وثناءًا ابدًا
امّا بعد فان اعرتنى هذه الكتب الخمسة عشر لاحملها الى كلوك، ولتكون لى مونسةً هنالك فعلت خيرًا وانت تعلم ان لا احد لى هنالك يونسنى سوى اللّه تعالى ولا يشتدّ احتياج مثلك الى تلك الكتب فان تشقّ عليك اعارة كلّها فاعرنى بعضًا منها وانا اردّها اليك متى طلبتنى ردّها والسلام عليكم

De la part de l'étranger éprouvé par le malheur, *Schamuïl*, au savant habile et intelligent, pénétrant et subtil, Mirza Kasem Beg, salut continuel et louange perpétuelle !

Si vous voulez bien me prêter les quinze ouvrages indiqués[2], pour emporter à Kalouga et y adoucir mes peines, vous ferez bien. Sachez que je n'ai ici personne qui puisse me consoler, si ce n'est Dieu très-haut. Un homme comme vous n'a pas sans doute un besoin pressant de ces livres ; toutefois, si vous êtes contrarié de me les prêter tous, ne m'en prêtez qu'une partie, et je vous les rendrai à votre première demande.

Je vous salue.

J'envoyai les quinze volumes le jour même, et quelques uns de plus. Depuis lors, j'ai été en correspondance avec Schamyl ; encore aujourd'hui j'ai reçu une lettre de lui. Il m'a renvoyé trois de mes livres, et il m'annonce qu'il est en bonne santé. . . . .

[1] Kasem Beg ne m'a transcrit que l'original arabe de cette lettre ; mais j'ai cru devoir la traduire en français. — G. T.

[2] Kasem Beg ne m'en a point donné la liste. — G. T.

NOTE

SUR LA NATURE DE LA LANGUE JAPONAISE.

Dans une des dernières séances de la Société asiatique j'eus l'honneur de présenter un exemplaire d'un petit volume qu'a publié, sur l'écriture japonaise[1], la librairie de van Bakkenes, à Amsterdam. Cette circonstance m'a fourni l'occasion de dire quelques mots sur la nature de la langue japonaise et sur le système d'écriture avec lequel on en reproduit les mots. Plusieurs de mes savants confrères m'ayant engagé à résumer mes observations pour le Journal asiatique, je me suis décidé à remettre à la rédaction une courte note mentionnant les principaux faits dont j'avais parlé, sous réserve de les développer plus tard dans un article aussi étendu que le sujet le comporte.

La langue japonaise, quant au fond, ne présente aucun rapport de vocabulaire et très-peu de rapports grammaticaux avec la langue chinoise. L'examen des textes composés dans la langue antique ou *yamato-kotoba* en fournit la preuve évidente. Ce curieux idiome des anciens chants populaires, des drames nationaux et des poëtes de la cour pontificale des *mikado* « empereurs » véritables du Japon, ne renferme presque aucun mot étranger; c'est pour le Nippon ce qu'est pour la Perse le langage de Ferdaousi.

Dans l'état actuel, au contraire, la langue commune des insulaires est un mélange considérable de mots indigènes et de mots étrangers; on y rencontre des mots chinois ou de provenance chinoise peu altérés, dans une proportion comparable à celle des mots arabes dans l'iranien ou persan moderne.

[1] *Manuel de la lecture japonaise, à l'usage des voyageurs et des personnes qui veulent s'occuper de l'étude du japonais*, par Léon de Rosny. Amsterdam, L. van Bakkenes, éditeur, 1859; in-12, avec planches.

Ces mots, d'origine chinoise, ou, si l'on préfère, ces mots chinois, appartiennent à un idiome dont la nature ou *période* monosyllabique s'est conservée depuis l'antiquité la plus éloignée jusqu'à l'époque actuelle, sauf un nombre excessivement restreint d'exceptions [1]. Ces monosyllabes présentent, comme l'on sait, une quantité considérable d'homophones, qui ne se distinguent entre eux que par les signes idéographiques avec lesquels on les représente individuellement dans l'écriture figurative, ou par les agrégations conventionnelles dans la langue orale.

Il résulte de cette particularité, que la transcription d'un livre japonais dans la langue commune présenterait à la lecture les plus grandes difficultés, et que, dans certains cas, l'intelligence en deviendrait impossible, si l'on ne pouvait recourir à la rédaction primitive des textes en caractères originaux. En d'autres termes, il serait aussi raisonnable de vouloir substituer le caractère latin aux signes chinois pour la reproduction des livres du céleste empire, que de se servir de ces mêmes types latins pour transcrire des ouvrages rédigés dans l'idiome moderne du Japon. Je pourrais dire plus : la difficulté de reconnaître la rédaction originale des textes japonais sous le travestissement européen serait plus sérieuse encore. A part le chinois ordinaire (qui est pour le Nippon la langue classique par excellence, le latin asiatique), il y a au Japon un chinois distinct, bâtard, dépaysé, qui, mêlé à son frère aîné de sang pur, ne contribue guère à rendre l'un et l'autre clair et intelligible.

Pour les philologues européens, la publication de tels textes japonais en caractères latins serait des plus déplo-

[1] Je sais que la question que mon sujet me force de soulever en passant n'a pas encore été résolue aux yeux des sinologues ; mais je ne crains pas d'en maintenir les termes, ayant acquis à cet égard des convictions profondes, par suite d'un travail de longue haleine auquel j'ai consacré plusieurs années de laborieuses investigations, et dont un court fragment a obtenu une mention honorable de l'Académie des inscriptions et belles-lettres, en 1857.

raisons, et, au lieu de contribuer à les initier dans la connaissance du riche idiome du Nippon, elle n'aboutirait qu'à leur donner des idées fausses sur la formation des mots. Le seul effet d'un pareil système serait de faciliter les comparaisons de mots, dont les linguistes ont heureusement fait ample justice. D'un extrême, il serait infiniment regrettable qu'on tombât dans un autre. Klaproth, Abel Rémusat, et plusieurs orientalistes non moins recommandables, se sont efforcés d'aborder la langue japonaise, en se cramponnant aux mots chinois qu'ils voyaient dans les textes; leurs efforts n'ont amené aucun résultat. Négliger la partie chinoise des mêmes textes, je ne crains pas de l'affirmer, aboutirait à moins encore.

Il est indispensable qu'on se le rappelle : l'étude de la littérature japonaise exige une certaine connaissance préalable de l'écriture figurative de la Chine. Un voyageur doué d'une mémoire heureuse pourra bien se rappeler quelques phrases japonaises, quand même il ne saurait pas un mot de chinois; il pourra même, avec le temps, parler le patois loutchouan ou tout autre; mais pour ce qui est de l'intelligence du moindre écrit japonais, elle lui sera toujours refusée.

Lorsque j'ai entrepris l'étude du japonais, il y a quelques années, j'ai littéralement perdu plus de six mois en m'obstinant à me servir de la Grammaire japonaise publiée par la Société asiatique, et des différents vocabulaires des Pères de la Compagnie de Jésus. Le vocabulaire de Collado, par la suite, m'a fourni quelques idiotismes de la langue vulgaire, que j'aurais peut-être eu de la peine à découvrir ailleurs. Le vocabulaire des Pères de la Compagnie de Jésus m'a servi à corroborer les explications que je puisai plus tard à des sources originales, ainsi que je vais l'indiquer brièvement.

Après avoir frappé à la porte des savants missionnaires, dont les travaux, d'ailleurs estimables à plus d'un égard, répondaient parfaitement au but qu'ils se proposaient, celui de confesser leurs nouveaux adeptes, j'ai eu recours aux sources bilingues, japonaises-chinoises. Au bout d'une nouvelle année d'études, mes idées avaient complétement changé. Je commençais à m'initier au génie de la langue japonaise et à sa longue phraséologie. La magnifique édition du *Syo-gen-zi-kô*, dont l'orientalisme est redevable aux soins éclairés de MM. Siebold et Hoffmann, devint pour moi la base, je devrais dire plus que la base, du Dictionnaire japonais-français-anglais dont j'entrepris alors la rédaction. Avec ce secours, et en profitant, à titre de corroboratifs, des différents vocabulaires des missionnaires, l'interprétation des textes originaux me devint de plus en plus facile. Des difficultés grammaticales, l'embarras que causent des phrases souvent d'une longueur désespérante, m'ont encore souvent arrêté; la signification des mots (quelques termes techniques mis à part) n'est que très-rarement restée douteuse pour moi, grâce à mes nouveaux secours. Je ne crains pas d'affirmer que si je n'eusse eu à ma disposition que les ouvrages des Pères de la Compagnie de Jésus, il n'y eût pas eu une seule page d'un livre indigène qui ne m'eût fait renoncer à jamais à l'étude de la langue japonaise.

L'expérience m'a démontré que je n'avais pas fait fausse route. De nouvelles études, non des critiques, m'ont signalé, il est vrai, des erreurs dans l'Essai grammatical que j'ai publié en 1856[1]. Je compte les exposer prochainement en toute humilité aux orientalistes qui ont bien voulu encourager mes efforts de leurs conseils sages et éclairés. Mais, pour ce qui est du fond de mon travail, pour ce qui le fait différer des publications antérieures sur le même sujet, j'ai la satisfaction de pouvoir en maintenir la solidité.

Depuis la publication de mon Introduction, deux ouvrages

[1] *Introduction à l'étude de la langue japonaise.* Paris, 1856; in-4°, avec sept planches. Des difficultés typographiques de tous genres, la nécessité de faire graver et fondre plusieurs corps de types originaux, ont retardé de plusieurs années la publication de ce livre, qui eût pu paraître en 1854, époque où remontent les premières épreuves que j'ai reçues de mon travail.

importants ont vu le jour. L'un, publié par un savant orientaliste hollandais, auquel on doit d'éminents travaux dans le *Nippon*[1] de M. von Siebold, le Dr Hoffmann, est de M. Donker-Curtius. L'éditeur y a ajouté de précieuses additions, souvent même des critiques qui contredisent les assertions de l'auteur de cette grammaire. Dans une intéressante préface, M. J. Hoffmann a bien voulu mentionner nos faibles essais, et reconnaître que nous avions suivi la voie qu'il avait suivie lui-même. « De Heer Léon de Rosny, heeft, om tot de « kennis der Japansche taal door te dringen, denzelfden weg « gevolgd, dien ik ben ingeslagen. » La publication de M. Hoffmann prouve, en effet, que ce savant a basé ses études sur les ouvrages japonais et japonais-chinois exclusivement, et que c'est par ce seul moyen qu'il a acquis de solides connaissances.

Le second ouvrage en question est le Японско Русскій Словарь de M. J. Gochkevitch, que l'Académie impériale des sciences de Saint-Pétersbourg a bien voulu soumettre à mon jugement pour le concours Demidoff[2]. La valeur de ce livre, comme celle des travaux de MM. Hoffmann et Pfizmaïer, tient à ce que l'auteur s'est attaché, non moins à la partie chinoise de son vocabulaire, qu'à la partie purement japonaise. Après avoir expliqué comment les grammaires et les vocabulaires publiés par les jésuites n'avaient pas répondu aux vœux des orientalistes, il remarque très-judicieusement que l'absence des caractères originaux, et surtout celle des signes chinois, ont été la cause du peu de secours que nous ont fourni les publications des anciens missionnaires espagnols et portugais. « Le défaut principal de toutes ces ébauches de lexicographie (Rodriguez, Collado, etc.) tient à ce qu'elles donnent les mots japonais transcrits en caractères latins, et par conséquent plus ou moins défigurés. » En parlant des difficultés qu'il a dû lever pour impri-

[1] Nippon, *Archiv zur Beschreibung von Japan*. Leiden, in-folio.

[2] Le grand prix Demidoff a été décerné à M. Gochkevitch, qui a été, immédiatement après, nommé consul général de Russie à Hakodadé.

mer son Dictionnaire, le savant russe ajoute : « Nous n'avons, à Saint-Pétersbourg ni types japonais, ni types chinois, *plus importants encore.* »

Les remarques et les citations qui précèdent, auxquelles il serait facile d'ajouter de nombreux exemples empruntés à la littérature japonaise elle-même, prouvent amplement que les conditions indispensables pour qu'un dictionnaire japonais soit utile sont : que ce dictionnaire soit basé sur les lexiques et autres ouvrages japonais-chinois ; qu'il renferme des exemples choisis dans les textes, non pour fournir des exercices de traduction (but réserve à un autre ouvrage), mais pour élucider les acceptions rares ou difficiles ; que les mots soient figurés en caractères originaux, et surtout que les expressions de provenance chinoise y soient représentées avec les signes de l'écriture idéographique. Les vocabulaires des anciens missionnaires pourront être employés avec succès pour corroborer le sens de certains mots, et pour expliquer divers idiotismes ou locutions populaires.

Occupé depuis plusieurs années de la rédaction d'un Dictionnaire japonais-français-anglais, dont plusieurs feuilles ont été imprimées, j'ai suivi exclusivement le système sur lequel j'ai cru devoir insister dans cette note, parce qu'il doit éviter aux orientalistes les plus regrettables égarements. Chargé, par arrêté de Son Exc. le ministre de l'instruction publique et des cultes d'une mission spéciale ayant pour objet la publication de mon Dictionnaire japonais, j'ai recueilli, à Londres et à Oxford, de précieux documents, qui me permettront de donner aux mots relatifs aux religions du Japon, aux sciences naturelles et à d'autres branches de la technologie, des explications sur lesquelles je n'osais compter lorsque j'ai mis sous presse la première feuille de mon livre. Les circonstances, indépendantes de ma volonté, qui ont arrêté le cours de ma publication, auront contribué à la rendre beaucoup plus complète qu'elle ne l'était primitivement ; et si les orientalistes continuent à accorder à mes faibles efforts les bienveillantes sympathies qu'ils n'ont cessé de me témoigner jusqu'à ce jour, j'espère être bientôt à même de reprendre activement l'impression d'un travail auquel j'ai déjà consacré plus de six années de recherches longues et pénibles.

Léon de Rosny

Narrative of the Earl of Elgin's mission to China and Japan, by Laurence Oliphant. London, 1859, 2 vol. in-8°.

M. Oliphant était secrétaire privé de lord Elgin pendant la mission de ce dernier. C'est un homme d'esprit et un narrateur très agréable, qui se contente de raconter ce qu'il peut voir et observer par lui-même, et n'entre pas dans des statistiques ou des généralités historiques qu'il n'aurait pu tirer que de ses lectures. Les parties les plus neuves et les plus curieuses de son récit sont celles qui se rapportent au très-court séjour de la mission au Japon, et celle qui traite de l'expédition sur le Sang-tseu-king jusqu'au grand *emporium* du commerce intérieur de la Chine à Wou-tchang et Han-Keou. En remontant le fleuve pendant cette dernière excursion, la mission eut à traverser toutes les positions des Tai-ping, qui sont encore maîtres des bords du fleuve, depuis Nang-King jusqu'à cent cinquante milles au-dessus de cette ville. La description que nous donne M. Oliphant de l'état où se trouve aujourd'hui cette grande rébellion fait supposer qu'elle tire vers sa fin. On pouvait croire, pendant quelques années, que cette insurrection était destinée à introduire un nouvel élément et une nouvelle vie en Chine; mais elle a évidemment manqué d'hommes qui auraient pu la diriger vers un but raisonnable, et empêcher les épouvantables devastations auxquelles les insurgés se sont livrés, et qui resteront probablement le seul souvenir qu'ils laisseront; car ce mouvement paraît sur son déclin, et le gouvernement impérial, malgré sa faiblesse, prend graduellement le dessus. Il est possible que la nouvelle guerre dont est menacée la Chine permette aux insurgés de s'étendre de nouveau; mais quels que puissent être leurs succès temporaires, on ne peut plus guère espérer d'eux une amélioration morale, politique ou sociale de l'empire. L'ouvrage est accompagné d'un grand nombre de gravures en bois, qui ont servi de prétexte pour en augmenter le prix démesurément. Il va en paraître une traduction française.

J. M

Ki-ho-youen-pen. Shanghaï, 1857, 3 cahiers in-8°. (Prix 4 onces d'argent.)

Ce titre est formé des termes techniques que Mathieu Ricci et ses collaborateurs avaient adoptés pour la géométrie, et qu'ils ont donnés à la traduction des six premiers livres d'Euclide, publiée par eux à Péking, en 1608. Ricci avait l'intention de traduire aussi les livres suivants d'Euclide; mais il mourut avant d'avoir accompli son dessein. Il a paru depuis son temps, en Chine, un certain nombre d'ouvrages destinés à compléter la théorie de la geométrie, composés par des mathématiciens indigènes, et aujourd'hui M. Wylie, membre distingué de la Société des missions de Londres, stationné à Shanghai et également versé en chinois et en mathématiques, publie à l'aide d'un savant chinois, Li-chen-lan, la traduction des livres VII-XV. Lorsque la traduction de l'ouvrage fut à peine achevée à moitié, un licencié de Soung-kiang, nommé *Han-ying-pe*, en entendit parler et demanda la permission de la publier et de faire les frais de l'édition. C'est ainsi que l'ouvrage a paru, et l'exemplaire que j'ai sous les yeux fait partie du premier tirage, qui n'a été fait qu'à soixante-sept exemplaires. Cette petite particularité bibliographique est marquée sur le titre par un timbre, et nous montre chez les Chinois une recherche de bibliomanie fort semblable à celle que nous pouvons observer en Europe chez les amateurs raffinés de livres.

Commerce de la France avec la Chine. Délibération prise sur le Rapport de M. Rondot. Lyon, 1860, gr. in-8° (26 pages).

Cette brochure contient un rapport de M. Rondot à la Chambre de commerce de Lyon, exposant le développement extraordinaire que le commerce de la France avec la Chine a pris dans les dernières années, par suite de la maladie des vers à soie en Europe. La Chambre de commerce a adopté les conclusions de M. Rondot, qui propose la création d'un service de bateaux à vapeur français entre Marseille et Shanghai, et l'établissement d'une banque française pour l'Inde et la Chine. Ces matières sortent du cercle de celles dont le Journal asiatique s'occupe; mais la réalisation de ces plans intéresse néanmoins la science, parce qu'elle donnerait des facilités de communications dont l'absence est un obstacle permanent pour ceux qui entretiennent des rapports littéraires avec la Chine.

Grammaire comparée des langues de la France, par Louis de Baecker. Flamand, allemand, celto-breton, basque, provençal, espagnol, italien, français, comparés au sanscrit. Paris, 1860, in-8° (268 pages).

L'idée première de ce livre, de traiter les langues qui sont parlées sur une surface plus ou moins grande en France comme un ensemble philologique, n'est pas heureuse sous le point de vue de la science; mais l'auteur a probablement été déterminé par l'espoir de répandre, sous ce titre, plus facilement des idées élémentaires de grammaire comparée. Toutes ces langues étant, à l'exception du basque, de la famille indo-germanique, elles rentrent facilement dans le cadre de l'auteur; mais il est peu probable qu'il réussisse à persuader à ses lecteurs que le basque y entre légitimement.

JOURNAL ASIATIQUE.

AVRIL-MAI 1860.

RECHERCHES

SUR

L'HISTOIRE DES SCIENCES MATHÉMATIQUES

CHEZ LES ORIENTAUX,

D'APRÈS DES TRAITÉS INÉDITS ARABES ET PERSANS.

PAR M. F. WOEPCKE.

TROISIÈME ARTICLE[1].

SUR UNE MESURE DE LA CIRCONFÉRENCE DU CERCLE, DUE AUX ASTRONOMES ARABES, ET FONDÉE SUR UN CALCUL D'ABOÛL WAFÂ.

J'ai remarqué le passage dont la traduction et la discussion feront l'objet de la présente note dans un fort beau manuscrit arabe que M. Scheffer a eu la bonté de me communiquer. Je m'empresse de lui témoigner toute ma reconnaissance d'une si bienveillante libéralité.

[1] Voir le *Journal asiatique*, cahiers d'octobre-novembre 1854, p. 348 à 384; février-mars 1855, p. 218 à 256, et avril 1855, p. 309 à 359. Il faut supprimer dans le premier de ces articles, cahier d'octobre-novembre 1854, p. 360, lignes 20 et 21, les mots « d'après Casiri, etc. » jusqu'à « 26 mars 1477. »

Ce manuscrit contient une collection des traités que les astronomes arabes appelaient les *Intermédiaires*, المتوسّطات, parce que leur étude suivait celle des Éléments d'Euclide, et précédait celle de la Grande Syntaxe de Ptolémée. Ce sont :

Les Données d'Euclide, كتاب المعطيات لاقليدس

Les Sphériques de Théodose, كتاب الاكر لثاوذوسيوس.

Le livre d'Autolycus sur la Sphère en mouvement, كتاب الكرة المتحرّكة لاوطولوقس.

Les Sphériques de Menelaus, كتاب مانالاوس فى الاشكال الكريّة.

Le livre des habitations de Théodose, كتاب المساكن لثاوذوسيوس.

L'Optique d'Euclide, كتاب المناظر لاقليدس.

Les Phénomènes d'Euclide, كتاب ظاهرات الفلك لاقليدس.

Théodose. Des jours et des nuits, كتاب ثاوذوسيوس فى الايّام والليالى.

Autolycus. Des levers et couchers des étoiles, كتاب اوطولوقس فى الطلوع والغروب,

Le livre des ascensions d'Hypsiclès, كتاب ابسقلاوس فى المطالع.

Aristarque. Des grandeurs et des distances du soleil et de la lune, كتاب ارسطرخس فى جرمى النيّرين وبعديهما.

Les Lemmes d'Archimède, كتاب مأخوذات ارشميدس

Le Traité de la sphère et du cylindre d'Archimède, كتاب الكرة والاسطوانة لارشميدس.

La Mesure du cercle d'Archimède, مقالة ارشميدس في تكسير الدايرة.

Un Traité de la composition des rapports, et des propriétés d'un triangle plan ou sphérique coupé par une transversale (traduit du persan en arabe), كتاب دعاوى الشكل المعروف بالقطاع وبراهينه.

Ces traités sont accompagnés, en partie, de commentaires. Ils sont suivis de dates de copie qui montrent que le manuscrit a été écrit à Soultâniyeh pendant la seconde moitié de l'année 722 de l'hégire; ce qui correspond à la seconde moitié de l'année 1322 de notre ère. On trouve, en outre, certaines dates relatives à l'achèvement de la rédaction des éditions dont le présent manuscrit nous offre la copie. Ces dates appartiennent aux années 651 et 653 de l'hégire (1253 et 1255 de notre ère).

On vient de voir que le Traité de la mesure du cercle d'Archimède fait partie des ouvrages contenus dans ce volume. On sait que ce traité a pour objet la détermination d'une valeur approchée du nombre qui exprime le rapport de la longueur de la circonférence d'un cercle à la longueur de son diamètre. Or, à la suite de la troisième et dernière proposition de ce traité, il y a, dans le manuscrit de M. Scheffer, un passage contenant une détermination du même nombre considérablement plus approchée que celle d'Archimède. La donnée principale sur laquelle est fondée cette détermination est attribuée à Aboûl Wafâ. J'ai inséré dans le *Journal asiatique*, il y a quelques années, l'analyse d'un ouvrage géométrique de cet auteur, et, à cette occasion, j'ai donné une notice assez étendue sur la vie et les écrits du célèbre astronome. Aboûl Wafâ mourut à Baghdâd, le 1er juillet 998 de notre ère.

L'évaluation du rapport de la circonférence au diamètre a été un des problèmes les plus célèbres de la géométrie de l'antiquité et du moyen âge, et même aujourd'hui il donne lieu à quelques-unes des plus belles applications de la théorie des intégrales définies. Si les puissants moyens de l'analyse moderne nous permettent actuellement d'atteindre dans cette évaluation à une exactitude dont il est difficile de se faire une idée, il est curieux sans doute de connaître un des degrés intermédiaires auxquels il a fallu péniblement s'élever avant de parvenir à une telle perfection.

L'importance historique de la question mathématique à laquelle se rapporte le passage arabe que je viens de signaler, la haute réputation de l'auteur qui a fourni l'élément fondamental de la solution contenue dans ce passage, la circonstance favorable que nous connaissons avec une sûreté parfaite l'époque de ce géomètre, enfin différents détails qui offrent un intérêt particulier et qui seront examinés plus loin, tout cela m'a semblé faire de ce morceau une donnée précieuse pour l'histoire des mathématiques du moyen âge.

C'est à ce titre que je le publie, en le faisant suivre d'une traduction, et d'une discussion mathématique du résultat obtenu par le géomètre arabe.

J'ai étendu cette discussion au calcul original d'Aboûl Wafâ, que j'ai retrouvé dans un manuscrit de la Bibliothèque impériale.

Cet examen prouvera,

1° Que l'erreur dont est affectée la valeur de sin 30′ calculée par Aboûl Wafâ est de

0, 000 . 000 . 001. 174 . 292;

2° Que l'erreur que comporte sa formule d'interpolation est de

0, 000 . 000 . 001. 000 . 529;

3° Que la valeur du nombre π qui résulte du calcul de notre texte est affectée d'une erreur de

0, 0000245;

4° Qu'il y a quelques raisons de croire que ce calcul ne doit être considéré que comme un exemple des opérations numériques auxquelles donne lieu la méthode exposée dans notre texte, et non pas comme une détermination définitive de la valeur du nombre π;

5° Que, avec les formules et les données qu'il avait à sa disposition, l'auteur de notre texte aurait pu facilement arriver à une valeur de π affectée seulement d'une erreur de

0, 0000053;

6° Que toutefois la méthode suivie par l'auteur, tant qu'elle restait fondée sur le calcul d'Aboûl Wafâ, ne permettait pas de faire descendre l'erreur de la valeur de π au-dessous de

$$0,00000036.$$

Le moyen principal pour arriver aux résultats que je viens d'énoncer, et qui, je pense, permettront au lecteur de se former un jugement précis sur la valeur de la détermination arabe du nombre π, a été de séparer, par des considérations analytiques, la partie qui, dans l'erreur des résultats finaux obtenus par les auteurs arabes, provient de l'imperfection de la méthode, de la partie qui a son origine dans la défectuosité des données qu'ils emploient, et dans le degré d'inexactitude que comportent leurs calculs.

TEXTE DU PASSAGE.

اقول وللمنجّمين طريق آخر وهو انّهم يحصّلون وتر قوس صغيرة تكون جزءا من محيط الدايرة بالاصول التى تبيّنت فى كتاب المجسطى وغيره من كتبهم البرهانية ويجعلونه ضلعا من اضلاع الشكل الذى فى الدايرة وتكون نسبته الى العمود الواقع من مركز الدايرة عليه كنسبة ضلع الشكل الذى على الدايرة الشبيه به الى نصف القطر فيحصّلون ذلك الضلع ايضا ويحصّلون بحسبها المقدارين اللذين يزيد المحيط على احدهما وينقص من آخرهما

فيتحصّل المحيط باقرب تقريب مثاله ليكن الدايرة اب ومركزها ج واب منه جزء من سبعمأية وعشرين جزءا هى المحيط ونصل ونر اب فيكون مقداره بحساب ابى الوفاء البوزجانى على الاصول المذكورة باقرب تقريب ع لا كد نه ند نه خامسةً وهو وتر نصف درجة اذا جعل القطر مأية وعشرين جزءا واذا جعلناه ضلع شكل ذى سبعمأية وعشرين ضلعا فى الدايرة يكون محيط ذلك الشكل بحسبه ٣٧٦ نط ى نط ثالثةً واذا نصّفنا وتر نصف درجة كان مقدار اد ع يه مب كز نز كز خامسةً مربّعه ع د و مد ب د نز كه يج ل ط عاشرة ومربّع نصف القطر الذى هو خطّ اج ٣٦٠٠ جزء نقصنا مربّع اد منه بقى مربّع دج ٣٥٩٩ نه نج يه نز نه ب لد ما كط نا [1] جذره وهو خطّ دج نط نط نز نو لز نو نا سادسةً ضربنا اد فى جح نصف القطر وقسمناه على دج خرج مقدار هح ع يه مب كج كط مه خامسةً ضعّفناه بلغ ع لا كد نو نط

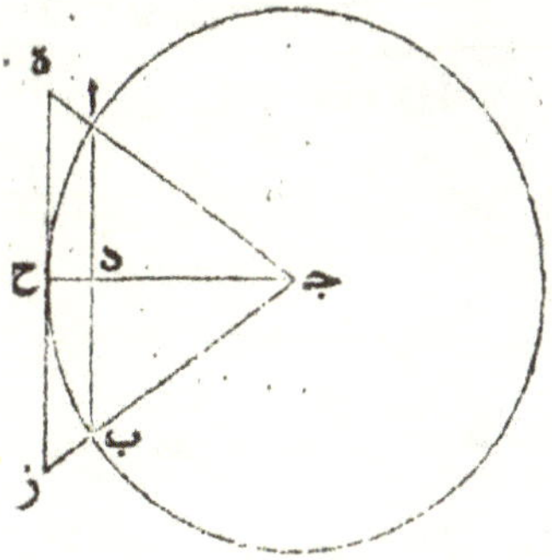

[1] Le ms. porte ٣٥٩٩ نه نج نه نز نه ب لد ما كط نا, au lieu de يه pour les tierces.

لاً خامسةً وهو مقدار هز وهو ضلع شكل ذى سبعماية
وعشرين ضلعا على الدايرة شبيه بالاول ومحيط الشكل
بحسبه يكون ٣٧٦ نط كج ند يب رابعةً [1] فاذن اذا جعلنا
القطر ماية وعشرين كان المحيط ٣٧٦ جزءا وكسرا اكثر
من نط ى نط ع رابعة واقلّ من نط كج ند يب رابعةً
واذا حوّلناها الى المقدار الذى ذكره ارشميدس كان
المحيط يزيد على ثلاثة امثال القطر بما هو اكثر من عشرة
اجزاء من سبعين جزءا ولح ما كا ثالثةً واقلّ من عشرة
اجزاء من سبعين جزءا و لز مز لز ثالثةً ويكون بالتقريب
عشرة اجزاء من سبعين جزءا و لح يد كط ثالثةً ۞

TRADUCTION.

« Je dis : les astronomes possèdent une autre méthode ; c'est qu'ils déterminent, au moyen des principes expliqués dans le livre de l'Almageste et dans d'autres ouvrages astronomiques, où les théories sont accompagnées de démonstrations, la corde d'un petit arc égal à une certaine partie de la circonférence du cercle. Ils considèrent cette corde comme le côté d'une figure inscrite au cercle ; et ce côté

[1] Le ms. porte ٣٧٦ يو نط كج ند يب خامسة, erreur de copiste évidente, ainsi qu'on le voit, soit par la répétition du même nombre, deux lignes plus loin dans le texte, soit en vérifiant le nombre par le calcul.

sera à la perpendiculaire abaissée du centre du cercle sur le même côté, comme le côté de la figure circonscrite au cercle et semblable à la première, à la moitié du diamètre. Ils déterminent donc également ce dernier côté. D'après les valeurs trouvées ils déterminent deux quantités telles que la circonférence dépasse l'une et est inférieure à l'autre, en vertu de quoi la circonférence sera déterminée avec la plus grande approximation possible.

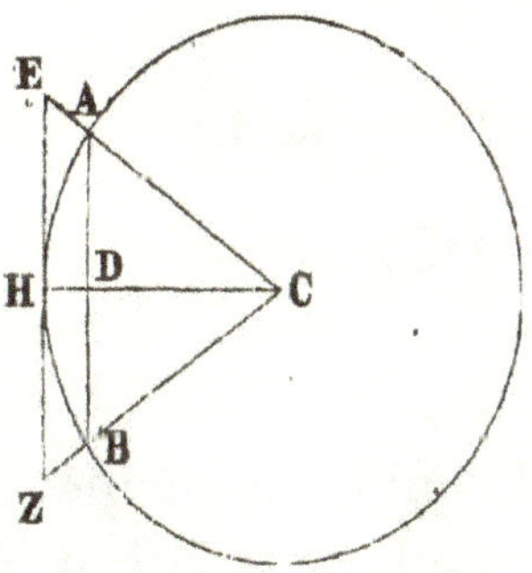

« Soit, par exemple, le cercle AB, son centre C, et AB une partie de ce cercle, dont sept cent vingt sont égales à la circonférence. Menons la corde AB. Sa mesure sera, avec la plus grande approximation possible, d'après le calcul d'Aboûl Wafâ Alboûzdjânî, fondé sur les principes susmentionnés,

$$0^{p}\,31'\,24''\,55'''\,54^{iv}\,55^{v}.$$

Ceci est la corde de la moitié d'un degré, si l'on pose le diamètre égal à cent vingt parties. Si nous considérons cette corde comme le côté d'une figure de sept cent vingt côtés inscrite au cercle; le périmètre de cette figure sera, d'après cela,

$$376^{p}\,59'\,10''\,59'''$$

Si ensuite nous prenons la moitié de la corde de la moitié d'un degré, la mesure de AD sera :

$$0^p 1 5' 42'' 27''' 57^{iv} 27^{v}.$$

Le carré de cela est :

$$0^p 4' 6'' 44''' 2^{iv} 4^{v} 57^{vi} 25^{vii} 18^{viii} 30^{ix} 9^{x},$$

et le carré de la moitié du diamètre ou de la ligne AC

$$3600^p.$$

Nous en retranchons le carré de AD, et il reste le carré de DC :

$$3599^p 55' 53'' 15''' 57^{iv} 55^{v} 2^{vi} 34^{vii} 41^{viii} 29^{ix} 51^{x}.$$

La racine de cela, ou la ligne DC, est

$$59^p 59' 57'' 56''' 37^{iv} 56^{v} 51^{vi}.$$

Nous multiplions AD par CH, qui est la moitié du diamètre, et nous divisons le résultat par DC; il résulte la mesure de EH :

$$0^p 15' 42'' 28''' 29^{iv} 45^{v}.$$

Doublant cela on obtient :

$$0^p 31' 24'' 56''' 59^{iv} 31^{v} \text{ (sic)};$$

ce qui est la mesure de EZ, c'est-à-dire du côté de la figure de sept cent vingt côtés circonscrite au cercle, et semblable à la première. Le périmètre de cette figure sera conséquemment :

$$376^p 59' 23'' 54''' 12^{iv}.$$

« Donc, si nous posons le diamètre égal à cent vingt, la circonférence sera de 376 parties plus une fraction plus grande que 59′ 10″ 59‴ 0ⁱᵛ, et plus petite que 59′ 23″ 54‴ 12ⁱᵛ. Si nous transformons cela pour le rapporter à la mesure mentionnée par Archimède, la circonférence dépassera le triple du diamètre d'une quantité plus grande que dix soixante-dixièmes et 38′ 41″ 21‴, et plus petite que dix soixante-dixièmes et 37′ 47″ 37‴; ce sera approximativement dix soixante-dixièmes et 38′ 14″ 29‴. »

DISCUSSION DU CALCUL.

I.

Comme le procédé employé par les astronomes arabes pour trouver la mesure de la circonférence du cercle est fondé, d'après notre texte, sur les principes contenus dans la Grande Syntaxe de Ptolémée, il sera utile de se rendre compte, en premier lieu, de la différence qui existe entre les méthodes d'Archimède et de Ptolémée, et d'expliquer jusqu'à quel point la seconde peut servir au même but que la première.

Archimède prend pour point de départ l'hexagone régulier circonscrit au cercle, dont le côté est au diamètre du cercle dans le rapport de 1 à $\sqrt{3}$. Il passe de là, par la bissection d'un angle au centre, au côté du dodécagone circonscrit pour déterminer de nouveau le rapport de ce côté au diamètre du cercle. Par trois autres bissections successives il parvient enfin à obtenir le rapport du côté du polygone régulier de quatre-vingt-seize côtés circonscrit au cercle, au diamètre. Ces bissections d'angles se traduisent, dans le calcul, par des extractions de racines carrées. Considérant ensuite les polygones inscrits, Archimède commence également par l'hexagone régulier, dont le côté est au diamètre du cercle dans le rapport de 1 à 2, et détermine, au moyen de quatre bissections d'angles à la circonférence, le rapport du côté du polygone régulier de quatre-vingt-seize côtés inscrit dans le cercle, au diamètre. A ces nouvelles bissections dans la figure géométrique correspondent pareillement, dans le calcul, des extractions de racines carrées.

Multipliant par 96 les deux rapports auxquels il est arrivé en dernier lieu, Archimède a deux limites entre lesquelles doit être compris le rapport de la circonférence au diamètre du cercle. Il trouve ainsi que ce rapport est plus petit que $3\frac{1}{7}$ et plus grand que $3\frac{10}{71}$.

Remarquons surtout que, dans les calculs auxquels cette méthode donne lieu, il n'entre d'autres opérations que des résolutions de proportions et des extractions de racines carrées, c'est-à-dire des opérations dans lesquelles, même lorsqu'on les exécute à la manière des anciens, le degré de précision du résultat ne dépend que de la volonté et de la patience du calculateur.

Il n'existe donc, chez Archimède, aucune erreur

inhérente à la méthode comme telle. Celle-ci est parfaitement rigoureuse. En continuant les bissections, et en prolongeant suffisamment les extractions des racines, on pourra, d'après cette méthode, déterminer le rapport cherché avec une précision qu'on poussera aussi loin qu'on voudra, pourvu qu'on ne se laisse pas rebuter par la longueur des calculs.

Il n'en est pas de même de la méthode de Ptolémée. L'objet propre de Ptolémée est de calculer une table de cordes. Or certaines cordes peuvent être considérées comme des côtés de polygones réguliers inscrits, et, par le procédé employé dans le texte ci-dessus, on peut immédiatement calculer le côté d'un polygone circonscrit correspondant à un côté donné de polygone inscrit. On peut donc faire servir la méthode de Ptolémée au même but que celle d'Archimède, et, par conséquent, la comparer à cette dernière.

Ptolémée calcule le côté du pentagone régulier inscrit, ou la corde de 72°; de cette valeur et de la corde de 60°, qui est égale au rayon, il déduit la valeur de la corde de 12°, et de là, par deux bissections successives, celle de la corde de 3°. Toutes ces évaluations se font au moyen de proportions et d'extractions de racines carrées.

Mais Ptolémée a surtout en vue, et a surtout besoin de calculer *la corde d'un degré*, parce que le degré est l'unité à laquelle se rapporte la division du cercle, qui est la base de tous les calculs astronomiques. C'est à quoi il est impossible de parvenir par des opérations n'impliquant que des radicaux du second degré. Pour arriver de la corde de 3° à celle de 1° il faudrait passer par une trisection d'angle ou par une équation du troisième degré, que Ptolémée ne sait pas résoudre. Ne pouvant aborder son problème directement, il a donc recours à un moyen indirect, à un procédé d'interpolation. C'est là ce qui produit, dans l'évaluation des cordes de 1° et des arcs plus petits que 1°, un défaut d'exactitude inhérent à la méthode même, défaut qu'il m'importe de signaler ici, et qui ne permet plus de pousser la précision du calcul au delà d'une certaine limite bien déterminée, tant qu'on suit la marche de Ptolémée.

Tirant de la valeur de la corde de 3°, par des bissections, les valeurs des cordes de $\left(\frac{3}{2}\right)^\circ$ et de $\left(\frac{3}{4}\right)^\circ$, et ayant trouvé que la corde de 1° doit être comprise entre $\frac{4}{3}$. cord $\left(\frac{3}{4}\right)^\circ$ et $\frac{2}{3}$. cord $\left(\frac{3}{2}\right)^\circ$, Ptolémée adopte comme valeur de la corde de 1° la valeur commune que prennent ces deux dernières quantités pour le degré d'exactitude qu'il voulait obtenir dans sa table de cordes. Cependant on peut, sans craindre de lui prêter une précision qu'il n'aurait pas réellement eue, considérer cette valeur comme la moyenne arithmétique des deux limites que Ptolémée a posées; on peut dire qu'il fait

$$\text{cord } 1^\circ = \frac{1}{2}\left\{\frac{4}{3}\text{ cord. } 45' + \frac{2}{3}\text{ cord } 1^\circ\, 30'\right\}$$

Il égale ainsi deux quantités qui, en réalité, sont

différentes; l'erreur de sa méthode sera par conséquent égale à la différence de ces deux quantités. Désignant cette erreur par ε on aura donc :

$$\begin{aligned}\varepsilon &= \text{cord } 1^\circ - \tfrac{1}{2}\left\{\tfrac{4}{3}\text{ cord } 45' + \tfrac{2}{3}\text{ cord } 1^\circ\, 30'\right\}\\ &= 2\left\{\sin 30' - \tfrac{2}{3}\sin 22'\, 30'' - \tfrac{1}{3}\sin 45\right\}\\ &= 2.\left\{0{,}0087265 35.5 - 0{,}004363292 - 0{,}004363198.5\right\}\\ &= 0{,}0000000 9,\end{aligned}$$

ou un peu moins d'un dix-millionième [1]. Une erreur de tel ordre s'introduit conséquemment dans les résultats à partir du moment où l'on a employé le procédé d'interpolation de Ptolémée, quel que soit le degré de précision auquel on se soit astreint dans les parties précédentes et subséquentes du calcul.

Pour Ptolémée, une erreur de cet ordre est insignifiante, parce qu'il ne calcule ses cordes que jusqu'aux secondes, de sorte qu'il néglige les quantités inférieures aux demi-secondes ou à $\frac{1}{432000}$ du rayon. En effet il pose cord $1^\circ = 1^p\, 2'\, 50'' = 0{,}0174537$ au lieu de $0{,}017453071$.

Mais pour les opérations de notre texte, où les valeurs sont calculées jusqu'aux sexagésimales cinquièmes, cette erreur serait très-considérable et rendrait inutile la peine qu'on s'est donnée de calculer les sexagésimales quatrièmes et cinquièmes.

[1] Dans un autre endroit j'ai trouvé la même valeur par des considérations différentes. (Voir le Journal de mathématiques pures et appliquées, publié par M. Liouville, t. XIX (année 1854), p. 165.)

II.

Cette circonstance dut me faire soupçonner que le procédé d'Aboûl Wafâ ne pouvait avoir été exactement pareil à celui de Ptolémée, et me fit désirer de connaître, s'il était possible, le calcul original d'Aboûl Wafâ. J'ai été assez heureux pour retrouver ce calcul dans un manuscrit de l'Almageste d'Aboûl Wafâ, que possède la Bibliothèque impériale, coté n° 1138, ancien fonds arabe.

L'examen de ce manuscrit a non-seulement confirmé entièrement ma supposition, mais m'a révélé en outre un fait historique intéressant par rapport au développement et aux progrès des mathématiques dans l'école arabe du moyen âge.

Les lecteurs de ce Journal se souviennent sans doute d'un article sur l'algèbre chez les Arabes, publié par M. Sédillot dans le cahier de septembre-octobre 1853. Comme preuve à l'appui de l'opinion favorable qu'il avait exprimée sur les travaux des Arabes, M. Sédillot fit connaître dans cet article un passage de Mériem-al-Tchélébi, commentateur d'Oloug-Beg. Ce passage contient l'exposé de deux méthodes pour déterminer une valeur approchée de sin 1°, dont l'une est une méthode d'interpolation conçue dans l'esprit de celle de Ptolémée, mais se distinguant de cette dernière par des perfectionnements qui lui donnent l'avantage d'une précision bien supérieure. J'ai démontré plus tard que l'erreur de cette méthode n'est qu'un onzième environ de celle de Ptolémée[1].

Il n'était pas sans intérêt de savoir à quelle époque remonte ce progrès fait au delà de la science grecque, et dont on constatait l'existence chez les astronomes arabes; mais Mériem-al-Tchélébi, auteur du xve siècle, se borne à dire, de la méthode en question, que « les savants s'en sont servis, » ce qui prouve seulement qu'elle était en usage avant lui, mais ne nous apprend pas si cet usage était, au temps de Mériem-al-Tchélébi, ancien ou moderne.

Or l'examen du manuscrit 1138, ancien fonds arabe, m'a fait reconnaître que la méthode d'interpolation décrite par Mériem-al-Tchélébi est identiquement celle d'Aboûl Wafâ, donc que son emploi chez les astronomes arabes date, au moins, du xe siècle de notre ère; on remarque même qu'elle donne lieu, chez l'astronome du xe siècle, à un résultat d'une précision considérablement plus grande encore que chez Mériem-al-Tchélébi. Cela tient à ce que le calcul d'Aboûl Wafâ a pour objet la détermination de sin 30′ au lieu de sin 1°, et à ce que les intervalles dont il fait usage dans son interpolation sont moins grands de moitié que ceux de Mériem-al-Tchélébi.

Le calcul d'Aboûl Wafâ se trouve exposé dans la huitième section du cinquième chapitre du premier livre de son Almageste (fol. 10 v°, l. 12, à fol. 11 v°, l. 12, du manuscrit 1138, ancien fonds arabe).

[1] Voir le Journal de M. Liouville, vol. XIX, p. 166.

Aboûl Wafâ démontre en premier lieu, comme proposition auxiliaire, que :

$$\sin(\alpha + \beta) - \sin\alpha < \sin\alpha - \sin(\alpha - \beta),$$

si $\alpha - \beta$, α et $\alpha + \beta$ sont des arcs compris dans le premier quart de la circonférence.

Il établit que, connaissant les cordes de 36° et de 60°, on en tire, par des bissections successives, les valeurs de $\sin\left(\frac{18}{32}\right)^\circ$ et de $\sin\left(\frac{15}{32}\right)^\circ$; on en tire, en outre, la valeur de $\sin\left(\frac{12}{32}\right)^\circ$, soit en considérant ce dernier arc comme la différence $\left(\frac{18}{2^3}\right)^\circ - \left(\frac{30}{2^4}\right)^\circ$, soit en le considérant comme déduit de la différence des arcs de 36° et de 30°, attendu que $\left(\frac{12}{32}\right)^\circ = \frac{36^\circ - 30^\circ}{2^4}$:

Il fait observer que, ne pouvant pas déterminer $\sin\left(\frac{16}{32}\right)^\circ$ comme le sinus de la différence de deux arcs dont on connaîtrait les sinus, on n'a d'autre ressource que d'en trouver la valeur par approximation.

Faisant ensuite usage du lemme préalablement démontré, il obtient

$$\sin\left(\frac{16}{32}\right)^\circ - \sin\left(\frac{15}{32}\right)^\circ > \frac{1}{3}\left\{\sin\left(\frac{18}{32}\right)^\circ - \sin\left(\frac{15}{32}\right)^\circ\right\},$$

donc

$$\sin\left(\frac{16}{32}\right)^\circ > \sin\left(\frac{15}{32}\right)^\circ + \frac{1}{3}\left\{\sin\left(\frac{18}{32}\right)^\circ - \sin\left(\frac{15}{32}\right)^\circ\right\},$$

et pareillement

$$\sin\left(\frac{16}{32}\right)^\circ < \sin\left(\frac{15}{32}\right)^\circ + \frac{1}{3}\left\{\sin\left(\frac{15}{32}\right)^\circ - \sin\left(\frac{12}{32}\right)^\circ\right\}.$$

Il a, de cette manière, deux limites entre lesquelles est compris le sin 30′, et dont il prend la moyenne arithmétique comme la valeur la plus approchée possible de ce sinus; le double de cette valeur sera celle de la corde de 1°.

Il ajoute enfin que l'on peut, d'une manière semblable, trouver la valeur de sin 1°.

Rendons-nous compte d'abord de l'erreur que comporte ce procédé comme méthode, pour examiner ensuite le degré d'exactitude des valeurs numériques qui résultent des calculs d'Aboûl Wafâ.

Aboûl Wafâ égale le sinus de la moitié d'un degré à la moyenne arithmétique des limites qu'il vient de lui assigner; l'erreur de sa méthode aura donc pour mesure la différence entre ces deux quantités, à savoir la différence

$$\sin\left(\tfrac{16}{32}\right)^{\circ} - \left\{ \sin\left(\tfrac{15}{32}\right)^{\circ} + \tfrac{1}{6}\left(\sin\left(\tfrac{18}{32}\right)^{\circ} - \sin\left(\tfrac{12}{32}\right)^{\circ}\right)\right\}.$$

Ayant calculé les valeurs des quantités qui entrent dans cette formule jusqu'à la quinzième décimale, je trouve

$$\sin 30' = 0{,}008.726.535.498.374$$
$$\sin 28'\,7'',5 + \tfrac{1}{6}(\sin 33'\,45'' - \sin 22'\,30'') = 0{,}008.726.536.498.903$$

différence : $= 0{,}000.000.001.000.529$

même différence exprimée en sexagésimales : $= 0^{p}\,0'\,0''\,0'''\,0^{iv}\,46^{v}\,40^{vi}\,50^{vii}$,

d'où il suit que la méthode d'interpolation d'Aboûl Wafâ donne une valeur trop forte de 46ᵛ,7 ou d'un mille millionième environ. Désignons cette quantité, dont nous aurons encore à faire usage dans la suite, par dM.

Pour contrôler maintenant les résultats numériques d'Aboûl Wafâ, j'en ai calculé les valeurs exactes; je les fais suivre ci-après, exprimées en décimales et en sexagésimales, plaçant au-dessous de chacune la valeur trouvée par Aboûl Wafâ, de manière qu'on pourra immédiatement apprécier l'erreur de cette dernière :

$$\sin 33'\,45'' = 0{,}009.817.319.337.149.622$$
$$= 0^p\,35'\,20''\,32'''\,27^{iv}\,30^{v}\,59^{vi}\,38^{vii}\,35^{viii}\,24^{ix}$$
d'après Aboûl Wafâ: $= 0^p\,35'\,20''\,32'''\,27^{iv}\,29^{v}$ [1]

$$\sin 28'\,7'',5 = 0{,}008.181.139.603.937.104$$
$$= 0^p\,29'\,27''\,7'''\,34^{iv}\,9^{v}\,21^{vi}\,40^{vii}\,38^{viii}\,32^{ix}$$
d'après Aboûl Wafâ: $= 0^p\,29'\,27''\,7'''\,34^{iv}\,19^{v}$

$$\sin 22'\,30'' = 0{,}006.544.937.967.351.859$$
$$= 0^p\,23'\,33''\,42'''\,23^{iv}\,45^{v}\,48^{vi}\,17^{vii}\,9^{viii}\,58^{ix}$$
d'après Aboûl Wafâ: $= 0^p\,23'\,33''\,42'''\,23^{iv}\,56^{v}$

$$\sin 28'\,7'',5 + \tfrac{1}{6}\,\{\sin 33'\,45'' - \sin 22'\,30''\}$$
$$= 0{,}008.726.536.498.903.398$$
$$= 0^p\,31'\,24''\,55'''\,54^{iv}\,46^{v}\,53^{vi}\,34^{vii}\,12^{viii}\,46^{ix}$$
d'après Aboûl Wafâ: $= 0^p\,31'\,24''\,55'''\,54^{iv}\,55^{v}$

Désignant sin $28'\,7'',5$ par a, sin $33'\,45''$ par b, sin $22'\,30''$ par c, et les erreurs des valeurs numériques qu'Aboûl Wafâ calcule pour ces trois quantités [2], par da, db, dc respectivement, on a

[1] Le ms. de la Bibliothèque impériale porte 37 au lieu de 32 pour les tierces, ce qui n'est évidemment qu'une erreur de copiste.

[2] Aboûl Wafâ donne aussi, dans ce chapitre, la valeur de :

$$\text{cord } 36^\circ = 37^p\,4'\,55''\,20'''\,29^{iv}\,39^{v};$$

$$da = +9^{v},6, \quad db = -2^{v},0, \quad dc = +10^{v},2.$$

L'erreur que ces trois erreurs produisent dans le résultat final s'exprime par

$$da + \tfrac{1}{6}(db - dc) = +7^{v},6,$$

tandis qu'on avait

$$dM = +46^{v},7.$$

L'erreur provenant de l'imperfection de la formule d'interpolation est donc environ six fois plus

cette valeur est entièrement exacte, car je trouve :

$$\sin 18^{\circ} = 0,309.016.994.375$$

ou :

$$18^{p}\,32'\,27''\,40'''\,14^{iv}\,49^{v}\,33^{vi},5,$$

d'où :

$$\text{cord } 36^{\circ} = 37^{p}\,4'\,55''\,20'''\,29^{iv}\,39^{v}\,7^{vi}.$$

Le calcul de cette valeur n'exige du reste que l'extraction d'une seule racine carrée ; car on a :

$$\sin 18^{\circ} = \tfrac{1}{4}(\sqrt{5} - 1).$$

Le ms. de la Bibliothèque impériale porte 49^{iv} au lieu de 29^{iv}, évidemment par suite d'une erreur de copiste. A la fin du chapitre, Aboûl Wafâ donne aussi la valeur de :

$$\sin 1^{\circ} = 1^{p}\,2'\,49''\,43'''\,17^{iv}\,35^{v},$$

mais sans exposé du calcul par lequel il l'a trouvée. Cette valeur est beaucoup plus inexacte que celle qu'il calcule pour sin 30', l'erreur étant de $6^{iv},3$; car je trouve :

$$\sin 1^{\circ} = 0,017.452.406.437$$

ou :

$$1^{p}\,2'\,49''\,43'''\,11^{iv}\,14^{v}\,44^{vi};$$

c'est peut-être qu'une erreur s'est glissée dans le nombre des sexagésimales quatrièmes par une faute de copiste.

grande que celle produite par l'inexactitude des quantités *qui entrent dans cette formule. Il suit de* là qu'Aboûl Wafâ, en s'arrêtant, dans le calcul des trois sinus qui entrent dans sa formule, aux sexagésimales cinquièmes, a jugé avec justesse le degré d'exactitude que comportait son procédé.

L'erreur du résultat final d'Aboûl Wafâ doit se composer de l'erreur dM de la méthode, et de l'influence qu'exercent les erreurs des valeurs numériques, et qui s'exprime par la formule

$$da + \tfrac{1}{6}(db - dc).$$

A cette dernière partie il faut ajouter encore une erreur de $+\ 0^{v},5$ qu'Aboûl Wafâ commet en négligeant, pendant qu'il prend la moyenne arithmétique des deux limites de sin 3o′, une quantité de 3o sexagésimales sixièmes; car les trois valeurs qu'Aboûl Wafâ assigne à a, b, c, substituées dans la formule $a + \frac{1}{6}(b - c)$, donnent rigoureusement

$$0^{p}\,31'\,24''\,55'''\,54^{iv}\,54^{v}\,30^{vi}$$

au lieu de 55^{v}, valeur adoptée par Aboûl Wafâ.

L'erreur totale du résultat final d'Aboûl Wafâ, c'est-à-dire de la valeur qu'il trouve pour sin 3o′, sera donc de :

$$7^{v},6 + 46^{v},7 + 0^{v},5 = 54^{v},8$$

en plus. En effet j'obtiens

$$\sin 30' = 0^{p}\,31'\,24''\,55'''\,54^{iv}\,0^{v}\,12^{vi}\,44^{vii}.$$

tandis que Aboûl Wafâ fait

$$\sin 30' = 0^{p}\,31'\,24''\,55'''\,54^{iv}\,55^{v};$$

différence :

$$= 54^{v}\,47^{vi}\,16^{vii}$$
$$= 0{,}000.000.001.174.292$$

III.

Cette discussion du calcul original d'Aboûl Wafâ terminée, ce qu'il importe surtout de remarquer, c'est que la valeur que le calcul d'Aboûl Wafâ donne pour le *sinus* d'un demi-degré, à savoir :

$$0^{p}\,31'\,24''\,55'''\,54^{iv}\,55^{v},$$

est *identiquement* celle qu'il aurait assignée, d'après notre texte, à la *corde* d'un demi-degré.

Il ne peut pas être un instant douteux qu'il n'y ait ici une erreur, et que c'est notre texte qui se trompe; mais on peut supposer que l'auteur du texte a voulu présenter seulement un exemple[1] du calcul numérique auquel donne lieu sa méthode pour trouver une valeur approchée du rapport de la circonférence au diamètre, et qu'il ne s'est préoccupé sérieusement ni de l'exactitude du nombre dont il se servait pour cet exemple, ni de la précision du résultat, qu'il ne considérait pas comme définitif.

Pour connaître l'erreur que l'auteur commet immédiatement en substituant la valeur trouvée par Aboûl Wafâ pour sin 30′ à celle de la corde de 30′, j'ai calculé la vraie valeur de cord 30′; j'obtiens :

[1] C'est même le mot dont il se sert. (Voy. ci-dessus la traduction, p. 289, l. 10.)

$$\sin 15' = 0,004.363.309.284.75,$$

d'où :

$$\begin{aligned}\text{cord } 30' &= 0,008.726.618.569.5\\ &= 0^{p}31'24''56'''58^{iv}35^{v}58^{vi};\end{aligned}$$

par conséquent, comme la valeur de sin $30'$, d'après Aboûl Wafâ, est

$$0^{p}31'24''55'''54^{iv}55^{v},$$

l'auteur, en employant cette dernière à la place de celle de cord $30'$, prend, pour base de son calcul, une donnée affectée d'une erreur de

$$1'''3^{iv}41^{v}$$

ou de la 12000000me partie du rayon environ.

Pour juger de l'influence que cette erreur a sur celle du résultat final, il faut remarquer que cette dernière se compose de deux parties.

La première partie, que nous désignerons par $\delta\pi$, provient de la méthode de l'auteur, à savoir de ce qu'il considère un petit arc comme la moyenne arithmétique entre les côtés des deux polygones, inscrit et circonscrit, correspondant à cet arc; en d'autres termes de ce qu'il pose :

$$\text{arc } 30' = \tfrac{1}{2}\{\text{cord } 30' + 2 \text{ tg } 15'\},$$

d'où :

$$\pi = 360\{\sin 15' + \text{tg } 15'\},$$

ce qui n'est pas rigoureusement exact[1]. En effet, on a :

[1] Pour se rendre compte, d'une manière plus générale, de l'er

$$360\{\sin 15' + \operatorname{tg} 15'\} = 3{,}1415976,$$
$$\pi = 3{,}1415927;$$

donc :

$$\delta\pi = +0{,}0000049.$$

La seconde partie de l'erreur du résultat final, que nous désignerons par $d\pi$, provient de ce que l'auteur emploie une valeur inexacte de la corde ou du côté du polygone inscrit; et comme c'est de cette valeur qu'il déduit aussi celle du côté correspondant du polygone circonscrit, l'inexactitude du premier côté entraînera celle du second et influera ainsi de deux manières sur le résultat.

Si nous désignons par c le côté du polygone inscrit de 720 côtés, par C le côté correspondant du polygone circonscrit, notre texte fait :

$$\pi = 180\,(C + c),$$

où

$$C = \frac{c}{\sqrt{1 - \left(\frac{c}{2}\right)^2}};$$

reur qu'on commet en considérant l'arc comme la moyenne arithmétique entre le sinus et la tangente, on a :

$$\operatorname{tg} a = a + \tfrac{1}{3} a^3 + \tfrac{2}{15} a^5 + \tfrac{17}{315} a^7 + \dots$$
$$\sin a = a - \tfrac{1}{6} a^3 + \tfrac{1}{120} a^5 - \tfrac{1}{5040} a^7 + \dots$$

d'où :

$$\tfrac{1}{2}(\operatorname{tg} a + \sin a) = a + \tfrac{1}{12} a^3 + \tfrac{17}{240} a^5 + \tfrac{271}{10080} a^7 + \dots$$

et, en considérant l'arc a comme la $(2m)^{\text{ième}}$ partie de la circonférence, on aura :

$$\delta\pi = \frac{1}{12.m^2}\pi^3 + \frac{17}{240.m^4}\pi^5 + \frac{271}{10080.m^6}\pi^7 + \dots$$

prenant la formule différentielle, on obtient :

$$d\pi = \left\{ \frac{1}{\left(1 - \frac{c^2}{4}\right)^{\frac{3}{2}}} + 1 \right\} . 180. \, dc.$$

Nous avons vu que l'erreur dc de la valeur de la corde de 30′ employée par l'auteur, est de :

$$1''' 3^{iv} 41^{v};$$

pour

$$\frac{c}{4} = 0,0043633, \; dc = - 1''' 3^{iv} 41^{v} = - 0,000.000.081.897,$$

on a :

$$\frac{1}{\left(1 - \frac{c^2}{4}\right)^{\frac{3}{2}}} = 1,00003;$$

donc sensiblement :

$$d\pi = 360. \, dc = - 0,0000295.$$

C'est de ces deux quantités $\delta\pi$ et $d\pi$ que se compose, comme on vient de le dire, l'erreur du résultat final. En effet, d'un côté nous venons de trouver :

$$\delta\pi = + 0,0000049$$
$$d\pi = - 0,0000295$$

donc : $\delta\pi + d\pi = - 0,0000246;$

et, d'un autre côté, nous verrons que le résultat final de notre texte est :

$$\pi' = 3,1415681 5,$$

tandis que en réalité :

$$\pi = 3,14159265$$

donc erreur du résultat final :

$$\pi' - \pi = -0,0000245.$$

Même en s'en tenant aux valeurs qu'on pouvait prendre immédiatement dans l'ouvrage d'Aboûl Wafâ sans nouveau calcul, il eût été plus avantageux pour l'auteur de notre texte d'employer la valeur calculée par Aboûl Wafâ pour la corde de 1°, et de trouver la circonférence comme la moyenne arithmétique entre les périmètres des deux polygones inscrit et circonscrit de 360 côtés. L'auteur croyait probablement que l'erreur provenant de la substitution du sin 30′ à la corde de 30′ serait plus que compensée par l'avantage d'opérer sur des polygones de 720 côtés (avantage qui s'exprime par la diminution de $\delta\pi$); mais il n'en est pas ainsi. En effet, prenant pour point de départ la corde de 1° calculée par Aboûl Wafâ, et employant les mêmes notations comme tout à l'heure, on a :

$$\delta\pi = 180\,(\sin 30' + \operatorname{tg} 30') - \pi,$$

ou, en prenant le premier terme de la série (p. 305) :

$$\delta\pi = \frac{1}{12.(360)^2}\,\pi^3,$$

ce qui donne :

$$\delta\pi = +0,0000200;$$

ensuite, pour le cas actuel, la méthode du texte fait :

$$\pi = 90\,(C + c)$$

donc :

$$d\pi = \left\{ \frac{1}{\left(1 - \frac{c^2}{4}\right)^{\frac{3}{2}}} + 1 \right\} . 90 . dc,$$

où :

$$\frac{c}{2} = \sin 30' = 0,0087265,$$

$$dc = + 1''49''', 6 = 0,000.000.002.35\ ^{1},$$

ce qui donne :

$$d\pi = (2,000114) . 90 . dc$$
$$= + 0,0000004;$$

donc erreur du résultat final :

$$\delta\pi + d\pi = + 0,0000204.$$

L'auteur aurait obtenu de cette manière pour le rapport de la circonférence au diamètre une valeur trop forte d'un cinquante-millième environ, tandis qu'il en a trouvé une trop faible d'un quarante-millième environ.

Mais il aurait pu facilement arriver à un résultat final bien plus exact encore, s'il avait déduit de la valeur de sin 30′ calculée par Aboûl Wafâ, celle de sin 15′ au moyen de la formule

$$\sin \tfrac{1}{2} \alpha = \sqrt{\tfrac{1}{2} \sin \text{vers}\, \alpha},$$

formule connue aux astronomes arabes, et d'ailleurs identique à la formule

$$\text{cord}\ \tfrac{1}{2} \alpha = \sqrt{2 - \sqrt{4 - (\text{cord}\ \alpha)^2}}$$

[1] Cette quantité est le double de l'erreur dont est affectée la valeur trouvée par Aboûl Wafâ pour sin 30′, erreur déterminée ci-dessus (p. 303).

posée déjà par Ptolémée. Il obtenait ainsi la valeur de sin 15′, et par suite celle de cord 30′, au moyen de deux extractions de racines carrées, dont il pouvait pousser l'exactitude aussi loin qu'il voulait [1], de sorte que l'erreur de cette valeur de cord 30′ ne dépendait que de celle de la valeur de sin 30′ qu'il prenait dans l'ouvrage d'Aboûl Wafâ. Cette dépendance s'exprime par la formule différentielle :

$$d\left(\sin \tfrac{1}{2}\alpha\right) = \frac{\cos \frac{1}{2}\alpha}{2\cos\alpha}\, d(\sin\alpha),$$

donc l'erreur de la corde de α

$$dc = \frac{\cos \frac{1}{2}\alpha}{\cos\alpha}\, d(\sin\alpha).$$

On a :

$$d(\sin\alpha) = 0{,}000.000.001.174,$$

$$\frac{\cos 15'}{\cos 30'} = 1{,}0000286,$$

$$d\pi = \left\{\frac{1}{\left(1-\frac{c^2}{4}\right)^{\frac{3}{2}}} + 1\right\}.180.\, dc,$$

ce qui donne :

$$d\pi = +\, 0{,}0000004\,;$$

en même temps :

$$\delta\pi = +\, 0{,}0000049,$$

de sorte que :

$$\delta\pi + d\pi = +\, 0{,}0000053.$$

[1] Nous verrons plus loin que l'auteur a exécuté, dans notre texte, une extraction de racine absolument pareille à celles dont il s'agit ici, et que la valeur qu'il trouve doit être considérée comme rigoureusement exacte, l'erreur ne s'élevant pas à une demi-unité du dernier ordre de sexagésimales auquel l'auteur a égard.

De cette manière l'auteur aurait obtenu, au moyen de formules et d'opérations de calcul qui lui étaient familières, et avec les données qu'il pouvait prendre dans l'Almageste d'Aboûl Wafâ, une valeur de π qui n'était plus affectée que d'une erreur de un deux cent-millième environ, et, par conséquent, plus exacte que la valeur indienne 3,1416 dont il sera question encore dans la suite.

Il résulte cependant des formules que je viens de donner que, si l'on continuait de cette manière en tirant de la valeur de sin 15′ celle de sin 7′30″, et ainsi de suite, on ne pourrait pas diminuer indéfiniment l'erreur du résultat final; car on voit aisément que la partie $\delta\pi$ décroît en effet indéfiniment, mais que la partie $d\pi$ converge vers la limite 360; ds, ds étant l'erreur dont est affectée la valeur de sin 30′ trouvée par Aboûl Wafâ. Or nous avons vu que, en supposant même tous les calculs numériques exécutés avec une exactitude absolue, par suite du procédé d'interpolation employé par Aboûl Wafâ, sa valeur de sin 30′ est nécessairement affectée d'une erreur de un mille-millionième environ, d'où il suit que, tant que le calcul du nombre π reste fondé sur cette évaluation d'Aboûl Wafâ, l'erreur du résultat final ne pourra jamais décroître au-dessous de :

$$0{,}00000036.$$

Il suit de là que l'inconvénient signalé ci-dessus, pour une méthode qui s'appuierait sur le calcul de

Ptolémée, se présente également, quoique un peu plus tard, dans celle de notre texte, qui prend pour base le calcul d'Aboûl Wafâ, parce que l'un et l'autre de ces calculs dépendent d'une interpolation. Il ne reste donc, des méthodes connues aux géomètres du moyen âge, que celle d'Archimède qui permette d'approcher, dans le calcul du nombre π, indéfiniment de la valeur exacte. Toutefois notre texte contient un perfectionnement notable de la méthode d'Archimède; car, tandis que celui-ci calcule, indépendamment les uns des autres, d'abord les côtés de tous les polygones circonscrits, et, ensuite, ceux de tous les polygones inscrits, la méthode de notre texte ne calcule que les côtés des polygones inscrits, et trouve ensuite, pour le côté du polygone inscrit auquel on s'arrête, le côté correspondant du polygone circonscrit, réduisant ainsi à peu près de moitié la longueur des calculs du procédé d'Archimède.

Il est vrai que les astronomes arabes auraient pu affranchir la méthode de notre texte de la défectuosité que nous venons d'y reconnaître. Ayant les valeurs de :

$$\sin\left(\frac{12}{2^5}\right)^\circ, \sin\left(\frac{15}{2^5}\right)^\circ, \sin\left(\frac{18}{2^5}\right)^\circ,$$

ils pouvaient, par de nouvelles bissections, déterminer les valeurs de :

$$\sin\left(\frac{12}{2^n}\right)^\circ, \sin\left(\frac{15}{2^n}\right)^\circ, \sin\left(\frac{18}{2^n}\right)^\circ,$$

où $n > 5$, et poser ensuite, en vertu des principes ci-dessus mentionnés :

$$\sin\left(\frac{16}{2^n}\right)^\circ = \sin\left(\frac{15}{2^n}\right)^\circ + \frac{1}{6}\left\{\sin\left(\frac{18}{2^n}\right)^\circ - \sin\left(\frac{12}{2^n}\right)^\circ\right\}.$$

Développant les sinus en série, on trouve, pour l'erreur ds de la valeur que cette formule assigne au $\sin\left(\frac{16}{2^n}\right)^\circ$, en prenant pour mesure de cette erreur le premier terme de la série qui l'exprime, et négligeant les termes suivants, eu égard à leur petitesse :

$$ds = + \frac{1}{(30501,23).2^{3n}}.$$

Désignant l'erreur de la corde de $\left(\frac{16}{2^{n-1}}\right)^\circ$ par dc, employant, du reste, les mêmes notations que ci-dessus, et prenant, vu la petitesse de c, dC = dc, on aura :

$$d\pi = 180.\ 2^{n-5}.\ dc = 180.\ 2^{n-4}.\ ds,$$

ou :

$$d\pi = + 0{,}00036884.\ \frac{1}{2^{2n}};$$

en même temps :

$$\delta\pi = + 0{,}0204 1566.\ \frac{1}{2^{2n}},$$

donc :

$$d\pi + \delta\pi = + 0{,}0207845.\ \frac{1}{2^{2n}},$$

de sorte que l'erreur de l'évaluation de π décroît indéfiniment, au fur et à mesure que l'on continue les bissections.

Mais perfectionner ainsi la méthode de notre texte, ce serait en méconnaître l'esprit, qui consiste à utiliser, pour la détermination du nombre π, des valeurs calculées dans un autre but, à savoir, pour la construction d'une table de cordes ou de sinus. On serait, en outre, obligé de faire chaque fois trois bissections pour une qu'exige la méthode d'Archimède, et ne réussirait pourtant pas à se débarrasser entièrement de la partie de l'erreur que nous avons désignée par $d\pi$, tandis que la méthode d'Archimède en est complétement libre, et ne comporte que l'erreur $\delta\pi$.

IV.

Examinons maintenant les nombres que nous présente le texte ci-dessus, dans le calcul par lequel on déduit de la corde de $30'$ les périmètres des deux polygones réguliers de 720 côtés, dont l'un est inscrit et l'autre circonscrit au cercle.

Les valeurs du périmètre du polygone inscrit et les quantités AD, $\overline{AD}^2$, $r^2 - \overline{AD}^2$ ne donnent lieu à aucune observation; elles sont déduites avec une exactitude parfaite[1] de celle de cord $30'$. Dans la valeur de $r^2 - \overline{AD}^2$ on vérifie aisément que $55'''$ au lieu de $15'''$ n'est qu'une erreur de copiste. L'extraction de la racine $\sqrt{r^2 - \overline{AD}^2} = CD$ est également

[1] Dans la valeur de AD on a négligé une demi-unité des sexagésimales cinquièmes; d'après l'usage actuel des calculateurs on l'aurait considérée comme une unité entière, et l'on aurait écrit 28^{v}, au lieu de 27^{v}, si l'on ne voulait pas aller au delà des sexagésimales cinquièmes.

exacte; le dernier chiffre de $51''$ est un peu trop fort, mais beaucoup plus exact que si l'on posait $50''$. Dans le résultat de la division $(AD. r) : CD = EH$ le dernier chiffre de $45'$ est également un peu trop fort. On ne voit pas bien pourquoi le texte pose ensuite, dans $2. EH = EZ$, $31'$ au lieu de $30'$; cependant le nombre $12''$, dans la valeur du périmètre du polygone circonscrit, qui est le produit exact de EZ par 720, prouve que $31'$ au lieu de $30'$ n'est pas une erreur de copiste. L'erreur de copiste par suite de laquelle le nombre 16 a été placé entre 376 et 59 dans la valeur de ce dernier périmètre, s'explique peut-être de la manière suivante. On a :

$$376^p = 6^n 16^p.$$

Il se peut que le texte original qu'avait sous les yeux le copiste du présent manuscrit ait porté $6^n 16^p$ au lieu de 376^p, et que le copiste, en remplaçant la première manière d'écrire ce nombre par la seconde, ait oublié de supprimer le 16, ce qui lui donnait un ordre de sexagésimales de trop, et lui faisait écrire au bout « cinquièmes » au lieu de « quatrièmes. »

Le sens des dernières lignes du texte qui concernent la transformation des deux périmètres « afin de les rapporter à la mesure d'Archimède, » est assez caché, et ce passage me paraît offrir un exemple frappant des cas où le calcul peut devenir un moyen précieux de divination philologique.

L'auteur veut dire que

$$376^p\,59'\,23''\,54'''\,12^{iv} = \left\{3 + \frac{10}{70 + \frac{37}{60} + \frac{47}{60^2} + \frac{37}{60^3}}\right\} \text{fois le diamètre,}$$

$$376^p\,59'\,10''\,58''' = \left\{3 + \frac{10}{70 + \frac{38}{60} + \frac{41}{60^2} + \frac{21}{60^3}}\right\} \text{fois le diamètre.}$$

En effet, je trouve

$$\frac{10}{70 + \frac{37}{60} + \frac{47}{60^2} + \frac{37}{60^3}} = 16^p\,59'\,23''\,54'''\,13^{iv},04 \doteq 0,141.583.110.236$$

$$\frac{10}{70 + \frac{38}{60} + \frac{41}{60^2} + \frac{21}{60^3}} = 16^p\,59'\,10''\,58''',85 \qquad = 0,141.553.196.379$$

$$\text{moyenne arithmétique } \mu = 0,141.568.153.308$$

L'auteur considère ensuite comme valeur approchée du rapport de la circonférence au diamètre

$$3 + \frac{10}{70 + \frac{38}{60} + \frac{14}{60^2} + \frac{29}{60^3}} = 3,141.568.151.726 = 3 + \mu',$$

c'est-à-dire, ayant les deux limites $\frac{a}{b}$ et $\frac{a}{b+\varepsilon}$, il prend comme moyenne non pas $\frac{1}{2}\left\{\frac{a}{b+\varepsilon} + \frac{a}{b}\right\}$, mais $\frac{a}{b+\frac{1}{2}\varepsilon}$ [1].

Si l'on prend la moyenne arithmétique des deux périmètres non transformés, on a pour la longueur de la circonférence exprimée en soixantièmes du rayon

[1] On a $\frac{1}{2}\left\{\frac{a}{b+\varepsilon} + \frac{a}{b}\right\} - \frac{a}{b+\frac{1}{2}\varepsilon} = \frac{a}{b}\left\{\frac{1}{4}\frac{\varepsilon^2}{b^2} - \frac{3}{8}\frac{\varepsilon^3}{b^3} + \frac{7}{16}\frac{\varepsilon^4}{b^4} - \ldots\right\}$,
et pour $a = 10$, $b = \frac{15256057}{216000}$, $\varepsilon = \frac{3224}{216000}$, le premier terme

$$\frac{a}{b^3}\left(\frac{\varepsilon}{2}\right)^2 = 0,000.000.001.581;$$

tandis que $\mu - \mu' = 0,000.000.001.582$.

$$376^{p}\,59'\,17''\,26'''\,36^{iv},$$

ou, en prenant pour unité la longueur du diamètre,

$$3^{d}\,8'\,29''\,38'''\,43^{iv}\,18^{v} = 3,141.568.155.864.$$

En somme, il résulte du calcul de notre texte, comme valeur de π

$$3,14156815\ldots,$$

et comparant cette valeur à la valeur exacte :

$$3,14159265\ldots,$$

on voit que l'erreur de la mesure arabe est de $\frac{1}{40000}$ environ.

Prenant la moyenne arithmétique entre les deux limites déterminées par Archimède, on obtient $3\frac{141}{994} = 3,14185$; l'erreur est de $\frac{1}{4000}$ environ, donc dix fois plus grande que celle de la valeur arabe.

V.

Les Arabes connaissaient une autre valeur du nombre π, plus exacte encore que celle que nous venons de discuter. Elle se trouve dans l'algèbre de Mohammed Ben Moûçâ[1], qui pose ce rapport égal à $\frac{62832}{20000} = 3,1416$. L'erreur est de $\frac{1}{400000}$ à peu près, ou seulement un tiers environ de celle de la valeur calculée dans notre texte. Mohammed Ben Moûçâ dit de cette valeur qu'elle est employée par les astronomes, et c'est aux astronomes également que notre texte attribue la méthode qu'il expose. On doit donc se demander pourquoi les astronomes arabes,

[1] Voy. l'édition de Rosen, p. 71 de la traduction anglaise.

connaissant depuis longtemps une valeur fort exacte du nombre π, se sont appliqués à en chercher une autre, moins exacte, par des calculs assez pénibles.

Il n'est pas probable qu'ils eussent fait cela s'ils avaient eu connaissance du procédé par lequel la valeur $\frac{62832}{20000}$ avait été trouvée, et qu'ils eussent pu juger par là de son degré d'exactitude. Mais déjà Mohammed Ben Moûçâ lui-même paraît avoir été dans une parfaite ignorance à ce sujet; car il met cette valeur, à l'endroit cité, sur la même ligne avec une autre, savoir : $\sqrt{10} = 3,1623$, qui n'est qu'une approximation tout à fait grossière, l'erreur étant de $\frac{1}{50}$ environ. Après avoir proposé les deux valeurs, il ajoute : وكل ذلك قريب بعضه من بعض « tout cela est voisin l'un de l'autre, » en d'autres termes : « tout cela revient à peu près au même. »

Cette circonstance confirmerait, s'il en était besoin, la conjecture de Rosen, que la valeur $\frac{62832}{20000}$ est d'origine indienne[1]; car les Indiens ayant l'habitude de donner sans démonstrations et sous la forme de préceptes absolus les résultats théoriques ou numériques de leurs spéculations mathématiques et astronomiques, il y a lieu de croire que c'est ainsi que le rapport $\frac{62832}{20000}$ était proposé dans le Siddhânta, traduit sous le règne d'Almançoûr par Alfazârî, traduction dont Mohammed Ben Moûçâ rédigea un abrégé pour Almâmoûn[2].

[1] *Loc. laud.* p. 196 à 199. Rosen fait remarquer notamment que cette valeur se retrouve dans la *Lîlâvatî* de Bhâskara Atchârya, sous la forme $\frac{3927}{1250} = \frac{62832}{20000}$.

[2] Voir *Casiri*, I, p. 429.

Mais un mémoire de M. Whish[1] nous apprend, d'une manière explicite, que la valeur $\frac{62832}{20000}$ se trouve dans l'*Aryabhattîya*, ouvrage d'Aryabhatta, qui vivait, d'après le même mémoire, au commencement du VIe siècle de notre ère, tandis que Colebrooke et M. Lassen sont disposés à reculer encore davantage l'époque de la vie de cet astronome, et à le placer au IIIe ou IVe siècle de notre ère[2]. En outre, M. Whish mentionne expressément qu'Aryabhatta ne rend compte en aucune façon de la manière dont il a obtenu la valeur qu'il donne.

On ne doit donc pas s'étonner que les astronomes arabes aient mis une certaine hésitation à employer pour une des constantes fondamentales des mathématiques une valeur de provenance douteuse, et qu'ils aient préféré déterminer cette valeur eux-mêmes. On peut seulement regretter qu'ils ne se soient pas servis pour cela de la méthode d'Archimède, qui leur aurait permis d'arriver à une plus grande précision. C'est ainsi qu'un géomètre du XVIIIe siècle a retrouvé précisément le rapport $3,1416 = \frac{62832}{20000}$, en inscrivant au cercle le polygone régulier de 768 côtés, c'est-à-dire en ajoutant trois nouvelles bissections aux quatre bissections d'Archimède; c'est de cette manière aussi que les Indiens auraient trouvé, d'après la conjecture d'un savant italien, P. Franchini, la même valeur; opinion partagée

[1] *Transactions of the Royal Asiatic Society of Great-Britain and Ireland*, vol. III. London, 1831, in-4°, p. 509 et suiv.

[2] Colebrooke, *Miscellaneous essays*. London, 1837, t. II, p. 471 à 477. Lassen, *Indische Alterthumskunde*, t. II (Bonn, 1849), p. 1133 à 1136

par M. Chasles[1], et émise aussi par M. Whish dans le mémoire ci-dessus cité.

VI.

Avant de terminer je ferai remarquer encore une particularité de la notation numérique employée pour écrire les nombres qui figurent dans le texte ci-dessus. Ces nombres sont exprimés en partie par les lettres numérales et en partie par les chiffres indiens. On s'explique toutefois cette bizarrerie apparente. Ainsi que je l'ai montré dans un autre travail[2], les astronomes arabes ne se sont pas servis des chiffres indiens dans les tables et dans les calculs où ils employaient les parties sexagésimales; mais ils leur ont préféré les lettres de l'alphabet numéral. Il paraît qu'ils trouvaient à ces dernières, pour cet usage, l'avantage d'une plus grande brièveté. C'est conformément à cette coutume que les fractions sexagésimales sont exprimées par les lettres numérales dans le manuscrit de M. Scheffer. Mais pour la partie entière de ces nombres, ce manuscrit paraît prouver qu'on a commencé à exprimer les entiers par les chiffres indiens avec valeur de position,

[1] Voy. *Aperçu historique sur l'origine et le développement des méthodes en géométrie*. Bruxelles, 1837, in-4°, p. 491. Comparer *Ayeen Akbery, or the Institutes of the Emperor Akber,* translated from the original Persian by Francis Gladwin, in two volumes. London, 1800, vol. II, p. 347.

[2] *Sur l'introduction de l'arithmétique indienne en Occident et sur deux documents importants publiés par le prince Don Balthasar Boncompagni, et relatifs à ce point de l'histoire des sciences.* Rome, 1859, p. 54.

une fois qu'on s'était bien familiarisé avec cette dernière notation; c'est probablement parce que la partie entière des nombres pouvait s'élever à une grandeur quelconque, tandis que la notation sexagésimale alphabétique n'employait proprement aucun nombre supérieur à 59. Il est vrai qu'on savait exprimer, au moyen des lettres, des nombres plus grands, et même aussi grands qu'on voulait, soit en employant un plus grand nombre de lettres numérales, comme on le faisait, par exemple, pour les arcs qui embrassent toute la circonférence, tels que les rectascensions et les longitudes, où l'on se servait des lettres numérales jusqu'à 300 (ش), soit en créant des unités nouvelles pour les puissances ascendantes de soixante, des sexagènes. Mais ce dernier moyen permettait moins bien de saisir d'un seul coup d'œil la grandeur absolue de la partie entière, et l'on peut croire que c'est pour cette raison qu'on l'a remplacé plus tard par la notation indienne.

Les astronomes arabes, dans leur notation sexagésimale littérale, ne ponctuaient habituellement que le *noûn*, parce que cela suffisait pour éviter la confusion, les autres des quatorze lettres employées étant distinguées les unes des autres, soit par leur forme, soit par la place qu'elles devaient occuper. Cette particularité est observée aussi dans le manuscrit de M. Scheffer; mais pour l'impression j'ai pensé qu'il valait mieux rendre aux lettres numérales leurs points diacritiques.

RAPPORT

SUR DEUX MÉDAILLES EN CUIVRE JAUNE

TROUVÉES À SOURABAYA, ÎLE DE JAVA,

DONT LES FAC-SIMILE LITHOGRAPHIQUES ONT ÉTÉ ENVOYÉS À LA SOCIÉTÉ PAR M. NETSCHER, DE BATAVIA.

Messieurs,

Au mois de juillet dernier, la Société asiatique reçut de Batavia la lettre suivante, adressée à son secrétaire :

«Batavia, ce 10 mai 1858.

«Monsieur,

«Dans le courant de l'année 1857 l'on a trouvé enfouies en terre, mais dans des endroits différents de la résidence de Sourabaya (île de Java), des plaques en cuivre jaune dont j'ai l'honneur de vous envoyer des lithographies très-fidèles.

«La pièce que j'ai marquée A porte d'un côté un éléphant et des figures humaines qu'on trouve sur la plupart des monnaies javanaises de l'époque hindoue (voir l'ouvrage de Sir Thomas Stamford Raffles, sur Java), tandis que l'autre côté porte une inscription arabe, avec le mot الله, ce qui semble indiquer que cette pièce a été frappée (ou coulée), dans les premiers temps du mahométisme, à Java. Malheureusement il ne se trouve personne parmi les orientalistes européens, ni parmi les naturels ou les Arabes lettrés que j'ai pu consulter ici et à Singapore, qui puisse donner un sens convenable à l'inscription arabe.

« Cela est aussi le cas pour l'inscription de la pièce marquée B (dont j'envoie trois exemplaires[1]). Les caractères sont évidemment sanscrits; mais notre savant orientaliste, M. Friederich, n'a pas pu parvenir à trouver une explication satisfaisante. Une grave maladie empêche M. Friederich de continuer à donner son attention à ce sujet; et c'est aussi sur sa demande que j'ai l'honneur de m'adresser à vous, monsieur, ne doutant pas que, parmi les membres de votre savante Société, il ne se trouve quelqu'un qui veuille nous favoriser d'une explication de ces deux inscriptions, qui probablement ne sont pas sans intérêt pour l'histoire de Java. Je dois ajouter qu'il existe deux exemplaires de la pièce marquée B, qui diffèrent un peu « en grandeur, quoique les inscriptions soient exactement semblables.

« Quoique les lithographies soient exécutées pour le Journal de la Société des arts et des sciences de Batavia, la Société asiatique pourra en disposer, comme elle le jugera convenable, dans l'intérêt de la science. Je vous prie seulement de me communiquer tout ce qui pourra servir à l'explication des inscriptions.

« Je vous prie, monsieur, de vouloir bien exprimer à votre Société mon désir de lui être utile,

[1] L'autre exemplaire doit être l'une des monnaies dont il est parlé ci-après, p. 334-335.

et d'accepter l'assurance de mes sentiments les plus distingués.

« E. NETSCHER. »

Dans la séance de la Société du 8 octobre dernier (1858), une commission, composée de MM. Reinaud, Dulaurier et Rodet, fut nommée pour répondre à la demande de M. Netscher. Dans la séance du 12 novembre suivant, on me fit l'honneur de m'adjoindre à cette commission pour concourir avec elle à l'examen des médailles en question.

Je viens aujourd'hui, messieurs, vous rendre compte des résultats de notre mission.

Sur la première médaille, cotée A, votre commission a le regret de ne pouvoir vous offrir une solution satisfaisante. Elle n'a pu parvenir à déterminer avec précision à quel pays ni à quelle époque cette médaille appartient. Elle a pensé, comme les orientalistes consultés à Batavia, qu'elle était d'origine javanaise. En effet la face, qui représente une figure humaine surmontant un éléphant, peut faire croire que cette figure est la représentation de *Bathoro Gana*, ou *Ganéça*, dieu de la sagesse,

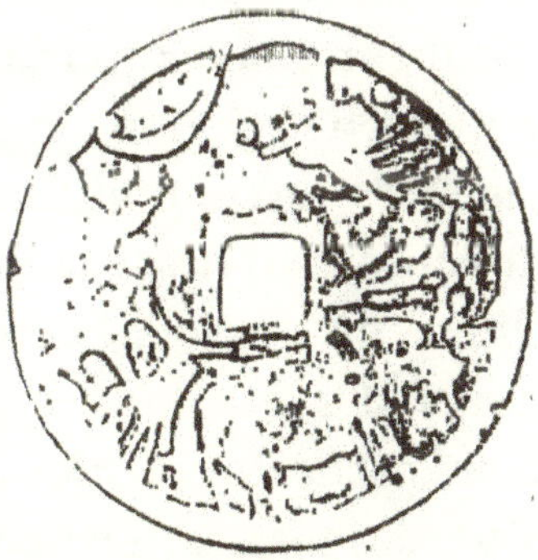

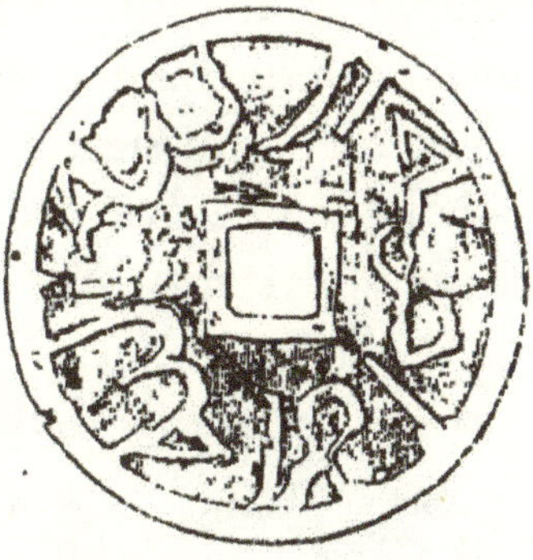

divinité que les anciens Javanais avaient empruntée à l'Inde. Le revers porte évidemment une légende arabe. On y lit deux fois le nom الله, distinctement écrit, comme on l'avait déjà reconnu à Batavia. Au-dessous est un assemblage de lettres où l'on pourrait retrouver le nom de احمد *Ahmed*. Mais parmi les souverains de Java connus jusqu'à présent, il n'en est aucun qui figure dans l'histoire avec un nom arabe. S'il était permis de hasarder une conjecture, on pourrait dire que la médaille en question appartient aux premiers temps de la propagation de l'islamisme dans l'île de Java, lorsque l'empire musulman de Demak s'éleva, en 1475, sur les ruines de l'empire de Madjapahit. A cette époque de transformation on conçoit qu'un souverain indigène, plein de ferveur pour la nouvelle religion, et ayant en même temps à ménager les susceptibilités de ses sujets non convertis, ait voulu réunir sur la même monnaie la preuve publique de son adhésion à l'islamisme, et en même temps des attributs rappelant l'antique croyance d'une partie de ses sujets. Une monnaie portant, d'un côté, des figures, proscrites sur les médailles mahométanes, et de l'autre le nom d'*Allah*, ne peut appartenir qu'à une époque de transition.

Votre commission a été plus heureuse pour la médaille cotée B; elle a reconnu avec certitude qu'elle appartenait à la dynastie des Yüên ou Mongols de la Chine, et qu'elle avait été fabriquée sous le règne de l'empereur Wou-tsoung[1], de 1308 à

[1] Nommé dans l'Histoire mongole de Sanan Setzen: *Khaïssan Külük Khaaan*

1312 de notre ère. En effet, les ouvrages chinois traitant de numismatique, entre autres la *Description du Musée* de l'empereur Khian-loung[1], donnent la figure et la description de cette même monnaie. Voici comment s'expriment les auteurs de ce dernier et important ouvrage[2] : « A droite sont deux espèces de monnaies de *Wou-tsoung* des Yüên ; la première espèce porte (la légende) *tchi tày, thoûng pào*, en caractères (chinois) *kiàï*, ou droits et bien tracés. Ensuite vient l'autre espèce, qui porte (la légende) *tày yüên, thoûng pào*, en écriture ancienne du Tibet[3]. On remarque dans la *Section historique de la nourriture et des vêtements*[4], que sous Wou-tsoung, la 3e année *tchi tày* (en 1310), on commença à fabriquer des monnaies. On établit par une loi un *hôtel des valeurs échangeables de l'État*, sous le nom de *Tsé-koüë-youan*, et un inspecteur des monnaies

[1] Le *Sí thsíng koù kièn*, en 24 volumes in-folio, publié à Péking, en 1749.

[2] *Ibid. Tsien-lou* « Section des monnaies ». Kiouan 23, fol. 1.

[3] *Sí fân tchhouàn choû.*

[4] *Chï hó tchi.* C'est une section des grandes Annales officielles de chaque dynastie consacrée à l'histoire, sous cette même dynastie, de deux les huit branches de l'administration de l'État : celle qui concerne l'*alimentation publique*, et celle qui concerne les *vêtements*. Tous les produits du sol et les choses échangeables par le commerce sont compris dans cette section, ainsi que l'administration des finances, etc. Cette section forme, dans le *Yüên ssê koüe yu kiaï*, les *kiouan* ou livres 93-97. Elle est très-curieuse, et forme, avec quelques autres, une statistique complète de l'Empire chinois sous l'administration mongole, qui fit de si grandes choses en Chine, et à laquelle prirent part une foule d'hommes distingués de pays étrangers à la Chine.

pour le diriger. Celles de ces monnaies qui portent (la légende) *tchi tây* (année d'une grandeur extrême), et *thoûng pâo* (valeur précieuse circulante), devaient valoir, en unité, 1 *lî* ou millième d'once d'argent en papier-monnaie nommé *yîn-tchhâo*. Celles qui portent (la légende) *tây yûên, thoûng pâo* (valeur précieuse circulante des grands Yûên ou Mongols) devaient valoir, en unités, 10 unités de la monnaie précédente (portant *tchi tây, thoûng pâo*)[1]. »

Les deux espèces de monnaies décrites ci-dessus, fabriquées et mises en circulation sous l'empereur mongol Wou-tsoung (en 1310) étaient, la première une monnaie de cuivre de grandeur ordinaire, portant, en caractères chinois carrés réguliers, la légende commune des monnaies: 通寶 *thoûng pâo*, (valeur précieuse circulante), avec le nom de l'année de sa fabrication; la deuxième espèce, de plus grande dimension, et ayant une valeur décuple de la précédente, est précisément la monnaie découverte à Sourabaya, et dont un dessin lithographique a été envoyé à la Société par M. Netscher pour en avoir l'explication. Les rédacteurs chinois de la *Description du Musée de Khian-loung*[2] nous apprennent que la légende inscrite sur cette monnaie est en écriture ancienne du Tibet, et doit se lire : *tây yûên,*

[1] C'est la monnaie que les Européens en Chine nomment *cash.*

[2] Le *Khin ting thsien-lou,* catalogue descriptif des monnaies chinoises, publié par ordre impérial en 1751, reproduit la même description qui est donnée dans le *Musée de Khian-loung.*

thoûng pào. C'est là ce que M. le baron de Chaudoir, ou plutôt M. Léontiefski, sinologue russe, avait déjà constaté, dans son grand *Recueil des monnaies de la Chine, du Japon, de la Corée*, etc.[1], que la légende en question portait, selon les écrivains chinois, *tdy yüên*, *thoûng pào*; mais là se bornait son explication. Aucune autre, que nous sachions, n'avait été donnée jusqu'ici, ni de cette monnaie, ni des caractères qui forment sa légende.

Il restait donc à rechercher dans quelle langue, et avec quel alphabet l'inscription ainsi lue par les numismates chinois était représentée sur la médaille en question. C'est ce que votre commission croit avoir déterminé de la manière la plus précise.

Les rédacteurs chinois de la *Description du Musée de l'empereur Khian-loung* nous apprennent, comme nous l'avons vu ci-dessus, que la légende de notre monnaie était en écriture ancienne ou monumentale du Tibet. Or nous savons, par l'histoire des Mongols de la Chine, que Khoubilaï-Khan, le fondateur de cette dynastie, fit venir à sa cour, en 1260, un grand lama du Tibet, nommé *Pa-sse-pa*[2], qu'il

[1] Saint-Pétersbourg, 1842, 1 vol. in-folio. M. Léontiefski a concouru, comme sinologue, à la rédaction de ce bel ouvrage de M. de Chaudoir, qui vient de mourir. M. Endlicher, dans son *Catalogue des monnaies chinoises et japonaises du Cabinet des antiques de Vienne* (en allemand), publié en 1837, avait déjà reproduit la figure de cette monnaie mongole, que possède ce cabinet, mais sans donner la lecture de la légende qu'elle porte.

[2] Les historiens chinois disent qu'il était natif de *Sa-sse-kia*, dans le Tibet (*Sou Houng-kian-lou*. K. 41 f° 45 v°); mais le *Chou-sse-koeï yào*, « Extraits réunis des livres historiques, » cité dans l'ou-

combla de faveurs, en lui donnant le titre de *chef des lamas*, de *docteur et maître* (spirituel) de l'empire[1]. Le chef mongol, avant d'avoir soumis entièrement la Chine, frappé de la civilisation du peuple conquis, voulut aussi faire partager les bienfaits de cette civilisation à sa horde barbare, qui n'avait pas encore, dit-on, fait usage de l'écriture; et comme Pa-sse-pa connaissait non-seulement la langue chinoise, mais encore les écritures alphabétiques du Tibet, sa patrie, des Ouïgours, des Indiens et de plusieurs autres peuples de l'occident de la Chine[2], cet empereur le chargea, l'an 1269, de déterminer la nouvelle écriture qu'il destinait aux Mongols[3].

L'édit qu'il fit publier était conçu en ces termes : «Le nord est le berceau de l'empire des Mongols. Notre langue a emprunté jusqu'à présent les caractères chinois ou les lettres du royaume des Ouï-

vrage ci-dessus, fait Pa-sse-pa natif du royaume de *Thou-po*. Le *Yüên sse koüĕ yu kiaï*, nouvelle édition des *Annales officielles des Yüên ou Mongols de la Chine* (Bibliothèque impériale, n° 628), publiée la quatrième année *tao-kouang* (1824), et dans laquelle on a rectifié l'orthographe des noms de dignités, de fonctions, de géographie, et les *noms propres*, dont on donne à la fin le dictionnaire mongol-chinois, écrit *Pa-kh-sse-pa* (selon l'orthographe tibétaine), que l'on écrivait originairement, dit-il, *Pa-sse-pa*. J'ai cru devoir conserver cette dernière lecture comme étant la plus connue.

[1] *Sí sĕng Pa-sse-pa weï koüĕ ssé*. Voir *Li taï ki ssc*. K. 97, f° 4. *Sou Thoûng kiàn kâng moŭ*. K. 21. f° 12 v°.

[2] Les ancêtres de Pa-sse-pa avaient été ministres, pendant plus de dix générations, de plusieurs royaumes du *Sí-yŭ*, ou contrées situées entre la Chine et la mer Caspienne.

[3] Voir aussi Deshauterayes, dans l'Encyclopédie de Petity, t. III, p. 549.

gours. Les Liao, les Kin, et en général tous les royaumes, même les plus éloignés de nous, se glorifient d'avoir des caractères qui leur sont propres. Le degré de puissance où la nation des Mongols et son gouvernement sont arrivés exige qu'elle ait des lettres assorties au génie de sa langue. Nous avons donné nos ordres en conséquence, et avons chargé de l'exécution d'un projet qui honorera la nation et notre règne le Lama Pa-sse-pa, maître et précepteur de l'empire[1]. » L'alphabet de Pa-sse-pa, disent les historiens chinois[2] comprenait plus de mille caractères combinés (*tseú*), dont les éléments mères (*moù*) ou générateurs se réduisaient en tout à quarante et un. Si l'on voulait combiner ces éléments entre eux pour former des mots, alors on suivait la loi de combinaison des sons de ces mêmes éléments; si, au contraire, on employait des groupes de deux, trois ou quatre syllabes pour former des mots composés, alors on suivait les règles euphoniques de prononciation de ces mêmes mots. Le but principal et dominant qu'on avait eu en vue dans la composition de la nouvelle écriture

[1] Mailla, *Histoire générale de la Chine*, t. IX, p. 310. *Sou Thoûng kièn khâng-moŭ*. K. 21, f° 35. Ce dernier ouvrage, ainsi que le *Li-taï ki sse*, dit que, cette même année 1269, à la 2° lune, *la nouvelle écriture mongole de Pa-sse-pa* ayant été achevée, ce bonze occidental fut nommé *roi de la grande et précieuse loi* (*tà pào fă wâng*).

[2] *Sou Houng kian lou*. K. 41, f° 15 v°. *Mélanges sur Pa-sse-pa*. Voir aussi *Yuên ssê koüë yu kiaï*. K. 202, fol. 1. *Notice sur Pa-kh-sse-pa*, où le même texte est reproduit avec des détails curieux sur ce personnage.

était l'association ou l'ajustement des sons (*kiâi-chîng*)[1].

On voit clairement, par cette citation, que le travail de Pa-sse-pa consista dans la formation de groupes de lettres assimilées, comme dans les alphabets tibétain et sanskrit, dont le nombre pouvait s'élever à mille, et dans les éléments de ces mêmes groupes, en y ajoutant ceux des sons-voyelles, lesquels éléments, y compris même les consonnes aspirées et la classe des cérébrales, pouvaient être réduits à quarante et un.

Klaproth, dans son *Mémoire sur les Ouïgours*[2]; M. Abel Rémusat, dans ses savantes *Recherches sur les langues tartares*, ont rapporté, tous deux, l'histoire de Pa-sse-pa, et de son alphabet mongol. Le premier donna même ce prétendu alphabet, vraisemblablement d'après Pallas; mais il le supprima dans la réimpression de son mémoire, corrigé et augmenté, qu'il publia en 1822 à Paris[3]. Il en avait sans doute reconnu, ou plutôt supposé l'extrême inexactitude. M. Rémusat avait annoncé qu'il donnerait, dans le tome second de ses *Recherches*[4], ce même

[1] *Sou Houng*, etc. Le *Sou Thoûng kiàn khâng mou*, K. 21, f° 35, et le *Li-taï ki sse*, K. 97, f° 19, ne mentionnent que les *mille groupes syllabiques de Pa-sse-pa* et non ses quarante et un éléments.

[2] *Abhandlung über die Sprache und Schrift der Uiguren*. Berlin, 1812, in-8°.

[3] A la suite de son *Catalogue des manuscrits chinois et mandchoux de la Bibliothèque royale de Berlin* (en allemand). Paris, 1822, 1 vol. in-f°.

[4] Voir t. I, p. 346.

alphabet mongol de Pa-sse-pa. Malheureusement pour la science philologique, ce second volume n'a point paru, et l'alphabet de Pa-sse-pa est resté inédit[1].

Le rapporteur de votre commission a été assez heureux pour retrouver ce même alphabet dans l'ouvrage chinois où M. Rémusat l'avait le premier découvert. Il l'a confronté avec les caractères de l'inscription de la monnaie de *Wou-tsoung*, gravée dans les ouvrages chinois de numismatique, et il en a reconnu la parfaite identité. Cette monnaie mongole, qui paraît être le seul monument authentique que l'on possède en Europe de l'écriture de Pa-sse-pa, avait échappé aux recherches de M. Rémusat et de Klaproth; du moins ils n'en ont pas fait mention.

Cette monnaie offre un très-beau spécimen de l'écriture inventée par le lama Pa-sse-pa. L'alphabet entier donné dans une note de l'*Histoire supplémentaire des Mongols de la Chine*[2] est loin d'être aussi net et aussi correct; ce dernier reproduit les lettres de ce même alphabet sous des formes arrondies et

[1] Nous ne pensons pas que les *Alphabets de toutes les nations*, publiés en deux feuilles in-folio par l'Imprimerie impériale de Vienne, mais que nous n'avons pu nous procurer, donnent, sous le nom de Pa-sse-pa, un autre alphabet que celui de Pallas et de Klaproth. Dans ce cas, il ne pourrait être d'aucun usage.

Nota. Pendant la correction des épreuves de ce rapport, j'ai pris connaissance d'un travail important de M. Conon de la Gabelentz, sur une ancienne inscription mongole en caractères pa-sse-pa, inséré dans le deuxième volume du *Zeitschrift für die Kunde des Morgenlandes*, publié à Göttingue en 1838. J'en parlerai dans un *Article supplémentaire*.

[2] *Sou Houng kian lou*, K. 21, f° 16.

cursives, comme elle devaient se présenter dans l'écriture courante. M. A. Wylie, dans la préface de sa traduction de la Grammaire mandchou-chinoise intitulée *Thsing wen khi mêng*[1], a donné les éléments alphabétiques de l'écriture de Pa-sse-pa, d'après l'analyse d'une belle inscription conservée dans le temple de Confucius à Chang-haï, contenant un édit impérial en l'honneur de ce grand philosophe[2]. Les caractères de cet alphabet, aux formes généralement carrées, se rapprochent beaucoup plus de celles de notre monnaie que ceux de l'alphabet donné dans la note du Supplément à l'histoire des Mongols de la Chine; mais on reconnaît facilement leur identité.

En faisant l'application de cet alphabet à l'inscription de la monnaie qui nous occupe et dont le *fac-simile* est ici représenté,

[1] *Translation of the Ts'ing wan k'e mung, a chinese grammar of the manchu tartar language*, etc. Shang-hae, 1855, in-8°, p. XXIV.

[2] Une inscription pareille, dit M. Wylie, se trouve dans le temple de Confucius à *Soung-kiang-fou*.

on trouve que le groupe supérieur est composé de deux éléments : *ta* et *y*, reproduisant la prononciation alphabétique du caractère chinois 大 *tày*[1]; et le groupe inférieur est composé de quatre éléments : *y* initial; *ü*; *é*, et *n*, représentant la prononciation alphabétique du caractère chinois 元 *yüên*[2], nom chinois de la dynastie mongole; les deux caractères chinois signifiant *grands Mongols*, ou *grande* (dynastie) *mongole*; cette légende remplaçant sur cette monnaie le nom habituel du *règne* pendant lequel les monnaies sont fabriquées.

La seconde partie de l'inscription qui, sur les autres monnaies à légendes chinoises, se lit de droite à gauche : *thoûng pào*, « valeur précieuse circulante, » se lit ici de gauche à droite, comme dans les écritures tibétaine et sanskrite. Le premier groupe de gauche est composé de trois éléments : *th*, *oû*[3] et *ng*, représentant la prononciation alphabétique

[1] Ce caractère, qui se lit ordinairement *tá*, se prononçait anciennement *tay* ou *taï*, comme il est transcrit sur la médaille, dans l'alphabet de Pa-sse-pa.

[2] La même monnaie, représentée dans le 錢志新編 *Tsién tchi sin piên*, « Nouvel arrangement du traité des monnaies » (K. 14, fol. 6), publié en 1854, offre une variante dans la première lettre de la transcription de ce mot, en employant *y* pour *i*, la première étant la même voyelle, avec une valeur qui tient de l'*y*; ce qui est plus régulier.

[3] Le traité des monnaies offre aussi une variante pour cette lettre, variante qui ne consiste que dans l'adhérence du trait remontant de gauche à la lettre précédente, au lieu d'adhérer au trait vertical de droite.

du caractère chinois 通 *thoûng;* et le second groupe de droite est composé de deux éléments : *pa* ou *ba;* et *fŏ* ou *wŏ*[1], représentant la prononciation alphabétique du caractère chinois 寶 *pào;* les deux caractères chinois signifiant : « valeur précieuse circulante. »

La transcription de la légende chinoise, en caractères pa-sse-pa, gravée sur la médaille figurée précédemment, doit donc se lire :

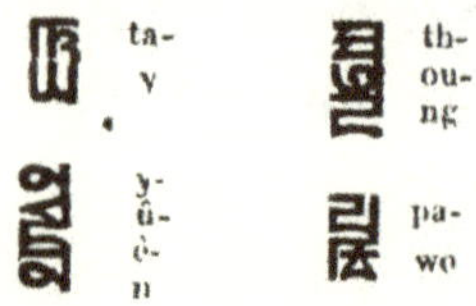

La description du Musée de *K'hian-loung*, que nous avons déjà citée, reproduit, avec la monnaie mongole précédente, trois autres monnaies de moins grande dimension, qui portent d'un côté le nom de l'année de leur mise en circulation : 至正 *tchi-tching* (1341), et au revers, en caractères mongols pa-sse-pa, sur l'une, le mot ch-ü-è-n pour *Yüên*, nom de la dynastie; sur une autre, nga-i, avec le caractère chinois 一 *ï*, qui signifie *un;* et sur la troisième, kha-i, avec le caractère chinois 二 *eúlh*,

[1] C'est cette valeur qui est donnée à ce caractère dans la transcription chinoise de l'alphabet de Pa-sse-pa que nous donnons au Supplément.

qui sigifie *deux;* ces nombres indiquant que les monnaies qui les portent équivalent à 1/10e, 2/10es de la grande monnaie figurée précédemment. Or le mot *ngaï*, est évidemment le mot mongol *nigen* « un », la lettre finale *i*, ayant été gravée pour *n*, ou le trait supérieur disparaissant dans le groupement des lettres; et le mot *khaï*, étant aussi le mot mongol *khoyar* « deux[1] ».

Le *Tsiên tchi sîn piên* donne en outre, avec ces dernières monnaies, une autre monnaie de plus grand module, portant sous une forme en caractères carrés, et sous une autre forme en caractères cursifs, le mot ga-m, accompagné du caractère chinois 三 *san*, qui signifie *trois*. Les deux signes *gam* représentent donc aussi le mot mongol *ghorban*, qui signifie égalemenc *trois*[2]. Il donne encore une autre monnaie, qui porte au revers le caractère *ou*, sans équivalent chinois.

Quoique l'alphabet mongol de Pa-sse-pa eût été inventé dès l'année 1269, comme on l'a vu précé-

[1] Voyez le Dictionnaire 三合便覽 *Sân hŏ piên làn*, mandchou-chinois-mongol, avec la lecture en mandchoû des mots mongols, publié en 1792.

[2] On trouve dans les *Transactions of the China Branch of the Royal Asiatic Society*, part. II, 1848-1850, publiées à Hong-kong en 1852, un article intéressant de M. C. B. Hillier, dans lequel sont figurées, avec beaucoup d'exactitude, les monnaies chinoises du *Tsien-tchi-sin-pien*, avec de très-courtes indications sur chaque monnaie. Celles à légendes mongoles en caractères pa-sse-pa y figurent sous les numéros 197, 201-204, avec ces seuls renseignements : *Mongolian characters on the reverse* « caractères mongols sur le revers. »

demment, on ne commence à en trouver l'application sur les monnaies que sous le règne de l'empereur Wou-tsoung (1310, de notre ère). Ce prince fit rendre les plus grands honneurs à la mémoire de Confucius; et à la 7e lune de l'année 1307 il rendit un décret dans lequel il ajoutait à toutes les qualifications de l'ancien philosophe celle d'*éminemment parfait* (*tày tchîng*).

Ce décret portait: « Anciennement, Khoûng-tseu était un saint homme; sans Khoûng-tseu la lumière de la raison n'aurait pas brillé sur la terre; depuis, Khoûng-tseu est resté un saint homme; sans Khoûng-tseu, il n'y aurait pas de lois pour gouverner les hommes. Ceux que l'on appelle les ancêtres *Yao* et *Chun*, les sages éclairés Wên-wâng et Wôu-wâng, ont enseigné la pratique de la justice à tous les rois; [Khoûng-tseu], lui, est le précepteur des dix mille générations; on doit donc ajouter à ses titres celui de *roi universel, souverainement éclairé, saint éminent, arrivé à l'extrême perfection*[1]. »

C'est là, sans doute, l'édit impérial qui fut transcrit avec l'alphabet mongol de Pa-sse-pa, et placé dans les temples érigés alors en l'honneur de Confucius; cet édit se trouve encore, selon M. Wylie, dans ceux de Chang-haï et de Soung-kiang-fou, et probablement aussi dans ceux des autres provinces qui n'ont pas encore été visités par des Européens.

[1] *Li taï ki ssc*, K. 98, fol. 39. — *Yu pi Sou Thoung kien kâng-mŏu*. K. 24, fol. 27. — *Foung-tchéou Kâng-mŏu hoeï-tswan*. K. 21, fol. 32. — *Kâng kien i tchi*. K. 91, fol. 9 v°.

Il serait bien important d'avoir des copies exactes de ces édits pour s'assurer si le texte chinois de ces mêmes édits a été transcrit simplement avec l'alphabet mongol, comme la légende de notre médaille, ou bien s'il a été traduit en langue mongole avec l'alphabet mongol. Dans le premier cas, qui nous paraît le moins probable, on aurait là une preuve matérielle de la tentative faite par les empereurs mongols d'alphabétiser, si l'on peut s'exprimer ainsi, l'écriture chinoise; tentative qui, du reste, n'eut aucun succès, puisque l'emploi de l'alphabet mongol de Pa-sse-pa ne fut guère employé que sur les monnaies.

Il y aurait encore beaucoup de considérations à présenter ici sur l'usage simultané et successif des monnaies de cuivre et du papier-monnaie, sous les empereurs mongols; sur leur domination, qui comprit la Chine, la Tartarie chinoise, le Tibet, le Toung-king, la Cochinchine; plusieurs autres royaumes à l'occident et au midi de la Chine, ainsi que le Liao-toung et la Corée au nord, qui leur payaient tribut, de même que les princes mongols qui régnaient en Perse, dans le Turkestan, dans la grande et la petite Tartarie, etc. Mais ce rapport sera déjà trouvé trop long. Votre commission désire seulement avoir répondu à votre attente, en expliquant, autant qu'il a dépendu d'elle, les *fac-simile* des monnaies qui ont été adressés, dans ce but, à la Société, par M. Netscher.

Le rapporteur, G. PAUTHIER.

Paris, le 11 février 1859.

Nota. L'Imprimerie impériale ayant bien voulu, dans l'intérêt de la science paléographique, faire graver la série complète des caractères de l'alphabet de Pa-sse-pa, je donnerai prochainement, comme Supplément à ce Rapport, ce même alphabet tiré du *Sou Houng-kian-lou*, avec plusieurs autres extraits des écrivains chinois. — G. P.

ÉLÉMENTS

DE LA GRAMMAIRE ASSYRIENNE.

(SUITE ET FIN.)

CHAPITRE VI.

DES VERBES.

NOTIONS GÉNÉRALES.

101. Les verbes représentent généralement, en assyrien comme dans toutes les langues sémitiques, les racines dans leur forme la plus simple.

L'immense majorité des racines est trilitère; elles sont ou entières ou défectives. L'assyrien ne possède que très-peu de verbes quadrilitères.

102. L'idiome de Ninive et de Babylone présente le caractère de toutes les langues sémitiques, en distinguant par des formes spéciales les deux genres des 2ᵉ et 3ᵉ personnes; la 1ʳᵉ est du genre commun.

ARTICLE PREMIER.

DES TEMPS.

103. Le prétérit, formé par des syllabes postpositives, n'a pas encore été retrouvé en assyrien.

L'absence de ce temps, qui prend dans les autres langues sémitiques une place si considérable, ne s'explique pas suffisamment, selon nous, par la désuétude dans laquelle il serait tombé, et par le non-emploi d'un temps qui pourtant est si nécessaire. Mieux vaut admettre que le prétérit des autres langues n'y a été introduit que postérieurement à la séparation de la souche assyrienne et des autres branches de la race de Sem.

104. Deux verbes seulement, כלה « tenir », et נשא « porter », se montrent, dans les textes des Achéménides, sous des formes qui pourraient passer pour des prétérits. Ainsi l'on trouve כָּלוֹ « ils tinrent », et נָשׂוֹ « ils portent ». Mais ces deux exemples seuls, tirés au surplus de textes rédigés par les rois perses, ne sauraient infirmer la règle générale, et nous décider à ne pas regarder ces formes comme des anomalies.

105. Le futur ou aoriste, formé comme dans les autres idiomes sémitiques, sert à exprimer le passé.

106. C'est de l'aoriste que se forme l'impératif à la 2e personne, et le précatif à la 3e. Ce dernier a pour lettre caractéristique un ל commençant.

107. L'infinitif se forme également de l'aoriste. Il y a des noms d'action féminins formés par un ת suffixé.

108. Le participe indique ordinairement le présent; pourtant dans le style lapidaire il se prend aussi dans le sens d'un participe passé.

DES VOIX.

109. L'assyrien a *cinq voix principales*, dont proviennent *quatre voix secondaires*.

Les cinq voix principales des trilitères sont :

Le *kal*, la voix simple; par exemple, שלם.

Le *paël*, formé par le redoublement du ע; par exemple, שלם.

Le *shaphel*, produit par un ש initial; par exemp. שׁשלם.

Le *aphel*, caractérisé par un א préposé; par exemp. אשלם.

Le *niphal*, commençant par un נ; par exemple, נשלם.

Le *niphal* a généralement une notion passive; les *paël*, *shaphel* et *aphel* impliquent l'idée factitive, comme les *piël* et *hiphil* en hébreu.

110. Des quatre premières voix se forment quatre autres par l'interposition d'un ת entre les première et seconde lettres. Toutes ces formes dérivées semblent impliquer une idée passive et intransitive. Dans beaucoup de cas, pourtant, cette notion primitive s'est perdue; dans d'autres, elle est évidente.

Le *niphal*, qui renferme, comme le *niphal* hébreu et la septième voix arabe, l'idée du passif, n'a pas de forme dérivée par la raison que nous venons d'indiquer.

Il se trouve pourtant dans les syllabaires et dans les textes les plus anciens des traces d'un *ittaphal* des verbes trilitères, formé par le ת inséré entre le נ du *niphal* et la première consonne. Il serait formé ordinairement אִתַּשְׁלַם.

On peut citer comme *ittaphal* les formes de l'inscription de Tiglatpileser Ier (vers 1250 avant J. C.) אִתַּמְקְקָת (col. VII, l. 30), אִתַּלְקִי et d'autres.

111. Quant aux quadrilitères, le *kal* ou *palel* forme aussi un *iphtalel* qui est peu usité.

Une voix analogue au *niphal* semble remplacer les autres voix; nous la nommerons *niphalel;* un exemple est : נַפַּלְקַת. Il se trouve aussi une forme dérivée, l'*ittaphalel*, analogue à l'*ittaphal;* par exemple, אִתַּפַּלְקַת, יִתַּפַּרְשַׁד, etc.

112. Les *neuf voix* usitées dans les verbes trilitères qui nous regardent avant tout dans les textes assyriens sont donc :

Le *kal;* par exemple, שלם « être entier, finir ».

L'*iphteal;* par exemple, שתלם « être fini ».

Le *paël;* par exemple, שלם « rendre entier, accomplir, terminer, sauver ».

L'*iphta'al;* par exemple, שתלם « être porté à rendre entier, exécuter ».

Le *shaphel;* par exemple, שַׁשְׁלַם « absoudre, pacifier ».

L'*istaphal;* par exemple, שתשלם « être pacifié ».

L'*aphel;* par exemple, אשלם « achever ».

L'*itaphal;* par exemple, אתשלם « être achevé ».

Le *niphal;* par exemple, נשלם « être fini ».

Il est bien entendu qu'il n'y a pas de verbe qui présente des exemples pour ces neuf voix. L'*aphel* est assez rare; l'*itaphal* n'est connu que dans très-peu d'applications.

113. Quoique nous ayons essayé de donner la signification de ces neuf conjugaisons, le lecteur doit savoir que souvent l'idée primitive du verbe acquiert, en assyrien, comme dans toutes les langues, des acceptions très-différentes par son passage d'une voix à une autre.

ARTICLE II.

CONJUGAISON DES VOIX EN GÉNÉRAL.

114. L'aoriste de toutes les voix suit la conjugaison suivante[1] :

Singulier.		Pluriel.	
1re personne.	א־	1re personne.	נ־
2e pers. masculin.	ת־	2e pers. masculin.	ת־ו(ן)
2e pers. féminin.	ת־ִי	2e pers. féminin.	ת־ָא(ן)
3e pers. masculin.	י־	3e pers. masculin.	י־ו(ן)
3e pers. féminin.	ת־	3e pers. féminin.	י־ָא(ן)

[1] Voici les formes verbales trouvées dans les inscriptions trilingues, avec la traduction perse, toutes les fois qu'elle se trouve :

1re pers. sing. kal. אַשְׁכַן *akunavam* «je fis», אַצְבַת *agarbâyam* «je pris», אַכְנַשׁ *dârayâmiy* «je tiens», אֶעְבֶשׁ *akunavam* «je fis», אַתַר, אַתֶר *abavam* «je fus», אַדַך, אַדֻך *avâz'anam* «je tuai», אַלַך *asiyavam* «j'allai». Ipht. אִלְתַכַן, אִלְתַכַן *akunavam* «je fis» (§ 10), אֶעְתַבְשׁ *id.* אַתַלַךְ «*araçam* je marchai», אֶאְתְרַשׁ *z'adiyâmiy* «j'implore», אֶפְתַקַד *hamatakhsaiy* «je m'efforçais», אַלְתַפַר *frâisayam* «j'envoyai». Paël. אַקַבִי *athaham* «je dis», אַסַנו «je fis sui-

La dernière lettre, quand même elle est quiescente des verbes entiers, est, dans l'écriture anarienne, souvent marquée par une syllabe se terminant en voyelle; par exemple, יִכְשֻׁד peut être écrit *ik-su ud*, *ik-su-du*, aussi *ik-su-dav* (*ik-su-dam*), même fautivement *ik-*

vre». Iphtaal. אֶצַּבַּת *agarbâyam* «je pris», אֶצַּלָּא *patiyâvahaiy* «j'invoquai». Shaphel. אֲשַׁסְגוּ «je fis suivre». Istaphal. אַלְתַּעְבַּשׁ *akunavam* «je fis», אַלְתִּישַׁב *niyasâdayam* «j'établis».

2° pers. sing. masc. Kal. תַּמַר *vainâhy* «tu vois», תַּחְזוּ *id.* Paël. תַּרַבִּי «tu élèves», תַּקַבִּי *mâniyâhya* «tu opines», תַּפְסַן *apagaudayâhy* «tu recèles», תִּמַסַן *kshnaçâhy* «tu reconnais.»

3° pers. sing. masc. Kal. יִפְרֻץ *aduruz'iya* «il mentit», יְעַבַּשׁ *akunaus* «il fit», יֵאֲרַשׁ «il voulut», יִשְׁטַר *nipistam akunaus* «il inscrivit», יִבְנוּ *adâ* «il créa», יִשְׁפַּר *frâisaya* «il envoya», יִשָּׂא (de נַשָּׂא) *parâbara* «il enleva», יִכַּם *adinâ* «il prit», יִנְדַּן «il donna», יִקְבוּ *agaubata* «il appela», יִבַּל *viyaka* «il détruisit», יְעַתִּים «il ordonna», יִדַּךְ *avâz'a* «il tua», יִהַר *abava* «il fut». Ipht. יִשְׁתַּכַּן *akunaus* «il fit», יִבְתַּנָס *atarça* «il craignit», יִתְכַּר *kamithriya abara* «il se révolta», יִצַּבַּת *agarbâya* «il prit», יִפְתִּקַד *frâbara* «il confia», יִתַּלַּךְ «il alla», יִצַּמַּד (? peut-être niphal ou iphteal) *upaçtâm abara* «il aida». Paël. יִמַרֻץ «il est altéré», יִקַבִּי *thâtiy* «il dit», יִשַׁלַּם *adrasknaus* «il osa», יִפַרֻץ «il fait mentir». Iphtaal. יִפְתַרֻץ *aduruz'iya* «il mentit», יִתַּכַּר *kamithriyam akunaus* «il rendit rebelle», יִצַּבַּת *agarbâya* «il prit», יִתַּזַּל «il tomba», יִדַנוּ *adâ* «il donna». Niphal. יִקַבִּי *athahya* «il fut dit», יִמַגַּד «il est connu». It. יִתְבָּוא *udapatatâ* «il s'insurgea». Istaphal. יִשְׁתַּכַּל «il acheva».

3° pers. sing. fém. תַּכַּר (de נכר) *hamithriya abava* «elle se révolta».

sud-du. Ces manières d'écrire rappellent un ancien état de la langue qui présentait, comme l'arabe, les

1re pers. plur. ipht. נְעְתַבְשׁ *akuñma* « nous fîmes », נְעְתַבַר *viyatarâma* « nous franchîmes ».

3e pers. plur. masc. kal. יִכְשְׁרוּ *asiyava* « ils allèrent », יִצְבַתוּ *agarbâya* « ils prirent », יִמַרוּן *avaina* « ils virent », יִבְחְרוּ *parâitâ* « ils s'assemblèrent », יִתְרוּן *abava* « ils furent ». Ipht. יִתְכְרוּ *hamithriyâ abava* « ils se révoltèrent », יִתַלְכוּ *asiyava* « ils marchèrent », יִעְתַבְשׁוּ *akunava* « ils firent ».. Paël. יִדַגַלוּ *amânaya* « ils attendirent », יִדַמוּ « ils obéissent », (?) יִמַחְצוּ « ils attaquent », יְחַבַלוּ « ils endommagent », יִמַסַנוּ *khsnaçâñtiy* « qu'ils reconnaissent ».

3e pers. plur. fém. יִקְרָאָא « elles invoquent », יִשְׁמְעָא *patiyâisha* « elles obéirent ».

Précatif sing. לְצַר *pâtuv* « qu'il protége », לְאָרַר *nikañtuv* « qu'il maudisse ». Ipht. לְדַנוּ *dadâtuv* « qu'il donne ». Paël. לְרַבְשׁ *z'adnautuv* « qu'il bénisse ».

Plur. kal. לְצַרוּ *pâñtuv* « qu'ils protégent », לְאָרְכוּ *druñgam biyâ* « qu'ils soient longs (sc. יְמִיךְ tes jours »).

Impér. sing. kal. אַמַר *didiy* « vois », דוּךְ *z'adiy* « frappe », הַלַךְ *paraidiy* « marche », שַׁאַל *parçâ* « demande ». Paël. סַדַר « soutiens ».

Plur. fém. הַלְכָא *paraitâ* « marchez », דוּכָא *z'atâ* « frappez ».

Infinitif. שַׁטַר kal. *nipistanu* « écrire », כַשַר « marcher », עְבַשׁ *kartana* « faire ». Paël. שַׁמַח « perdition ».

Participes. Kal. אַשְׁב « demeurant », עְרַשׁ « servant », מִית « mort ». Passif. דִיךְ « tué ». Iphteal. מְעַתִים *framâtar* « dominant ». Niphal. מְצַבַת « pris ».

Pluriel. נְבְרַת « rebelles », בְלַטַת « vivants ».

Les inscriptions indépendantes fournissent des formes à l'infini; elles suppléent à celles qui ne se lisent pas dans les textes des Achéménides, telles que les féminins de la seconde personne en י־,

différentes formes de l'aoriste, se terminant en *u*, en *a* et en *anna*, ou probablement *amma* (*avva*) en assyrien.

I. KAL.

115. Au *kal*, la voyelle caractéristique de la seconde syllabe de l'aoriste est ordinairement *u*, plus rarement *a* et *i*.

Voici des exemples des trois formes : זכר « se souvenir », צבת « prendre », et רחץ « inonder ».

Singulier.	1re pers.	אַזְכֻר	אַצְבַת	אַרְחִץ
	2e pers. m.	תַזְכֻר	תַצְבַת	תַרְחִץ
	2e pers. f.	תַזְכֻרִי	תַצְבַתִי	תַרְחִצִי
	3e pers. m.	יַזְכֻר	יִצְבַת	יִרְחִץ
	3e pers. f.	תַזְכֻר	תַצְבַת	תַרְחִץ
Pluriel.	1re pers.	נַזְכֻר	נַצְבַת	נַרְחִץ
	2e pers. m.	תַזְכֻרו(ן)	תַצְבַתו(ן)	תַרְחִצו(ן)
	2e pers. f.	תַזְכֻרָא(ן)	תַצְבַתָא(ן)	תַרְחִצָא(ן)
	3e pers. m.	יִזְכֻרו(ן)	יִצְבַתו(ן)	יִרְחִצו(ן)
	3e pers. f.	יִזְכֻרָא(ן)	יִצְבַתָא(ן)	יִרְחִצָא(ן)

Le dialecte babylonien forme souvent la première personne par אֶ, surtout quand la voyelle du ע est *i*; nous lisons, par exemple, אֶסְכִר · אֶסְנִק.

Les verbes פ״ע ont généralement *i* pour voyelle motrice de la lettre servile; par exemple, נִעְבִש.

conformes au génie des autres langues sémitiques. (Voir *Expédit. de Mésop.* II, liv. III, chap. IV.)

Les formes du pluriel avec le ן final sont moins usitées.

116. L'impératif se forme de l'aoriste de la manière suivante[1] :

Singulier.	2ᵉ pers. m.	זְכַר [1]	צַבַּת	רְחַץ
	2ᵉ pers. f.	זְכְרִי	צַבְּתִי	רְחְצִי
	3ᵉ pers. m.	לִזְכַר	לִצְבַּת	לִרְחַץ
	3ᵉ pers. f.	*id.*	*id.*	*id.*
Pluriel.	2ᵉ pers. m.	זְכְרוּ	צַבְּתוּ	רְחְצוּ
	2ᵉ pers. f.	זְכְרָא	צַבְּתָא	רְחְצָא
	3ᵉ pers. m.	לִזְכְרוּ	לִצְבְּתוּ	לִרְחְצוּ
	3ᵉ pers. f.	לִזְכְרָא	לִצְבְּתָא	לִרְחְצָא

Le féminin au singulier, ainsi que le pluriel des deux genres, peut conserver la voyelle du ע, et l'on peut dire aussi זְכַרִי · צַבַּתִי, etc.

Par suite d'une anomalie, le féminin de la troisième personne est semblable au masculin. Les formes régulières devraient être לְתַרְחַץ ·לְתַצְבַּת ·לְתַזְכַר. (Voir les formes du caillou de Michaux לִרְתְדִי ·לִשְׁנִי, etc.)

117. Les verbes commençant par un נ, l'assimilent généralement à la syllabe suivante, et forment אַצַּר ·אַכַּם ·אַדַּן, au lieu de אַנְצַר ·אַנְכַּם ·אַנְדַּן. (Voir les §§ 171-176.)

[1] Quelquefois l'impératif reçoit un א paragogique et se forme alors זְכַרָא ·צַבַּתָא ·רְחַצָא. Le même crément est plus rare pour le précatif.

118. La forme de l'infinitif n'est pas constante, elle se fait en פַּעַל, plus rarement פַּעְל · פִּעְל et פְּעָל. Nous citons זַכַּר · צַבַּת · רַחַץ · שַׁטַר · עִבְשׁ, a côté de שִׁבְר · נִבְר. Quant à l'état emphatique, voir § 36.

Les formes féminines ajoutent un ת; par exemple, זַכְּרַת, état emphatique זַכַּרְתָּא, etc.

119. Le participe se forme en פָּעִל (פַּעִל)[1], comme en arabe; quelquefois la longueur de la première syllabe est indiquée dans l'écriture cunéiforme. Les formes des états simples et emphatiques (§ 54) sont :

	MASCULIN.	FÉMININ.
Singulier.	נָכִר	נָכִרַת
	נָכִרָא	נָכִרְתָא
Pluriel.	נָכִרִי	נָכִרָת
	נָכִרָנָא	נָכִּרָתָא

Le pluriel masculin en תֿ subsiste également; par exemple, נָכִרָת « les rebelles », כַּתִרָת « qui environnent ».

Nous n'avons pas rencontré, dans les verbes entiers du moins, une trace quelconque des participes passifs, tels que פעול et مفعول.

120. Les verbes commençant par un ע changent la forme פָּעִל en פָּעַל; par exemple, עָבִשׁ « qui fait ».

121. C'est parmi les anomalies, ou plutôt parmi les solécismes, qu'il faut ranger plusieurs précatifs commençant par לְ; p. ex. לְכַשִׁר pour לִכְשֻׁר. La pre-

[1] Très-fréquemment שָׁכִן · רָחִץ · אָשִׁב · אָלִד, etc.

mière forme se trouve dans quelques inscriptions plus récentes, et présente l'inconvénient de pouvoir être confondue avec les formes analogues de l'*aphel*.

Nous parlerons des verbes irréguliers et défectifs à leur place.

II. IPHTEAL.

122. Cette voix se forme du *kal* par l'insertion d'un ת après la première consonne; elle implique une notion intransitive dans la majorité des cas, quoiqu'elle ait quelquefois, comme le *niphal* hébreu, une acception assez semblable à celle du *kal*.

123. Il y a deux formes principales de cette voix: l'une est יִפְתַּעַל, celle qui est la plus régulière; l'autre יִפְתְּעֵל, qui a lieu surtout pour les verbes qui, au *kal*, ont *i*; par exemple, פקד, aoriste יִפְקֹד, *ipht.* יִפְתְּקֵד, עבר aor. יִעְבַּר, *ipht.* יִעְתְּבַר. Le verbe עבש « faire », aor. יַעְבֵּשׁ, a irrégulièrement יִעְתְּבֵשׁ.

124. Voici, du reste, un paradigme complet de l'aoriste et de l'impératif de l'*iphteal*, ainsi que de l'infinitif et du participe.

AORISTE.

Singulier.	1re pers.	אֶשְׁתַּלַּם	אֶפְתְּקֵד
	2e pers. m.	תִּשְׁתַּלַּם	תִּפְתְּקֵד
	2e pers. f.	תִּשְׁתַּלְּמִי	תִּפְתְּקְדִי
	3e pers. m.	יִשְׁתַּלַּם	יִפְתְּקֵד
	3e pers. f.	תִּשְׁתַּלַּם	תִּפְתְּקֵד

AORISTE.

Pluriel.	1re pers.	נַשְׁתַּלַּם	נַפְתִקַד
	2e pers. m.[1]	תַשְׁתַּלַּמוּ	תַפְתִקְדוּ
	2e pers. f.	תַשְׁתַּלַּמָא	תַפְתִקְדָא
	3e pers. m.	יְשְׁתַּלַּמוּ	יְפְתִקְדוּ
	3e pers. f.	יְשְׁתַּלַּמָא	יְפְתִקְדָא•

IMPÉRATIF.

Singulier.	2e pers. m.	שְׁתְלֵם	פְתְקֵד
	2e pers. f.	שְׁתְלֵמִי	פְתְקֵדִי
	3e pers.	לְשְׁתַלֵם	לְפְתִקֵד
Pluriel.	2e pers. m.	שְׁתְלֵמוּ	פְתְקֵדוּ
	2e pers. f.	שְׁתְלֵמָא	פְתְקֵדָא
	3e pers. m.	לְשְׁתַלֵמוּ	לְפְתִקְדוּ
	3e pers. f.	לְשְׁתַלֵמָא	לְפְתִקְדָא

INFINITIF.

שְׁתְלֵם ، שְׁתְלֶמֶת   פְתְקֵד ، פְתְקֶדֶת

PARTICIPE.

מְפְתִקֵד   מְשְׁתַלֵּם

125. Dans toutes les formes de l'aoriste et du précatif où le ל n'est pas quiescent, la voyelle du ע peut être supprimée. Ainsi au lieu de תַשְׁתַלְמִי ، תַפְתִקְדִי،

[1] Nous n'indiquons, ni ici ni plus loin, les formes augmentées du ן paragogique.

תַּפְתַּקְדוּ ، תַּשְׁתַּלְמוּ ، etc. on peut dire תַּפְתְּקְדִי ، תַּשְׁתַּלְמִי ، תַּפְתְּקְדוּ ، תַּשְׁתַּלְמוּ.

De même, le précatif paragogique se dit לִשְׁתַּלְמָא.

126. La vocalisation de cette voix, comme de presque toutes les autres, est assez variable. Très-fréquemment la voyelle du préfixe est *u*, et celle de la seconde radicale *i*; ainsi on trouve quelquefois אֻפְתְּקִד ، תֻּפְתְּקִד ، יֻפְתְּקִד ، etc., יֻשְׁתַּלִם ، לֻשְׁתַּלִם.

Quelquefois le ת semble être remplacé par un ד ou un ט; par exemple, אַמְדַּחַץ ، יִנְדַּשַׁר.

Ces fluctuations sont plutôt occasionnées par l'euphonie qu'elles ne suivent une règle certaine; il y a également eu des variations provinciales, d'autres proviennent de la différence des époques. Elles n'ont toutefois lieu que quand il n'est pas possible de se méprendre sur la valeur grammaticale de la forme; tandis que l'impératif et l'infinitif sont toujours exprimés d'une même manière fixe et certaine.

127. Il existe des noms d'agents dérivés de l'*iph teal*, qui ont généralement la forme פִּתְעָל, rarement celle de פִּתְעִל; nous citons שִׁתְלַט « dominateur », פִּתְלַח « adorateur et adoration », כִּתְנַשׁ « possession » (inf.), פִּתְקַד « qui se confie, bon », עִתְבַּשׁ « qui agit[1] », etc. (Voir *É. A.* p. 26, 150; *E. M.* p. 203.)

On rencontre aussi des formes féminines; par exemple, חִתְלַפַּת.

128. Quand la première lettre de la racine est

[1] Ces deux derniers termes sont devenus des titres royaux. Le premier traduit dans le texte de Bisoutoun le perse *agaũtá* (nom. de *agaũtar*) « soucieux ».

ד ,צ ,ז, le ת servile s'assimile à ces lettres; par exemple, de צבת, on fait יִצַּבַּת.

זכר.......... יִזַּכַּר.

דנה...... .... יִדַּנַּה.

Quelquefois le même cas a lieu pour le ס; ainsi on trouve אַסַּרַּף pour אַסְתַרַּף. (Même אַסַּרַּף dans les textes de Sardanapale III et de Salmanassar III[1].)

Nous verrons qu'une assimilation en sens inverse a lieu pour les verbes פנ, פא et פה (§ 178).

129. Le ת reparaît à l'impératif et à l'infinitif; ainsi l'on dira צִתְבָא, צִתְבַּת, זִתְכַּר, quoique des formes comme סַסְחַר (syllabaires) dénotent la possibilité de termes tels que צִצְבַּת, זִזְכַּר. (Voir pourtant § 222.)

Pour le changement de ש en ל des verbes פש, voir l'*iphtaal* (§ 142).

III. PAËL.

130. Le *paël* se forme par le redoublement de la seconde radicale; il donne, dans la grande majorité des cas, une acception transitive au verbe; par exemple, נכר «être ennemi», נכר «attaquer», פרץ «mentir», פרץ «faire mentir», נמר «voir», נמר «faire voir», קבה «s'appeler», קבה «prononcer».

Le *paël* est, avec le *shaphel*, la voix la plus usitée en assyrien.

[1] Par exemple, dans les inscriptions de la stèle du père et de l'obélisque du fils.

131. En voici la conjugaison :

AORISTE.

Singulier.	1re pers.	אֲנַכַּר	אַשַׁלֵם
	2e pers. m.	תְנַכַּר	תַשַׁלֵם
	2e pers. f.	תְנַכַּרִי	תַשַׁלְמִי
	3e pers. m.	יְנַכַּר	יַשַׁלֵם
	3e pers. f.	תְנַכַּר	תַשַׁלֵם
Pluriel.	1re pers.	נְנַכַּר	נַשַׁלֵם
	2e pers. m.	תְנַכַּרוּ	תַשַׁלְמוּ
	2e pers. f.	תְנַכַּרָא	תַשַׁלְמָא
	3e pers. m.	יְנַכַּרוּ	יַשַׁלְמוּ
	3e pers. f.	יְנַכַּרָא	יַשַׁלְמָא

IMPÉRATIF.

Singulier	2e pers. m.	נְכַר	שְׁלֵם
	2e pers. f.	נְכַרִי	שְׁלְמִי
	3e pers.	לְנַכַר	לְשַׁלֵם
Pluriel.	2e pers. m.	נְכַרוּ	שְׁלְמוּ
	2e pers. f.	נְכַרָא	שְׁלְמָא
	3e pers. m.	לְנַכַרוּ	לְשַׁלְמוּ
	3e pers. f.	לְנַכַּרָא	לְשַׁלְמָא

INFINITIF.

שְׁלֵם ، שְׁלְמֵה　　　נְכֵר ، נְכְרַה

PARTICIPE.

מְנַכַר　　　משלם

132. La contraction dont nous avons parlé au § 125, au sujet de l'*iphteal*, se trouve aussi dans le *paël*, mais plus rarement. On pourra dire, à la rigueur, תַּשַׁלְמוּ pour תַּשַׁלְמוּ; mais on ne rencontre pas souvent de telles formes.

133. La fluctuation des voyelles motrices du préfixe servile et de la seconde radicale est également constatée pour le *paël*. A Ninive, la forme la plus usitée est יֻשַׁלִּם, etc. Pour la 1re personne, il n'y a presque jamais de formes autres que אֻשַׁלִּם ou אֻשַׁלִּם.

134. La voyelle motrice de la première radicale est presque toujours *a*, rarement *i*, excepté dans les verbes פּ״ע et ע״ע et quelques défectifs, et *u* ne se rencontre que dans les racines dont la seconde radicale est *l*; par exemple, יֻעַלִּא.

135. En revanche, la règle la plus rigoureuse préside à la distinction de l'infinitif שֻׁלֻּם et de l'impératif שֻׁלִּם. (*É. A.* p. 185, 186; *E. M.* p. 237, 300, 837 et ailleurs.) Ce dernier reçoit quelquefois un incrément; par exemple : שַׁלְּמָא (*E. M.* II, p. 337).

Quelquefois on trouve aussi des formes féminines de l'infinitif du *paël*, comme des autres voix, tels sont צֻהֻּרַת, כֻּמֻּרַת, état emphat. צֻחֻּרְתָא, כֻּמֻּרְתָא, etc.

136. Les lettres ר et ח, dans la seconde place, peuvent toujours être redoublées; par exemple, אֻפַּרִּץ «je fis mentir», יֻשַׁחִּת, יֻסַחִּוּ, יֻפַחִּר, מֻשַׁרִּח.

137. Les articulations ע, ה, א, comme en hébreu, ne peuvent être redoublées. Ainsi l'on dit מֻצַעִּם, יֻמַהִר, אֻצַעִן, etc.

138. Quelquefois on néglige le redoublement, sur-

tout dans les inscriptions plus antiques. Le prisme de Tiglatpileser Ier (vers 1250) n'exprime souvent que les simples consonnes; le caillou de Michaux les rend redoublées dans un passage parallèle. Les ק, ש, ח, ר, *ne subissent pas toujours la répétition*; par exemple, on lit מְנַשְׁךְ «qui mord» (nom d'un chien de Sardanapale V), pour מְנַשְּׁךְ; אֲגַרְן, pour אֲגַּרְן «j'entassai», que fournissent d'autres passages; mais ce ne sont là que des cas très-isolés, et il suffit de les regarder comme des anomalies du *paël*, sans supposer l'existence, en assyrien, d'une voix comparable à la troisième conjugaison des Arabes.

139. Quelques verbes commençant par une nasale remplacent le redoublement de la seconde radicale, quand celle-ci est une muette, par sa nasale correspondante; par exemple, au lieu de יְנַבְּא, on lit יְנַמְבְּא (K. 197, inscr. de Londres, col. 1, l. 57), au lieu de יְנַמְדוּ, יְנַדּוּ (caillou de Michaux, col. 3, l. 1). Ce sont là de véritables anomalies, qu'on pourrait appeler des *chaldaïsmes;* car la langue chaldaïque se permet de pareilles insertions.

IV. IPHTAAL.

140. L'*iphtaal* se forme du *paël* par l'intercalation d'un ת entre les première et seconde radicales. Ainsi de יְשַׁכֵּן se forme יְשְׁתַכֵּן; de יְפַטֵּר, יְפְתַטֵּר.

Cette voix, particulière à l'assyrien, ressemble, en apparence, au *hitpaël* de verbes hébreux commençant par une sifflante, et qui, seuls dans ce cas, mettent le ת servile entre les première et seconde lettres.

Nous l'avons nommé *iphtaal*, pour le distinguer de l'*iphteal*, formé du *kal*.

141. L'*iphtaal* est la voix moyenne du *paël*, et comme cette voix a souvent une notion factitive, il s'ensuit que l'*iphtaal* n'a fréquemment que la notion du *kal* renforcée; par exemple, הלך « marcher », *paël* הלך « faire marcher », *iphtaal* אתלך « être poussé à marcher, *ambulare* ». Ainsi, le *kal* et l'*iphtaal* שכן et אשתכן, פטר et אפתטר, etc. ont presque les mêmes acceptions.

142. Dans la langue des inscriptions, les deux voix d'*iphteal* et d'*iphtaal* se confondent, de sorte que souvent la première est mise à tort pour la seconde. Toutes les deux ont, du reste, les mêmes règles euphoniques. Ainsi fréquemment le ש, comme première radicale, devient ל devant le ת servile. On peut dire אַשְׁתַכַּן et אַלְתַכַּן « je fis », comme à l'*iphteal* אַשְׁתַפַּר et אַלְתַפַּר « j'envoyai », יִשְׁתְעוּ et יִלְתְעוּ.

Les formes en *lt* ont de préférence *u* pour voyelle servile; par exemple, אַלְתַלַּט « je subjuguai », de שלט. (Tigl. Ier, pr. col. IV, l. 47.)

143. Les règles exposées pour l'*iphteal* au sujet des lettres צ, ז, ד et ס (voy. 128, 129), sont également valables à l'endroit de l'*iphtaal*. Ainsi on ne dira pas יִצְתַמַּר, לִצְתַמַּם, לִזְתַכַּר, יִדְתַנּוּ, mais יִצַּמַּר, לִצַּמַּם, לִזַּכַּר, יִדַּנּוּ, etc. Nous ne connaissons, jusqu'ici, pas d'exemples de l'élision du ת de l'*iphtaal* dans les verbes פ״ס; le ס quelquefois est changé en ל.

144. Voici les paradigmes de l'*iphtaal* :

AORISTE.

1re pers.	אַשְׁתַכַּן	אֶפְתַטַּר [1]
2e pers. m.	תַשְׁתַכַּן	תֶפְתַטַּר
2e pers. f.	תַשְׁתַכַּנִי	תֶפְתַטַּרִי
3e pers. m.	יִשְׁתַכַּן	יֶפְתַטַּר
3e pers. f.	תַשְׁתַכַּן	תֶפְתַטַּר
1re pers.	נַשְׁתַכַּן	נֶפְתַטַר
2e pers. m.	תַשְׁתַכַּנוּ	תֶפְתַטַּרוּ
2e pers. f.	תַשְׁתַכַּנָא	תֶפְתַטַּרָא
3e pers. m.	יִשְׁתַכַּנוּ	יֶפְתַטַרוּ
3e pers. f.	יִשְׁתַכַּנָא	יֶפְתַטַרָא

IMPÉRATIF.

2e pers. m.	שְׁתַכַּן ?	פְּתַטַר ?
3e pers.	לִשְׁתַכַּן	לֶפְתַטַר
3e pers. m.	לִשְׁתַכַּנוּ	לֶפְתַטַרוּ
3e pers. f.	לִשְׁתַכַּנָא	לֶפְתַטַרָא

INFINITIF.

שְׁתַכַּן ? פְּתַטַר ?

PARTICIPE.

מְשְׁתַכַּן מֶפְתַטַר

145. La seconde personne de l'impératif et l'infinitif n'étant jusqu'ici reconnus nulle part, nous en ignorons encore les véritables formes; celles que nous avons choisies sont formées selon l'analo-

[1] *É. A.* p. 121.

gie; mais il est possible que l'*iphtaal* se servît ordinairement des mêmes modes que l'*iphteal*.

146. Il y a ici, comme dans le *paël*, des fluctuations dans la vocalisation de la lettre personnelle et du ע; ainsi on trouve יְמַתַּחְץ, לְרַתַּפֵּר, יַזַּזְּוּ, de זוז [1].

147. La voyelle motrice du ת servile est généralement *a;* dans les verbes פ״ע, on trouve souvent *i;* par exemple, יִעְתַּתִּק, לִעְתַּבֵּשׁ.

148. Les contractions que nous avons signalées aux §§ 128 et 132 sont plus fréquentes dans l'*iphtaal* que dans le *paël*. Le redoublement de la seconde radicale se perd dans ce cas. Ainsi l'on peut dire תַּשְׁתַּכְּנוּ pour תַּשְׁתַּכַּנוּ.

149. Ces contractions sont surtout fréquentes lorsqu'un suffixe se joint au verbe; ainsi on trouve pour מְמַתַּחְצִישׁוּ *impugnantes eum*, מַמְתַּחְצִישׁוּ, pour יְצַמַּדְנוּ, *protegit nos* יְצַמְּדַנוּ, etc.

V. SHAPHEL.

150. Le *shaphel* se forme par un ש prothétique; par exemple, de מסך dérive שמסך, de שכן, ששכן, de רשד, שרשד, etc.

151. Cette voix implique, comme le *hiphil* de l'hébreu et le *shaphel* de l'araméen, une notion essentiellement *factitive* et *causale* [2]; par exemple,

[1] Cette racine bizarre est bien constatée; par exemple, caillou de Michaux, col. II, l. 9; prisme de Tigl. Ier, col. III, l. 50.

[2] Il y a en assyrien un bon nombre de racines commençant par ש et usitées au *kal*, et qui, dans le principe, sont des formations de

אשב « s'asseoir », שאשב « asseoir, poser », לבש « vêtir », שלבש « faire vêtir, faire que quelque chose soit revêtue », עבש « faire », שעבש « faire faire », שׁרך « accorder », ששרך « faire que quelqu'un accorde quelque chose, s'adresser à quelqu'un », חרב « être dévasté », שחרב « dévaster, déclarer la guerre », etc.

152. Le *shaphel* est, avec le *paël*, la voix la plus usitée de la langue assyrienne et celle qu'on peut le plus facilement reconnaître.

153. Nous parlerons plus tard des verbes פנ qui élident le נ en redoublant la seconde radicale; quelquefois on peut ainsi douter si une forme donnée est un *paël* de שעל, ou un *shaphel* de נעל.

154. Voici les flexions les plus usitées.

AORISTE.

1re pers.	אֲשַׁלְבִשׁ	אֲשַׁמְסַךְ
2e pers. m.	תְּשַׁלְבִשׁ	
2e pers. f.	תְּשַׁלְבִשִׁי	תְּשַׁמְסַכִי
3e pers. m.	יְשַׁלְבִשׁ	יְשַׁמְסַךְ
3e pers. f.	תְּשַׁלְבִשׁ	תְּשַׁמְסַךְ
' pers.	נְשַׁלְבִשׁ	נְשַׁמְסַךְ
2e pers. m.	תְּשַׁלְבִשׁוּ	תְּשַׁמְסַכוּ
2e pers. f.	תְּשַׁלְבִשָׁא	תְּשַׁמְסַכָא
3e pers. m.	יְשַׁלְבִשׁוּ	יְשַׁמְסַכוּ
3e pers. f.	יְשַׁלְבִשָׁא	יְשַׁמְסַכָא

shaphel de racines défectives. Nous citons שכן « faire », de כן « être »; שרך « accorder », de ארך; שמח « détruire », de מחה; שׁקם « soulever », de קם; שכף « abaisser », de כף « être courbé ».

IMPERATIF.

2ᵉ pers. m.	שַׁלְבִּשׁ	שַׁמְסִךְ
2ᵉ pers. f.	שַׁלְבִּשִׁי	שַׁמְסִכִי
3ᵉ pers.	לִשַׁלְבִּשׁ	לִשַׁמְסִךְ
2ᵉ pers. m.	שַׁלְבִּשׁוּ	שַׁמְסִכוּ
2ᵉ pers. f.	שַׁלְבִּשָׁא	שַׁמְסִכָא
3ᵉ pers. m.	לִשַׁלְבִּשׁוּ	לִשַׁמְסִכוּ
3ᵉ pers. f.	לִשַׁלְבִּשָׁא	לִשַׁמְסִכָא

INFINITIF.

שֻׁמְסֻךְ · שֻׁמְסֻכַת [1]   שֻׁלְבֻשׁ · שֻׁלְבֻשַׁת

PARTICIPE.

מֻשַׁמְסִךְ   מֻשַׁלְבִּשׁ

155. Les formes commençant par une voyelle autre que *u* sont très-rares. Quant aux voyelles motrices du ש caractéristique, on trouve *i* dans les racines פ״ע; par exemple, on dit אִשְׁעְמִד · אִשְׁעְלִי · אִשַׁעְבִּשׁ · אִשְׁעְזִז. Quelques verbes ont *u*; par exemple, נזה. *sh.* אֻשְׁזוּ (Bisoutoun, l. 34).

On élide quelquefois le ע, et l'on dit אִשְׁזִז.

156. L'impératif et l'infinitif ont toujours leurs formes régulières; on dira à l'impératif שַׁעְבִּשׁ · שַׁעְלִי · שַׁעְמִד · שַׁעְזִז, et à l'infinitif שֻׁעְבֻשׁ · שֻׁעְלוּ · שֻׁעְמֻד · שֻׁעְזֻז.

157. La contraction dont il a été question aux §§ 125, 132 et 148, s'effectue rarement au *shaphel*,

[1] L'infinitif se distingue de l'impératif comme au *paël;* l'infinitif a toujours שֻׁפְעֻל, l'impératif שַׁפְעִל (*É. A.* p. 159, 167, 169; *E. M.* p. 301, 338, 342).

excepté pour les impératifs paragogiques des verbes פע. Ainsi on écrit *subsā* pour שֻׁעְבְּשָׁא, contracté de שֻׁעְבְּשָׁא (*E. M.* t. II, p. 317).

158. Elle a rarement lieu dans d'autres cas, quand même un suffixe vient allonger le verbe, et l'on dit sans changer, אֶשַׁלְבְּשַׁנִי, אֶשַׁלְבְּשַׁךָ, etc.

VI. ISTAPHAL.

159. L'*istaphal*, qui répond à l'*istaphal* araméen et à la dixième conjugaison arabe, se forme en préposant שת au verbe. Dans l'origine, l'*istaphal* est le passif du *shaphel*, et a, en cette qualité, souvent la signification renforcée du *kal*. Quelquefois il conserve son acception active; dans d'autres cas, la notion première est modifiée.

160. La loi phonétique, qui change en ל le ש devant un ת, fait quelquefois du אשתפעל un אלתפעל. Ce changement n'a lieu, bien entendu, que lorsque le ש précède le ת immédiatement, et n'en est pas séparé par une voyelle.

Ainsi l'on trouve אֶלְתִישַׁב, מֻלְתַעְלוּ[1], יַלְתַשְׁפַּר, qui auront à l'impératif שְׁתִישַׁב, שְׁתַעְלִי, שְׁתַשְׁפַּר.

161. L'emploi de cette voix est assez restreint, d'abord à cause de sa longueur, surtout pour les verbes entiers. En voici deux paradigmes; mais nous ne mettons que les formes commençant par *st*, aux-

[1] מֻעְתַלוּ, le participe de l'*iphtâal*, et מֻלְתַעְלוּ, sont des épithètes du dieu Nebo.

quelles le lecteur pourra substituer celles en *lt*, dont nous venons de parler :

AORISTE.

Singulier.	1re pers.	אַשְׁתַצְחֵר	אַשְׁתַמְדַח
	2e pers. m.	תַשְׁתַצְחֵר	תַשְׁתַמְדַח
	2e pers. f.	תַשְׁתַצְחֵרִי	תַשְׁתַמְדַחִי
	3e pers. m.	יִשְׁתַצְחֵר	יִשְׁתַמְדַח
	3e pers. f.	תַשְׁתַצְחֵר	תַשְׁתַמְדַח
Pluriel.	1re pers.	נִשְׁתַצְחֵר	נַשְׁתַמְדַח
	2e pers. m.	תַשְׁתַצְחֵרוּ	תַשְׁתַמְדַחוּ
	2e pers. f.	תַשְׁתַצְחֵרָא	תַשְׁתַמְדַחָא
	3e pers. m.	יִשְׁתַצְחֵרוּ	יִשְׁתַמְדַחוּ
	3e pers. f.	יִשְׁתַצְחֵרָא	יִשְׁתַמְדַחָא

IMPÉRATIF.

Singulier.	2e pers. m.	שְׁתַצְחֵר	שְׁתַמְדַח
	2e pers. f.	שְׁתַצְחֵרִי	שְׁתַמְדַחִי
	3e pers.	לִשְׁתַצְחֵר	לִשְׁתַמְדַח
Pluriel.	2e pers. m.	שְׁתַצְחֵרוּ	שְׁתַמְדַחוּ
	2e pers. f.	שְׁתַצְחֵרָא	שְׁתַמְדַחָא
	3e pers. m.	לִשְׁתַצְחֵרוּ	לִשְׁתַמְדַחוּ
	3e pers. f.	לִשְׁתַצְחֵרָא	לִשְׁתַמְדַחָא

INFINITIF.

[1] שְׁתַמְדֹח · שְׁתַצְחֹר

PARTICIPE.

מְשְׁתַמְדַח . מְשְׁתַצְחֵר

[1] Ainsi l'on distingue l'impératif שְׁתִישַׁר, שְׁתִישְׁרִי de l'infinitif שְׁתִישַׁר. (Cf. *É. A.* p. 104, 105; *E. M.* p. 302, 304, 315, 337.)

La flexion de l'*istaphal* ne présente pas de règles spéciales. La voyelle de la lettre personnelle est souvent *u*, surtout dans les formes qui fournissent *lt;* par exemple, אֻלְתִּישַׁב.

VII. APHEL ET ITAPHAL.

162. J'ai rarement constaté des exemples certains de l'*aphel* dans les verbes entiers ; mais il s'en trouve dans les racines défectives. Pour cette raison, je me borne à dire à cette place, que cette voix est identique à l'*aphel* araméen, au *hiphil* hébreu, et à la quatrième conjugaison arabe.

163. Quant à l'*itaphal* אִתַּפְעַל, il se trouve dans quelques formes des syllabaires, telle que יִתַּצְפַּר ; mais je ne me rappelle pas avoir vu de pareilles flexions dans les textes. Cette voix, comme celle de l'*aphel*, se forme des verbes défectifs, dont elle remplace quelquefois le *kal*.

Nous en rendrons compte à sa place.

164. Il se peut que quelques formes de l'*aphel* des verbes entiers aient été méconnues et prises à tort pour des flexions du *kal*. Ainsi אַרְחַם (inscr. de Londres, col. II, l. 17) pourrait être un *aphel*, de même לְכַשִּׁר (*ibid.* col. X, s. f.); mais ces deux formes ne prouvent pas beaucoup, et il faut nous borner à déclarer que cette voix, si elle a jamais été employée en assyrien, est tombée en désuétude.

VIII. NIPHAL.

165. Le *niphal* se forme, en assyrien, comme le

niphal hébraïque et la septième forme arabe, par un נ préposé. Comme dans ces langues, cette voix est la manière régulière d'exprimer le passif du *kal*.

Des formes rappelant, par le changement des voyelles, les modes hébraïque et arabe pour exprimer la notion passive, se trouvent très-rarement; par exemple : יֻקְתְלוּ « ils furent tués ». (Lay. pl. XLIV, l. 27.)

166. Le נ caractéristique s'assimile, quand il finit la syllabe, à la première consonne de la racine, précisément comme en hébreu. Ainsi l'on dit pour תַּנְבַּנוּ « tu es engendré », תַּבַּנוּ; au lieu de לִנְשַׁכַן « qu'il soit fait », לִשַּׁכַן, etc.

167. Dans les cas où la nature de la première radicale n'en permet pas le redoublement, la lettre caractéristique est simplement élidée; dans les inscriptions plus récentes, on redouble irrégulièrement la seconde; par exemple, יַבַּשׁ pour יַעְבַּשׁ, si toutefois il n'y a pas de faute dans la copie. (Voy. Nakch-i-Roustam, l. 11.)

168. Voici le paradigme du *niphal* de פטר « fendre ».

AORISTE.

1re pers.	אַפַּטִר	Pluriel.	1re pers.	נַפַּטִר
2e pers. m.	תַּפַּטִר		2e pers. m.	תַּפַּטִרוּ
2e pers. f.	תַּפַּטִרִי		2e pers. f.	תַּפַּטִרָא
3e pers. m.	יַפַּטִר		3e pers. m.	יַפַּטִרוּ
3e pers. f.	תפטר		3e pers. f.	יפטרא

IMPÉRATIF.

Singulier.	2e pers. m.	נִפְטַר[1]	Pluriel.	2e pers. m.	נִפְטַרוּ
	2e pers. f.	נִפְטַרִי		2e pers. f.	נִפְטַרָא
	3e pers.	לִפְטַר		3e pers. m.	לִפְטַרוּ
				3e pers. f.	לִפְטַרָא

INFINITIF. נפטר, נפטרת   PARTICIPE. מפטר

169. Les flexions commençant par un *u* sont rares; même l'impératif et l'infinitif n'ont généralement pas les formes נִפְעַל et נְפְעַל.

170. Les contractions sont très-fréquentes; ainsi l'on trouve יִפַּתְקָא pour יִפַּתְקָא (inscr. des Taureaux, l. 83), לִשַּׁכְנָא pour לִשַּׁכְנָא, etc.

Au sujet de l'*ittaphal*, voyez § 110. Cette ancienne voix est formée du *niphal*, par l'assimilation du נ au ת; par exemple, אַתַּפְטַר pour אִנְתַּפְטַר, etc.

REMARQUE.

171. Des formations nominales (voir § 222) nous autorisent à admettre l'existence d'anciennes conjugaisons telles que le *papel* פפעל, *palel* פעלל, *peapel* פעפעל, *pealpel* פעלעל, et d'autres.

ARTICLE III.

DES VERBES DÉFECTIFS.

I. VERBES פנ.

172. Les verbes dont le premier radical est נ,

[1] Ainsi se distingue נִפְלַס de נִפְלַסִי.

assimilent cette lettre à la seconde de la racine, et en compensent la perte par le redoublement de cette seconde lettre partout où le נ est quiescent. Mais dans tous les cas où le נ est suivi d'une voyelle, la conjugaison est parfaitement régulière; par exemple, on dira לְצַר pour לִנְצַר, יִכַּר pour יִנְכַר, etc.; mais on aura יַנַּמַר au *niphal*, יְנַכַּר au *paël*.

Quelques verbes peuvent rejeter le נ à l'impératif, en le formant du futur; par exemple, de נצר « protéger », on fait אֻצַר « protége », pour נְצַר, formé de יָצַר, etc.

173. Plusieurs verbes conservent le נ dans tous les cas; par exemple, נטר forme יִנְטַר; cette même racine conserve la première lettre, également en hébreu. On lit ainsi יִנְדַן à Persépolis, mais יִדַן à Ninive.

174. Le verbe נבא « annoncer » peut, ou élider la lettre נ, ou la changer en מ; ainsi on dit אבא et אַמְבא, מַשַּׁבָא et מֻשְׁמַבְא (voir § 139).

175. Cette même racine, ainsi que נדה, représente la particularité qu'ils redoublent au *paël* la seconde radicale (comme c'est la règle), et qu'ils peuvent remplacer le redoublement par un son nasal; ainsi l'on dit תַנַמְבְא (inscription de Londres, col. I, l. 26) pour תַנַבְא « tu préconises », יַנַנְדו (écrit יַנַמְדו) pour יַנַדו[1].

176. Le *paël* est ordinairement régulier dans les verbes פ״נ. Voici les autres voix, de נכר « se révolter » :

[1] Le prisme de Tiglatpileser Ier (col. VIII, l. 65) a יַנַרְו, et le caillou de Michaux (col. III, l. 1), יַנַמְדו.

	AORISTE.	IMPÉRATIF.	INFINITIF.	PARTICIPE.
Kal.	אַכִּר	אִכִר	נַכַּר	נָכִר
Iphteal.	אַתְכִר	נִתְכִר	נִתְכָר	מֻתְכִר
Iphtaal.	אֻתַכִּר	נֻתַכִּר	נֻתַכָּר	מֻתַכִּר
Shaphel.	אֻשַׁכִּר	שֻׁכִּר	שֻׁכֻּר	מֻשַׁכִּר
Istaphal.	אֻשְׁתַכִּר	שֻׁתְכִר	שֻׁתְכָר	מֻשְׁתַכִּר
Niphal.	אַנַּכִר	נַכִּר	נַכַּר	מֻנַּכִר

II. VERBES פא״, פי״, פה״.

177. Ces trois catégories de racines se conjuguent en assyrien de la même manière. Nous avons déjà remarqué que les verbes פא״ remplacent les racines de la même catégorie en arabe, comme les verbes hébreux פי״ et arabes و ,ن. La seconde classe comprend les verbes qui commencent, en hébreu et en arabe, par י, et la troisième ne nous fournit, comme irrégulière, que la racine הלך « aller », très-fréquemment employée.

178. Les anomalies sont peu nombreuses :

A l'*iphteal* et à l'*iphtaal*, la première lettre s'assimile au ת servile, qui se redouble ordinairement comme en arabe.

Cette première lettre change fréquemment en *i* au *shaphel* et à l'*istaphal*.

Elle s'élide dans quelques cas, de sorte que le préfixe précède immédiatement la seconde lettre de la racine.

Au *niphal*, le נ peut être conservé dans tous les cas; par exemple : יִנִירָא « il fut craint ».

179. Le verbe הלך remplace quelquefois la perte du ה par le redoublement du ל; ainsi l'on dit אַלַּךְ et אֲלַךְ, תַּלַּךְ et תֲלַךְ, יַלַּךְ et יֲלַךְ, etc. L'impératif se forme régulièrement הֲלַךְ · הַלְכִי.

La voyelle du ע est généralement *i;* mais on trouve aussi *a* et *u;* par exemple, יְאַמַּר · יִהְפֻּךְ.

Voici le verbe אלד « engendrer ».

AORISTE.

Singulier		Pluriel	
1re pers.	אָלֵד אֶלֵּד	1re pers.	נָלֵד
2e pers. m.	תָלֵד	2e pers. m.	תָלְדוּ
2e pers. f.	תָלְדִי	2e pers. f.	תָלְדָא
3e pers. m.	יָלֵד	3e pers. m.	יַלְדוּ
3e pers. f.	תָלֵד	3e pers. f.	יַלְדָא

IMPÉRATIF.

Singulier		Pluriel.	
2e pers. m.	לֵד	2e pers. m.	לְדוּ
2e pers. f.	לְדִי	2e pers. f.	לְדָא
3e pers.	לִלֵּד לָלֵד	3e pers. m.	לִלְדוּ
		3e pers. f.	לִלְדָא

INFINITIF. אָלֵד · לֶדֶת PARTICIPE. אָלֵד (מֻלֵּד)

La seconde forme du participe, qui ressemble à celle de l'*aphel*, est particulière à ces verbes.

De même, la voyelle de la lettre personnelle étant souvent un *u*, on pourrait prendre des formes pareilles pour un *aphel*, si quelquefois la signification intransitive ne s'y opposait pas; par exemple, אֶשֵׁב « je m'assis », אֶרֵד « je descendis », etc.

180. Voici les autres voix des mêmes verbes :

	AORISTE.	IMPÉRATIF.	INFINITIF.	PARTICIPE.
Iphteal.	אַתְרַד	אִתְרִד	אִתְרֶד	מִתְרַד
	אַתְלַךְ	אִתְלִךְ	הִתְלֶךְ	מִתְלַךְ
Paël.	אֶאשֵׁשׁ	אַשֵׁשׁ	אַשָׁשׁ	מְאַשֵׁשׁ
	אֶהֶסֵם	הֶסֵם	הֶסָם	מְהֶסֵם
Iphtaal.	אַתַּרַד	אִתַּרַד	אִתַּרָד	מִתַּרַד
	אַתַּלַּךְ	הִתַּלַּךְ	הִתַּלָּךְ	מִתַּלַּךְ
Shaphel.	אֶשִׁיצֵא	שֵׁצֵא	שֶׁצָא	מְשִׁיצֵא
	אֶשַׁלֵךְ	שֶׁלֵךְ	שֶׁלָךְ	מְשַׁלֵךְ
Istaphal.	אַשְׁתִישֵׁר	שְׁתִישֵׁר	שְׁתִישָׁר	מִשְׁתִישֵׁר
Aphel.	אֶשֵׁב	שֵׁב	שֶׁבַת	מְשֵׁב
Itaphal.	אֶתִישֵׁב	....	....	מְתִישֵׁב
Niphal.	אֶאַלֵד	נָלֵד	נָלֵד	מְאַלֵד
	ou			ou
	אַנְאַלֵד	....	....	מְנַאַלֵד
	אֶנִירֵא	נִירֵא	נִירֵא	מְנִירֵא

Nous prenons pour exemples les verbes qui se trouvent dans les voix ci-dessus : ארד (hébreu ירד, arabe ورد) « descendre », אשש (hébreu אשש, arabe أسّ) « fonder », הסם (arabe هسم) « glorifier », אצא (hébreu יצא) « sortir », אשר (hébreu ישר) « diriger ».

Les contractions sont permises dans cette classe de verbes, comme partout ailleurs. Ainsi l'on dit יִתַּלְכוּ au lieu de יתלכו « ils marchèrent ».

III. VERBES עוֹ, עיֹ (VERBES CONCAVES).

181. Les verbes de cette classe ne prennent pas en assyrien la place importante qu'ils occupent en hébreu et en arabe, et ils n'y sont pas aussi nombreux que dans ces langues. L'idiome assyrien substitue fréquemment aux verbes פול et פיל des racines פלל, ou אפל, et נפל et פלה.

Le verbe כלל est souvent remplacé par נכל, et ainsi s'expliquent les racines composées de trois lettres identiques; par exemple, ללל, זזז, etc.

182. Au *kal*, on redouble généralement la première radicale, comme en hébreu, pour compenser la perte de la lettre du milieu. Les verbes עה font la même chose; ainsi l'on dit נַנַּר pour נִנְהַר.

Dans le même passage on lit, par exemple, tantôt לִכְנוּ, tantôt לִכַּנוּ « qu'ils subsistent ».

183. Le *paël* n'existe pas, et nous ne nous souvenons que de peu d'exemples d'*iphteal* ou d'*iphtaal*; mais nous rencontrons dans cette classe l'*aphel* et l'*itaphal*, et même ce dernier prend souvent la place du *paël* et du *shaphel*.

Le *niphal* d'une racine פול ou פיל se forme ordinairement de פלל.

Il y a aussi des traces d'un *polel* (§ 187).

Ensuite ces verbes seuls ont le participe d'acception passive au *kal*, comparable à l'hébreu פָּעוּל, au chaldaïque פְּעִיל.

184. Nous prenons pour paradigme du *kal* les verbes כון et תור « être », et שום « poser ».

AORISTE.

	Singulier.		Pluriel.
1re pers.	אַכְּן אַתְּר אַשְׁם	1re pers.	נַכְּן נַתְּר נַשְׁם
2e pers. m.	etc. תַּכְּן תַּתְּר	2e pers. m.	תַּכְּנוּ תַּתְּרוּ
2e pers. f.	תַּכְּנִי תַּתְּרִי	2e pers. f.	תַּכְּנָא תַּתְּרָא
3e pers. m.	יִכְּן יִתְּר	3e pers. m.	יִכְּנוּ יִתְּרוּ
3e pers. f.	תַּכְּן תַּתְּר	3e pers. f.	יִכְּנָא יִתְּרָא

IMPÉRATIF.

	Singulier.		Pluriel.
2e pers. m.	כְּן תְּר	2e pers. m.	כְּנוּ תְּרוּ
2e pers. f.	כְּנִי תְּרִי	2e pers. f.	כְּנָא תְּרָא
3e pers.	לִכְּן לִתְּר	3e pers. m.	לִכְּנוּ לִתְּרוּ
		3e pers. f.	לִכְּנָא לִתְּרָא

INFINITIF.

כון, כְּנַת   תור, תְּרַת

PARTICIPES.

Actif.	כון	תור
Passif.	כין	תִּיר

Les verbes פי se conjuguent de la même manière; par exemple, aor. אַדְשׁ, imp. דְשׁ, inf. דִּישׁ.

Des deux participes, le premier est la forme active, le second la forme passive; par exemple, דוּךְ « tuant », דִּיךְ « tué ».

Quelquefois le participe actif se forme, comme en arabe, en פָּיִל; par exemple, אִיב, רִים, דִּישׁ.

185. Nous connaissons de l'*iphteal* les formes עתּוֹד « attestant », de עוד; אַסְתִּל ou אַלְתִּל, de סול « ériger ».

Souvent l'*iphteal* se forme comme des verbes פנ;

par exemple, אֲתַמֵשׁ « je m'éloignai », de מוש. La voyelle du ת est généralement *u*.

186. Il nous serait difficile de constater un exemple du *niphal* qui ne rentrât pas dans la règle donnée au § 183; mais les voix suivantes se trouvent, de דין « juger », בוא « venir », קום « être debout » :

	AORISTE.	IMPERATIF.	INFINITIF.	PARTICIPE.
Shaphel.	אֲשַׁתִר	שְׁתִר	שְׁתָר	מְשַׁתִר
	אֲשַׁדִן	שְׁדִן	שְׁדָן	מְשַׁדִן
Istaphal.	אֶשְׁתַתִר(?)	. . . .	. . . .	. . . .
	אֶשְׁתַבוּא	שְׁתְבָא	שְׁתְבָא	מְשְׁתַבָא
Aphel.	אֲתִר	תִר (לְתִר)	אֲתָר? תר?	מְתִר
	אֲכִן	כִן (לְכִן)	. . . .	מְכִן
Itaphal.	אַתְכִן	. . . .	. . . .	מְתְכִן
	אַתְקַם	. . . .	. . . .	מְתְקַם

187. Des flexions particulières sont אֲכַנָא · אֲתַרָא, qui représentent la forme paragogique ou de l'*aphel*, ou d'une voix comparable au *polel* des Hébreux.

Les formes simples seraient dans ce cas אֲכַנְן · אֲתַרְר · et effectivement on trouve encore אֲדַנְן et מְדַנְן.

Les formations nominales de ces verbes rappellent un ancien פפעל ou פלפל; par exemple, בִרְבִר (בִרְבִרָא), רַקְרַק · בַבַר · זַגְזַן, etc.

IV. VERBES לה · לא · לי · לו.

188. Ces verbes ne forment qu'une seule classe en assyrien, où ils ne présentent pas, du reste, les nombreuses anomalies des racines analogues en hébreu

et en arabe. Il y a une grande incertitude au sujet de la troisième consonne, en assyrien, qui est tantôt *a*, tantôt *i*, *u*. Ainsi l'*iphtaal* de דנה « donner » est ou יִדַּנָא · יִדַּנִי · יִדַּנוּ; on dit אַבְנָא · אַבְנִי · אַבְנוּ « je fis ».

Cette flexion a le désavantage de former identiquement le singulier et le pluriel; par exemple, תַקַבוּ « tu dis », pourra signifier aussi *vous dites;* יִבְנוּ « est », ou *il fit*, ou *ils firent.*

Le participe du *kal* pourtant a presque toujours וּ, et au féminin ית; ainsi בָּנוּ « qui crée » (père), féminin בָּנִת, etc.

189. Les suffixes verbaux, qui nous occuperont tout à l'heure, exigent généralement la voyelle *a;* ainsi l'on dit תַבְנָא · תַבְנִי · תַבְנוּ « tu as créé », mais toujours תַבְנַנִי « tu m'as créé ».

Ces verbes sont, au reste, assez réguliers, ce qui nous dispensera d'en donner la conjugaison, surtout après les remarques que nous avons faites.

Nous devons cependant mentionner une irrégularité du *shaphel* de ces verbes, qui est formé souvent par le redoublement du ע et une transposition des voyelles. Ainsi, au lieu de אַשַׁרְבִּי · אֶשַׁמְלִי · אַשַׁרְדִּי, on trouve אֶשְׁרַבִּי · אֶשְׁמַלִּי · אֶשְׁרַדִּי.

Même au *niphal*, le ע se trouve quelquefois redoublé: par exemple, יִלַּקִּי, au lieu de יִלַּקִי.

190. Les verbes doublement défectifs sont rares, et il est souvent très-difficile de les transcrire; nous citons בוא · ירא · אתה · נוא, etc.

APPENDICE.

DES RACINES QUADRILITÈRES.

191. Nous avons déjà dit (§ 101), qu'il y a peu de racines quadrilitères en assyrien. La plupart commencent par פ; ainsi nous citons פסקר, כלקת, פרשר, פקדר, פרשג.

La lettre פ joue presque le rôle d'une lettre servile, de sorte qu'on pourrait même considérer ces racines comme formées de רשד, לקת, etc.

Les quatre voix des quadrilitères sont le *kal* ou le *palel*, l'*iphtalel*, le *niphalel* et l'*ittaphalel*, exprimés par les lettres אתפעלל, נפעלל, אפתעלל, פעלל.

Les quadrilitères remplacent les autres voix par le *niphalel;* ainsi on lit יפרשד, יפלקת, נפלקת.

C'est du *niphalel* que se forme régulièrement l'*ittaphalel*, dont il a déjà été question au § 111. On trouve ainsi אתפלקת.

La conjugaison suit celle des verbes trilitères. Les infinitifs sont נפלקת · פלקת; la forme des impératifs nous est inconnue. Les participes sont régulièrement מתפלקת, מפלקת, מפתלקת, מפלקת.

ARTICLE IV.

DES SUFFIXES VERBAUX.

192. Les suffixes verbaux s'ajoutent à la flexion, ou immédiatement, ou en intercalant la voyelle *a* ou *i*, et en redoublant la consonne du suffixe.

Les formes simples et pleines sont :

		FORMES SIMPLES. Masculin.	FORMES SIMPLES. Féminin.	FORMES PLEINES. Masculin.	FORMES PLEINES. Féminin.
Sing.	1re p.	־נִי		־ַנִּי	
	2e p.	־ךָ	־כִי	־ַךָּ	־ַכִּי
	3e p.	־שׁוּ	־שָׁא	־ַשׁוּ	־ַשָּׁא
Plur.	1re p.	־נוּ		־ַנּוּ	
	2e p.	־כֻן	־כִן	־ַכֻּן	־ַכִּן
	3e p.	־שֻׁנֻת, ־שֻׁן	־שִׁנָת, ־שִׁן,	־ַשֻּׁנֻת, ־ַשֻּׁן	־ַשִּׁנָת, ־ַשִּׁן
		ou	ou	ou	ou
		שֻׁנוּ	שִׁנָא	־ַשֻּׁנוּ	־ַשִּׁנָא

On trouve les suffixes verbaux simples presque toujours écrits *sunu* et *sina*, de sorte que nous ne sommes peut-être pas autorisé à les transcrire par שֻׁן et שִׁן, et qu'il serait plus juste de les exprimer toujours par שֻׁנוּ et שִׁנָא.

193. Le suffixe, avec la voyelle intercalée *i* au lieu de *a*, ne se trouve qu'après les terminaisons finissant par une voyelle longue, par exemple *ikkirā inni* (Bisoutoun, l. 40), *isrukū inni* (cylindre de Sargon, l. 65), où le *i* n'est mis que pour insister sur la prononciation de la consonne redoublée après une voyelle longue. Nous transcrivons de pareilles formes יִכְּרָאנִּי et יִשְׁרֻכוּנִּי. Quelquefois on élide le ו de la troisième personne du pluriel devant ־ַנִּי, et l'on dit (inscr. des portes de Khorsabad) יֻשַׁדְלְמַנִּי, où les passages parallèles donnent, avec le suffixe de la troisième personne, יֻשַׁדְלְמוּשֻׁ « ils l'ont confié ».

Le redoublement est quelquefois négligé, principalement dans les inscriptions plus antiques.

194. Les formes pleines s'emploient surtout pour des causes euphoniques; elles sont fréquentes dans les flexions des verbes ל״ה, où la forme verbale finit par une voyelle; elles se voient presque toujours quand la forme simple produirait une cacophonie. Ainsi l'on dit : אַקְבַשְׁנָת (N. R. l. 24) «je leur dis», au lieu de אַקְבַשְׁנָת, יִמַּגְרָךְ «il t'est connu» (*ib.* l. 27, 29), et non יִמַּגְרָךְ; on dit יְנְדַנְשְׁנָת «il les a donnés» (Bis. l. 96), parce que dans le dialecte de Babylone, du moins, on assimilerait, dans la forme suffixée, le נ radical au שׁ servile, et l'on dirait יְנְדַשְּׁנָת, au lieu de יְנְדַנְשְׁנָת, comme on prononce תְמַסְשְׁנָת (N. R. l. 27), au lieu de תְמַסְנְשְׁנָת.

En revanche, on dit אֲשַׁצְחִרְשׁוּ «je l'ai fait murer», תַפַּקְדְסוּ «tu l'as remis», etc.

195. Les formes שְׁנָת et שְׁנָת sont aussi fréquemment employées que שְׁן et שְׁן, qui, comme l'on sait, sont seules en usage comme suffixes des substantifs.

196. Voici un exemple de la formation la plus usitée des suffixes verbaux :

יְזַכְּרַנִי	«il m'a mentionné».	יְזַכְּרַנוּ	«il nous a mentionnés».
יְזַכְּרַךְ	«il t'a mentionné».	יְזַכְּרַכֻּן (יְזַכְּרְכֻן)	«il vous a mentionnés».
יְזַכְּרַכִי	«il t'a mentionnée».	יְזַכְּרַכִּן (יְזַכְּרְכִן)	«il vous a mentionnées».
יְזַכְּרְשׁוּ	«il l'a mentionné».	יְזַכְּרְשְׁנָת	«il les a mentionnés».
יְזַכְּרְשָׁא	«il l'a mentionnée».	יְזַכְּרְשָׁנָת	«il les a mentionnées».

Le suffixe de la troisième personne au singulier se

raccourcit quelquefois en שׁ *simplement*, quand le mot devient trop long avec la terminaison entière; ainsi l'on dit לִשִׁישְׁבוּשׁ aussi bien que לִשִׁישְׁבוּשׁוּ « qu'ils le placent ».

Ce raccourcissement a aussi lieu pour les substantifs, ce que nous avons négligé de remarquer au § 63.

197. Les contractions signalées en haut sont fréquentes dans les flexions munies d'un suffixe. Il se trouve, par-ci par-là, quelques irrégularités que nous ne pouvons pas énumérer ici.

CHAPITRE VII.

I. DES ADVERBES.

198. La langue assyrienne connaît une désinence spécialement affectée aux adverbes formés de substantifs ou d'adjectifs; c'est la terminaison שׁ־.

La lettre שׁ est le reste du suffixe de la troisième personnne, employé dans un sens absolu; par exemple, נַכְלִשׁ pour נַכְלִשׁוּ, comparable à l'hébreu כֻּלּוֹ.

Nous choisissons, parmi beaucoup d'exemples, רַבִּשׁ « grandement », עֵלִשׁ « en haut », שַׁפְלִשׁ « en bas », טַבִּשׁ « bien », נַכְלִשׁ « entièrement », עַזִּשׁ « fortement », עַצְמִשׁ « fortement », שַׁלְמִשׁ « jusqu'à la fin », נַמְרִשׁ « brillamment, ou d'une manière bigarrée », כַּכַּבִשׁ « en étoile », דָּרִשׁ « pour toujours », גַּרְנִשׁ « comme dans une aire à blé », etc.

199. Souvent la terminaison est en נִשׁ־, surtout quand l'adverbe implique une comparaison avec des

substantifs au pluriel; par exemple, תִּלָּנִשׁ « comme des collines », חַרְסַנִשׁ « sur des barils en argile », שַׁדְנִשׁ « comme des montagnes », etc.

200. L'assyrien forme, comme l'hébreu et l'arabe, des adverbes de l'accusatif avec la mimmation; par exemple, כָּסוּם « d'une manière couverte », רַבְּהִם « grandement », כַּהֲנַם « en prêtre ».

De la même classe sont לִעְבָּרִם « auparavant », אַפָּרִם.

201. D'autres adverbes sont :

הִנְּנָא « ici ».	אַן יוּמָא שֻׁוָא { littér. « dans ce jour, employée pour *puis* »
שַׁנִּמָא « ailleurs ».	אַכָּא « comment ? »
אִמָא « ainsi ».	כַּמָא « combien ? »
אִמָּא « ainsi ».	לְמָאד « beaucoup ».
אַלָּא « ensuite ».	כַּבְדְתָא « beaucoup ».
אִפְּבִי « puis ».	מַחְצִי · מַחְצַת « peu ».
מַחְרִי « auparavant ».	נַמָא « ensemble ».
זִז « de nouveau. »	

On peut encore considérer comme des adverbes certaines locutions formées par des substantifs munis de suffixes; par exemple, נַבְחַרְשֶׁן « leur complexe », c'est-à-dire « en totalité », אַן סַחַרְתִשָׁא (à son alentour) « totalement », אַן לַמְנִי « beaucoup », et d'autres.

II. DES PRÉPOSITIONS.

202. Le nombre des prépositions primitives est

très-restreint en assyrien; mais, en revanche, celui des prépositions dérivées de substantifs est assez grand. Voici les particules de la première espèce :

אַן « à, vers ».	תַּחַת « au-dessous de ».
אִן « dans, en ».	נִר « auprès de ».
אִלְתְּ ׳ אִלְתּ ׳ אִלְתּוּ / אִשְׁתְּ ׳ אִשְׁתּוּ « à partir de, de ».	עמא « autour de ».
את « avec, *cum suffixo* אִתִּי ».	ל (rarement employé) « vers. »
עַדִי « jusqu'à ».	עלִי « au-dessus » (confondu souvent avec אלִי)
אֵלִי « vers ».	שִׁיב « au-dessous de ».

203. Parmi ces prépositions, עִמָּא ׳ אִשְׁתְּ ׳ עַדִי ׳ אִן ׳ אַן, ne s'emploient pas avec des suffixes. Les deux premières ajoutent אֱלִי; ainsi l'on dit אִן אֱלִיךְ ׳ אַן אִלִיךְ ׳ עַדִי אֱלִיךְ, etc.

La particule אִשְׁתְּ forme les possessifs de מַן, qui ne se trouve pas en assyrien à l'état absolu; *ab eo* se dit מַנִישׁוּ. L'on emploie dans ce même cas לַפַּן, ou אִלְתְּפַן, *a me* se dit donc ou מִנִי, ou יִשְׁתְּפַנִי, ou לַפַּנִי, etc.

204. Les autres prépositions usitées sont :

קֶרֶב « dans ».	מַחְרַת « à l'intérieur »
אִן קֶרֶב *Idem.*	עלת « en dehors ».
לִבִי / אן לבי *Idem*	מעלת « devant ».
	אן בבל « parmi ».

שַׁבְת « à l'aide de ».

כִּבְת ou בִּית *Idem.*

תֵּת « près de ».

סוּלִי « en dehors ».

אִצַל « auprès de ».

מַחְרִי « avant ».

אִן פַּנִי « devant ».

לַפַּנִי « devant, s'écartant de ».

אִלְתְּפַּנִי *Idem.*

פַּן · פַּנַת « devant ».

אִן לוּתִי « près ».

אִן חַצִּי « devant, à cause de ».

זִץ *Idem.*

אַחַר « derrière ».

אִן גִּרְב, גִּרְב « près ».

צִיר « au-dessus de ».

אַחַנָּא « en deçà ».

אַחַלּוּ « au delà[1] ».

תַּךְ « au milieu ».

נִעְמַד « vers ».

Le sens des prépositions a été très-difficile à fixer. Quelques-unes de ces prépositions s'emploient souvent augmentées des suffixes pronominaux, joints par la voyelle *u;* par exemple, קִרְבְשׁוּ · קִרְבָךְ · קִרְבוּיְ · צִירְשֻׁן · שַׁבְתָּבִי · שִׁיבוּיְ · Au sujet du redoublement des lettres suffixes, voyez § 79.

III. DES CONJONCTIONS.

205. Nous distinguons, parmi les conjonctions les plus usitées, les suivantes :

[1] On lit aussi avec la forme dérivée אַחַנִּי et אַחַלּוּיִ. (*E. M.* t. II, p. 255.) Ces mots sont des composés de אַחָא « direction », l'arabe نحو, et les deux démonstratifs אַנָא « celui-ci », et אִלוּ « celui-là ». (§ 85.)

ו « et ».

אוּ } « ou ».
אֻוָא

לוּ « aussi ».

כִּי « si ».

שַׁ « que, parce que ».

לָא « non, אַל, non ».

יָתִי « puisque ».

אַנַּמָא « afin que ».

אַנַּמָא לָא « afin que, non ».

אַכְנָא « aussi ».

עַדִי שַׁ- « jusqu'à ce que. »

עַדִי אֱלִי שַׁ- *Idem.*

שֻׁמָא « ainsi ».

כִּמָא « comme ».

לִבוּ שַׁ- « comme si, ainsi que ».

לִבוּיָ « comme si moi, etc ».

IV. DES INTERJECTIONS.

206. Des interjections proprement dites n'ont pas encore été observées en assyrien, et cette circonstance nous dispense d'aborder cette matière.

CHAPITRE VIII.

FORMATION DES MOTS.

207. La formation des mots provenant des racines verbales est la même que dans les autres idiomes sémitiques.

Il va sans dire qu'il y a une assez notable quantité de substantifs et d'adjectifs qu'une saine critique doit regarder comme étant primitifs; tels sont, par exemple, les mots de parenté, beaucoup d'adjectifs fort usités, des pronoms, etc.

208. Les noms simples se forment des trois consonnes, selon les changements suivants :

פַּעַל p. ex. זֵכֶר « souvenir », שֵׁטֶר « l'écriture », הֶבֶל « fils »,
אֶלֶף « bœuf », צֶלֶם « l'image ».

פַּעְל . . . . קֶרֶן « la corne », גֶמֶר « fin », נִקֶב « mariage »,
אֹהֶל « tente », נָהָר « fleuve[1] ».

פָּעִל . . . . les participes du present, mais aussi אִיל
« homme », זְקֵף « croix ».

פַּעָל . . . . כַשְׁשׁ « serviteur », בַתַל « jeune homme ».

פִּעֶל . . . . זִכֶר « mémoire », שִׁטֶר « tableau », צִפֶר « cuivre »,
גִמֶר « la totalité », צִבַע « doigt », עִזַק « sceau ».

פִּעֶל . . . . רִאשׁ « tête », כִין « être », סִהַר « zodiaque ».

פִּעַל . . . . לִשַׁן « langue », זִכַר « se souvenant », שִׁגַר « seuil? »

פִּעִל . . . . זִכִר « mémorial », אִלִה « dieu ».

פֻּעֻל . . . . שֻׁלֻח « citadelle », נֻור « feu », כֻפֻר « bitume ».

פֻּעֻל . . . . שׁוּר « taureau ».

פֻּעַל . . . . שֻׁפַר « magnificence ».

פֻּעִל . . . . שֻׁמִל (?)

209. Les mots dérivant de racines non entières, telles que sourdes ou concaves, forment de prédilection des formes פַּעֻל, פִּעֻל, פֻּעֻל; ainsi nous notons צר (ét. emph. צַרָּא) « ennemi ». סר (ét. emph. סַרָּא) « roi », קַץ (קַצָּא) « fin », זַן (זַנָּא) « tremblement », בַב « porte », טַאב « bon », מִית « mort », גֵי « vallée », אִיב « ennemi », כור « fossé », et d'autres.

210. Les racines à première radicale défective retranchent souvent celle-ci, surtout quand le terme dérivé reçoit un accroissement par une lettre servile suffixée, soit par le ת du féminin, soit par un ן

[1] Peut-être n'y a-t-il pas de formes au ע quiescent, à moins que la racine ne soit concave ou sourde.

masculin; par exemple, כְּלָת « tribut », de יבל, שְׁבַת « demeure de » אשב, etc.

211. En principe, toutes les formes trilitères peuvent être augmentées par un ת, et l'on a ainsi פַּעְלַת, פְּעָלַת, פַּעֲלַת, פִּעְלַת, etc.

212. Doivent être regardées comme quadrilitères toutes les formations à la seconde ou à la troisième redoublée, soit munies, soit dépourvues du ת féminin; par exemple,

פַּעַל p. ex. גַּמַּל « chameau », et les noms d'agent de cette classe.

פֻּעְל .... en dehors des infinitifs du paël, כֻּסְּא « trône », et des féminins ainsi formés, tels que כֻּמְרַת « enceinte », צֻחְרַה « ouvrage muré ».

פֻּעַל .... פֻּשַׁר

Puis :

פַּעַל .... אַדָּן (אַדַּנָא) « seigneur ».

פַּעַל .... אַגָּר (אַגְּרָא) « brique », גַּדָּל (גַּדְּלָא) « grandeur »

פִּעַל .... כִּתָּן (כִּתְּנָא) « lin », כִּתָּר (כִּתְּרָא) « frise ».

פֻּעַל .... כֻּטָּר (כֻּטְּרָא) « district ».

213. Les substantifs sont également formés par des lettres serviles suffixées. Sans parler du ת féminin, nous devons noter, comme appartenant à cette catégorie, les syllabes ־ית et ־ות, qui forment des féminins abstraits; par exemple, תְּנָשִׁית « humanité », אלות « divinité », בְּעָלוּת « souveraineté », סְרוּת « royauté », מַלְכוּת *idem*, רשתנות « la supériorité », de רְשְׁתַן, etc.

Les féminins en ־ית et en ־ות suivent dans leur

flexion, les règles exposées aux paragraphes 55 et 57; par exemple,

לִבְנַת forme לִבְנְתָא ou לִבְתָא.

214. Une formation fréquente est celle en ־ָן (ét. emph. ־ָנָא); par exemple,

צַמְדַּן « Sandan, le protecteur », de צמד « assister ».
קָרְבַּן « offrande », de קרב « offrir ».
שַׁלְטַן « roi », de שלט « dominer ».
פַּרְכַּן « tyran », de פרך « vexer ».
רִשְׁתַּן « premier né », de רשת « commencement », ou de ארש « hériter ».
גַּלְתַּן « goutte », de גלת « globe », ou de אגל « confluer »
פַּנַּן « œuvre d'art », de פנן « façonner ».
עַמַּן « armée », de עמם « rassembler ».

Quelquefois l'état emphatique se forme aussi sans le redoublement du ן.

Les féminins se forment en ־ַנַת ou ־ַנַת (ét. emph. ־ַתָא); par exemple, אַלְמַנַת (אַלְמַתָא) « veuve ».

215. Le י forme, comme dans toutes les autres langues sémitiques, les substantifs dérivés de noms de lieux. Ordinairement il y a ־ִי au masculin, ־ִית au féminin; par exemple, יְהוּדִי « le Juif », בַּבְלוִי « le Babylonien », צֻרִי « le Tyrien », צִדְנִי « le Sidonien », et חַצַר־סַרְגְנִית « la Khorsabadienne ».

216. Parmi les lettres préfixées, ou devant les trois lettres seules, ou devant les thèmes déjà aug-

mentés des lettres ת et ן, nous notons d'abord le א, qui se trouve, par exemple, (?) dans

אִפְלָם « poids », de פלם « peser ».
אַסְקָף terme d'architecture « linteau (?) », de סקף.

Souvent la dernière radicale est redoublée à l'état emphatique et au féminin; par exemple,

אַסְקָפָא de אַסְקָף.
אַלְדִקַת pour אַצְדִקַת « véritable récit ».

217. La lettre מ implique en assyrien, comme dans toutes les langues sémitiques, l'action, l'instrument, l'état. Nous notons :

מַלְנוּ « relèvement », de לנה.
מַרְצוּ « volonté », de רצה « vouloir ».
מַלְתַּךְ « mesure ».
מַצַּרַת « protection », de נצר « protéger ».
מַנְדַּנַת ou מַדְּנַת « tribut », de נדן « donner »
מַשְׁכַּן « demeure », de שכן « demeurer [1] ».

218. La lettre נ est d'un usage très-fréquent en

[1] Il se forme même une sorte de verbe dénominatif commençant par מ; par exemple, מחר « prendre », מחץ « combattre », משר « subjuguer », מדל « conserver ». On peut y compter aussi l'hébreu משל, de l'ancienne racine שיל « dominer », conservée dans le fameux verset de la Genèse (ch. XLIX, v. 10) : עַד כִּי יָבֹא שִׁילֹה « jusqu'à ce que viendra sa domination ». On sait que le mot שילה, de שיל, avec le suffixe de la troisième personne, a été interprété jusqu'ici ou par « paix » ou par « Messie »

assyrien pour suppléer à la lettre dont nous venons de parler, et même elle est d'un emploi plus fréquent. On remarque surtout les formes נַפְעַל, נַפְעַלְת (ét. emph. נַפְעַלְתָא), נַפְעַלָן, נִפְעַל, נִפְעִלְת (ét. emph. נִפְעִלְתָא), etc. Nous citons :

נַבְחַר « complexe », de בחר « comprendre, cueillir ».
נַנְטַר « gardien », de נטר « garder ».
נַנַּר pour נַנְהַר « lumière », de נהר « lumière » (*Νάν-*
ναρος des Grecs).
נַנַּב « embryon », de נוב « naître, prospérer ».
נַבְנַת « créature », de בנה « créer ».
נַרַם « élevant », de רום « être haut ».
נִמְעִק « mystérieux ». de עמק « être profond ».
(?) נְפַזַּת « lionne », de פזז « enfanter une fois ».
נַלְבַּן « architecture en briques ». (ét. emph. נַלְבַּנָא).

Ensuite les noms propres :

נִסְרֹךְ « Nisroch, hymen », de סרך « relier ».
נִרְגַל « Nergal, Mars, le piétineur », de רגל « piétiner ».
נִנְוָא « Ninive, demeure », de נוא « demeurer ».
נִנִיף « Ninip, l'agitateur », de נוף « agiter ».

C'est à cette catégorie qu'appartiennent les noms de Nimrod (נִמְרֹד de מרד « se révolter »), Nibhaz (נִבְחָז de בחז) et d'autres, qui ne se sont pas encore retrouvés dans les textes assyriens.

219. La lettre ש forme des noms d'action du genre du *shaphel*, et c'est comme des infinitifs qu'il

faut envisager שְׁלָבָר « conservation » (de לבר), שְׁמְדָל ou שְׁגְדָל « protection » (de מדל), etc.

Les formes en שַׁפְעַל ne sont pas rares non plus ; par exemple, שַׁפְשֵׁק, etc.

220. La lettre ת donne naissance, comme en hébreu, à des abstraits féminins et à quelques masculins. Nous citons :

תַמְלָא « remplissage », de מלא « remplir ».

תַמְחַר « pillage », de מחר « prendre ».

תַלְדַת (ét. emph. תַלְדְתָא) « naissance », de אלד « engendrer ».

תַשְׁמַעַת « instruction », de שמע « entendre ».

תוּכְלַת (état emph. תוּכְלְתָא) « adoration », de אכל « attendre ».

221. Une classe de mots est formée par un ת inséré entre la première et la seconde radicale, selon la forme פְתְעַל ; on peut les considérer comme appartenant à la classe de l'*iphtaal*, nous remarquons, entre autres :

פִתְקַד « bon, soigneux », de פקד « avoir soin »

שִׁתְלַט « dominateur », de שלט « dominer »

קִתְרַב « approche », de קרב « approcher ».

צִתְבָא « désir », de צבא « vouloir ».

עִתוּד « témoignage », de עוד « témoigner ».

סִתַס « sujet » (ét. emph. סִתְסָא), de סוס « gouverner ».

עִתְבַשׁ « actif », de עבש « faire »

222. D'autres formations sont assez rares, telles

que, par exemple, פְּפַעַל, avec la répétition de la première lettre פעלל et d'autres; par exemple,

נְגָר « cercle », de גור « tourner », סְחַר (Syllabaires), de סחר, חֲנָזוּ de חנז.

Ces dérivations *araméisantes* remplacent celles de l'hébreu en פלפל, פעפעל, פעלעל, et dont nous n'avons pas jusqu'ici trouvé beaucoup d'exemples en assyrien; on peut citer, par exemple, מַלְמִלִי, de מַלְמַל. (Lay. pl. XLIII, l. 2; prisme de Tigl. col. IV, l. 99.)

CHAPITRE IX.

RÈGLES GÉNÉRALES DE LA SYNTAXE.

223. La syntaxe de la langue assyrienne ne diffère de celle des autres langues sémitiques ni dans l'emploi des formes grammaticales, ni dans la construction de la phrase.

ÉTAT EMPHATIQUE.

224. L'état emphatique remplace l'article de l'hébreu et de l'arabe, et il suit presque toujours, à ce sujet, les règles des langues araméennes.

Seulement le système graphique de l'assyrien ne rend pas toujours facile de reconnaître l'absence de cette formation; le terme שָׁטָר, par exemple, pouvant être écrit en écriture anarienne, ou *sa-ṭa-ri*, *sa-ṭa-ru*, *sa-ṭa-ra* ou *sa-ṭa ar*. Ce n'est que par la dernière leçon qu'on reconnaît que la forme doit être, dans le cas donné, mise à l'état simple.

225. De nombreux exemples prouvent que le mot employé comme régime d'un génitif est employé à l'état simple.

Le participe muni du régime est considéré comme un nominatif régissant un génitif, qui souvent est précédé du relatif שֶׁ.

Ainsi on écrit (baril de Bellino, l. 1) en caractères phonétiques *s'ar misariv* « roi de la justice », ce qu'il faut transcrire סַר מִישַׁרְא; dans les inscriptions de Nabuchodonosor, *ina irṣit Babilu*, dans la terre de Babel, אִן אִרְצִת בַּבִלוּ (*E. M.* II, p. 277), *musab s'arrutiya* « la demeure de ma royauté », מֻשַׁב סַרוּתִי (*ibid.*), *ana zikir sumisun* « pour la mémoire de leur nom », אַן זִכִר שֻׁמִישֻׁן (inscr. de Londres, col. I, l. 49; *E. M.* II, p. 313).

Quand même on trouve, par exemple, *ana saṭari limsu* (*E. M.* II, p. 140), il faut transcrire par la forme simple שַׁטַר, qui peut être rendue par *sa-ṭa-ri*, d'autant plus que l'inscription de Van, d'où est pris l'exemple, offre, deux lignes plus bas, *ana ibis limsu*, et quand même il y aurait *i-bi-si*, on devrait aussi lire *ibis*[1].

226. Presque toutes les fois que l'article est nécessaire, on emploie l'état emphatique; par exemple, *s'arra rabu*, סַרָּא רַבּוּ « le grand roi », mais סַר סַרִי « roi

[1] Cela résulte mieux encore des féminins. La déesse *Tavat* est nommée (tabl. de Sardanapale V, 106) מַלְכַּת שַׁאִלְהִי « la reine des dieux ». Le mot, dans le passage cité, est écrit *ma al-kat*, mais quand même il y aurait *malkatu*, cela ne pourrait être l'état emphatique, qui est *malaktu*, מלכתא.

des rois[1] ». עִדְלָא· נַדְרָא «le juste, le terrible» (inscr. de Ninive, *passim*). On peut comparer, à la phrase des briques זַנִן הַרְמָא וּצַרְחָא «restaurateur de la pyramide et de la tour», l'autre phrase de Nabuchodonosor (inscr. de Londres, col. IX, l. 61) : אֲנַכוּ סַרָא זַנִנָא «je suis le roi restaurateur».

L'emploi de l'état emphatique est plus étendu que celui de l'article en hébreu.

227. Le génitif dépendant demande, surtout au singulier, presque toujours la forme emphatique, comme dans les langues araméennes, à moins qu'il ne soit lui-même le régime d'un autre génitif; par exemple, on dit :

פַּקִד קִשָּׁתָא «qui administre les légions», mais

פַּקִד·קִשָּׁת שַׁמִי וּאִרְצִתָא «qui inspecte les légions du ciel et de la terre[2] ».

228. L'état emphatique des masculins du pluriel est souvent remplacé par l'état simple.

Les noms propres employés au génitif ne se mettent jamais à l'état emphatique; par exemple, on dit :

סַר אַשֻׁר «roi d'Assyrie».

229. L'épithète suit toujours le substantif. Sa

[1] Ainsi le chaldaïque dit (*Dan*. II, 37) : אַנְתָּא מַלְכָּא מֶלֶךְ מַלְכַיָּא, comme l'assyrien dirait : אַתָּ מַלְכָא מַלַךְ מַלְכִי.

[2] Contrairement aux données des inscriptions, cette règle n'a pas été appliquée avec une rigueur suffisante dans les transcriptions que j'ai données jusqu'ici.

flexion, au sujet de l'état, se règle d'après celle du substantif.

Néanmoins l'épithète peut quelquefois avoir la forme emphatique, quand même le nom en est dépourvu; mais ce sont des exceptions à la règle générale.

SUFFIXES PRONOMINAUX.

230. Les mots munis de suffixes peuvent être accompagnés, dans le dialecte de Babylone, du mot אַתּוּ, pour en renforcer la signification. Ainsi l'on dit: אַבוּיִ אַתּוּיִ «mon père», זִרְעוּן אַתּוּן «notre race».

Les suffixes peuvent être ajoutés à la forme simple comme à l'état emphatique (§§ 74-76).

Comme régime d'un verbe, la forme simple est ordinairement employée quand elle est munie du suffixe; d'ailleurs les règles, à cet égard, sont très-difficiles à établir.

PRONOMS PERSONNELS.

231. Les pronoms personnels sont employés comme en arabe et en hébreu pour se substituer au verbe substantif; les cas obliques sont formés par les suffixes, ajoutés ou au verbe, ou aux particules אֶל, précédés de אַן et אִן; par exemple, אַן אֶלִיִ «à moi», אִן אֶלִיִ «dans moi», etc.

Les constructions telles que אַן אַנַכוּ «à moi», que l'on lit dans les inscriptions des Achéménides, sont des barbarismes, et ne se trouvent ni à Babylone, ni à Ninive.

PRONOMS DÉMONSTRATIFS.

232. Les pronoms démonstratifs se placent toujours après le nom qu'ils accompagnent.

Ils n'exigent pas l'état emphatique de ce dernier quand il est employé comme régime; par exemple, אָשְׁבַת עִר שַׁאשׁוּ « qui demeurent dans cette ville ».

PRONOMS RELATIFS.

233. Le pronom relatif, pour les trois genres, est שַׁ.

Dans les cas obliques, le relatif, en assyrien comme dans les autres langues sémitiques, est souvent suivi du nom muni de suffixe; par exemple,

יְהוּדָא שַׁאַשְׁרְשׁוּ רְחָק « Juda, dont le siége est lointain ». (Lay. pl. XXXIII, l. 8.)

שַׁאַן שְׁמֻקַת נַכְרִי שְׁתְבָע תִּכְלִישׁוּ « auquel, pour l'anéantissement des ennemis (est assurée) l'obéissance des serviteurs ». (Inscr. des Taureaux, G. l. 13.)

בִּית שַׁאֶעְבְשׁוּ « la maison que j'ai bâtie ». (Inscr. trilingues.)

Dans les exemples que nous avons choisis au sujet d'autres règles, ce principe reçoit également son application.

Quelquefois le pronom est omis, et le suffixe seul employé pour rendre le relatif.

סַרָא... תַּנְמִבוּ זִכְרְשׁוּ « le roi dont tu as préconisé la mémoire ». (Inscr. de Londres, I, l. 55.)

Le relatif suit ordinairement le mot d'où il dépend, quand même, à cause de cela, le verbe serait rejeté loin de son complément :

אַן בִּשִׁי... שַׁאֲלְתּוּ עֲלָא אַן סַרְנָא אֲבוּתֵי לָא כִּתְנַשׁ· לוּ אַלִּךְ׃

« Contre le peuple Bisi, — qui, depuis longtemps n'avait pas été soumis aux rois, mes pères, je marchai. (Baril de Sennachérib, Lay. pl. LXIII, l. 21.)

234. Souvent le pronom relatif שׁ a pour nous une acception démonstrative; dans le dialecte des Achéménides, on ajoute alors fréquemment le pronom démonstratif, qui manque dans les textes babyloniens mêmes; par exemple :

שַׁכַּמְבּוּזִיָא הַגַּשׁוּ אַחוּשׁוּ בַּרְזִיָא « De ce Cambyse le frère fut Smerdis » (littéralement : lequel Cambyse, celui-ci, son frère, (fut) Smerdis).

Quant aux interrogatifs, aucune règle spéciale ne peut être signalée comme résultant des textes.

235. En assyrien, il n'existe pas de forme spéciale pour indiquer les degrés de comparaison. Le positif, comme en hébreu, joint aux particules יִשְׁתִּ « de », et אִן « dans », remplace ces formes; par exemple, רַבּוּ אִן אִלְהִי אוּרַמַזְדָא « Grand parmi les dieux est Ormuzd », cela veut dire : « Ormuzd est le plus grand des dieux ».

VERBES.

236. Les personnes, en assyrien, ne donnent pas lieu à des règles spéciales; si ce n'est que le masculin de la troisième personne est quelquefois employé où

la rigueur grammaticale exigerait le féminin, mais où le sens explique le masculin, et *vice-versa.*

237. Le seul temps conjugué en assyrien est l'aoriste, qui a la signification du passé historique; le présent est exprimé par le participe.

Le parfait des autres langues sémitiques n'existe pas en assyrien (§ 108).

238. Les idiomes sémitiques n'ont pas de modes, sauf l'impératif. La troisième personne est formée, en assyrien, par la lettre ל.

239. Quant aux voix, leur emploi a été suffisamment expliqué lors de l'exposition de la flexion.

Le *kal* indique l'actif.

Le *niphal*, le passif.

Le *paël*, le *shaphel* et l'*aphel* ajoutent souvent à la racine une notion causale ou factitive; fréquemment ces voix ne modifient pas beaucoup l'acception primitive de la racine.

240. Les voix formées du *kal, paël, shaphel, aphel* et *niphal*, par l'insertion d'un ת après la première lettre du thème, semblent d'abord avoir eu une acception passive, qui ne s'est pas toujours conservée. Surtout l'*iphteal* est souvent identique au *kal*, l'*iphtaal* au *paël*, l'*istaphal* au *shaphel*.

Il va sans dire que quelquefois les voix dérivées ajoutent à la racine primitive des nuances différentes, comme aussi ils en modifient l'acception.

La construction suit alors le sens du verbe; par exemple, שמע « entendre », שׁשמע « faire entendre », שתשמע « se faire entendre » (par quelqu'un), gouverner (quelqu'un), qui est construit comme un verbe transitif :

חַמֻּרַבִּי סַרָּא רַבָּא · סַר בַבִּלוּ · סַר מֻשְׁתַשְׁמִע כִבְרָתִא אַרְבַּעָא ·

« Khammourabi, le roi grand, roi de Babylone, le roi qui gouverne les quatre régions. » (Pierre de Khammourabi, actuellement au Louvre, seul texte explicable de la première dynastie sémitique. 2017-1559 avant J. C.)

241. La place du verbe dans la phrase est très-peu fixe; il peut être mis après le sujet, mais aussi, et même dans la majorité des cas, il est rejeté à la fin de la phrase tout entière.

Quand le verbe régit un mot muni d'un suffixe, il se place de préférence devant ce dernier, qui alors finit la phrase. Telle est la construction dans presque tous les textes de Babylone, surtout quand plusieurs verbes juxtaposés gouvernent plusieurs régimes, c'est alors le dernier substantif qui termine le texte; par exemple (inscr. de Londres, IV, s. f.),

חִצִּר יִעְבֻּשׁ לָא יְשַׁכְלִל שִׁפְרִשָׁא « Il bâtit le mur; mais il n'en acheva pas la magnificence ».

A la fin de la phrase, le verbe qui la termine est souvent dépourvu de son suffixe; par exemple,

צַלַם סַרּוּתִי שַׁרְבָּא אֶעְבֻּשׁ · תַּנַת אַסֻּךְ בְּעֵלִי · אַלְרַקַּת (אַצְרֻקַּת pour)
גִרְדִי · מַנְמָא שַׁאן מַתָּת אֶעתַבְשׁ · אִן קִרְבִּשָׁא אַשְׁטֻר · אִן לִבָּא
אֶשִׁישַׁב · « Je fis une image de ma royauté en grande dimension; j'inscrivis sur elle la louange d'Assour, mon maître, le vrai récit de mes exploits et tout ce que j'ai fait dans ces

pays; je (le) plaçai au lieu (des sources du Tigre). (Obélisque de Salmanassar III; Lay. pl. XC, l. 71.)

242. Le participe, au contraire, étant sujet, commence ordinairement la phrase.

Il a souvent une signification conditionnelle; par exemple,

סַנִבַּר שִׁטְרִי וּשְׁמִי · אַסָּר בְּעֵלָא רַבּוּ אַבּוּ אִלָהִי נַבְּרִשׁ לִעֲזִזִסוּ ·
:חַרַט וּכְסָא לִכְמִשׁוּ וּלִשֶׁבִּךְ פַּלִעַשׁוּ « Si quelqu'un détruit mon inscription et mon nom, qu'Assour, le grand dieu, le père des dieux, le châtie comme un rebelle! qu'il lui enlève le sceptre et le trône, qu'il abaisse son glaive! » (Prisme de Sennachérib, col. VI, l. 71-73.)

243. Une mention particulière doit être faite des phrases, intercalées, en assyrien, comme dans les autres langues sémitiques. Ces locutions proviennent de l'absence presque complète du verbe substantif, et ensuite du non-emploi des conjonctions; par exemple,

נִשִׁי פַּתִנַיִי לַבַּרְנָא בְּעֵלַשְׁן יִדְכוּ · סְרָא לָא בְּעֵל כְּסָא אַן סַרוּת אִן
· עִלִישְׁן יִשׁוּ « Les hommes du pays de Patin avaient tué leur maître Loubarna, et élevé à la royauté Sourri, qui n'avait pas droit au trône. » (Obélisque de Salmanassar III; Lay. pl. XCV, l. 147.)

Quelquefois la phrase absolue est reliée à la proposition incidente par שַׁ « que »; par exemple,

אִן תַּיַרְתִי שַׁמַּתִי מַדִּי רְהִקְתָא · שַׁאִן סַרְנָא אַבוּתִי מַמַּן לָא יִשְׁמַע
:זִכְר שְׁמִישְׁן · מַנְדַּתִשְׁן כַּבִּדְתָא אַמְחַר · אַן נִרִי בְּעֵלוּתִי אִשַׁכְנִשְׁנָת
« (Ce fut) à mon retour que j'imposai des tributs considé-

rables aux contrées lointaines de la Médie, dont, parmi les rois mes pères, aucun n'avait entendu mentionner les noms : je les soumis à ma royauté. » (Inscript. de Sennachérib, col. II, l. 29 et suivantes.)

244. Une phrase qui se relie à la suivante est souvent terminée par la lettre *ma* ou *va*, qui ne s'ajoute généralement qu'au verbe. Le sens de ce caractère, qui se trouve à chaque instant, semble être dérivé de la particule ו *et*. Aussi le transcrivons-nous par ו, en le séparant du verbe; par exemple,

שוא חַזַקִיָהו (יָהוּדַי) פֻּלְחִי מְלַמִּי בְעֵלוּתִי יִסְחֻבוּשׁו ו נִשִׁי אֻרְבִי
וְצַבְאִישׁו שׁלְחִי שַׁאַן דֻנַּן ער אֻרְסַלְמָא ער דַנוּתִשׁו יֻשִׁירִב ו---
אִתִי ל בְלַת חֻרַצָּא ת בְלַת כַסְפָּא ---- וּבְנָתַשׁו אשׁי הֵיכָלִשׁו
נַעְרִי נַעְרָת אַן קִרִב נִנוָא ער בְעֵלוּתִי ---- יֻשִׁיבִלָא ו אַן נַדַן
מַנְדַתָא עבש סָאוּתָא יִשְׁפֻּר רַכְבִשׁו

« Quant à cet Ézéchias (le Juif), la crainte de la grandeur de ma majesté l'entraîna : et les hommes du guet, et les troupes combattantes qu'il avait ramassées pour défendre Jérusalem, la ville de sa puissance....... il en dépêcha les chefs avec 30 talents d'or et 400 talents d'argent (suit l'énumération de beaucoup d'autres articles), et ses filles, les femmes de son palais, ses esclaves mâles et femelles, à Ninive[1], ville de ma royauté; et il envoya son cocher pour payer le tribut et pour faire sa soumission. » (Prisme de Sennachérib, col. III, l. 29 et suivantes.)

245. Pour renforcer l'idée qu'exprime le verbe,

[1] Sans la Bible, on ne verrait pas trop comment Sennachérib, qui parle quelques lignes plus haut de sa présence en Phénicie, se trouve tout d'un coup à Ninive pour recevoir le tribut de Jérusalem, dont il ne mentionne pas la prise.

on fait souvent précéder l'aoriste par l'infinitif dans la forme féminine, ou seul, ou avec la préposition אַן; et précisément un usage analogue se trouve en hébreu. Ainsi on lit souvent דִּכְתַּשְׁן אַדֻּךְ «je les tuai en grand nombre» (litt. «je tuai leurs tueries»), שַׁלְּתָּסְן אַשְׁלֻל «je les spoliai entièrement». Un autre exemple est :

בַּתְּלְשְׁן וּבַתְּלַתְּשְׁן אַן שַׁגְּלְתְּא אַשְׁגֻּל «Je déshonorai leurs enfants mâles et leurs vierges». (Inscr. de Sardanapale III.)

246. Quelquefois le nom d'action est joint au verbe par la conjonction כְּמָא «comme»; par exemple,

בִּית עַמְקַן כְּמָא דַיְשְׁתְּא אַדִּשׁ «J'ai foulé la ville de Bit-Amukan, comme une chose qu'on foule aux pieds». (Tiglat-pileser IV; Lay. pl. XVII, l. 11.)

247. L'infinitif au féminin se joint souvent au verbe שכן «faire», pour former des verbes composés; par exemple,

הַפִּכְתַּשְׁן אַשְׁכֻּן «Je les mis en fuite». (Littér. «Je causai leur fuite»).

הַפִּכְתְּא עֻמַּנָתְשׁוּ לִשְׁכֻּנוּ «Que (les dieux) mettent en fuite ses armées». (Tiglatp. Ier, col. VIII, l. 81.)

PARTICULES.

248. La seule préposition dont il soit nécessaire de parler ici est la particule אַן. Nous en avons déjà signalé un emploi (§ 245); en outre, elle a sa

place devant un substantif, soit verbal, soit primitif, pour indiquer les idées de cause, de raison ou de modification; par exemple,

אַן תַל וּשְׁמִי יִתַר « (Le palais) était devenu une colline et une ruine ». (Sardanapale III, stèle, col. IV, l. 3.)

עד שׁוּא אַן אֶשְׁתַא אַבְנִי · « Je bâtis cette ville de nouveau » (*passim*).

אַן שָׁזָב נַפְשָׁתְשָׁן יִעְלִיוּ : « Ils vinrent pour (demander) le salut de leur vie » (*passim*).

Dans les inscriptions des Achéménides, אַן est souvent employé pour exprimer un accusatif; mais cela est une faute de langage que l'on ne trouve pas dans les textes originaux. (*E. M.* t. II, p. 122.)

249. Quant aux conjonctions, leur rôle est peu considérable en assyrien, à l'exception de שַׁ, qui relie les phrases, et dont nous avons déjà parlé plus haut.

La conjonction שַׁמָא « ainsi », corrélative à כְּמָא « comme », est généralement supprimée; par exemple,

כְּמָא שַׁמִי יִשַׁבְנוּ לִבְנוּ « Comme (c'est-à-dire, aussi solidement que) sont créés les cieux, (qu'ainsi) durent (mes travaux) ». (Nabonid.)

ERRATA. Page 115, lisez ابهات, au lieu de ان

SUR LES SOURCES

DE

LA COSMOGONIE DE SANCHONIATHON,

PAR M. LE BARON D'ECKSTEIN.

(SUITE ET FIN.)

65

Ousôos est, comme nous l'avons vu, Ésau ou Édom, l'Iduméen des rives de la mer Rouge. La navigation de la mer Rouge est antérieure à celle de la Méditerranée. Les Iduméens sont les Rouges, et les Phéniciens (les Rouges) viennent de la mer d'Édom, mais ceux de la mer d'Édom sont venus à leur tour du golfe Persique. Les flots de l'océan Indien baignaient les côtes de la Susiane dans le voisinage de cette île Oa-rakta, dont parlent Arrien, Agatharchide, etc. où fut le tombeau d'Érythras, du Rouge. Rakta est *le sang*, Rudhira, le rouge en sanscrit. Érythras protége la navigation; il est le pontife et la victime. La légende nous dit qu'il aborda dans l'île où il rejoignit une cavale de son troupeau[1], chassée par un lion; c'est ainsi qu'il découvrit la grande île de l'entrée du golfe Persique, qui donna son nom à la mer Rouge. Nous voici dans la sphere de la Badavâ, de la cavale, figure du volcan, et des Bâdaveyau, ses fils, les colonnes du foyer maternel dont nous avons suffisamment parlé. Édom est ainsi le point intermédiaire entre une pré-

[1] Strab. XVI, cap. III, Agatharchides, *Périple de la mer Erythr.* l. 1, § 5, *Geographi græci minores*, éd. Didot, p. 113.

cédente navigation du golfe Persique et une navigation ultérieure de la Méditerranée.

Tel est ce navigateur Ousôos, Ésaü, Édom, l'originel Iduméen, le Rouge, qui a pour prototype un Phoinix, un Erythras, un Rudhiras en sanskrit, dont le tombeau, la pyramide, le lieu du culte était dans l'île Rouge, Oa-rakta. Il y avait là un Bâḍavam, un haras de pontifes chevaux, d'Hippoi, et de prêtresses cavales, Hippai. Il y avait eu là très-probablement un Baḍavâmukhah, un volcan éteint, comme il s'en rencontrait sur toutes ces côtes; il y avait là des Bâḍaveyau, des Dioscures, dieux des stèles, des colonnes, soutiens de ce foyer, dont les pontifes étaient des chevaux, et les prêtresses des cavales.

Sanchoniathon nous apprend que ce navigateur, ce Rouge, cet Ousôos, érigea deux stèles, dressa deux colonnes, consacrant l'une au dieu du feu, l'autre au dieu du vent. Ce sont les Pataikoi des navires tyriens, les Dioscures tyriens, dont parle Hérodote, et qui protégent les navires. Suivant Sanchoniathon, Ousôos, le chasseur (le Rouge), versa sur ces deux stèles le sang des animaux qu'il égorgea après les avoir pris à la chasse. Le pontife roi Erythras reçut assurément son nom du sang dont il arrosa la victime. Les Phéniciens sont les Rouges, à cause de leur culte sanglant.

Sanchoniathon nous indique clairement que les deux frères ennemis étaient eux-mêmes les dieux des stèles; on adora, sous cette forme, le Samèmroumos (Hypsouranios) et l'Ousôos après leur mort. Il y eut des fêtes solennelles en leur honneur, au jour des grands marchés. On leur consacra aussi des troncs d'arbres au lieu de stèles.

Voilà donc les dieux Agnis et Soma, sous une première forme, et sous une forme des plus rudes et des plus grossières, dans les incunables de la navigation. Il y a bien loin assurément de cette érection des primitives stèles aux colonnes du temple de Melkarth à Gades et à Tyr, à Carthage et dans les opulentes colonies phéniciennes

66.

Voyons maintenant ce qu'il est possible de ressaisir dans ce grand naufrage de la science phénicienne, dont les origines et les premiers développements nous échappent. Cette science, nous pouvons la deviner encore un peu, en tant qu'elle vient d'un génie céphène, care, avant de revêtir le caractère phénicien proprement dit. Elle nous est révélée par la tradition de Phérécyde et des néo-orphiques qui précèdent Alexandre, et même Onomacrite; par une tradition qui s'établit dans l'intervalle d'une époque homérique ou hésiodique et d'une période qui devance la monarchie des Mèdes.

Citons d'abord Apollonius de Rhodes. Il nous donne un des fragments de ces *theologoumena* et de ces cosmogonies que les néo-orphiques ont comme saturés d'idées babyloniennes et de conceptions phéniciennes[1]. Ciel, terre, océan, tout cela était encore un inextricable mélange, rappelant le contenu indivis d'un œuf du monde. Il s'agit de la grande mer atmosphérique, le seul océan dont il soit ici question. Au fond l'œuf ne pouvait être encore posé dans les abîmes, car il y avait ce qui précède son germe, discorde, lutte entre les éléments de la matière. Les dieux du Kosmos, maîtres originels des cieux et des abîmes, étaient alors Ophiôn et Eurynomé, fille d'Okéanos, et, par conséquent, une des Océanides. Le dragon Ophiôn était couché dans les vastes pâturages du fond de l'océan. C'était le Jormun-gandur, le serpent ennemi du dieu Thor, qui est l'Indra des Scandinaves; c'était le Ahir budhnyah du Véda et le Shecha de la mythologie indienne. L'un et l'autre, le dragon et l'Océanide, furent expulsés de leur empire; le Kronos et la Rhéa des Pélasges de l'Asie Mineure triomphèrent d'eux et prirent leur place.

[1] *Argon* I, 496-506.

67.

Ophiôn est l'Ophioneus de la cosmogonie de Phérécyde. C'est toujours le même mauvais génie que les Âryas et leur parenté ont combattu dans les trois mondes, après avoir subi son joug. Phérécyde fait comme les Orphiques de l'Asie Mineure; il altère le caractère originel du Kronos des Pélasges; il en fait un Chronos, un dieu des temps et des cycles, qui se rapproche ainsi de l'idée même de l'Ophioneus, au règne duquel Kronos s'était substitué.

Ophioneus naît, suivant Phérécyde, conjointement avec le monde entier. Il en est, au fond, la figure ou l'expression; il s'enroule autour de l'univers, comme le fleuve Okeanos, qui l'embrasse en l'enveloppant, et fait le tour du monde. La race des dieux la plus ancienne et celle des hommes, leurs pontifes d'origine divine, étaient, d'après le même Phérécyde, la race d'Ophioneus et celle des Ophionides.

Ouranos détrôna Ophioneus, Ouranos qui, suivant Hésiode, sortit des abîmes de la terre, pour la couvrir de toutes parts. Il agit donc comme un fleuve Okéanos, mais dans un tout autre esprit; car il ne s'agit plus d'un foyer volcanique comme chez Ophioneus. Cette seconde ère des dieux fut, en même temps, une seconde ère dans la succession du système des développements du monde. Si le règne d'Ophioneus correspond à celui de la race brune ou noire, celui d'Ouranos correspond au règne de la race des Bhrigus, des Phlégyens, des Bryges, des Phrygiens ou Méoniens, qui sont des Manuides. Le règne de Kronos et de Rhéa succède à l'empire d'un Ouranos et d'une Ourania (d'un Varuṇa et d'une Varunâṇî); c'est celui de l'avénement de la race pélasgique et pélasgo-latine, qui se substitue, dans la Grèce et l'Asie Mineure, à l'empire des Bryges, des Phrygiens ou des Méoniens.

On sait comment se trouve constituée l'ère hellénique, par l'avénement du Zeus olympien, qui est comparable, en tout point, à celui de l'Indra védique et du Thor des Germains, aussi bien que du Jupiter des Latins. Il est vrai que ceux-ci, n'ayant pas eu de développement épico-héroïque, n'ont pas de Svarga, d'Olympe.

68.

En traitant de la naissance d'Ophioneus, qui est né en même temps que le monde (car il le renferme dans ses replis), Phérécyde parle également d'un arbre (*dendron*[1]), chêne ailé, arbre colonne, arbre du monde, arbre dont l'Ahir budhnyah, le dragon, l'Ophioneus entoure la racine, arbre figure du monde, et figure de l'espèce humaine, il est ailé parce qu'il est agité d'un souffle divin, parce que la voix de Dieu habite en lui, parce qu'il est un oracle, comme le chêne de Dodone, etc.

Ophiôn se retira avec Eurynomé, après sa chute, et resta couché au fond de l'Océan. Zeus, non pas l'olympien, mais le Tritôn (le Trita du Véda), l'ensevelit, dit-on, tout vivant, le coucha sous le mont Ophione[2], qui est évidemment le volcan de l'Asie centrale, où les mouvements du monstre doivent causer des agitations et troubler le repos du globe. Quand Sanchoniathon, qui est si plein du plus grossier et du plus plat évhémérisme, nous raconte qu'Ilos, c'est-à-dire El, Élohim, le dieu des Araméens (identifié, dans le Canaan, avec un Baal-Itan, un Chronos, un dieu des temps), qu'Ilos, dis-je, ensevelit son frère Atlas au sein d'une caverne profonde, et cela sur les conseils d'Hermès, que faut-il voir dans ce récit? N'est-ce pas là une altération du mythe qui place le dragon, soutien du globe (l'Atlas), la colonne du monde, au-dessous d'un mont central, du nombril de la terre, d'un mont qui s'élève au-dessus du foyer d'un volcan souterrain?

[1] Brandis, *Handbuch der Geschichte der griechisch-römischen Philosophie*, vol. I, p. 78-81.

[2] *Schol. ad Il.* VIII, 479.

69.

Damascius nous parle de cosmogonies orphiques, dont le fond remonte à une ère d'un vieux syncrétisme. C'est un amalgame systématique de la théogonie homérique, qui nous présente Okéanos et Thétys comme principes des choses; de la théogonie hésiodienne, qui nous les présente dans la personne de Gé, mère et femme d'Ouranos, avec les théogonies babyloniennes et phéniciennes. Il était question, dans celles-ci, d'un Baal-Itan, d'un vieux des jours, d'un foyer de l'abîme, placé entre deux appuis, ou deux colonnes; d'un support du globe (Atlas, Héraklès), placé entre les deux colonnes; d'un dragon de feu qui était l'autre figure de ce support d'un système des mondes. Le tout fut compris sous la figure d'un Chronos, maladroitement identifié au Kronos des Pélasges, comme, du temps des Romains, on le confondit avec le Saturnus des Latins; ils furent les dieux de l'âge d'or, de l'agriculture et des institutions agricoles. Les Orphiques (qui étaient de beaucoup antérieurs à Onomacrite, auteur d'une foule de livres apocryphes, compilés sur leurs données), constituaient une confrérie religieuse et politique dans les cités de l'Asie Mineure. Les Pisistratides cherchèrent à les établir en Attique, au profit d'une démocratie populaire, comme appui de leur tyrannie. Ils survécurent à la chute de leurs protecteurs, et finirent par exercer une influence prépondérante, en s'emparant de la direction des mystères d'Éleusis. Ne les confondons pas avec les Orphéotélestes, qui n'en ont été que l'écume.

70.

Le dieu des temps est avant tout le dieu des mathématiciens et des astronomes de la vieille Asie pontificale des Mages et des Brâhmanes, qui le reçoivent des Céphènes; c'est le Kâla de ceux-ci, le Zroûn ou Zerovanes des autres. Il est honoré par les Mandarins, les Chaldéens, les pontifes de la Phénicie. L'Atharvavéda[1] nous le montre comme un génie fatal, qui dirige le destin en communiquant le mouvement à la roue du sôleil. Les adorateurs du Mahâkâlah disent que cette roue s'enflammera un jour au point d'arrêter son cours; tout alors sera réduit en cendres, et il n'y aura plus qu'un vide infini et qu'un temps sans bornes. Cette théorie se trouve en germe chez les Gandharvas, comme il est dit dans l'Atharvavéda :

Kâle Gandharv-âpsarasah kâle lokâh pratichthitâh[2].

C'est dans la divinité du temps (Kâlah) que les Gandharvas et les Apsarasas; dans la divinité du temps que les (trois) mondes sont placés debout, chacun dans son ordre et en son rang.

Damascius extrait de deux auteurs anciens, de Hiéronymos et de Hellanikos, une cosmogonie orphique qui débute par les eaux originelles et la Hylé, ou par le fondement d'une matière dissoute dans les eaux. C'est de ce fond que naît le dragon aux trois têtes, que nous avons appris à connaître comme le Tri-shîrchah du Véda, objet de haine pour toute la race des Âryas. La cosmogonie orphique lui donne une tête de taureau, une tête de lion, et, au centre, une tête d'homme (de dieu); elle lui donne des ailes, car Chronos a les ailes mobiles du temps. Nous le retrouverons sous une nouvelle forme dans la peinture du Taautès phénicien.

Ce Chronos dragon des Orphiques est uni à la fatalité, à l'Ananché; celle-ci est l'Adrasteia, à laquelle rien n'échappe[3]. Il est Héraklès, c'est-à-dire colonne, soutien, porteur du système des mondes.

Une autre cosmogonie orphique, citée par le même Damascius, parle d'un dieu incorporel (*theos asômatos*), qui a des ailes d'or aux épaules. De son flanc (*lagôn*, du creux

[1] Ed. Roth, lib. IX, cap. LIII, p. 384; cap. LIV, p. 384-385.
[2] *Ibid.* cap. LIV, shl. 4, p. 385.
[3] Pott, *Etym.* Spahne, Kuhn, *Zeitschr.* V, p. 271-273.

vide) sortent des têtes de taureaux, très-certainement les nuées d'une fumée noire et mugissante. Au sommet de son front s'élève le Pelôr, dragon bruyant et gigantesque, identique au Vishvarûpah du Véda; c'est un dragon à trois têtes, comme lui, qui revet aussi toutes les formes; il a, comme lui, les formes du tout et de tous (*pantodapais morphais therôn indallomenon*); il est visible, manifesté, se révèle par les formes multiples et variées de tous les animaux. C'est un hiéroglyphe formé d'hiéroglyphes, dont la composition rappelle celle des figures qui sont sorties du ventre de l'Omoroka, et que Bérose nous assure avoir été représentées dans les temples de Babylone.

70

Proclus dit, dans son commentaire sur le Timée, que le theologos (l'Orphique) identifie ce dieu manifesté avec le Phanès, ou avec l'Érôs, qui sort ailleurs de l'œuf du monde, comme de l'œuf du dragon; c'est ce que j'aurai à développer dans mon second mémoire. Ce Phanès dragon a les trois têtes; l'une, celle du taureau qui mugit dans l'atmosphère; l'autre, celle du lion qui brûle dans le ciel; celle du milieu enfin qui sort de l'abîme, la tête du dragon.

Il y a d'autres combinaisons encore la tête du bélier qui y paraît rappelle le Mechah ou le bélier, et l'Adchah ou le bouc du Véda, la tête du milieu de la Chimaira, etc.

Ce monstre est hermaphrodite, et ne peut être dompté que par la séparation des sexes. Nous allons le voir maintenant, à l'exemple du Shechah de l'Inde, en sa qualité de support de tout un monde scientifique

Je m'inscris d'abord en faux contre une téméraire identification de Movers[1]. Le vieux Ophiôn, l'inventeur d'une écriture hiéroglyphique, ne saurait être rapproché, sur aucun point, du Phénicien Kadmos, de l'auteur de l'alphabet

[1] *Phonizier*, vol I, p 108, 517

phénico-sémitique, qui a passé aux Grecs. L'inscription des stèles est hiéroglyphique et nullement cadméenne.

Movers s'appuie sur des passages des Dionysiaques de Nonnus, dans lesquels il est question des sept tables de la destinée, composées par le vieux Ophiôn et écrites en caractères phéniciens. Il est évident que c'est là une rédaction tardive, d'origine purement chaldéenne, où la création du monde, la grande époque sabbathéenne des Hébreux est rapportée à un thème planétaire, purement astrologique. Mais assurément ce n'est pas là l'esprit originel, dans lequel les Céphènes avaient conçu l'ordre de la création sur la division d'une année cosmique en six époques, se terminant, à la fin de l'année créatrice, par l'accomplissement d'un holocauste. C'est le thème des Gandharvâh, qui a été adopté par les Âryas.

Il n'en est pas ainsi de tout thème purement planétaire, qui s'applique à fixer les époques de la durée du monde, en correspondance avec les époques de sa naissance; et qui fixe également les époques de la durée des grands empires de l'Orient. La forme sous laquelle Nonnus nous transmet le récit de ces tables de la destinée prouve donc ce qu'il vaut. Il a subi l'interprétation d'une école d'astronomes ou d'astrologues; les sept tables d'Ophiôn ne furent ni écrites en caractères phéniciens, ni comprises sous la forme d'un livre des destinées; Ophiôn grave sur des stèles une tout autre sagesse que celle qui est contenue dans un thème de Nativité.

Nonnus ajoute ensuite que Kronos (il veut dire Chronos, car il les identifie) acheva le système de ces tables; (Ophiôn n'avait fait que les ébaucher) et que Harmonia, la déesse qui maintient la régularité musicale entre toutes les parties du monde, déposa ces écrits dans ses chambres. Elle s'en servait pour expliquer aux dieux et aux favoris des dieux ce qui y était écrit, par rapport à leurs destinées particulières [1]

[1] *Loc. cit.* p. 108-109.

71.

Il y a un passage de Philon, cité par Porphyre, où il est établi que ce fut Taautos qui ordonna, le premier, le système de la sagesse phénicienne; que le dieu Sourmou-Bélos survint ensuite, et qu'il y apporta de nouveaux éclaircissements. Toute cette œuvre fut, finalement, consommée par la déesse Thourô, surnommée *Chousarthis*. Le nom grec d'Ophiôn est ici remplacé par le nom égyptien de Taautos; au lieu de Kronos nous avons Sourmou-Bélos, qui explique Chronos; enfin Harmonia est devenue une Thourô, ou une Chousarthis. Les deux derniers mots seuls sont authentiques; Taautos fut très-anciennement adopté par les Phéniciens [1], qui avaient, comme les Cares, un antique commerce et de vieux rapports avec le Delta et la cité de Memphis; le vrai nom du dieu-serpent, inventeur de l'hiéroglyphique Céphène, n'est donc pas Taautos; c'est un Ophiôn ou un Ophioneus, dont l'appellation réelle est à tout jamais perdue, si elle ne se retrouve pas sur des monuments indigènes, en supposant qu'ils sortent de leurs tombes comme ceux de Suse, de Babylone et de Ninive.

Les philologues sont unanimes pour rejeter l'explication de Movers, qui voudrait faire du Sourmou-Bélos le serpent de Bélos, dont l'existence est, du reste, des plus problématiques. Bunsen, qui réfute l'erreur de Movers, a une idée singulière, à ce que je crois du moins; Sourmou-Bélos serait, selon lui, le lutteur de Bélos, et il songe à Jacob, qui avait mérité le surnom d'*Israël* pour avoir lutté avec l'ange dans les ténèbres [2].

72.

M. Renan appuie, avec raison, sur la très-haute antiquité

[1] Sanchoniathon, éd. Orell, p. 42.

[2] *Egyptens Stelle*, etc. vol. V, p. 379, 380.

des rapports des cités du Canaan avec la vieille Égypte. Ce que Plutarque nous raconte à ce sujet témoigne de leur ancienneté[1]. Adonis est le nom sémitique du dieu de Byblos, dont le nom chamitique fut peut-être Thammuz (ce dieu que les femmes pleuraient sur les rives de l'Euphrate), ou probablement le Tamyras dont la tradition nous a conservé quelques traces. On le rapproche pour certaines parties de son culte de l'Osiris égyptien. Isis fut ainsi facilement assimilée à la déesse de Byblos, à cette prétendue Ouranie, qui pleurait la mort de son amant. Quoi de plus naturel alors que d'y mettre en tiers Thoth lui-même, le conseiller d'Isis, de la reine de l'Égypte, en l'absence d'Osiris?

Les Tyriens avaient dans la cité de Memphis un temple et un puissant établissement en l'honneur de leur Aphrodité[2]. Comme Thoth était à la tête de la tradition sacrée et scientifique de la vieille Égypte, et qu'un dieu-dragon (un Shecha) remplissait chez eux le même office, ils trouvèrent naturel de rapprocher et de fondre ensemble les deux dieux. Suivant M. de Rougé, l'alphabet phénicien se compose d'une première souche de lettres tirées des hiéroglyphes; ce fut l'œuvre des Phéniciens de Memphis, et cela devait contribuer puisamment à fondre ensemble l'Ophioneus (quel que soit son nom) et le Thoth; voilà comment Taautos obtint droit de cité dans la Phénicie.

Suivant un fragment de Sanchoniathon qui nous a été conservé par Eusèbe, Taautos observa de près la nature du dragon et étudia le génie de la race des serpents. Il y observa quelque chose d'une nature divine; et les peuples de l'Égypte et de la Phénicie pensèrent, à cet égard, comme lui. Déjà la Genèse avait fait du serpent le plus rusé des animaux[3]. Les Hébreux distinguèrent en Égypte le Seraph, ou serpent

[1] *De Iside*, cap. XV, XVI.

[2] Herodot., II, cap. CXII.

[3] III, 1.

de vie, du Nachash, ou serpent de mort[1]. Sans revenir sur tout ce que j'ai dit sur le rôle des serpents dans la vieille Chine, la vieille Inde, la vieille Médie, je rappellerai l'Ouraios, dressé debout sur sa queue, comme emblème des grands dieux de l'Égypte et symbole de la domination des Pharaons. Tout cela nous explique comment le Taautos de Sanchoniathon a pu considérer le serpent comme le plus divinement inspiré de tous les animaux, comme un *pneumatikôtaton Zôon* de nature ignée, *pyrôdes;* ce qui rappelle le dragon volcanique. La vivacité de ses mouvements est telle qu'on dirait qu'il ne se remue que par l'esprit; il est, comme le dragon Vishvarûpa, un emblème de toutes les métamorphoses. Constamment il renouvelle sa peau et affecte toutes les formes. Il décrit des lignes mathématiques dans son mouvement en ligne droite, en ligne horizontale, quand il se dresse, en courbe, en rond, en spirale; il est ainsi un symbole vivant du mouvement des cycles et de la figure des temps.

74.

Taautos fut, suivant Sanchoniathon, l'auteur de la cosmogonie phénicienne, de même qu'Ôannès fut, suivant Bérose, l'auteur de la cosmogonie babylonienne. Les autres Ôannès commentèrent les écrits du premier de ce nom, mais il n'y eut qu'un seul Taautos (quoique trois fois grand); il se commenta lui-même. Le *corpus* de ses écrits comprend ainsi, tout à la fois, texte et commentaires. Tel fut le *Hypomnema*, le livre de mémoire, la glose de son propre ouvrage, qui lui est attribuée. Il relève, comme tous ces confrères en science antique, de ce monde des abîmes où il a lu le fondement de toute chose, avant d'étudier ce monde des cieux, qui est la consommation ou la fin de toute chose. Ce ne fut donc pas d'une révélation divine que Taautos tira sa science et son enseignement, mais bien de sa *dianoia*, ou de sa réflexion propre.

[1] *Exod.* VII, 9-11; *Nombres*, XXI, 6-9.

J'avoue que je me défie des expressions de Sanchoniathon dans ce passage. Les pontifes de l'antiquité se disaient les confidents des dieux, ce qui ne les empêchait pas d'être de très-fins observateurs ; mais étaient-ils, pour cela, des rationalistes, comme le langage de Sanchoniathon le donnerait à entendre ? Cela sent son évhémérisme et ne respire pas le génie de l'antiquité.

75.

Taautos fut un Mîmétès ; il copia, trait pour trait, les êtres de la nature, de sorte que la primitive hiéroglyphique fut un tableau des objets de la nature. Il fit le portrait de Hypsistos, du dieu très-haut, qui fut divinisé sous les traits d'Ouranos son fils ; il fit également le portrait de Dagôn, qui est le Matsyah, l'Oannès, le dieu-poisson. Il composa les caractères sacrés des Stoicheia, ou des éléments des êtres vivants et des choses inanimées Voici comment il représenta Kronos, le vieux des jours et le roi des temps, dont nous rappellerons en particulier le type mythologique. Il lui donna deux yeux devant et deux yeux derrière ; deux yeux ouverts et éveillés, deux yeux clos et endormis. Il lui donna encore deux ailes qui, dans leur vol, s'élançaient en avant, et deux ailes qui, pour le repos, se repliaient en arrière de ses deux épaules ; telle était la figure de Kronos, qui était éveillé quand il dormait, car il veillait au-dedans de toute âme endormie et de tout corps livré au repos ; de Kronos, qui dormait quand il était éveillé ; car il laissait constamment agir les pensées, les sentiments, les œuvres des hommes et des créatures, ne se mêlant à aucun de leurs bruits, car il dormait alors, quoique en apparence seulement. Ses ailes qui volaient tandis que tout reposait et qu'il semblait reposer lui-même, et ses ailes qui reposaient tandis que tout volait et qu'il semblait voler lui-même, offraient la même explication. Les autres dieux ne volaient que de deux ailes, car ils étaient ses messagers, et ne volaient que par ses ordres. Les deux ailes de sa tête représentaient, l'une, son activité dans le monde de la pensée, dont le siége est l'âme ; l'autre, son activité dans le monde de la sensation, dont le siége est dans les organes du corps.

76.

On connaît les malédictions de Jéhovah contre ceux qui font une image de lui. Quoiqu'il n'y ait aucun doute sur la fusion d'Élohim et de Balitan, du dieu de Sem et du vieux des jours, qui est le dieu des astronomes de la race de Cham, c'est celui-ci qui domine dans cette fusion. Le même ordre d'idées que représente son image éclate dans les Brâhmaṇas et les Upanichats du Véda, mais jamais dans les hymnes ni dans les Mantras, où le dieu des temps ne figure pas, où il ne domine pas la création, qui sort de lui et qui rentre en lui pour se renouveler, par voie d'*émanation*, voie ignorée des Mantras, qui ne connaissent que la *création*.

Le Brahma des Upanichats est, au fond, un Mahakâlah, un Chronos moins abstrait que le Zerovanès ou le Zrûn des Mages, que le Balitan des Chaldéens. Quand il dort, le monde dort ; quand il s'éveille, le monde s'éveille ; c'est la nuit et le jour du dieu, c'est la nuit et le jour de deux époques du monde. Il faut distinguer dans son sommeil deux époques : le *shupti*, pendant lequel il rêve, pendant lequel le monde existe en idée, en rêve ; et le *sushupti*, pendant lequel il dort complétement sans rêve, pendant lequel le monde se dissout dans la grande mer éthérée, au milieu de laquelle sommeille le dieu. Le *dchâgrat-sthânam*, l'état de veille, est la revivification de toute chose, par cette âme du monde, qui y respire à pleins poumons, comme un cétacé entre les mers du couchant et de l'orient, entre le réveil du jour et le sommeil de la nuit.

Mais il y a un quatrième état, un *turîyam*. Ici le dieu, le solitaire du cœur et de l'esprit, veille nuit et jour dans la conscience de l'homme ; il veille quand il dort, il dort quand il veille, témoin invisible des pensées et des sentiments de l'homme. Ce quatrième état est celui du dieu en soi, l'état dans lequel il survit à la destruction des mondes.

La physiologie et la psychologie brâhmaniques, la théorie des éléments de la matière dans leur rapport avec l'organisme, tout cela est le legs de l'époque d'un sacerdoce brun de Bâbhravas et de Kâpyas; mais tout cela a reçu une très-profonde modification du génie spéculatif inhérent à l'idiome des Âryas.

77.

M. Renan pense à une vision du trône de l'Éternel, du vieux des jours, entouré de séraphins et de chérubins ailés[1], telle qu'on en lit la description chez les prophètes. Cette vision offre encore un rapprochement entre les conceptions du vieux des jours, tel que les prophètes le concevaient comme créateur, comme Jéhovah, et le vieux des jours, le Bal-Itan des mathématiciens, des astronomes, des astrologues de la vieille Chaldée et de la vieille Phénicie. Ces derniers soumettaient tout à une Adrasteia et à une Ananké, qui n'était autre que le dieu du septième ciel, le dieu du ciel des cieux, le dieu qui résidait en soi, dans un château fort, par delà les cieux visibles. Il avait pour agent et représentant la planète de Saturne, mais on aurait tort de les confondre, car le Bal-Itan n'est pas le génie de l'astre. C'est dans ce septième ciel qu'il célèbre un holocauste éternel, correspondant au Yadchnam sanâtanam des astronomes et des astrologues d'une école brâhmanique qui distingue entre le Sanâtanam ou l'éternel et le Dîrgham yadchnam, le long holocauste des Brâhmanes, car celui-ci n'en est que la figure.

Tout en croyant, avec M. Renan, que la figure de Kronos et des dieux ailés, ses messagers, rappelle celle du trône du vieux des jours, dans le sanctuaire de la nuée et dans le sanctuaire de l'autel, je ne saurais admettre, comme lui, que tout ceci se rapporte à la présence d'une miniature chrétienne d'Orient, pillée par les fabricateurs d'apocryphes, aux-

[1] *Loc. cit.* p. 33.

quels nous devrions, dans ce cas, la collection des fragments de Sanchoniathon. Comment les chrétiens d'Orient, même étrangers aux juifs, qu'ils eussent scandalisés par la représentation de semblables sujets, auraient-ils pu avoir l'idée d'emprunter aux prophètes les sujets de ces visions? Il est vrai que l'Apocalypse aurait pu les y conduire; j'ignore du reste s'il existe bien réellement des représentations semblables; mais si elles existaient, encore est-il que je ne puis admettre que ce pût être là le véritable original du portrait des dieux dessiné par le Taautos de Sanchoniathon.

78.

En traitant de l'ogdoade de dieux, qui paraissent, chez Sanchoniathon, sous la figure des sept fils de Sydyk, dont Asklépios (Eshmun) est le huitième, j'aurai à m'occuper de la cosmogonie que Sanchoniathon attribue à son Taautos. C'est Taautos qui inspire les Cabires ou les fils de Sydyk, l'originelle ogdoade qui est renfermée dans l'œuf du monde.

Or comme c'est Taautos qui leur communique son génie, et que ce Taautos tire toute sa sagesse de l'étude des Ophionides, l'œuf en question ne saurait être l'œuf des Syriens, l'œuf de l'oiseau. C'est celui du serpent qui se trouve dans la bouche de Kneph, et qui renferme l'ogdoade des dieux de la primitive Égypte, identique à l'ogdoade des Vasus. Thoth était le fils originel, le représentant, l'organe de Kneph, du dieu-serpent par excellence, de l'Égypte primitive. Or c'est ici un point commun à une partie de la race chamite; mais il n'en résulte, en aucune façon, que ce soit un emprunt, de quelque part qu'il puisse venir.

NOUVELLES ET MÉLANGES.

SOCIÉTÉ ASIATIQUE.

PROCÈS-VERBAL DE LA SÉANCE DU 9 MARS 1860.

Le procès-verbal de la dernière séance est lu, la rédaction en est adoptée.

Sont proposés et nommés membres de la Société :

MM. Thomas Wade, interprète de l'ambassade anglaise à Shanghaï (Chine);
De Bellecombe, homme de lettres, à Boulogne-sur-Seine.

Il est donné lecture d'une lettre de remercîments de M. Agop, pour sa nomination comme membre de la Société.

M. le président rend compte de l'accomplissement des formalités relatives au legs fait par M. Grangeret de Lagrange; cette affaire est terminée.

M. de Slane donne à la Société des détails sur sa traduction des Prolégomènes d'Ibn Khaldoun, qu'il espère bientôt mettre sous presse.

M. Reinaud entretient la Société d'un travail sur Mohammed, qu'il vient de terminer, et qui doit paraître dans la Biographie universelle. Il explique en détail les résultats auxquels il est arrivé sur l'année ancienne des Arabes.

OUVRAGES OFFERTS À LA SOCIÉTÉ.

Par l'auteur. *Les écritures cunéiformes*, exposé des travaux qui ont préparé la lecture et l'interprétation des inscriptions de la Perse et de l'Assyrie, par M. J. Menant. Paris, 1860, in-8° (216 pages).

Par l'auteur. *Lexicon geographicum* cui titulus est *Merasid al itthila.* Nonum fasciculum, continentem introductionem et adnotationem ad duos priores fasciculos, scripsit Juynboll. Leyde, 1859 (CVIII et 588 pages).

Par l'auteur. *La Silhouette du jour,* abus, vices et travers, par Divitya Durmanas, Vasiỳa de Bénarès. Nouvelle édition, vol. II. Lyon, 1860, in-16.

Par la Société. *Proceedings of the Royal Geographical Society*, vol. III, cahier VI. Londres, 1859, in-8°.

PROCÈS-VERBAL DE LA SÉANCE DU 13 AVRIL 1860.

Le procès-verbal de la dernière séance est lu; la rédaction en est adoptée.

Il est donné lecture d'une lettre de M. Rondot, annonçant l'envoi d'un rapport fait à la chambre de Lyon sur le commerce avec la Chine.

On lit une lettre de M. Behrnauer, à Vienne; il annonce la prochaine terminaison du premier volume de son édition du *Kitab al-Raudataïn,* qui s'imprime à Beyrouth. Il nous écrit que le prix du volume sera de 60-70 piastres; que le volume aura au moins sept cents pages, et qu'on le trouvera à Paris, chez M. Challamel, libraire. Il désire que la Société prenne un certain nombre de souscriptions à cet ouvrage.

Un membre rappelle que la Société, par une décision qui date déjà de dix ans, a renoncé au système des souscriptions à des ouvrages dont elle ne faisait pas les frais en entier et qu'elle ne publiait pas en son propre nom. Il ne reste donc à la Société qu'à prêter sa publicité à l'entreprise très-intéressante de M. Behrnauer.

Est nommé membre de la Société M. Maurice Dalsème.

M. Mohl, au nom de la Commission des fonds, donne lecture des comptes de la Société pour 1859, et les évaluations pour 1860. Renvoi à la Commission des Censeurs.

Le secrétaire expose son désir qu'il soit nommé un second secrétaire adjoint; il croit que cette augmentation du bureau serait dans l'intérêt de la Société. Il prie le Conseil de nommer provisoirement M. Renan. Cette demande est accueillie par le Conseil, et M. Renan est nommé provisoirement un des secrétaires adjoints de la Société.

M. de Rosny donne lecture d'une notice sur l'ouvrage de M. de Siebold intitulé *Le Nippon.*

OUVRAGES OFFERTS À LA SOCIÉTÉ.

Par l'auteur. *Les Aventures de Kamrup*, texte hindoustani, romanisé d'après l'édition de M. Garcin de Tassy, par M. l'abbé Bertrand. Paris, 1859, in-8°.

Par l'auteur. *Orgue et Pioutim*, par M. Gerson-Lévy, nouvelle édition. Paris, 1859, in-8°.

Par l'auteur. *Description of an Arabic Quadrant*, by W. Morley. London, 1860, in-8°.

Par l'auteur. *Histoire universelle*, 1re partie. Chronologie universelle, vol. I-IV, par M. André de Bellecombe. Paris, 1852-1855, in-8°.

— *Histoire universelle*, 2e partie. Histoire générale, par M. André de Bellecombe, vol. I-V. Paris, 1855-1859, in-8°.

Par l'auteur. *Moyen de rechercher la signification primitive des racines arabes*, par M. l'abbé Leguest. Paris, 1860, in-8°.

Par la Société. *Bibliotheca indica*, numéros 149-155. Calcutta, 1859, in-8°.

Par la Société. *Journal of the Asiatic Society of Bengal.* N° IV. Calcutta, 1859, in-8°.

Par l'auteur. *Précis de Jurisprudence musulmane,* selon le rite chafe'ite, par Abou Chodja. Texte et traduction par M. Keijzer. Leyde, 1859, in-8°.

Par l'auteur. *Commerce de la France avec la Chine.* Délibération sur le rapport, par M. Rondot.

Par l'auteur. *Vendidad Sadé,* traduit en langue huzwaresch ou pehlewie; texte autographié par M. Thonnelier. Livraison VI, in-folio, 1860.

LETTRE A M. J. DERENBOURG,

SUR LES POÉSIES ARABES DE L'AFRIQUE.

Constantine, 4 décembre 1859.

Mon cher ami,

.... Au temps heureux où nous lisions ensemble des manuscrits arabes, nous cherchions de la poésie, et, s'il vous en souvient, nous ne trouvions bien souvent que des vers, c'est-à-dire l'éculubration froide et systématique de ces versificateurs de l'Orient qui possèdent une rare habileté à *ouvrager* des assonances, des antithèses et des effets de mots. Que de strophes il nous fallait parcourir avant de saisir une image gracieuse, une idée brillante, une nuance de sentiment! Combien nous étions loin des chefs-d'œuvre de l'imagination des Grecs et des Latins! Depuis mon séjour en Afrique, j'ai voulu me dédommager un peu du temps sacrifié aux richesses poétiques de l'Asie, pour me servir de l'expression reçue; j'espérais me dérober à ces lieux communs du génie arabe et à ces sempiternelles comparaisons tirées de la lune, du rossignol et de la rose. J'ai donc étudié, la plume à la main, et comme animé d'une curiosité insatiable, les productions d'un autre climat; j'espérais vivre dans une autre atmosphère et puiser à des sources nouvelles. Mais en passant chez ces Berbers, si profondément *musulmanisés* qu'ils dépassent en fanatisme les desservants de la caaba, je rencontrais le même génie, la même forme de langage, parce que j'étais en présence de la même religion. Telle est, en effet, l'influence de l'islam, qu'il a réussi à niveler les races les plus différentes, et à leur imprimer, en quelque sorte, un type uniforme.

L'esprit est stationnaire chez un peuple qui a pour devise مجانبة البدع « Gardez-vous des innovations! »

Afin d'éprouver si mon jugement n'est pas trop hasardé, dans l'espèce, je tiens à vous soumettre plusieurs strophes appartenant à un ordre d'idées différent. Elles sont extraites, les unes, d'un livre de soufisme, تصوف, les autres, d'un album, سفينة, destiné aux gens du monde. Je vous recommande la dernière. Voici le texte arabe, contre lequel j'ai fièrement espadonné, avec la crainte de rester à court de français. *Lege et ex tuo sensu judica.*

N° 1. VERS SUR LES ILLUMINÉS. (Mètre *wafir*.)

قلوبُ العارفين لها عيون   ترى ما لا يراه الناظرون
والسنة بسرٍّ قد تُناجي   بغيبٍ عن كرام كاتبين
واجنحة تطير بغير ريش   فتاوى عند ربّ العالمين
فترتع فى رياض القدس طورًا   وتشرب من بحار العارفين
عباد قد سروا بالسرّ حتّى   دنوا منه وصاروا واصلين

Traduction. — Les cœurs des contemplatifs voient ce qui échappe aux yeux du vulgaire.

Leurs langues murmurent un mystère inconnu des savants.

Ils ont des ailes qui volent sans être munies de plumes, et se réfugient dans le sein du maître des mondes.

Là ils prennent leurs ébats dans les parterres de la sainteté et s'abreuvent aux océans des contemplatifs.

Simples mortels, ils quittent secrètement la terre pour s'approcher de Dieu et s'unir à lui.

Ces vers ont pour auteur un des nombreux marabouts de l'Afrique septentrionale, nommé *Sidi-'l-Mâthi* et surnommé *Es-Sâlah*. Je les ai tirés de son livre intitulé : ذخيرة المحتاج فى الصلاة على صاحب اللواء والتاج. Que Dieu vous en épargne la lecture!

N° 2. PAROLES D'UN ASCÈTE. (Mètre *kamil.*)

انى بُليتُ بِاربع يـرميـنـنى ‏ ‏ بالنبل عن قوسٍ لها توتـيـر

ابليسُ والدنيا ونفسى والـورَى ‏ ‏ يا ربّ انت على الخلاص قدير

Traduction. — Je suis menacé par quatre ennemis qui me décochent des flèches d'un arc toujours tendu :

Satan, les vanités du monde, moi et les hommes. Seigneur, vous seul avez la force de me sauver.

Le cheikh Ahmed ez-Zerrouk, en citant ce distique dans son commentaire des *Ahkâm* d'Ibn-Atha-Allah, néglige de nommer l'auteur; mais il rapporte avec un soin tout particulier les apophthegmes des patriarches du soufisme sur les dangers du monde. D'après Sidi Bou-Medin [1] :

الدنيا جرادة وراسها فاذا انقطع راس الجرادة حلّت.

Et d'après Sidi Abd-el-Kader el-Djilâni, patron de Bagdad :

وسئل الشيخ ابو محمد القادر الجيلانى رضى الله عنه عن الدنـيـا فقال اخرجها من قلبك واجعلها فى يدك فانها لا تضرّك.

[1] Voir la biographie de ce marabout, par M. Brosselard, dans la *Revue Africaine*, livraisons d'août et d'octobre 1859.

N° 3. SUR L'AMOUR DE DIEU, PAR IBRAHIM ET-TÂZI. (Mètre *wafir.*)

جمال الله اكمل كلّ حسن   فلله الكمال ولا معار
وحبّ الله اشرف كلّ انس   فلا تنس التخلق بالوقار
وذكر الله مَرْهَم كلّ جرح   وانفع من زلال للاوار
ولا موجودَ الّا الله حقًّا   ودع عنك التعلّق بالفشار

Traduction. — La beauté de Dieu est la plus parfaite de toutes les beautés; car c'est à Dieu qu'appartient la perfection, sans contredit.

L'amour de Dieu est le sentiment le plus noble. Habitue donc ton âme à honorer le Seigneur.

La récitation des louanges de Dieu guérit toute blessure; elle est plus salutaire que l'eau fraîche pour un homme brûlé par la soif.

Il n'y a que Dieu qui existe en réalité. Jette donc loin de toi le goût des vanités[1] !

Dans le livre qui me fournit ces exemples, se trouve une stance de Sidi Mohammed el-Becri, où le poëte ne paraît rien moins que disposé à approuver les simagrées et les folies introduites par une dévotion mal entendue dans les conférences religieuses. Bien qu'El-Becri soit étranger à mon sujet par sa nationalité, je cède au plaisir de vous communiquer cette boutade satyrique (mètre *basit*) :

ليس التصوّف لبس الثوب نُرقعه
ولا بكاؤك ان غنّا المغنّونا
ولا صياح ولا رقص ولا طرب
ولا تغاش كأن قد صِرتَ مجنونا
بل التصوّف أن تصفوا بلا كدر
وتتبع الحقّ والقران والدينا

[1] Vers cités par Ez-Zerrouk dans son Commentaire des Hikam.

وأن ترا خاشعًا لله مكتئبا
على ذنوبك طول الدهر محزونا

Traduction. — Le véritable soufi n'est pas celui qui endosse un habit rapiécé, et qui pleure de tendresse en écoutant des cantiques;

Ni celui qui crie, qui danse, qui se démène et se pâme comme un insensé.

Pour être soufi, il faut un cœur exempt d'impuretés; il faut cultiver la vérité, le Koran et la religion;

Il faut encore s'humilier devant Dieu, et faire acte de contrition jusqu'au terme de la vie.

N° 4. ADIEUX À LA VIE, PAR IBN-ARAFA. (Mètre *motakarib.*)

بلغتُ الثمانين بل جزتُها فهانَ على النفس صعب الحمام
واحاد عصرى مضوا جملة وعادوا خيالا كطيف المنام
وارجو به نيل صدر الحديث بحبّ اللقاء وكره المقام
وكانت حياتى بلطف جميل لِسبق دعاء ابى فى المقام

Traduction. — J'ai bel et bien dépassé l'âge de quatre-vingts ans, et les angoisses du trépas ne me font point horreur.

Les hommes de mon temps ont quitté cette terre; ils ont disparu comme les ombres d'un rêve!

En mourant, j'ai l'espoir d'obtenir le bonheur promis par le hadis [1], tant je hais ce bas monde, tant je désire voir le Seigneur.

Si j'ai goûté une félicité parfaite; c'est que mon père avait imploré Dieu dans le sanctuaire de la caaba.

Mohammed-ibn-Arafa el-Ouzr'i, qui est l'auteur de ces vers, naquit en 716 (de J. C. 1316). Soyoutbi, Ibn-Ferhoun et Ahmed Baba font de lui un éloge pompeux [2]. Il mourut

[1] Allusion au hadis où il est dit : مَن احبّ لقاء الله احبّ الله لقاءه
ومن كره لقاء الله كره الله لقاءه

[2] On l'a surnommé *Imâm ed-dounia* «le plus grand imâm du monde.»

dans la ville de Tunis, qu'il avait édifiée durant sa longue carrière par ses vertus, sa piété et sa science. Je lis dans le *Tekmilet ed-dibadj;* d'où est tirée la strophe ci-dessus, que son élève El-Oubbi, الابّى, composa un *takhmiss* de chacun de ces vers, en le faisant précéder de trois hémistiches. Mieux vaudrait dire qu'il les mit en couplets[1].

Voyons l'effet que produira cette combinaison, qui pourrait bien ne plaire qu'aux érudits de profession, et quel agrément résultera de la superfetation de nouvelles idées sur des idées qui offraient un sens par elles-mêmes.

N° 5. TAKHMISS D'EL-OUBBI.

علمت العلوم وعلّمتها
ونلت الرياسة بل حزتها
فهاك سنى عدتها
بلعت المانس بل حزتها
فهان على النفس صعب الحمام

۞

فلم يبق لى فى الورى رغبة
ولا فى العلى والتقى بعبة
وكيف ارجيهما لحظة
واحاد عصرى مضوا حملة
وعادوا خيالا كطيف المنام

۞

ونادى الردى فى وما لى مغيث
وحقّ المطيّة كلّ تحثيث

[1] On voit que c'est une *glose*, jeu poétique, auquel se livrent volontiers aussi bien les poetes chrétiens que les poetes arabes de l'Espagne — I D

وانى لـراج وحبّى اثيـت
وارجو به نيل صدر الحديث
بحبّ اللقاء وكره المقام

فيا ربّ حقّق رجاء الذليل
ليحظى بدارك عمّا قليل
فيمسى رجاءى بموت كفيل
وكانت حياتى بلطف جميل
ليسبق دعاء ابى فى المقام

Traduction. — J'ai appris les sciences et je les ai enseignées. — J'ai acquis le premier rang, comme par droit de conquête. — Voyez! je compte les années de ma vie. — J'ai bel et bien dépassé l'âge de quatre-vingts ans, — et les angoisses du trépas ne me font point horreur.

Il ne me reste plus d'ambition; — je ne desire ni la supériorité du rang, ni celle de l'intelligence. — Comment formerais-je de pareils vœux? — Les hommes de mon temps ont quitté cette terre; — ils ont disparu comme les ombres d'un rêve!

La mort m'appelle, et personne pour me secourir! — Elle lance ma monture à toute vitesse.... — J'espère, et mon amour est immense. — En mourant, j'ai l'espoir d'obtenir le bonheur promis par le hadis, — autant je hais ce bas monde, autant j'aspire à voir le Seigneur.

Ô mon Dieu! exauce les vœux de ton indigne serviteur, — afin qu'il entre bientôt dans ton paradis. — Que ma fin réponde à mes souhaits! — Si j'ai goûté une félicité parfaite ici-bas, — c'est que mon père avait imploré Dieu dans le sanctuaire de la caaba.

Poésie mystique, poésie didactique, c'est là le trait dominant de la littérature africaine pendant le moyen âge. L'esprit de religiosité qui régnait dans les écoles avait créé parmi les gens de lettres une tendance dont les morceaux que je vous adresse marquent mieux le caractère que toutes les réflexions possibles. Aspiration vers le Créateur, amour de la retraite, renoncement au monde, pratique de l'oraison continue, résignation parfaite aux décrets de la Providence, tel semblait être le but unique de toutes les âmes, dans ce continent berbère qui devenait l'émule de l'Arabie, et l'on comprend alors le peu de succès qu'y obtint la philosophie.

Dans le genre léger, je puis l'affirmer sans crainte d'être contredit, les compositions sont plus rares. Quelques-unes se rattachent, comme par un lien imperceptible, au genre précédent. En voici un exemple que je prends dans l'*Itinéraire magrebin* d'El Abdéri [1].

N° 6. TUNIS PERSONNIFIÉE, PAR EL-ABDÉRI. (Mètre *tawil.*)

انا العادة الحسنا فاق جمالها
فآلت يمينا لا خطبت على زوج
اذا العاىياب آرندن وصل بعولة
فما بى ولا فخر الى الزوج من حوج
اغادى اذا ما شئت صبا بقفره
واطرق نون اليم فى ظلم الموج
وفى لمكدود الحج استراحة
فهم يردونى الدهر فوجا على فوج
وانى الى البيت العتيق كسلم
به يرتقى من فى الحضيض الى الاوج

[1] Voir *Journ. asiat.* août-septembre 1854, p. 165.

Traduction. — Je suis la belle, la superbe, qui a fait serment de ne point se marier.

Libre aux autres femmes de souhaiter l'hyménée; pour moi, je le dédaigne.

Quand il me plaît, je vois la gazelle bondir à travers le désert, ou je contemple les poissons dans le sombre azur des flots.

C'est dans l'enceinte de mes remparts que viennent incessamment se reposer les convois de pèlerins.

Je suis l'échelle du temple antique, l'échelle par où l'on s'élève jusqu'à la voûte des cieux.

A côté de ces grandes métaphores qui se ressentent de l'exagération barbaresque, disons plutôt *berbère*, vient se placer une chanson d'amour, pleine de grâce et de sentiment. Je l'ai lue dans tous ces albums que les copistes de profession calligraphient pour les gens de loisir. Partout beaucoup de fautes, quelques variantes; mais de nom d'auteur, point. C'est ce qui m'autorise à la considérer comme une production du pays.

N° 7 DESESPOIR D'UN AMANT

لو كان لى قلبان عشت بواحد
وتركت الاخر فى هواكم يعذب
ولكن ولاكن لى قلب تملكه الهوا
فلا العيش لى يهنى ولا الموت اقرب
وصرت كالعصفور فى يد مرضع
يذوق مرار الموت والطفل يلعب
فلا الطفل ذو عقل يحن لحاله
ولا الطير ذو جناح يطير ويهرب
انا معشر العشاق من صبابه
كما مات بالهجران قيس المعذب

Traduction. — Si Dieu m'avait donné deux cœurs, j'en garderais un pour vivre, et je laisserais l'autre souffrir en vous aimant.

Mais je n'ai qu'un seul cœur, qui est tout entier au pouvoir de l'amour. La vie est pour moi sans douceur et la mort ne vient pas.

Je suis comme l'oiseau qu'un enfant au berceau tient dans sa main. Le pauvret goûte l'amertume de la mort pendant que le nourrisson joue.

La raison manque à l'enfant pour avoir pitié du captif; les ailes manquent à l'oiseau pour s'envoler et fuir.

Ô couples amoureux, je meurs victime de ma passion, comme l'infortuné Kaïss!

Comme ce n'est pas ici le lieu de vous marquer toutes les variantes qu'admet le caprice ou l'ignorance des thaleb de Constantine, je n'appellerai votre attention que sur un hémistiche, le second hémistiche du quatrième vers, qui est remplacé dans plusieurs manuscrits par le texte suivant:

والطير له جناحين يفرّ ويهرب

Mais l'oiseau, lui, a deux ailes, il peut fuir et s'échapper.

Des deux côtés il y a un contraste qui cadre bien avec la douleur de l'amant, ici un parallélisme, là une antithèse Libre à vous de balancer entre ces deux artifices poétiques. Pour ma part, mon choix est tout fait Je préfère le second trait, parce qu'il est plus délicat, quoique dirigé dans un sens contraire. Il me semble que le désespoir puise une nouvelle force dans cette opposition entre le cœur de l'homme condamné à un supplice perpétuel, et l'oiseau, dont la délivrance est possible Malheureusement, le mètre de ces vers est si peu correct, qu'il est impossible d'en tirer un argument en faveur de l'une ou de l'autre leçon.

Je suis de l'avis de mon spirituel ami Gustave Dugat, comme lui, je me plais infiniment à la lecture des *meval* ou *maoual*, « de ces petites pièces de poésie, qui, renfermées dans les bornes d'une seule strophe, n'en offrent pas moins un sens complet, d'autant plus facile à saisir que les sujets qui y sont représentés sont pris dans ce livre ouvert à tous, comme de tous, le livre du cœur humain. »

Voici pour la fin, un tableau de la pauvreté qui n'est pas indigne de la plume de Labruyère. Convenez, mon cher ami, que, si les poëtes de l'Afrique ont une imagination moins féconde et moins ardente que les bardes de l'antique Arabie, ils possèdent à un haut degré le talent de l'observation.

N° 8 LE PAUVRE

وفر الفتى بذهب انواره
كاصفرار الشمس عند المغيب
إن غاب لا تذكر بس الورى
وإن اتى فما له من نصيب
يمر فى الاسواق مستحيا
وفى الفلا يبكى بدمع صبيب
والله ما الإنسان فى اهله
اذا ابتلى بالفقر الا غريب

Traduction. — La pauvreté décolore[1] le visage de l'homme, et le fait ressembler au crépuscule du soir.

Absent, on ne prononce pas même son nom, et lorsqu'il paraît dans une réunion, personne n'a d'égards pour lui.

En passant dans les rues, il voudrait se cacher[2], et quand il se trouve dans la campagne, il verse des pleurs amers.

Oui vraiment, l'homme pauvre, au milieu des siens, est pis qu'un étranger.

De ces compositions littéraires à ce que j'appellerai l'improvisation familière, il y a toute la distance de la grammaire

[1] Littéralement : fait disparaître ses fleurs, les fleurs de son teint. Labruyère a dit du pauvre : « Phédon a les yeux creux, le teint échauffé, le corps sec et le visage maigre. » (*Caractères*, chap. v, p. 229.)

[2] On lit dans Labruyère (*loc. laud.*) : « Il n'y a point de rues, ni de galeries si embarrassées et si remplies de monde, où il ne trouve moyen de passer sans effort, et de se couler sans être aperçu. »

au langage. Les chansons, les couplets satiriques, les élégies et les chants de guerre, créés par les trouvères de l'Algérie, ont plus de couleur, plus d'animation que les œuvres classiques; on y sent du mouvement et de la vie. Mais je crois que ces effets sont obtenus au mépris des règles et par l'introduction de certains néologismes nés, si l'on peut parler ainsi, de l'harmonie imitative. Je ne saurais mieux vous faire comprendre ce phénomène qu'en vous citant le couplet suivant, que j'ai écrit sous la dictée d'un chanteur en renom :

دقّيت على الباب رنّ الحلق يبكى
وناديت يا دار وين راحت حبا يبكى
ردّ علىّ طير من قلب السمآء يبكى
قال لى حبايبك سافروا يا طول ما تبكى

Traduction. — J'ai frappé à la porte, mais le marteau[1] a rendu un son plaintif.
Je me suis écrié. «Ô maison, où sont tes chers habitants?»
Un oiseau m'a répondu du haut des cieux :
«Ils sont partis!..... Tes pleurs couleront longtemps!.....»

The Habeeb os-Seear by Mirza Ghiias-od-Deen, being a general History of the world from the earliest times to the year of the hejira 930[2] *A. D. 1520. Published under the patronage of the Right Hon. Lord John Elphinstone, governor of Bombay,* by AGA MAHOMED HOSINE KASCHANEY. Bombay, 1857 (2 vol. in-4°).

Ce livre, lithographié et publié aux frais de Mirza Ali Mohammed Khan, est une des plus célèbres histoires universelles écrites en persan. L'auteur, Mirza Ghaiats ed-din, connu sous le nom de *Khondémir,* est fils de Hamam ed-din, généralement connu sous le nom de *Mirchond*, historien

[1] Les portes arabes ont un anneau au lieu d'un marteau.
[2] D'après la préface, il faut lire 927 de l'hégire.

d'une égale célébrité, qui mourut l'an 903 de l'hégire (1498 de J. C.), après avoir composé l'œuvre historique appelée *Raudhat es-Safa*, c'est-à-dire « le Jardin de la pureté ». On doit des extraits de cette œuvre à MM. de Sacy, Wilken, Vullers, Defrémery, Morley et Shea. L'ouvrage dont nous nous occuperons à présent, intitulé *Habib es-Siari fi Achbâri Afradi-l-Bashari*, c'est-à-dire « l'ami des biographies, traitant des vies des hommes célèbres », est un extrait du livre ci-dessus mentionné, *Raudhat es-Safa*. Après avoir publié une quantité d'écrits historiques, parmi lesquels l'œuvre intitulée *Khilaset el-Akhbar*, c'est à-dire « l'Histoire abrégée du genre humain », et *Destour el-Wouzera*[1], c'est-à-dire « la règle des vézirs », Khondémir, fils de Mirchond, entreprit une nouvelle rédaction de l'ouvrage de son père, et l'augmenta jusqu'à l'an 927 de l'hégire (1520 de J. C). Ce livre, dédié à Habib-Allah, prince qui séjournait à la cour du sultan persan Ismail b. Haider Safawi [mort en 1523], a, d'après la coutume générale de l'Orient, reçu le nom homonyme d'*Habib es-Siar*; il comprend une introduction, trois livres, divisés chacun en quatre sections, et une conclusion. Nous allons en analyser succinctement le contenu

L'introduction traite de la création de la terre et des cieux, des génies, etc.

Livre Ier, section 1re. Les prophètes anciens et les savants, parmi lesquels figurent les personnages de la Bible, depuis Adam jusqu'à Jésus-Christ, saint Georges, les savants de la Grèce.

2e section. Les anciennes dynasties de la Perse, les Pishdadiens, Kayanides, Alexandre le Grand, les rois de la Grèce et de la Syrie, les Sassanides, les rois du Yémen et d'Ambar, jusqu'à l'Islam.

3e section. Mahomet et sa famille, sa vie.

[1] Voir sur ces deux œuvres Haji Khalfa, *Lex. encyclop.* éd. G Flugel, t. III, p. 164 et 228; comparez l'ouvrage de M. B. Dorn, *Auszuge aus Muham. Schriftstellern*, etc Saint-Pétersbourg, 1852, n° 12, p. 422.

4e section. Les premiers khalifes Abou-Bekr, Omar, Othman, Ali.

Livre II. 1re section. Les douze imams, successeurs d'Ali.

2e section. La dynastie des Omayades.

3e section. La dynastie des Abbasides, jusqu'à la destruction du khalifat par Houlagou.

4e section. Dynasties contemporaines : les Thahérides, les Saffarides, les Samanides, les Gaznavides, les Bouïdes, les Ismaélites, les Selgioukes, les Hamdanides, les Atabeks, les Merwanides, les Eijoubides, etc.

Livre III. 1re section. Les Khans mogols et ceux de la famille de Ginghiskhân.

2e section. Dynasties contemporaines : en Égypte ; les Mozafférides, les princes de Thaberistân, les Serbedares[1] et autres.

3e section. L'histoire de Timour et de ses fils.

4e section. Le commencement de la dynastie des Sofis, depuis Safi eddin Ishâq jusqu'à Ismail Safawi, contemporain de l'auteur.

La conclusion traite des merveilles du monde, de la division de la terre en sept climats et des pays y contenus ; de la description des mers, des fleuves, des fontaines, des puits, des îles, des montagnes, des monstruosités d'hommes et d'animaux.

Nous nous permettons d'emprunter à cette dernière partie quelques notices appartenant à la géographie orientale.

Sur la division de la terre en sept climats et sa forme, on lit dans Khondémir : « Une moitié de la terre est couverte par la mer ou l'Océan ; la partie méridionale de l'autre est déserte. Ainsi le quart de la terre est habité. Cette partie est située au nord de l'équateur, ligne tracée de l'est à l'ouest, et divisant la terre en deux parties égales. Dans les contrées situées sur cette ligne, la durée de la nuit égale celle du

[1] M. B. Dorn a publié de cette section l'histoire de Thabéristân et celle des Serbedares, sous le titre : *Die Geschichte Thaberistans und der Serbedare nach Chondemir.* Saint-Pétersbourg, 1850.

jour, et elles comptent huit saisons ; deux printemps, deux étés, deux automnes, deux hivers. Les arbres y sont toujours en fleur, c'est pourquoi on suppose que la température y est moins variable qu'en tout autre lieu de la terre. L'équateur est une ligne fictive qui, commençant à la Chine et passant l'archipel de Djamokata, les pays appartenant à la Chine, Kankdiz[1], l'île de Jawah, la partie septentrionale de Sérendib, entre les îles de Kalah et de Serirah, la partie septentrionale des montagnes de Komor, la partie méridionale de Soudan et Maghreb, aboutit à l'océan Occidental. Toute la terre, depuis la frontière la plus reculée vers le nord, jusqu'à l'équateur, est divisée en sept climats, dont la longueur s'étend d'orient en occident; la latitude du premier climat surpasse celle des autres, parce qu'il comprend une grande partie de la mer; le septième climat est plus large que les autres, parce qu'il contient des déserts. Les frontières du sixième et du septième climat sont indiquées de la manière suivante : le sixième climat s'étend depuis l'orient par le pays de Jagog et Magog, traversant le pays de Khakans et celui des Kaimaks (deux tribus tatares), et comprend une partie de Chowarezm et Guilân, Constantinople, la Cilicie; vers sa frontière méridionale est située la mer Noire; et passant le temple de Vénus, c'est-à-dire le cap Creux, il traverse l'Espagne jusqu'à l'océan Occidental.

Le septième climat est habité par une race d'hommes, dont le teint est jaune-clair; il s'étend depuis l'orient par le pays de Jagog et Magog, traversant les pays des Kaimaks et des Allans. Parmi les villes les plus considérables, on trouve celle de Boulghar, située dans la partie la plus reculée vers le nord, avec une température qui empêche la crois-

[1] Sur les positions géographiques de Djamokata et Kankdiz, a la frontiere la plus reculée vers l'est, voyez Reinaud, *Introduction d'Aboulfeda*, p. ccxx et ccxxiii. L'île de Sérendib est Ceylan, les îles de Kalah et de Serirah sont probablement des parties de Soumatra ; l'archipel de Zeng, ce sont les îles éparses entre les Indes et la côte orientale de l Afrique

sance des arbres; la durée du plus long jour y est de vingt heures, et celle de la nuit de quatre.

Il décrit l'Atlantique de la manière suivante : « la mer de Maghreb, aussi appelée la mer d'Andalousie et de Tanger, ou la mer Noire et l'Océan, s'étend depuis la frontière méridionale de la terre, côtoyant les pays du Soudan, Maroc et l'Espagne; vers l'est, elle aborde des rivages inconnus, jusqu'à sa réunion avec le grand Océan, c'est-à-dire la mer Indienne ou mer Orientale. Des bâtiments de commerce ne naviguent pas sur cette mer, à cause des flots véhéments et des ténèbres; mais abordent seulement les rivages, sans y exercer un grand commerce. On dit que dans cette mer est un lieu appelé *le confluent des deux mers,* où elle se réunit à la mer Indienne. Là s'élève un phare, bâti en pierres blanches, d'une hauteur de cent coudées; tout près est située une île fort peuplée. L'eau des deux mers se mêle d'une façon singulière; depuis le lever du soleil jusqu'au coucher, l'eau étant plus haute dans la mer Occidentale, elle passe de là à la mer Indienne, depuis le coucher jusqu'au lever, le contraire a lieu. Cette mer forme deux golfes : le golfe de l'Espagne, c'est-à-dire le golfe de Biscaye, et le golfe de Tanger; n'étant pas navigable, on n'y connaît pas d'îles; seulement on sait que les îles Fortunées sont habitées. »

La mer Noire est décrite ainsi : « La mer Noire, dite *mer de Trébizonde* ou *mer Russe*, s'étend depuis Constantinople, côtoyant les rivages des Russes et des Slaves; sa longueur est de quatre cent trente-trois parasanges, et elle contient une quantité d'îles, peuplées d'animaux singuliers. Il y a dans cette mer deux golfes : l'un proche des îles Noires; l'autre, connu sous le nom de *détroit des Francs*[1]. »

Enfin la mer Boréale est mentionnée comme située aux environs du cap Nord; sa profondeur est inconnue, n'étant

[1] Sur ce canal prétendu entre la mer Noire et la mer du Nord, voyez Reinaud, *Introduction*, p. cccix, et Masudi, *The golden meadows*, by Sprenger, p. 373, comparez *Relation des voyages*, par M. Reinaud, I, p. 90-92.

pas navigable, à cause des dangers qui y menacent la navigation.

Parmi des fleuves, le Volga est nommé comme sortant des montagnes des Russes et des Bulghars, dans le septentrion le plus reculé; divisé en soixante et seize branches, bien qu'on n'aperçoive aucune différence dans la quantité de ses eaux; il se jette dans la mer Caspienne, appelée aussi *mer de Thabéristân, Ghilân, Gorkân* et *mer des Khazars.*

Après la composition de cette œuvre, l'auteur quitta sa ville natale, Hérat, et séjourna, depuis l'an 933-935 de l'hégire, à Kandahar et Agra, chez le sulthan Mohammed Bâber, il mourut à Delhi, où il a été enterré, l'an de l'hégire 942 (1536 de J. C.).

MM. Quatremère[1], Reinaud[2] et Defrémery[3], ont donné des éclaircissements précieux sur Khondémir et ses œuvres. La présente édition a l'inconvénient que chaque section a sa pagination particulière.

Copenhague, le 10 mars 1860.

A. F. Mehren.

TEXTE PERSAN

بحر المعرب که آنرا دریای اندلس وبحر طلمه وبحر الاسود وبحر
الأکبر نیز خوانند ابتدایش از اقصای جنوب در برابر
ارض السودان است وبر حدود سوس وبلاد اندلس وقبرس (۱)
کذرد وبجانب مشرق جاری بود بر اراضی غیر مسلوك عبور کند
تا ببحر اعظم منتهی شود ودر نهایت الإدراك مذکورست که
بحر اوقیانس این دریاست وسفاین ومراکب تجار بسبب
شدهٔ تلاطم امواج وکثره ظلمه درین بحر جریان نیابند مگر

[1] Voy. *Journal des Savants*, juillet 1849, p. 386-394.

Voy. *Biographie universelle* des frères Michaud.

Voy. *Fragments de géographes et d'historiens arabes et persans*, Paris, 1849, p. 209, et *Histoire des Khans mongols*, extraite du *Habib es-Sier*, Paris, 1853.

آنکه فریب بسواحل این بحر رسند واندك منفعتی گیرند وصاحب عجایب البحار گوید که درین بحر موضعی است که آنرا مجمع البحرین گویند وآن محلّی باشد که بحر هند باین دریا بپیوندد ودر انجا منارهٔ ساخته اند از حجر خالص که ارتفاعش صد گزاست ودر حوالی آن جزیرهٔ است بغایت معمور وآب این (دو) دریا بشکل غریب تهم متصل میشود چنانچه از هنگام طلوع آفتاب تا وقت زوالی بحر مغرب بالا گردد ودر بحر هند ریزد واز زوال تا غروب(1) حال بر عکس باشد ودو شعبه از بحر مغرب بمعمورهٔ ارض در آمد یکی را خلیج اندلس ودیگری را خلیج طنجهٔ خوانند وسایر عدم جریان معاش حال جزایر آن دریا معلوم نیست، وجزایر خالدات در این بحر معمور است،

LETTRE DE M. CHERBONNEAU A M. RENAN.

Constantine, le 29 novembre 1859.

J'ai trouvé chez Si Hamouda ben Lefgoun et Elhadj-Ahmed el Mobarek, de Constantine, plusieurs traités de soufisme. Un seul de ces ouvrages a été mis à ma disposition, les autres ne sont restés sous mes yeux que le temps d'en écrire les titres. Grâce à l'obligeance éclairée de Si el-Mobarek, je suis en mesure d'étudier un peu les idées mystiques des illuminés de l'islam, dans un fort volume qui contient des ouvrages complets d'Ahmed ez-Zerrouk et d'Ibn-Âtha-Allah, sans parler de divers chapitres tirés des plus célèbres marabouts. Voici le catalogue du volume que je lis, puis les

(1) Faute d'écriture au lieu de مسرقس ou طلوع.

ouvrages que Si-Hamouda m'a permis de regarder. Ma prochaine lettre vous donnera l'analyse de ma lecture, s'il plaît à Dieu.

A. Cherbonneau.

Le volume que j'ai en main contient :

1° Le commentaire des *hikam* de Ibn-Âtha-Allah, par Ahmed ez-Zerrouk (340 pages).

(Ces *hikam* sont des préceptes rimés, destinés à guider les soufis de l'ordre de Chadely.)

Ahmed ben Mohammed ben Abd el-Krim ben Abd er-Rahmân ben Abd Allah ben Ahmed ben Aïça ben el-Houceïn, surnommé *Ibn-Âtha-Âllah el-Djezâmi* (né à Djezam), était de la secte malékite; il habita Alexandrie, et professa la règle des soufis en suivant l'ordre des chadeliens, الصوفى حقيقة الشاذلى طريقة. Il mourut au Caire au milieu du second djoumadi, l'an 709. On connaît de lui cinq ouvrages, qui sont : 1° لطائف المنن ; — 2° التنوير فى اسقاط التدبير ; — 3° مفتاح الفلاح فى كيفية الذكر والخلوة, — 4° تاج العروس, qui passe pour être le recueil de ses œuvres (pensées, préceptes, conseils, etc.) ; — 5° الحكم

Le commentateur des *hikam* s'appelle Ahmed ben Ahmed ben Mohammed ben Aïça el-Berneci, plus connu sous le nom d'Ahmed ez-Zerrouk. Il était né à Fez.

2° Oraison composée par le soufi Sidi Mohammed el-Bekri, l'Égyptien. (Très-courte.)

3° Pensées religieuses du soufi Sidi Abd er-Rahman et-Taalébi, qui est enterré à Alger, près de Bab el-Oued.

4° Oraison d'Ali ben el-Houceïn.

5° Extrait du livre intitulé الغنية, composé par le célèbre soufi Abd el-Kâder el-Djilâni, qui est le patron de Bagdad, et que tous les Algériens invoquent encore dans leurs prières. Ce sont des conseils. Ce chapitre explique les vertus théologales au point de vue musulman.

6° Litanie du seid Ali ben Abi Thaleb.

7° Les devoirs du soufi par le célèbre El-R'azali (El-Ghazali). (60 pages.)

8° Devoirs des frères unis (خوان), par le célèbre Sidi Bou Medin (voir la *Revue africaine*, août 1859).

9° Dissertation sur les litanies, leur récitation, leur efficacité, etc. par Ahmed ez-Zerrouk.

Les titres des autres ouvrages soufis de la bibliothèque de Si Hamouda sont les suivants :

كتاب التعرّف لمذهب التصوّف

مجموع فى التصوّف مع نصرة الفقير فى الرّد على ابى الحسن الصغير

الاجوبه النورانيه فيما ينبغى بعلوه الصوفيه

حِكَم ابن عطاء الله فى التصوّف

شرح الحِكَم لاحمد زرّوق

نظم ابن عبّاد على حِكَم ابن عطاء الله

الفصوص لابن العربى فى التصوّف

التدبيرات الإلاهيه لابن العربى

مواقع النجوم لابن العربى

شرح المشاهد القدسيه لابن العربى

شرح اسمآء الله الحسنى بالتصوّف لعبد الكريم الجيلى

التنبيه للغزالى

الكواكب الدريه فى مناقب الصوفيه لعبد الروف المناوى

النصيحه الكافيه لسيدى احمد زرّوق

شرح فصوص ابن العربى لعبد الغنى النابلسى

حلّ الرموز للمقدسى

مناهج التوسّل للبسطامى
شرح الفصوص للقلشانى
مناقب الدهمانى
شرح فصوص ابن العربى للقيصرى
سلك العين لاذهاب الغين للصفدى
قوت القلوب لابى طالب المكّى
إخبار الاذكياء فى أَخبار الاولياء
الجواهر الخمس
كتاب الثلاثيات
ادب المريدين للسهروردى
عوارف المعارف للسهروردى
رسالة المريد الصادق للسعرانى
القواعد الكشفية للسعرانى
يواقيت الجواهر للسعرانى
الكبريت الاحمر للشعرانى
كتاب المنن للسعرانى
لطايف المنن فى مناقب ابن الحسن لابن عطاء الله
مفاتيح الغيوب

Histoire de la campagne de Mohacz, publiée avec la traduction française et des notes, par M. Pavet de Courteille. Paris, Imprimerie impériale, 1859, 1 vol. in-8°. (Prix 6 francs.)

La critique moderne a mis en relief avec une rare pénétration les âges successifs de l'historiographie orientale. Elle a soigneusement analysé les phases par lesquelles a passé la pensée des annalistes musulmans, depuis l'école dogmatique et timide des traditionnistes, jusqu'au petit nombre d'érudits indépendants qui ont entrevu l'enchaînement logique des faits, et se sont élevés, peut-être à leur insu, à la brillante synthèse qu'on est convenu de nommer la philosophie de l'histoire.

Étudiés exclusivement du point de vue littéraire, les écrivains orientaux sont peut-être plus rebelles à l'analyse, tant, chez eux, les genres se confondent, tant l'imagination brille dans leurs œuvres aux dépens du goût et de la vérité. Il semble cependant qu'on peut les ranger dans trois classes distinctes. En premier lieu les chroniqueurs, dont l'unique préoccupation a été de fouiller dans les annales du passé, et d'étudier les documents particuliers, sinon avec sagacité, du moins avec une incontestable bonne foi. Tels sont Ibn el-Athir, Abou'l-féda, Ibn Khaldoun, chez les Arabes; Reschid ed-din, Hafiz Abrou, l'auteur de l'*Elfyeh*, etc. parmi les Persans. Chez eux, nul souci du bien-dire, point d'ornements oratoires, nulle parade d'éloquence; leur style est simple et nu jusqu'à la sécheresse, et, lorsque le fanatisme ne les égare pas, le principal mérite de leurs vastes compilations est l'exactitude et la clarté. La seconde classe se compose de littérateurs ou de savants qui n'ont pas fait de l'histoire une étude exclusive et complète. La recherche du style, les ressources de la rhétorique et de la poésie sont à leurs yeux d'utiles auxiliaires, et la vanité de l'homme de lettres nuit souvent à la fidélité de l'historien. Ibn Arabschah, Vassaf, Saad ud-din en sont les plus éminents représentants. A la dernière, et, hâtons-nous de le dire, à la moins nombreuse de ces séries, appartiennent les annalistes de cour, les déclamateurs que la bassesse ou l'appât d'une récompense a jetés pour un jour dans le domaine de l'histoire. Le récit a pour eux peu de valeur coloristes fougueux, la pureté des lignes, la sobriété des contours, l'harmonie du plan n'ont que peu d'importance. En revanche, si leurs cadences sont sonores, leurs rimes abondantes, leurs métaphores gigantesques, ils croient leur tâche remplie, convaincus, non sans raison, que la vanité des uns et le faux goût du plus grand nombre leur décerneront un brevet d'immortalité. Otbi a marché un des premiers dans cette voie déplorable, et il a fait école à Isfahân comme à Constantinople. Reconnaissons, néanmoins, qu'une réaction en faveur du vrai style historique s'est manifestée depuis quelques années chez les écrivains ottomans. Que cette tentative soit ou non un des résultats indirects de la grande réforme dont Sultan Mahmoud a pris l'initiative, elle est incontestable et a déjà produit d'heureux résultats. Djevdet-efendi, auteur d'une histoire récente de l'empire ottoman, s'élève, avec beaucoup de sens, dans les préliminaires de son ouvrage, contre ces orgies du style officiel (*incha*) : « Les Arabes, dit-il, ont excellé dans tous les genres; mais ils ont presque toujours évité de les confondre. Plusieurs de nos devanciers, faute d'avoir tenu compte de ces règles, ont voulu briller à la fois comme écrivains et comme annalistes, et c'est ce qui rend à peu près sterile la lecture de leurs livres. » (Tome I, p. VI) Ces paroles renferment la critique la plus vraie de l'*Histoire de la campagne de Mohacz*, dont M. Pavet de Courteille vient de publier une excellente traduction. L'auteur, Kemal Pacha-Zadeh, passe pour avoir possédé les connaissances les plus variées, ses nombreux ouvrages, et en premier lieu son *Nigaristân*, rédigé en persan, prouvent qu'il avait les qualités requises pour suivre d'assez près ces éloquents moralistes qui sont l'honneur de lettres orientales. Mais quoiqu'il ait été promu, pendant quelques années, à la dignité d'historiographe de l'Empire, il est surtout connu comme un savant légiste et un ecrivain orné, non comme un historien digne de foi. Ne semble-t-il pas avoir abdiqué lui-même ce dernier titre en donnant à son récit le titre de *Mohadj-Nameh*, c'est-à-dire l'épopée, la légende romanesque et poétique de cette expédition, qui mit l'Europe à deux doigts de sa perte? Aussi la narration historique n'occupe-t-elle dans son livre qu'un petit nombre de pages; le reste est un bulletin de victoire, destiné à répandre, dans tout l'O rient, la gloire de Suleïman et du grand vézir. Ces réserves faites, Kemal Pacha-Zadeh, étudié d'après les principes littéraires admis par les écoles orientales, ne mérite guère que des éloges. Peu d'écrivains savent mieux tirer parti de toutes les nuances d'un mot, et varier, avec plus d'agrément, les métaphores et les images. Les rimes naissent sous son *calem*, et chaque période, toujours cadencée avec art, est couronnée d'une citation poétique, souvent pâle à côté de sa prose. Tout au plus peut-on lui reprocher certaines inégalités de style, presque inévitables à une époque de transition comme l'a été, pour la langue ottomane, la première moitié du XVIe siècle. D'ailleurs ce contraste entre les naïvetés de la vieille langue et les délicatesses arabes et persanes, a, pour le lecteur européen, une certaine saveur philologique, que l'habile traducteur a rendue plus attrayante encore par de fréquents rapprochements avec les dialectes orientaux. M. Pavet de Courteille, déjà connu par son agréable traduction d'un poëme de Nabi, a voulu continuer son œuvre en donnant aux amateurs de la littérature turque un texte en prose, hérissé de difficultés, et, par cela même, plus utile aux progrès de cette étude. Il serait donc injuste de lui reprocher une trop grande sobriété d'éclaircissements historiques et de pièces justificatives. Les documents contemporains inspirés par cette formidable invasion offraient de nombreux matériaux au traducteur, qui s'est contenté d'esquisser cette seconde partie de sa tâche, mais avec beaucoup de goût et de savoir. A la suite d'une version française qui est un modèle, et, s'il est permis de le dire, un perpétuel tour de force de fidélité et d'élégance, M. Pavet a réuni dans ses notes plusieurs extraits d'historiens ou de poëtes inédits, qui forment une petite chrestomathie non moins instructive. A peine peut-on signaler, dans ce travail, quelques oublis de détail, et, en soumettant au traducteur les observations suivantes, nous sommes certain d'aller au-devant de ses désirs.

Page 12 de la traduction, et note 8, il faut lire, sans doute : le *Cheikh Bestami*, au lieu de *Bestam*, l'affixe ى s'unissant ici à la préposition *ileh*. On doit croire que Kemal Pacha était trop dévot pour ignorer la patrie de ce vénérable santon.

Page 152 on lit : « Le jour même qui a été favorisé par ce grand triomphe de l'Islamisme, etc. » je propose une traduction un peu différente, convaincu que le texte cache ici un chronogramme. Je traduirais donc : « le jour même de cette victoire décisive, dont la date concorde avec le verset : *J'ai donné mon appui à l'Islam* (نصرتُ للاسلام), etc. » En effet, cette expression, qui revient souvent dans le Koran, donne, en tenant compte de la valeur numérique des lettres, le chiffre 932, qui est la date même de la bataille.

Page 160, notes. La citation empruntée à l'unique exemplaire du *Mo'djem el-bouldan*, que possède la Bibliothèque impériale, renferme quelques inexactitudes. C'est ainsi que *Samaryah* est donné comme le nom de « la troisième oasis, qui renferme des eaux très-froides ». Or nous lisons, dans la description de l'Égypte par Makrizi (Boulak, I, p. 235), ainsi que dans un autre article du Mo'djem, que la troisième *wah* (oasis de Syouah) a pour capitale *Suntariah*, où se trouvent plusieurs marchés. En outre, l'existence d'eaux congelées s'explique difficilement dans une contrée où, selon le témoignage d'Édrisi et de Yakout (dans le *Mochterik*, p. 43), se trouve, au contraire, un grand nombre de sources thermales d'une haute température. Il faut donc lire حمة au lieu de حمت, et cette leçon est encore confirmée par le *Meracid*. Le nom de la tribu berbère qui vit dans le voisinage doit être lu *Lawateh*, au lieu de *Liwayeh*, d'après la table ethnographique donnée par le Mo'djem, au mot *Berber*.

Enfin, puisque nous sommes en Égypte, nous demanderons au traducteur s'il ne préférerait pas substituer à « solide comme les murailles d'Herman », « solide comme les Pyramides (*hereman*) ? » En effet, les différentes traditions résumées par le *Kamous*, cité dans cette note, se rapportent exclusivement aux Pyramides d'Égypte, ainsi que le prouvent le texte même de Makrisi (I, p. 111) et la relation d'Abd el-Latif (p. 294).

A part ces inexactitudes si légères, l'édition de la campagne de Mohacz nous paraît irréprochable de tous points. Ajoutons, en terminant, qu'au mérite d'une parfaite exécution typographique, mérite commun à tout ce qui sort de l'Imprimerie impériale, elle joint celui d'être d'un prix excessivement modique. C'est un précédent trop rare dans les publications orientales pour que nous ne devions pas, à ce titre encore, savoir gré à l'auteur de contribuer, avec autant de zèle que de désintéressement, au développement d'une des branches les plus négligées et les plus fécondes de la littérature musulmane.

Barbier de Meynard.

Monsieur le rédacteur,

M. Rawlinson, dans son intéressant mémoire sur le Birs Nimroud, publié en 1860 dans le dix-septième volume, seconde partie, du Journal asiatique de Londres, a réclamé la priorité de la traduction de l'inscription de Borsippa. Sa note, dans laquelle il parle de mon mémoire, selon lui *récemment publié*, est datée du 5 octobre 1858; mon travail, écrit en 1856, a paru dans le numéro de février 1857 du Journal asiatique de Paris. Sir Henry Rawlinson, qui habitait Londres depuis 1855, n'avait pas pu se le procurer le 5 octobre 1858; mais il avait été informé que je revendiquais l'honneur d'avoir le premier déchiffré et traduit ce texte.

Mes prétentions vont plus loin. Il ne s'agit pas simplement de l'inscription de Borsippa; le premier et le seul jusqu'ici j'ai publié les textes et les analyses des documents de Babylone et de Ninive. Je maintiens donc mes droits de la manière la plus formelle, en les fondant sur l'indépendance de mes recherches et la priorité de mes publications. Ma version, d'ailleurs, résultant de la discussion du texte, n'a aucun rapport avec la traduction *approximative* de M. Rawlinson.

A l'époque de la rédaction de mon travail, je n'avais nulle part vu une traduction du texte cité. Le livre de M. Loftus, où se trouve une version (sans texte) de Sir Henry Rawlinson, fut publié en 1857, et non en 1856, comme le dit le savant général; il est postérieur au mien, et de plus ma traduction (sans texte) avait déjà paru dans les *Annales de philosophie chrétienne* du mois de novembre 1856.

Je regrette d'autant plus que Sir Henry Rawlinson n'ait pas pris connaissance de mon travail, que certainement il aurait saisi l'occasion de rectifier une des erreurs que contient sa traduction. Je me félicite d'être d'accord avec lui sur un passage où le roi Nabuchodonosor parle de la réédification du temple des sept planètes, tombé en ruines depuis sa construction première. Le membre de phrase « un ancien roi l'avait bâti », est suivi par le passage : *42 U*[1] *yuzakkiru*, ce que le savant anglais traduit par « il avait achevé 42 coudées (de hauteur) », tandis que je le traduis « 42 *ætates commemorant* ».

Autrefois, ainsi l'atteste l'Athénæum, Sir Henry Rawlinson y avait vu, dans ses lectures publiques, une mesure de temps, et il avait traduit comme moi : « ils comptent de là 42 périodes ». Seulement il avait accepté une période de douze ans, ce qui donne *cinq cent quatre* ans. J'ai eu, appuyé sur les syllabaires, des raisons pour voir dans le *amar* une période de soixante et dix ans, opinion que j'ai développée dans le numéro de mai 1857 du Journal asiatique.

Nous étions donc d'accord sur le principe. Aujourd'hui M. Rawlinson voit dans le monogramme *U* l'expression du mot *ammat* « coudée ». Mais nous avons une preuve mathé-

[1] C'est le signe connu , dont la valeur phonétique est *u*; pour indiquer son emploi comme monogramme, nous le transcrivons par une majuscule.

matique que le signe ***ne désigne pas*** la coudée ; car, dans l'inscription de Londres, la surface de Babylone est évaluée à quatre mille *U gagari* (col. VI, l. 25), et dans un autre passage, le pourtour des murs (col. VIII, l. 45) à quatre cent quatre-vingts *ammat gagari*. Cela suffit pour prouver que *U gagari* et *ammat gagari* ne sont pas des mesures de la même espèce. Et le fait est que le monogramme de *U* indique ici une mesure agraire donnée par le syllabaire mentionné, et se trouve souvent avec cette même signification pour déterminer l'*étendue de la ville* de Khorsabad.

En outre, dans quelle langue sémitique *yuzakkiru*, יְזַכְּרוּ, pael de זכר, veut-il dire achever?

La traduction publiée par M. Loftus (*Chaldæa and Susiana*, p. 29) admet au moins un sens ; mais, à notre étonnement, nous trouvons, page 30, ajoutés les mots suivants

« Le récit constate *en outre* (*further* states) que la restauration de Nabuchodonosor eut lieu cinq cent quatre ans après la fondation originaire par Tiglatpileser Ier, c'est-à-dire vers 1100 ans avant J. C. »

Le monogramme exprime une mesure de temps, ou une mesure de longueur, mais nous ne croyons pas qu'il puisse avoir dans la note une valeur différente de celle qui lui est assignée dans le texte.

Quant à Tiglatpileser, je n'en vois aucun vestige dans l'inscription de Borsippa, dont voici les deux traductions

SIR HENRY RAWLINSON. Traduction tirée du livre de M. Loftus.	M. OPPERT. Traduction interlinéaire en latin.
1. I am Nabu-kuduri-uzur, king of Babylon,	Nabuchodonosor, rex Babylonis,
the established governor,	servus Entis existentis,
he who pays homage to Merodach,	attestatus constantiam cordis Merodachi,

adorer of the Gods,	dominus supremus,
glorifier of Nabu, the supreme chief,	exaltans deum Nebo,
he who cultivates worship in honour of the Great Gods,	salvator sapiens qui instructioni dei maximi præbe aures suas:
the subduer of the disobedient man,	vicem gerens (deorum), non injuriam faciens,
repairer of the temples of Bit-Shaggeth and Bit-Tzida,	instaurator pyramidis et turris,
the eldest son of Nabu-paluzur, king of Babylon.	filius natu maximus Nabopallassari, regis Babylonis, ego
II. Behold now Merodach, my great Lord,	Dicimus: Merodachus dominus magnus,
has established men of strength	sponte sua creavit me,
and has urged me to repair his buildings.	instaurationes suas perficiendas imposuit mihi.
Nabu, the guardian over the heavens and the earth,	Nebo, præfectus legionibus cœli et terræ,
had committed to my hands the sceptre of royalty therefore.	sceptro justitiæ oneravit manum meam.
III. Bit-Shaggeth, the palace of the heavens and the earth	Pyramis (est) templum cœli et terræ,
for Merodach the supreme chief of the Gods,	sedes domini deorum Merodachi,
and Bit Kua, the shrine of his divinity,	locum oraculorum[1], locum quietis dominationis suæ
and adorned with shining gold,	auro fulgenti
I have appointed them.	camaræ instar exstruxi.
Bit-Tzida also I have firmly built.	Turrem [domum æternam quam fundavi feci,

[1] Voir la correction, *Expédition de Mésopotamie*, t. II, p. 271.

with silver and gold and a facing of stone;	argento, auro, metallis, lapide, latere picto,
with wood of fir, and plane, and pine I have completed it.	lentisco, cedro perfeci magnificentiam ejus.
IV. The building named the Planisphere, (?)	Domum basis terræ,
which was the wonder of Babylon,	ultimæ memoriæ monumentum Babylonis,
I have made and finished.	refeci, finivi:
With bricks enriched with lapis lazuli (!!)	(in)latere coctili, cupro,
I have exalted its head.	elevando elevavi caput ejus.
V. Behold now the building named the stages of the seven spheres,	V. Dicimus id: Domum luminum VII terræ,
which was the wonder of Borsippa,	ultimæ memoriæ monumentum Borsipporum,
has been built by a former king.	quam rex anterior fecit,
He had completed 42 cubits (of height),	(XLII ætates commemorant)
but he did not finish its head[1].	non elevavit caput ejus.
From the lapse of time it had become ruined;	Inde a die diluvii dereliquerant (eam)
they had not taken care of the exits of waters, (??)	sine ordine proferentes verbum.
VI. so the rain and wet had penetrated into the brickwork.	Motus terræ et tonitru disperserant argillam ejus:
The casing of burnt brick had bulged out,	lateresque coctiles tegumentorum ejus diffiderant,
and the terraces of crude brick lay scattered in heaps;	argilla molis interioris effusa erat in colles separatos.
VII. then Merodach, my great Lord,	Ad perficiendam eam dominus magnus Merodachus

[1] Cette *merveille* inachevée n'avait que vingt-deux mètres de hauteur.

inclined my heart to repair the building.	incitavit mihi cor :
I did not change its site,	locum ejus non amovi,
nor did I destroy its foundation platform,	non violavi lapidem angularem ejus.
VIII. but in a fortunate month,	In mense pacis,
and upon an auspicious day,	in die fausto,
I undertook the building of the crude brick terraces	argillam molis interioris ejus
and the burnt brick casing of the temple.	et lateres coctiles tegumentorum ejus porticubus perforavi.
I strengthened its foundation,	Clivos ejus renovavi,
and I placed a titular record on the part	scripturam nominis mei in zophoris
I had rebuilt.	porticuum posui.
IX. I set my hand to build it up and	Ad conficiendam eam et (ad) elevandum
to exalt its summit.	caput ejus manum extendi :
As it had been in ancient times,	sicut antea fuerat,
so I built up its structure;	(ita) fundavi, exstruxi eam :
as it had been in former days,	sicut die pristino (fuerat)
thus I exalted its head.	(ita) elevavi caput ejus.
X. Nabu, the strengthener of his children,	Nebo, filius suimet ipsius, intelligentia suprema,
he who ministers to the Gods,	dominator exaltans
and Merodach, the supporter of sovereignty,	Merodachum,
may they cause this my work to be established	operibus meis ad auctoritatem (conservandam)
for ever;	omnino fave.
XI.	Vitam ætatis remotæ,
may it last through the seven ages,	multiplicationem septuplicem fecunditatis,

and may the stability of my throne	stabilitatem throni,
and the antiquity of my empire,	victoriam gladii,
secure against strangers,	pacificationem rebellium,
and triumphant over many foes,	subactionem terrarum hostium
continue to the end of time.	in perennitatem concede.
Under the guardianship of the Regent	In columnis tabulæ tuæ æternæ,
who presides over the spheres of heaven and the earth,	statuentis de sortibus cœli et terræ,
may the length of my days	bea cursum dierum meorum,
pass on in due course.	inscribe fecunditatem.
XII. I invoke Merodach,	Imitare, Merodache,
the king of the heavens and the earth,	rex cœli et terræ,
	patrem genitorem tuum;
that this my work may be preserved for me	opera mea fortuna,
under thy care in honour and respect.	fulci potestatem meam.
May Nabu-kuduri-uzur,	Nabuchodonosor,
the royal architect,	verum rex instaurator,
remain under thy protection	habitet in ore tuo.

J. Oppert.

Paris, le 15 mai 1860.

Le livre de l'agriculture d'Ibn el-Awam (*Kitab al-Felahat*), traduit de l'arabe par J. J. Clément-Mullet.

(Extrait du prospectus.)

.. L'agriculture orientale était restée complétement ignorée. Aucune publication n'en révélait les procédés ni les principes. Cependant on savait qu'il en existait quelques traités, mais on savait vaguement, et seulement pour ainsi dire par conjecture Quelques orientalistes avaient parlé de l'*agriculture nabathéenne* M. Ét. Quatremère avait inséré dans le Journal de la Société asiatique un mémoire sur les Nabathéens qui avait piqué vivement la curiosité par tout ce qu'il avait dit du système remarquable de culture usité chez ce peuple.

Néanmoins il ne faut pas confondre le *Traité de l'agriculture nabathéenne* avec le livre d'Ibn el-Awam. Le premier a pour objet le mode de culture usité sur les bords de l'Euphrate, tandis qu'Ibn el-Awam, qui vivait à Séville, a travaillé pour son pays. Il a, à la vérite, puisé dans tous les écrivains qui l'ont précédé, et dans l'agriculture nabathéenne elle-même, mais toujours ajoutant les résultats de sa propre expérience à son ouvrage.

Banqueri, moine espagnol, a publié en 1802 le *Traité d'agriculture d'Ibn el-Awam de Séville*, texte arabe avec traduction espagnole en regard. Ce traité avait pénétré en France; il avait été apprécié, tel qu'il était et quoique en langue étrangère, par le petit nombre de lecteurs capables de le comprendre. On désirait vivement une traduction française qui le mît à la portée de tout le monde et qui pût en quelque sorte le vulgariser, d'autant plus que l'édition espagnole, épuisée, est devenue très-rare et fort chère, et qu'elle n'est plus dans le commerce. C'est cette traduction, résultat d'un travail opiniâtre et consciencieux de six années, que je viens aujourd'hui offrir aux agronomes éclairés. Je crois aussi avoir fait une œuvre utile aux philologues orientalistes, à cause des nombreuses difficultés de technologie arabe que j'ai eu à résoudre. La réalisation de mon œuvre étant d'autant plus difficile que j'ai dû lutter contre un texte souvent fautif, qu'il m'a fallu restituer et compléter.

J'étais préparé pour la partie matérielle et pratique par un long séjour à la campagne, étudiant les travaux des cultivateurs, interrogeant ceux d'entre eux qui étaient les plus intelligents. L'horticulture, par goût, m'occupait beaucoup, comme, en général, tout ce qui tient à l'étude de la nature

J'abordai ainsi mon œuvre avec une bonne provision de connaissances acquises.

Quant à la partie philologique, j'étais disposé par une étude longue et assidue de l'arabe, et par la direction donnée à cette étude, portant plus particulièrement mes investigations vers les livres spéciaux à l'histoire naturelle, annotant avec soin tout ce qui pouvait répondre à ma pensée.

Le meilleur moyen de faire connaître la Maison rustique d'Ibn el-Awam, c'est de reproduire la partie du rapport de M. A. Passy, lu dans la séance publique de la Société impériale et centrale d'agriculture, du 17 juillet dernier.

« M. Clément-Mullet a répondu au vœu des agronomes. Sa traduction, faite avec un grand soin, a obtenu les suffrages de MM. Caussin de Perceval et Reinaud, qui ont félicité l'auteur sur son travail, traduction réelle et originale de l'arabe.

« Ibn el-Awam procède ainsi :

« Il parle d'abord de la nature des terres, classées par lui suivant leur couleur, leur composition minéralogique et leurs qualités.

« Vient ensuite l'exposé des moyens propres à les amender, dont le principe fondamental, dit-il, est de rendre à une terre les éléments qui lui manquent.

« Les engrais et amendements forment le chapitre II.

« Les composts, savamment mélangés, étaient en grand usage parmi les Arabes.

« Plusieurs chapitres traitent ensuite des eaux, des jardins et des pépinières.

« Le dixième est consacré au labourage, et les Arabes multipliaient jusqu'à dix les façons pour le coton et le lin.

« Le treizième parle de la fécondation des arbres ; car, dit l'auteur, il y a parmi les arbres mâles et femelles.

« Le quatorzième a pour objet les maladies des végétaux.

« L'oïdium de la vigne paraît avoir été connu dès lors ; Ibn el-Awam dit que les grappes et les feuilles blanchissent ; et il donne pour remède les cendres délayées dans l'eau et l'eau acidulée, etc. moyens proposés de nos jours

« Le seizième, intitulé *Conservation des fruits et des graines*, traite aussi des silos. La conservation du froment en épis est fort recommandée ; le millet a été conservé ainsi, dit Ibn el-Awam, pendant cent ans.

« Les chapitres suivants établissent le mode de culture des céréales, des fourrages, des légumes, des fleurs et des arbres, avec des détails sur plusieurs espèces de greffe retrouvées depuis.

« La panification est décrite avec détail et révèle des procédés divers et curieux.

« Le chapitre trentième comprend les constructions, puis la distillation, dont les Arabes étaient alors les premiers maîtres. Les appareils sont décrits avec méthode, et la manœuvre est indiquée avec clarté

« Les trois chapitres qui traitent du bétail, du cheval et de l'art vétérinaire, ont été examinés avec attention par M. Huzard, qui y a rencontré, au milieu des opinions surannées de l'époque, des détails curieux et intéressants ; cent onze maladies sont mentionnées, et l'acupuncture recommandée dans certains cas.

« Le dernier chapitre parle des oiseaux de basse-cour et des abeilles.

« La manière de nourrir les canards et les oies pour obtenir des foies gras ;

« L'établissement d'une verminière pour élever la jeune volaille, doivent être remarqués.

« Ibn el-Awam a compulsé et introduit dans son livre des notions de l'agriculture nabathéenne, la plus ancienne de toutes, et dans laquelle on retrouve l'origine de beaucoup de procédés encore suivis. Ses principes sont fréquemment rappelés à l'appui des descriptions de notre auteur.

« Les Grecs et les Latins, cités et traduits par l'agronome arabe, sont connus, cependant des textes ainsi établis au

XII° siècle peuvent servir à rectifier ceux de nouvelles éditions des classiques.

« Ces extraits nombreux des écrivains de l'antiquité confirment ce que l'on savait du soin avec lequel les Arabes de cette époque puisaient, aux véritables sources de l'érudition, tout ce qui pouvait agrandir le cercle de leurs propres connaissances.

« La traduction de M. Clément-Mullet nous fait connaître d'anciens procédés que l'on croyait nouveaux; il serait utile d'en expérimenter quelques-uns, que nous ne connaissions pas.

« Par la description des instruments de la culture, M. Clément-Mullet a pu restituer la forme et les dimensions d'une herse carrée et celle d'un brise-motte armé de dents.

« Ibn el-Awam fait remarquer quelles sont les plantes desquelles on peut déduire la nature d'un sol.

« D'après l'agriculture nabathéenne, il fait observer à quelle profondeur peut parvenir la chaleur du soleil.

« Le mouvement de la séve est reconnu, et il propose l'incision annulaire pour rendre un arbre fécond dès la première année.

« Beaucoup d'autres procédés encore sont décrits dans cet ouvrage, et l'irrigation y tient naturellement une place importante.

« La traduction de cette Maison rustique était une entreprise ardue, un acte de dévouement; car aux difficultés philologiques venaient se joindre celles qui naissent de la comparaison qu'il fallait faire entre les mots techniques dont s'est servi l'auteur arabe et les objets contemporains auxquels ils s'appliquent.

« Le traducteur a dû créer pour cette spécialité de termes un dictionnaire, fruit de longues et savantes recherches.

« La collation du texte arabe produit par Banqueri avec les manuscrits que nous possédons a fait reconnaître des erreurs qui se trouvent désormais rectifiées.

« En résumé, cette Maison rustique du XII° siècle est complète, et si le cheik illustre Ibn el-Awam n'a pas construit son œuvre avec toute la méthode désirable, cependant il règne dans la distribution principale une classification naturelle, rare dans ces temps . . . . :

« La Société a souvent récompensé des traductions d'ouvrages d'agronomie; celle-ci se distingue par la difficulté qu'elle offrait, par le travail scientifique auquel elle a donné lieu, enfin par son utilité incontestable pour l'histoire générale de l'agriculture.

« La Société accorde à M. Clément-Mullet une *médaille d'or* à l'effigie d'*Olivier de Serres*,

« Et elle recommande l'impression de son travail aux Ministres de l'Algérie et des colonies, de l'agriculture et de l'instruction publique.

« Sa publication serait utile, non-seulement sous le rapport historique, mais aussi sous le rapport pratique, à notre colonie d'Alger, qui y trouverait l'origine des procédés de l'agriculture indigène, et nos départements méridionaux l'origine des usages relatifs à l'irrigation. »

Cet ouvrage, mis en vente à la librairie A. Franck, rue Richelieu, n° 67, formera 3 volumes in-8°, et coûtera 24 fr

Tai-wei-tsi-chi-ki (Géométrie algébrique, avec calcul différentiel et intégral). Shanghai, 1859, 3 gros cahiers in-8°.

M. Wylie a entrepris de donner aux mathématiciens chinois un cours complet de mathématiques européennes. Il a commencé par un Manuel d'arithmétique, publié à Shanghai en 1854. Un traité d'algèbre devait suivre; mais des difficultes de publication font qu'il ne paraîtra qu'après l'ouvrage que j'annonce ici, et qui forme la troisième partie de la série entière. La traduction des derniers livres d'Euclide, que le même auteur a publiée et que j'ai annoncée il y a peu de temps, ne fait pas proprement partie de la série, mais s'y rattache par des liens étroits La géométrie algébrique, qui est le sujet de cette note, est la traduction de l'ouvrage anglais de Loomis, et comme la matière est neuve pour les mathématiciens chinois[1], c'était une entreprise difficile et laborieuse. Il a fallu créer des équivalents chinois pour les termes techniques et pour les signes algébriques, et M. Wylie s'est associé pour cela avec un mathématicien chinois, Li-chen-lan. M. Wylie ne doute pas que la science nouvelle qu'il inaugure en Chine ne soit bien reçue par les savants du pays, qui ont déjà adopté Euclide, les logarithmes et d'autres nouveautés européennes. Il s'explique sur ce sujet en ces termes : « Il y a parmi les Chinois un véritable esprit de recherche, et il se trouve en Chine une classe assez nombreuse de savants qui accueillent avec avidité les enseignements scientifiques des pays occidentaux. Des essais superficiels et des manuels populaires ne suffisent point à ces hommes, et pourtant, quand on veut aller au delà, on se trouve arrêté par un obstacle presque invincible, l'absence d'une base commune pour s'entendre. Néanmoins il est évident que, si clairement qu'on expose aux Chinois les résultats de nos sciences, on ne peut s'attendre à ce qu'ils apprécient la science européenne, et accordent une confiance absolue à ses résultats, jusqu'à ce qu'ils aient pu suivre les procédés par lesquels nous y sommes arrivés, et qu'ils ne seront jamais satisfaits, jusqu'à ce qu'on les ait mis en état de vérifier les preuves des solutions qu'on leur communique. J'espère que la traduction que je publie satisfera, jusqu'à un certain degré, ce besoin. » M. Wylie a ajouté à sa traduction la liste alphabétique des termes techniques et des signes chinois adoptés par lui et par son collaborateur, accompagnés des termes européens correspondants. L'exécution matérielle du livre est très-nette et fort satisfaisante.

J. M.

NOTE

SUR LA NOUVELLE MÉTHODE DU RÉVÉREND JULES FERRETTE CONCERNANT LA TYPOGRAPHIE ARABE.

La Société asiatique de Paris, ayant soumis à l'examen des orientalistes un article inséré dans le cahier d'octobre-novembre 1859 de son Journal, et relatif à un nouveau système de typographie arabe, verra peut-être avec intérêt que la proposition du révérend Jules Ferrette, missionnaire à Damas, a été l'objet d'une sérieuse attention.

Attaché depuis plus de trente ans à la division orientale de l'Imprimerie impériale de France, j'ai pensé pouvoir éclaircir cette nouvelle question au point de vue pratique, et j'espère démontrer en peu de mots que la Méthode de M. Ferrette, séduisante au premier abord, ne saurait atteindre d'une manière heureuse le but que s'est proposé son auteur.

Le principal inconvénient de la composition actuelle des caractères arabes résulte, suivant M. Ferrette, de la combinaison de trois lignes pour mettre sous les yeux du lecteur un mot arabe totalement ou partiellement accompagné des voyelles et accents nécessaires à la lecture correcte et grammaticale.

Sans doute une telle complication pourrait exposer à de graves erreurs, si l'on venait à déplacer quelque voyelle supérieure ou inférieure dans le remaniement d'une ligne; la lecture de plusieurs mots courrait grand risque d'être entièrement faussée; mais, en pareil cas, la révision d'un correcteur spécial doit rétablir, avant le tirage, l'équilibre de la composition, et remettre à sa place chaque voyelle ou chaque signe orthographique, dont les proportions, d'ailleurs, sont établies de telle sorte qu'avec un peu de soin de la part de l'imprimeur rien ne s'écrase sous la presse.

M. Ferrette croit que la juxtaposition des voyelles et des accents, fondus sur le corps des consonnes, et insérés dans la même ligne, au lieu d'être parangonnés en dessus ou en dessous, suffirait pour prévenir tous les accidents. Ce serait à souhaiter, mais mon expérience typographique ne me permet guère de partager cette opinion.

Les difficultés de composition des caractères arabes ont déjà donné lieu à de nombreux essai Et d'abord, pour remédier autant que possible à l'effet disgracieux qui résulte du morcellement des traits horizontaux, on avait imaginé de terminer par un crochet les formes initiales et médiales de la plupart des lettres de manière a produire une autre lettre par le rapprochement du crochet droit et du crochet gauche Les points diacritiques gravé, et fondus séparément, s'ajustaient au besoin, au-dessus ou au-dessous de ces crochets, dans l'une des deux lignes de parangonnage. Mais ce mode typographique offrait trop d'inconvénients, il exigeait une série de points fondus sur trois hauteurs différentes dans la même ligne, et une autre série de points accompagnés des voyelles et accents orthographiques Sous le rapport de l'art, l'effet d'ensemble etait satisfaisant, toutefois la main-d'œuvre coûtait fort cher, à cause des lenteurs du travail, et l'on y a renoncé Aujourd'hui les points diacritiques sont graves avec les consonnes mêmes, et les voyelles ou les accents se parangonnent soit en dessus soit en dessous de la ligne principale, que l'on compose d'abord de gauche à droite avant d'ajuster les voyelles superieures, puis on retourne dans le composteur les deux lignes justifiées, pour placer en dernier lieu les voyelles inférieures Des cadratins fondus expres servent a supporter la tête ou la queue des lettres dont les traits depassent les proportions de la ligne mediale.

Si chaque consonne arabe devait se reproduire constamment sous la même forme et sans contact avec la lettre précédente ou avec la suivante, il serait facile de ménager, au moment de la fonte, sur la partie gauche du type, la place suffisante pour ajouter par approche la voyelle ou l'accent nécessaire, c'est, du reste, ce qui avait lieu jadis, mais dan le sens inverse, pour les caractères grecs dont François Ier prescrivit la gravure, et ce qui, de nos jours, a été adopté pour les caractères siamois gravés sous la direction de Mgr Pallegoix, évêque de Mallos.

Une pareille combinaison ne peut évidemment s'appliquer à l'arabe, dont les lettres, liées horizontalement dans le corps des mots, se modifient selon la place qu'elles occupent.

Les praticiens reconnaissent qu'il est bien difficile de conserver longtemps la pureté des traits horizontaux des consonnes, au point de leur jonction; car ces traits s'émoussent par le frottement avec les lettres contenues dans le même cassetin, soit au moment de la composition, soit à celui de la distribution, et l'habileté de l'imprimeur peut seule réparer par une mise en train convenable les solutions de continuité qui se produisent entre chaque trait horizontal, quelle que soit d'ailleurs la dureté de la matière employée pour la fonte.

M. Ferrette propose de faire graver une série de voyelles et accents pourvus d'un petit trait horizontal au même niveau que celui des consonnes, et de supprimer ce trait pour les voyelles ou les accents placés à la suite d'une consonne finale ou isolée, qui par conséquent ne se joint plus avec la lettre suivante. Il faudrait alors employer deux séries de voyelles et accents, dont la tige devrait être bien grêle pour éviter trop d'écart entre les consonnes, mais cela ne peut avoir lieu sans compromettre la solidité et la pureté du trait horizontal.

Ce n'est pas tout : si l'œil de la voyelle est fondu de manière à déborder de chaque côté de la tige, comment supportera-t-il la pression sans se détériorer? D'autre part, si la voyelle est simplement crénée sur la droite pour se rapprocher davantage de la consonne, elle n'en sera que plus fragile, et pourra disparaître promptement sous l'action du rouleau destiné à la couvrir d'encre. Au moment même de la distribution, n'est-il pas à craindre que ces légers signes ne se brisent sous les doigts du typographe? Ce sera donc un matériel à renouveler sans cesse, et l'on sait que la confection des caractères crénés est assez coûteuse.

D'après le système suivi jusqu'à ce jour, la distribution des caractères arabes s'opère très-facilement et sans aucun risque; il s'agit de commencer par la ligne des consonnes, et quand les lignes de parangonnage se trouvent rapprochées les unes des autres, on enlève légèrement avec des pinces une foule de signes identiques (les *fath'as* et les *kesras*), puis les autres signes, pour les replacer en très-peu de temps dans les cassetins qui leur sont réservés, après quoi l'on procède au tri des espaces et des cadrats. Ce mode de distribution est certainement le plus sûr et le plus prompt.

Sous le rapport économique, je ferai remarquer que le *fath'a*, fondu à vif, peut s'adapter aux consonnes de force moyenne, c'est-à-dire celles qui ne dépassent point le niveau du *ba*, du *dal*, du *sin*, du *s'ad* et autres lettres, sous leur forme initiale ou médiale. Étant retourné, il peut s'ajuster sur l'*élif*, le *t'a*, le *lam* et autres lettres montantes. Dans la ligne inférieure de parangonnage, le même signe sert de *kesra*, et peut se retourner au besoin pour les lettres à queue. Il en est ainsi du *tenouîn*, exprimant les sons *ane* ou *ine*, et du *hamza*, fondus pour servir à la fois dans les deux lignes rapportées. Je doute fort que les voyelles juxtaposées présentent le même avantage; leur enchevêtrement continu doit nuire surtout à la célérité de la composition et de la distribution, et exposer fréquemment le typographe à mettre des mots en pâte.

La nouvelle méthode de M. Ferrette conduit naturellement au rejet des ligatures, qui font le plus bel ornement de l'écriture arabe, et qui, dans l'ancien système, peuvent admettre toutes les voyelles sans aucun embarras pour la lecture. La suppression des ligatures obligerait à fondre les consonnes sur des hauteurs différentes, et, tout en augmentant le matériel des lettres ordinaires, on arriverait à produire un caractère bâtard, désagréable à la vue par le morcellement des traits horizontaux, et assez peu profitable;

quoi qu'on dise, puisque l'on serait forcé de prolonger outre mesure un mot qui peut occuper une place plus restreinte, et qu'une feuille de composition contiendrait moins de texte. Cet essai a déjà été tenté dans des imprimeries particulières, et il suffit de comparer avec les caractères arabes de l'Imprimerie impériale ceux dont on fait usage dans le commerce, pour saisir aisément la différence des deux résultats.

Si l'on adoptait le système proposé, les consonnes dépourvues de voyelles ou d'accents orthographiques auraient, à cause du talus supérieur et du talus inférieur, une hauteur égale à celle des trois lignes parangonnées suivant l'ancien système, ce qui obligerait à interligner démesurément une composition française dans laquelle entreraient quelques mots arabes sans voyelles; et, sous ce rapport, il est permis de douter encore de l'économie des moyens.

Ce qu'il y aurait de préférable, à mon avis, ce serait d'établir un corps d'arabe en harmonie avec un corps de français, celui de huit ou neuf points, par exemple; les voyelles et accents, fondus sur quatre points, se placeraient entre chaque ligne de texte, dont la distance serait alors convenablement fixée.

Mais la partie philologique du travail de M. Ferrette, concernant la suppression des voyelles et accents inutiles pour la lecture usuelle, est très-remarquable sous le rapport de l'économie des frais de composition, qui varient d'ailleurs, à l'Imprimerie impériale, suivant la quantité plus ou moins considérable des voyelles ou des signes orthographiques ajoutés aux consonnes. C'est aux auteurs surtout qu'il importe de régler l'emploi des voyelles pour éviter de trop grands frais, et je crois pouvoir affirmer, en terminant, que les exigences de la composition arabe ne permettent pas de substituer à l'ancien système, qui fait l'honneur de la typographie orientale, une méthode dont l'application serait un pas fait en arrière au lieu d'être un véritable progrès.

A. P. Pihan.

JOURNAL ASIATIQUE.

JUIN 1860.

MÉMOIRE

SUR LES INSTITUTIONS DE POLICE CHEZ LES ARABES, LES PERSANS ET LES TURCS,

PAR M. LE DR WALTER BEHRNAUER,

ATTACHÉ À LA BIBLIOTHÈQUE IMPÉRIALE DE VIENNE[1].

AVANT-PROPOS.

Dans mes recherches sur l'histoire des Arabes, des Persans et des Turcs, je me suis occupé particulièrement de leur vie intérieure et de leur administration politique au moyen âge. C'est ainsi que j'ai publié, sous le titre de *Dastur ulamal fi islah ilhalel*, dans le tome XI du Journal de la Société orientale d'Allemagne, pages 111 [illegible], la traduction d'un petit, mais intéressant travail de Hadji Khalfa sur les finances de l'Empire Ottoman dans le XVIIe siècle. Depuis ce temps, j'ai recueilli les textes turcs de deux importants mémoires sur l'état des finances de l'Empire Ottoman, l'un composé par Kodja ou

[1] Le mémoire qu'on va lire, et qui présente de l'importance, traite d'un sujet pour lequel il fallait surtout recourir aux sources orientales. Parmi les ouvrages que l'auteur a mis à contribution, il en est quelques-uns qui ne se trouvent pas à Paris. De plus, l'auteur, qui est Allemand, n'a pas une bien grande habitude du français. Quelques changements ont été faits à la rédaction primitive, mais le fond est resté comme il était, et si en certains endroits l'expression n'est point parfaitement claire, il suffira d'un peu d'attention pour l'on pour[ra] y reconnaître. — REINAUD.

Kodjibeg, le confident du sultan Mourad IV, en 1040 de l'hégire (1630 de notre ère), traitant des causes de la décadence de l'Empire Ottoman après Sulaiman II (1520-1566). Le résumé de cet intéressant mémoire, connu sous le nom de *Risâlèï Kodjibeg,* se trouve aussi dans le tome XI du Journal de la Société orientale de l'Allemagne, page 112. Grâce à M. E. Bérézine, professeur à Saint-Pétersbourg, j'ai reçu, l'année dernière, une collation du manuscrit turc de la Bibliothèque impériale de Vienne (*Hist. Osm.* 79) avec celui de la Bibliothèque impériale publique de Saint-Pétersbourg (*Dorn*, n° 534, p. 476), exécutée par un jeune orientaliste, M. Timayeff, et maintenant je pourrai élaborer mon mémoire sur cette *risalé.* L'autre est le *Kanounnamé* du sultan Mohammed IV, rédigé par l'écrivain connu sous le nom de *Hezarfenn,* que j'ai transcrit d'après le manuscrit turc n° 91 de la Bibliothèque de Saint-Marc, à Venise (un grand volume in-fol. de 122 feuillets). Le bibliothécaire de cette bibliothèque, M. l'abbé Valentinelli, a bien voulu me l'envoyer à Vienne, et je lui exprime ici mes remercîments pour sa bonté éclairée. Pour l'histoire de l'administration en Perse, j'ai dirigé mon attention sur un ouvrage persan très-rare, et portant le titre de دستور الكاتب فى تعيين المراتب « Le Guide du secrétaire, dans la détermination des degrés des charges, » par le secrétaire Mohammed ben Hindouschâh Annakhdjivânî, surnommé *Schamsulmunschi.* Cet ouvrage fut composé pendant le gouvernement du sultan Owais Behadirkhan l'*Ilkhanien,* en 759 ou 760 de l'hégire (1356-1357 de notre ère), auquel il est dédié. Son importance pour l'histoire de l'administration des Mongols en Perse consiste dans un aperçu complet de la hiérarchie des charges pendant ce temps, accompagné du formulaire des diplômes. M. le baron Hammer Purgstall en a donné une annonce détaillée dans les Annales littéraires de Vienne. (*Wiener Jahrbücher der Literatur,* t. LXVIII, p. 33-39, n° 185). Le manuscrit de cet ouvrage se trouve à présent dans la Bibliothèque impériale de Vienne (nouv. fonds, 185).

Les historiens arabes ne nous parlent guère que de l'éclat et de la gloire de leur nation, de ses combats et de ses conquêtes; ils aiment la description des champs de bataille et des trophées; mais ils passent très-rapidement sur les opérations du commerce, qui se fait dans la paix. Je n'en étais que plus heureux de trouver, parmi les ouvrages arabes qui traitent des sciences politiques, un travail complet sur les différentes branches de la police municipale, c'est-à-dire sur la *ḥisba* (الحسبة), composé pour les besoins du titulaire de cette charge, au commencement du XIIIe siècle de notre ère, par 'Abdurraḥmân ibn Nasr ben Muhammed ibn Abdallâh Alnabrâwî Aschschâfiî, ouvrage dont les copies sont très-rares dans les bibliothèques de l'Europe. Celle dont j'ai fait usage pour ce mémoire appartient à la Bibliothèque impériale de Vienne (nouveau fonds, n° 272). L'auteur nous donne un aperçu complet sur l'administration intérieure des villes arabes au moyen âge, principalement sous la dynastie des sultans mamlouks d'Égypte, pendant le temps où la secte des Bathiniens avait acquis son plus grand développement (manuscrit arabe de Vienne, fol. 44 v°, l. 11), et montre, d'une manière très-claire, combien la civilisation européenne doit à l'Orient par le commerce avec la Syrie et l'Égypte pendant les croisades. Un autre exemplaire se trouve dans la bibliothèque nommee *Refâiya*, à Leipzig, dans la bibliothèque de l'Université; il fut fait à Alep, l'an 1222 de l'hég. (1807 de notre ère). Un autre ouvrage du même genre, qui appartient à la bibliothèque Bodléienne à Oxford (voy. *Catalog. codd. mss. or.* part. 2, vol. I, p 96, n° 97; éd. Nicoll), porte le titre de: كتاب معالم القربة فى احكام الحسبة « Livre des marques de la familiarité avec les règles de la *ḥisba.* » Il a été composé par Mohammed ibn Aḥmed, connu sous le nom de *Ibn Alaḥvah* (ابن الاخوه) Alkoraschî Aschschâfiî Alaschari. D'après l'aperçu donné par Nicoll, nous pouvons présumer que cet ouvrage (295 pages in-fol. en belle écriture) contient, dans ses soixante et dix chapitres, un travail plus détaillé sur les fonctions du *muhtasib*, que celui d'Annabrawi, dans ses quarante chapitres [1].

Aucun bibliographe oriental ne mentionne ces ouvrages. Hadji Khalfa se contente de citer, dans son Dictionnaire bibliographique (éd. Flügel, t. VI, p. 400-401), sous les numéros 14082 et 14083, deux ouvrages : نهاية الرّتبة الشريفة فى طلب الحسبة « l'extrémité de l'autorité politique dans la demande de la *ḥisba*, » par le Scheikh Ibn Abdarrahman ben Nasr ben Abdallâh Aladawi, dont le livre, il est vrai, commence par les mêmes mots que celui d'Annabrâwi, et est divisé en quarante chapitres; et نهاية الرّغبة فى طلب الحسبة « l'extrémité du désir dans la demande de la charge de la *ḥisba*, » composé par le Scheikh Djalâladdîn Abdarraḥmân ben Nasr Attabrîzi Aschschâfiî, qui a divisé aussi son travail en quarante chapitres, avec une subdivision en sections. Le commencement de cet ouvrage, que Hadji Khalfa cite, et la subdivision des chapitres en sections, se trouvent tout à fait de même dans l'ouvrage d'Annabrawi, et il est vraisemblable qu'une rédaction originale plus détaillée, comme, par exemple, celle d'Ibn Aḥwah, a été la base de ces trois ou quatre résumés, adaptés aux besoins de contrées différentes, ou que ces trois ou quatre ouvrages n'en font qu'un seul, mais modifié et augmenté par les différents auteurs, ou plutôt rédacteurs [2].

Il ne sera point superflu d'appeler l'attention des orientalistes sur deux autres ouvrages intéressants pour la connaissance de la vie intérieure des Arabes, l'un sous le titre : كتاب المختار فى كشف الاسرار « Livre de la quintessence choisie dans le dévoilement des secrets, » composé par Abdurraḥman ibn Abi Bakr Addimischkî, connu sous le nom

[1] M. Behrnauer a reçu récemment un index complet des chapitres de cet ouvrage, auquel il se propose de consacrer une notice particulière. — REINAUD.

[2] On verra dans la deuxième partie, qui est consacrée à la reproduction de l'ouvrage d'Annabrawi, apparaître les règlements de Gazan, khan mogol de Perse, qui florissait vers la fin du XIIIe siècle de notre ère. — REINAUD.

de *Djaubari* (الجوبري), par ordre du prince ortokide Almalik Almasoud. La copie qui se trouve à la Bibliothèque impériale de Vienne, en beau naskhi (nouv. fonds, n° 154), avait été faite pour l'émir Schâdbek Almaliki Alaschrafi, Atabek de Syrie, au VII° siècle de l'hégire. Ce livre traite des secrets des différentes branches de la société, principalement des artisans et ouvriers, et son importance pour la littérature arabe résulte des sources dont l'auteur a fait usage, au nombre de plus de trois cents (ms. arabe de Vienne, fol. 2 v°, l. 6), et dont la plupart ne sont pas arrivées jusqu'à nous. M. de Hammer Purgstall a donné une annonce du contenu de l'ouvrage de Djaubari dans le *Wiener Jahrbücher der Literatur*, t. LXVI, p. 47, n° 154. L'autre a pour titre : منافع الحيوان « Les avantages de tout ce qui vit, » composé en persan par Zeinaddin Mohammed ben Husain Elmausili Elhanafi, en 720 de l'hégire = 1320 de notre ère (l'auteur est mort en 725 de l'hégire = 1324 de J. C.). Il traite, après l'énumération des bêtes, des oiseaux, des plantes et des fruits, de la connaissance des couleurs et des huiles, des artifices de l'oisellerie et de la pêcherie, etc. La copie de cet ouvrage se trouve aussi dans la Bibliothèque impériale de Vienne, nouveau fonds, n° 156. (Voy. sur son contenu, Hammer Purgstall, *Wiener Jahrbücher der Literatur*, t. LXVI, p. 50, n° 156.)

PREMIÈRE PARTIE.

TÉMOIGNAGES ÉPARS SUR LES INSTITUTIONS DE POLICE CHEZ LES NATIONS MUSULMANES.

Les Arabes laissèrent à chaque ville, dans les premiers temps de leur empire, ses lois particulières, sa police, ses coutumes, ses chefs civils et ses magistrats; mais plus tard, quand il fallut rappeler les habitants pour cultiver les terres en friche, et quand il fallut affermer de grands terrains et exploiter les monopoles dont les empereurs byzantins avaient eu la jouissance, les adhérents de l'islamisme, qui s'augmentaient de jour en jour, durent avoir des priviléges et des emplois; il fallut établir une administration des affaires civiles, principalement pour la conservation de la propriété et de l'ordre public en général. Le premier qui fit la ronde durant la nuit fut Abdallâh ibn Masoud, et ce fut par l'ordre d'Abou Bekr, qui le chargea de faire la ronde dans la ville de Médine. Suivant le récit d'Abou Daoud, fondé sur l'autorité d'Amasch, qui le tenait de Zaid, on vint trouver Abdallâh ibn Masoud et on lui dit : « Voici un homme dont la barbe dégoutte de vin; » sur quoi il répondit : « Il nous a été défendu d'espionner; mais si quelque chose de contraire à l'ordre s'offre à nos yeux, nous devons punir. » Ṭalibi rapporte la même chose d'une manière un peu différente, sur l'autorité de Zaid ibn Wahab, suivant lequel on dit à Abdallah ibn Masoud : « As-tu quelque chose à ordonner par rapport à Walid ben Akaba, dont la barbe dégoutte de vin, » et il répondit : « Il nous a été défendu d'espionner; mais si quelque chose de contraire à l'ordre s'offre à nos yeux, nous punissons[1]. » Omar ibn Alkhattab, étant khalife, faisait la ronde (طوان) lui même, accompagné d'*Aslam* son affranchi[2]; souvent il prenait aussi avec lui Ab-

[1] Conf. sur ce passage, Màkrizi, *Description de l'Égypte*, éd. arabe de Boulak, t. II, p. ٢٢٠, sous l'article de ولاية; de Sacy, *Abdollatif*, p 381, note 6, et Aboulféda, ed. Reiske, I, 252.

[2] Voy Abou Nadjib Suhrwardi, سراج الملوك «Miroir ou lan

durrahmân ibn Auf [1]. Après la mort du khalife Ali ben Abôu-Talib, nous trouvons le *sâhib usschorta* (صاحب الشرطة) chargé de garder la sûreté des villes, le même qui est nommé plus tard الوالى (*al-wâli*), le commandant du guet. Le mot شرطة désigne la garde de la ville qui faisait patrouile pendant la nuit, nommée ailleurs عسس, et qui déjà avait été organisée par le khalife Omar; le commandant encore aujourd'hui s'appelle عسس باشى à Constantinople.

Zajâd fut le premier qui fit marcher devant lui la garde de la ville armée de bâtons et de massues, et qui préleva des gages sur les gens des marchés. (*Awail* اوايل, par Sojouthi, d'après la rédaction d'*Alidedé*, manuscrit arabe de la Bibliothèque impériale de Vienne, N. F. 198, fol. 53° l. 1-4. اوّل من اتّخذ العسّ وسيّر بين يديه بالضرب ومشى بين يديه بالاعمد زياد ابن ابيه ، واوّل من اخذ على اهل السوق اجرًا من جهة العسّ زياد.)

Ibn Khaldoun a donné dans ses Prolegomènes [2] la description suivante de la charge dont il s'agit :

« Celui qui exerce les fonctions de chef de la *chorta* porte de nos jours en Ifrìkïa [3] le titre de *hakem*; dans le royaume d'Andalousie, on le nomme

terne des rois, » trad. turque, N. F. 285, fol. 38 r°, ms. de la Bibliothèque impériale de Vienne.

[1] Voy. Sari Abdullah, نصيحة الملوك « le Conseil des rois », N. F. 282, ms. turc de la Bibliothèque impériale de Vienne, fol. 126 r°.

[2] *Recueil des Notices et extraits*, t. XVII, p. I, p. 30 et suiv.

[3] La Tunisie, Tripoli et la province de Constantine.

sâhib el-medîna (maître de la ville), et dans l'empire des Turcs (*mamlouks*) on le désigne par le titre de *wâli*. Cette charge est réservée au chef de la force armée. L'autorité de l'officier qui l'exerce s'étend, en certains cas, jusque sur le souverain. Ce fut sous la dynastie abbaside que l'on institua l'emploi de *sâhib usschorta*. Celui qui en était revêtu avait pour mission de réprimer les crimes; d'abord, par l'établissement d'une enquête, puis par la punition du coupable, une fois le crime constaté. Il faut savoir que la loi divine ne prend pas connaissance des crimes dont l'existence n'est pas soupçonnée; elle ne châtie que les crimes constatés. C'est l'administration civile qui s'occupe des premiers; elle établit une enquête afin de les constater, puis elle soumet les auteurs à des peines corporelles. Pour arriver à ses fins, elle force les accusés à faire des aveux, toutes les fois qu'elle ne découvre par des circonstances accessoires (qui puissent démontrer leur culpabilité). Cela se fait en vue de l'intérêt général. L'officier qui, dans le cas d'abstention de la part du kadi, se charge de faire l'enquête et d'appliquer la peine, s'intitule *sâhib usschorta*. Quelquefois on distrait une partie des attributions du kadi pour les déférer à ce fonctionnaire; telles sont les questions de meurtre et l'application de toutes les peines établies par la loi. Autrefois le gouvernement entourait cette charge d'une haute considération et ne la confiait qu'à l'un des grands chefs militaires ou bien à un des personnages les plus marquants du corps des affranchis.

Les gens du peuple et les individus mal famés étaient les seuls de toutes les classes de la population qui se trouvaient soumis à l'autorité du *sâhib usschorta*, fonctionnaire chargé de réprimer les excès des méchants et des débauchés. Dans l'empire des Oméïades espagnols, cette charge formait deux administrations, la grande *schorta* et la petite. L'autorité de la première s'étendait également sur les grands et le peuple, ainsi que sur tous les fonctionnaires publics; pour réprimer les actes d'oppression, elle en châtiait les auteurs, leurs parents et les personnages distingués qui leur étaient attachés. La petite *schorta* ne s'occupait que des gens du peuple. Le chef de la grande *schorta* avait son siége à la porte du palais impérial; plusieurs hommes[1] se tenaient assis devant lui et ne quittaient leurs places que pour exécuter ses ordres. Les fonctions de cet office étaient exercées d'abord par un des grands officiers de l'empire; mais, plus tard, on les attribua au vizir ou au grand chambellan. Dans l'empire almohade du Maghreb, le chef de la *schorta* ne jouissait que d'un certain degré de considération; il ne pouvait étendre son autorité sur toutes les classes de la société, et encore moins sur les fonctionnaires publics. Cette charge ne se confiait d'abord qu'à l'un des grands officiers de l'empire; mais elle a maintenant perdu toute sa considération, étant tombée entre les mains des créatures du souverain[2]. Aujourd'hui, dans le Maghreb,

[1] Tous les manuscrits portent رجل, mais il faut lire رجال.

[2] En Arabe, مصطنع (*mostanâ*), c'est-à-dire *lié par des bienfaits*;

elle appartient à l'une des familles dont les chefs étaient des affranchis ou des créatures du prince. En Orient, dans l'empire turc (mamlouck), elle se confie à un des grands dignitaires turcs ou à un descendant d'une des familles kurdes qui avaient gouverné (l'Égypte) avant les Turcs. Pour l'exercer, on choisit indifféremment, dans l'une ou dans l'autre de ces deux catégories, un individu d'un caractère ferme, capable d'exécuter ses décisions, d'étouffer les semences du vice, d'extirper le mal, de détruire les lieux de débauche et de dissiper les gens qui les fréquentent. Il applique les peines prescrites par la loi et celles qui sont établies par l'administration civile, ainsi que cela doit se faire dans une ville où l'on tient à maintenir l'ordre public. »

M. Michel Amari a fait observer dans les notes de sa traduction de la description de la Sicile, par Ibn Djobair (*Journal Asiatique* de 1846, p. 229, note 61), qu'il semble que le même système d'un chef de police a été adopté en Sicile par les musulmans, et qu'on l'a conservé, même sous la domination chrétienne, tant qu'il exista des populations musulmanes. En effet, Ibn Djobair raconte qu'il existait à Palerme un kadi, et nous voyons, dans les lois de la dynastie aragonaise de Sicile, que

le corps des *mostaná* se recrutait parmi les orphelins sans famille et sans appui. Le sultan les faisait élever au palais, sous ses yeux. Il accordait, par préférence, à ces *mostaná*, les emplois les plus importants. Les *Fityan el-Hodjer* de la dynastie Abbaside, et les *Itch-Oghlan* de l'empire turc, formaient des corps tout à fait semblables à celui des *mostaná*.

les patrouilles de la police s'appelaient *xurta* jusqu'au XIVe siècle. M. Quatremère décrit, d'après le *Mesâlik el-absâr* [1], le ressort des wâlis en Égypte, sous la dynastie des sultans mamlouks; il dit que l'usage voulait que les wâlis de chaque ville, c'est-à-dire les commandants du guet اصحاب الشرط [2] apprissent chaque jour, de la bouche des fonctionnaires chargés par eux de la surveillance des quartiers, tous les événements qui y étaient arrivés, qu'ils consignassent ces détails dans un mémoire spécial, qui était mis sous les yeux du sultan. Ibn Khaldoun dit qu'on établit sous ces dynasties un magistrat qui jugeait d'après les maximes d'une politique sévère, sans avoir besoin de s'en tenir à la lettre des formes légales. L'auteur de l'*Inscha* raconte que l'officier de la police de Caire (متولى القاهرة) portait autrefois le titre de صاحب الشرطة (*sâhib usschorta*); sa première institution remontait au khalife Osman ben Affân. De son temps, ce magistrat avait sous sa juridiction la police de Fostât (ولاية مصر) réunie à celle du Caire et de la banlieue. C'était lui qui était chargé d'appliquer la peine du talion, d'infliger les punitions légales, d'inspecter les prisons et de faire fermer et ouvrir les portes de la ville. Il devait faire les rondes dans les lieux qui étaient supposés renfermer des richesses ou des étoffes

[1] *Histoire des sultans Mamlouks*, I, 109, note 140.

[2] Quatremère, *Mémoires sur l'Égypte*, II, 237; le commandant du guet, l'émir Alameddin Sandjar, était sollicité de redoubler de vigilance pour prévenir les incendies. (Voy. aussi p. 241, 243, 250, 258.)

précieuses; il ne pouvait même coucher hors de la ville, à moins d'une permission par écrit, parce qu'il était à craindre que, pendant son absence, un incendie n'arrivât, qu'un magasin ne fût dévalisé, une prison forcée ou qu'on ne connût d'autres délits. Jusqu'au règne de Melik Mouayad, cet officier avait le privilége de faire battre à sa porte un tambour (طبلخاناة), et il possédait un bénéfice territorial (اقطاع) du genre de ceux dont les émirs du même rang jouissaient. Mais au temps de l'auteur de l'*Inscha*, tout cela était abandonné.

Dans le diplôme (مرسوم) qui était délivré au chef de la police, sa charge était désignée par le titre de ولاية. Dans un passage de l'Histoire de l'Égypte, par Ahmed Askalâni, le wâli est confondu avec le muhtasib; mais plus loin l'écrivain se contredit, car il nomme conjointement ces deux officiers, qui se mirent ensemble en marche et firent, par ordre du sultan, une ronde dans les lieux du Caire qui étaient le siége du désordre. Vansleb explique dans sa *Relation de l'Égypte*, p. 353, le mot *wâli* par celui de *grand prevôt*, et Khalil Dâhiri (ms. de la Bibliothèque impériale de Paris, n° 695, fol. 359 r°) nomme des officiers portant le titre de *wâli* et qui étaient dans chaque province subordonnés au كاشف[1].

Le wâli (le préfet de police) est désigné aussi, dans les *Makamât* de Hariri (2ᵉ éd. par Reinaud et De-

[1] Conf. l'édition du texte arabe des *Mille et une Nuits*, par M. Habicht, t. II, p. ١٣ et ١٣١, et M. Lane, *Thousand and one Nights*, I, p. 331 et 420, note 9.

renbourg, p. ٢٦١), par le titre de صاحب المعونة, et le commentaire nous donne l'explication suivante pour cette dénomination : هو المرتّب لتقويم امور العامّة فكانّه معين المظلوم على الظالم والمعونة والاعانة بمعنى يعنى الوٰلى قال الشريشى هو والى الجنايات الخ (c'est-à-dire, c'est celui qui est employé pour l'administration des affaires du peuple, de manière qu'il aide l'opprimé contre son adversaire opprimant, et les mots المعونة et الاعانة ont le même sens. Ici Hariri entend le wâli. Son commentateur Scharîschî ajoute : C'est l'officier chargé de réprimer les crimes, etc. » D'un autre côté, le *sâhib ulmaoûnah* avait le droit d'emprisonner les criminels ; car Makrizi mentionne dans sa *Description de l'Égypte* (éd. arabe de Boulak, t. I, p. ٤٩٣) la prison nommée حبس المعونة, qui était au Caire. Cette prison se maintint sous la dynastie des Fatimites, des Ayoubites et des sultans mamlouks, jusqu'à sa démolition par le sultan Kilaoun, en 680 de l'hégire (1281 de J. C.)[1]. M. Silvestre de Sacy n'a pas donné un renseignement satisfaisant sur ce bâtiment dans son *Traité des Monnaies musulmanes*, p. 38, note 73 ; car il a cru que c'était une caserne ou un corps de garde, un lieu où logaient les soldats nommés *avan*.

M. Marcel, dans ses *Contes du scheich Mohdy*, t. III, notes supplémentaires, p. 384 et 385, dit que le *nayb* (نايب), appelé autrement le *wâly* (والى), est spécialement chargé au Caire, dans chaque arrondisse-

[1] Makrizi, *Description de l'Égypte*, t. II, p. ١٠٢.

ment, de la police directe et particulière du quartier. Chaque quartier est séparé des autres par des portes qui se ferment soigneusement le soir, et auprès desquelles doivent veiller les gardes de nuit, qui étaient toujours au nombre de deux à chaque porte, attachés l'un à l'autre par le bras, afin qu'ils ne pussent pas voler eux-mêmes en surveillant les voleurs.

La charge du wâli passa dans notre siècle à celle du *zâbit*, en Égypte ضابط[1].

Volney (œuvres complètes, Paris, 1821, t. III, *État politique de la Syrie*, p. 235) rapporte que le wâli exerce la police des marchands, c'est-à-dire qu'il veille sur les poids et les mesures, et sur cet article sa sévérité est extrême; pour le moindre faux poids sur le pain, sur la viande ou les sucreries, l'on donne cinq cents coups de bâton et quelquefois l'on punit de mort. Les exemples en sont fréquents dans les grandes villes; cependant il n'est pas de pays où l'on vende plus à faux poids. Les marchands en sont quittes pour guetter le passage du wâli et du muhtasib; sitôt qu'ils paraissent à cheval, chacun se cache; on produit d'autres poids, souvent même les débitants font des traités avec les valets qui marchent devant ces deux officiers, et, grâce à une rétribution, ils sont sûrs de l'impunité.

La suite du chef de la *schorta*, sous le gouvernement des khalifes de l'Orient proprement dit, était

[1] Conf. Lane, *Manners and Customs of the modern Egyptians*, t. I, p. 161, et R. Burton, *Personal narrative of a pilgrimage to El-Medinah and Mekkah*. Londres, 1857, in-8°, vol. I, p. 154.

composée d'esclaves affranchis, de clients et d'hommes tout à fait dévoués à leur maître, qui exécutaient avec la plus grande vitesse ses ordres en arrêtant et conduisant les criminels à la mort. Ainsi était Nosaïr, père de Moussa, le conquérant de l'Espagne et chef de la schorta sous le règne de Moavia, le premier khalife des Omayades. En Espagne, la charge du chef de la schorta passa, sous Alhakem Ier, de la position civile à une dignité militaire, et son chef devint avec ce changement un magistrat de police, dont les fonctions consistaient dans la découverte et la punition des délits, et dans les règlements civils de la ville ou du quartier confié à son inspection, comme celle des bâtiments publics. Okba, émir et gouverneur du khalife Hischâm en Espagne, exerça l'administration de la justice avec une grande sévérité, laissant chacun des musulmans et des chrétiens dans la jouissance paisible de ses droits; il plaça des kadis et des kaschifs armés, qui étaient employés au double service de gendarmes et d'espions de police, et qui sont devenus les alguazils de la Sainte-Hermandad. Les gardes de la nuit (خفير au singulier, *Mille et une Nuits*, éd. de Breslau, t. II, p. 13) étaient placés principalement dans les marchés pour y empêcher les vols. Le mot خفارة désigne (conf. Reinaud, *Extraits des historiens arabes des Croisades;* Paris, 1829, p. 504, et Quatremère, *Histoire des sultans Mamlouks*, t. I, p. 207, 208, note) la protection qui était accordée à des personnes sédentaires ou en voyage, et par suite l'impôt, qui était levé en récompense de cette protection.

En Maghrib la garde de la nuit s'appela طوان ou plus complétement[1] طوان الليل (ronde de nuit), ou ارباع, اصحاب en Orient. En Espagne on nomma الدَّرَابِين *addarabin*[2] les hommes qui gardaient les portes des rues دُرُوب; car les villes de l'Espagne avaient des portes dans chaque rue, pour être fermées après la prière de l'*atemè*[3]. Chaque rue avait son garde, qui veillait bien armé; il était pourvu d'une lanterne suspendue sur lui et accompagné d'un chien vigoureux, qui l'avertissait, par ses aboiements, si quelque bruit se manifestait quelque part. Ibn Saïd, l'auteur des Étoiles pénétrantes dans l'équité entre les Orientaux et les Occidentaux الشهب الثاقبة فى الانصاف بين المشارقة والمغاربة, dit que toutes ces précautions étaient indispensables dans les larges villes de l'Andalousie, à cause du grand nombre de voleurs et de vagabonds qui pouvaient troubler aisément la tranquillité publique pendant la nuit par leurs bruits et leurs cris, ou commettre des ra-

[1] Conf. Al-Makkari, *Analectes sur l'histoire et la littérature des Arabes d'Espagne*, t. I, partie 1, p. ١٣٥, et Freytag, *Chrestomathia arabica*, p. ١٤٩.

[2] Gayangos, *History of the Mohamedan dynasties in Spain*, dit *Addarabien* (*gate-keepers*), vol. I, p. 105. Cependant le texte arabe donne بالدرابين, ce qui est le pluriel du mot persan دربان, qui désigne le portier.

[3] العتمة désigne la troisième partie de la nuit, temps où se fait la seconde prière nocturne.

pines horribles; car ce n'était pas, dans ces temps, une chose extraordinaire d'entendre dire qu'une troupe de larrons avaient attaqué durant la nuit une maison bien fermée, et, y entrant par force, avaien saisi tout ce qu'ils avaient trouvé, et tué quiconque aurait pu leur faire résistance ou aider le lendemair les gendarmes à découvrir les coupables. C'est pourquoi on entendait très-souvent dans l'Andalousie le peuple dire : « La nuit dernière, les voleurs ont attaqué la maison de tel et tel par force, et plus tarc il a été trouvé étranglé dans son lit. » Mais de tels crimes n'étaient pas également communs dans toute l'Andalousie et se bornaient aux grandes villes; e aussi ils y étaient plus ou moins fréquents à proportion de la sévérité énergique ou de l'indifférence montrée par les autorités publiques; mais en généra nous devons faire observer que, malgré la rigueur la plus grande exercée envers les larrons, au poin qu'on appliquait une punition capitale à ceux mêmes qui n'avaient volé que quelques grappes de raisin le pays, dans beaucoup de lieux, ne fut jamais débarrassé de ce fléau[1].

Une partie essentielle de la police était la réparation des griefs. Le chapitre XI du *Miroir des rois* d'Abounnadjib Suhrwardi, dans la traduction turque qui se trouve à la Bibliothèque impériale de Vienne

[1] M. de Gayangos raconte une anecdote très-intéressante d'ur brigand fameux nommé *Albâziulashâb*, vol. I, p. 106-108. (Conf en regard du *Pascha de la Nuit*, au Caire (*The Pascha of the Night*) M. Burton, *Personal Narrative of a pilgrimage to El-Medinah and Mekkah*; vol. I, p. 116-117.)

(cf. Hammer, *Länderverwaltung unter dem Chalifate*, p. 243-247), contient un aperçu historique sur le diwân établi pour la découverte des injustices ديوان (كشف مظالم). On y voit que les anciens rois de Perse avaient fixé un jour pour écouter les griefs des sujets, dans lequel jour ils ne s'occupaient pas d'autre chose. Le khalife Abdulmalk ibn Merouân fixa pour ce jour les procès difficiles au kadi de sa cour, Idris Alaudi, et celui-ci apporta une grande rigueur dans l'exécution des lois. Comme les injustices et les cruautés des gouverneurs s'augmentèrent, Omar, fils d'Abdalazîz, présida lui-même aux séances de ce diwân, en exécutant les ordres de la loi et détournant les injustices faites au détriment des innocents; il rendit les biens qui avaient été confisqués par les khalifes précédents à la famille des propriétaires légitimes. Quelques-uns de ses courtisans lui dirent : « Prince des croyans, nous craignons que cette politique n'ait des conséquences fâcheuses pour toi et pour d'autres. » Sur quoi il répondit : « Je ne crains rien que pour le jour de la résurrection. » Plus tard, sous la dynastie des Abbasides, le khalife Almahdi prit part lui-même à la découverte des délits commis, et avait le soin de la restitution des biens volés à leurs propriétaires légitimes. De même Hâdi, Haroun Arraschîd, Almamoun, jusqu'au khalife Almohtadi[1], exécutèrent

[1] Le célèbre Assafedi, dont le commentaire sur la *Risala* d'Ibn Zaidoun sera bientôt donné par moi, et dont l'élaboration a été favorisée par M. Reinaud (conf. mon compte rendu dans le *Journal*

eux-mêmes l'investigation des injustices; mais les khalifes qui régnèrent après Almohtadi confièrent cette recherche des injustices à leurs vizirs, et s'en abstinrent eux-mêmes.

Lorsque la Syrie fut gouvernée par Noureddin Mahmoud, fils de Zengui, celui-ci bâtit à Damas un palais magnifique, qui était appelé دار العدل « la maison de justice[1]. » Il s'y rendait aux jours fixés pour pré-

de la Société orientale de l'Allemagne, t. XIII, cah. III, p. 477-480), raconte que le prince des croyants, le khalife Alkâdir billâh Ahmed, pendant qu'il se promenait une nuit dans les marchés de Bagdad (ms. arabe de la Biblioth. impériale de Paris, suppl. ar. n° 1503, fol. 111 et suiv.), entendit un homme qui disait à un autre : « Le gouvernement de ce méchant a duré trop longtemps pour nous; personne sous lui ne sait comment vivre. » Le khalife expédia un serviteur pour amener cet homme devant lui. Lorsque l'homme fut arrivé, il lui demanda son métier et celui-ci lui répondit : « J'appartiens aux délateurs, dont les explorateurs (les espions, أصحاب الطلعات) se servent pour la connaissance des affaires des hommes : or, durant le gouvernement du prince des croyants, nous sommes mis de côté et il a fait connaître qu'il n'avait pas besoin de nous; notre subsistance nous est arrachée et l'autorité du métier a été brisée. » Alors le khalife lui demanda : « Est-ce que tu connais les hommes de Bagdad qui appartiennent aux délateurs? » et celui-ci lui dit que oui. Puis le khalife fit chercher un kâtib, qui lui écrivit leurs noms; alors il les fit amener devant lui, il assigna à chacun d'eux une somme d'argent et les bannit jusqu'aux frontières les plus éloignées de son empire. Ils furent placés dans ces contrées en qualité d'espions (conf. Quatremère, *Histoire des sultans Mamlouks*, t. I, p. 182, note 63), contre les ennemis de la religion. Enfin il s'adressa aux assistants et leur dit : « Sachez que ces hommes sont ceux que Dieu a faits pour commettre le mal et que leurs poitrines sont pleines de haine envers tout le monde; il faut qu'ils s'abstiennent de faire le mal; en tout cas, il vaut mieux que cette disposition tourne contre les ennemis de la religion que contre les musulmans eux-mêmes. »

[1] Conf. mon édition arabe du *Kitab arraudatain*, par Abou Schamah, publiée à Beyrouth (tirage à part), p. 11.

sider les séances, ayant autour de lui les *ulémas* et *fukahas* (les théologiens et jurisconsultes); il écoutait les plaintes des innocents et, dans les procès difficiles, le conseil des savants présents. Dans les autres villes les affaires suivaient la même marche. Le jurisconsulte Abou Tâhir Ibrâhim ben Husain Alhamoudi rapporte qu'il était un jour présent dans la maison de justice à Damas, à côté de Noureddin, lorsque le registre de l'imposition foncière des habitants de la Syrie lui fut présenté. Le prince dit : « Je me suis proposé d'ôter leurs biens aux habitants de Maarrat annâman, vu que des hommes honnêtes m'ont rapporté que les habitants de cette ville, en se donnant un témoignage l'un pour l'autre, ont acquis leurs fortunes d'une manière injuste. » Je lui dis : « Mon roi, Dieu t'a chargé du devoir d'exercer la justice envers tes sujets; veuille examiner toi-même ce qui t'a été rapporté, et ne prends pas une décision appuyée sur une seule assertion; car la population de Maarrat annâman se compose de beaucoup d'âmes, et il est impossible que tous les habitants soient d'accord pour donner un faux témoignage; il n'est pas permis de leur ôter leurs biens sur le rapport d'hommes qui peuvent avoir été induits en erreur. » Après ces mots, Noureddin baissa la tête pour quelques moments; ensuite il la releva et me répondit : « Pour le présent je m'en abstiendrai et j'examinerai moi-même les droits des propriétaires. » Il dicta alors à son secrétaire l'ordre pour le gouverneur (وّلى) de Maarrat annâman de laisser les habitants de ce lieu tranquilles dans leurs possessions, et de les inviter à fournir les preuves de leurs droits. Le secrétaire écrivit cet ordre et le présenta à Noureddin. En ce moment un garçon qui se trouvait sur les bords du Barada, qui coulait dans le voisinage du palais, commença à chanter ces vers à haute voix :

Soyez juste, dès que vos ordres ont de l'influence pour le profit et le dommage.

Conservez les jours de votre règne, car vous êtes exposé à les perdre.

Le monde et sa parure ne sont agréables qu'autant que des souvenirs en restent.

Lorsque Noureddin entendit cette chanson, son visage changea de couleur; il pleura et récita le verset du Coran (sur. II, v. 276) :

Celui à qui parviendra un avertissement du Seigneur et qui mettra un terme à son injustice obtiendra le pardon du passé; son affaire ne regardera plus que Dieu.

Alors il prit le papier sur lequel le secrétaire avait écrit son ordre et il le déchira en pièces.

Dans le diwân pour la découverte et la punition des délits et des injustices il y a cinq classes de fonctionnaires : 1° le conseil, composé du mufti, des ulémas et des jurisconsultes (*fukahas*); 2° les kadis (les juges) et les préfets pour la décision des procès litigieux; 3° les scheikhs et les hommes honnêtes et honorables du lieu pour le témoignage des cas qui se présentent (شهود); 4° les secrétaires pour écrire les procès-verbaux des faits; 5° les grands dignitaires, les confidents (خواص) et les employés de police (جاة دولت), c'est-à-dire les kaschifs et les muhtasibs.

Le khalife Hakim biemrillâh[1] rendit en 390 de l'hégire = 999-1000 de notre ère, à Abd Alaziz ibn Mohammed, la charge d'inspecteur des demandes en réparation des griefs. Cet office était très-important. Makrizi décrit en deux endroits le cérémonial qui s'observait dans les audiences destinées à recevoir les demandes de cette nature. Cet usage, qui avait eu lieu à la cour des Abbasides, se pratiqua toujours en Égypte sous le gouvernement des Fatimites et ensuite sous les Ayoubites, comme sous les princes qui leur succédèrent; mais avec quelques

[1] Hakim faisait souvent la police par lui-même, la nuit et le jour. Dans un temps où il avait défendu aux femmes de sortir, s'il lui arrivait d'en rencontrer quelqu'une en contravention, il la livrait au commandant de ses gardes, qui la faisait expirer sous les coups. Trouvait-il quelqu'un en faute ou qui eût encouru une punition, il l'abandonnait à la brutalité d'un esclave noir nommé Masoud, qui l'accompagnait et qui commettait sur ce malheureux les actes les plus infâmes. A une époque où il avait défendu de travailler durant le jour et ordonné que toutes les affaires, le commerce et tous les travaux se fissent durant la nuit, il rencontra un homme qui travaillait du métier de charpentier après la prière du soir, mais avant le coucher du soleil; il s'arrêta et lui dit : « Ne vous ai-je pas défendu de travailler à cette heure? — Il est vrai, seigneur, lui répondit cet homme; mais autrefois, lorsque l'on travaillait le jour pour gagner sa vie, il arrivait quelquefois que l'on veillait une partie de la nuit. Ce que je fais ici, est aussi une veillée » Hakim se mit à rire, le laissa faire et permit à chacun de reprendre son train de vie ordinaire. D'autres cruautés sont racontées par Silv. de Sacy, *Exposé sur la religion des Druzes*, t. I, Vie de Hakim, p. 314, etc.

variations dans les formes extérieures. Sous les Fatimites cette fonction fut quelquefois confiée au kadi ulkudât (le kadi suprême), et quelquefois on établit un officier spécial pour la remplir. A certains jours fixes de la semaine cet officier donnait audience à une des portes du palais, et un crieur appelait à haute voix tous ceux qui avaient des requêtes à présenter. La réclamation était faite de vive voix, si les défendeurs résidaient à Misr et au Caire. Alors elle était renvoyée aux wâlis (les préfets de police) ou bien aux kadis avec l'ordre d'y faire droit. Si ceux contre lesquels la plainte se dirigeait n'habitaient point à Misr ni au Caire, la réclamation était remise par écrit; un hagib ou huissier de la porte recevait tous les placets, et, quand il les avait réunis, il les portait au secrétaire de la plume fine (الموقع بالقلم الدقيق), qui y écrivait la décision, après quoi on les transmettait au secrétaire de la grosse plume (الموقع بالقلم الجليل), qui écrivait en détail la décision que le premier n'avait fait qu'indiquer. Après cela on mettait toutes les demandes dans un sac et on les présentait au khalife, qui confirmait la décision. Cela accompli, on les remettait dans le sac et on les rendait à l'huissier, qui, se tenant à la porte du palais, transmettait à chaque personne la décision qui la concernait[1].

Sojouthi a aussi décrit le cérémonial usité pour la réception des plaintes, au temps des sultans mam-

[1] Ancien recueil des *Mémoires de l'Académie des inscriptions* t. L, p. 417.

louks. « Voici, dit-il, ce qu'on lit dans Ibn Fadl al-lâh : Quand le sultan tient l'audience pour recevoir les demandes en réparation des griefs, les quatre kadis des quatre sectes orthodoxes prennent séance à sa droite; après eux, l'intendant du trésor impérial, puis le muhtasib; à la gauche du sultan est assis le secrétaire d'État; devant lui sont le chef du département de la guerre et les greffiers, qui complètent le cercle. S'il s'y trouve un vizir qui soit du nombre des officiers de plume, il se place entre le prince et le secrétaire d'État; si le vizir fait partie des officiers d'épée, il se tient debout à une distance des autres employés. Deux rangées, composées d'écuyers et officiers de la garde-robe et de pages se tiennent debout derrière le sultan, à droite et à gauche. A quinze coudées environ de distance, de l'un et de l'autre côté, sont assis les plus vieux des émirs commandants des compagnies de cent hommes; ces émirs forment le conseil; auprès d'eux sont les émirs qui les suivent en rang et le reste des employés, tous debout; les autres émirs se tiennent debout derrière les émirs du conseil. Derrière le cercle qui entoure le sultan se tiennent debout les huissiers de la porte et les dewâdârs (porte-écritoire), pour présenter les requêtes des particuliers et amener les malheureux. On lit les requêtes au prince, qui communique aux kadis les affaires de leur ressort; pour celles qui concernent l'armée, le sultan en confère avec l'intendant du trésor particulier et le secrétaire d'État. Cette audience a lieu le lundi et le jeudi. »

Makrizi, éd. arabe de Boulak, t. II, p. 205 (cf. de Sacy, *Chrestom. arabe*, t. II, 183), fait mention de deux édifices nommés l'*hôtel de la justice* : l'un s'appelait l'*ancien hôtel de la justice* (دار العدل القديمة), et avait été construit par le sultan Baibars en 661 : c'était là qu'il se tenait pour recevoir les plaintes de ses sujets, et pour faire la revue des troupes. Cet édifice subsista et conserva sa destination jusqu'à ce que le sultân Kilaoun eût fait construire le portique dont il va être question. Alors l'*hôtel de la justice* fut abandonné, et en 722 le sultan Melik Annâsir Mohammed le fit démolir, et fit construire à sa place le طبلخانه (dépôt des tambours). Le second édifice auquel s'applique le nom d'*hôtel de la justice* est le portique construit d'abord par Kilaoun, puis détruit et rebâti avec plus de magnificence par son fils Mohammed. Makrizi l'appelle le portique, connu sous le nom d'*hôtel de la justice* الايوان المعروف بدار العدل ; le sultan y donnait audience les lundis et les jeudis, accompagné de tous les grands dignitaires et des kadis, et y recevait les plaintes et les demandes en réparation des griefs. Sous les sultans circassiens, dont le premier fut Melik azzâhir Barkouk, ces audiences continuèrent à avoir lieu, mais seulement pour la forme et sans aucune utilité réelle. L'audience durait peu et l'on se contentait d'y lire quelques requêtes.

Depuis l'établissement de la puissance ottomane en Égypte et en Syrie, la fonction qu'on appelait l'office des réparations des griefs (النظر في المظالم) porta le nom de *jugement administratif* (حكم السياسة). L'exercice en fut confié au vice-roi, au grand chambellan, au préfet de la police de la ville (والى البلد), et aux préfets militaires (متولى الحرب) dans les provinces.

M. Quatremère cite dans l'*Histoire des sultans Mamlouks* (t. II, part. II, p. 4) les gardiens et les hommes préposés à l'éclairage (ارباب الضوء), et dit que ce mot désignait les hommes appelés autrement مشاعلية. (Conf. de Sacy, *Chrestomathie arabe*, t. I, p. 201 et 202.) L'histoire de l'Égypte à l'époque des sultans Mamlouks fait mention de cette classe d'hommes, qui remplissaient exclusivement les professions les plus ignobles et exerçaient les affreuses fonctions de bourreau; leurs talents en ce genre ont mérité le triste avantage d'être cités par les historiens de l'Égypte, comme dans les *Mille et une Nuits*, éd. arabe de Breslau, t. II, p. 182, 183. Ils exécutaient non-seulement les sentences capitales, mais lorsqu'un homme était condamné à se voir promener ignomineusement dans les rues, cloué sur une planche que portait un chameau, ces bourreaux marchaient devant le criminel en criant : « Voilà la juste punition de ceux qui se révoltent contre l'autorité du sultan. » (Ibn Ayâs, *Histoire de l'Égypte*, ms. arabe de Paris 595, t. II, fol. 25). Ils faisaient le métier des crieurs publics; nous les voyons chargés de parcourir la ville durant la nuit et de faire entendre à haute voix une défense adressée à tous les habitants de sortir de leurs maisons avant le jour; c'étaient eux qui, lorsqu'un traité de paix avait été signé, en proclamaient l'annonce dans tous les quartiers de la capitale. Ce fait a le droit d'étonner; la paix est pour chaque population un événement extrêmement agréable; comment pouvait-on choisir, pour annoncer une pareille nouvelle, les hommes qui, dans la société, occupaient le rang le plus infime et la position la plus repoussante?

M. Quatremère a donné un exposé satisfaisant des meschâilis et des bohémiens en Orient (*l. l.* p. 5 et 6). Les bohémiens ont pour attribut distinctif le meschâl (rechaud), qui fait une partie essentielle de leur costume. Or le meschâl devient dans certains cas un instrument de supplice; après l'avoir fait rougir, on l'enfonce sur la tête du criminel, autour de laquelle on le serre fortement. En parcourant l'histoire de l'Orient, nous trouvons à la cour de chaque khalife et de chaque souverain un bourreau sous les titres de سيّاف « porteurs d'épées » ou جلّاد « écorcheurs. » On peut présumer que cet homme chargé d'exécuter les sentences de la justice, et plus souvent employé à satisfaire la vengeance ou la cruauté d'un tyran, était pris parmi les bohémiens.

Nous observons encore que dans le temps des khalifes abbasides il y avait dans chaque ville un homme qui était appelé *sâhibulbarid* (صاحب البريد), qui avait un large revenu, et dont la fonction était de rapporter au khalife tout ce qui se passait dans la ville et les environs, et aussi la situation et la conduite des gouverneurs et des sujets. C'était une espèce de police secrète. (Voy. Weil, *Geschichte der Chalifen*, t. II, 89; Ibn Batoutah, éd. Defrémery et Sanguinetti, t. III, p. 95, et Noëldeke, *Kitab Jamîni* dans les comptes rendus de l'Académie de Vienne, janvier 1857, p. 4, ou t. XXIII, p. 16.)

En passant aux Persans, je veux donner ensemble tous les titres usités des charges de police (cf. Garcin de Tassy, *Journal asiatique*, mai-juin 1854, p. 487) : 1° كتخدا, les commissaires de police, 2° داروغه, inspecteur de police (le mot تهانادار, inspecteur subalterne de police, est usité dans les Indes); 3° حاكم, chef de police dans les grandes villes; 4° ضابط, le chef de police dans les petites villes, et le commissaire de police proprement dit, et, en même temps, le juge de paix, un pour l'armée et un autre pour les villes; 5° كوتوال, *kutwal;* nous le trouvons dans les تزوكات تيمور (édition Langlès, Paris, 1787, p. 91 et 122), et les Portugais le retrouvèrent dans l'Inde, comme le montre un passage des *Lusiades* de Camoëns. Les fonctions de ce commissaire de police ont été décrites assez exactement dans le Traité de la législation orientale, par Anquetil du Perron, pages 247-251, d'après l'*Akbarnamé* du grand vizir Aboulfadl. (Cf. *Journal de la Société orientale d'Allemagne*, t. XIII, p. 256 et 339.) Le devoir de cet officier est de faire disparaître les malfaiteurs des places publiques, de tenir registre des maisons et des lieux habités, et de déterminer, en même temps, le secours que les citoyens doivent se donner mutuellement; de marquer les quartiers ou rues de maisons de roseaux; de charger de la fonction de commissaire de police un étranger habitué dans l'endroit, et qui soit ami de tout le monde; de tenir note exacte des personnes qui passent dans le village, etc. Puis il doit se tenir dans un coin de la place, la toque en tête; et, du haut de son siége, il doit maintenir le repos et la paix, en détournant les hommes d'aller et venir sans rien faire, et en forçant les fainéants à choisir une occupation. Avant tout, il doit bannir la violence, et ne pas souffrir que personne s'introduise par force dans la maison d'autrui.

Le plus celèbre législateur de la Perse est le sultan Ghazan l'*Ilkhânien*, dont les institutions méritent d'être étudiées ici pour le département de la police. Ses règlements politiques, en général, sont peut-être un renouvellement des institutions des Seldjukides et des rois du Khowarizm, qui étaient tombées en desuétude ou qui avaient perdu de leur valeur dans le pays; mais le mérite du sultan Gazan sera toujours d'avoir redonné la vie à des institutions pourries et ensevelies dans l'oubli, de manière qu'elles puissent passer, après la décadence de l'empire ilkhânien, aux dynasties mongoles des Banû Djobân et des Ilkiânes, puis aux dynasties turcomanes connues sous le nom d'*Akkoiounlû* et de *Karakoiounlû*, et à l'Empire Ottoman; enfin à Timur et à la dynastie persane des sofis. Raschide.ddin, historien et vizir, raconte (ms. persan de la Bibliothèque impériale de Vienne, fonds mixte, n° 326, fol 308 r°) que, lorsque

Gazan monta sur le trône, le royaume était infesté de brigands mongols, taziks (persans), kurdes, etc. auxquels se joignaient les esclaves fugitifs et les gens sans aveu; les fainéants, les vagabonds des villes venaient chez eux, et quelques-uns des paysans se rangeaient à leur parti et leur servaient de guides. Si un brigand qui s'était rendu fameux par ses exploits tombait entre les mains de la justice, il trouvait des protecteurs qui empêchaient qu'il ne fût mis à mort.

D'après une ancienne ordonnance, ceux qui voyageaient devaient marcher de compagnie, et se prêter mutuellement assistance. Dans ces temps les voyageurs se concertaient, il est vrai, ensemble quand une bande de voleurs se trouvait sur leur route, et restaient quelque temps réunis; mais, dans certains cas, les voleurs, usant d'artifice, criaient à haute voix, « Nous n'en voulons pas à ceux qui n'ont rien ou qui ont peu, » et ceux-ci se séparaient des autres. Aussitôt les voleurs tombaient sur les derniers. Ils assaillaient les voyageurs près des cantonnements militaires, des villages et des villes, et personne ne se mettait en peine de les réprimer. La situation était arrivée à ce point, que les voleurs avaient des amis et des compagnons parmi les nomades et les paysans. Beaucoup d'hommes savaient cela, mais ils n'osaient pas les dénoncer; et si les voleurs étaient dénoncés, ils se sauvaient par des protections, et le dénonciateur était perdu. Par l'assistance des cultivateurs et des maires des villages, qui étaient liés d'amitié avec eux, les brigands recevaient de tous les côtés tout ce dont ils avaient besoin. Beaucoup d'entre eux venaient fréquemment comme hôtes chez les habitants, et ceux-ci leur donnaient même asile dans les moments de danger. Les brigands avaient aussi dans les villes des amis qui vendaient les effets volés; ils allaient passer, de temps en temps, un ou deux mois avec eux dans les plaisirs, et ils dissipaient ensemble les pièces d'or volées. L'audace des brigands s'éleva jusqu'à ce point, qu'ils attaquaient, la nuit, un émir dans son lit, et le dépouillaient de ses richesses. Les Tetegaouls (Tangaouls) et les gardes préposés pour la sûreté des routes ne faisaient pas autre chose que de prendre aux passants ce qui était à leur convenance; ils ne servaient qu'à aggraver le mal; ils arrêtaient les caravanes sous le prétexte d'y chercher des voleurs, et ils donnaient aux brigands le temps de se mettre sur leurs gardes ou de se placer en embuscade. Ils mettaient les voyageurs à contribution, et ceux qui venaient et allaient avaient moins peur d'être attaqués par les brigands que d'avoir affaire aux Tangaouls; car le dommage qui pouvait leur être fait par les voleurs n'était que fortuit; tandis que, à chaque station, ils étaient exposés à la rapacité des Tangaouls. C'est pourquoi beaucoup de caravanes choisissaient des routes détournées et pleines de difficultés, afin d'éviter la rencontre des Tangaouls.

Pour remédier à ces maux, Gazan ordonna,

1° Que quiconque abandonnerait ses compagnons de route lors d'une attaque des voleurs, et ne concourrait pas, avec les autres voyageurs, à repousser les assaillants, serait considéré comme criminel, et poursuivi, en conséquence, dans sa personne et dans ses biens;

2° Que le cantonnement militaire (خيل خانه), ou le village le plus voisin du lieu où se serait commis le vol, en répondrait (عهده بردن), surtout si les habitants avaient été prévenus du danger. Chacun serait obligé de découvrir et de poursuivre à l'instant les voleurs, soit la nuit, soit le jour, soit à cheval, soit à pied, jusqu'à ce qu'ils fussent atteints. Enfin il commanda que toute personne du cantonnement militaire, ou du village, ou de la ville, soit Mongol ou Tazik (persan), qui serait convaincue de connivence avec les voleurs, serait sans pitié punie de mort. Le sultan chargea l'émir Incouli[1], l'un de ses confidents, et qui était connu pour son esprit de justice et sa sévérité, de veiller à l'exécution de cette ordonnance. Tous les brigands qui furent pris furent les uns mis à mort, les autres condamnés à porter le carcan au cou; ceux de leurs complices qui les avaient dénoncés furent faits *terkhans*, en récompense de ce service. Gazan fut si satisfait de la sévérité avec laquelle l'émir des Tangaouls avait poursuivi les voleurs, qu'il lui fit cadeau de leurs biens. Grâce à ces mesures, personne n'osa plus se mettre de connivence avec les voleurs. Ceux-ci abandon-

[1] M. d'Ohsson, *Histoire des Mongols*, t. IV, p. 472. Le ms. persan de la bibliothèque impériale de Vienne, fol. 308 v°, porte امير اسقاول (l'émir *etetegaoul*, ou des tangaouls).

nèrent peu à peu leur métier, et la sécurité se rétablit partout.

Après cela Gazan ordonna que, sur les routes, dans chaque endroit qui pouvait être infesté, des gardes fussent placés en différents points, pour indiquer aux caravanes la direction qu'elles devaient prendre; il leur permit de percevoir un droit, sous le nom de باج, se montant à un demi *aktché* (اقجه) pour quatre mulets ou deux chameaux chargés, et rien de plus. Pour les bêtes de somme non chargées (تهی), et celles qui portaient des comestibles et des vivres, comme le froment, on ne devait rien demander. Si un attentat arrivait, le garde qui était le plus voisin du lieu était chargé d'attraper le voleur; mais il ne lui était point permis d'aller au delà des prescriptions concernant les biens des caravanes, ou bien il devait donner les preuves de leur restitution à leurs propriétaires. Le chef des gardes des routes était l'émir Bouralghy, le fils de l'émir Hifour (حفور ?), qui, sous le règne d'Arghoun khan, avait été l'émir des Tangaoul. Gazan ordonna à Bouralghy de placer sur chaque route un garde sûr et honnête. Il fit mettre dans les postes, pour l'instruction des gardes, des colonnes de pierre et de chaux et une tablette, sur laquelle le nombre des gardes de chaque poste et la quotité des taxes fixées (شرايط ياساق) pour les voyageurs étaient écrits. Sur la colonne, on avait indiqué que les gardes ne devaient pas camper hors de ces lieux, ni être au delà du nombre fixé, et qu'ils ne pouvaient prendre que la quotité ordonnée. Ces petits monuments étaient appelés *tablettes de justice* (لوح عدل), et leur position était très-évidente. Auparavant quiconque voulait se poster dans le rayon du cantonnement se plaçait sur la grande route, et, sous le costume de Tangaoul, percevait un droit (تاج); mais à partir de ce moment il fut écrit sur la tablette que tout individu qui camperait hors des lieux fixés serait considéré comme voleur, et personne d'entre les Mongols et les Taziks (Persans) ne prit plus une autre place dans la nuit. Pendant les deux années que cette ordonnance fut affichée, peu de brigandages furent commis dans les provinces, et si quelque fait de ce genre arrivait par hasard, les gardes arrêtaient à l'instant les voleurs et les suppliciaient. Grâce à cette sévérité, ce métier se perdit de jour en jour, et la sécurité des routes devint générale.

Gazan ordonna que chaque caravane ou compagnie de voyageurs qui voulait s'arrêter près d'un village, ou d'un cantonnement militaire placé sur les grandes routes, devait d'abord demander si ceux qui infestaient les environs (دیوان حوالی) étaient des voleurs ou non; si l'on disait que oui, la caravane pouvait entrer dans le village ou le cantonnement, et personne n'avait le droit de l'en empêcher. Si l'on répondait qu'il n'y avait pas de voleurs, et que les membres de la caravane, s'arrêtant en plein champ, fussent volés, les hommes du poste en répondaient. Cet ordre ne fut pas applicable aux villes, parce qu'il y aurait eu trop de difficultés. Lorsque les routes furent gardées de cette manière, et que les rôles des noms des gardes et de leurs chefs furent présentés à l'émir Bouralghy, il se trouva que près de dix mille hommes (بك تومان), qui formaient une armée complétement armée, étaient occupés à cette affaire importante. Il ordonna qu'ils ne seraient pas employés à un autre service, et qu'ils se borneraient à protéger la vie et les biens des voyageurs, de manière que ceux-ci pussent s'adonner tout à fait à leur commerce, et que tous les désirs et toutes les prières pieuses qu'ils prononceraient avec sincérité pour le gouvernement fussent exaucés dans la mesure la plus abondante[1].

Nous allons donner les arrêts de Gazan, relativement à la défense de l'usage du vin, d'après le même texte persan de Raschîd-eddin (conf. chap. XXIX, fol. 312 v° et suiv.). Dans tout le royaume, la plupart des personnes s'adonnaient à l'usage du vin et des liqueurs fortes, et l'ivresse amenait dans les marchés et les places publiques des querelles quelquefois sanglantes. Dans toutes les sectes de l'islamisme, l'usage des boissons enivrantes est défendu, et, pour montrer les inconvénients qui en proviennent, il suffit de rappeler qu'on a appelé le vin *la mère des vices* (أمّ الخبائث). Pour remédier à ce mal, le sultan Gazan fit cette déclaration : « Le vin est prohibé par

[1] A cause de l'importance de la matière, il a été nécessaire de recourir au texte persan, parce que le traducteur précédent de ce passage, M. d'Ohsson, *l. l.* a commis des omissions et des méprises en quelques endroits.

notre législateur et d'autres prophètes; leurs ordonnances contre son usage sont très-expresses; mais malgré cela, les hommes ne peuvent pas s'en abstenir ni s'en passer. Si nous le défendons aussi absolument, cet ordre ne sera pas tout à fait respecté; nous ordonnons à présent seulement que, dans les villes et marchés, celui qui sera trouvé dans l'état d'ivresse sera saisi, sera mis à nu et lié à un arbre au milieu du marché, de manière que le peuple puisse passer près de lui et l'insulter; cela lui apprendra à changer de conduite. » Cet ordre fut envoyé dans toutes les provinces du royaume, et dans tous les endroits proches et lointains. Dans ce temps il n'était point décent pour personne de se montrer ivre dans la rue; car il n'y avait pas de profit à s'enivrer ni à s'exposer à quelque poursuite. Les inconvénients de l'usage du vin, les disputes et querelles dans les marchés et autres lieux publics avaient cessé. Du reste il fut défendu de descendre dans les maisons pour y chercher des personnes ivres, de peur que les agents subalternes (عوانان) ne commissent quelque indécence, et ne s'en fissent un prétexte pour vexer les particuliers. Le chapitre XXXIX contient l'ordonnance sur la défense des extorsions pratiquées par des gens du peuple, principalement par les muletiers et les chameliers (خربندکان et شتربانان) (ms. persan, f. m. n° 326, fol 332 r°) et les laquais (بیکان).

Raschid-eddin raconte qu'auparavant un homme honnête et bien vêtu ne pouvait point passer dans un marché qu'il ne fût assailli par une troupe de muletiers qui lui disaient : « On doit nous donner tant d'or; nous en avons besoin aujourd'hui pour des filles (شاهد), pour le vin et le pain, la viande et d'autres choses nécessaires, et tu nous le donneras. » Si cet homme ne le donnait pas, ou s'il s'excusait, ils se mettaient à l'insulter et à l'accabler d'injures; enfin ils lui arrachaient son or, ou même le frappaient rudement. Souvent arrivait le cas où il n'avait point d'or, et qu'il était obligé d'emprunter; l'or, l'honneur et la réputation étaient perdus, et il était forcé de se sauver hors du marché. Ces gens se tenaient en groupes (جوق جوق) à un coin des rues; celui qui avait échappé à un groupe dans une rue tombait dans la rue voisine sur un groupe qui répétait la même manœuvre. Si l'on rencontrait une troupe de valets, le cas était encore pire, et souvent il arrivait que le même homme, dans un jour, était la victime de ces diverses classes de la populace. Tous ces individus, qui faisaient métier dans toutes les routes et marchés de lever une contribution sur les passants, appartenaient aux *khatouns* « dames, » aux princes du sang et aux émirs. Si une personne n'avait pas la force de se défendre, elle restait embarrassée, et ces gens l'outrageaient. On en était venu à croire que le métier de muletier, de chamelier et de valet donnait le droit de pratiquer de telles violences. Ces hommes étaient devenus si arrogants, qu'ils ornaient une quantité de quadrupèdes aux jours de fête (Bairâm) et de *nevrouz*, et les conduisaient à la porte des maisons des grands. Si le maître de l'hôtel se présentait, ils lui arrachaient de l'argent à force d'importunité; puis ils lui lançaient cent mille brocards et insultes pour en obtenir encore plus. Si le maître de l'hôtel était absent ou se cachait de peur de leurs importunités, ils emportaient, en guise de gage, tout ce qu'ils trouvaient sous leurs mains, et l'engageaient pour beaucoup d'or chez les cabaretiers et les vendeurs de vin. Si le propriétaire venait pour réclamer ses effets, il devait entendre mille sottises et tolérer leur cynisme, et il était forcé de donner deux ou trois fois plus d'or qu'il n'avait compté pour racheter ses biens. Le cas arrivait souvent qu'ils enlevaient les pièces d'un vêtement complet, et s'en habillaient eux-mêmes. Comme ces vagabonds couraient çà et là dans les marchés, l'ordre du commerce était troublé. Ils brisaient les timbres; mais personne n'arrêtait ce désordre. Au contraire, les grands et les hommes en place s'en divertissaient. Ces hommes voyant que, de cette manière, on pouvait se procurer de l'or et des habits superbes, soit par force, soit par sollicitation, ce qui est plus rude que la force, la plupart choisissaient le métier de muletier, de chamelier et de laquais. Ce désordre parvint à un tel degré, qu'il devenait urgent d'y porter remède, il n'échappa point à la vue attentive du sultan Gazan. Il fixa ce qu'on devait donner, d'après la loi, à chaque muletier et à chaque valet. Les muletiers et les chameliers étaient dans l'usage, aux temps des fêtes et du nevrouz, de lier au cou des mules et des chameaux des sonnettes, et de leur frapper la tête et les jambes à coups de massue (جان). Il fit publier l'ordre, par des crieurs publics, que personne n'avait rien à donner aux muletiers et chameliers, et qu'on les chassât à coups de bâton de chaque lieu où ils se présenteraient. Il n'était plus au pouvoir d'aucun d'eux d'arracher quelque chose à un autre; leurs orgies avaient cessé, et leur image était chassée de la pensée.

Le chapitre suivant (XL) contient les ordonnances du sultan Gazan au sujet des filles prostituées qui étaient entretenues dans les *kharâbât*, et des femmes débauchées qui, dans les grandes villes s'étaient établies vis-à-vis des mosquées, des *madrasas* (écoles) et des monastères. Comme tous les maîtres de ces établissements (kharâbât) donnaient, pour ces filles esclaves, un prix plus élevé que les particuliers, les marchands préféraient les leur vendre, la plupart des filles qui avaient des sentiments de pudeur ne voulaient pas être vendues à ces maisons de débauche; mais elles se voyaient emprisonnées malgré leur répugnance, et contraintes au vice Gazan défendit d'établir de pareilles maisons (kharâbât), et d'y recevoir des femmes débauchées; à ses yeux, leur suppression appartenait aux devoirs absolus de la religion. Cependant comme des raisons d'intérêt les avaient fait tolérer depuis les anciens temps, et que cette habitude était devenue constante, on ne pouvait pas tout d'un coup abolir un pareil usage; il fallait y travailler graduellement, jusqu'à ce qu'il pût être aboli complétement. En attendant, il était urgent de ramener les femmes qui n'avaient pas de penchant pour cet infâme métier. C'est une injustice manifeste de forcer à une manière de vivre vicieuse celle qui n'y est pas encline. En conséquence il défendit de vendre les filles à la classe des maîtres des kharâbât; celles qui s'y trouvaient étaient libres d'en sortir; personne ne devait les en détourner. Il fixa pour chaque fille, d'après son rang et sa classe, un prix, pour lequel elle devait être rachetée des deniers publics, et ordonna de les retirer des maisons de débauche et de les marier, sous la forme du contrat légal, à qui voudrait les épouser. Gazan exerça la plus grande sévérité dans l'accomplissement exact de ses ordonnances, de manière que Wassâf, dans un passage de son histoire, cite un vers de sa composition, où il dit que par l'effet de la police de Gazan,

مست جز غمزه دلدار ندیدست کسی

صوت بربط نشنیدند کس از ناهید ۞

Personne ne vit plus dans l'ivresse que la paupière de la personne aimée, on n'entendit plus le son de la guitare, sinon de la part de la Nâhid (*Vénus au ciel*)

Pour les procès entre deux Mongols ou entre un Mongol et un musulman, et les autres affaires difficiles à juger, il ordonna que les commandants, préfets, agents du fisc, kadis et docteurs de la loi, se réunissent deux jours par mois dans la grande mosquée, en conseil de justice, prissent en commun connaissance de ces affaires, jugeassent selon la loi mahométane les délits constatés, et signassent tous la sentence, afin que personne, à l'avenir, n'eût la faculté de la désavouer ni de l'annuler; par cette ordonnance, le diwân pour la réparation des griefs était organisé[1]. Les kadis ne devaient pas même accepter une obole pour les contrats et les procès; ils devaient se contenter des honoraires assignés. Le greffier pouvait prendre une drachme pour l'acte (حجة) qu'il dressait, s'il s'agissait d'une valeur de cent dinars, et un dinar, si la valeur excédait cent dinars; il ne devait prendre rien de plus. Tout agent de police (وكيل, *vékil*) qui recevait de deux côtés différents était fustigé, destitué, et avait la barbe coupée. Gazan nomma des commissaires spéciaux, chargés de rechercher et de lui faire connaître les individus qui osaient attaquer, au moyen des faux titres, les droits des propriétaires, et de veiller à ce qu'ils ne pussent être soustraits, par des protections, à la vindicte publique. Tous ceux qu'on lui signala furent mandés à la capitale, où le sultan résidait, et, après avoir été convaincus, ils subirent la peine de mort.

Sous le règne de son frère Khaibendé Oldjéitu[2], en 707 de l'hégire (1307 de J. C.), l'ordre fut pu-

[1] Pour les détails sur les offices de judicature, voyez l'*Histoire des Mongols*, par d'Ohsson, t. IV, p. 447-461.

[2] [illegible] *oldseita*, mot mongol, qui signifie «le Bienheureux» et à le même sens que la dénomination arabe ابو السعيد Abûs-Saïd. (Voy. Wassaf, *Histoire*, t. IV, fol. 119 r°, ms. persan de la Bibliothèque impériale de Vienne, ancien fonds, 130 (467).)

blié que, dans le camp militaire des Ilkhaniens, les filles mongoles ne devaient pas être vendues comme des esclaves; que les femmes débauchées et les chanteuses seraient chassées du camp, comme de toutes les villes; que les femmes honnêtes vivraient retirées dans leurs gynécées, et que les réunions seraient évitées, excepté les assemblées du peuple dans les mosquées, pour les prônes des prédicateurs et pour l'accomplissement des prières; qu'on ne se permettrait plus d'aborder une femme étrangère pour se divertir avec elle, et qu'on s'abstiendrait de toute conversation suspecte. Les cabarets des marchands de vin furent fermés, et leurs portes fermées avec des verrous; néanmoins, dans chaque ville on ménagea dans la banlieue une maison isolée pour boire du vin, et destinée aux ambassadeurs. Pourvue des choses nécessaires, elle devait être interdite aux autres musulmans, soit hommes, soit femmes.

Timour, le grand conquérant, établit dans les villes et leurs quartiers un grand prévôt (kotwal), chargé de veiller à la sûreté du peuple et des soldats, et de punir tous les vols commis dans son département. Il plaça aussi des gardes sur les routes pour faire la patrouille et favoriser la circulation. Les voyageurs et les marchands avaient le droit de faire escorter leurs richesses et leurs effets par ces gardes, qui répondaient de tout ce qui se trouvait égaré ou perdu. Timour avait établi sur chaque frontière, dans chaque province et chaque ville, et à l'armée, un secrétaire des nouvelles, dont l'occupation était d'informer la cour des actions et de la conduite des gouverneurs, du peuple et des soldats, de la situation des armées, comme de celle des armées des princes voisins. Ce secrétaire avait à envoyer un état exact de l'importation et de l'exportation des marchandises et des effets, de l'entrée et de la sortie des étrangers et des caravanes de tous les pays. Par ses correspondances dans les royaûmes, le secrétaire savait toutes les démarches des princes, connaissait les savants et les hommes instruits qui, des contrées les plus lointaines, étaient disposés à venir auprès de Timour. Dans les rapports, la plus scrupuleuse véracité était exigée par le monarque, si le secrétaire osait y manquer, et qu'il ne rendît pas un compte exact des faits, on lui coupait les doigts; s'il oubliait dans son journal quelque action louable d'un soldat, ou la présentait sous un autre point de vue, il perdait la main; enfin, si l'inimitié ou la méchanceté le portaient à écrire des mensonges, il était puni de mort. Timour se faisait présenter ces rapports jour par jour, semaine par semaine, mois par mois. (Conf. *Instituts politiques et militaires de Tamerlan* (Timour), écrits par lui-même en mogol, traduits en français sur la version persane d'Abou Talib al-Hosseini, p. 122, 123 et 137.)

L'officier nommé *darogha* (داروغه) est le préfet de police dans les grandes villes; ses fonctions consistent dans la répression des délits et la punition des crimes par la mort du coupable, par une amende ou un châtiment corporel : tout cela se fait d'après son avis individuel. Sous le règne du roi Abbâs Ier, cette charge appartenait, comme héréditaire, à la famille des princes de Géorgie; ses officiers étaient aussi présents aux conseils de la cour. Le chef des Akhdas (احداث)[1] lui était subordonné, c'est-à-dire *le préfet des prisons*, qui, avec ses satellites, parcourait la ville pendant la nuit, pour saisir ceux qui commettaient des excès, et pour les emprisonner. Le *ketkhoda* (كدخدا)[2] est le préfet des quartiers de la ville dont la surveillance lui est confiée, et qui exerce gratuitement ses fonctions. Cette dignité est, en général, conférée à un homme du quartier, qui jouit de la meilleure réputation. Les ketkhodas ont un chef, auquel ils font leurs rapports, et qui les communique au gouverneur. Anciennement ils étaient obligés de faire un rapport sur les moindres événements qui se passaient dans leurs quartiers, tels que les naissances, les mariages, les morts naturelles, etc. mais plus tard on s'est beaucoup relâché de ce pénible office. Un ketkhoda doit connaître les moyens d'existence de tous les habitants de son quartier. Le grand avantage qui résulte pour le gouvernement et la population de cette division d'une ville en quartiers devient sensible à l'arrivée imprévue d'un corps considérable de troupes, et lors de la répartition des contributions extraordinaires. Le devoir du كدخدا est de maintenir la

[1] Conf. Kampfer, *Amœnitates exoticæ*, p. 85, fasc. I.

[2] Scott Waring, traduction allemande de son *Voyage de Schiraz*, t. I, p. 112, 118, et Dubeux, *Univers pittoresque*, Perse, p. 405-407

paix partout, et de veiller au bien-être des familles placées sous sa protection. Cette charge est une institution admirable, et, quoiqu'on en abuse souvent, elle est sans doute très-avantageuse pour les personnes de la classe inférieure; car le ketkhoda ne saurait oublier impunément ses devoirs; il est exposé à des plaintes continuelles; cependant il peut devenir l'instrument de la tyrannie.

On a fait l'observation que la police d'une monarchie despotique a des avantages sur celle d'un état libre; c'est très-facile à comprendre, parce que le soupçon est le motif qui gouverne les actions et les projets des despotes. La police en Perse, principalement celle de la ville de Schirâz, est organisée sur un excellent pied, de manière qu'il est tout à fait impossible de rien tramer contre le gouvernement, sans que le gouverneur de la ville en ait connaissance avant l'exécution. Le *darogha* a aussi l'inspection sur les bazars; sa fonction y est de régler les différends qui s'élèvent entre les marchands et les chalands, d'entendre la plainte des parties, et d'y faire droit sans appel. Un marchand manque-t-il à sa parole ou refuse-t-il de remplir son engagement, le darogha doit obliger le coupable à s'exécuter. Si le débiteur se déclare dans l'impossibilité de payer, il lui accorde un certain délai, à déterminer selon les circonstances. Le marchand a toujours les moyens de parer à un événement imprévu; cependant, si le débiteur est flétri dans l'opinion publique, le darogha le condamne à une amende et lui inflige un châtiment corporel, ou bien il le met en prison. Si le darogha surprend quelqu'un à boire du vin, ou dans des mauvais lieux, où il a un commerce avec des prostituées, il a le droit de visiter cette maison, et il fait acheter, argent comptant, la tolérance pour une faute morale, sur laquelle il ferme alors les yeux. Le darogha doit avoir sous ses ordres une suite nombreuse de gens chargés de maintenir le bon ordre dans les marchés, et d'arrêter quiconque se trouve en opposition avec les règlements de la police. Cette charge est considérée comme extrêmement lucrative; outre les cadeaux que le darogha reçoit, et les extorsions qu'il se permet ordinairement, tous les marchands lui fournissent les denrées qu'il leur demande, pour conserver sa protection.

Le chef de la patrouille de nuit (le *miri akhdas*[1]) doit veiller à la tranquillité de la ville, arrêter les gens qui se trouvent hors de chez eux à une heure indue, et prévenir les vols. Dans sa suite il a un certain nombre d'hommes qui font la patrouille continuellement pendant la nuit, et se tiennent en faction à l'entrée des maisons suspectes. Pour l'entretien de cette police, tous les marchands des bazars payent une somme légère. Si un maître de maison est volé, l'intendant du guet est responsable du vol, et doit restituer les effets dérobés ou en payer la valeur, sur la déposition du plaignant; mais on

[1] Ou پادشاه شب (*le roi de la nuit*). (Voyages de Chardin, Amsterd. 1711, in-4°, t. II, p. 292)

sait que la manière la meilleure d'assurer sa propriété contre les vols, c'est d'être en relation avec les voleurs, comme dans les Indes orientales. Le vol est un métier honorable en Orient; car les voleurs payent une somme pour pouvoir exercer leur métier, et il y a un bazar connu sous le nom de *bazar des voleurs*[1].

Outre les employés susnommés, il y en a d'autres aux portes des villes qui font que les habitants de qualité ne quittent pas la ville sans la permission du gouverneur. Le grand Abbas I^e^ avait établi pour la sécurité des routes des gardes (راهدار)[2] qui campaient dans les défilés des montagnes et les autres lieux de passage. Ils étaient chargés de découvrir les lieux de retraite des voleurs dans les gorges et les endroits écartés, et de tenir loin des chemins les brigands et les assassins. Les gardes pouvaient lever sur les voyageurs et les commerçants une contribution pour leurs chevaux et pour eux-mêmes; mais cette contribution reçut dans les temps suivants le titre d'impôt, et servit à enrichir le trésor royal. La demande de cette contribution fut faite de manière que l'avantage de la protection des voyageurs et des commerçants se changeait en un dommage; car ceux qui auparavant étaient les patrons des voyageurs se mettaient à visiter les marchandises

[1] Dans la traduction allemande de la Relation de M. Scott Waring, l'intendant du guet (pendant la nuit) est nommé *meer* (*mir*) *usus* (= عسس) ou *uhdas* (= *akhdàs*), ou, comme en turc, كچكجی باشی (*kudjek djibàschi*, chef de la patrouille nocturne).

[2] Conf. Chardin, éd. d'Amsterdam, 1711, in-4°, t. II, p. 305.

et arrachaient de l'argent au commerçant par des menaces, et même des coups. Ces gardes étaient obligés, comme Kampfer le raconte dans ses *Amœnitates exoticæ*, fasc. I, p. 143, de remettre les voyageurs en possession de leurs effets et de leurs marchandises, soit volées par les brigands, soit perdues par erreur, ou de payer leur valeur; mais ils avaient la faculté de réserver pour eux-mêmes la troisième partie des effets volés ou perdus.

(La suite dans un numéro prochain.)

DESCRIPTION

DES MONUMENTS DE DEHLI EN 1852,

D'APRES LE TEXTE HINDOUSTANI

DE SAIYID AHMAD KHAN,

PAR M. GARCIN DE TASSY

MEMBRE DE L'INSTITUT, ETC.

OBSERVATION PRÉLIMINAIRE.

Depuis la prise d'assaut de Delhi par le général sir Archdale Wilson, cette ancienne capitale de l'Inde n'offre guère qu'un monceau de ruines. Dans cet état de choses il me paraît important de ne pas différer la publication de la « Description des monuments de Delhi, » qu'a donnée en 1852, Saiyid Ahmad Khan, écrivain musulman distingué. Déjà à cette époque une grande partie des monuments anciens de Delhi étaient dans un état fâcheux de détérioration par suite du sac de la ville en 1736, par les Mahrattes, en 1735, par Nadir Schah; et de la première prise de Dehli par le général Lake en 1803, époque à partir de laquelle elle a appartenu aux Anglais. Encore ne parlé-je pas ici de la prise et du pillage de Dehli par Mahmud le Gaznévide, en 1011; par Timûr, en 1398, et par Baber, en 1525. Toutefois plusieurs monuments étaient encore dans un état passable de conservation et on pouvait au moins reconnaître les ruines des autres. C'est cet état qui est ici décrit, et, bien que déplorable, nous devons nous féliciter qu'il ait été exposé en temps opportun, car quelques années plus tard il y aurait eu bien moins encore à décrire. Au surplus il n'est question ici que du Dehli moderne bâti par Schâh Jahân et appelé de son nom *Schâh Jahân-abâd* ou *la ville de Schâh Jahân*, car il n'est pas question de l'ancien Dehli, ou plutôt des anciennes villes, au nombre de sept selon Firischta, que le nouveau Dehli a remplacées, et dont les ruines, que notre auteur ne mentionne pas, occupent un espace plus étendu que Paris.

Le premier nom de Dehli fut *Indraput*, et Yudischtira, vulgairement Yudischtir, en fut le premier roi. On distingue cette ville de Hastinapur, capitale antique du roi Duryodhan, vulgairement Iarjodan, rival malheureux d'Yudischtir, et qui fut emportée par un débordement du Gange sous le règne de Nimi ou Daschtdan en 1212, A. C. La grande bataille qu'Yudischtir livra à Duriodhân eut lieu à Kuruchetr, près de Thaneçar, et elle est spécialement célébrée dans le Mahabharata. Ce fut vers le même temps qu'Yudischtir fonda l'ancienne ville de Dehli, où il régna. Elle fut ensuite le siége de cent quarante et un rois hindous, dont le dernier, Prithiraj, *alias* Râé Pithaura, régna de 1141 à 1191; puis vinrent les sultans Gauri, les Turcs, les Khilji, les Lodi, les Pathans, et enfin les Jaghataï ou Mogols.

La ville actuelle de Dehli a environ sept milles de circuit; elle est située sur des rochers et elle est entourée de murs crénelés, flanqués par intervalle de bastions et de tours, ainsi qu'on peut le voir sur le plan publié en 1857 par E. Stanford. Ses rues sont étroites; il n'y en a que quelques-unes, les principales, qui soient larges Les maisons sont la plupart en briques; mais les palais et les édifices publics sont en pierres de grès rouge[1] et ornés de marbre. On distingue dans leur architecture le style persan du style pathan, dont le caractère sévère et solennel est beaucoup plus simple que le premier. Le palais impérial[2], qui a été bâti par Schâh Jahân, est très-vaste. Il est remarquable par ses deux magni-

[1] Mon ami M. F. Boutros, qui a été pendant onze ans à Dehli à la tête du collége des natifs, et qui a bien voulu relire ma traduction avant l'impression, pense que les pierres dont il s'agit sont de grès rouge et non de granit rouge, comme on pourrait le croire; c'est aussi ce que dit M. Hamilton dans son *East-India gazetteer,* à plusieurs reprises. A propos des monuments d'Agra, il indique même les carrières où le beau grès rouge avait été pris.

[2] « Lorsqu'on parle à Dehli de la résidence impériale, on la nomme toujours le *quil'ah* « fort. » Tous les bâtiments et jardins qui étaient occupés avant l'insurrection par l'empereur mogol et la famille impériale sont entourés du côté de la ville par une muraille de grès rouge, haute d'environ dix mètres, et dont l'aspect est varié par des tours placées de distance à distance, et les deux portiques grandioses dont il est parlé dans le texte, de vingt à vingt-cinq mètres de haut; mais l'intérieur du fort n'offre rien qui réponde à l'idée que nous nous faisons d'un palais. On n'y voit que des constructions peu élevées, y compris le *moti masjid* même et les deux grandes salles d'audience (*dîwân-i â'm* et *dîwân-i khâss*). Les bâtiments n'ont qu'un rez-de-chaussée, et sauf les deux grandes salles, qui sont complétement séparées du reste des constructions, ils n'ont rien de magnifique à l'intérieur. Les deux grandes salles d'audience sont presque au niveau du sol, et le toit est supporté par des colonnes peu élevées; elles sont ouvertes à tout vent, et pour s'y garantir du soleil, du vent ou de la pluie, on n'a d'autre ressource que des rideaux ouatés; placés entre les colonnes, ou, dans les grandes chaleurs, des *tattis* de *khass-khass* « treillis de vétyver, » tenus constamment mouillés. Le fort se trouve dans la partie basse de la ville, d'où l'on n'aperçoit aucune des constructions qu'il renferme, à moins qu'on ne soit monté sur un point élevé, comme, par exemple, sur un des minarets de la grande mosquée. Les jardins du fort sont à peine à deux ou trois mètres au-dessus de la Jamna, quand elle coule à pleine rive. » (Extrait d'une lettre de M. F. Boutros.)

fiques portails et ses tours gothiques. Mais je laisse à notre auteur indien le soin de l'exposition détaillée de ces choses, ainsi que de tous les édifices qui existaient à l'époque où il a écrit l'*Açâr ussanadîd*.

Pour ne pas me répéter, je ne dirai rien ici ni sur Saïyid Ahmad Khan, ni sur son ouvrage; mais je me bornerai à renvoyer à l'article que j'ai publié à ce sujet en 1856 dans le Journal asiatique. Je n'ai traduit de l'original que la partie descriptive des monuments, c'est-à-dire le second et le troisième livre, et je me suis servi seulement par occasion du premier, qui n'est, en réalité, que l'introduction des deux autres, lesquels forment la matière spéciale du travail original.

PREMIÈRE PARTIE.

DEHLI ANCIEN ET MODERNE, SES FORTERESSES ET SES CHÂTEAUX.

I. INDRAPAT اندرپت.

Indrapat était originairement le nom de l'emplacement qui est entre le vieux fort et la porte sanglante de Darébar. Selon les Hindous, Indra est le nom du souverain de l'atmosphère, lequel est, d'après eux, un véritable roi. Quant au mot *pat*, il est la contraction de *parast*, expression qui signifie ce qu'on peut tenir entre les deux mains. Or les Indiens disent que le raja Indra, dans un temps déterminé, donnait en cet endroit des perles plein les deux mains, et que c'est pour cela qu'on nomma ce lieu *Indra-parast;* puis, par suite de l'emploi fréquent de ce mot, le *r* et le *s* disparurent, et le nom de la ville dont il s'agit devint *Indrapat*. Voilà ce qu'on lit dans le *Pothî Indraparast* de Mahâtam ; mais d'autres historiens hindous pensent, je crois avec raison, que le mot *pat* (sanscrit *pati*) est simplement celui qui signifie *seigneur, possesseur, gouverneur*. Or, lorsque cette ville fut bâtie, le fondateur y mit le nom d'*Indrapat*, pensant qu'il serait de bon augure, en ce qu'il signifie que le maître ou le gouverneur de la ville était Indra lui-même, roi de l'atmosphère et du ciel.

Dans les premiers temps, selon le *Mahabharata* et le *Khulâçat uttawârîkh*, la capitale des rois de ce pays-ci était Hastinapur, qui est à environ cent milles anglais de Dehli, sur les bords du Gange. Comme des dissensions eurent lieu entre le raja Jarjodhan et le raja Yudischtir, ce dernier fonda Indrapat. Conformément au calcul indien, leur querelle eut lieu à la fin du *dwâpar-yug*[1], et au commencement du *khali-yug*[2], c'est-à-dire trois mille cent vingt et un ans avant la naissance de S. S. le Messie. Mais cette date n'est pas authentique, car cette époque serait antérieure au déluge. Le vrai calcul donne la certitude que l'événement du Mahabharata et l'élévation au trône de Yudischtir ont eu lieu environ mille quatre cent cinquante ans avant la naissance du Messie[3]. Telle est aussi en conséquence la date

[1] Troisième âge, qui correspond à l'âge d'airain.

[2] Quatrième âge, qui correspond à l'âge de fer.

[3] Saïyid Ahmad dit ailleurs qu'on peut établir, d'après les *Puranas* eux-mêmes, que le combat du Mahabharata n'eut lieu qu'environ quatorze cent cinquante ans avant J. C. car ils établissent que ce combat fut livré mille quarante-huit ans avant le règne du raja

de la fondation de la ville d'Indrapat. Quoique actuellement il n'y ait pas trace de cette ville, toutefois le terrain qui est au midi de la ville de Schâh Jahân abâd, en dehors de la porte de Delhi, s'appelle *l'emplacement d'Indrapat*, bien que la ville n'existe plus.. On ensemence sur le terrain qu'elle occupait, et les *zamindârs* d'ici occupent le lieu où était construit l'ancien fort dont l'érection a précédé la fondation des villes qu'a remplacées la moderne Dehli.

II. DEHLI دهلی.

حضرت دهلی کنف عدل وداد
جنت عدن است که آباد باد

La sainte Dehli, angle de justice et d'équité, est le paradis d'Éden. Qu'elle soit à jamais florissante!

Il y a dissentiment sur le changement du nom d'Indrapat en celui de Dehli. On croit communément que le raja Dalîp[1], qui appartenait à la fois à la dynastie solaire et à la dynastie lunaire, a donné son nom à Dehli. Cependant la chose n'est pas certaine parce que, bien qu'on trouve dans les livres anciens des Indiens la mention du raja Dalîp, toutefois il n'y a pas celle de Dehli. Bien plus, là où il est fait mention de cette ville, elle est nommée *In-*

Nandû, roi de Magadha. Or ce roi, d'après des autorités considérables, régnait quatre cents ans avant J. C.

[1] *Mirat Aftâb-numâ*

drapat. Il est dit dans quelques histoires[1] qu'en 307 de l'hégire (919 de J. C.) un roi de la famille des Tannûrs fonda la ville de Dehli à l'instar de celle d'Indrapat. On ajoute que comme la terre sur laquelle on en éleva les constructions était molle[2], et qu'en langue hindie *dihli* دهلی signifie une terre molle dans laquelle on ne peut enfoncer un clou ou un pieu, ce fut pour cela qu'on nomma cette ville *Dihli* (Dehli). Mais en l'année dont il s'agit le gouvernement ne résidait pas dans la famille des Tannûrs, et ainsi on ne doit pas admettre cette étymologie du nom de *Dehli.* Une autre explication, qui est considérée comme vraie, c'est que le raja Dhalû[3], roi de Canoje (car les rajas de Dehli en dépendaient alors), fonda à Indrapat une ville de son nom. Ce fut depuis lors que le nom de cette ville fut connu sous celui de *Dehli.* Toutefois le nom original de Dehli est *Dhalû* دهلو[4], et l'émir Khusrau[5] l'a employé dans le vers suivant adressé à Jalâl uddin Firoz Schâh :

یا یک اسپم بخش یا زاخور بفرما بارگیر

یا بفرمان ده که گردون شینم ودهلو روم

Ou donne-moi un bon cheval, ou fais-moi venir (au moins)

[1] *Firischta.*

[2] *Nuzhat ul-Culûb.*

[3] *Mirat Aftâb-numâ.*

[4] *Jawâhir ul-hurûf.*

[5] Célèbre poete persan et hindoustani, natif de Dehli.

de l'écurie une bête de somme, ou bien fais-moi monter au ciel et aller à *Dahlû*.

Le raja Dahlû était contemporain du raja Pûras, c'est-à-dire de Fûr (Porus), roi de Kamayân (Kamaun), et il fut tué en combattant avec lui. Ce fut ainsi que l'empire du roi Fûr s'étendit jusqu'à Canoje. Ensuite Alexandre le Grand, roi de Macédoine obtint la victoire sur le roi Fûr au bord du Satlége et il domina jusqu'aux rives du Gange, c'est-à-dire jusqu'à Canoje. Cet événement eut lieu trois cent vingt-huit ans avant J. C. et c'est approximativement l'époque où la ville de Dehli a dû être fondée.

III. LE VIEUX FORT پرانه قلعه.

Ce vieux fort, qui est situé au midi de la ville de Schâh Jahan-abâd, inclinant vers l'orient, à deux milles en dehors de la porte de Dehli, est le château même que le raja Atakpal Taunûr[1] fit bâtir pendant son règne; et, dans quelques livres d'histoires des rois musulmans, on appelle ce fort *le château d'Indrapat*. Le raja dont il s'agit[2] avait fait placer sur la porte de ce fort deux lions de pierre et à leurs côtés on avait établi des cloches d'airain. Lorsqu'un opprimé voulait parvenir jusqu'au roi sans obstacle, il agitait ces cloches. Le roi, ayant entendu le son, faisait venir auprès de lui le réclamant et lui rendait justice. On vit les lions jusqu'en l'année 718 h. (1318 J.C.); mais ils

[1] *Ayîn Akbery, Khulâçat uttawarikh*

[2] *Nahsiphar* d'Amîr Khusrau.

n'y sont plus actuellement ; on ignore quand ils ont été brisés. Dans l'*Ayin Akbery* la construction de ce fort et le règne du roi 'Atakpal Tannûr sont fixés à 429 de l'ère samwat de Bikrmajit, qui correspond à 372 de J. C. Appuyés sur cet ouvrage, tous les historiens ont indiqué cette même année. Toutefois, après avoir vérifié la chose, il est reconnu que ces années sont tout à fait fautives, parce qu'on a écrit dans ce livre que depuis 429 du samwat, jusqu'en 847 de la même ère, vingt individus de la famille de Tannûr régnèrent; qu'ensuite, en l'année 848 du samwat (791 de J. C.), Beldév Chuhân[1] fut roi, et que sept de ses descendants, jusqu'au roi Pithaura, régnèrent quatre-vingt-quinze années et sept mois; que le sultan Schahâb uddîn Gaurî tua le roi Pithaura, qui était le septième et dernier des rois Chuhân, et que l'empire passa ainsi aux musulmans. Cette explication serait satisfaisante; mais si l'on admet comme exacte la date du samwat, il faut alors admettre qu'en l'année de Bikrmajit 923, qui correspond à l'année 886 de J. C. et 273 de l'hégire, le roi Schahâb uddîn Gauri vint à Dehli. Or le fait est tout à fait faux, parce que la prise de Dehli par le sultan Schahâb uddîn et l'accession du raja Pithaura eurent lieu en réalité en 587 h. 1191 J. C. et 1248 du samwat. Effectivement dans les histoires les plus estimées, dans le *Taj ulmaâcir*, par exemple, on a indiqué cette année. Ce fut en la même année qu'on exécuta les sculptures de la mosquée qui est

[1] Ce nom est aussi celui d'une caste de Rajpoutes.

située à la porte orientale et qu'on nomme *Cuwat ulislâm* (force de l'islamisme). Dans l'*Ayïn Akbery* on a donné la même date avec l'addition d'une année, c'est-à-dire 588 de l'hégire. En conséquence il est évident que l'assertion d'après laquelle l'entrée à Dehli du sultan Schahâb uddîn aurait eu lieu en 273 de l'hégire (886 de J. C.) est tout à fait erronée. D'après un calcul exact, il est établi que le raja Atakpâl Tannûr fut roi à Dehli en 733 du samwat de Bikramajit, 676 de J. C. et 57 de l'hégire, et qu'il y fit bâtir la forteresse dont il s'agit, laquelle est restée debout jusqu'à présent, c'est-à-dire pendant l'espace de onze cent soixante et seize ans. On reconnaît ce fait comme authentique, et par conséquent l'arrivée à Dehli du sultan Schahâb uddîn se trouve constatée.

Dîn panâh دين پناه. — Le padischâh Nacîr uddîn Humâyûn, après avoir pris les forteresses de Kâlanjar et de Chanâr, mit complétement à neuf le fort dont il s'agit (le Purâna quilâ), en 940 h. (1533 J. C.) et rendit ainsi la ville plus florissante qu'auparavant[1]. Il donna à cette forteresse le nom de *Dîn-panâh* (l'asile de la religion); en sorte que les Munschis de ce temps-là en tirèrent le *tarikh* (chronogramme), par les mots شهر پادشاه دين پناه « La ville du roi est l'asile de la religion (*Dîn panâh*[2]). » Le mur d'enceinte (فصيل) de

[1] *Akbar-nâma.*

[2] L'addition de la valeur numérale des lettres de ces mots donne en effet le chiffre de 940, date de l'année de l'hégire de la reconstruction.

ce nouveau fort est construit en chaux et en pierre, très-solide et très-large. Mais actuellement il est crevassé en plusieurs endroits, et de plus beaucoup de bastions sont tombés. Les constructions aussi de l'intérieur de ce fort ont toutes été détruites et les zamindars d'Indrapat y ont bâti pour eux des habitations en briques crues et cuites. D'entre les édifices anciens, il reste une mosquée et un cirque pour les tigres. Trois portes de ce fort sont tombées, et il y a quatre fenêtres. Une porte de ce fort, qui est au nord ouest, est condamnée depuis longtemps et on la nomme *la porte de la répudiation*, دروازه طلاق. C'est une chose connue qu'une fois un certain roi était sorti par cette porte pour une affaire importante (et n'était plus rentré) : c'est pour cela qu'on avait bouché cette porte.

La rivière coulait parallèlement à ce fort du côté de l'occident; mais maintenant elle en est très-éloignée. L'eau de la rivière entourait la ville des quatre côtés, et devant les portes on avait construit des ponts, en sorte qu'il existe encore à présent un de ces ponts devant la porte occidentale.

Scher Schâh fit aussi réparer cette forteresse pendant son règne et y fit élever quelques bâtiments; et, à cause de cette circonstance, cette forteresse était connue du temps de Scher Schâh sous le nom de *Scher-garh*[1]. Il est probable que cet édifice, qui est

[1] Ou forteresse de Scher (Schâh). *Tarikh-i Mirza Hidayat ullah.* Cet historien était petit-fils du grand khân Mirza Kûkâ; il a écrit, dans l'année 1170 de l'hégire = 1609 de J. C. dans les premiers temps du règne de 'Alamguir.

actuellement en ruine, ne date que du temps de Humayùn et de Scher Schâh, car on ne peut pas croire qu'une construction d'une telle apparence ait pu durer depuis le temps d'Atak pal Tannûr.

IV. FORT DU ROI PITHAURA قلعهٔ راى پتهورا.

Lorsque le gouvernement de Dehli sortit de la famille des Tannûr et parvint aux Chûhân, Pithaura[1] fut roi et il bâtit ce fort en l'année 1200 du Samwat, qui correspond à 538 h. 1143 J. C. Bien qu'actuellement ce fort soit entièrement détruit, toutefois on en trouve çà et là des murs de clôture en ruine. Il est bâti sur une colline environnée de montagnes. On avait creusé tout autour un fossé, et dans ce fossé on avait réuni l'eau de tous les jangles, en sorte qu'il y avait de l'eau pendant les douze mois; même maintenant on trouve des endroits où l'eau séjourne. Les murs de cette forteresse situés au couchant sont encore debout en partie, et le fossé de ce côté-là existe aussi auprès de la porte de Gaznîn. J'ai mesuré le mur de ce côté au moyen de l'astrolabe, et j'ai reconnu qu'il est élevé de soixante-cinq pieds au-dessus de la terre qui entoure le fossé; toutefois j'ignore quelle était la hauteur réelle de ce mur avant qu'il fût détruit. Le parapet de ce fort était très-large à en juger par ce qui en reste. Il y a d'abord, après le fossé, le parapet et les tours, et là où leur élévation n'a que la hauteur

[1] *Khulâçat uttawârîkh.*

de la terre (en remblais) de la forteresse, on a laissé une largeur de dix-sept pieds en avant du mur, qui est de vingt et un pieds; puis, du côté de la forteresse, on a laissé l'espace de onze pieds, et on a construit un mur de huit pieds. Ce mur a dû être couronné par des créneaux.

Cette forteresse avait été pendant un certain temps le siége des souverains musulmans, le sultan Cutb uddîn Ibak et le sultan Schams uddîn Altamsch y demeuraient. En l'année 677 h. (1289 J. C.) lorsque le sultan Jalâl uddîn Firoz Schâh fonda une nouvelle ville près de Kélû-garhî, la première ville fut appelée le *vieux Dehli* پرانی دلی, et on lit dans les historiens [1] que lorsque, par l'ordre du sultan Jalâl uddîn Firoz Khiljî, les chefs de Dehli en firent l'inauguration, ils transportèrent de la nouvelle ville le trône des anciens rois, le placèrent dans l'ancien Dehli et y firent monter Firoz. Or la capitale des anciens rois de ce temps-là c'était *le château Blanc*, que le sultan Cubt uddîn Ibak avait fait construire dans le fort du Râjâ Pithaura. Il est constant, d'après ces explications, que le château qui dans le *Tuzûk-i Timûrî* est appelé *le vieux Château*, est le château même dont nous parlons.

La porte de Gaznîn. — Sur le côté occidental de ce fort il y avait une très-grande porte. On ignore quel en était le nom du temps de Pithaura; mais du temps des musulmans on la nommait *la porte de*

[1] Dans Firischta, par exemple.

Gaznîn[1]. Outre cette porte il y avait à ce fort neuf autres portes[2].

Le palais Blanc قصر سفيد. — Le sultan Cutb ud dîn Ibak, pendant le temps de son règne, qui commença en 602 h. (1205 J. C.), fit élever un édifice dans l'intérieur du fort de Pithaura et l'appela *le palais Blanc*, et c'est dans ce même palais[3] que le roi Ikhtiyâr uddîn Alpaguin fit tuer le vizir de Muizz uddîn Bahram Schâh pendant la réception publique en 639 J. C. 1241 h. Dans ce même palais, le sultan Nacir uddîn Mahmûd, fils de Schams uddîn Altamsch, monta sur le trône; dans ce palais fut reçu en 658 h. (1259 J. C.), du temps du sultan Nâcir uddîn, l'ambassadeur de Hulâkû Khan, et il fut tenu à cette occasion une grande réception telle que l'œil du firmament n'en a jamais pu voir de pareille. Enfin dans ce même palais le sultan Gayâs uddîn Balîn monta sur le trône; mais actuellement la trace de ce palais n'existe plus.

V. KUSCHAK LAL (KIOSQUE, OU PALAIS ROUGE).

Le sultan Gayâs uddîn Balîn avait fait construire ce palais (کوشك) avant d'être roi, et lorsqu'il fut roi il fit bâtir auprès de ce palais le fort de Marzagan. Il est écrit dans les livres historiques[4] que lorsque

[1] Lors de l'invasion de Mahmûd le Gaznévide. *Tarîkh-i Firozschâhî, Ziyâ Barnî.*

[2] *Tûzuk-i Timûri:*

[3] *Tarikh-i Firischta.*

[4] *Firischta*, etc

les chefs de Dehli se furent accordés avec le sultan Jalâl uddîn Firoz Khiljî, ils l'amenèrent de Kilogarhî et le firent asseoir sur le trône du vieux Dehlî. Le roi quitta ensuite cette résidence pour Kuschak Lâl, et il franchit à pied la porte. Les Omras le prièrent de faire son entrée à cheval; mais le sultan dit: « Ce palais a été bâti par mon maître le sultan Gayâs uddîn Balîn lorsqu'il n'était pas encore roi; il faut donc que j'aie encore pour lui aujourd'hui le respect que j'avais pour lui à cette époque. » Il est reconnu par cette anecdote que ce palais a été construit quinze ans avant l'année 664 h. (1265 J. C.) et toutefois après que le roi dont nous venons de parler fut monté sur le trône. Or le roi restait habituellement dans ce palais [1], et lorsqu'il éprouvait le désir de chasser il en sortait à cheval et de nuit.

Le roi Ala' uddîn Khiljî [2] habita ce palais avant d'avoir fait bâtir le palais de la promenade (كوشك سبزى), et c'était là que le sultan Gayâs uddîn Schah [3] avait son trône. Je n'ai trouvé dans aucun livre la description détaillée du plan qui fut suivi pour la construction de ce palais. Mais on ne doute plus maintenant que l'édifice célèbre sous le nom de *Lâl mahal* (palais rouge), qui est auprès du palais de S. M. le sultan, ne soit un pavillon de ce même Kuschak. Ce palais, de très-belle apparence, est bâti en pierre rouge. On l'a orné de colonnes, et il se compose de deux étages;

[1] *Firischta*, etc.

[2] *Tarikh-i Firozschahi*, *Ziyâ Barni*

[3] *Tarikh-i Firischta*.

mais à présent le tout est en fort mauvais état et chaque jour il est de plus en plus en ruine. Dans ce palais on a aussi élevé quelques tombeaux, et c'est à cause de cela qu'on avait douté que cet édifice fût le Kuschak Lâl; mais maintenant il n'est pas resté de doute à cet égard, et il est évidemment reconnu qu'on n'établit là un cimetière que lorsque l'édifice fut en ruines et que ce ne fut qu'ensuite et peu à peu qu'on y éleva des tombeaux.

VI. FORT DE MARZGAN قلعۀ مرزغن.

Le sultan Gayâs uddîn Balîn[1] fit construire pendant son règne, en 666 h. (1267 J. C.), auprès du Kuschak Lal, un fort, qu'il nomma *Marzgan;* c'est le même qu'on appelle actuellement *Gayâspûr.* On y voit le tombeau de Nizâm uddîn Auliya, le roi des Schaïkhs[2]. On prétend que, dans le temps du sultan Gayâs uddîn Balîn, le criminel qui avait pris asile dans ce fort ne pouvait y être arrêté. On ignore la raison pour laquelle le sultan donna à ce fort le nom de *Marzgan;* car le sens de *Margzan* (مرغزن) et de *Marzgan* (مرزغن) est celui d'*enfer*[3], nom qui ne convient pas à ce lieu. Il est donc probable que le sultan n'a pas donné ce nom à ce fort, mais qu'après un certain temps il fut connu sous cette dénomination

[1] *Ayîn Akbery; Khulaçât uttawârîkh.*

[2] Sur ce saint musulman célèbre, voyez mon mémoire sur la religion musulmane dans l'Inde.

[3] *Ibtâl zarûrat,* par Tek Chand Bahâr.

par une cause quelconque, tandis que le nom original est *Gayâspûr*, sous lequel il est connu aujourd'hui.

VII. KÉLÛGARHI كيلو گرّهی, OU CASR MUÏZZÎ قصر معزى.

Ce fut le sultan Muïzz uddîn Kaïcubad[1] qui en 685 h. (1286 J. C.) fit construire ce fort, qui s'appela *Kélu-garhi*, du nom du lieu où il avait été bâti. Il y a actuellement sur le terrain de ce fort le tombeau de Humayûn; mais il n'est pas resté trace du fort. Le sultan Jalâl uddîn Firoz Khiljî habitait ce château, et il en fit achever les édifices non terminés. Dans les livres d'histoire[2] on donne à ce château le nom de *Casr Muïzzî*, et S. S. l'amir Khusrau l'a célébré dans son *Quirân ussa'daïn* par ce vers :

قصر نگویم که بهشتی فراخ
روفته طوبی در اورا بشاخ

Je n'appellerai pas cela château, mais plutôt un grand paradis terrestre dont les branches du *tuba* touchent la porte.

VIII. KUSCHAK LAL كوشك لال (LE PALAIS ROUGE) OU NAYÂ SCHHAR نیا شهر (LA NOUVELLE VILLE).

En 688 de l'hégire (1289 de J. C.), quand le sultan Salah uddîn Firoz Khiljî monta sur le trône[3], il était

[1] *Ayîn Akbery*, *Khulâcat uttawârîkh*, *Tarîkh-i Firischta.*
[2] *Tarîkh-i Firischta.*
[3] *Tarîkh-i Firischta.*

dans l'inquiétude au sujet des chefs de la capitale, et il se décida à demeurer dans Kélû-garhî ; mais comme les constructions n'en étaient pas achevées, il les fit terminer lui-même, et il bâtit sur le bord de la rivière une véritable ville avec un jardin, un fort en terre et en pierre, une mosquée et un bazar, et il donna à cette ville le nom de *Kuschak lâl ;* puis, lorsque Dehli commença à déchoir de son état florissant, cet endroit fut nommé *la Nouvelle Dehli*[1]. C'est de cette forteresse qu'Amir Khusrau a dit :

شها در شهر تو کردی حصاری
که رفت از کنکرهها تا فرسنك

O roi, tu as bâti dans ta ville un fort tel que les pierres de ses tourelles se sont élevées jusqu'à la lune.

Kuschak sabz کوشك سبز. — Auprès du Kuschák, dont il vient d'être parlé, le même padischâh (Jalâl uddîn) avait fait construire un autre palais qu'on appela *Kuschak sabz* (château vert). Lorsque le roi Ala uddîn, *alias* le sultan Ala' uddîn Khiljî, fit venir traîtreusement Jalâl uddîn du côté du château de Mangpur, et le fit assassiner au moment où il descendait de son bateau sur la rive du Gange, son fils, le prince Cadr Khân, *alias* Rukn uddîn Ibrahîm Schâh, lui succéda, et s'assit sur le trône dans ce Kuschak[2]. Actuellement il n'y a plus trace de ces

[1] *Khulaçât uttawârîkh.*

[2] *Târîkh i Firischta.*

deux Kuschak ; ils sont tout à fait détruits et au niveau du sol.

IX. DEHLI 'ALÂÏ دهلی علائی, OU LE CHÂTEAU 'ALAÏ, AUTREMENT DIT KUSCHAK SAÏRÎ کوشك سیری.

Ce château a été bâti par le sultan 'Ala uddîn Khiljî, et voici ce qui le concerne[1]. En l'année 703 de l'hégire (1303 de Jésus-Christ), ce roi fit élever le château de Chîtûrpur et il envoya une armée considérable du côté du fort de Malangân et de Rangalpur. Les *targuî-tobân* طرغی توبان, c'est-à-dire les Mogols[2], ayant cru la ville de Dehli sans défense, vinrent l'assiéger avec cent vingt mille cavaliers. A la fin, le roi triompha après beaucoup de combats, et il fit alors bâtir ce château[3]; à cause de cela on le nomma aussi *le fort Saïrî* قلعه سیری[4], puis, dans le temps de Scher Schâh, on l'appela *Kuschak Saïrî*, et il fut désormais connu sous ce nom. Le roi fit construire ce château de forme ronde[5], et ses murs furent bâtis avec beaucoup de solidité en chaux, en pierres et en briques. Il y avait sept portes à ce château, qui ne fut jamais achevé[6]. Deux fois il fut attaqué par les Mogols; mais ces derniers furent repoussés, et huit cents têtes de ceux

[1] *Tarîkh-i Firischta; Tarîkh-i 'Alaï.*

[2] *Ayïn Akbery.*

[3] *Tarîkh-i Firozschâhî; Ziyâ barnî; Tarîkh-i Firischta.*

[4] *Khulaçât uttawarîkh.*

[5] C'est-à-dire « le château de la victoire. »

[6] *Tûzuk-i Timûrî.*

qui périrent furent placées en guise de pierres dans les murs de ce château, actuellement détruit, mais dont on trouve des traces, à main droite, en allant à Cutb Sahib. Ce fut Scher Schâh qui en 648 de l'hégire (1541 de Jésus-Christ), détruisit cette ville[1], et en éleva à sa place une nouvelle auprès de l'ancienne, c'est-à-dire d'Indrapat, sur le bord de la rivière. Cette ville est actuellement un village nommé *Schâh-abâd*.

Le château des Mille colonnes قصر هزار ستون — En cette même année, Scher Schâh avait fait élever dans l'intérieur de Kusch Saïrî, un palais à mille colonnes[2], d'où son nom de « château des Mille colonnes. » Après le combat qui eut lieu entre ce roi et Kanak, et autres chefs mogols, beaucoup de Mogols furent faits prisonniers et amenés à Dehli, où Scher Schâh les fit fouler aux pieds des éléphants en face de ce château, et, leur ayant fait trancher la tête, il en fit un grand monceau dont la trace est restée pendant des siècles.

Lorsqu'il eut vaincu le raja Bilâl et que Malik-Nâib et Khâja Hâji revinrent victorieusement en 711 de l'hégire (1311 de J. C.), on offrit au roi en présent, dans ce même château, trois cents éléphants, vingt mille chevaux, quatre-vingt-seize manns d'or et des centaines de coffres d'or, de perles et de joyaux, et lorsque le sultan Gayâs uddîn Taglic Schâh[3], *alias*

[1] *Tarîkh-i Firischta; Tarîkh-i 'Alâi.*

[2] *Tarîkh-i Schaïkh Abdulhacc; Mirat Aftâb-numâ.*

[3] *Tarîkh-i Firischta.*

Gâzî ul-Mulk, eut remporté la victoire sur Nacir uddîn Khusrau, il vint dans ce château et y prit le deuil du sultan Cutb uddîn et de ses frères.

X. TAGLIC-ABAD.

Lorsque arriva le tour de régner pour sultan Gayâs uddîn Taglic Schâh, ce dernier[1], en 721 de l'hégire (1321 de Jésus-Christ), se mit à faire bâtir le château et la ville de Taglic-abâd, qu'il embellit par des édifices de tout genre. En 723 de l'hégire (1323 de Jésus-Christ), quand la nouvelle de la conquête de la province de Talang (تلنك), et de la prise du château de Darangal درنگل, connu sous le nom de *Sultânpur*, fut arrivée au sultan, déjà la construction de ce château et de cette ville était complète. Dans la joie de cette nouvelle on avait illuminé splendidement Dehli, ainsi que le fort et la ville de Taglic-abâd[2]. Le château est situé sur une montagne; il était très-solide et avait été construit à grands frais; les bâtiments étaient tous de chaux et de pierres dures; mais il est actuellement dévasté et détruit. En beaucoup d'endroits les parapets subsistent cependant encore, quoique renversés et en ruines. Quant aux constructions de l'intérieur, elles sont tout à fait démolies, en sorte qu'il n'en est pas même resté le nom ni la trace. On n'en distingue guère l'emplacement que par un monceau de pierres.

[1] *Tarikh-i Firischta.*

[2] *Ayïn Akbery; Tarîkh-i Firischta.*

Au milieu du château il y avait un belvéder très-élevé, destiné à la récréation du roi, et qu'on nommait *Jahân-numâ* « qui montre le monde. » Ce château et cette ville ont été bâtis parallèlement, de telle sorte, que la ville entière et le château constituent un seul fort. On pense qu'il n'existe pas de fort plus grand. On sait, en effet, que le *Chîn-kot* (le fort de Chine) et le *Bâun-darwâza* (la porte Bâun) dépendaient de ce château et de cette ville, et il n'y a rien d'étonnant à cela. Mais j'ignore l'époque de la destruction des bâtiments et de la ruine de ce fort, qui est situé à une distance de six kos, à l'occident de Schâh-jahân-abâd et qui dépend du gouvernement du raja Nahar Singh, chef de Balam-garh.

XI. 'ADIL-ABAD OU MUHAMMAD-ABAD, APPELÉ AUSSI « L'ÉDIFICE AUX MILLE COLONNES. »

Lorsque le sultan Mohammed 'Adil Taglic Schâh, autrement dit Fakhr-uddîn Jûnâ, fils de Gayâs uddîn Taglic Schâh, fut roi, il fit construire ce château près de Taglic-abâd [1], et il lui donna le nom de *Muhammed-abâd* ou de *'Adil-abâd.* Il y fit placer mille colonnes de marbre, et ce fut ainsi qu'on le nomma *l'édifice aux mille colonnes;* et comme ce roi avait pris pour surnom لقب, l'expression de *Sultan Mohammed 'Adil Taglic Schâh*, on nommait indifféremment ce fort, soit *Muhammad-abâd*, soit *'Adil-abâd.* Il est aussi situé sur une montagne peu élevée, et il avait été seulement construit comme

[1] *Ayîn Akbery.*

lieu de divertissement. Il y a, au milieu des montagnes, du côté occidental de Taglic-abâd, une plaine dans laquelle l'eau séjourne toujours. Ce fut pour jouir de la vue de cet étang que le roi fit élever ce château sur une petite colline, du côté du midi, laquelle est située sur le bord même de l'étang. On a construit un pont pour aller de la porte de la ville de Taglic-abâd à celle de ce château. A l'occident de la plaine dont nous avons parlé, Taglic Schâh fit construire son tombeau, et entre la porte de ce tombeau et celle du fort, on a construit un pont. C'est devant le mur du nord du fort qu'on avait construit, au milieu de l'eau, l'édifice aux mille colonnes de marbre. Quoique ce monument soit entièrement détruit et qu'il n'en reste actuellement aucune trace, toutefois, comme je l'ai vu avant son entière disparition, je me suis assuré, par l'inspection du plan et de la forme de la construction des bâtiments, que cet édifice aux mille colonnes était réellement construit au milieu de l'eau, de la même manière qu'on construit ordinairement les *barahdarîs*[1]. On ignore si cet édifice avait deux étages ou s'il en avait trois, ce qui est possible. Les historiens du temps ont donné comme chronogramme de sa construction les mots du Coran : *Entrez-y donc*, فادخلوها[2]. Quelques-uns pensent que ce palais est celui dont le toit causa par sa chute la mort du sultan

[1] Sorte de pavillons d'été, à douze portes ou ouvertures, d'après l'étymologie du nom باره درى.

[2] C'est-à-dire l'année 727 de l'hégire (1327 de J. C.).

Gayâs uddîn; mais c'est une erreur; car le sultan avait fait construire en trois jours le petit palais dont le toit croula dans l'année 725 de l'hégire (1324 de J. C.), près de l'endroit nommé *Afgân-pur*[1], lorsqu'il était héritier présomptif du trône, et pendant qu'il prenait son repas. Soit naturellement, soit par l'effet de la foudre, l'édifice tomba sur Gayâs uddîn Taglic Schâh. Mais l'autre édifice est celui que ce padischâh fit construire après être monté sur le trône.

XII. JAHÂN-PANÂH جهان پناه

Lorsque en 728 de l'hégire (1327 de Jésus-Christ), le sultan Muhammed 'Adil Taglic Schâh eut terminé la construction de 'Adil-abâd, il fit élever une double enceinte de remparts, depuis le fort de 'Alâi jusqu'au château du roi Pithaura, connu, depuis le temps du sultan Jalâl uddîn Firoz Khilji, sous le nom de *Vieux Delhi*[2]. Il avait donc fait atteindre une extrémité de ces murs à ce château de 'Alâi ou Kuschak Saïrî et l'autre au château du roi Pithaura, et il avait donné à ces murs le nom de *Jahân-panâh* « l'azile du monde[3]. » Or ces trois forteresses, celle du roi Pithaura ou le Vieux Delhi, celle de 'Alâi ou Kuschak Saïrî et le Jahân-panâh réunis, ne formaient qu'un seul fort, ou, pour mieux dire, qu'une seule ville. Ces forteresses avaient en-

[1] *Tarikh-i Firozschahi, Ziya barni.*

[2] *Tarikh-i Firischta, Tuzuk-i Timuri*

[3] *Futuhat-i Firozschahi*

semble trente portes[1]. Jahân-panâh en comptait treize; sept du côté du sud-est et six du côté du nord-ouest. Le château de 'Alâï ou Kuschak Saïrî, avait sept portes, dont quatre étaient ouvertes à l'extérieur et trois l'étaient à l'intérieur de Jahân-panâh. Enfin le château du roi Pithaura ou le Vieux Delhi avait dix portes, les unes qui s'ouvraient du côté du dehors et les autres du côté de Jahân-panâh. Le tout formait une grande ville très-florissante, qui fut détruite sous Scher Schâh, en 948 de l'hégire (1541 de Jésus-Christ).

Kuschak bajî Manḍal ou Badî' Manzil بديع منزل. — Cet édifice est en réalité une tour[2] du fort de Jahân-panâh. Muhammed Adil Taglic Schâh avait fait bâtir cette tour, qui était très-belle et de gracieuse apparence. Au-dessous de la tour, il y avait une salle à quatre portes. Les murs étaient disposés de manière qu'on pouvait y marcher dessus. Il y avait là, dans les temps anciens, un pavillon d'été, de belle apparence, qui était construit en pierres; mais il est actuellement détruit. Assis sur cette tour, le sultan inspectait l'armée. Dans le temps du sultan Sikandar Lodî le schaïkh Haçan Zâhir se tenait souvent sur cette tour, parce qu'il y avait auprès un tombeau destiné à lui et à ses enfants. Ce personnage mourut en 909 de l'hégire (1503 de Jésus-Christ).

Il y a aussi, près de là, le tombeau du schaïkh

[1] *Túzuk-i Timûrí*

[2] *Akhbâr ul-akhbâr*

Ziyâ uddîn, successeur (spirituel) du Schaïkh Schihâb uddîn Sarwardi Raḥ.

XIII. KUSCHAK DE FIROZ SCHÂH, OU KOṬILA DE FIROZ SCHÂH.

En 755 de l'hégire (1354 de Jésus-Christ), lorsque ce fut le tour de régner de Firoz Schâh, il fit élever ce château (kuschak) sur le bord de la rivière [1], aux confins de l'endroit nommé *Kâdîn* [2]; et attenant à ce kuschak, il bâtit une ville. Dans ce palais, on avait ménagé trois conduits souterrains, afin de pouvoir sortir par là sur des montures avec les femmes du palais [3]. Il y avait un conduit de cinq *jarîb* [4], du côté de la rivière, un autre près du belvéder, de la longueur de deux cosses, et un troisième du côté du Vieux Dehli, long de cinq cosses. Or il est évident que par le Vieux Dehli il faut entendre le château et la ville du raja Pithaura, car le troisième conduit se trouve en ce lieu, et des gens très-âgés disent qu'il allait jusqu'à un endroit merveilleux et à un bassin particulier. Le lâṭh [5] du roi Açoka, dont la mention viendra plus loin, fut placé

[1] *Tarîkh-i Firischta.*

[2] *Tarîkh-i Firoz schâhi* et *Schams-i Sirâj 'Afif.*

[3] Mesure de terre qui varie selon les lieux. (Voy. Elliot, *Glossary of Indian terms.*)

[4] *Ayïn Akber.*

[5] « Un *lâṭh* n'a pas la forme d'un obélisque, quoiqu'on traduise souvent le mot *lâṭh* par « obélisque; » c'est en apparence une colonne cylindrique, mais le diamètre de la colonne diminue un peu vers le sommet, sans que cela soit bien sensible à l'œil. J'ai vu, entre autres, celui qui est encore debout près de Bettiah, à quelques

dans ce kuschak par Firoz Schâh, qui le fit porter du lieu nommé *Nauhara* dans le pargana de Sanwara du Zillah de Khizrabâd.

La ville de Firoz-abâd. — Ce même roi, dans la même année, fonda auprès de ce château, et à une petite distance du Vieux Dehli, une ville qui devint peu à peu très-grande et très-florissante[1]. Le diamètre de cette ville avait l'étendue de cinq cosses, et comme cette ville est actuellement Schâh-Jahân-abâd, tout l'emplacement de la porte des Turcomans, tout le palais de Bulbulî-Khâna, où se trouve le tombeau de la sultane Razia, l'emplacement du Bhûjlâ-Pahârî, tout cela faisait donc partie de la ville de Firoz Schâh. Quant à la mosquée Noire, qui est actuellement dans l'intérieur des murs de la ville de Schâh-Jahân-abâd, elle est une des mosquées de la même ville. Enfin il y a dans cette même ville la casba d'Andahta, le palais de Malik Yâr-purân, le palais du schaikh Abû Bikr Tûcî, la terre de Kâdîn, la terre de Ketwâra, la terre de Laṛâdat, la terre d'Andhâwalî, la terre du palais de la Reine, la terre du tombeau de la sultane Razia, c'est-à-dire le quartier de Bulbulî Khâna; la terre Montagneuse, c'est-à-dire la colline de Bhûjla; la terre de Narwalah, la terre du Sultânpur, etc. c'est à savoir dix-huit différents endroits qui avaient été compris dans l'enceinte de Dehli. On trouvait là des choses de

milles de la frontière du Népal. » (Extrait d'une lettre de M. F. Boutros.)

[1] *Tarikh-i Firoz-schahi de Schams-i Siraj Afif.*

toute espèce et des palanquins à louer pour aller partout. Cette ville était tellement grande que lorsque Timûr y vint[1] et qu'il dressa ses tentes en dehors des portes, il était tout proche du bassin particulier où se trouve le tombeau de Firoz Schâh. Le raja Mân Singh avait fait construire un palais au-dessous du fort de Gualior et il avait donné à ce palais le nom de *Bâdal guîr* « qui garantit des nuages. » On y avait placé un taureau que les Hindous adoraient depuis longtemps; mais lorsque le sultan Ibrahim-Lodî eut pris Dehli, il fit enlever ce taureau et le fit placer à la porte de Bagdad, où il se trouvait encore du temps d'Akbar.

XIV. KUSCHAK JAHÂN-NUMÂ, OU KUSCHAK SCHIKÂR

Le même roi (Firoz Schâh) avait fait construire un autre palais à une distance de trois cosses de la ville de Firoz-abad[2], en outre des édifices dont nous venons de parler, et lui avait donné le nom de *Jâhan numâ* (belvéder, à la lettre, édifice qui montre le monde). Afin de ménager les murs lorsqu'ils commençaient à être déteriorés par le temps, il fit construire une digue en briques cuites pour arrêter l'eau qui descendait des montagnes, et ces murs existent encore. En réalité, cet édifice est un simple poste de chasse[3]. Entre le kuschak de Firoz Schâh et ce palais, on a

[1] *Zafar nama Timuri* par Schaikh Ali Yezdi.
[2] *Tarikh i Firuschahi*.
[3] De là son autre nom de « Palais de chasse. »

construit un passage souterrain, de la longueur de deux cosses. C'était par là que le roi sortait en palanquin avec les femmes du palais. Peu à peu beaucoup d'omras firent bâtir auprès de ce palais des habitations pour eux. Il y avait là ainsi un grand centre de population, qui formait une sorte de ville séparée. Lorsque Timûr arriva d'abord à Dehli, par le côté de Lona[1], en 801 de l'hégire (1398 de Jésus-Christ), son armée campa en face de ce kuschak. Ce fut dans ce même kuschak que Firoz Schâh fit dresser le second obélisque du roi Açoka, dont il sera question plus loin, après l'avoir fait transporter des environs de Mirat. Quoique ce palais soit actuellement tout à fait détruit, on distingue néanmoins, par quelques ruines, le lieu qu'il occupait.

XV. KHIZR-ÂBÂD (LA VILLE DE KHIZR).

Après que Timûr eut quitté Dehli et que Khizr Khân, surnommé *le prince aux étendards élevés* رايات اعلى fut roi, ce dernier fonda sur le bord du fleuve, en 821 de l'hégire (1418 de Jésus-Christ), une ville à laquelle il donna son nom et qu'il embellit de somptueux édifices. Il ne reste pas trace du fort, quoiqu'il soit bien possible que l'endroit qu'on connaît actuellement sous le nom de *Khizr-abâd* soit la ville dont il vient d'être parlé, sans qu'on puisse l'assurer faute de témoignages historiques.

[1] *Tarikh-i Timûrî.*

(La suite dans un prochain cahier.)

PLAN ARCHÉOLOGIQUE

DES

ALENTOURS DE HÉRAT.

1858.

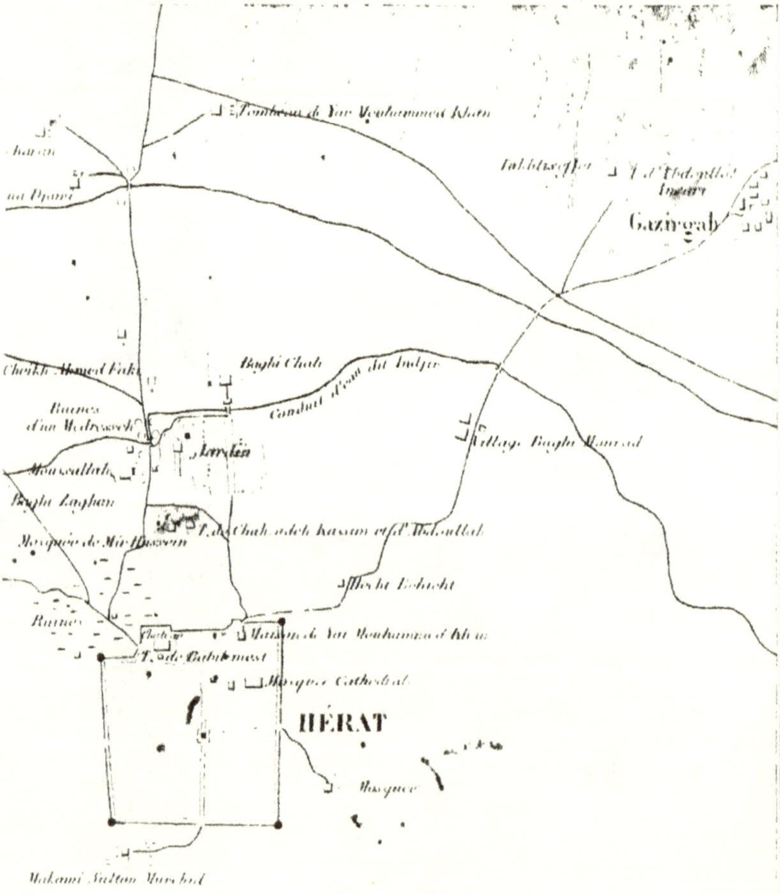

A M. REINAUD,

PRÉSIDENT DE LA SOCIÉTÉ ASIATIQUE, ETC. ETC.

Monsieur le Président,

J'ai l'honneur de vous communiquer un plan archéologique de Hérat, où je n'ai marqué que les localités dont on rencontre plus ou moins souvent les noms dans les annales musulmanes, surtout depuis l'époque de Timour, dont le quatrième fils, Chah Roukh, fit de cette ville sa capitale.

La plus grande partie des monuments et des établissements marqués sur ce plan sont dans un état de ruine tellement avancé, qu'il est à craindre qu'ils ne disparaissent bientôt complétement, et dans quelques années, peut-être, il sera difficile, sinon impossible, d'en retrouver la position exacte, dont la connaissance facilite beaucoup l'intelligence des faits auxquels leur nom se rattache.

Vous y trouverez, monsieur, l'indication de la position du Baghiz-Zaghan et du Moussallah, établissements fondés par Chah Roukh et sa femme Geuher-Chad-Agha. Le dernier de ces deux édifices, achevé en gros l'année même de la mort de Chah Roukh, outre sa beauté architectonique, présente un intérêt littéraire et historique; car c'est là, comme nous le savons par la description de Hérat, annexée au Rouzetussafa, que Mirkhond a terminé son œuvre. Sur l'un des murs de cet édifice est tracée, en briques émaillées, une élégie assez remarquable sur la mort de Chah Roukh; enfin, c'est près du Moussallah, dans une chapelle marquée sur le plan par (1), que sont enterrés neuf Timourides, dont il sera plus loin parlé en détail. Le plan indique aussi la position du Baghi Mourad, jardin planté par Mirza Sultan Hussein, protecteur du poëte Mir Aly Chir, et souvent mentionné dans l'histoire de son règne, de même que le Gâzirgah, établissement très-vénéré par les Hératiens, riche en monuments tumulaires, élevés en mémoire des hommes connus dans l'histoire de l'Asie, et, entre autres, de cinq Timourides. Dans l'origine, c'était une mosquée, élevée en 832 (1428-1429 de J. C.), par Chah Roukh, près du tombeau de Khodja A'bdoullah Ansari, descendant de A'ïoub Ansari. Ce saint personnage, considéré jusqu'à nos jours comme le patron de Hérat, est né dans cette ville, et, d'après le témoignage d'A'bdoullah, fils d'A'bdourrahman, fils de Hussein, auteur d'une Vie des saints de Hérat, intitulée : مقصد الاقبال ومرصد الامال, et dédiée au sultan Aboul Fatkh Ibrahim, fils de Chah Roukh, il parlait déjà dans le berceau. A l'âge de quatorze ans il commença à prêcher, et il connaissait par cœur plus de cent mille vers arabes et trois cent mille hadits. Pendant le cours de sa vie il s'entretint avec plus de mille cheikhs, et recueillit des hadits de la bouche de sept cents personnes.

Ses pères spirituels, dont il hérita le *hirgah* (manteau de derviche), étaient Aboul Hassan, de Hirgan, et Khodja A'bdoullah Taghi. Il mourut au coucher du soleil, un vendredi, le 2 chaaban de l'année 396 de l'hégire (1006 de J. C.), âgé de quatre-vingt-quatre ans quatre mois et vingt jours[1]; il laissa beaucoup d'ouvrages, dont les plus connus sont : une explication du Coran, منازل السّايرين, un طبقات, et un livre sur la doctrine des Souffis, معتقد. Chah Roukh révérait beaucoup sa mémoire, et avait l'habitude de se rendre chaque jeudi à Gazirgah, pour y passer la journée en prières. Le monument érigé sur le tombeau du saint est un beau mausolée en marbre blanc portant une longue inscription, et orné d'arabesques sculptées avec beaucoup de finesse. Les dynasties

[1] Cette date est plus exacte que celle qui se trouve sur le mausolée de Khodja A'bdoullah, où l'année de sa mort est indiquée par un chronogramme.

ان خواجه كه در صورت ومعنى شاه است

وزسرّ حقيقت دو كون آگاه است

ازروى حساب جمل ار دانى فاش

تاريخ وفات خواجه عبد اله است

C'est-à-dire : « Ce Khodja fut un roi et par ses qualités extérieures et par sa valeur intrinsèque. Il était instruit des secrets des deux mondes. Si tu connais la valeur numérale des lettres de l'alphabet, la lettre *t* (= 400) est la date de la mort de Khodja A'bdoullah. » Ceci ne doit pas nous étonner; car l'inscription du mausolée est presque de 400 ans postérieure à l'événement qu'elle rapporte ; et puis la difficulté de trouver un équivalent exact de cette date en vers a forcé le poëte de n'en donner qu'une valeur approximative.

qui succédèrent aux Timourides dans le Khorassan ne furent pas moins favorablement disposées pour l'entretien et l'embellissement de cette fondation pieuse. Chah Abbas le Grand y fit construire une belle mosquée, resplendissante de dorures, et y amena d'assez loin, et à des frais considérables, l'eau qui remplit les bassins de ses vastes jardins, et qui, étant vendue aux propriétaires des champs voisins, constitue le revenu principal de la mosquée. Plus au nord, on voit sur le plan le cimetière où repose le célèbre poëte Moulana Abdourrahman Djami, né l'an 817 (1414), et mort l'année 898 (1492-1493) d'après l'inscription de sa pierre tumulaire, comme d'après le témoignage des historiens. Cet accord ne doit pas nous surprendre; car son mausolée est d'une date bien postérieure à sa mort, et le rédacteur de l'épitaphe n'a rien su ajouter à ce qui était déjà connu par les *Tazkireï chouara*. A l'est de la sépulture de Djami, on voit les ruines d'une mosquée et d'un médresseh, qu'on traverse pour entrer dans le cimetière que wezir Iar Mouhammed Khan, si connu en Europe par ses rapports avec les Anglais en 1839, 1840 et 1841, destinait à lui et à sa famille; mais ce projet n'a pas eu de suite; car, de toute sa nombreuse parenté, ce n'est que sa sœur et son frère qui y ont été enterrés; son fils même, tué par le wezir Issa khan, le 8 du mois de zilhidjeh de l'an 1271 (1855 de J.-C.), a été enterré à Gazirgah. La dalle, en marbre blanc, placée jadis au-dessus de la tombe de Iar Mouhammed, était brisée;

mais j'ai pu encore copier l'inscription qui y était gravée, et dans laquelle la date de sa mort est exprimée par le chronogramme يار محمد خانرا = 1267. Quant à la date précise de cet événement, c'est le 12 du mois chaaban de l'année 1267.

Vous savez, monsieur, que la chronologie des descendants de Timour présente beaucoup de points douteux. Les historiens qui avaient le plus de moyens d'être bien renseignés sur les dates de la naissance et de la mort des princes de cette dynastie, tels que Mirkhond, Khondémir et Fassikh de Khaf, de même que ceux qui mettaient le plus de soins à ne rapporter que des dates exactes, tels que Hadji Khalfa, présentent des divergences assez considérables. Ainsi, par exemple, d'après le *Habib Oussiar*, Chah Roukh est né un jeudi, le 14 rebbi el-awwel de l'année 779; d'après le *Moudjmal*, de Fassikh, le 5 du mois suivant.

La mort de ce prince, d'après Mirkhond, a eu lieu un jeudi, le 5 zilhidjeh de l'an 851, et d'après le *Takwim*, de Hadji Khalfa, dans l'année 850, et ainsi de suite. Ceci me fait supposer que les dates que j'ai recueillies sur les pierres tumulaires des tombeaux des princes Timourides dans la chapelle du Moussallah et à Gazirgha, méritent d'être publiées, car, étant contemporaines du décès qu'elles mentionnent, elles doivent avoir la préférence sur les dates consignées dans les histoires manuscrites, toutes les fois que ces dernières en diffèrent. Dans la chapelle (1) sont enterrés :

1° Baïsoungour Mirza, fils de Chah Roukh, fils de Timour, mort le 6 du mois de djemadi el-awwel l'an 836 de l'hégire;

2° Mouhammed Djouki Bahadour, fils de Chah Roukh, mort au mois de zilhidjeh de l'année 848;

3° Sultan Ahmed, fils de l'émir Zadeh Roukn Eddine A'boullatif, fils d'Oulough Bek, fils de Chah Roukh, à la mi-zilkaadeh l'an 861;

4° Geuher Chad Agha, femme de Chah Roukh, dans le milieu du mois de ramazan 861 de l'hégire;

5° Émir Zadeh Nizam Eddine, fils d'Ahmed, fils de l'émir Zadeh Roukn Eddin A'bdoullatif, fils d'Oulough Bek, fils de Chah Roukh, mort dans le milieu du mois de zilkaadeh de l'an 861;

6° Ibrahim Sultan, fils d'Oulah Ouddowlet, fils de Baïsoungour, fils de Chah Roukh, fils de Timour, décédé un mercredi, le 10 du ramazan l'an 863;

7° Sultan Oulah Ouddowlet, fils de Baïsoungour, fils de Chah Roukh, mort le 6 de zilhidjeh l'an 863;

8° Djouki Mirza, fils de l'émir Zadeh Roukn Eddine A'bdoullatif, fils d'Oulough Bek, fils de Chah Roukh, mort le 5 du mois zilhidjeh l'an 868;

9° Chah Roukh, sultan, fils d'Abisaïd, fils du sultan Mouhammed, fils de Miran Chah, fils de Timour, mort le 15 chawwal l'an 898.

A Gazirgah sont enterrés les cinq Timourides suivants :

1° Guiath Eddine Mansour Mirza, fils d'Omar Cheikh Mirza, fils de Timour, mort en 849 de l'hégire;

2° Mouhammed, fils de Baïkara Mirza, fils d'Omar Cheikh, fils de Timour, mort en 853;

3° Mouhammed Mouzaffer Mirza, fils de Mansour Mirza, fils de Baïkara Mirza, fils d'Omar Cheikh, fils de Timour, mort en 853 de l'hégire. Sur la marge de cette pierre tumulaire on a gravé : « Son meurtrier, Mouhammed, fils de Baïsoungour, est dans Meched la sainte; »

4° Ahmed Bédi' Mirza, fils de Mansour Mirza, fils de Baïkara Mirza, fils d'Omar Cheikh, fils de Timour, mort en 866 de l'hégire;

5° Sultan Mouhammed, fils de Baïsoungour, fils de Chah Roukh, fils de Timour, mort le 15 zilhidjeh; l'année est effacée.

Agréez, etc.

N. Khanikoff.

NOUVELLES ET MÉLANGES.

SOCIÉTÉ ASIATIQUE.

PROCÈS-VERBAL DE LA SÉANCE DU 11 MAI 1860.

Le procès-verbal de la dernière séance est lu, la rédaction en est adoptée.

Il est donné lecture d'une lettre de M. de Gabelentz, qui annonce l'envoi d'un ouvrage sur les langues mélanésiennes. (Cet ouvrage n'est pas encore arrivé.)

Sont proposés et nommés membres de de la Société :

MM. Nicolas de Khanikoff, conseiller d'État actuel à Saint-Pétersbourg;
Gosche (Dr Richard), bibliothécaire à Berlin;
Léon Pagès.

M. le président annonce que la séance ordinaire n'aura pas lieu au mois de juin, la séance annuelle en devant tenir lieu.

M. Mohl fait connaître au Conseil qu'il a reçu d'Aden la photographie d'une des trente planches de cuivre couvertes d'inscriptions himyarites et trouvées récemment près d'Aden. Une longue conversation s'engage à ce sujet.

M. le marquis d'Hervé de Saint-Denys lit des spécimens de traductions de poésies chinoises. Il s'établit une discussion sur l'antiquité de la rime chez les Chinois et sur le caractère de la poésie bouddhiste en Chine

OUVRAGES OFFERTS À LA SOCIÉTÉ.

Par l'auteur. *Tlemçen*, ancienne capitale du royaume de ce nom, sa topographie, son histoire; souvenirs d'un voyage, par l'abbé BARGÈS. Paris, 1860, in-8°.

Par l'Académie. *Bulletin de l'Académie des Sciences de Saint-Pétersbourg*, tom. I, n°s 1-15. Saint-Pétersbourg, 1859, in-4°.

Par la Société. *The Journal of the Royal asiatic Society* vol. XVII, 2. London, 1860, in-8°.

Par la Société. *Revue africaine*, vol. IV, n° de mars. Alger, 1860, in-8°.

Par l'auteur. *Spécimen de caractères japonais katakana*, gravés par M. LOEULLIET, sous la direction de M. LÉON DE ROSNY. Paris, 1858, in-8°.

Par la Société. *Compagnie genevoise des colonies de Sétif*, neuvième rapport du Conseil d'administration. Genève, 1860, in-4°.

Par les auteurs. *Revue orientale et américaine*, n° de mai 1860, in-8°.

Almufassal, Opus de re grammatica Arabum auctore Abu'l-Kâsim Mahmûd bin Omar Zamakhschario, ad fidem codd. manuscript. ed. J. P. Broch. Universitatis programma anni 1859, semestri posteriori editum. In-4°, p. 229.

Quoique les études de philologie arabe aient fait des progrès considérables depuis la renaissance de la science au XVIe siècle, nous n'avons guère jusqu'à présent, pour la grammaire arabe, que les œuvres de M. Silvestre de Sacy et celles de M. Ewald; la grammaire assez volumineuse de M. Lumsden (Calcutta, 1813), ne contenant que la première partie sur les formes de la langue, est très-difficile à acquérir.

Le premier de ces ouvrages nous donne un exposé complet et clair de tous les phénomènes de la langue; l'autre, s'appuyant sur celui de l'illustre savant français, se propose de les soumettre à une analyse raisonnée et semblable à celle que nous sommes accoutumés de trouver dans les grammaires latines et grecques et celles d'autres langues; mais, par une critique souvent défectueuse, ce livre ne satisfait qu'incomplétement à l'étude de la langue arabe. Il est à regretter que les arabisants, quittant la méthode grammaticale inaugurée par le célèbre érudit allemand M. Ewald, aient presque tous suivi la voie franchie par M. de Sacy. Les œuvres qui ont paru dans ce siècle n'ont servi, pour la majeure partie, qu'à confirmer les doctrines de la *Grammaire arabe*, de l'*Anthologie grammaticale*, de l'*Alfiyya*, mais très-rarement à en élargir l'horizon.

Une circonstance particulière nous semble avoir donné lieu à cette tendance. Malgré la diversité et l'étendue de la littérature arabe, elle ne contient, dans chaque branche de la science, qu'un nombre fort restreint d'auteurs originaux. La majeure partie de cette longue liste que nous déroule l'histoire de la littérature arabe ne renferme que les noms de compilateurs, commentateurs, ou, si l'on veut, rédacteurs, qui se sont emparés d'œuvres renommées pour en faire de nouvelles éditions, si peu différentes des précédentes, que souvent, à l'aide du manuscrit de l'ouvrage original, on peut faire la critique verbale des livres auxquels il a donné lieu. C'est ainsi que le contenu principal de l'œuvre dont nous allons nous occuper est connu depuis longtemps dans l'Occident. Un grammairien d'une certaine célébrité, Gémal eddin Abou-Amr ibn oul-Hâjib, appartenant à cette dernière espèce d'écrivains, compilateurs ou rédacteurs, et mort à Alexandrie l'an 646 de l'hégire = 1248 de J. C. a fait, pour l'enseignement élémentaire, un abrégé de la grammaire de Zamakhschari; cet abrégé a été publié à Rome en 1592, et plus tard réimprimé et accompagné d'un commentaire nommé هداية النحو, dans la collection célèbre,

The 5 books on arab. Gramm. par Baillie, Calcutta, 1806. La comparaison de l'œuvre de Zamakhschari avec cet opuscule nous donne un exemple de la manière très-usitée de composer de nouveaux livres en Orient. L'ordre des matières, les exemples et la forme du style sont précisément identiques; le nouveau rédacteur s'est seulement contenté de résumer les chapitres de l'ouvrage de Zamakhschari, et, par une économie assez curieuse, il en fait deux livres différents: l'un, connu généralement sous le nom de *Kâfia*, dont nous venons de nommer les éditions; l'autre, appelé *Schâfia*, c'est-à-dire la « Remédiante, » reste encore manuscrit dans les diverses bibliothèques de l'Europe. Il est fâcheux que l'abrégé d'Ibn-oul-Hâjib ait devancé la renommée de l'œuvre originale de Zamakhschari, et nous ne pouvons que féliciter M. Broch d'avoir choisi un auteur dont la réputation, comme commentateur du Koran, lexicographe et anthologiste, a des droits incontestables à fixer l'attention de l'Occident. Zamakhschari, comme grammairien appartenant à l'école de Bassorah (+ 538 de l'hégire = 1144 de J. C.), a aussi lui-même abrégé sa grammaire *Mofussal*, dans le traité intitulé *Anmoudej*, dont nous possédons un échantillon, publié dans l'*Anthologie* de l'illustre M. de Sacy [1], et accompagné du commentaire d'Ardébili. L'auteur réprimande, dans la préface, ses contemporains de leur dégoût pour les études de grammaire, et continue de la manière suivante : « En vérité, la grammaire *vaut bien les membres mutilés par le bâton* [2], et ses avantages sont innombrables. Celui qui, sans la crainte de Dieu et de sa révélation, dépourvu de connaissances grammaticales, est assez téméraire pour expliquer le verbe divin, ressemble au voyageur monté sur une cavale aveugle, ou faisant sa route sur un chameau borgne. Il dira : « Quels sont ces mensonges, ces verbiages et ces futilités ? » bien que le verbe de Dieu en soit exempt. La grammaire est l'échelle par où l'on monte jusqu'à l'éloquence;

[1] L'*Anthologie grammaticale*, p. 246-280.

[2] Proverbe arabe. (Voy. Meidani, *Prov. ar.* ed. Freytag. I, p. 54.)

elle nous enseigne les finesses de la composition du Koran, en nous mettant sous les yeux ses beautés et en nous dirigeant dans l'exploitation de ses mines; celui qui se détourne d'elle est comme celui qui obstrue les chemins conduisant au bien, et qui veut que les routes des abreuvoirs soient détruites et laissées en oubli. L'intérêt qui reste parmi les fidèles pour connaître la langue arabe, et mon désir d'être utile à nos disciples et à nos neveux, m'ont porté à composer une œuvre sur la grammaire, afin de les conduire au but éloigné par le plus court chemin et pour qu'ils remplissent leurs seaux sans difficulté. Ainsi j'ai écrit ce livre intitulé *Al-Mofassal*, c'est-à-dire « le bien distribué, » divisé en quatre parties. »

Les trois premières parties nous donnent précisément le même contenu, mais développé d'une manière beaucoup plus claire et plus satisfaisante que dans la *Kâfia*, sur le nom, le verbe et les particules. Il faut se rappeler que les grammairiens arabes ne font ordinairement aucune division distincte lorsqu'ils traitent des formes de la langue et de la syntaxe; ainsi, par exemple, sous les diverses formes de l'aoriste du verbe, on trouve les règles de la syntaxe où ces formes sont employées, comme le conditionnel après إِنْ, لَمَّا, لَمْ et autres mots exprimant une condition. La quatrième partie, omise dans la *Kâfia*, mais, comme nous l'avons déjà dit, contenue dans un petit ouvrage d'Ibn-oul-Hâjib, intitulé *Schâfia*, trace des règles sur diverses catégories qui sont communes à toutes les trois classes, le nom, le verbe et les particules, savoir : sur la prononciation modifiée de la voyelle *a* en *æ*, la pause, la formule du serment, la prononciation du *hamza*, la rencontre de deux consonnes quiescentes, le commencement des mots, les lettres serviles, la permutation des lettres, les lettres faibles ا, و et ى, le redoublement par le signe du *techdid*. Parmi les grammairiens ses prédécesseurs, Zamakhschari cite quelquefois les ouvrages العَيْن et الإِصْلاح de Khalil, + 170 ou 175 de l'hégire = 788 ou 792 de J. C. et d'Ibnous-Sikkit, + 244 de l'hégire, = 858 de J. C. mais surtout ceux de Sibaweihi et des trois Akhfasch.

L'impression de cette édition a été faite avec des types récemment acquis par l'Université de Christiania et ne laisse presque rien à désirer; quant à la collation du texte, il y a très-peu de livres où l'on trouve une plus grande précision. Parmi les petites fautes d'inadvertance presque inevitables dans une œuvre de quelque étendue, nous n'avons remarqué que les suivantes :

Page 108, on lit la forme قِرْطَبُوس au lieu de قِطْرَبُوس, espèce de scorpion; ainsi, du moins, elle est indiquée par Lumsden[1].

Page 136, dans le vers, أُرَى au lieu de أَرَى, comme on le voit dans l'édition de l'*Alfiyya*, par M. Dieterici, p. 93[2].

Page 143, dans le vers cité :

نَحْنُ ٱقْتَسَمْنَا المَالَ نِصْفَيْنِ بَيْنَنَا
فَقُلْتُ لهم هذا لَهَاهَا وذا لِيَا

[1] *A Grammar of the arab. language*. Calcutta, 1813, p. 872. Le texte du *Schâfia* donne la leçon قِرْطَبُوس, mais le dictionnaire *Kamous* n'explique que la forme قِطْرَبُوس : بفتح القاف وقد يُكسر الشديدة الضرب من العقارب والناقة السريعة او الشديدة

[2] Dans le commentaire de Bedr eddin el-Aini, sur les vers cités dans l'*Alfiyya*, intitulé فرائد القلائد فى مختصر شرح الشواهد (voyez *Cat. codd. Arab. bibl. Haun.* n° CLXXXVII), on lit l'explication suivante :
هو من ابيات الكتاب لم ينسب فيه إلى أحدٍ وهو من الطويل وأُرَى بمعنى أُظنّ وزيدًا مفعوله الاوّل وسيّدًا الثانى. وكما قيل معترض بينهما والشاهد فيه إذا إنّه حيث جاز فيه الوجهان الكسر لأنّها فى ابتداء الجملة والفتح على تقديرها بالمفرد اى

on supposerait facilement l'omission d'une syllabe au commencement du vers, à moins de l'altération du premier pied فَعُولُنْ en عُولُنْ, appelée خَرْم.

Page 160, l. 5, le mot حِجاج donnant un exemple d'une *imâlet* irrégulière, doit être vocalisé حَجاج, non حِجاج; sans cela l'*imâlet* n'aurait aucune irrégularité [1].

Page 172, l. 14. Le commencement de l'hémistiche يا عَدِيٍّ لقدْ وَقَتْكَ الاواقِى doit être vocalisé يا عدِىّ; le mot عدِىّ, régi par يا, perd sa nunnation au vocatif, ce qui n'empêche pas le mètre الخفيف[2]. Par contre, nous ne comprenons

---

فاذا عبوديّته حاصلة وعبد القفا واللهازم كناية عن الخسّه
واللهازم جمع لِهْزِمة بكسر اللام وهو طرف الحلقوم الخ

[1] On lit dans le commentaire de l'*Alfiyya*, intitulé : منهج السالك إلى الفيّة آبْن مالك. Voyez *codd. arab. bibl. Haun.* n° CLXXXVI : ذكَرَ بعْضهم لإمالة ألِف سبَبَيْن أحدُهما الفرقُ بين الاسم والحرف والآخرُ كثرة الإستعمال وذلك إمالتهم الحجاج علمًا فى الرفع والنصب وكذاك العجاج فى الرفع والنصب الخ, et dans le *Schâfia*, avec commentaire, voyez n° CLXXXIV : وباب ومال والحجاج ألفه ليست ببدل عن شئ وإنما قال بغير سبب لأنّ إماله ما تقدّم شاذّة مع تحقّق السبب وهو الكسرة بخلاف هذه الامثلة إذ لا كسْرةَ فيها فى غير حال الجزم وأمّا الرِبا فلأجل الراء يمال وإنْ كانت الفه عن واو الخ

[2] Dans le manuscrit déjà nommé, فرائد القلائد الخ, nous trouvons le vers entier :

ضَرَبَتْ صَدْرَها إلىّ وقالَتْ
يا عدِيًّا لَقَدْ وَقَتْكَ الاوانى

guère l'omission constante, mais fort embarrassante, des voyelles nasales à la fin des formes du pluriel irrégulier, p. 76, 79 : أَفْعُلٌ ، أَفْعِلَةٌ ، فِعْلَةٌ ، فُعْلَانٌ ، فِعْلَانٌ ، فَعَلَةٌ ، فَعَلَةٌ et فُعَلَةٌ, à moins que ce ne soit une de ces argulies et de ces subtilités trop fréquentes chez les commentateurs grammairiens. L'illustre M. Silvestre de Sacy fait la note suivante sur le vers 798 de l'*Alfiyya* (voy. p. 195) : « Il est à propos de remarquer que c'est *la mesure du vers* qui a forcé l'auteur à prononcer أَفْعِلَةٌ, au lieu de أَفْعِلَةٌ. Cette observation s'applique à plusieurs autres mots de ce chapitre. »

Enfin, qu'il nous soit permis de faire une remarque générale sur la publication des livres appartenant à la philologie orientale. On fait souvent, surtout en Allemagne, des éditions de manuscrits orientaux sans y ajouter ni traduction, ni notes qui en faciliteraient la lecture, et nous regrettons beaucoup d'avoir à signaler le même défaut dans l'œuvre présente. Si M. Broch pense publier la traduction, il entreprendra un travail que nous ne croyons pas absolument nécessaire, le livre n'étant pas destiné à des commençants, et le style, en général, ne contenant aucune difficulté pour les initiés à la terminologie grammaticale; mais c'est mettre la patience du lecteur à une rude épreuve, que de l'engager à étudier des hémistiches, des vers, des phrases du Koran et de la tradition, détachés de leur contexte, dont il ne réussit à comprendre le sens qu'après maintes recherches dans la concordance du Koran, dans les diverses grammaires arabes, les collections des poètes, etc. L'œuvre de Zamakhschari appartient à cette espèce de livres

avec cette explication : قاله مُهلهَل من قصيدة من الخفيف والى بمعنى لى والشاهد فى يا عديًّا فإنّه لما اضطرّ نوّنه ونصبه تشبيهًا بالمضاف, d'où l'on voit que la tradition a conservé la leçon يا عديًّا à l'accusatif. (Sur Mohalhil Adi ben Rabia, voy. ma *Rhétorique des Arabes*, p. 293; Rasmussen, *Addit. ad hist. Arab.* p. ١٤, et p. 14 de la traduction, où ce vers est cité.)

qui, ne contenant aucune découverte, ne doivent pas causer au lecteur des difficultés fastidieuses, et l'augmentation d'une feuille imprimée, indiquant d'après les commentaires le sens des vers allégués et les endroits cités du Koran et de la tradition, remédierait complétement à cet inconvénient.

Pour citer des exemples, quel est le sens des mots, page 17, dernière ligne, وما جاء فى الدَّعوة المرفوعة وٱجْعَلْهُ الوارِثَ مِنَّا مُحْتَمَلٌ عندى أنْ يوجَّهَ على هذا, qui sont absolument inintelligibles, à moins de connaître le commencement de la prière dite الدَّعْوة المرفوعة[1] ? Et d'autres, page 57, ligne 7 : تَمامًا على ٱلَّذِى احسن بحذف شَطْرِ الجُمْلة, phrase du Koran, sourate VI, v. 155, alléguée comme un exemple, où l'on a omis le pronom dit عائد, correspondant du relatif[2] ?

Page 137. وممّا يُحكى من جُرْأة الحجّاج على الله أنّ لسانه سبق به فى مَقْطَع والعاديات إلى فتحة إنّ فأسْقط اللام, mots qui ont trait à une leçon, sourate C, v. 11 : أَنّ رَبَّهُمْ بِهِمْ يَوْمَئِذٍ خَبِيرٌ, au lieu de ce que nous trouvons dans le texte ordinaire : إِنَّ رَبَّهُمْ . لَخَبِير ? et ligne 13, où les mots ولا سابِق

[1] Voici le commencement, d'après une note presque illisible, dans le manuscrit numéro CLXXVI, *Codd. ar. Bibl. Haun.* contenant le *Mofassal* avec le commentaire d'Ibn-oul-Hâjib : أوّل الدَّعْوة المَرْفوعة اللّهمّ متّعْنا بأسْماعِنا وأبْصارِنا وقوّينا ما أحْيَيْتَنا وٱجْعَلْهُ الوارثَ منّا أىْ الباقِىَ فالضمير امّا للتّمتيع والمعنى وَفِّقْنا لحِيازة العلم لا المال حتى يكونَ العلمُ هو الذى يبقى منّا بعد الموتِ وامّا لمصدر جعل والتقدير وٱجْعَل الوارثَ من عِشْرتنا أى وارث الحكمة جَعْلًا

[2] Il faut alors traduire : «Nous avons donné le livre à Moïse comme complément de la meilleure religion» ou «de la manière la plus parfaite,» *Beidhawi*, éd. Fleischer; tandis que le texte commun donne le sens : «livre complet pour celui qui fait le bien.»

شيًا, arrachés d'un vers, ne donnent aucun sens, si l'on ne se rappelle le vers cité en entier, page 114 :

بَدا لِىَ أَنّى لَسْتُ مُدْرِكَ ما مَضَى
ولا سابِقٍ شيئًا إِذا كان جائِيَا

سابِقٍ est au génitif, supposé que l'accusatif مُدْرِكَ soit virtuellement au même cas, parce que لَسْتُ se construit ordinairement avec la préposition ب [1]

De même, page 139 : إِنَّ وَراكِبَها, mots arrachés d'une tradition (فى حديث عبد الله بن الزُّبَيْر), et donnant un exemple de la particule إِنَّ employée dans le sens de أَجَلْ, c'est-à-dire « oui [2]. »

Parmi les parties les plus intéressantes de ce livre servant à élargir nos connaissances de la syntaxe arabe dans toutes ses particularités, il faut citer un exposé très-détaillé des cas où l'accusatif est employé d'une manière elliptique par l'omission du verbe régissant; par exemple رَعْيًا سَقْيًا, etc. voyez page 17; une liste des mots nommés أَسْماء الأفعال والأصْوات, dont une grande partie ont un complément; par exemple, قَدْكَ, هاء زَيْدٍ, etc. voy. pages 61-67.

Nous trouvons, page 123, l'annotation assez remarquable que tout verbe ou nom, de la forme فِعِل, à condition que la radicale du milieu soit une gutturale, en omettant la

[1] Le vers appartient à un panégyrique de Zouheir ben Abi Solmâ, sur le roi Nomân ben el-Moundhir.

[2] Les mots إِنَّ وَراكِبَها contiennent la réponse d'Abdallah ben ez-Zoubeir à l'imprécation d'un de ses ennemis : لَعَنَ ٱللّٰهُ الناقةَ حَمَلَتْنى إِلَيْكَ, c'est-à-dire «Que Dieu maudisse la chamelle qui m'a porté jusqu'à toi!» Certes, lui et aussi son cavalier.

voyelle, peut changer sa forme en فَعْل ; par exemple, شَهْد, au lieu de شَهِد ; فَخْذ, au lieu de فَخِذ. L'auteur réitère la même observation, page 180, en parlant de la forme négative لَيْسَ, qu'il dit être formée par l'analogie avec la forme عَلْم, au lieu de عَلِمَ. A la page 154, l'auteur mentionne un solécisme très-rare, savoir la forme رماتا pour la 3e personne féminine du duel, au lieu de رَمَتَا. Quant à l'usage des pronoms démonstratifs, il indique, page 56, une opinion d'après laquelle le pronom ذلك s'emploie pour un objet éloigné, ذاك pour un objet qui n'est ni éloigné, ni proche, ذا pour un objet proche. Quelquefois Zamakhschari n'est pas exempt de fautes d'inadvertance, dont pourtant l'éditeur n'est pas responsable, comme dans l'exemple page 168, وَيَتَّقْهِ, voyez surate XXIV, vers. 51; la voyelle sous ه n'est pas simplement euphonique, comme dans les formes لَمْ يَلْدَهُ pour لَمْ يَلِدْهُ et اِنْطَلْقَ pour اِنْطَلِقْ, avec l'omission de la voyelle *i*, sous la seconde radicale, mais appartient, d'après les meilleurs commentateurs du Koran, au pronom هُ ou هِ. En terminant cet article, nous manifesterons notre désir de voir bientôt la publication de l'œuvre intitulée, par excellence, *Le livre du célèbre grammairien Sibawaihi*; nous aurons alors des matériaux satisfaisants pour juger du développement de la science grammaticale chez les Arabes.

A. F. Mehren.

Copenhague, le 25 avril 1860.

TABLE DES MATIÈRES

CONTENUES DANS LE TOME XV.

MÉMOIRES ET TRADUCTIONS.

NOUVELLES ET MÉLANGES.

FIN DE LA TABLE.

CPSIA information can be obtained
at www.ICGtesting.com
Printed in the USA
LVHW040103230323
742312LV00002B/75

9 783382 700010